ユンガー＝シュミット往復書簡

1930–1983

ヘルムート・キーゼル 編
山本　尤 訳

ERNST
JÜNGER
（1895–1998）
CARL
SCHMITT
（1888–1985）

法政大学出版局

Helmuth Kiesel (Hrsg.)
ERNST JÜNGER–CARL SCHMITT
BRIEFE 1930–1983

目次

往復書簡　一九三〇—一九八三

ユンガー様

謹啓　先程、ライプツィヒのフィッシャー博士[1]よりあなたのアドレスを教えてもらいました。一度拙宅をお訪ねくだされば幸甚に存じます。そのときには事前にお知らせください。来週、再来週はしばしば家を空けますので。

敬白

カール・シュミット

ベルリン　NW八七、クロプシュトック街四八番地

一九三〇年七月十四日

1　フーゴー・フィッシャー（一八九七―一九七五）、保守革命に近い哲学者。一九二五年にユンガーと知り合い、哲学の教師役としてユンガーに刺激を与え、しばしば旅に同伴していた。フィッシャーの最も重要な著作は『レーニン、東方のマキャヴェリ』（一九三三）で、六二年に改訂版が出ている。三八年までライプツィヒ大学教授。三九年ノルウェーへ、のちイギリスへ移住、戦後帰国、五七年にミュンヘン大学教授。ユンガーの作品の中にフィッシャーは「修士（マギスター）」とか「ニグロモンターン」とかの名前で秘義的な洞察の仲介者としてしばしば描かれている。フィッシャーからシュミット宛の書簡はトミッセン編の『シュミティアーナ　I』の八八―一〇七ページに載せられている。

シュミット教授様

謹啓　十四日付けのお手紙と『カント研究』の抜き刷り[1]、まことにありがとうございました。私たちはいわば隣人なので[2]、いつでもあなたをお訪ねできるわけです。お宅にお電話がおありでしたら、おかけしますが、そうでなければ、いつご在宅かお知らせいただきたいと存じます。

敬白

エルンスト・ユンガー

ベルリン　NW二一、ドルトムント街一三番地

一九三〇年七月十六日

1　シュミットの論文「国家倫理と多元主義国家」、『カント研究』第三五号（一九三〇）。

2　二人の住居はシュプレー川を挟んでそう遠くないところにあった。

シュミット教授様

謹啓　ご著書『政治的ロマン主義』[1]お送りいただき、まことにありがとうございます。今日、読み終えたところです。素晴らしいお仕事だと思います。

ところで、あなたのロマン主義批判がその全体に適用

されるのかどうかが、私にははっきりしませんでした。——この意味でのロマン主義批判をあなたご自身はあなたのご研究の中に取り入れていらっしゃらないからです。しかしこのことは重要なことではありません。あなたの論述で重点が置かれているのはもっぱら未来だと思うからです。資料になっているもの、たとえばミュラー[2]の著作はその大部分私は読んだことはないのですが、あなたの目指しておられることは非常によく分かります。あなたがドン・キホーテについておっしゃっていることから[3]、ロマン的なものについてははっきり理解できる点がそこにあることが、私にも分かります。

本当にありがとうございます。と申しますのも、あなたのおかげで多くの事柄に対する私の視線が鋭くなったからです。何よりも大事なのは、私たちが決断しなければならないことです[4]。ご著書はそのための素晴らしい例です。ご著書にとりわけて心を動かされましたのは、行間に滲み出ている責任についての論述です。ここから、つまり精神と感情の厳格な規律から、新しいドイツの政治が初めて可能になるのでしょう。

この手紙と同時に私のもう一つ別の著書[5]をお送りします。水曜日に私はヴェーザー河畔へ出かけ、一週間ハンス・グリム[6]と過ごすことにしています。もし明日の日曜日にお時間があれば、少しお話ししたくもあり、ぶらりと拙宅においでになりませんでしょうか。　敬白

エルンスト・ユンガー

ベルリン　NW二一、ドルトムント街一三番地

一九三〇年八月二日

1　シュミットの『政治的ロマン主義』（一九一九）の第二版（一九二五）。

2　アーダム・ミュラー（一七七九—一八二九）、国家理論・経済理論家、美学者、外交官。とくにドイツの学問と文学についての講義（一八〇六）、『ドイツにおける雄弁術とその衰退』（一八一六）、『経国策の諸要素』（一八〇九）で知られる。一八一一年以来、ウィーンの後期ロマン主義者たちの周辺で活躍、オーストリアのメッテルニヒ体制に仕える。シュミットの『政治的ロマン主義』ではしばしば名指しで挙げられていて、政治的ロマン主義のきわめて稀な純粋なタイプとして中心的に取り扱われている。

3　『政治的ロマン主義』の終わりの方で、ドン・キホーテについてこう書かれている。「ロマン主義的に構成された機会をもとうとするこうした政治構造の不滅の典型はドン・キホーテである。彼はロマン主義者ではない。彼はロマン主義的政治家であって、政治的ロマン主義者ではない。彼はより高い調和ではなく、正義と不正との区別を見ることができ、彼に正義と思われるもののために決断することができた。こうした能力は政治的ロマン主義者には大いに欠けていたものであり、シュ

レーゲルやミュラーのロマン主義的正統主義さえも彼らの正義に対する無関心ということから説明されねばならないものであった。［……］彼の誠実な情熱は、ロマン主義的な優越性が不可能になる状況に彼を追い込み、彼の戦いは空想的でナンセンスではあるが、その戦いは彼が自分の身の危険を賭して行ったもので、芸術家のその素材との戦い、靴屋のその皮革との戦いのようなアーダム・ミュラーの言うような高級な戦いではなかった。」シュミットには一九二二年に「ドン・キホーテと公衆」という論文がある。

4　シュミットによると「決断」とは政治にとって最も重要な必要条件の一つで、市民階級や議会主義民主主義の永遠の議論の対極に立つもの。

5　「総動員」を含む論文集『戦争と戦士』（一九三〇）と思われる。

6　ハンス・グリム（一八七五―一九五九）、植民地小説『土地なき民』で著名な作家。当時、ヴェーザー河畔のリッポルトベルクに住んでいた。

シュミット教授様

謹啓　ご著書『政治的なものの概念』[1]に次のエピグラムを捧げます。

“Videtur: suprema laus〔歴然たるは、最高の称賛〕”と申しますのも、ご著書の直接の明証性の度合いが非常に強く、どんな態度決定も余計なものになり、それを心に留めておいたと言うだけで、著者には十分だからです。

ヨーロッパを満たしているあらゆる空疎なおしゃべりがこの三〇ページの中で厳しくはねつけられていて、これはもう修復不能で、あなたと語るためには本題に、つまり具体的な友と敵関係の確認に移ることができるていのものです。私はこの言葉を極度に高く評価していて、並み居るすべてをなぎ倒すあなたの攻撃の完璧な的確さ、冷酷さ、意地悪さも評価するにやぶさかではありません。

精神の位階は今日、武装とのその関係によって決まります。あなたは特別の戦争技術上の発明に成功なさっています。それは音もなく爆発する地雷です。魔術によってのように廃墟が崩れ落ちて行く様が目に見えます。そして破壊はそれと知れる前にすでに起こっています。

私の方ですが、このところ栄養のある食事をとって体調はかなりいいと感じています。この頃は「書物」と呼べるものも少なくなって、まともな読者も少なくなっていますが、まともな読者と言える何人かをあなたのところへ連れて行こうと考えています。

敬白

エルンスト・ユンガー

ベルリン　NW二一、ドルトムント街一三番地

一九三〇年十月十四日

1　一九二八年に出版された第一版。

ユンガー様

拝啓　今、小旅行の旅先で、出版されたばかりのフランツ・ブライの自伝[1]を読んだところです。あなたも半時間ほど暇があれば、ぜひ一度それを読んでみてください。運がよければ、そこに今になお現存する知性の奇妙な、聞くに値する文章が見つかると思います。不信心者のように途方に暮れているのですが、素晴らしく、明快な知性の発する言葉のように啓発されるところが多く、たとえそれが不具者の手に偶然に握られているとしても、優れた道具ならそうであるように、知るに値するものです。

敬具

あなたのカール・シュミット

［発信地なし］一九三〇年十月二十五日

1　オーストリアの作家フランツ・ブライ（一八七一―一九四二）の自伝『ある生の物語』（一九三〇）。シュミットは早くからブライと文通している。二人を結びつけていたのは、カトリシズムを現代の方向づけをする精神的な力として取り上げようとする努力で、シュミットの書『ローマ・カトリシズムと政治的形態』はブライとの対話の中から生まれたと言われ、ブライの『カトリック的冥想』（一九〇八）の継続あるいは深化としても読むことができる。ブライの書『タレーランあるいはシニズム』（一九三二）はシュミットに捧げられている。ナチが権力を掌握したとき、シュミットがナチに肩入れしたのを見て、ナチに批判的なブライはシュミットとの交友を絶つ（W・キュールマン／A・ラインタール編『フランツ・ブライ。カール・シュミットへの一九一七―一九三三年の書簡』（一九九五）参照）。一九三六年のブライの論文「C・Sの場合」をシュミットは自分にとって危険なものと感じている。

シュミット教授様

謹啓　あなたがハンブルクでご活躍だったのを知って喜んでおります。あなたの論述のすべては私には危険なものに思われるのですが、それは、完全な即物性の限界の中に隠れているように思うからです。――そこには“révolution sans phrase〔言葉のない革命〕”が含まれています。

このことは、昨日と今日、ある個人を例に考えてみて、ますますはっきりしました。その個人といいますのは、あなたのおそらくは最も有能なお弟子さんのA・E・ギュンター[1]で、彼とは二十四時間も討論したことがあるのですが、そのときあなたの著作がよく引用されたものでした。

そんなこともあって、私はこの個人的な知人を紹介することができるのを喜んでいます。　　敬白

あなたのエルンスト・ユンガー

ベルリン　NW二一、ドルトムント街一三番地

一九三〇年十一月十七日

1　『ドイツの民族性』誌の共同編集者、保守革命のジャーナリスト（一八九三—一九四二）。その死までシュミットと親しく付き合っている。

ユンガー様

拝啓　あなたのご著書『労働者』[1]についてですが、ちょうど今、H・フィッシャーの『ニーチェ』[2]の二七三ページの下段にあなたがおそらく興味をもたれるでもあろう個所を見つけました。このシステム全体は次のようなものです。

信仰のための信仰（内容もなく、活動もない）、
モラルのためのモラル（純粋の義務、定言命令）
ラール・プール・ラール、
労働のための労働。

これには彼の抽象性に満ちた成果がついています。

結果のない方法、
宗教のない宗教論、
心理のない心理学、
法のない法学、
国家のない国家論、
方法のない方法論、
あれも、これもない方法。

私はあなたの労働者概念とこれを、フィッシャーのこの個所が行っているようには、早計に結びつけたくはないのですが。（それにしてもフィッシャーの書のこの個所は優れたものです。）

敬具

あなたのカール・シュミット

［発信地なし］一九三〇年十一月二十七日

1　一九三二年に出版されたユンガーの『労働者。支配と形姿』。

2　『背教者ニーチェあるいは義憤の哲学』。発行年は一九三一年になっている。指摘されている個所では現代に対する学者の模範としての機能が問題にされている。

シュミット教授様

謹啓　異議はどんなものも私には非常に価値があるものです。労働のための労働、あるいは他の事柄のための労働という考察は、私が自分に課している課題においては何の役割も果たしてはおりません。あなたは政治を友と敵を区別する技術[1]として研究なさっています。そのとき政治が善か悪かをまったく度外視することができるのですが、それとまったく同様に、私の方は、労働に対してそもそも領域が、それもどのような領域が、意味をもつ義務、ないしは意味をもたない義務を負っているかどうかを度外視しています。私がたとえば巨大な労働という事象の特徴に向けてこの宇宙を観察するとすれば、こうした視点をとっている間に私にとって問題になるのは、どの程度までここで労働が目に見えるものになるかだけで、星辰の運行がそれ自らのためになされているのか、そうではないのかではありません。私が目論んでいるものは、すべての倫理性を労働概念から引き出すことです――しかし労働のための労働というのは、決して新しくはないけれども、それでいてきわめて風味のない倫理性の表現にすぎないのでしょうか。存在しているもの、それは理由づけしてはならないもので――私はあなたがこの文章に賛成してくれることと思っております。

敬白

あなたのエルンスト・ユンガー

ベルリン　NW二一、ドルトムント街一三番地

一九三〇年十一月三十日

1　シュミットの著書『政治的なものの概念』第二章。「政治的な行動や動機の基因と考えられる特殊政治的な区別とは、友と敵という区別である。この区別は、標識という意味での概念規定を与えるものであって、あますところのない定義ないし内容を示すものとしてではない。それが他の諸標識から導き出されたものではないというかぎりにおいて、政治的なものにとって、この区別は、道徳的なものにおける善と悪、美的なものにおける美と醜など、他の対立に見られる相対的に独立した諸標識に対応するものである。［……］友と敵の区別は、結合ないし分離、連合ないし離反の、最も強い場合を表すという意味をもち［……］」

シュミット教授様

謹啓　拝借しておりました小論文の幾つかを同封して返送いたします。その中でもとくに「未開民族における戦争」には興味を引かれました。

敬白

あなたのエルンスト・ユンガー

ベルリン　NW二一、ドルトムント街一三番地

一九三一年三月二十四日［葉書］

シュミット教授様

謹啓　この素晴らしい町から一筆ご機嫌をお伺いします。ここに来て四日経ちます。ここは今日でも帝国主義のロマン主義的形態を学ぶことのできる最適の町です。大いに満足しています。

敬具

あなたのエルンスト・ユンガー

マルセイユ[1]、一九三一年四月二十四日［絵葉書］

1　ユンガーはバレアレス諸島への旅の途中マルセイユを訪れている。

ユンガー様

拝啓　昨夜は残念ながらお伺いできませんでした。ヒールシャーの『帝国』[1]とオルテガ・イ・ガセットの『大衆の反乱』[2]を取りに行く用意ができていましたのに。

旅の途中に読もうと思って、ブルクハルト[3]の世界史的な考察を携えて来たのでしたが、あなたがとっくに知っていることを言うのではないかと、危険を覚悟で申しますが、私も前々から知っているのに今朝になってまったく新しいと思われることをお伝えしたいのです。私はクレーナー版の一五七ページ（「歴史的危機」）に次のような文章を見つけたのです。「たとえば永遠に反目し合う私闘（フェーデ）は、戦争の代わりをするが、危機としての価値をもたない。十五世紀のドイツのフェーデの英雄は、フス派のような自然力と出会ったとき、非常に驚いた。」こうした文章の多くが突然十九世紀の粘液の間に光って見えます（ブルクハルトもそこからは抜け出てはいません）。アフォリズムの刺すような力をもってです。どんなにいいものでも、純粋のアフォリズムは読むことができません。もしツグミを純粋培養のミミズ（泥にまみれたのではなく）を餌にして飼うと、ツグミは病気になってしまいます。

敬具

あなたのカール・シュミット

［発信地なし］一九三一年八月十日

1　フリードリヒ・ヒールシャー（一九〇二―一九九一）、法学博士、、作家、革命的国粋主義者の指導者、一九三〇―三三年、雑誌『帝国』編集者。二〇年代の中頃からユンガーと親しく付き合い、「現代のナショナリズム」についてユンガーの話相手であって、一九三七年に設立された研究会「先祖の遺産」に入っているが、ナチズムとは距離を取り、一九四四年九月には陰謀容疑で一時拘留されている。一九五四年に出された回想録にはユンガーとの関係が詳しく述べられている。『帝国』は雑誌と同名のヒールシャーの著書（一九三一）。

2　オルテガ・イ・ガセット（一八八三―一九五五）、スペインの哲学者。『大衆の反乱』（一九三〇）は一九三一年にドイツ語訳が出て、すぐにさまざまに議論されるようになっていた。

3　ヤーコプ・ブルクハルト（一八一八―一八九七）、スイスのバーゼル大学教授、文化、芸術史家。一九〇五年に出版された『世界史の考察』は修史と歴史哲学の古典の一つになっている。

シュミット教授様

謹啓　同封して何冊かの書物と雑誌をお返しいたします。まことにありがとうございました。その中にロスコプフ[1]があなたにと残していった本が二冊あります。そのうちの一冊『バラントレー家の世継ぎ』[2]は手に汗を握るような緊張で読んだものです。犬と猫の基本的な関係を同じような確実さで、つまりE・A・ポーの短編『アモンティラドの樽』[3]の場合です、うまく描いている叙述をもう一つ知っています。

この小包を運んでくれる娘さんに、あなたの奥様の具合を尋ねてくるよう依頼しました。よい返事があればと願っております。

敬白

あなたのエルンスト・ユンガー

ベルリン　NW二一、ドルトムント街一三番地

一九三一年八月二十三日

1　ファイト・ロスコプフ（一八九八―一九七六）、ヒトラーのミュンヘン一揆に参加したゲルマニスト。三三年からミュンヘンのラジオ局の編集者などを務め、戦後はドイツ・グラモフォン社の社長。シュミットにヘルダーリーンの詩を紹介し、一九三三年以来はコンラート・ヴァイスの作品に取り組んでいた。

2　スコットランドの作家ロバート・ルイス・スティーヴンソン（一八五〇―一八九四）の小説（一八八九）。

3　ユンガーはしばしばこれをテーマにしていて、一九七四年にはエッセー「犬と猫」を書いている。これとよく似た基本的な関係、もっとも人間の間のものを、アメリカの作

家エドガー・アラン・ポー（一八〇九―一八四九）が短編「アモンティラドの樽」（一八四四）で書いている。

シュミット教授様

謹啓　この間届いた雑誌を同封いたします。引っ越しのときに見つけたものです。そこに私の論文[1]が載っていて、そのテーマがあなたにも関係しているように思えたからです。しかしそうでなくても、まったく楽しい時代ドキュメントとして読んでいただけるものと思います。

引っ越した新居にすっかり満足しています。とくに植物園の近く[2]というのが、何物にも替えられない思いです。いつもはたいてい家に引きこもっています。

シック夫人のアドレスがお分かりでしたら、お教えください。以前夫人から手紙をもらったのに、ついつい返事を怠っていて、やっと葉書を出したのに、配達不能として返って来ました。

敬白

あなたのエルンスト・ユンガー

ベルリン＝シュテーグリッツ

ホーエンツォーレルン街六番地[3]

一九三二年一月二十一日

1　詳細不明。

2　植物園はシュテーグリッツとダーレムの間にある。ユンガーの植物園への関心は、父の教育およびライプツィヒとナポリでの動物学の研究（一九二五―二六）から来ている。

3　ゴスラルに移住する前のユンガーのベルリンでの最後の住所。

シュミット教授様

謹啓　私たちの共通の友人ロスコプフ博士[1]から聞いたところでは、残念なことに、私がこんなことを言っているとあなたに告げ口するものがあったとか。そんなことは言った覚えはまったくありませんし、そんなことは私の主義に合わないばかりか、人との交際の際に私が守っている信条にも合わないことです。

この噂の張本人が誰なのか知りたいと私が思うとして、あなたもこの気持ちをご理解いただけるでしょう。

奥様によろしくお伝えください。

敬白

あなたのエルンスト・ユンガー

ベルリン＝シュテーグリッツ

ホーエンツォーレルン街六番地

一九三二年五月七日

1　一〇ページの注参照。

シュミット教授様

謹啓　当地[1]を選んだことにまったく満足しております。地図で見ましても、ここにはまったく中世的な様相が残っていることが推測されるでしょう。ところで、私はミュンヘンで聖ミヒャエリス教会を初めて見て、すっかり感嘆したことでした。その丸屋根からは「啓蒙の深み」とでも呼べるようなものが読み取れます。私たちはここで泳いだり、山に登ったり、とくに度の強いワインを楽しんで過ごしています。

奥様にもよろしくお伝えください。

敬白

E・ユンガー

［発信地なし。一九三二年］六月二十二日［絵葉書］

1　ダルマティア。六月から七月にかけてユンガーは弟のフリードリヒ・ゲオルクとダルマティアを旅行、のちに「ダルマティア滞在記」を書いて、エッセー集『木の葉と石』（一九三四）に収められている。弟のフリードリヒ・ゲオルク・ユンガー（一八九八―一九七七）は法学の学位を取っているが、文筆で立ち、国民革命運動に近い立場を取っていたが、ナチとは距離を保って、一九三四年にはニーキッシュの「抵抗出版」から政権批判の詩集を出している。多くの古典的詩型を復活させた詩集のほか『技術の完璧さ』などの論集で近代の目的合理的、進歩志向の思考に反対している。戦後に兄との旅行を題材にした短編「ダルマティアの夜」（一九五〇）も書いている。

シュミット教授様

謹啓　私の新しい著書[1]の小さな朗読会にご招待したのでしたが、残念ながらあなたはまだ旅行から帰っていらっしゃらなかったようでした。エシュヴァイラー博士[2]も出席したいと言っていたのですが、土壇場で所用ができて残念でした。その代わりにアーダムス[3]が来てくれて、彼とはその晩を一緒に過ごしたことです。これは彼が最近よくやるやり方で、私もことのほか満足したのですが、こうした大家がふさわしい活動範囲をもたないのは、私たちの状況にとって、とくにドイツの報道界にとって、特徴的なことと私は思います。あなたの小冊子[4]、お送りいただき、まことにありがとうございました。タイトルからしていつもの簡明的確さが現れていると思います。すぐにも読みたいのですが、このところ突然出版社の宣伝技術に巻き込まれて、ひどく忙しく取り紛れて、今もハンブルクへの旅行を控えているので、じっくり読むのはしばらく先へ延ばしております。いろいろな新聞で拝見いたしますが、あなたの持ち出される諸概念は強い力をもっていて、ドイツの政治が次第に再び誰もが関心をもつことのできる演劇になり始めるのに大いに貢献しています。

敬白

あなたのエルンスト・ユンガー

ベルリン、一九三二年八月三十一日

1 『労働者。支配と形姿』（一九三二）を指す。

2 カール・エシュヴァイラー（一八八六—一九三六）、東プロイセンのブラウンスベルクの国立アカデミーのカトリック神学の教授。教皇ピウス十世、十一世の教会をダイナミックな現代に適応させようとする、いわゆるカトリック運動の代表者。ブラウンスベルクの同僚でシュミットの友人でもあるハンス・バーリオンとナチ党に入党し、カトリシズムとナチズムの結びつきを公然と擁護。一九三四年、ナチの思想との親和性のゆえに聖別式を行う権利を剥奪されている。もっとも一九三五年には処分は取り消された。

3 パウル・アーダムス（一八九四—一九六一）、ゲルマニスト、マリーア・ラーハのベネディクト会修道院の労務修道士。一九二八年、ベルリンの中央党の機関誌『ゲルマニア』で文化欄の編集に携わり、一九三四年からはミュンヘンの放送局に勤める。シュミットの弟子で友人の一人。

4 シュミットの著書『合法性と正当性』（一九三二）と思われる。

シュミット教授様

謹啓　木曜日の八時半に私どもの朝食にお招きしたところ、来ていただけるとのこと、喜んでお待ちしております。そのときほかにも、あなたのご著書の理解ある読者の若者を三、四人招いております。

敬白

あなたのエルンスト・ユンガー

追伸　ヴィリエ[1]を読んで、ギロティンの市民的性質がとくにはっきり分かったことでした。

ベルリン、一九三二年九月十一日　［葉書］

1 ジャン＝マリー・フィリップ＝オーギュスト。コント・ド・ヴィリエ・ド・リラダン（一八三八—一八八九）、フランスの時代批評傾向の強い作家。

シュミット教授様

謹啓　北海の岸辺からご挨拶を送ります。近日中にあなたのお嬢ちゃん[1]が満一歳になられるのでしょう。お喜び申し上げます。多分この秋にはケルンに行く[2]ことになりそうです。ナチ学生団に招待されているのですが、まだ受けるかどうか決めていません。

敬白

あなたのエルンスト・ユンガー

プレロフ、一九三三年七月十一日［絵葉書］

1　アーニマ・ルイーゼ・シュミット（一九三一―一九八三）。

2　ユンガーがこの招待を受けたかどうかは往復書簡からははっきりしない。ドゥシュカ・シュミットがグレータ・ユンガーに三三年八月九日に出した手紙には、「ケルンの学生団でのあなたのご主人の講演を非常に楽しみにしていましたが、残念ながらご主人は講演を延期なさいました」とある。

シュミット教授様

謹啓　私たちの対話にもう一度帰りますが、私が挙げました書物は、二、三年前に再び翻訳されたナポレオンの秘書のフェーン[1]のものです。タイトルは『ナポレオンの秘書として』でしたか、それに似たものでした。私はあなたがそれをお読みになるのが重要なことだと思っています。とくに枢密院についての詳細な章ですが、そこにはナポレオンの個人的秘書が長を務める委員会の作業様態が個々に詳しく述べられています。この大枢密院は疑いもなくフランスの第一帝政の最も重要な文民制度でありました――すでに一つの純粋な作業道具でした。

昨晩、オーバーハイト[2]が電話してきたのですが、残念ながら私にはゆっくり話す時間がありませんでした。いつか次の機会にじかに会いたいと思っております。

奥様にもよろしくお伝えください。

敬具

あなたのエルンスト・ユンガー

追伸　ドイツ帝国最高裁判所と外国、とくにオランダ、との議論[3]は非常に憂慮すべきものです――ここではリベラルな「真理と正義」がまさに最高審の中に戻されるからです！

ベルリン＝シュテーグリッツ

ホーエンツォーレルン街六番地

一九三三年八月十七日

1　アガトン・フランソワ・バロン・フェーン（一七七八―一八三七）。彼の『回想録』（一九〇八）が『ナポレオンの秘書としての九年間――一八〇六―一八一五』という副題をつけて一九二六年に独訳された。

2　ハインリヒ・オーバーハイト（一八九五―一九七七）、本職は鉄鋼製品商。プロテスタント神学を学び、ドイツ・キリスト者運動の指導的人物として一九三三年からはハンボルンの牧師やコブレンツの「帝国教会」の監督を務め、プロテスタント教会政策の鍵を握る人物。またナチ突撃隊指導者、戦後は本業で成功している。シュミットの数少ない親友の一人。ニュルンベルクから帰って来たシュミットを援助するために糾合した「アカデミカ・モラーリス」の設立に力を入れる。そのメンバーは第三帝国の要職に就いていて今は不遇をかこっていた者が大多数。シュミットはこの会で講演をし、会の特別口座から経済的援助を受けていた。

3　帝国議会議事堂放火事件との関連で幾人かの外国人（ヴァン・デア・ルッベ、ディミトロフ、ポッポフ、タネフ）が起訴されたことを指すと思われる。

枢密顧問官閣下[1]

謹啓　この前のに続けて、クビーン[2]とデフォーの美しい雨の日々[3]についての拙文をお送りします。この拙文をどなたかに見せるときには、考慮していただきたいことがあります。拙文の載っているこの冊子にはヴェーバー[4]の悪意に満ちたイラストが載っているからです。奥様によろしくお伝えください。私たちのために一晩お時間を割いていただいたこと、非常に喜んでおります。敬白

あなたのエルンスト・ユンガー

ベルリン、一九三三年九月十八日

1　シュミットは一九三三年七月十二日にプロイセン州首相ヘルマン・ゲーリングから「プロイセン枢密顧問官」に任命されている。

2　アルフレート・クビーン（一八七七―一九五九）、オーストリアの素描家、作家。空想的な没落を描く小説『裏面』（一九〇九）がとくに有名で、ユンガーは第一次大戦中にこれを読んでいて、ユンガーの時代把握とその叙述に大きな影響を与えている。ユンガーには『裏面』の書評やクビーンについての論文がある。死臭と腐敗を象徴するような、あるいはデーモンと夜の幻想を示す文学作品の多くにクビーンはイラストをつけているが、ユンガーのノルウェーよりの手紙『ミドゥルーン』（一九四三）にもイラストをつけている。一九七五年にはユンガーとクビーンの往復書簡も出版されている。

3　詳細不明。

4　アンドレアス・パウル・ヴェーバー（一八九三―一九八〇）、デザイナー、グラフィカー、イラストレーター。一九三〇年以来、ニーキッシュの『抵抗』誌の共同編集者。この雑誌はヒトラーとナチ運動に対する激しい批判の言辞とイラストのゆえに発禁となる。一九三七年、ヴェーバー

は一時ゲシュタポに拘留されている。『抵抗』誌のユンガーの論文の前にヴェーバーのイラスト「沼地、歌の終わり」が載せられていたこともある。

枢密顧問官閣下

謹啓　ボッシュの素晴らしい絵[1]は以前からコピーで知っていましたが、ケルンへやって来まして、またそれを探しております。ボッシュの絵では動物は、それぞれに違った多彩さをもつ二つの部分からなっている中世の世界の中に描かれています。この絵でも画面の前面から背景に連なる一連の動物は悪へ向かって近づいて行く様を示しています。ボッシュの絵の見慣れぬ異様さはこうした区別の仕方が私たちには異様なものになっているからなのでしょう。ブリューゲルの楽園でも植物と動物は同一の多彩さに関係する「種」を示しています。今、モデルネと呼ばれているものの経過は何よりも悪の解体にあって、それゆえ不道徳な者はすべて私たちにとってとくにモデルネであって、この経過がスケッチよりも色彩の役に立つかのように、私には思われます。ちょうど分解過程の本質に応じているように。ところで、あなたが友と敵を区別なさるのは[2]、モデルネの性質をもつものではなく、したがって、この構想においてはスケッチが、あるいはあなたの良き友人たちが主張しているように、「ロマン主義的性格」[3]が強く表に現れ出ています。『抵抗』誌の十二月号のニーキッシュのきわめて知的な異議[4]には、あなたの理論がモデルネの彼岸にも投影できるものであると反論できるのでしょう。ボッシュの絵が私たちにとってもはや現実ではなく、規範であるのとまったく同様に、神と悪魔という二元論も、友と敵の関係であって、それを観察することで、優れた規範を獲得することができるのでしょう。同様の多彩さで繰り広げられる本質的に非道徳的な世界において、友と敵の区別は基本的なやり方であって、このやり方で順繰りに変転する具体的な状況に取り組み、これを加工することになります。いずれにせよ、このことが、あなたの筆跡鑑定家がくしくも見て取っているように、私のやり方でもあって、そのかぎりで、あなたのテーゼは私にとって身近なものです。友と敵の区別はもちろん統一そのものに触れることはできないのでしょうが、それはこれが区別だから当然のことです。

私はゴスラル[5]にもう大分慣れて、今やっているのは、新しい種類のスポーツ、つまりスキーです。これは風を一杯に受けて前進して行くスポーツで、夕暮れの長いゲレンデを音もなく滑って行くと、何か幽界を疾駆するような快感を覚えます。ここではこれまでより仕事ができるように思えるのですが、いずれにせよ、私は私の時間を独り占めする主人です。

ベルリンに用事で行くことがありますれば、必ずお知らせいたします。

敬白

あなたのエルンスト・ユンガー

家内からシュミット夫人にくれぐれもよろしくとのことです。

ハルツのゴスラル、ノネンヴェーク四番地

一九三三年十二月十三日

1　ヴァルラフ・リヒアルツ美術館所蔵のヒエロニムス・ボッシュ（一四五〇頃―一五一六）の「キリスト生誕」と「王たちの礼拝」。ボッシュの幻想的な絵はシュミットとユンガーの間の思想の交換の対象になっている。

2　八ページの注参照。

3　おそらくシュミットの思考スタイルを指していて、フランスの影響を想定してのものと思われる。

4　エルンスト・ニーキッシュ（一八八九―一九六七）、社会民主主義者、一九一九年のミュンヘンのレーテ革命では労農兵評議会の議長、一九二一年まで禁固刑に処せられる。一九二六年、雑誌『抵抗』を、その翌年、出版社「抵抗」を創立し、ナショナル・ボルシェヴィズムの論陣を張る。ヒトラーやナチ運動を批判する論説やイラストのためナチから目の敵として攻撃される。ユンガーは一九三〇年頃からニーキッシュと付き合うようになり、『抵抗』誌にしばしば寄稿している。ニーキッシュが一九三七年に逮捕され、三九年から四五年まで懲役刑に服している間、ユンガーはニーキッシュの妻と子供たちを自宅に引き取り、さまざまに援助の手を差し伸べていた。ニーキッシュは戦後、東ベルリンの市民大学の校長、のち、フンボルト大学の帝国主義史の教授、DDRの人民議会議員を務めているが、一九五三年、西ベルリンに移住。ここで言われているのは、一九三三年に第三版が出たシュミットの『政治的なものの概念』を批判して、「友と敵の区別」を「内戦状況の政治的総括であり、マルクス主義の階級闘争理論に対する市民の側からの答え」としている。戦後、ニーキッシュはシュミットの最も厳しい批判者の一人になっている。

5　ユンガーの家族は十二月十二日にゴスラルに引っ越し、三六年十二月にユーバーリンゲンに移るまでここで暮らしている。

枢密顧問官閣下

謹啓　ご著書『政治神学』[1]に美しい箴言を添えてお送りいただき、まことにありがとうございます。あなたとご家族が良きクリスマスをお迎えになられることをお祈りしつつ。

敬白

あなたのエルンスト・ユンガー

ゴスラル、一九三三年十二月二十三日［絵葉書］

1　一九二二年に初版が出た『政治神学』の第二版、発行年は一九三四年になっている。この献呈本はユンガーの蔵書に残されていない。

ユンガー様

拝啓　クリスマス・カード、ありがとうございます。こちらからは、良き新年をお迎えになられるようお祈りします。家内はあなたの奥様からお便りをいただければ嬉しいと申しております。

次の週末（一月六日、七日）ゴスラルにいらっしゃいますか。もしいらっしゃるなら、ヴェストファーレンへ行った帰りに数時間そちらに伺うことができ、お会いできれば嬉しいのですが。

ここ数週間、あなたが『冒険心』の「ライプツィヒ」[1]の項で語っておられる夢に私は悩まされています。フランスの小説、マルローの『人間の条件』[2]をお送りします。ゴスラルでは手に入らなかったと思いますので。マルローは一九二七年、中国の広州で活躍していて、私は彼を散文作家あるいは小説家とは思ってなく、ラ・ロシュフコーのような、あるいはスタンダール、フローベール、ベルナノスとさえ比肩する良き意味のフランス的流儀の真の「モラリスト」と見ています。こうした「モラリストたち」はしばしばイギリスのリアリスティックな画家たちやドイツ流の形而上学者たちよりはるかに深い具体的な洞察を保持することができるのです。私が考えているのはたとえば、フローベールが「若者たちは年を取ったように見え、年寄りたちは若く見える」と言って、社会状況の全体を明らかにしている文章です。エピグラムめいて警句とも言える先鋭化がなされていますが、何か「機械的なもの」では決してなく、集中した力が感じられ、正鵠を射て、形而上学的核心にまで突き進んでいます。

またお会いできるときを楽しみにしています。

敬具

あなたのカール・シュミット

ベルリン＝シュテーグリッツ、シラー街二番地

［一九三三年十二月の最後の週］

1　ユンガーの『冒険心』の「ライプツィヒ」の項：「ライプツィヒ。　夢。私は黒い鉄兜で武装して地獄のような城の前に立っている。城の壁は黒く、巨大な塔は血のように赤い。門の前に白い炎が柱のように燃え上がっている。私は中へ入って行って、内庭を横切り、階段を上って行く。私の前に次々と広間が開ける。私の足音が切り石で出来た壁に反響する。その他は死んだように静かである。やっとのことで私は磁石に吸いつけられるように塔の円形の部屋に足を踏み入れる。そこには窓がないのだが、壁がとてつもなく厚いのが感じられる。光は一切ないのだが、それでもその部屋は奇妙な影のない輝きを放っている。

机が一つあって、その周りに二人の少女と一人の婦人が座っている。この三人は似ていないのだが、母と娘たちにちがいない。黒髪のこの婦人の前の机の上には、キラキラ光る長い蹄鉄用の釘が山のように積まれている。彼女はそれを一つずつ取り上げて、よく尖っているかどうか調べてからブロンドの髪の少女たちの顔や手足や胸に突き刺す。彼女は身動きもせず、一言も発しない。一度だけ黒髪のこの婦人がスカートの裾をはだけたことがあり、そのときふともも身体も傷だらけで血まみれなのを私は見た。

婦人は二人の少女の前におし黙って座っている。彼女は聖画像のように大きな赤く塗られた心臓をもっていて、それは胸全体を隠さんばかりである。驚いたことに、ブロンドの少女に釘を突きさすたびに、この雪のように白い心臓が灼熱した鉄のように真っ赤になる。私は入り口の方へあたふたと走って逃げて行きながら、こうした試練には、というのが、こうしたことがあるにちがいないと漠然と予感しているからなのだが、とても耐え切れないと感じている。その鉄の門のかかった扉がどうしてか次々とぱっと開く。そのとき、一番底の地下室から一番上の塔の小部屋までその扉の一つ一つの後ろに、人間には決して経験することのない地獄の拷問の苦しみが渦巻いているのが私には分かる。」

2　アンドレ・マルロー（一九〇一―一九七六）、フランスの作家、政治家。一九二三年にインドシナで考古学の探検旅行を行い、一九二五年には広州の反乱に参加。一九二七年まで共産主義的・革命的南方政府の宣伝委員、一九二六―二七年、共産主義者の側に立って中国革命に協力する。『人間の条件』（一九三三）は蒋介石将軍による共産主義革命の弾圧を共産主義的ヒューマニズム的視点から描いたもの。ユンガーはシュミットに薦められてマルローを読むようになり、一九四一年十月にはパリでマルローと会い、そのときの模様を『パリ日記第一部』に記している。

枢密顧問官閣下

謹啓　ゴスラルにお立ち寄りの由、妻ともどもお会いできるのを楽しみにしております。

あなたのお手紙を拝見して、私はあの意識的な夢を再び繰り広げたものでした。半ば忘れてしまっていて、私の個人的な経験の外にあるイメージの、このようなものにわれながら驚いたことでした。このようなイメージの大波を受けていた時期にあまりメモを取っていなかったのが残念です。それでも今も幾つかの小さな備蓄はあるのですが、当時はそれを印刷に付すのは考えものだと思ったのでした。あの本はあまり需要があるわけではないのですが、将来版を重ねることがあれば[1]、これを挿入しようと思っています。

マルローをお送りいただき、ありがとうございました。あなたのお気に入りのことをお伝えいただきましたが、あなたがこちらへおいでになるときには、きちんと読んでおこうと思っています。少し前、私はセリーヌ[2]の『夜の終わりへの旅』を読みました。完全に下劣な世界に生きるラブレー[3]です。セリーヌは現代の個が自分自身を眺めるときに抱く途方もない嫌悪の念をきわめて精密に描いているので、彼は疲れ切っているにもかかわらず、読者を見つけるのだろうと私は考えます。無政府主義者たちが退屈するようになるのは、社会がもうおしまいになっていることの最後の印なのかもしれません。真田虫の生活力も一般的な血液温度によるのでしょう。

こちらに到着する時間をお知らせください。駅までお迎えに参ります。

敬白

あなたのエルンスト・ユンガー

ゴスラル、ノネンヴェーク四番地

一九三四年一月二日

1 『冒険心』は大幅に書き替えられて第二版が一九三八年に出ている。

2 ルイ＝フェルディナンド・セリーヌ（一八九四―一九六一）、フランスの小説家、エッセイスト。アフリカやアメリカに住んだ後、パリの郊外で施療院の医師を務める。ソヴィエト旅行をして、ソ連に幻滅し、極左からファシズムへ向かう。ナチ・ドイツに占領された時期のドイツ協力のゆえに、一年間投獄されるが、脱獄してのちデンマークに逃げる。一九三二年、自伝的、空想的冒険小説『夜の終わりへの旅』を書いていて、これは一九三三年には早くもドイツ訳が出ている。世界探索のモティーフを文明批判に結びつけ、新しい挑発的な言葉で権力欲、搾取、破壊願望、貧困、非理性、憎悪、犯罪に溢れる地獄のごとき世界、プレファシズムの時代を描いて大きな反響を呼ぶ。ユンガーにはセリーヌについての発言が幾つかある。

3 フランソワ・ラブレー（一四九四―一五五三）、フランスのヒューマニスト。『ガルガンチュアとその息子パンタグリュエル』（一五三二／三四）がよく知られている。

枢密顧問官閣下

謹啓　学位論文[1]をお送りいただき、まことにありがとうございます。「トンダールスの幻想」[2]をこれに添えて製本させようと思っています。これとあなたの書き込みによって、この論文は私の収集しているハーマン文献[3]の中でも特別の地位をうることになります。私はそのうちにもう一度立ち入ってハーマンに取り組もうと考えていて、ハーマンのカントと百科全書派に対する立場の中に、目と耳の間の、光と言語の間の、認識と啓示の間のこの上なく重要な出会いの一つを私は見ています。コペルニクスの革命以来、外の目と内の目は対立するようになって、人間の事柄と神の事柄の一致がデカルトの松果腺によって代替されています。しかしこの領域にはなおこの一致を失っていない精神の持ち主、私が最近書いたことですが、モデルネの此岸と彼岸に同時に立っている人たちがいます。私がこれに数え入れるのはパスカルですが、パスカルにおいての数学がハーマンでは言語です。

この関連で念頭に浮かぶのは、数年前にゲーテの文章をあなたから書き送っていただいたことです。そこでの対象は、ここでも耳と目の関係にあるにちがいないのです。――もっとも私は「魔的な言葉」の結びつきだけしか思い出せません。あの章句をまだ覚えていらっしゃるなら、お教えいただけるとありがたいのですが。と申しますのも、今執筆中の母音についての論文[4]にそれを使えるのではないかと感じているからです。

ニーキッシュは自分の論文[5]を主として防衛行為と見ているらしく、あなたもご存じの私の世界観との関係で、私は彼と文通しているのですが、彼からこう書いて来ていました。こちらには非友好的な行為をするつもりは毛頭なく、重要なのは不一致の除去です、と。いずれにせよ、私の方はこの言葉に率直に喜んでおります。

敬白

あなたのエルンスト・ユンガー

ハルツのゴスラル、ノネンヴェーク四番地

一九三四年一月十三日

1　ハーマンについての誰かのものらしいが、詳細不明。

2　一一四九年にレーゲンスブルクの僧侶によってラテン語で書かれた有名な幻想。罪深い一人の騎士が硬直症にかかって、その三日間の苦しみの中での幻想を描いたもの。シュミットとユンガーが「トンダールスの幻想」をハーマンと結びつけているのは、ハーマンがこれに言及しているためと思われる。一七八〇年六月三十日のハーマンのヨーハン・カスパル・ヘーフェリ宛の手紙に、「あなたからのお手紙をいただいた数日前、私はルターの著作の中で〈狭い橋の上で荷物を背負った騎士トンダールス、足元の水たまりには無数の竜がいて、そのうちの一頭は彼に襲いかかっている〉を読みました。マタイによる福音書第七章の注釈。私は私自身に対する鍵を確実に見つけ出したと思ったものです」とある。

3　哲学者のヨーハン・ゲオルク・ハーマン（一七三〇―一七八八）についての文献。ユンガーはライプツィヒでの勉学中にフーゴー・フィッシャー（三ページ参照）を通じてハーマンを知り、ハーマンの啓蒙批判的立場と言語哲学的考察を高く評価していた。『冒険心』の初版のモットーにはハーマンのフリードリヒ・ハインリヒ・ヤコービ宛の一七八七年四月二十三日の手紙の一部「私の念頭にあるすべてのものの種子、私はそれをいたるところに見つけます」を挙げている。ユンガーはのちに詩人としてのランボー、思想家としてのショーペンハウアーと並べて、魔術師としてのハーマンにとくに刺激を受けたとしている（『漂白の七〇年　V』参照）。

4　「母音賛歌」（一九三四）。

5　Hitler–ein deutsches verhängnis (1932)（『ヒトラー——ドイツの悲運』）。一七ページの注4参照。

枢密顧問官様

謹啓　先週の金曜日、三月九日の夜九時四五分に次男[1]が元気に生まれました。あなたと奥様にお伝えできるのを喜んでおります。家内はすでにすっかり回復しておりますが、出産にまつわる悪魔たちに悩まされています。お湯を沸かす産婆や義母、そして入れ替わり立ち代わり女たちが訪ねて来るからです。子供が生まれた後に父親はハンモックで寝るという南アメリカの風習は、非常に優れたものだと思われます。妻は、『千一夜物語』によく出て来るように、「目にかげりがなく、心配ごとは一切ない」状態で、晴れた春の日々を楽しみにしながら、シュミット夫人によろしくとの伝言です。先刻、奥様からのお手紙をいただいたのでした。

敬白

あなたのエルンスト・ユンガー

ゴスラル、ノネンヴェーク四番地

一九三四年三月十二日

1　カール・アレクサンダー・ユンガー（一九三四―一九九三）。

ユンガー様

拝啓　昨日の午後、妻と一緒に気軽にマクデブルクまで足を延ばして、あちこち見て回ったのでしたが、妻は中央広場のオットー大帝の記念碑とドームの中の大帝の墓、そしてドーム全体にすっかり感激して、それに煽られて私の方もついつい感激したものでした。子猫のプッヒも連れて行ったのでしたが、とくに楽しい旅の道連れでした。私たち三人は快い疲れを感じながらベルリンへ帰ったことでした。

　このところ天気のいい日が続いて、あなたと奥様に感謝しています。おかげでベルリンからゴスラルへの旅がうまく行くかどうか心配しなくてもよいからです。小さなアレクサンダーのことを思うとすっかり嬉しくなります、もちろん喜んで正式の洗礼立会人になりましょう。

　あなたにお話ししたバンジャマン・コスタン[1]の引用は、確かめたところ、私が記憶していたものと少し違っていました。苦痛について語っているとは言えないので、あなたにとっては役に立つものではなさそうです。コスタンは（一九〇七年になってやっと出版された内密な日記『赤いノート』[2]で）「……私にとって不愉快なことが起こりそうなすべてのものから逃げるために、生と別れるのは、生を大きく軽蔑することであるが、ひそかな望みでさえもある」と彼のひそかな望みを語っていますが、これは、つまり彼の「怠惰（paresse）」と生に対する軽蔑（mépris）です。これではあなたが思っておられるものとは、もちろん何か違っています。私はこの機会に、ホッブズ[3]あるいはコスタンの理論のようなリベラルな理論は、それがとにかく興味深いものでありうるかぎりで、純粋にリベラルな人間に由来するものではないことを知りました。ホッブズは恐怖を自分の本質と呼んでいます（彼は一五八八年、スペインの無敵艦隊がイギリスに近づいて来て、イギリスがパニックに陥っていたときに生まれています）。ホッブズは二行詩で綴っている自伝で、こう言っています。母は当時双子を産んだ、自分と恐怖――あるいは不安か――（geminos paruit/meque metumque simul）と。バンジャマン・コスタンの方は自分の本質を「怠惰」と認識していて、ホッブズの恐怖といい、コスタンの怠惰といい、とにかく哲学的認識のありうる源泉なのですが、肉体的な苦痛に対する単なる不安は、いわゆる唯物論的＝感覚主義的形而上学の全体のように、視野の狭い問題のように私には思えます。コスタンの『赤いノート』の中の次の個所はきわめて興味深いものです。「というのも、私はそんなにも怠惰な性質で、したがって好奇心などもたず、……運命に押し流されるところに留まり、突然また別の場所へ移されるから。」

　別便で『ドイツの民族性』[4]を印刷物として開封でお送りします。

　奥様はあなたの早足について行くのに苦労なさるので

はないかと心配しています。奥様には町の中を案内していただいたり、駅までもお送りいただき、そのご親切さにすっかり恐縮しているだけに、それが心配です。
奥様に、そして小さなエルンストにくれぐれもよろしくお伝えください。

敬具

あなたのカール・シュミット

ベルリン＝シュテーグリッツ、シラー街二番地

一九三四年四月二十日

1 バンジャマン・コスタン（一七六七—一八三〇）、スイス出身のフランスの作家。長らくイギリスとドイツに住み、フランス革命に感激して、法制審議院に勤める。一八〇二年、ナポレオンに追放され、同じように追放されたド・スタール夫人に同行してドイツに赴くが、一八一六年、パリに帰り、自由党の議会議員として指導的な役割を果たす。一八三〇年参事官になり、イギリスを模範にしたリベラリズムと立憲君主制を説き、その政治的な主張が注目を集める。宗教的心理小説『アドルフ』（一八一六、ドイツ語訳一八一七）、没後に『セシール』（一九五一、ドイツ語訳一九五五）が出ている。ユンガーが挙げている個所は論文「苦痛について」。

2 「赤いノート」は、コスタンがドイツ滞在中の一八一一年に書かれたと思われる自伝的な手記から取られた題名。この手記は一九〇七年、男爵夫人シャルロッテ・ド・コスタンによって『二つの世界』誌に二号に分けて載せられた。一九七〇年にドイツ語訳が出ている。

3 トマス・ホッブズ（一五八八—一六七九）、イギリスの哲学者、国家理論家。シュミットの国法の考え方にとってボダンと並んで大きな意味をもった思想家。ホッブズは一六四〇年、ピューリタン革命を逃れてパリに亡命、一六五一年に帰国するまで、国家論、社会論に取り組み、イギリスとフランスにおける革命戦争、内戦の経験から、強力な平和志向の国家を推奨する。最も重要な著作は、一六五一年に出版された『リヴァイアサンあるいは市民的および教会的国家の素材と形式と権力』（ドイツ語訳一六八〇年）で、それによれば、自然状態においては人間の心を満たしている生き残りの執念と権力欲のために「万人に対する万人の戦い」が支配するが、これを避けるためには、人間は一つにまとまり、国家を作らねばならないとされ、「このことは偉大なリヴァイアサンの誕生、あるいは（より恭しく言えば）死すべき神の誕生であって、このおかげで、われわれは永遠の神に帰依して保護と平和をうることができる。国家の中で各人から与えられた権威と委ねられた権力によって、すべての市民に平和をもたらす状態、外敵に対する互いに助け合わざるをえない状態になる」と言う。こうしてホッブズは強力で主権をもつ絶対主義的な国家という近代の理念の創始者の一人となる。この国家はもちろん人為的なものであり、そうであるかぎり無常なものである。シュミットのホッブズに対する態度はアンビヴァレントなもので、一方で主権という理念に魅了されながら、他方で国家の世俗的な捉え方には好意を抱いていない。その上、シュミットはスピノザ以来のリベラルなユダヤ人哲学者たちによる強力な国家という理念を疑問視して、今の自分の

時代にはそれは完全に危険なものと見ていた（三四年六月二日の手紙の注、シュミットの論文「ホッブズとデカルトにおける機構としての国家」（一九三七）、著書『トマス・ホッブズの国家論におけるリヴァイアサン』（一九三八）、論文「完成した宗教改革。新しいリヴァイアサン解釈への覚書と指示」（一九六五）参照）。

4　一九一九年から一九三八年までハンザ出版社から出されたいわゆる保守革命を主張する最も急進的な雑誌。編集者は民族派の美術史家ヴィルヘルム・シュターペル（一八八二―一九五四）と青年保守派の評論家アルブレヒト・エーリヒ・ギュンター（七ページの注参照）。ユンガーはこの雑誌に一九二六年から一九三三年までに幾つかの論文を寄稿、シュミットも一九三二／三三年に二篇寄稿している。シュターペルとシュミットの往復書簡も出ている（トミッセンの『シュミティアーナ　V』二七―一〇八ページ）。

枢密顧問官様

謹啓　ギュンターがお宅を訪ねることがあれば、『冒険心』のハンザ出版からの新版[1]の件がその後順調に進んでいるかどうか、一度尋ねていただければ、ありがたいのですが。抜粋を幾つか同封いたします。ご家族と猫のプッヒによろしくお伝えください。ギュンターに影響されないようお気をつけください。彼はペルシャ猫しかお座敷には飼えないなどと言う男ですから。

敬具

あなたのエルンスト・ユンガー

ゴスラル、一九三四年四月二十五日［葉書］

1　二〇ページの注参照

ユンガー様

拝啓　ヴォルフェンビュッテルの図書館長がシュタール[1]の遺品を見せてくれることになって、六月二十二日金曜日の午後、ヴォルフェンビュッテルへ行って、土曜日に図書館を訪れることにし、その旨を館長に手紙で知らせたところです。ヴォルフェンビュッテルを見て回るという私たちの計画をこの機会に実現してはどうでしょう。金曜日の午後にヴォルフェンビュッテルで落ち合うことができればいいのですが。私の方は四時三〇分にブラウンシュヴァイクに着き、そのままヴォルフェンビュッテルへ向かいます。

妻からもあなたと奥様と小さなエルンスト、そして何よりもカール・アレクサンダーによろしくとのことです。

敬具

あなたのカール・シュミット

ベルリン＝シュテーグリッツ、シラー街二番地
一九三四年六月二日

1　フリードリヒ・ユーリウス・シュタール（一八〇二—一八六一）、旧名ユーリウス・ヨルゾーン。バイエルンのユダヤ商人の息子。一八一九年にプロテスタントに改宗、法学を学び、一八三二年、エルランゲン・ヴュルツブルク大学教授、一八四〇年、ベルリン大学教授で『法哲学』（一八三七）、「君主制の原理」などで保守派に大きな影響を与えていた。一八五二／五三年、ベルリン大学学長。急進的民族主義者の間では「ドイツ・キリスト教のマスク」をかぶった同化したユダヤ人の典型とみなされ、ドイツ精神とキリスト教をユダヤ的に改竄するものと非難されていた。シュミットも三〇年代初めからシュタールをさまざまに攻撃し、ナチ支配が始まって以来、詳細な論述によってシュタールの仮面をあばき、法と政治における同化したユダヤ人の危険性を明確にしようとしていた。ユンガーも一九三〇年の論文「ナショナリズムとユダヤ人問題」で同化したユダヤ人を攻撃してはいるが、ナチ支配が始まってからはユダヤ人の友人を支援し、ナチの人種政策を非難している。ユンガーの「平和のために」（一九四三—四五）では、シュミットがつねに激しく攻撃していたスピノザの格言がモットーに選ばれている。

枢密顧問官様

謹啓　二十二日は、私の次の旅行日程にかなり押しつまっているのですが、それでもこの小旅行に参加できるだろうと思います。ここ数日、訪問客が多くて、ロスコプフ[1]やコンラート・ヴァイス[2]も一晩来ていました。今ちょうど『木の葉と石』を書き上げたところで、当地の滞在もかなり有意義なものになっています。この時代には少しばかり魔術を習わねばならないのではと思っています。それも最小限の動きで最大限の効果を上げる術をです。小さなカール・アレクサンダーは母親の胸に抱かれてすくすくと育っています。洗礼の聖水もあの子には害にならなかったようです[3]。

ご一同様によろしくお伝えください。　敬白

あなたのエルンスト・ユンガー
ゴスラル、ノネンヴェーク四番地
一九三四年六月八日

1　一〇ページの注参照。
2　コンラート・ヴァイス（一八八〇—一九四〇）、カトリックの作家。一九〇四—二〇年、カトリックの文化雑誌『ホーホラント』の編集者、一九二〇—四〇年、『ミュンヘン新報』の芸術欄担当者。マリアや救済史をテーマとする

抒情詩的作品を多く書いてもいる。シュミットはヴァイスの崇拝者でしばしばヴァイスに言及している。

3　シュミットが代父になって聖水を授けたことを指す。

［同封されたコピー］

『民族的観察者』誌[1]、「青年行動隊」宛

『民族的観察者』誌、一九三四年五月の六／七号の付録「青年行動隊」に私の著書『冒険心』が抜粋で載せられています。これには出典が挙げられていないので、私が貴誌の協力者であるかのような印象を与えます。これはまったく当たっておりません。私は何年も前から雑誌を発表手段に使ってはおりません。

　こうした特別な事例において、強調しなければならないのは、一方で公式の雑誌が私に協力者の役割を認定しておきながら、他方で一九三三年十一月十八日付けの「ドイツ・アカデミー」宛の私の書簡[2]の掲載が公式の報道コミュニケによって差し止められるわけで、こんなことは許されることではないと思われます。私がこうした努力をいたしますのは、新聞雑誌にできるだけしばしば名を挙げられるためにではなく、私の政治的な実体のありようについて曖昧な痕跡が残らないようにするためです。

EJ

枢密顧問官様

謹啓　『民族的観察者』誌への手紙のコピーをお送りします。私の「文章」が引き起こす印象が過度に膨れ上がらないようにと思ってです。すでにお伝えしましたように、二十二日金曜日にはヴォルフェンビュッテルに行くことができると思っております。　　敬白

あなたのエルンスト・ユンガー

ゴスラル、ノネンヴェーク四番地

一九三四年六月十四日

1　一九二一年以来、ナチ運動闘争誌、ナチ政権獲得後は事実上ナチ政府の機関誌。

2　ドイツ文芸アカデミーが改組され、ユダヤ人や左翼系の作家が排除され、ナチ作家に入れ替えられたとき、ユンガーは新会員に指名されたが、これを辞退して書いた一九三三年十一月十八日付けの書簡、「ドイツ文芸アカデミーの会員に選ばれましたが、これを受けられないことをご通知いたします。私の仕事の特質は本質的に兵士的な性格にありまして、それを私はアカデミックな束縛によって損なわれたくありません。とくに私は労働者についての私の著書の第五九章に記しました軍備と文化との関係についての私

の考えを個人的な態度においても堅持するのを義務と考えております。それゆえ私のこの辞退を、私が一九一四年以来取り組んできているドイツの動員への私の関与を私に課する犠牲とお考えいただきたいのです。私のことをお考えいただいたという事実だけでも大変に光栄に思っていることをここに申し添えまして。／敬具／エルンスト・ユンガー」。

枢密顧問官様
冠省　金曜日には六時から七時までの間に図書館に出向きます。私の乗る列車はブラウンシュヴァイクより先にヴォルフェンビュッテルに着きますので。　匆々

あなたのエルンスト・ユンガー
ゴスラル、ノネンヴェーク四番地
一九三四年六月二十日［絵葉書］

枢密顧問官様
謹啓　私たちがノネンベルクでお話し合いをした折に触れたことのある書物を先刻見つけました。その本は『君の人生の法則』というもので、著者はハンス・キュンケル[1]です。別便で印刷物としてお送りいたします。闘争歌のリズムについての個所は一〇四ページにありますが、非常にいいものです。ちなみに著者はフードをかぶった修道服の男なのですが、それでもところどころに学問的な野心がうかがえます。

ハーマンの手紙[2]は見つかりませんでした。ギルデマイスターから出版されたばかりのもので、ロート書店にはまだ来ていないようです。

あなたの筆跡学のコレクションのために、私の『戦陣日記』第十三番から何枚かの複製を同封いたします。それらは軍事行動の合間に、それもインクで書いたものです〔三〇―三三ページの図版〕。

六月二十三日の美しい星空を思い出しながら。

敬白

あなたのエルンスト・ユンガー
［ゴスラル］一九三四年六月二十六日

1　ハンス・キュンケル、『君の人生の法則。人間の生の原型』（一九三三）。「闘争歌のリズムについて」の個所は、「多くの共産主義の闘争歌が、固く短く、ほとんど即物的な第三の原型のアクセントをもたず、より柔らかで間延びのした第二の原型のスウィングなのは、特徴的である。それらはその年齢からすると生の時期の第二の原型にあるサークルの中で出来上がっていて、このサークルに取り入れ

られ、運んで行かれる。ドイツの理念共産主義は――青年運動のように――第三の原型に対する第二の原型の氾濫である。こうした歌を歌いながら隊伍を組んで進んで来る人間は、軍隊の行進の奮い起こされた力にとって危険なものではなくなる」。

2　二二ページの注参照。

［同封されたコピー］

国家社会主義ドイツ労働者党（ナチ党）、

職業倫理監督局宛

フリッツ・メルケンシュラーガー博士[1]の件についての一九三四年六月二十一日付けの貴局の問い合わせについて、以下のようにお答えします。

問題とされているメルケンシュラーガー博士の論文に私は心当たりがありません。それを読まなかったのだろうと思います。しかしそれがすでに印刷されて出版されているのですから、その内容を具体的に検証なされば、貴局で必要な情報はえられると考えます。

メルケンシュラーガー博士については種族論に関する著書があることでその名を知っておりました。私はそれらの著書を重要なものと考えており、博士とは文通もしており、一度、生物学帝国研究所に博士を訪ねたこともあります。博士の種族に対する考え方に特別の価値があるのは、われわれの民族の肉体の中にある資質の多様性を強調し、人間の活動性の諸形態、たとえば戦争とか狩猟とか農耕に対して種族の特性がもつ秘められた諸関連をえぐり出しているところにあると私は見ています。こうした考え方は、ドイツの最上の伝統の線上を動いていて、これはたとえば、ヘルダーやその弟子のクレムの理念に示されていますが、十九世紀のその後の流れの中でその深い意味が表現されなくなっているものです。こうした種類の考察のわれわれの時代に対する特別の使命は、種族とわれわれの活動の特殊な形態、つまり大きな技術的労働と権力展開との間にある関係の浸透がそこから可能になるように思われるところにあります。われわれにとって重要なのは、労働者を、マルクシズムが試みているように、単に経済的、道徳的あるいは人道的な集団と見るのではなく、その活動を種族の法則が表現されている形式、この法則に従って方向づけねばならない形式と見ることです。

つけ加えておきたいのは、メルケンシュラーガー博士の個性からえた印象から申しまして、職業倫理に抵触す

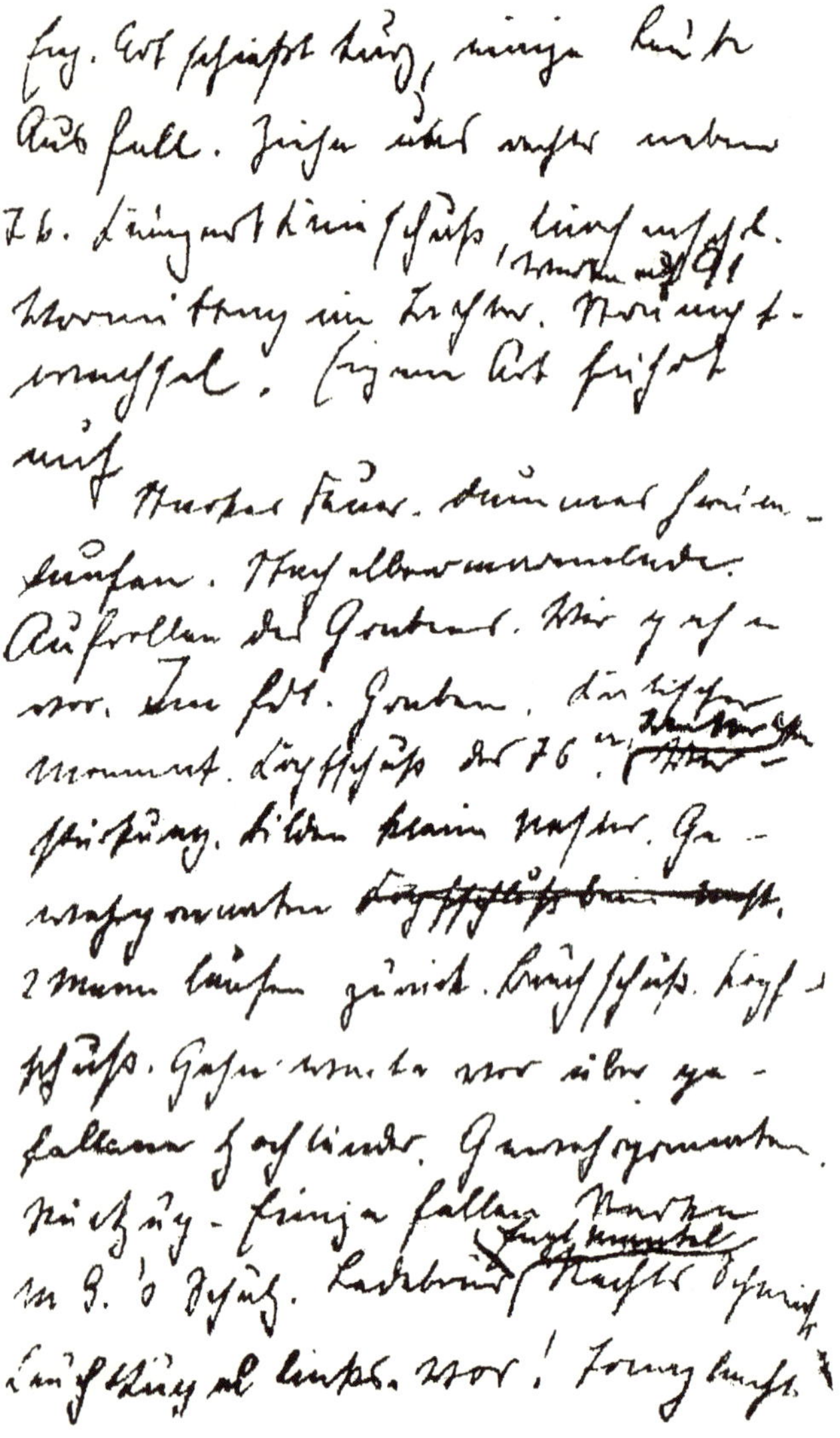

［6月26日の手紙で言及された『戦陣日記』の原稿］

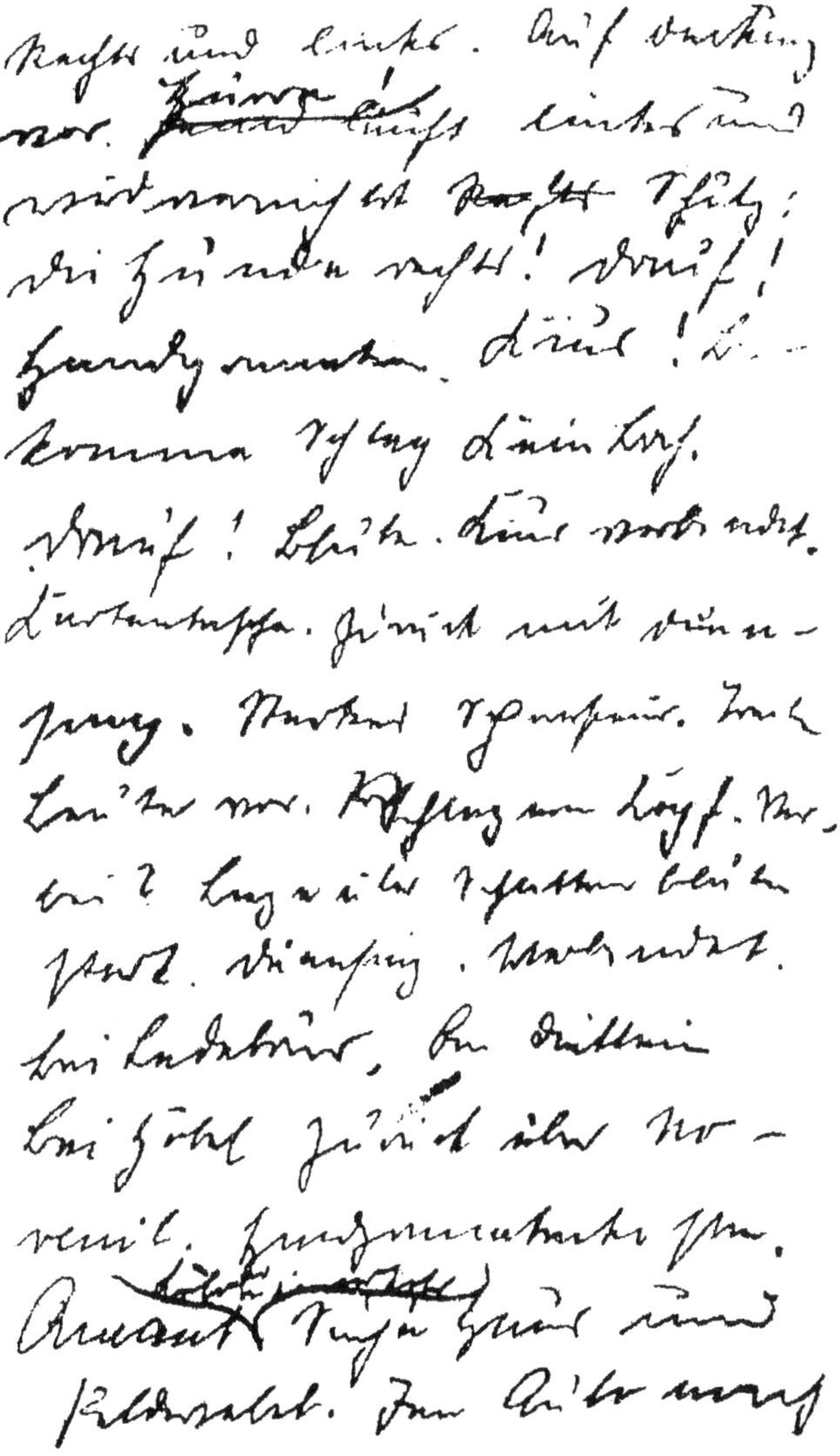

weiß ich nicht. Vergangen
treffen Leute u. Rucksack.
Vorw.! Schießen. ~~[illegible]~~ Stollen
Schüsse, starken Hand-
granaten wie über
den Damm. Tommy läuft
hinten im Graben. Hand-
granaten. Stahlhelm fliegt.
starke Wunde am Hals,
Major fällt.

Leute mit Händen
hoch bei gefangen Schützen-
feld. Weg laufen.

Mit dem Verwundeten
mit Leuten u. Stahlhelmen,
Sprengmaschen. In Kaserne-

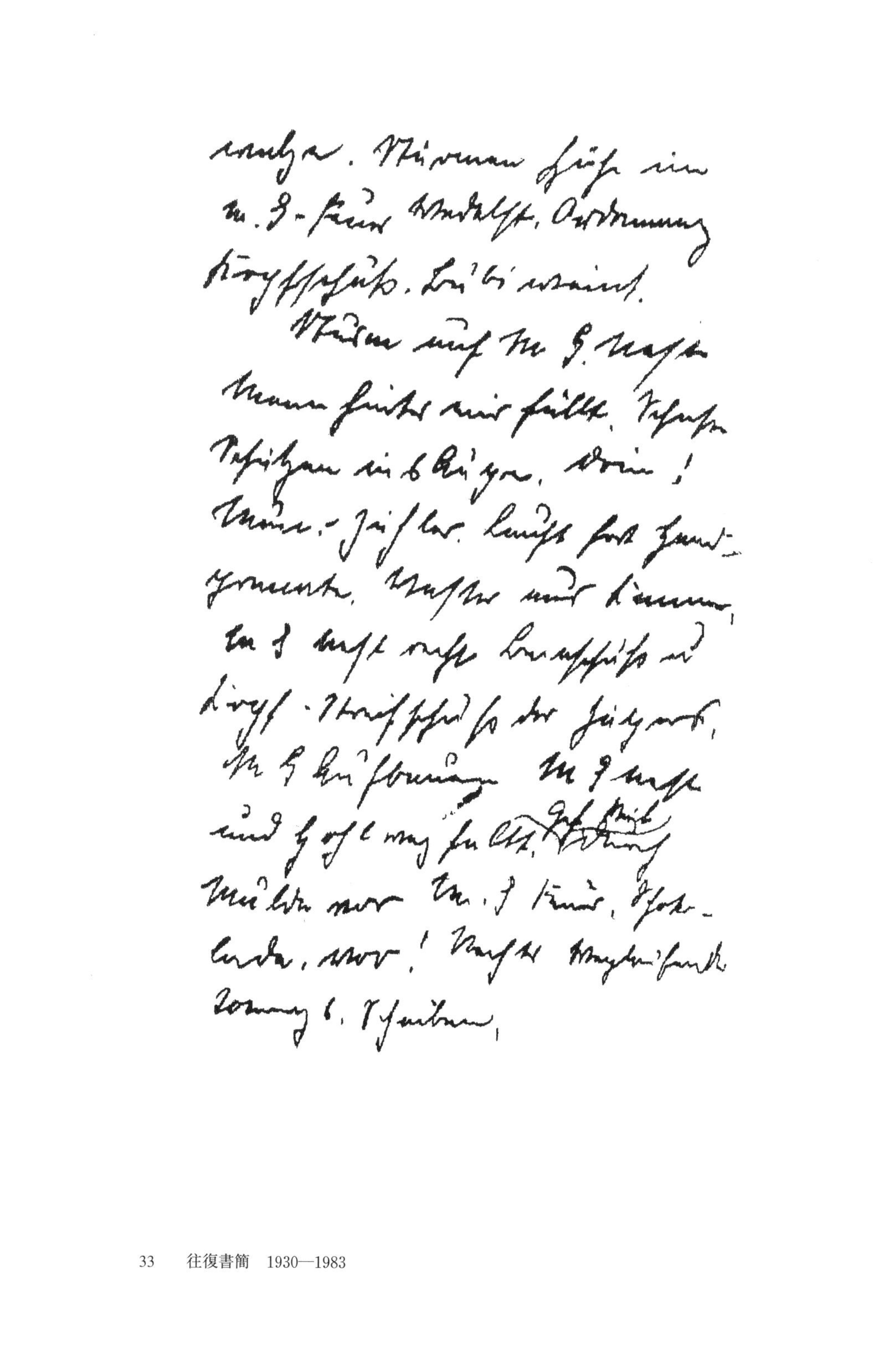

[illegible]

るものはありえないということです。多くの発言から言えることは、ここで何か間違いが起こっているという感情が広く流布していることです。

E・J

枢密顧問官様

冠省　メルケンシュラーガー博士について高等裁判所に提出した回答書に興味をおもちだろうと、同封いたします。私は明日、ハンブルクへ出向きます。手紙はそちらに転送してもらうことにしています。昨日お送りしたキュンケルはもう届きましたでしょうか。　匆々

あなたのエルンスト・ユンガー
ゴスラル、ノネンヴェーク四番地
一九三四年六月二十七日

1　フリードリヒ・メルケンシュラーガー（一八九二―一九六八）、植物学者。一九二七―一九三三年、生物学帝国研究所長。ニーキッシュの抵抗グループに近く、人類学者カール・ザラー（一九〇二―一九六九）とともにドイツ人の種族の混合を強調する種族論を展開し、ナチの種族論と衝突、ナチから迫害された。著書に『神々、英雄、ギュンター。ギュンターの種族論の拒否』（一九二七）、『種族隔離／種族混合／種族変化』（一九三二／一九三三）がある。戦後、ミュンヘン工科大学教授。なおハンス・フリードリヒ・カール・ギュンター（一八九一―一九六八）は一九三〇年以来、イエーナ大学の種族論の教授で「種族のギュンター」と呼ばれ、ナチの種族主義の基礎づけをしていた。

枢密顧問官様

謹啓　シュチュルトからご挨拶をいたします。ここに引きこもったのです。風が強くて寒いほどですが、その後、体調はかなりよくなりました。昔デンマーク人がフリース人と戦ったこの北欧の海賊風土が、海水浴場の賑わいにもかかわらず、ひどくメランコリックな気分にさせます。

家内は今、ヴァイニンガー[1]に反対する論拠を収集しています。彼女はヴァイニンガーの自殺の日付のほかに、シュライヒャー夫人の事件[2]に新しい事実を確認しているようです。私はこうした褐色の連中[3]を非常に好ましく思っています。彼らはとにかく私にヴァイニンガーへの嫌悪の情を起こさせるという点で成功したのですから。

帰り道にベルリンに寄るかもしれません。海水浴客たちの政治的立場は非常におかしなもので、毎年浜辺の籠椅子に集まって来る連中ほど愚かな賎民はいないのでは

ないでしょうか。私はこの二年間に、これまでの三十七年間におけるよりも政治的に多くを学びました。私たちはどうやら次第にモデルネ[4]を背後に置き去りにしていて——新しい演目はどこかはらはらするものになっていっているようです。

フィッシャー[5]が今ゴスラルに滞在していますが、残念ながら家に招くことをようしないでいます。孤独を求める気持ちに止みがたく襲われているからです。どうもその原因は聖カシアン[6]にあるらしく、教父たちの書を読むのが月日の経つごとに魅力を増して行くように思います。

敬白

あなたのエルンスト・ユンガー

ヴェニングシュテット（シュチュルト）D

一九三四年七月四日

1　オットー・ヴァイニンガー（一八八〇—一九〇三）、オーストリアのユダヤ人哲学者、性科学者。女性蔑視と男性の独創性とユダヤ人の自己憎悪を結びつけた著書『性と性格』（一九〇三）でセンセーションを起こしたが、刊行の数か月後、自殺。ユンガーの四〇年代の日記にはヴァイニンガーが再三取り上げられている。

2　一九三四年六月三十日のレーム・プッチュのとき、夫のシュライヒャー将軍（ワイマール共和国の最後の首相）とともに自宅で殺害される。

3　三四年七月一日に殺害されたナチ突撃隊のレームの部下たちを指すと思われる。

4　リベラリズムと議会主義という政治的モデルネを指すと思われる。ユンガーもシュミットもこれを歴史的な過ちとして拒否していた。

5　哲学者のフーゴー・フィッシャー。三ページの注参照。

6　マキャヴェリが職を離れてから内的亡命をしたという場所。二九七—九八ページの注参照。

ユンガー様

拝啓　キュンケルの著書をお送りいただき、まことにありがとうございます。これには多くの有益な言葉と引用が含まれています。それに種族と職業倫理についてのあなたの書簡のコピー、何よりもジルトからのこの前のお手紙にお礼を申し上げます。このお手紙からすると、あなたが旅の帰途にベルリンの私たちのところをお訪ねいただけるようで、もちろんのことに、わが家では大歓迎です。あなたの読書の補いになるよう、大分前にお約束したベルナノス[1]のジャンヌ・ダルクについての小論[2]をお送りします。ところが残念ながらBは「バロック」の中に、つまりモデルネの中に留まっているように見えます。

代表とレトリックと心理学の中にです。このことはおそらく彼がフランスの国家の運命に縛られているためなのでしょう。まったく驚くべき例のヴィーコ[3]はお送りしません。あなたのお荷物になっていたものですから。それはそうと、ヴィーコは、地球的＝非海洋的であって、海賊を英雄とはみなさないでしょうから、素晴らしい北海の浜辺での読書に向いているのではありますまいか。

ご自愛のほどお祈りしつつ、再会を楽しみにしています。

敬具

あなたのカール・シュミット

ベルリン＝シュテーグリッツ、シラー街二番地

一九三四年七月七日

1　ジョルジュ・ベルナノス（一八八八—一九四八）、カトリック再生運動に携わり、アクシオーン・フランセーズの賛同者。

2　『週間レヴュー』誌の一九二九年七月六日のオルレアン解放五百年記念号に載ったもの。

3　ジョヴァンニ・バティスタ・ヴィーコ（一六六八—一七四四）、イタリアの哲学者、修史家、作家。ヴィーコは合理主義的な思考に反対し、人間の考えと規範に歴史性を認め、民族心理学と近代の思弁的歴史哲学の創始者とされる。また知識社会学、精神科学の体系を初めて確立したとされる。彼の器官学的、循環的歴史モデル（上昇、開花、没落、帰還）によってのちの歴史構想（たとえばヘルダー、ニーチェ、シュペングラー）にも影響を与えた。二つ後の手紙でも分かるように、シュミットはユンガーにヴィーコの最も重要な著書『諸民族の共通性についての新しい科学の原理』（一七二五）を読むよう薦めている。シュミットはその著書『リヴァイアサン』（一九三八）で、「ヴィーコは［ホッブズの〈リヴァイアサン〉の場合とは違って］神話を作らなかった。彼は諸民族の歴史をさまざまな神話の歴史と認め、デカルトの学問性の歴史盲目性を克服し、それに新しい歴史的理解を対置した。こうして彼は独自の新しい神話を作り出すことなく、また個人として、歴史的形姿として、自ら一つの神話になることもなかった。しかしおそらくは彼は真の偉大なる神話学者として彼の時代のための神話の力と意味を発見していたのであろう」と書いている。ユンガーはのちにパリの知人クラウス・ヴァレンティナー（一四〇ページの注参照）から、ミシュレ版のヴィーコの論文集（一八三五年頃のもの）を送られ、以来、日記にしばしばヴィーコについて記している。

枢密顧問官様

謹啓　七月二十八日、私はベルリンに途中下車いたします。そこで用事がいろいろありまして、あなたにご心配をかけることになるかもしれません。この秋には一度あなただけのために幾らか時間をとってそちらへ伺いたいと思っています。三日間滞在の予定ですが、そのうちの

一日、数時間お話しする時間を取っていただければ幸甚に存じます。連絡は下記にお願いいたします。ベルリン、ポツダム広場、コロンブスハウス[1]、六一五号室。

ヘルゴラント島に来て十四日になりますが、ここには非常に満足しております。フリースの島々がもともと砂洲にすぎないのに対して、ヘルゴラントは本式の島です。ところで、ヘルダーリーンはその詩『アルヒペラグス（多島海）』で「ヘロスたちの母なる島々は、今なおことごとく生き……」と歌っていますが、この詩句と島についてのあなたの判断はどのように折り合っているのでしょうか。私が思いますのに、それでもかなりうまく折り合っています。と申しますのも、海の要素は同時に女性的な要素であり、ヘロスたちは島々ですこやかに生まれることができるからです。島々を見て感じる意識の本質的な違いは女性的な潮の満ち干に取り込まれることにあるように私には思われます。一度、博識の言語学者に海（mare）と母（mater）が互いに関係があるのか、あるとしてどのようなものかを聞いてみたいと思っています。

あなたがここでお仕事ができるのを、私は不思議に思っております。私の方はと言えば、肉体的な力と精神的な力が恐ろしいまでに交替するのを感じ、手紙一通書くのが精一杯で、あとは何もできずにいます。　敬白

あなたのエルンスト・ユンガー

ヘルゴラント島、一九三四年七月二十四日

1　ポツダム広場にある十一階建てのオフィスビル。ここにユンガーの多くの著書を出した出版社「ハンザ出版社」が入っていた。「ハンザ出版社」は保守革命の大黒柱の役を果たしていたが、一九三三年以後は第三帝国のブレーントラストになっていた。もっとも、国内亡命の最も重要な大胆な出版社でもあった、とも言われる。

枢密顧問官様

謹啓　ヴィーコを知る仲介をしていただいたことに、私は特別の感謝の念を表さねばなりません。新しい学問と同様に一冊の書物は、人づてに聞く百冊の書を読むよりも勝れているものです。私は私の探索犬になってくれているカイパー[1]に、ヴィーコの書いたもの、ヴィーコについて書かれたものを手に入るかぎりすべて買い入れるよう頼んでいます。

シュペングラー[2]は文化圏についての自分の理論を歴史記述のコペルニクス的革命と称しています。しかしこう

した考えはヴィーコの「大きな循環」の中に含まれているわけで、とても許されないことです。シュペングラーが決定的な考えをヘルダー[3]を回り道して受け取ったとも考えられます。

私は同時にヴィーコのハーマンとの近い関係を確かめるのに苦心していました。ハーマンは一度だけですが、ヘルダーへの一七七七年十二月二十二日の手紙にヴィーコについて述べています。ハーマンはその少し前にフィレンツェから受け取った「新しい学問」を読んで、ヴィーコを「われわれの批判の父」と呼んでいます。この日付を見て、「ポエジーが人類の母語である」という文章がすでに一七六二年に『美学要諦』[4]に出ていることで、この文章が独創的なものと知って私は安心したものです。つまりこの文章はほとんど一字一句そのままにヴィーコの中にあるのです。

こうした種類の洞察を、デカルト主義者たちが反対側で自由に使っているように、数学的な明晰さで表明することが可能なのかどうか。そうできるなら、もちろんこれまでにない形の散文になるでしょうが。しかしおそらくピュティアの霧[5]がこうした素晴らしいものの不可避の前提になるのでしょう。

敬白

つねにあなたのエルンスト・ユンガー
ゴスラル、ノネンヴェーク四番地
一九三四年八月十三日

1　ヴォルフガング・カイパー（一九一一—一九八一）、ベルリンの学術書専門の古書籍商。

2　オスヴァルト・シュペングラー（一八八〇—一九三六）、『西欧の没落。世界史の形態学概略』（一九一八—一九二二）で著名な歴史哲学者。シュペングラーは高度な文化（古代文化、西欧文化など）を閉鎖的な有機体と見て、これが人間の生の発展の四つの段階（幼年期、青年期、壮年期、老年期）と類似した発展を遂げるとする。

3　ヨーハン・ゴットフリート・ヘルダー（一七四四—一八〇三）、文化哲学者、神学者、著述家。言語、芸術、文化の根源と発展法則を追求、人類の歴史に経過と目標があるとして、民族の文化の特性を強調、歴史主義の先駆者とされる。

4　ハーマン（二二ページの注参照）の『美学要諦』（一七六二）は「カバラ的散文によるラプソディー」という副題のついた二〇ページの「簡易詩学」で、表現を強調しながら、部分的には謎めいた効果をもっていて、啓蒙主義時代の合理主義的な言語理論や詩学を攻撃するものであった。

5　ピュティアはギリシャ神話に出てくるデルポイのアポロの神殿と神托の巫女。霧に包まれていて、出された問いに神の名において芸術的な短い多義的な形の答えを与える。

枢密顧問官様
冠省　ヴィーコについて手に入れました情報を二つ、この葉書の表に書いておきます。残念ながらヴェーバーの版は私には高価すぎて手がでません。おそらくカイパー氏はあなたにも何か役に立つでしょう。古書籍商のカイパー氏は稀覯本を探し出す特別の臭覚をもっています。

匆々

あなたのエルンスト・ユンガー

私もしばらく前からプルタルコス[1]の論集を読んでいますが、器にもっとたっぷりと満たすものがあるなら、十分に道徳的教訓を垂れることができるでしょう。

ＥＪ

ゴスラル、一九三四年九月一日

［Ｗ・カイパー社のヴィーコの作品を紹介した葉書］

［裏面に］

ゴスラルのエルンスト・ユンガー様
謹啓　私の方も、ヴィーコのヴェーバーの翻訳（新しい学問）を見つけ出すことに成功しました。もちろんその値段は安いものではありません。これは厚紙表紙の装丁で、五〇マルクもしました。一八二二年に出た版です。一九二四年の簡易装丁のものなら六マルクで調達いたします。

敬白

Ｗ・カイパー

ベルリン　Ｗ六二、一九三四年八月二十九日
書籍・古書籍商［署名判読不能］
ネッテルベック街一二番地

1　プルタルコス（四六頃―一二〇頃）、ギリシャの修史家、哲学者。生まれた町カイロネイアの使節としてローマに長らく滞在、ギリシャとローマの英雄を交互に配して、互いに比較考察した『対比列伝（英雄伝）』のほか、人間生活のさまざまな問題、結婚、金銭取引、政治的行動を考察した『倫理論集』で知られる。

枢密顧問官様
謹啓　書庫を整理しておりましたら、お借りしていた書物が幾つか見つかりましたので、ここにお返しします。
その後、私の方も例のヴィーコを手に入れました。日頃是非欲しいと思っていた新しい書物に出会えるのは今

はせいぜい三年に一度といったところでしょうか。これに反し、ヴィトゲンシュタインの論理哲学論攷[1]には私は何も言うべきことはありませんでした。私は純粋な関係といったすべてのものに対して次第に強い嫌悪の気持ちを抱くようになっています。

レオン・ブロイ[2]の例の書は、カイパー氏に頼んでおります全集が送られてくるまで、手元に置いておきたいと思います。これがなかなか興味深く、ときに真夜中過ぎまで何ページも読んでいることがあります。ブロイはおそらく十九世紀の社会主義に対する最も強力な敵対者なのでしょう。「恩知らずの乞食（Mendiant ingrat）[3]」の次の個所に私は唖然としたことですが、あなたもまだ覚えていらっしゃるでしょうか。

「神は万人に対してただ一人立っている。そこには明らかに神秘がある。人間は、たとえ万人から指弾され、万人に抗して孤立している犯罪者であっても、自らの中に愛すべき何か神的なものをもっている。」

ここゴスラルは今、ことのほか美しい景色を呈しています。また一度近いうちにこちらにお立ち寄りください。

敬白

あなたのエルンスト・ユンガー

私の妻からもあなたとあなたのご家族にくれぐれもよろしくとのことです。とくにカール・アレクサンダーもそう申しています。彼を見ていると本当に楽しくなります。

ちょうど今、『知と防衛』誌[4]の六九六ページに載っているあなたの論文「国家構造と崩壊」[5]についてのガッケンホルツ[6]の書評を読んだところですが、そこにも私があなたにこの春にすでにお話ししたことのある点が——つまり事後承認（Indemnität）[7]の要請は一八六六年の歴史的現実から来ているということが——指摘されています。

ゴスラル、ノネンヴェーク四番地
一九三四年十月二十四日

1　ルートヴィヒ・ヴィトゲンシュタイン（一八八九—一九五一）、オーストリアの哲学者、言語理論家。その『論理哲学論攷』（一九二一—二二）は、言語の論理を厳密に規定することによって、「意味深く」言いうること、考えられることを、言いえないものと区別するために、「意味深く」言いうるものを限定しようとする試みである。言いうるのは、この世界に起こっていて、経験的に観察されうるものであり、われわれのこの世での経験可能性の彼方にあって、一般に「形而上学」という標題のもとに扱われるもの（死後の生、神、世界や歴史の意味など）は言いえないものである。この関連でのヴィトゲンシュタインの叙述の圧巻は、有名な第七テーゼで、「話しえないものについては黙っていなければならない」である。『論攷』のこの最後のテーゼだけでなく、ヴィトゲンシュタインの言語論理上の処理も、まさに形而上学的問題でのユンガーの関心と衝突するし、ユンガーの生涯にわたって追及した意図、「限界経験」を獲得して、それを言語で言い表そうとする意図と衝突する。

2　レオン・マリー・ブロイ（一八四六—一九一七）、フランスの作家、自らの赤貧の経験をラディカルな時代批判に結びつける自伝的小説多数。唯美主義的でニヒリスティックな時期の後にキリスト教に改宗し、「不寛容なカトリック教徒」の態度を取り、ラディカルな近代批判と黙示録に示された破滅を期待し、精神的な「取り壊し屋」を自称した。シュミットが二〇年代に関係していたカトリックの政治的なサークル「西欧」はブロイから強い影響を受けていた。シュミットはユンガーにブロイを読むよう薦めていて、この手紙はユンガーのブロイ受容の始まりで、以後再三にシュミットとユンガーの間の話題になっている。

3　ブロイの日記の中の一節（一八九八、ドイツ語訳一九四九）。

4　一九一九年からベルリンのミットラー社から刊行されている『防衛政策と防衛科学のためのドイツ社会の月刊誌』。

5　このシュミットの論文の正確な標題は「第二帝国の国家構造と崩壊。兵士に対する市民の勝利」（一九三四）。

6　ヘルマン・ガッケンホルツ（一九〇八—一九七四）、歴史家。

7　Indeminität とは晩期ラテン語の indemnitas から来た語で、議会から憲法違反として拒否された政府の措置に対する議会の事後承認を意味する。ビスマルクは一八六六年、一八六二年以来プロイセンの憲法紛争のゆえに承認されなかった国家支出を事後承認法によって事後に認めさせた。シュミットのこれについての論文をガッケンホルツの書評はかなり激しく批判している。

枢密顧問官様

謹啓　ゴスラルの私の避難所に帰って参りました。ピーパー博士の勇敢さについての小冊子[1]をお送りいたします。それと以前お話しした中国の写真を同封いたします。

政治化がますます激しくなり、会話の中にますます悪意が増大していて、これは、私は予期してはいなかったもので、いろいろと教訓的です。ピーパーの書のようなものは偶然が生み出したものではありません。われわれはある種の意見が相違すると、その瞬間にばらばらに分裂するのではないかとの感情を私はもっていたのですが、手短に教えていただきたいのは、こうした意見の相違に何の役割ももたらさない共通の場所がわれわれの状況にあるかどうかです。私が今取り組んでいるのは、人間の絶対的、本質的な偉大さであって、この次元を確定するのに、政治的な尺度とはまったく違った別の尺度を私は用いています。オーバーハイト氏[2]は錯誤の必然性について語っていて、それはまったく正しいと思います。氏にはくれぐれもよろしくお伝えください。私たちの生は錯誤の総体で作られる意味深い曲線なのでしょう。

敬白

つねにあなたのエルンスト・ユンガー

ゴスラル、ノネンヴェーク四番地

一九三四年十一月十一日

1　ヨーゼフ・ピーパー（一九〇四―一九九七）、カトリックの哲学者、社会学者、人間学者。ここで言われている小冊子は『勇敢さの意味について』（一九三四）。

2　一五ページの注参照。

枢密顧問官様

謹啓　『コナン大尉』[1]をひどく緊張して読みました。最初はうまく書けている小説としてでしたが、やがて素晴らしい秘密の構想をもった作品に思えてきました。この小説は休戦後の時期を私に生き生きと思い起こさせました。あのときは、あらゆる湯治場や軍の司令部や補充部隊から金色の星形勲章や将官のモール肩章をつけたお偉方が長らく欠員だった指揮官の地位に再び就くために軍隊に殺到したものでした。私は当時長らく、まことに素朴と言いましょうか、最高の勲章をもっていることが[2]大きな危険を意味していたことを見過ごしていました。戦友たちはみんな揃ってひそかに私に対して魔的なとも言える怒りをぶちつけていたのです。あなたは今日でもなお、占星術的にしか説明できない種類の不快感を確認するために、こうしたあざとい連中の誰か一人の前で私のことを話題にするという試みを純粋に実験的にでもおやりになることができます。

ヴェルセルのとくに成功しているのは、ド・セーヴという人物を取り入れている描き方にあります。というのも、敵役が連隊長タイプの純粋な秩序を守ろうとする連中によって担われているなら、あまりに浅薄なものになっていたでしょうから。ここで問題なのは、むしろ高いエートスも現実の戦争の実体を作り上げるのには足りず、そうではなくて戦火の中で基礎的な層そのものが表に現れて来なければならないことを証明することです。この事実はもちろん私たちのところでもまだまったく見過ごされていて、このことは、雄鶏のように殺されていったランゲマルク[3]の志願兵たちをソーム[4]の戦いの兵士たちよりもより好んで称えているところにはっきり表現されています。

　最近ゴスラルを訪れた人の中で、フィッシャー[5]は言及に値する人物です。私にはひどく刺激的だからです。彼はときに、まだ蛹の中にこもっていて、羽根が殻のどこかにくっついているので、這い出ることのできない蝶のように思われるのです。

　一昨日、ニーキッシュから手紙が来て、彼の雑誌が発禁になったと伝えて来ました。[6]ヴェーバー[7]が彼の最後のイラストに書き込んだ神秘的な文字に何か因縁をつけたのではないかと想像されます。

　新しい年にあなたとご家族のご多幸をお祈りしますが、この一九三五年にはどんな思いがけないことが起こりますか。私たちは今、世界大戦の二十二年目にいるのでしょうか、その三分の一を私たちは後にしているのでしょう。

敬白

あなたのエルンスト・ユンガー
ゴスラル、ノネンヴェーク四番地
一九三四年十二月二十六日

1　フランスの作家ロジェ・ヴェルセル（一八九四―一九五七）のゴンクール賞を受けた小説（一九三五、ドイツ語訳一九三五）。ヴェルセルはユンガーと同様に第一次大戦に参戦していて、これはその体験から生まれた小説。
2　ユンガーは七回の負傷の後、一九一八年九月十八日に勲功章（プール・レ・メリット）を受けていた。
3　第一次大戦の激戦地。一九一四年十一月十日、学生を主体とする志願兵が投入され、二〇〇〇人以上が戦死。ユンガーは一九一四年八月一日に志願して入隊したが、シャンパーニュの前線に配属されたのは十二月二十七日であった。
4　ユンガーも参戦した第一次大戦の長期にわたる大激戦地。ユンガーの戦陣日記『鋼鉄の嵐の中で』はその時のもの。
5　三ページの注参照。
6　ゲシュタポの幾度かの干渉を受けた後、三四年十二月二十日に十二月号の二つの論文「内面性の批判」と「低俗文学」を理由に発禁になる。
7　「内面性の批判」という論文に挿入されたA・パウル・ヴェーバー（一五―一六ページの注参照）の「放蕩息子」と題するイラストに鉤十字に似たものが描かれていた。

ユンガー様
拝啓　この前のクリスマスの休暇中の一日に時間を作って、あなたと奥様にお会いし、新しい年のお幸せを祈る言葉を贈ろうと思っていましたのに、それができませんでした。十二月二十六日のあなたよりのお便りのお礼をこの速達便でするとともに、こちらからも心からの新年のご挨拶のお返しをいたします。
一月二十四日にあなたがベルリンに滞在なさる由、その時にお会いできれば嬉しいのですが。多分しばらくはご滞在でしょうから、ご一緒にフォン・ザウアーブルフ[1]を訪ねましょう。私はザウアーブルフ夫人に苦痛についてのあなたの論文を送ったことでしたが、またあなたのご本を内科医のジーベック氏[2]に貸してあげています。
同封の手紙を少なくともお読みいただきたいと思います。ピーパー[3]に近々送り返すつもりのものです。同時にレオン・ブロイの『血の汗』[4]をお送りします。文体は当時（一八九〇年）のものですが、非常に重要な書です。コナン大尉[5]について私たちはもっと詳しく話し合わねばなりません。
それではこれで。ご機嫌よろしゅう。奥様、それにエルンストと小さなカール・アレクサンダーによろしくお伝えください。
敬具
つねにあなたのカール・シュミット
ベルリン゠シュテーグリッツ、シラー街二番地
一九三五年一月五日

1　エルンスト・フェルディナント・ザウアーブルフ（一八七五―一九五一）、外科学の泰斗、当時ベルリン大学教授。シュミットと同様に枢密顧問官。エリートの集まる水曜会に属し、ポーピッツの紹介でシュミットと付き合うようになっていた。ヨハネス・ポーピッツ（一八八四―一九四五）は行政法学者で当時ベルリン大学名誉教授。一九一九年以来、帝国財務省に勤め、一九三二／三三年、シュライヒャー内閣の無任所相。ポーピッツのナチ政権に対する関係は矛盾したものであって、財政の専門家としてナチ政権に不可欠で、ナチ政権に協力していた。一九三八年にはユダヤ人迫害を理由に辞職届を出したが、受理されず、財務相の職に留まりながら同時に保守派の抵抗運動に関わっていた。四四年七月二十一日に逮捕され、十月三日に死刑判決を受け、四五年二月二日に処刑されている。ポーピッツは、多くの点で、とくに弱体な「多頭政治的」ないし「多元主義的」国家を拒否する点で、シュミットと同意見で、一九二九年以来、シュミットの法学上、政治上の出世の後押しをし、シュミットとさまざまに共同の仕事をしていて、ナチの「権力掌握」に大きな意味をもっていた帝国地方長官法を仕上げている。自分が抵抗運動と関係していたことをポーピッツはシュミットに打ち明けていなかった。一九五八年シュミットは彼の一九二四―一九五四年の憲法論集をポーピッツに捧げている。
2　リヒアルト・ジーベック（一八八三―一九六五）、当時ベルリン大学付属病院の第一内科部長。一九四一年から五二年までハイデルベルクのルードルフ・フォン・クレール病院の内科部長でシュミット夫人の最期を看取っている。
3　四二ページの注参照。
4　ブロイは一八七〇年、義勇軍に加わり、ロワールの激戦

に参加していて、『血の汗』はそのときの戦陣日記（一八九三年）。ユンガーはのちにこれが多くの創作を含んでいることを日記に記している（四四年十月二十八日付け）。
5　四三ページの注参照。

枢密顧問官様

謹啓　例の手紙を同封して返送いたします。興味深く読ませていただきました。この手紙にはアフォリズムの三番[1]が当てはまるようです。カトリシズムは新しい文化闘争[2]の予期しない贈り物を享受してきていますが、これがまたしばらくすると新しい文化闘争を準備しています。すでに再び文化闘争文献といったものも出来ていますが、これはもちろんこの標本性格の味わいを幾らかもっています。

私は今、ブロイの戦争の回顧録[3]を読んでおります。これがきわめて啓発的なのは、ブロイがこの領域でうまく身を隠すことができずにいるためです。ここでは奥底の原動力に対する彼の関係がはっきりしていて、これが自分を高めようとする彼の強い欲求に特別の光を投げかけています。血と接触する際の彼のやり方はうまくありません。貧困が、賎民に見せかけの尊厳を与えることのできる法衣であって、彼は大きな徳のもとに本能的に自分にふさわしいものを選んでいます。

二十四日にはベルリンへは行けないようです。去年こうした機会がありましたが、ひどく退屈してしまいました。こうして遠くに留まっているのが残念なのは、ただあなたとお会いする機会がないことだけです。敬白

あなたのエルンスト・ユンガー

ゴスラル、ノネンヴェーク四番地

一九三五年一月十八日

1　『木の葉と石』（一九三四）の中の「警句風補遺」の「荒れ果てた祭壇には悪魔が住む」を指すと思われる。
2　第三帝国初期のローマ教皇庁と司教団とナチ政府との緊張関係、ドイツのカトリック教会内部の緊張関係を指すと思われる。歴史的文化闘争（一八七一―八七）という点では、（プロイセン）国家と（カトリック）教会の関係も問題であった。
3　前の手紙の注4参照。

ユンガー様

拝啓　ここはヴィルヘルム・フォン・オラーニエン[1]が一五八四年に銃殺された場所です。来週初めにはドイツへ

帰って、五月にはゴスラルにあなたを訪問したいと思っています。あなたと奥様、そして小さなカール・アレクサンダーに心からの挨拶を送りながら。　敬具

あなたのカール・シュミット

［消印、フラーヴェンハーヘ〔ハーグ〕］

一九三五年三月十三日

［デルフトのホテル、プリンゼンホーフの絵葉書］

1　スペインの支配に抵抗したオランダ王ヴィルヘルム一世（一五三三―一五八四）は、追放されデルフトでスペイン王によって銃殺された。

枢密顧問官様

謹啓　ゴスラルであなたとまたお話しできるのを楽しみにしております。風邪はもうすっかりよくなっておられることと存じます。どの列車でお着きになるか、ご一報ください。

私の肖像の写真[1]を同封いたします。奥様と小さなアーニマにくれぐれもよろしくお伝えください。　敬白

あなたのエルンスト・ユンガー

ゴスラル、一九三五年三月二十七日

1　ブロンズ製と思われる黒い胸像の写真。リゼロッテ・ユンガー夫人の伝えるところでは、作者不詳の胸像を一九三五年にゴスラルのギュンターという写真屋が写したもの。

ユンガー様

拝啓　美しい肖像写真、ありがとうございます。胸像の実物をぜひ見たいものです。予定では三月三十日土曜日、夜の九時〇六分にゴスラルに着きます。残念ながら、それより早くは行けません。それからでも、あなたの四十歳のお誕生日のお祝いに伺おうと思うのですが、よろしいでしょうか。妻と私はその日を楽しみにしつつ、あなたの今後のご多幸をお祈りしています。

ポツダムの第九砲兵連隊の士官食堂にかかっている絵画を見ながら、「ユンガー少尉」について奇妙な夜の会話[1]をしたことが最近ありました。これについては、土曜日にお話しします。

それではこれで、奥様とお子たちによろしく。　敬具

つねにあなたのカール・シュミット

ベルリン、一九三五年三月二十八日［絵葉書］

1　ユンガーは一九一五年十一月二十七日、少尉に任官したが、ユンガー少尉はとくに無鉄砲な士官と呼ばれていた。これに関して「私はしかし今ユンガー少尉に敬意を抱いている。何と、彼はバリケードに向かって突進して行ったのだから。……今ユンガー少尉は彼のマントを脱いでいる」との箇所がある（全集一、一九九、二四四ページ）。

ユンガー様

拝啓　ヴェローナより復活祭のご挨拶をお送りします。一千年来、問題は何も解かれていません。つまり新しい問題は何も立てられていません——こうした認識にとって、上部イタリアの旅は有益です。あなたと奥様、そして二人のお子たちのお幸せを祈りつつ。　敬具

あなたのカール・シュミット

ヴェローナ、一九三五年聖金曜日

［消印、一九三五年四月十八日］［絵葉書］

ユンガー様

拝啓　この絵葉書の右下の「地獄」、もっといいのがあればよかったのですが、残念です。これはジオットが騎士トンダールスの幻想[1]をもとに描いたものです（一三〇五年に）。下にある大男はサツルヌスで、ときどきに三人の人間を喰い、同時に三人を産み落とします。これらのフレスコ画は近代絵画の嚆矢とされていて、ダンテの「地獄図」では高利貸として座っている人物の息子のスクロヴェニの館の付属礼拝堂のために描かれたものです。高利貸の館の付属礼拝堂が近代絵画の揺籃であることは間違いなさそうです。　敬具

C・S

パドゥア、一九三五年復活祭

［消印、一九三五年四月二十三日］［絵葉書］

1　二一—二二ページの注参照。

ユンガー様

拝啓　思いがけず暇が出来ましたので、それを利用して、明日（土曜日）ヴォルフェンビュッテルに行き、例のヨエル・ヨルゾーン[1]にもう一度当たってみようと思っています。残念ながら、日曜日にはベルリンに帰らねばなりません。ヴォルフェンビュッテルまで出かけてくる時間

とその気がおありになりませんか。夕方ワインを一杯一緒に傾けることもできるでしょう。私の宿は今度も「シンメル」亭です。

ブロイ（「賤民」）[2]についてのあなたのお考えは、年少者労働があなたに与えた印象からだけでは説明できないもので、正しくありません。賤民は［……（判読不能）］一般的概念です。市民の時代には、行儀のよい男もみな「賤民」ですし、ユダヤ人の支配のもとではすべての非ユダヤ人が賤民で、などなど。今ちょうど、ブロイ（『山の老人』（一九一〇）[3]）を読んでいて、こんな文章を見つけました、「戦争は、皆殺し戦争でなければ、意味がない」。

またお会いしたいものです。奥様とC・A〔カール・アレクサンダー〕によろしくお伝えください。　敬具

つねにあなたのカール・シュミット

一九三五年五月二十四日、速達

［消印、ベルリン］［絵葉書］

1　フリードリヒ・ユーリウス・シュタールのユダヤ名（二六ページの注参照）。シュミットは詳細な研究によってシュタールのユダヤ人の素性をあばこうとしていた。シュミットがシュタールのユダヤ名を用いていることは、シュミットが一九三三年に発展させた種族主義的な原則の線上にある。シュミットの論文「国家、運動、民族」（一九三三）第四章「ナチズムの法の基本概念としての指導者性と種族の同一性」参照。シュミットは論文「ユダヤ精神と戦うドイツ法学」（『ドイツ法学者新聞』一九三六年十月十五日号）でこれに実効性を与えようと試みていた。シュミットはそこでどの法学者がユダヤ人なのかはっきりさせ、その著作から引用する場合にはこのことを明確にすることを要求し、「ユダヤ人の著者は、たとえ一般的な形で引用される場合でも、われわれにとって、ユダヤ人の著者であることに変わりはない。〈ユダヤ人の〉という言葉をつけ加えて、それを目印とすることは、形式的なことではなく、本質的なことである。なぜなら、われわれは、ユダヤ人の著者がドイツ語を用いることを止めさせることはできないからである。そうしなければ、われわれの法学の文献を完全に浄化することはできない。今日〈シュタール・ヨルゾーン〉と書く者は、そのことによって真に学問的なやり方で、一般的で抽象的な言い回しを用いて議論し、そのためにユダヤ人の誰もが具体的に自分には関係がないと感じてしまうようなユダヤ人に対する大げさな論述より多くの結果をもたらす」と書いている。

2　この考えの背景には、マックス・ヴェーバーの『宗教社会学論集　Ⅲ。古代のユダヤ教』第二部「ユダヤの賤民の発生」がある。シュミットに対するヴェーバーの意味については四二一―二二ページの注参照。

3　一九一〇年二月二日の日付けで次のように記されている。「ヴァンダールの〈ナポレオンとアレクサンダー〉を読むと、なおさらに発展さすべきと思われる幾つかの理念があ

る――戦争は絶滅戦争でなければ、意味がない。」

枢密顧問官様

謹啓　プラムプディングというテーマで非常に気に入った寓話を先日耳にしました。コックに変装した狐が七面鳥の群れを集めて、どんな料理が食べたいか決めよと言う。七面鳥たちが何も食べたくないと答えると、狐が「お前たちは主題から逸れている」と言うものです。

あなたはクビーンの『裏面』[1]をもうお読みになりましたか。まだなら是非読まれるようお勧めします。ホフマン[2]以来、最上の空想小説で私たちの時代と驚くほどの関連をもっています。これを読んでいると、私たちの建物が立っている下の地下室を通って行くかのように思えます。

この前、シェリンガー[3]が訪ねて来ましたが、非常によい印象を受けました。彼が語るには、彼とルーディン[4]は旧政府のもとでの国防軍裁判の費用九千マルクのために今も差し押さえを受けそうになっているそうです。官僚機構はモンテ・カルロの胴元のようなもので、賭博師が赤で破産しようが、黒で破産しようが、お構いなしに収益を巻き上げます。

ゴスラルに次にいらっしゃるのはいつでしょうか。

敬具

つねにあなたのエルンスト・ユンガー

ゴスラル、ノネンヴェーク四番地

一九三五年六月四日

1　一五ページの注参照。ユンガーはシュミットに一九二八年版の挿絵のついた『裏面』を献辞をつけて送っているが、これは一九六六年にボンの古書籍商ゼンメルからシュミットの蔵書として売りに出されている。この書についてのシュミットの反応は三六年五月三日の手紙にある。

2　エルンスト・テーオドーア・アマデウス・ホフマン（一七七六―一八二二）、大審院顧問官、作曲家、作家。魔性の夢のようなグロテスクな小説を多く残している。

3　リヒアルト・シェリンガー（一九〇四―一九八六）、国防軍将校。一九二九年に国防軍内にナチ細胞を作り、国家反逆罪準備で同僚のルーディン、ヴェントと十八か月の禁固刑を受け軍を解雇される。一九三一年には共産党に入党、再び禁固刑を受ける。第二次大戦には将校として参戦。戦後も共産党の諸機関で活躍、中距離弾道弾のドイツ配備に反対、ユンガーに賛同を求めていた。

4　ハンス・ルーディン（一九〇五―一九四七）、国防軍将校、政治家。一九二九年、シェリンガーと国防軍内にナチ細胞を作り禁固刑を受ける。のち、ナチ党の幹部として活躍、帝国議会議員、一九四一年にはスロヴァキアのドイツ公使。戦後、アメリカ軍に逮捕され、チェコスロヴァキアに引き渡され、死刑判決を受け、処刑される。

ユンガー様

拝啓　お葉書、それと素晴らしい寓話、ありがとうございます。残念ながら私はこちらに縛られていて、聖霊降臨祭を利用してゴスラルへ行こうと思っていましたのに、それができません。この六月はかなり予定が詰まっていますが、七月になれば休みも取れて、かなり楽になると思っています。別便でジャック・バンヴィル[1]の小論をお送りします。クビーンも読めるでしょう。フランスでも『裏面』に関心がもたれていることが分かります。奥様にくれぐれもよろしく、そして聖霊降臨祭のご挨拶をお送りします。家内は今月末にやっと帰って来ます。私の名づけ子と小さなエルンストの元気なことを祈りつつ。

敬具

つねにあなたのカール・シュミット

［消印、ベルリン］一九三五年六月五日［絵葉書］

1　ジャック・バンヴィル（一八七九―一九三六）、フランスの歴史家、政治家、作家。アクシオーン・フランセーズの一員、一九三五年以来、アカデミー・フランセーズ会員。

ユンガー様

冠省　懸案のハルツ散策をいたしませんか。そうと決まれば日曜日か月曜日にあなたのところへ出かけます。ご一報ください。家内からあなたと奥様、お子たちへよろしくとのことです。

匆々

あなたのカール・シュミット

［消印、ベルリン］一九三五年七月十日

［絵葉書］

枢密顧問官様

謹啓　フィッシャー[1]と一緒にノルウェーに探索旅行に来ていまして、[2]ロムスダーレンの役所からお便りを出しています。当地ではかなり満足して過ごしており、セネカの箴言「神々がわれわれに与えてくれているもので無駄なものは何一つない」を身をもって感じています。

エイドスビグダはよそ者に接していない辺境の地で、

住民は人類の先祖の時代のような生活を送っています。もっとも最近のプロテスタンティズムの隆盛だけは例外のようで、これに人々は夢中になって、精神病院が満杯の状態です。ここではしかしまだ風景の中に古くからのデーモンが生きていて、私はその痕跡を摑んだように思え、その力を少しは持ち帰りたいと望んでいます。もっとも用心しなければなりません――ここには中でも「山で夜明かす」とか、「山に取り憑かれる」というのがあって、誰か一人の男が夕暮れに森の中に入り、何か不機嫌な様子で帰って来ると、話すこと、考えること、身のこなしがこれまでよりゆっくりと鈍重になって、その後は死ぬまで何か風変わりなままになると言います。もちろん住民たちは、とくに男性は、山や原始林やフィヨルドを恐れているようで、踊りの楽しみが迫って来ると、彼らは医者からコニャックを一瓶処方してもらって、身体の動きをよくしようとします。

　マドリードのフィアラとは誰なのでしょう。[3] 私はこの旅に出る前にブリューンから出ている雑誌に載っているその論文をちらっと読んで、こちらへ届けるよう注文したのでしたが。

　私たちはここでは昼食を自分たちの手で調達します。大きな網を投げるのですが、毎日いろいろな素晴らしい魚がかかります。私はせめて八月半ばまで、多分もっと長く、こちらに滞在しようと考えています。　敬白

EJ

エイドスビグダ（パロウ近郊）
ロムスダーレン、ノルウェー
一九三五年七月十八日

1　フーゴー・フィッシャー、三ページの注参照。

2　七月初めから八月末までのノルウェー旅行。これについては弟のフリードリヒ・ゲオルクに十三通の手紙で報告していて、のちの一九四三年、『ミルドゥーン。ノルウェーからの手紙』として前線兵士用に刊行されている。

3　亡命中のカール・レーヴィット（一八九七―一九七三）、哲学者。一九二八年、マールブルクでハイデガーのもとで教授資格を取っているが、反ユダヤ主義が激しくなったため、一九三四年イタリアに亡命。自伝『一九三三年以前と以後のドイツにおける私の生活』（一九四〇年成立、一九八六年刊行）で、シュミットが一九三五年にローマに現れたときの様子を、「彼は自信に溢れた独裁者風では決してなく、ばら色のすべすべした顔のプチブルであった」と記している。レーヴィットは、シュミットがローマに現れる少し前に『法理論のための国際雑誌』（ブリューン）に「フーゴー・フィアラ、マドリード」の名前で発表した論文〈政治的決断主義〉の筆者で

あることを認めている。レーヴィットはきわめて影響の大きかったこの論文で、初めてシュミットのニヒリズムを非難し、シュミットの政治的決断主義の概念を、ホッブズ、ド・メストル、ドノソ・コルテスなど先人の決断主義の概念とは違って、ニヒリスティックに解放し、先鋭化したものとして、「シュミットが国家の本質は必然的に絶対的な決断、〈無から生じた決断〉に還元されると言うとき、彼は彼独自の立場を表しているのであって、ドノソ・コルテスの立場とは違っている。ドノソ・コルテスは信仰篤きキリスト教徒で、神のみが、無から何かを作りうるのであって、それは人間の技ではないと考えているからである。こうした能動的なニヒリズムは反対にシュミット自身と二十世紀の彼のドイツの精神的近親者のみに特有のものである」と言う。この精神的近親者にレーヴィットはニヒリズムの最初の分析者ニーチェと並べて、エルンスト・ユンガー、マルティーン・ハイデガー、アルフレート・ボイムラー、ナチのイデオローグ、ローゼンベルクを挙げている。

ユンガー様

拝復　先刻お便りが届きました。ありがとうございます。ザウアーラント[1]でも同じようなことが認められます。この秋にでもご一緒に確かめに行きましょうか。そちらで素晴らしい夏をお過ごしになるよう、そしてフーゴー・フィッシャー氏によろしく。彼に哲学者H・ハイゼ[2]の『理念と実存』をどう考えているか聞いておいてください。小冊子[3]をそちらにお送りしようと思うのですが、どうでしょう。

敬具

つねにあなたのカール・シュミット

［発信地なし。ザウアーラントから］

一九三五年七月二十三日［絵葉書］

1　ドイツ中西部の丘陵地帯。

2　ハンス・ハイゼ（一八九一―一九八一）、当時ケーニヒスベルクのギリシャ哲学、現代哲学の教授。三三年五月一日、ナチ党に入党、三六年、ゲッティンゲン大学教授。画一化されたカント協会会長。一九三五年にハンザ出版社から出た著書『理念と実存』の序文には、「西欧の時代の出発点に立って、この内的なダイナミズムを中世におけるように近代において規定する諸現象を示す試み」とある。

3　三五年八月九日のユンガーの手紙参照。

枢密顧問官様

拝復　今、あなたのお葉書が届きました。ザウアーラントへ出かけるのは秋まで延期することを提案いたします。秋にもハルツは非常にきれいです。こちらで確認できたことですが、ブロッケン山は実際ノルウェー世界の最初の前哨で、ブロッケンとヘルゴラント島は北欧人がドイツへ押し出して来たときの稜堡なのです。

今もオオヤマネコやオオライチョウがいて、ときには熊まで現れる森の中で、フィッシャー博士と私は石器時代のような生活を送っています。私たちは一日中岩壁と島の間の海の上にいて、素晴らしい色をした大きな魚を釣り上げています。

帰途には多分ベルリンに立ち寄ります。

奥様にもよろしくお伝えください。　　　　　　敬具
あなたのエルンスト・ユンガー

ユンガー氏のシュミット夫人へのご挨拶に一筆つけ加えさせていただきます。この「北方の」風景は一時的に作り出された悪魔の不思議な仕業のようです。人間も一時的に生き、一時的に働いています。ときどき大きな岩がフィヨルドに落下して、そのときは四〇―五〇メートルもの大波が起こります。この旅についてあなたにいろいろと多くのことをお話しすることができるでしょう。
あなたのフーゴー・フィッシャー
エイドスビグダ、一九三五年七月二十五日

枢密顧問官様
拝復　ヴェストファーレンの栄養のある食べ物と一緒にあなたの絵葉書、今日届きました。ご心配いただいているようですが、こちらでの食事はそう悪くはなく、毎日が幾つも冷たいものから温かいものを簡略にまとめた朝食を取って始まります。あなたがおっしゃっている哲学者をフィッシャー氏はそんなふうに見ていないようです。フィッシャー氏からもあなたによろしくとのことです。小冊子はここでも何とか読むことができますが、書物となると、なかなかそうは行きません。私たちは熱に浮かされたように無為を満喫しているからです。　　敬具
あなたのエルンスト・ユンガー
［エイドスビグダ（パロウ近郊）
ロムスダーレン、ノルウェー］
一九三五年七月二十九日［葉書］

ユンガー様
拝復　お便りありがとうございます。では秋に。フィッシャー氏にもう一度ハイゼの『理念と実存』[1]について尋ねていただきたい。これは氏の専門領域のことですから。

レオン・ブロイ[2]に次のような文章がありました。「出来事が実体の中に〔魂の中に〕残した印象と比べると、この上なく美しい報告もどれほどの値打ちのものなのか。あるのはただ歴史を捉えるやり方、つまり死ぬことだけである。」

　魚捕りがうまく行きますように。

敬具

C・S

〔消印、ベルリン〕一九三五年七月三十日〔絵葉書〕

1　五二ページの注参照。
2　四一ページの注参照。

枢密顧問官様

拝復　クラウス論争への後書き[1]、お送りいただきありがとうございます。ベルリンに参りましたら、それについてお話し合いをしたいと思っております。残念ながら、それが目指している読者の方はそれをさっぱり理解しないだろうこと、これは始めから分かっています。あなたはどうしてゴットヘルフ[2]を思いつくのでしょう。これまでにあなたの精神的な世界を観察してきた私からしますと、ゴットヘルフはスイスの寸断された山脈の中の放牧地に住む最も遠く離れた存在のように思えます。フィッシャー博士からはハイゼについてはまだ何も引き出せないでいます。私たちはここで細長く切れ込んだ入り江、原生林、高層湿原の入り混じった中に迷い込んでいて、当分は帰ることなどあえて考えないことにしています。私たちの食事は魚とオートミールと濃厚な牛乳で、同時にいろいろな下剤を飲んで脳髄を清めています。

敬具

あなたのエルンスト・ユンガー

　ここでは自然の声がまだ聞き取れます。フィヨルドの上一〇〇〇メートルもの高台ではオオヤマネコが自然の権利に従って羊の頸の傷口から血を啜っています。羊を追う女たちがこうした光景に明るい側面をつけ加えています。ベルリンに帰りましたらこの光景をもっと詳しくお話しできるでしょう。

あなたのH・フィッシャー

エイドスビグダ、一九三五年八月九日〔葉書〕

1　ギュンター・クラウスとオットー・フォン・シュヴァイ

ニヒェンの「法治国家についての論争」への後書き。ギュンター・クラウス（一九一一―一九八九）はシュミットの弟子で生涯シュミットに仕えて、戦後はシュミットの代わりに「アカデミカ・モラーリス」の理事長を務めている。シュヴァイニヒェン（一九一〇―一九三八）は法学者でヘルンフート同胞協会員。

2　イエレミーアス・ゴットヘルフ（一七九七―一八五四）、スイスの牧師で作家。その作品は啓蒙的、社会改革的、同時に保守的な秩序志向を特徴とする。上述の後書きに「私はイエレーミアス・ゴットヘルフとオットー・フォン・ビスマルクを頼りにしていて、〈法治国家〉という言葉が決して永遠の言葉ではありえないことにこだわっている」とある（八五ページ）。七五年七月一日の手紙も参照。

枢密顧問官様

謹啓　無事にゴスラルに帰り着きました。北の国はまことに素晴らしいものでした。今、無性に仕事がしたい気分になっていて、差し当たっては遠出をすることは考えていません。しかしあなたが一度午後の散歩を利用して夕方の会話にお出かけいただきますれば、歓迎いたします。先週、ギュンター[1]としたたかに飲み明かしたことでした。ご自愛をお祈りしつつ。奥様にもよろしくお伝えください。

敬具

あなたのエルンスト・ユンガー

十月にはまた一度ベルリンへ出かけます。

［消印、ゴスラル］一九三五年九月七日［絵葉書］

1　七ページの注参照。

枢密顧問官様

謹啓　建築の原器を研究しているクレーフェルトのヴェルナー・ケーニヒス氏[1]がゴスラルに来たので、彼の研究テーマについて数時間話してもらい、快適な時を過ごしたことです。

ケーニヒス氏は古代の教会の建設設計図や類似のものを研究する希望をもっているのですが、その資料はなかなか手に入りにくく、今日では国の所有のものがわずかにあるだけだそうです。氏の計画が価値あるものとお思いなら、私よりもあなたの方が氏に何らかの指示を与えて力になってあげることができるのではないでしょうか。

十月の第二週にベルリンへ行こうと考えていまして、また一度お会いできればと望んでいます。

敬白

あなたのエルンスト・ユンガー
ゴスラル、ノネンヴェーク四番地
一九三五年九月十五日

1　詳細不明。

ユンガー様

拝啓　クビーンの『裏面』をこの前のイタリア旅行の間に大変な緊張感をもって読みました。お返しにジュリアン・グリーン[1]の『真夜中』をお送りします。これは小説としては、フランス国家がハプスブルク帝国よりも完璧であるように、完璧です。この働きは頽廃の文学的付随雑音の中にまで及んでいます。

シュトラースブルクにいる私の従弟のアンドレ・シュタインライン[2]は多趣味な道楽者なのですが、四十歳になって頭が禿げてきた今になって、真面目なことをやろうと思い始めたらしく、私のところへ来て、何とも驚いたことに、あなたの論文、とくに「苦痛について」を翻訳するわけには行かないかと尋ねて来ました。彼ならそれをうまくやれると思いますので、彼の希望をあなたに取り次ぐことにしました。ひとつ好意的に考えてみていただきたいと思います。

今週もずっとゴスラルでしょうか。あなたに手紙を差し上げたことがあるそうですが、フランス人のゲイダン・ド・ルッセル氏[3]が、この土曜日か日曜日にあなたを訪ねたいとのこと。私に時間が取れれば、氏に同行して、一時間ばかりあなたとお話しできれば嬉しいのですが。奥様や小さなカール・アレクサンダーにもお会いしたいし。

妻からもあなたと奥様によろしくとのことです。

敬具

あなたの旧友カール・シュミット
ベルリン＝シュテークリッツ
アルノー・ホルツ街六番地
一九三六年五月三日

1　ジュリアン・グリーン（一九〇〇―一九九八）、フランスの作家。長編小説『真夜中』は一九三六年に出たばかりのもの。
2　アンドレ・マリー・シュタインライン（一八九一―一九六四）。
3　ゲイダン・ド・ルッセル（一九〇八―一九九七）、フランスの法学者。シュミットについての彼の思い出がトミッセンの『シュミティアーナ　Ⅲ』に載っている。

枢密顧問官様

拝復　グリーンの小説をお送りいただき、まことにありがとうございます。あなたとルッセル氏とお会いできるのを楽しみにしております。できるだけ早くこちらに到着する時間をお知らせください。お迎えの準備をしたいので。

　私たちが洗礼を受けたフランケンベルクの教会の写真を何枚か同封いたします。この前、取り出してよく見たのでしたが、照明の具合がよくないのは別にして、非常に美しいものと思ったからです。

　妻からもよろしくとのことです。　敬具

あなたのエルンスト・ユンガー

ゴスラル、ノネンヴェーク四番地

一九三六年五月五日

枢密顧問官様

謹啓　お体の調子が悪くて、こちらへいらっしゃれなくなったこと、まことに残念です。お元気になられることをお祈りしています。

　その後お送りいただいたグリーンの小説『真夜中』を読みました。重要でないわけではないにしても、何か漠然とした印象を受けました。何よりも、当然のことながら苦痛が支配的なのですが、それが瓦礫の山の上にたむろしているような苦痛です。そこで崩れ落ちるものはオリンポスの山ではないのです。窓からの転落死を導入した個所は非常にいいと思いました。荒々しく無計画な生の衝動に特徴的なものです。誰かが来て、ドアをノックしている間に行われる性交も同じような感情を呼び起こします。すべてが破滅を、この上なく危険な状況の予感を、示しています。

　心理学的な流れを破壊するのがフランスの小説の発展に共通したものと私はみなしています。これが一連の爆発に流れ込んで行きます。そのためにときに血腥い力を見せつけることにもなります。しかしこの外見は、現代の政治におけるのとよく似ていて、これは何よりも危機に対する感情が失われてしまっているところに起因します。「悪魔の下郎め、物の法則ということを心得ておらん」[1]のです。誰もが各パートが勝手に演奏しているオーケストラを見て、あるいは俳優が自分の実際にすることの反対をすることができる演劇を見て、楽しんでいるのです。夏休みの前にもう一度こちらにお立ち寄りになるよう願いながら。

敬具

あなたのエルンスト・ユンガー
ゴスラル、ノネンヴェーク四番地
一九三六年五月十七日

1　ゲーテ『ファウスト』第一部、ヴァルプルギスの夜、臀部見霊者の台詞。

枢密顧問官様

拝復　例の文書が今日こちらに届きまして、すっかり驚きました。

　こちらではいい天気に恵まれて、海水浴は中産階級の市民にとっては次第に大きな個性を奪う機械、画一化の機械になってはいるものの、太陽と空気と海は今も根源的な力をもっていて、子供たちははしゃぎ回り、ほっぺたを真っ赤にしています。

　ハンブルクではA・E・ギュンター[1]と大喧嘩をしてしまったのですが、考えてみますと、よくなかったと思っています。アルノ・ホルツ街での夜は、奇妙な思い出になっていますが、そこにはいまだに十九世紀にずっぽり浸かって生きている独特の専門をもっている医者がいまして、私たちの今の、そして今後の形而上学的状況にとってのきわめて素晴らしく、かつ確実な意識をもっていることを知ったからでもあります。

敬具

あなたのエルンスト・ユンガー

　あなた様と奥様からのお手紙、まことにありがとうございました。私も「新しい女性研究者」としてかなり認められてきています。夫の名声もあってのことでございましょうが。ご一緒にクヴェドリンブルクへ行くことのできる日がいつ参りますか、ひどく緊張してその日を待っております。

　幼児洗礼の代父であられるあなた様に、小さなカール・アレクサンダーの写真を同封いたします。かわいい息子が海辺で遊んでいるのを見る以上に大きな喜びは考えられないとまでに思われます。息子は元気で小さな足も褐色に日焼けして、親としましてもすっかり満足いたしております。

アーニマはお元気でしょうか。おじいちゃん、おばあちゃんのところへの旅を楽しみにしていることでございましょう。

かしこ

あなたのグレータ・ユンガー[2]

ティーメンドルファーシュトラント

ツア・フィッシャー街

一九三六年七月九日

1 二五ページの注参照。
2 旧姓イエインゼン（一九〇六—一九六〇）、一九二五年、エルンスト・ユンガーと結婚。エルンスト（一九二六—一九四四）とカール・アレクサンダー（一九三四—一九九三）の二児をもうける。日記風の回想録を二冊出版している。

枢密顧問官様

この奇妙な諸島からご挨拶をお送りします。ここには二日間滞在しました。この島々は私たちの現在の状況にふさわしいところです。と申しますのも、ここはヨーロッパの一番の端っこに聳えている一連の火山からで出来ているからです。私はここでいい着想をいろいろとえました。明日、旅を続けて、アマゾン川の河口にあるパラ[1]〔ベレン〕に向かいます。

あなたのエルンスト・ユンガー

［絵葉書の表に］

ここの入り江にこれまで見てきた中でも最も美しい海水浴場を見つけました。

追伸　“machines de fer〔鉄の機械〕” は、ボードレールの「殺人者の葡萄酒」[2]です。

（アゾレス諸島）ポンテ・デルガダ

［一九三六年］十月二十六日［絵葉書］

1 この旅は十月十九日にハンブルクを出て、アゾレス諸島を経て、ブラジルへ行き、帰途、カナリア諸島とモロッコを経て、十二月十五日に帰って来ている。この旅日記は一九四七年に『大西洋紀行』として出版されている。
2 ボードレールの『悪の華』の中の詩に出て来る表現。

枢密顧問官様

謹啓　この太陽の首都からご挨拶をお送りします。私はここで森の研究をしてきました。パラ〔ベレン〕の、サントスの、そして今はリオの森です。リオの森があなたには一番お気に入るだろうと思います。そこでは原始林と公園が入り混じっていて、散歩をしていると、ポールとヴィルジニー[1]の章のようにこの二つが連なっています。ここで思いがけない収穫がありました。つまり、ただ単なる旅行者としてではなく、形而上学者として動かねばならないというものです。

奥様にもくれぐれもよろしくお伝えください。

敬具

エルンスト・ユンガー

リオ・デ・ジャネイロ

一九三六年十一月二十二日［絵葉書］

1　ルソーの友人ジャック・アンリ・ベルナルダン・ド・サン゠ピエール（一七三七―一八一四）の文明批判の小説（一七八七）。一七九一年にドイツ語訳が出ている。インド洋の島のエキゾティックな自然の印象的な描写で有名。

枢密顧問官様

謹啓　その後に引っ越しましたユーバーリンゲンから一筆いたします。ここはゴスラルよりずっと静かで、それに何よりも新しい土地のせいか、夕方になると無性にワインが飲みたくなります。書斎の机に座ると、湖とマイン川越しにスイスの山並みが見えます。霧がとくに美しく、霧を通しての日没のカタログを作ることができます。南アメリカで見たとくに気に入った光景を思い出します。カール・アレクサンダーはここへ来てからかなり行儀が悪くなり、変に威張って、この前もルイーゼ[1]に「僕が罵っても、黙ってろ」などと言うのを聞きました。私は今『冒険心』[2]に再び手を入れています。もっともお宅のカタツムリのように遅々とした歩みですが。

敬具

あなたのエルンスト・ユンガー

［余白に］

ちょうど今、美しい衣装が届き、妻が喜んでいるところです。

ユーバーリンゲン　a・B

ヴァインベルク街一一番地

一九三七年一月十八日［葉書］

1　ユンガー家に長年勤めているお手伝いさん。

2　第二版で一九三八年に出されたもの。

ユンガー様

拝啓　書類を整理していましたら、あなたはご存じないと思いますが、ある女性筆跡鑑定家があなたの手紙の切り抜きをもとに作った筆跡鑑定書が出てきましたので、同封します。大したことではありませんが、あなたが興味をもたれるのではと思ったからです。

　カール・アレクサンダーのお誕生祝いの贈り物をしようと思っているうちに、復活祭の贈り物に変わっています。妻に任せていたのですが、あまりに奇抜なものを探そうとするためのようです。奇抜さよりも時期に合わせる方がいいと思うようになりまして、復活祭の贈り物は少なくとも復活祭の時期の枠内にお届けできればと思っています。

　先日、ある師団の将校クラブから総力戦という例の非常に評判のいいテーマについて講演するよう頼まれました。それについてメモを作りましたが、これはどこかの雑誌に発表して[1]、彼らに読めるようにするつもりです。

　あなた、奥様、それにお子たち、お元気でしょうか。この前、ジートリングハウゼン[2]を訪ねたとき、あなたの弟さんのことやフーゴー・フィッシャーのことをいろいろと聞きました。

　私たちは元気にやっています。小さなアーニマはこの復活祭から学校へ行くことになります。それも女の子のクラスではなく、男女混合のクラスにです。わが家のみんなから、とくに妻からくれぐれもよろしくとのことです。もちろん私のご挨拶もそれに添えて。　敬具

あなたの昔からの友人［署名なし］

［発信地なし］一九三七年三月二十七日

1　『国際連合と国際法』誌、第四巻に「全面的な敵、総力戦、全体主義国家」と題して発表された。

2　ザウアーラントのジートリングハウゼンに住む医師フランツ・シュランツ（一八九四―一九六一）のところには、三〇年代、四〇年代、哲学者、詩人、芸術家、音楽家たちがしばしば保養に訪れていた。フリードリヒ・ゲオルク・ユンガーに「ジートリングハウゼンのシュランツ医師に」という一文がある。

枢密顧問官様

拝復　筆跡鑑定は実際非常に優れたものでした。筆跡鑑

定学は次第に役に立つ道具になっているようです。すべてが傾聴に値するものでした。私は本来スピードを出して走る短距離走者ではなく、ゆっくりと持続して走る長距離走者なので、最後のエネルギーを振り絞ってなどというのには同意できません。

『冒険心』の第二版の仕事は、その後、予期していた以上に進捗していますが、私の作品の幾つかを翻訳したエルザスに住むあなたのご親類のことをあなたにお聞きしたいと思っています。つまり、私は私の気紛れな幻想をヒエロニムス・ボッシュの文体で引き出して、完成したら翻訳してもらおうと計画しているからですが、私はそれが最も翻訳可能なものと今も思っているのです。

あなたがこちらに立ち寄られることがありますれば、あなたにブラジルのことをお話ししなければなりません。新しい大陸はただ皮相な形でしか触れられていないのですが、そこは何らかの形で私たちに寄与するものをもっています。

あなたとご家族の皆様のご健康をお祈りしながら。

敬具

あなたのエルンスト・ユンガー

シュミット教授様、奥様、それに小さなアーニマに一筆ご挨拶をつけ加えさせていただきます。カール・アレクサンダーに復活祭の贈り物をいただきまして、まことにありがとうございました。あの子は大喜びで、私からもお礼を申し上げます。

この八月に夫とベルリンに参ります。お宅の皆様に是非ともお会いしたいものと存じております。かしこ

グレータ・ユンガー

ユーバーリンゲン、一九三七年四月二十七日

ユンガー様

拝啓　エルザスの私の従弟の住所をお知らせします。アンドレ・シュタインライン、シュトラースブルク、ガイラー街一六番地です。母音の性の性格についてのあなたの論述（『木の葉と石』七九ページ）[1]について、次の点を指摘したいと思います。あの悪名高きグリュンヴェーデル[2]は、エトルリア語の文章を解釈する際、エトルリア語の四つの母音の意味を

a = aeternitas（永遠）、aeternus（永遠の）、
u = flamma（炎）、ignis（火事）、
} つまりこの二つは崇高なもの、高尚なもの。

e＝phallus（男根）、puer（男）、
i＝vulva（陰門）、anus（肛門）、orificium（孔口）

として、ここから出発しています。そして彼はエトルリアの儀式語や隠語をエロティックな、悪魔的な形で解釈するようになっています。ユーバーリンゲンの州立図書館を通じて、グスタフ・ヘルビヒの興味深い論文「エトルリア文書の隠語」（バイエルン学術アカデミー会議報告書、哲学・文献学部門、一九二三年度、第一巻、ミュンヘン、一九二三年）を手配してもらえるのではないでしょうか。そこにはこの解釈についての詳細が述べられ、それへの反論も挙げられています。グリュンヴェーデルの書そのものは、『ツスカ』という題で一九二二年にライプツィヒのヒールゼマンから出ています。グリュンヴェーデルは専門家の間では気が狂っているとされ、実際、私が聞いたところでは、精神病院で死んだそうです。しかし、狂気（Wahnsinn）は周知のように無意味（Unsinn）ではありません。あなたが七八ページに引いていらっしゃる言葉、たとえばei-en[3]には、非常に簡単な意味があるのでしょう。

近くまたお話し合いのできるのを楽しみにしています。もう一度、あの素晴らしい序言に感謝しつつ。奥様とご長男エルンストと、とくにカール・アレクサンダーによろしくお伝えください。

敬具

つねにあなたのカール・シュミット

ベルリン＝ダーレム

カイザースヴェールター街一七番地

［一九三七年夏］

1　「AとOは父親の世界に属し、Eは性に関係なく、Iは母親の世界に属する」とある。
2　アルベルト・グリュンヴェーデル（一八五六—一九三五）、インド学者。ベルリン民俗学博物館インド部門長。
3　ユンガーのこの個所には「ニーダーザクセンにはeienという動詞があって、liebkosen（愛撫する）という意味をもつ」とある。

ユンガー様

拝復　お葉書、ありがとうございます。あなたの『総動員』を私の論文[1]の序文で言及した点に関してですが、私の経歴を手短に挙げておいたのが間違いのもとで、私があなたの書かれたものの事柄に従っても「形式の歴史」の発展に組み込んで委曲を尽くしてその特徴を示そうとしたと思われたのですが、そんなつもりは私にはありま

せん。私のあの小論をきっかけに、さまざまな論文が出されていますが、その多くは無意味なものです。しかしあの誤解には私も気づきませんでした。いずれにせよ、折があれば、しかるべく誤解を招かないように何らかの言葉をつけ加えるつもりでいます。すでに印刷が完了している論文「ホッブズとデカルトにおける機構としての国家」[2]では、全体性の問題は結末部にのみ軽く触れているだけで、そうした指示をするには適していません。しかし、このことの本来の論究が今徐々に始まっているとの感じを私は抱いています。これは非常に興味深いもので、そこではまたあの誤解を招かないための機会、それにおそらくはそれ以上のものの機会が私に与えられるでしょう。

一週間前に休暇旅行に出ようとしたのでしたが、二十年も前にかかった赤痢がぶり返したのか、ベッドに縛りつけられ、大したことではなかったのに、旅行には行けなくなりました。もうよくなったのですが、大きな旅行を決行することはできないでいます。大分前からあなたとカール・アレクサンダーをユーバーリンゲンにどのように訪問しようか考えているのですが、次の休暇までにはまだ三か月もあるので、急ぐ必要もないと思ってもいます。あなたと再会して、私たちのアンテナを比較するのを楽しみにしています。

私は母音についての論文[3]に非常に興味をもっています。この前、ヘルマン・ヴィルト[4]とAIUについて話し合いました。太陽の一年の運行の音声記号として、Aは始まり、Iは高み、Uは下降です。彼は、Aionという単語がAIonを意味すると指摘し、Nacht（夜）という単語もn+acht（八）だと説明していました。太古には、一年は八つに分けられていたからだとしてです。「私はAであり、Oである」というとき、このOは、ギリシャ語のΩであり、さらにそれ以上にuなのです。

妻もアーニマもすこぶる元気です。二人からもあなたと奥様と二人のお子たちによろしくとのことです。もちろん私からも。

敬具

つねにあなたのカール・シュミット

［同封物］

ファーブル・ドリヴェ[5]（十八世紀のフランスの作家、ヘブライ語についての書物の著者）による個々の字母の象形文字的解釈のリスト、シュミットが手書きでつけ加えたもの。

A－力（円の内部の点）
E－母の母音
I－明示、持続
O－精神、光
U－無と存在の間の多面的に変化する繋ぎ目
B－内的な活動
D－分割
Gh－目標に向かっての動き
H－生、努力、抵抗
K－ぎゅっと結びつけ、切り込み、同化させる
L－多面的に変化しながら、拡大する動き
M－母性的＝集団的
N－膨張
Ph－子供を作る、父性的
R－動き（蛇）
Sh－結び合わす（円）、持続、相対的固有運動
T－共通性、自分に跳ね返る動き
Th－相互性
V－無と存在を結ぶ繋ぎ
Z－目標

ベルリン＝ダーレム
カイザースヴェールター街一七番地
一九三七年七月十九日

1 三月二十七日の手紙に触れられている「全面的な敵、総力戦、全体主義国家」では、「ドイツにおいては、一九二七年以来の〈政治的なものの概念〉がさらに拡大されて、この全体性が全体的な敵、総力戦、全体主義国家という一連のものに関連させるようになっている。エルンスト・ユンガーの著書『総動員』（一九三〇）は、突然に現れたこの言葉を一般の意識にまで高めたものであった。しかし、ルーデンドルフの小冊子『総力戦』（一九三六）が出て初めて、その力が抗しがたいものになり、果てしなく広く普及することになった……」とある。

2 『法哲学・社会哲学論集』第三〇巻に掲載されたもの。

3 三八年七月二十日のシュミットの手紙参照。

4 ヘルマン・ヴィルト（一八八五―一九八一）、文献学者。一九三七年に設立された研究会「先祖の遺産」の主導者。ナチ親衛隊、秘密警察の長ハインリヒ・ヒムラーのもとで国防医学研究にも携わり、イデオロギーの画一化に尽力。

5 アントワーヌ・ファーブル・ドリヴェ（一七六七―一八二五）、シュミットが引き合いに出しているのは『ヘブライ語修復』（一八三一）。

枢密顧問官様
拝復　「海賊行為の概念」[1]お送りいただき、まことにあ

りがとうございます。早速拝読いたしまして、国法がプロクルステス[2]の宿命的なベッドに次第に似てきていることに気づきました。このことはおそらく内戦に秘められた優位性に由来するのでしょう。今、そしてここ二週間、私はここでお手伝いのルイーゼと小さなカール・アレクサンダーとの三人暮らしです。カール・アレクサンダーがあなたによろしくとのことです。三人だけというのは、エルンステルがザーレムの城の学校の寮に入っていますし、妻は旅行に出ているからです。何かの機会にこちらの近くにいらっしゃるようでしたら、未発酵の葡萄汁をご一緒に味わいましょう。私は最近この葡萄汁の神秘に分け入ったところです。奥様にもよろしくお伝えください。

敬具

あなたのエルンスト・ユンガー

ユーバーリンゲン・アム・ゼー

ヴァインベルク街一一番地

一九三七年十一月三日［葉書］

1 『国際連合と国際法』誌、第四巻に掲載されたシュミットの論文。

2 神話に出て来る追い剥ぎ。旅人を捕らえて、背の高い者は小さなベッドに合わせて身体を切り、小さな者は長いベッドに寝かせて身体を引き伸ばした。

ユンガー様

拝復　「夢」[1]をお送りいただき、まことにありがとうございます。数日前からそれに巻き込まれて、夢を見続けています。これはまったく驚くべきお仕事です。文書の、あるいは印刷の細かなニュアンスがアンテナとして機能しているその驚くべき度合いに私は何度も気づいたことです。私は大分前に『冒険心』の中の幾つかの言い回しを速記で書き写したことがありました。それをこの前、取り出して見たのでしたが、目を見張るばかりで、私はすぐ推測したのでしたが、ここでは速記術の助けを借りれば、文書と印刷の間の厚い壁が乗り越えられるのではないでしょうか。

近くまた一度あなたとお話しできるのをとても楽しみにしております。この秋に奥様にお目にかかれると思っていました。エルンストがこちらの士官学校に移されると考えたからです。九月に私の両親の金婚式を祝い、その足で両親の故郷のモーゼルに旅し、モーゼル河畔のネニヒまで行ったのでしたが、その近くの小さな僻村の美術館には地上で最も美しいモザイクがそっとしまい込まれていて、その前には、やさしい、それでいて目立たない威厳を備えた守護神がそれを守るように立っていました。モザイクは古代ローマの剣闘士の戦いを描いたもので、あなたもきっと大いに興味をもたれるだろうと思ったことでした。

「海賊行為の概念」[2]についての論文は、アングロサクソンがいかに冷酷に世界戦争を続行しているか、そして戦争中にニュオンで私たちが激しく抵抗したこと、つまりUボートの名誉を放棄させてしまったように思えることに対しての抵抗を知って、私を襲った激情から生まれたものです。プロクルステスのベッドと比較されたのは当たっています。しかし私は自分がこのプロクルステスを撃ち殺すヘラクレスだと感じているわけではなく、このプロクルステスに気づかれないまま付き従っているX線医学者と感じています。ちなみに、私が興味をもつのは、このプロクルステスよりも、そのベッドの方です。それにプロクルステスはヘラクレスのような巨人のする仕事の中に意味深く塡め込まれているのですが、このことがとかく忘れられているようです。古代の神話は実際汲み尽くせない多くのものを含んでいます。それはそうと、この前、ホッブズとデカルトにおける機構としての国家についての論文をお送りしましたが、その核心は叙述において幾らか後退しておりました。つまり問題は人間の肉体という考えの優位性なのです。このことについてあなたは苦痛との関連でなお何か言わねばならないのではないでしょうか。

近いうちにボーデン湖の方に行けるかどうか、ここ数か月はかなり不確かですが、もちろんまだはっきりとは分かりません。近くあなたと再会したいとの思いは変わりません。一度ベルリンへいらっしゃる気はありませんか。私の代子カール・アレクサンダーにくれぐれもよろしく。

敬具

つねにあなたのカール・シュミット

ベルリン＝ダーレム

カイザースヴェールター街一七番地

一九三七年十一月十四日

1　ちょうど完成したばかりでチューリヒの隔月刊の雑誌『コロナ』に事前に掲載された『冒険心』第二版の幾つかの稿と思われる。

2　ジュネーヴのレマン湖畔の村。一九三七年九月十一日から十四日まで、海賊行為についての会議が開かれ、Uボートによる商船の撃沈が「海賊行為」とみなされた。

枢密顧問官様

拝復　印刷が壁として働くというあなたのご指摘は、ことのほか納得の行くものです。そのとき思い浮かんだのは、ベルニーニが自分の書いた草稿をときどき色眼鏡をかけて眺めたということでした。

著述家としてあなたも私と同じようで、編集の段階で巻き込まれる技術的・商業的過程にとくに奇異な、あるいは笑止な印象を受けていらっしゃるようです。まさにこの印刷、とくにこの印刷という私たちのやり方が、読者に特定の機械的な反応を起こさせ、奇妙な単純化の原因になっています。私はタイプライターで書いているときにしばしばこうした考えに取り憑かれ、この過程を逆に想像してしまいます。つまりタイプのキーが跳ね返って、読者の頭脳にといった具合です。しかし著述家としては当然のこの逡巡は奇妙なもので、書いたものが印刷されるに際しては、本来余計なことと思える入念な配慮でもってあれこれ言い回しを考えてしまいます。私はここでこの過程に随伴する微妙な過程が伝わることを信じています。ちょうど電磁誘導のコイルにおいて第二の微小電流が生じるように、読むのではなくても、そこにある種類の伝達がなされるのであって、これにとっては印刷は大まかなメディアにすぎないのでしょう。

それゆえ、速記術についてのあなたの文章にも私は心を奪われていたとお考えになっていいわけです。私は思い出しますが、シュテーグリッツでのこと、二人で鉄道橋を渡っていたときに、あなたが同じようなことを言っていました。私は速記術をそれまでずっとアメリカの省略法の一種と思っていましたので、驚いたことでした。しかし疑いもなく、そこで問題なのは、表意文字から大きく距離を取ること、そしてそれとともに文書の神官文字的起源から距離を取ることです。しかしその際、ベルニーニの場合の色眼鏡のような、いつもとは違ったものが働いているのではないでしょうか。ということから、私の文章でも、自分が書いたことを忘れ、自分のものとは思えない文章が一番いいように思います。

あなたの刊行物に私が思いつきを書き込んだものをあなたが取り上げられているのには、いささかとまどっています。学問的に真面目に考えてのものではないし、まして や昆虫学のことでもないのですから。

この前、テンプル騎士団に対する裁判記録を読みましたが、異常なまでの現代的特徴をもつものです。フィリップ美男王（四世）はすでに私たちの言う意味でのプロパガンダに熟達しています。

カール・アレクサンダーは今日、サンタクロースが閉まった窓を通って入って来て、靴の中にチョコレートを入れるというのを疑っていましたが、サンタクロースが万能の鍵をもっていると説明してやると、納得しました。

敬具

あなたのエルンスト・ユンガー

ユーバーリンゲン／ボーデンゼー

ヴァインベルク街一一番地

一九三七年十二月三日

ユンガー様

拝復　十二月三日付けのお手紙、まことにありがとうございました。とくに面白かったのは、速記についてのお話でした。速記にもいろいろありますが、私が思っているのは、現代の技術の洗礼を受けた新しい種類のルーネ文字です。

この前、エヴォラ男爵[1]と名乗る奇妙なイタリア人が訪ねて来て、この博識の男爵といろいろと語り合ったのでしたが、彼が言うには、近代と言われているものの始まりは、テンプル騎士団に対するフィリップ美男王の訴訟のときだとのことです。その際、とくにフランス王の「法律家たち」とその新しい種類の法学が全体像に欠かせないとも言っていました。

あなたは、一九三〇年だったでしょうか、政治的なものの概念について書かれた私への手紙[2]のコピーをまだお持ちでしょうか。あの小論をもう少し発展させようと思っているのですが、あなたからのお手紙を是非見ておきたいのです。いろいろ探してみたのですが、どうしても見つからないのです。

同封しました走り書きのような小論は、ある学生が私のところに持って来たものです。私がドクトラント〔学位取得準備中の者〕とあまり付き合わないことで有名だからとして、私についていることの証明をえたいのでしょう。そのうちに返していただきたいのですが、一つこの原稿を、書き出しが回りくどくて恐縮ですが、目を通していただいて、全体の印象を簡単にお伝えいただければありがたいのです。この若者は上流の市民階級の出で、父親は大企業の法律顧問です。
　皆様によろしくお伝えください。とくにカール・アレクサンダーに。クリスマスにはとくに彼に手紙を書くつもりです。

［署名なし］

［発信地なし］一九三七年十二月十二日

1　ユリウス・（ジュリオ・）エヴォラ（一八九八—一九七四）、哲学者、文明批評家。『近代世界に抗する蜂起』（一九三五）で有名。のちにユンガーとも交際するようになる。
2　一九三〇年十月十四日のユンガーからの手紙と思われる。

枢密顧問官様
冠省　三月十日にベルリンに用事で参りますので、その日にお電話して、翌十一日のお話し合いの時間を取り決めたいと存じます。もっとも、あなたがご在宅で、小一時間お暇が取れるならばのことですが。
匆々
あなたのエルンスト・ユンガー

同封、『リヴァロールの怠惰な人生』[1]、ルイ・ラツァルス、プロン、パリ、一九二六。
ユーバーリンゲン・アム・ボーデンゼー
ヴァインベルク街一一番地
一九三八年二月四日［葉書］

1　アントワーヌ・ド・リヴァロール（一七五三—一八〇一）、零落した貴族の出の作家。フランス革命の際、王党派に属し、ドイツに亡命、ベルリンで没す。そのエスプリと判断力と簡明的確な表現、何よりもその保守的現実主義的世界観にユンガーはのちのちまで大いに興味を示す。

枢密顧問官様
冠省　今日、あなたからの誕生日祝いのお葉書届きました。昨日、三月十一日にベルリンでお会いしたいとお手紙したところでしたが、どうやらあなたは旅行中らしく、残念です。いずれにせよ、十分に保養なさいますよう。シュランツ博士[1]にくれぐれもよろしく。
匆々
あなたのエルンスト・ユンガー
ユーバーリンゲン／ヴァインベルク街一一番地
［一九三八年］二月四日［葉書］

1　六一ページの注参照。

枢密顧問官様
謹啓　今、ロードスのヴィーナスの側に立っています。[1]海底から引き上げられたヘレニズムの彫像の側です。芸術家はボードレールの言う「紋切り型（ポンシフ）がなければならない」という原則をすでに知っていたように私には思われます。ここのいろいろの場所の中でも私が非常に気に入ったのは、マルパッソの峡谷です。ここはシラーの騎士（ゲーダト・v・ゴーツォン）[2]が竜を退治した舞台です。マルパッソ（Malpasso）は子音の並び方が非常に素晴らしいと思います。ここにはもう三週間も滞在していて、あまりうまくはないもののギリシャのワインをたっぷり飲んでいます。

敬具

あなたのエルンスト・ユンガー

ローディ、一九三八年五月七日［絵葉書］

1　四月、五月、弟のフリードリヒ・ゲオルクとロードス島に滞在。このときのメモから一九四八年に出版された『島の春』が出来た。

2　シラーの物語詩「竜との戦い」（一七九九）。

枢密顧問官様
謹啓　ロードス島の多くのよい印象を抱いて帰って参りました。自然の快い景観もさることながら、よい印象はヘロドトスをどうしても読みたくさせる島のせいです。

　あちらで読んだ本の中にベルナノスの『月の下の大きな墓場』[1]があります。パリからの情報として聞いたところでは、この詩人は今月も放浪の旅に、それもパラグアイに行くのだそうです。しかし彼がそこを快く感じることができるとは、私には思えません。

　今月、しばらくスイスに行こうかと思っています。スイスに私の友人の数が増えているからです。フィッシャー[2]はもうアメリカへ行ったのでしょうか。

　ご健勝をお祈りしつつ。奥様にもよろしくお伝えください。

敬具

あなたのエルンスト・ユンガー

ユーバーリンゲン／ボーデンゼー

ヴァインベルク街一一番地

一九三八年六月八日［葉書］

1　ベルナノス［三六ページの注参照］は一九三四年から三七年までマロルカで過ごしていて、スペインの内戦、とくにマロルカでのファランヘ党の〈粛正〉を目の当たりにして、ファシズムと全体主義に反対し、また全体主義のテロルに対する教会の対応に反対して一九三八年に書いた小説。ベルナノスは三八年にパラグアイに亡命、さらにブラジルに行き、四五年にフランスへ帰っている。

2　三ページの注参照。

枢密顧問官様

謹啓　七月十日にベルリンへ行くことを決めていましたのに、急ぎの用事で十日間ばかりパリへ行かねばなりませんでした[1]。そのためベルリンへ行けなくなって、まことに残念です。いずれにしましても、この間、ずっとご自愛のほどお祈りしております。ベルリンへ持って行ってお渡ししようと思っておりました『冒険心』[2]をのちほどお送りします。

敬具

あなたのエルンスト・ユンガー

パリ、一九三八年七月五日［絵葉書］

1　『冒険心』のフランス語版出版のためと思われる。この機会にユンガーはアンドレ・ジッドやヨーゼフ・ブライトバハなどを訪ねている。

2　『冒険心』の第二版（一九三八）。絵葉書の表はルーヴル美術館にあるマネの「マラルメの肖像」。

ココロカラオイワイモウシアゲマス。[1]

エルンスト・ユンガー

［ドイツ国営郵便　電報］

バーゼル発信

Nr. 5413, 10 W. 一九三八年七月十日、一一時二八分

1　シュミットの五十歳の誕生日祝い。

ユンガー様

拝啓　パリからの絵葉書（まったく素晴らしい青いマラルメ）、それに誕生日のお祝いの電報、『母音賛歌』の素晴らしい版[1]、まことにありがとうございます。『母音賛歌』の活字は、この母音に響きと反響を与えています。あなたとお会いしたいという私の願いは今それだけにますます大きなものになっています。あなたのこれからの計画はどのようなものなのでしょう。私は近くザウアーラントに出かけます。決まった目的はありませんが。妻

はボーデンゼーへ行きたがっています。しかし行くとしても九月になってからになるでしょう。私たち二人とも、あなたの奥様と私の代子にもう二年半も会っていないことをずっと不満に思っています。

あなたの『冒険心』の第二版はこちらではさまざまに話題になっています。最も素晴らしいのは、ご本がその読者を選別淘汰しているところで、このような本を私はほかには見たことがありません。このことも「アクチュアリティー」をもつ理由なのでしょう。

私の『リヴァイアサン』[2]をお送りしたのでしたが、折があればそれにあなたへの献辞を書こうと思っています。

ベルナノスの『月の下の墓場』は私も読みました。ベルナノスがなぜ十三／十四世紀にしがみつくのか[3]、私には理解できません。教訓を多く含んだ手本ないしは印象深き劇場としての世界史はどうやら過ぎ去っていて、十五世紀に関しては彼の見方は正しいのですが、その理由はただジャンヌ・ダルクが火刑に処せられたということだけです。事柄の核心を知るためには、こうした見せ物がいるのでしょうか。

ご家族の皆様のご自愛をこちらの一同で念じています。

敬具

あなたのカール・シュミット

ベルリン＝ダーレム

カイザースヴェールター街一七番地

一九三八年七月二十日

1　一九三七年にマインツのアルバート・エッゲブレヒト出版から出た増補、愛蔵版と思われる。

2　ちょうど出版されたばかりのシュミットの著書『トマス・ホッブズの国家論におけるリヴァイアサン。政治的シンボルの意味と失敗』。

3　「墓場」第二部、第三章とベルナノスが最後の数節でキリスト教徒にアッシジのフランチェスコと聖ルートヴィヒへの新しい帰依を要求しているところを言っていると思われる。

枢密顧問官様

謹啓　その後、あなたの新しい十年の楽しい計画にもすっかりお慣れになったことと推察いたします。あなたがこちらにいらっしゃれなかったのは残念です。この前、あなたも私のところでお会いになったことのあるマルティーン・フォン・カッテ[1]夫妻が数日、拙宅に滞在しました。来春にはまた引っ越しをしようと思っています。もっと北の方へです。と言いますのも、私の仕事にはもっと厳しい気候の方がふさわしいと思うようになったからです。そうなれば、ベルリンとも再びもっとうまく連絡が取れるようになると思います。

　あなたの『リヴァイアサン』、非常に興味深く読ませていただきました。これは衷心より言っていることで、単なるお世辞と取らないでください。あなたもご存じのように、私は大きな魚をとくに好んでいます。散文はきわめて貧弱なものになって、私がそれを評価できるのは、神経と筋肉の動きをもっている作品を手にするときだけです。あなたは、機会があれば、注という手段を用いずに書かねばならないのでは、いわば第二の素朴さでもって書かねばならないのでは、という感じを抱いています。それがあなたには非常に似合うのではないでしょうか。

　別便でミショー[2]の『アジアの野蛮人』をお送りします。文体にいささか投げやりのところはありますが、あなたのお気に入るものではないかと思います。著者はベルギー人です。フランス人が旅に出てこうした確認ができるとは私には思えません。ほかに読んだものの中では、ガリマールから出版され、ジード[3]が私に薦めてくれた『嵐が丘』があります。これは田舎牧師の娘で夭折したエミリー・ブロンテ[4]の百年も前の小説の翻訳ですが、今、奇妙な形で息を吹き返して来ています。その理由はおそらく夢と現実の交差にあって、これが私たちの精神的領域に合致しているのでしょう。

　カール・アレクサンダーからよろしくとのことです。彼は飛行機をひどく怖がり、家の上に飛んで来るたびに、隠れてしまいます。反対に長男の方はまったく戦闘的です。

　あなたおよびご家族の皆様のご多幸をお祈りしながら。

敬具

あなたのエルンスト・ユンガー

ユーバーリンゲン・アム・ボーデンゼー

ヴァインベルク街一一番地

一九三八年十月二十日

1　マルティーン・フォン・カッテ（一八九六—一九八八）、大地主で抒情詩人、ユンガーとは二〇年代から親交があり、君、僕で呼び合う数少ない親友。カッテはアルトマルクに領地をもっていたが、第二次大戦後にそれを失い、二年間、フリードリヒ・ゲオルク・ユンガーのところに寄宿していて、その後、エルンスト・ユンガーのつてでザウルガウの郡長の職に就くことができた。

2　アンリ・ミショー（一八九九—一九八四）、ベルギー出身のフランスのシュールリアリズムの作家。若いときアメリカ、アフリカ、アジアを旅行し、アジア旅行の経験から一九三三年長編小説『アジアの野蛮人』を出している。このタイトルは反語的なもので、あらゆる文化、とくに現代のヨーロッパ文化に対して批判的距離を取る。ユンガーと同様に麻薬を実験的に飲用している。

3 アンドレ・ジード（一八六九―一九五一）、ヨーロッパの近代に決定的な影響を与えたフランスの作家。ユンガーは七月初めパリ滞在中にジードを訪ねている。ジードはのちにユンガーの『鋼鉄の嵐の中で』を読み、日記にこれまで読んだものの中で「最も素晴らしい戦陣日記」、「完全に誠意に満ち、真実を追及し、誠実」と書いている（四二年十二月一日）。ユンガーの「アンドレ・ジード追悼」（一九五一）も参照。

4 エミリー・ブロンテ（一八一八―一八四八）、イギリスの作家。一八四七年にエリス・ベルという匿名で出した『嵐が丘』（ドイツ語版一八五一）はそのエロティックな次元の表現のために大きな憤激を買った。しかしこの小説はまたその反時代的な語り口と因習的な観察モラルと根源的な激情との間の不穏な矛盾のゆえに時代に先駆けたモダンなものとも受け取られた。

ユンガー様

拝啓　カール・アレクサンダーはひょっとするともう、大地を這いつくばっている私たちが飛行機によって一次元押し下げられて、私たちの大地の上に航空輸送網が張り巡らされることで、この大地が一種の海底に変わることを感じているのかもしれません。この冬の間に少なくとも一度ベルリンにいらっしゃいませんか。実りあるお話し合いをしたいという願いは、文通によって、この前のあなたのお手紙によって、叶えられる、ないしは鎮められるというより、むしろ強まっています。パリからの知らせによれば、ベルナノスはすでに南アメリカに行っているそうです。ミショーを非常に興味深く読みました。私の注意を引いたのは、ほかのフランスの書物とは違った「直接的な」音調です。冬に向かいますが、ご一同様ご自愛のほど。

敬具

つねにあなたのカール・シュミット

［発信地なし］一九三八年十一月六日［絵葉書］

枢密顧問官様

謹啓　次の春まではベルリンには行くことができそうにもありません。ブロッケン山の近くに引き返すことになりました。ここからだと首都までそれほど遠くはありません。ユーバーリンゲンはあまりに辺鄙なところでしたが、今再び首都の近くにやって来ることになります。『リヴァイアサン』のために、もう一つ昆虫学の上から気がついたことをお知らせをしたいと思います。何度か言及されているシロアリ（Termiten）ですが、綴りにhはつけません。[1] その命名者[2]はこの語をラテン語のtermes（小枝）から作ったと思われます。こちらは今、非常にデリケートな天気が続いています。あと二か月、付け足しに湖畔にいることにしています。この十一月と二月とです。二月はシュランツ[3]医師が非常に好きだからです。私にも氷の張るときが二・三か月どうしても必要です。その後はもっと南の海岸へ行きたいと思っています。ご健勝をお祈りしております。奥様にもよろしくお伝えください。

敬白

あなたのエルンスト・ユンガー

追伸　あなたも是非お読みになる価値のあるもの、ポール・ヴァレリー[4]「方法的征服」（フランス新報）、ここには宿命的な理念の宿命的な先取りが含まれています。

ユーバーリンゲン／ボーデンゼー
ヴァインベルク街一一番地
一九三八年十一月十日［葉書］

1　シュミットは Thermiten と書いていた（五七ページ）。これについてシュミットは一九三八年十二月二十六日にカール・アレクサンダー・ユンガー宛に「あなたのお父さんから葉書でシロアリの綴りを間違えていることを指摘してもらって、感謝しています。こんな間違いをした自分に腹を立てています。これは原稿を自分で書かずに、教養のあまりないタイピストに口述したことの罰です」と書いている。

2　シロアリを初めて Termiten と命名したのはミュンヘン大学の学長エッシェリヒが学長就任演説「政治的人間への教育について」で、それが「シロアリ妄想」のタイトルで出版されたものとシュミットは考えていて、『リヴァイアサン』でその言葉が用いられた。

3　六一ページの注参照。

4　ポール・ヴァレリー（一八七一―一九四五）、フランスの作家。ここに挙げられているのは、「ドイツの征服。ゲルマンの発展についてのエッセー」（一八九七）で、一九二五年に「方法的征服」のタイトルで『フランス新報』に掲載され、四六年にドイツ語訳が出たもの。ヴァレリーはそこで十九世紀の最後の数十年におけるドイツの政治家、企業家、商人の組織的、方法的に計画された効果的な行動に取り組み、そこから方法的に基礎づけられた創造性という構想を発展させている。このヴァレリーの構想にユンガーは「葡萄山の小屋」で対決している（四五年九月二十五日）。

枢密顧問官閣下

謹啓　あなたとご家族の皆様の新しい年のご多幸をお祈りしております。一九三八年には私の行動範囲は南や西に片寄りすぎていましたので、一九三九年は再び北の方へも移そうと考えています。多分、ブロッケン山から眺めることのできる地域へです。そうなれば再びお話し合いをする機会もできましょう。あなたとまた一度お目にかかれるのを楽しみにしております。

家内一同からお宅の皆様にくれぐれもよろしくとのことです。

敬白

つねにあなたのエルンスト・ユンガー

ユーバーリンゲン／ボーデンゼー

ヴァインベルク街一一番地

一九三八年十二月二十八日［葉書］

シュミット教授様

謹啓　カール・アレクサンダーがまだ字を書くことができませんので、あの子に代わって母が、代父であるあなた様にクリスマスのカードとプレゼントへの心からのお礼を申し上げます。あの子はおとぎ話の小さな王様のように金持ちになったと思って、玩具屋に行っては自分の欲しいものをあれこれと探し回っていました。あの子からもよろしくお礼を言っておいてとのことです。あの子にせがまれて、あなた様やアーニマちゃんのことをいろいろと話してやらねばなりません。今年のうちにも代子を見にいらしていただきたいものです。あの子は順調に成長して、あの子なりに考えたお利口な毎日を送っていて、親としても喜んでおります。父親の遠出の散歩には、甲虫を捕獲する籠を持ってついて行きます。甲虫にすっかり夢中になっているのです。もうかなりきちんと会話もできるようになっています。

三月の初めか中旬に私たちはボーデンゼーの湖畔を離れます。風景はすっかり好きになっていましたが、湿気がひどく、とうとうまた引っ越しをせざるをえなくなりました。あちこちずっと探していましたが、やっとハノーファーのはずれに十四室あって大きな庭もある田舎の空き牧師館を見つけ、そこを借りることにしました。というわけで、私たちの間の距離は縮まりました。この春にはあなた様と奥様をそこにお招きできると思っています。皆様のご自愛をお祈りしております。　かしこ

あなたのグレータ・ユンガーと

カール・アレクサンダー

枢密顧問官様

謹啓　私たちがボーデンゼーから湿原へ移ると知って、知人たちは訝しがっています。この惑星のどの地点が私たちが息災に暮らすに適しているかを確認するには、砂占いの研究が必要です。とにかく私にはブロッケン山の近くが重要だと思われます。少なくとも駐留用の営舎として。

来る一九三九年は、興味深いものになることが約束されているようで、この年にも、よい観察場所から私の研究を続けて行こうと考えています。支配を目指していると見られるすべての国が、理念や施設や道具を新たに整える準備をしたときに、事柄の真の数学が初めて浮かび上がって来ます。そのときには、動きは海戦におけるように美しく明快なものになります。プランス・ド・リニュ[1]を読んでいて、こんなことを見つけました。十八世紀にはまだ真っ赤に熱した弾丸を打ち込んだのはトルコの船だけにであって、すべての船にではなかった、と。

敬白

あなたのエルンスト・ユンガー

ユーバーリンゲン、一九三九年一月九日

1　シャルル＝ジョゼフ、プランス・ド・リニュ（一七三五―一八一四）、将軍、外交官、芸術愛好家。アフォリズム、エッセー、自伝などの著作がある。ユンガーの愛読書で、しばしば引用されている。

枢密顧問官様

謹啓　発信地からもお分かりのように私はすでに新しい住居に移っています。広い牧師館ですが、この地の人々の魂のためにとくに何かしているわけではありません。先日は復活祭の昔からの風習でうちの扉の前に卵を一杯入れた籠が置かれていました。今になってボーデンゼーの湖畔にいたのが有益だったことを感じています。葡萄が栽培されているところに何年か住んだのは、非常に素晴らしいことでした。C・A〔カール・アレクサンダー〕はここの方がいいようです。この家には大きな納屋があり、屋根裏部屋が幾つもあって、素晴らしい隠れ場所になるからです。今、私はエラスムスを読んでいますが、一五〇〇年頃のヨーロッパが今日よりはるかに小さく、容易に見渡せるものであったことを確認しています。

ご家族の皆様によろしくお伝えください。　敬具

あなたのエルンスト・ユンガー

ハノーファー近郊キルヒホルスト、牧師館

一九三九年四月二十四日［葉書］

ユンガー様

拝啓　やっとあなたの新しいアドレスが分かって喜んでいます。三月以来、カール・アレクサンダーの誕生日の贈り物を用意していたのでしたが、それが冬物で、今の季節に合わないので、別のものと取り替えねばならなくなっています。しかし近いうちにお手元に届くことでしょう。

お引っ越しはうまく済んだことと思います。皆様の、とくに奥様のお疲れが取れますよう、そして素晴らしい夏をお過ごしになられますよう、願っています。ベルリンへいらっしゃることがあれば、是非拙宅へ足をお運びください。ハノーファーへはときに行くことがありますので、私の代子カール・アレクサンダーに久し振りに会う機会もありましょう。

ヨーロッパが一五〇〇年頃には今日より小さかったとのあなたのコメントについてですが、同封の論文の八四[1]ページに一見反対のように思えることを書いていますので、一度読んでみてください。ちなみにそれは決して独断的な意見ではありません。あなたはユダヤ人の哲学者オスカル・ゴルトベルク[2]の著書『マイモニデス』をご存じですか。彼は技術に対するユダヤ人の不安のすべてを集めようと試みています。ユダヤ人についての最も重要なことを言っているのは、ブルーノ・バウアー[3]で、その『ユダヤ人問題について』（一八四三）ですが、そのほかにも所在が分からなくなっている第四巻（一八五二）の福音書批判の幾つかの章や著書『異郷のユダヤ人』（一八六三）においてです。彼の『キリストとカエサルたち』（一八七七）は最晩年の著書です。重要なものはすべて一八四八年以前に言われたものです。逼塞している革命の芽がうごめき始めるとすぐ恐怖感にかられて、あらゆる問題の上に蓋がかぶせられるのですが、この蓋が今少し持ち上げられて来ているようです。

皆様によろしく、とくにカール・アレクサンダーに。

敬具

あなたの旧友カール・シュミット

ベルリン＝ダーレム

カイザースヴェールター街一七番地
一九三九年四月二十六日

1 「国際法上の広域秩序」、このページでシュミットは国家権力の及ぶ領土の狭さと現代の領域を越えた航空交通、無線電信交通の間に「まさにグロテスクに」働く矛盾があることを述べている。

2 オスカル・ゴルトベルク（一八八五―一九五三）、『マイモニデス。ユダヤの教理神学の批判』は、ウィーンから一九三五年に出ている。

3 ブルーノ・バウアー（一八〇九―一八八二）、福音派の神学者。ヘーゲル左派の論客として時代批判の歴史・政治論のほかラディカルな福音書批判を繰り広げる。その反ユダヤ主義と歴史解釈および予言にシュミットは興味をもち、バウアーの著書、文献を集めていて、著作にはさまざまにバウアーを引用している。バウアーはヨーロッパがロシアの大衆の中部ヨーロッパへの侵入とアメリカ合衆国の興隆によって弱体化すると予言していて、これがシュミットの歴史観に決定的な影響を与えていた。

枢密顧問官様

拝復　私たちの新しい住まいをお訪ねくださる由、喜んでおります。天気の良い日をお選びください。ハノーファーの旧駅舎からこちらへのバスが二本出ています。お昼の一時一〇分と夜の八時半です。一一時にハノーファーへお着きになって、最初の便にお乗りになれば、こちらで二時には昼食を取ることができます。ハノーファーの駅からおよそ一五キロです。タクシーも利用できますが、ちょっと贅沢でしょうか。バスでも結構快適です。予定がお決まりでしたら、お葉書でもお知らせください。再会できるのを楽しみにしております。　敬具

あなたのE・ユンガー
ハノーファー近郊キルヒホルスト
一九三九年七月十一日［葉書］

ユンガー様

拝啓　ルカによる福音書第一〇章一九節は、ウルガタ聖書では次のようになっています。

「わたしはあなたがたに、へびやさそりを踏みつけ、敵のあらゆる力に打ち勝つ権威を授けた、だから、あなたがたに害をおよぼす者はまったくないであろう。」

ブルーノ・バウアーは、この文章をイエスが使徒たちに別れを告げる最後の言葉から取り出されたものとみなしています。マルコによる福音書第一六章一七節、一八節の最後の部分との類似点参照。ユスティヌス[1]はその使徒的な回想録の中でもこの言葉を挙げていました。この言葉は、異教徒のもとに差し向けられる「七十人」（七十二人）の使徒に向けて言われたもので、「十二人の」ユダヤ人の使徒とは違っています。しかしこの十二人が勝利を収めたのでした。

　あなたのところの牧師館では楽しい時間を過ごさせていただき、あなたと奥様に改めて心からお礼を申し上げます。週末に私どものところへいらっしゃるのを楽しみにしています。

　皆様に、とくにカール・アレクサンダーによろしく。

敬具

つねにあなたのカール・シュミット

［発信地なし］［一九三九年七月中旬］［絵葉書］

1　ユスティヌス（一〇〇―一六五）、初期キリスト教の最も重要な護教家、殉教者。

枢密顧問官様

拝復　ウルガタ聖書の中の文章をお伝えいただき、まことにありがとうございました。これはこの秋に出版される私の小品に類似した形で含まれています[1]。私もその後に行きつけの本屋にラテン語の聖書を注文しました。キルヒホルストがお気に入りのようで、喜んでいます。私は今、屋根裏部屋に座って、『貧しい女』[2]の中のアンドロニコス[3]についての個所を調べているところです。そこでとくに興味深いのは、「この怪物はまったく孤立していて、死んで行く神に似ている」という個所です。八月十九日、土曜日の夜、あなたがベルリンにいらっしゃるなら、お訪ねできるかもしれません。十七日か十八日に私は所用でハンブルクに行きますので。

敬具

あなたのエルンスト・ユンガー

ハノーファー近郊キルヒホルスト

一九三九年七月二十日

1　『大理石の断崖の上で』の第二六章、二七章。

2　レオン・ブロイの一八九七年に出た自伝的小説。一九三一年にドイツ語訳が出ている。

3　アンドロニコス（一一二二―一一八五）、一一八三―八五年、ビザンティンの皇帝。反乱で殺される。ブロイの小説の中でコンスタンティノープルの住民に引き渡され、拷問される様を描くドラクロワの絵画について述べられている。

枢密顧問官様

拝復　残念ながら土曜日の夜にはベルリンへ行けなくなりました。このところあなたとお会いしてなくて残念です。ビザンティンの歴史をお送りいただいたのでしたが、そのお礼をしたのでしたでしょうか。非常に興味をもって読んでいますが、読み終わりましたらお返しします。

敬具

あなたのエルンスト・ユンガー

ハンブルク、一九三九年八月十六日［葉書］

枢密顧問官様

謹啓　今は当分ベルリンへは行けそうにありません。私はこの小さな町ツェレに来ています。ここは法学の牙城というか、ヴォルフェンビュッテルを思わせるのですが、今の暗い夜の時代には二十世紀のあらゆる手管でもってそうなっているのでしょう。世界精神が私たちに多くのものを見させています。旅行の途中にこちらへいらっしゃいませんか。そうなれば嬉しいのですが。奥様はもうお帰りになっていますか。

敬具

あなたのエルンスト・ユンガー

E・ユンガー大尉[1]

ツェレ、ザントクルーク・ホテル

一九三九年九月二日［葉書］

1　八月二十六日にユンガーは総動員令で召集され、八月三十日、ツェレに配属され、同時に大尉に昇進している。なお九月一日、ナチ・ドイツ軍がポーランドに侵攻、第二次大戦が始まる。

ユンガー様

拝復　お葉書ありがとうございます。あなたの更なるご活躍をお祈りします。ツェレへは是非行きたいと思っていますが、旅行の予定がまだはっきりしません。当事者のすべてが戦争の全体性の中に滑り込むことをしないというひそかな暗黙の合意を、私は今、大きな興味をもって観察しています。妻はアーニマと元気に帰って来ました。この秋に出版予定であったあなたの著書は予定通りに出るのでしょうか。フーゴー・フィッシャーのレオナルド・ダ・ヴィンチについての論文を読みましたが、素晴らしい引用がたくさんありました。[1] ベルリンへいらして、時間がおありなら、是非お知らせください。

ご健勝を祈りながら。

敬具

つねにあなたのカール・シュミット

［発信地なし］一九三九年九月五日［絵葉書］

1 『ドイツの民族性』誌、第四一号（一九三九年）に載った「〈近代〉の立法者としてのレオナルド・ダ・ヴィンチ」。

枢密顧問官様

拝復　お葉書ありがとうございます。ツェレではもうお会いすることができません。私は今、ブランケンブルクに来ています。いつも突然に配置換えになるのです。総力戦とそれに対する敬意についてのあなたの発言はまことに正しいと思います。私の新しい本は題名を『大理石の断崖の上で』というもので、私たちの時代のひそかな考えを含んでいて、今ここでその校正に当たっています。秋には出版されますが、『コロナ』誌[1]にすでにその一部が公刊前に掲載されています。[2] ここでの校正は容易なことではありません。軍神アレスはこうしたことには向いていないようです。それには女神ヴィーナスの方が好意的なのでしょう。人々は夢を見ているように町をさまよっています。

敬具

あなたのエルンスト・ユンガー

E・ユンガー大尉、ブランケンブルク、ハルツ

ヴァイサー・アードラー・ホテル

一九三九年九月十三日［葉書］

1 チューリヒで発行されている隔月刊の雑誌。
2 第九巻（一九三九）第三号。

ユンガー様

拝啓　一昨日、ブレーメンへの旅の途中に止むを得ない事情でハノーファーに立ち寄ったのでしたが、そこのレストランで同行していた忠僕が新聞を私に差し出すので見ると、あなたの胸像の写真とあなたが一九四〇年三月二十九日に四十五歳の誕生日を迎えたとの記事がありました。おめでとうございます。

復活祭の月曜日に私たちはユーゴスラヴィアの駐ドイツ公使アンドリッチ[1]氏に招待されました。アンドリッチ氏はあなたの著書『大理石の断崖の上で』の素晴らしい読者で、それに精通していて、一般に見られるモデル小説の読者の域をはるかに越えています（そうした読者に私は営林監督官はビスマルク侯だと言って驚かせるのがつねです）[2]。アンドリッチ氏は四十歳―四十五歳くらいの人生経験豊かな人物で、十八歳から二十二歳まで監獄に入れられていて、獄中で詩人としての本領を発揮した非常に素晴らしい書物を書いています。この前、フーゴー・キューケルハウス[3]と話し合う機会をもちました。彼も今、軍に召集されています。そのほか、このところいろいろなことがありました。私たちはいつまたお会いできるでしょうか。ブレーメンにはまだ非常によいポマルト・ワインがあって、あなたの誕生日を祝って飲んだことでした。

敬具

いつまでも変わらないあなたの

カール・シュミット

［発信地、日付なし。一九四〇年三月二十九日のユンガーの誕生日に向けたもの］［絵葉書］

1　イーヴォ・アンドリッチ（一八九二―一九七五）、ユーゴスラヴィアの作家。サラエボ事件に連座して第一次大戦中は獄中に過ごす。その後、外交官としてヨーロッパ各地を回る。ナチ占領下のベオグラードで完成した三部作『ドリナの橋』、『ボスニア物語』、『サラエボの女』などで注目を集め、一九六一年、ノーベル文学賞を受けている。

2　営林監督官はヒトラー、ゲーリングあるいはスターリンとみなされていた。

3　フーゴー・キューケルハウス（一九〇〇―一九八四）、室内装飾家、彫刻家、文明・技術批評家。ユンガーも高く評価していた。

ユンガー様

拝啓　ウーレ[1]でワインの試飲をしながら、あなたへのご挨拶を一筆します。私は次の休暇のためのいいワインを見つけました。

D・H[2]

ウーレのお店からご挨拶を送ります。スカルパ[3]がちょうど私たちのところにいて、信頼すべき情報（ニーキ［ツシュ］[4]釈放）をもたらしてくれました。

いつまでも変わらないカール・シュミット

あなたの数千の崇拝者の一人からのご挨拶を送ります。

ケーテ・イエッセン[5]

この夜にあなたが同席してなくて、淋しいかぎりです。

おたっしゃで。

ドゥシユカ・シュミット

［消印、ベルリン、一九四〇年四月六日］［絵葉書］

エルンスト・ユンガー大尉宛

野戦郵便　三五　一八七C

1　ベルリンのワイン商。

2　特定できず。

3　ギノール・スカルパ、イタリアの総領事。

4　ニーキッシュについては一七ページの注参照。ニーキッシュは三七年三月二十二日に逮捕され、三九年一月十日に終身刑の判決を受け、服役していたが、四五年四月二十七日に赤軍により解放された。この知らせをユンガーは四五年九月三十日に受け取っている。

5　国民経済学者イエンス・ペーター・イエッセン（一八九五—一九四四）の妻。夫イエンス・ペーターは一九三〇年からのナチ党員で、ナチ党経済政策局の委員、一九三五年以来、ベルリン大学教授、ポーピッツのサークルに加わっていた。しかしのちに抵抗運動に加わり、一九四四年七月二十日のヒトラー暗殺計画に関わり、死刑になっている。

枢密顧問官様

謹啓　私の誕生日にポマルト・ワインを飲んで祝っていただいたとのこと、ありがとうございます。こちらではドイツ産のブルゴーニュ・ワインで満足せざるをえないのですが、これには私はドイツ産のキャビアに対してのように偏見をもっていました。しかし中には相当に高級で、そうでなければこぼれ落ちてしまっている空想の歩みを夢見ごこちに明かしてくれるものもあります。

営林監督官をビスマルク侯だとする解釈は悪くはありませんし、単に解釈というだけでもありません。私たちは前に一度、ゴスラルで営林監督官の最初の構想のときにこのことについてお話し合いをしたことがありました。貴族支配と十九世紀の民衆とが浸透し合うその様式は、権力の新しい領域を開くもので、これはスタンダールによってチェルトーサ[1]の中の領主の姿に実にうまく描かれています。結局はニーチェもこれに属するわけで[2]、権力を増強しようとする要求は人間の値打ちが下がるに従って大きくなるものです。

私の精神的なタイプは以前から著者の独創性といったものからは縁遠いものなのですが、それがただ独創的な思考の周りを回っているだけの型紙に当てはめられるのには腹が立ちます。「畜生、俺はこんな惨めなことをどうしようというのだ」[3]というわけです。もちろん私がほかならぬこの書で、言われているような成功を収めるだろうとは、私は予想してはいませんでした。しかし、私が成功を収めるところではどこでも、それは間違いに基づいていると言わざるをえません。百年以上も前から、秘密の法則に従って、私が好感をもっている人はすべて、戦いに負けています。

ここでの私はすべての文学的なものから離れた生活を送っています。外からの情報は混乱し、しかも大幅に遅れてしか届きません。ここ数か月に私は新しい種類の狂想曲風のものを作るのに成功したのですが、これを出版する気はすっかり失せてしまっています。しかし今は功績を積むには違った仕方でしなければと思っています。

キルヒホルストからの知らせによれば、うちのドンナ・ペルペツア[4]が数日間あなたのところへ行っているとか。私がこの手紙を書いているときはちょうどそちらに滞在しているのでしょう。オオバン沼のほとりの木の小屋からあなたと皆様のご壮健をお祈りしつつ。敬具

つねにあなたのエルンスト・ユンガー

エルンスト・ユンガー

1　一八三九年に出版されたスタンダール（一七八三―一八四二）の『パルムの僧院』が、一九二一年に『パルマのチェルトーサ（僧院）』の題で独訳されている。

2　アルフレート・ボイムラー編集の『権力への意志』（一九三〇）第八六六番との関連での発言と思われる。

3　四一年十一月十二日の手紙では、これはディドロからの引用とされているが、普通はモリエールの喜劇「スカパンの企み」（一六七一）のものとされる。

4　ユンガーは最初の妻グレータをこう呼んでいた。

三五　一八七／C、前線にて

一九四〇年四月六日

枢密顧問官様

謹啓　たった今、ドンナ・ペルペツアからお宅で歓待されたとの知らせを受けました。ドゥシュカ夫人が私のためにコーヒーを手に入れようと走り回っていることも知らせて来ました。実際、これはまたとない貴重なものです。ほかのものは何でもたっぷり私のところに流れ込んで来るのに、これだけは別です。そこで奥様に感謝の気持ちとして今日の午後に出来ました原稿を同封しますので、奥様にお渡しください。あなたもご一緒にご覧にな

ってください。こちらでは時間を潰すのにどんな冗談を言っているかがお分かりいただけます。そのほかに今私がやっているのは、いつものように、コレオプテラ[1]の分類と様式の研究です。ここでもこれはたくさん見つかります。

　私たちの友人ツェラーリス[*2]が日の目を見るようになるとの知らせを受けて、ことのほか喜んでいます。ここでもしばしば彼のことを考えていました。スカルパ[3]によろしく。

＊注意！「彼は自由なのか、それとも自由になるのだろうか。」

敬具

あなたのエルンスト・ユンガー
前線司令部、一九四〇年四月八日

1　カブトムシなどの鞘翅類の昆虫の最大種で、一〇万から二五万もの種があるという。
2　日記の中でユンガーが用いているニーキッシュのあだ名。ユンガー文献ではときにこのツェラーリスをドイツ国防軍内部の抵抗グループの頂点にいたヴィルヘルム・カナーリス提督だともされるが、『パリ日記第二部』（四三年六月二十二日）やエッセー「ブリューマーホーフから出て」（一九七四）などからこれはニーキッシュを指すことがはっきりしている。
3　八五ページの注参照。

ユンガー様
拝復　二通のお手紙、ありがとうございました。妻は贈り物をことのほか喜んでいました。それは絵のようです（写真ではありません――それはそうと、光の文字（Lichtschrift）を意味するこの言葉が光の像（写真）（Lichtbild）が歪曲的なドイツ語化であるのに対して何と端正なことでしょう。「絵画」でもなく、「描写」でもないのです）。大理石の断崖から聞こえて来る多くの言葉の中でも、素晴らしいのは、現代の絵画の中でしか、大理石の断崖の風景と類比できるものは見いだされないという言葉です。そのうちにあなたにその例を示すことができるのではないかと思っております。
　あなたの奥様が私どものところを訪ねていただいて、みな大喜びでした。スカルパがちょうどこちらに来ていたのも好都合でした。彼からニーキッシュが自由であること（そのうちにというのではありません）が確実だと聞きました。詳しくは分かりませんが。
　例の営林監督官がビスマルクだとの思いつきは、『ビスマルク一八四八年』という本を読んだときの印象から来ています。これはエーリヒ・マルクスの遺稿[1]で、多くの資料が含まれているものです。「私は冥府の川アケロンを動かす[2]」という言葉はビスマルク自身によって引用されています。古典の引用が教養のある者にとっては（教養のない者は言葉としてもさっぱり理解できないのですが）はっきり表現されている現実の赤裸々な姿を覆い隠す様は見事です。私は少し前からセネカ[3]を読んでいます。あらゆるレトリックを駆使することを通じて（しかし私たちはこの「レトリック」などというものについて一体何を知っているのでしょう。）危険な状態が現実のものになっています。次の文章を見てください。ad hoc sacramentum adacti sumus, ferre mortalia nec perturbari iis, quae vitare non est nostrae potestatis. In regno nati sumus: deo parere libertas est. 訳しますと「これぞわれらが軍旗への忠誠の誓いとなりしもの。死すべきものを耐え通し（荷って行き）、妨げるのが（避けるのが）われらの力の及ばざることに惑わされず。われらは一つの帝国に生まれたり。神の命じるところに従うことこそ自由」とでもなりましょうか。この翻訳はしかし内容だけを取り出したもので、差し当たっては、おそらくはまたこうした文章によって荘厳なものになったラテン語のヌミノースな力を伝えてはいないのでしょう。これを日曜日の午後の会話の、文字による導入として。

もう一度、あなたからの二通のお手紙に心からの感謝を述べて。妻からもくれぐれもよろしくとのことです。

敬具

つねに変わらぬカール・シュミット

ベルリン＝ダーレム

一九四〇年四月十四日

1　エーリヒ・マルクス（一八六一―一九三八）、歴史家。『ビスマルクとドイツ革命、一八四八―一八五一』（一九三九）は著者の死後刊行された。シュミットは三〇年代初めからマルクスと交友があった。

2　ウェルギウスの『アエネイス』七、三一二に「天上のものたちを屈服させることができないなら、私は冥府の川アケロンを動かす」という言葉があり、ビスマルクが引用したこの言葉の後半部分は、シュミットがのちに『パルティザンの理論』で述べているように、非常手段が要求され、かつそれが許されるような状況で「好んで」用いられる。第三帝国においてもヒトラーの政策に関して用いられた。

3　ルツィウス・アナエウス・セネカ（紀元前四―紀元後六五）、ストア派の哲学者。皇帝ネロの私教師だったが、ネロの命で自殺。

シュミット様

拝復　セネカの引用、ありがとうございます。セネカはエピクルスの庭に実ったストアの美しい果実です。

ところで、私は著書を出版しても、それを友人たちに送らないことにしています。それを読むことを、あるいはそれについて何か言うことを強要していると思われかねないからです。ですが、先ほどあなたが新しい著書[1]をお出しになったとヴァインライヒ[2]から聞いたのですが、この場合には私の例に倣わないでください。

大理石の断崖は、出版された後で、私自身もう一度読み直している初めての本です。

「ここにも一瓶ありますがね、
これは私がときどき舐めるやつです。[3]」

そこには書き下ろしているときには気づかなかったことがときどき見つかります。こうしたことはあなたも経験なさっているのではないでしょうか。これは基本的な実体の小さな一部分をもつのに成功したことの印の一つで、これは時の経過とともに真理に溶け込むというか、もっと言えば、ラジウムがエマナチオンを放出するように、真理を放出します。それゆえ、つねに真理である事物と決して真理ではなかった事物とがあります。真理は実体ではないのです。

シフォン・ルージュ[4]とは舌の隠語です。営林監督官とベロヴァールが飼っている猟犬の群れの中には、血の原理が保証されていますが、これは蛇との戦い[5]の中で毒というより高い原理に屈しなければなりません。毒は血のエッセンスで、精液やその他のエッセンスと対をなすもの、それも致命的な対をなすものです。何と、私は、私の読者と同じように、自分の作品の注釈を始めてしまいました。こんなことは本来作者は避けるべきものですのに。こうしている私の前にはポットに入れたパンチ酒があります。

絵についてのコメントはなかなかよいものです。しかし一度シュリヒター[6]の作品をご覧になってください。私はこれを人間的にもですが、非常に強い力として評価しています。シュリヒターは絵画について語りうる小さなグループの中でロマン主義者とされていますが、私の思いますのに、これは間違った評価に基づいています。

私のドンナ・ペルペツアからベルリン滞在中のいろいろと楽しい話を聞きました。どうかドゥシュカ夫人にもくれぐれもよろしくお伝えください。

あなたのエルンスト・ユンガーより

敬具

追伸　シュリヒターは私たちの共通の知人マーゼク[7]のことを私に語ったことがありましたが、マーゼクは彼から妻を奪おうとしたそうで、これに加えて「そんなことをしようとするとき、胃を患っていてはならない」と言っていました。

ところで、フィッシャーの住んでいるところの女主人、イギリスの女性ですが、この七月にも、緊急にと言って私を彼女の田舎の領地に招待してくれているのですが、ご存じでしょうか。

駐屯地宿舎、一九四〇年四月二十四日

1　ハンブルクのハンザ出版社から出された『立場と概念』(一九四〇)。
2　パウル・ヴァインライヒ、当時ハンザ出版社の編集長。
3　ゲーテの『ファウスト』第一部「魔女の厨」の中の魔女の台詞。
4　『大理石の断崖の上で』第二四章に出て来る言葉。
5　『大理石の断崖の上で』第二七章、および『庭と街路』の三九年五月二十七日の項参照。
6　ルードルフ・シュリヒター(一八九〇―一九五五)、素描家、作家。自伝的著書が「倒錯的でエロティックな叙述」として発禁になり、一九三五年には帝国著作院から除名され、一九三七年のミュンヘンでの頽廃芸術展には十七点の絵が展示され、帝国造形美術院からも除名され、「非ナチ的態度」のゆえに三か月拘留されている。その間、ユンガーは一貫してシュリヒターを擁護し、自分の肖像画を注文したりして支援、ユンガーの親友の一人で、ユンガーの書斎にはシュリヒターの「没落前のアトランティス」が掲げてあった。一九九七年には二人の往復書簡が刊行されている。
7　リヒアルト・マーゼク(一九〇七―一九三五)、ジャーナリスト、中央党の新聞『ゲルマニア』の劇評欄担当者。シュリヒターは、マーゼクと親しかったが、マーゼクが一九三三年にナチ党に入党し、ヒトラー・ユーゲントの指導者になったとき、マーゼクと絶交している。

ユンガー様

拝復　どうやら優れた画家から最上の認識が生まれてくるもののようです。あなたのご提案に従って、シュリヒターをじっくり見ることにします。今のところ、私はボードレールと親しかったエッティング画家メルヨンに興味をもっていろいろと見ています。

私の新しい著書『立場と概念』についてですが、問題は三〇〇ページ以上もの分厚い本だということです。大八折り判で、一九二三年から三九年までの論文と講演を集めたものです。もちろんあなたには早速にもお送りします。しかし送り先ですが、あなたの前線の住所に送らせたものかどうか。それとも、もっとよい時期が（つまり分厚い本を送り届けるのにより適した時期が）来るまで待つべきでしょうか。短い序文は、あなたにも喜んで読んでいただけるのではないでしょうか。その他はたいていがあまりに専門的なものでしょうから。

これとは別に近く、まことに奇妙な人物Ｊｏｈ・アルノルト・カンネ[1]（一八二四年エルランゲンにて没）の小冊子をお送りしたいと思っています。彼には骨の髄まで敬虔主義的な自伝があって、一九一九年に私が本にして出版したことがありましたが、あの素晴らしい古書籍商カイパー氏[2]がケッテルベック街から今度新たに出版したのです。

ファニウスの夢を同封しますが、これは長らくあなたにお送りしようと思っていたものです。

そのほかに、ルター以来の福音派の賛美歌のリズムについてあなたに書こうと常々思っておりましたが、あまりに長い論文になりそうで、意のままにならずにいます。そのうちにお会いしてそれについて一度お話し合いができればと思っています。ある種の確固としたリズム、習慣によって機械化されたようなリズムは、さまざまに異種な内容を運ぶことができ、しかも決まったルートを行く車のようなものです。たとえば

測り知れず、不可解に、
この上なく奥深い事物は自らを愛している。
傷もつかず、不可侵に、
ウレウスの輪環[3]は閉じる。
諸種族は貪欲、
しかし禍は少なく、
自分たちだけに危険、
そこに苦しみがからまっているから……

これは誰の作なのか教えていただけませんか[4]。

申し遅れましたが、この前のお手紙まことにありがとうございます。

パンチ酒を傾けているようなときなど、ときにお手紙を書いてください。

敬具

つねにあなたのカール・シュミット

［同封の文書］

プリニウスのところで語られたカーユス・ファニウスの夢（エピステル五・五）。

ファニウスは、「ネロによって虐殺され、ないしは追放された人々の死」というタイトルでネロの悪行についての大きな書に取り組んでいた（これは当時のトラヤヌス皇帝時代に政治的に望ましいことであった）。その書の第三巻の終わりまで書いたとき、彼はいつも仕事をするソファーに横たわってその本を書いている夢を見た。突然、ネロが入って来て、彼の向かいに身を横たえ、その書の第一巻を手に取り、それを読み、第二巻、第三巻と読み、それから立ち上がって、出て行った。ファニウスはこの夢を友人たちに語り、自分はこの第三巻から先には進まないだろうと解釈した。事実、彼はその後まもなく死んだ。

ベルリン＝ダーレム、一九四〇年五月二日

1　ヨーハン・アルノルト・カンネ（一七七三―一八二四）、学問的な認識努力と敬虔主義的宗教性の間を揺れ動いた言語と神話の研究者。シュミットは彼の『政治的ロマン主義』（一九一九）に取り組んでいるとき、このカンネに気づいている。その自伝が一九一八年に「形態学、象徴学、歴史のためのドキュメント」のシリーズの一つとして出ている。ユンガーは『パリ日記第一部』の四二年一月十日にこれを読んだことを記している。

2　三八ページの注参照。

3　古代エジプトの王が王者の象徴として王冠につけた蛇型の章（?）

4　ドイプラーの詩「エティオピアの死の舞踏」からの不正確な引用（一一四ページの注参照）。

シュミット様

拝啓　六月の十八日から十九日にかけてのこの夜、あなたの夢を見て目覚めました。それはひどく生々しく、意味深い夢で、しかも私が二日間休憩を取っているラ・ロシュフコー公爵のお城の中でのことです。[1] 私は元気でいることを大急ぎであなたにお伝えします。長い一日を赤い草原の上を飛んできた一匹の蜜蜂のように、印象をたっぷり背負いながらですが。あなたとご家族のご健勝をお祈りしながら。

敬具

つねにあなたのエルンスト・ユンガー

E・ユンガー大尉、三五　一八五C

一九四〇年六月十九日［野戦郵便の葉書］

1 『庭と街路』の中の四〇年六月十八日の日付のこれについての詳しい報告参照。

シュミット様

拝啓　こうした破局が終わらなければ、すべての世界が生の印を見せることはないと思いながら、私は何とか元気にパリのずっと南にあるフランスの田舎町にやって来ていることをご報告します。こうした何千キロもの渦巻きに飲み込まれないためには、ときに幾らかの力が必要で、純粋に軍事的な行動は、ほとんど一種のレクリエーションというか、未曾有の出来事のただ中の合理的な線引きのようなものでした。

しかし私はかなり積極的に、何よりもつねに注意深い意識をもって、この窮境を切り抜けてきたと思っています。私は今回、鉄十字勲章を受けましたが、それをもらう理由になったものも私を楽しませてくれます。われわれの戦線の前方に砲火にさらされて倒れていた負傷者を連れ戻したのでした。彼は軽率にも戦線を飛び出したのでしたが、彼のそばにはもう一人息絶えた兵士がいて、私はそれも引きずって来ました。そのとき私は思わずツァラトゥストラの初めの部分[1]を思い出したものでした。ツァラトゥストラは死体と愚者を伴って帰って来るからです。

この前の手紙で書きましたように、あなたは私の夢の中では非常にお元気そうでした。

この手紙があなたとご家族がお元気で楽しいご気分のときに届けばいいのにと思いながら。

敬具

あなたのエルンスト・ユンガー

O・U、一九四〇年六月二十四日

1 『ツァラトゥストラはこう語った』序言八。

ユンガー様

拝復　あなたからの六月十九日付けのお葉書（ラ・ロシュフコー公のお城からの）、二日間のナウムブルクへの旅から帰って来て、拝見しました。至極当然のことでしたが、あなたとフランスに関して私がナウムブルクで考えたことがお葉書で確認されました。その間に私はあなたの弟さんのゲオルク・フリードリヒ氏の『技術の幻想』[1]を読みました。ところで、今、あなたはどこにいらっしゃるのでしょう。あなたに何かお送りしても、きちんと届くでしょうか。本でしたら、アンドリッチ（当地のユーゴスラヴィア公使）の短編小説集をお送りしたいと思っています。休息の数時間のために。これは「それ自体」一風変わった奇妙なもので、ボグミール[2]の神様のようなというか、誰かから何を求めるでもなく、誰かに何か語りかけるでもなく、それでいてこの上なく大きな善意、いや愛があります。私たちはみなあなたと近く再会できるのを楽しみにしています。

敬具

つねにあなたのカール・シュミット

ベルリン＝ダーレム

一九四〇年六月二十八日［絵葉書］

1　フリードリヒ・ゲオルク・ユンガーの技術と文明を批判した書『技術の完成』（一九三九）を指す。これは当初『技術の幻想』の題でハンブルク出版社から出すことになっていたが、政治的な理由から出版されず、タイプ印刷で出回り、シュミットもそれを手にしていた。のちに改定稿の版が組まれていたが、一九四二年七月二十七日のハンブルク大空襲で灰燼に帰し、のち、ヴィットリオ・クロスターマン社で新たに版組みがなされ、印刷されたが、一九四四年十一月二十七日のフライブルクの空襲で再びわずか数部を残してこれも焼失している。戦後の一九四六年、クロスターマン社からやっと出版された。

2　ボグミール、ボゴミールとも言う。ブルガリアで生まれたマニ教と似た宗教の一派。アンドリッチはボスニアのトラヴニクの生まれで、先祖はボスニアが一四六三年にオスマントルコの支配下に入るまで、ボグミールの性格の強いボスニアの貴族であった。

シュミット様

拝啓　キルヒホルストからご挨拶を送ります。十四日間の休暇で帰って来ていますが、再び兵士たちのところへ戻る命令を受けています。西部戦線での進撃を私は無事切り抜けてきたところです。

妻からベルリンで非常に快適に過ごした様子を聞きました。残念ながら私には時間がなくて、あなたにお目にかかることができません。一度是非お会いしてお話しをしたいのですが。

アレクサンダーは爆弾の破片を集めるのに懸命で、あちこちの庭を探し回っています。私も一つ拾い上げてやりました。この時代をのちに思い出すために。

もう一通手紙を同封します[1]。私の郵便事情がしばしばそんなことになっているのを知っていただくためにです。ここにあなたのお名前も挙げることになっています。こうしたちょっとした示唆がしばしばかなり有益なのです。

フランスでは非常に多くのものを見てきました。しかしまだすべてを消化し切れていません。ときにカルタゴの廃墟の上に立つスキピオ[2]のような気分になったものです。戦争が終わったら、どのように再び始めることになるのでしょう。この点についても、機会があれば一度あなたとお話ししたいと思っています。

奥様にもどうかくれぐれもよろしくお伝えください。

敬具

あなたのエルンスト・ユンガー

ハノーファー近郊キルヒホルスト

一九四〇年八月十三日

1　この手紙については詳細不明。

2　ギリシャの歴史家ポリビオス（紀元前二〇〇年頃―一二〇年頃）の『世界史』によれば、スキピオ（通称小スキピオ）（紀元前一八五年頃―一二九年、古代ローマの軍人、政治家）は征服したカルタゴの廃墟の上で古代の大ローマ帝国の没落を考え、いつの日にかローマも壊滅させられるとの危惧を表明し、トロイアの最後を予言して、「いつの日にかその日は来る……」というイリアスの詩句（Ⅳ、一六四以下およびⅥ、四四八以下）を引用している。

ユンガー様

拝復　ザウアーラントからすぐにあなたのお手紙に返事を出していましたら、私の返事も、ベルリンから書いている今よりもっといい、もっと内容のあるものになっていたでしょうに。今はあなたと近いうちにまたお会いしたいという希望を表明するだけで満足していて、何よりも可哀想なカール・アレクサンダーが再び元気になるよう願っています。

あなたからお手紙をもらって、こうして私が返事を出すこうしたやりとりから何事かを知るのは、実際にきわめて有意義なことです。私の方もそれにふさわしい友人と対をなす啓発的なものをお送りします[1]。それはまた私に向けられたものでもあります。努力を惜しまぬ若者たちにはどうやら敵と聖人伝が必要なようです。

しかしこうした悪あがきのようなものよりもお話し合いをすべきもっと重要なことがあります。それゆえ近いうちにお会いできればと思っています。ベルリンの拙宅なら心から歓迎しますし、キルヒホルストでとおっしゃるなら、お邪魔でないときに喜んで出かけて行きます。ご一同のご健勝と、カール・アレクサンダーがよくなられることを祈りつつ。

敬具

つねにあなたのカール・シュミット

ちょうど今、うちの家内への奥様からのお手紙が届きました。カール・アレクサンダーがかなりよくなったとのことで当方一同安堵しております。

不一

ベルリン＝ダーレム

一九四〇年九月二日

1　この手紙は残されていない。

シュミット様

拝復　あなたがキルヒホルストへもお出かけくださるとのこと喜んでいます。私は九月十一日か十二日にこちらへ帰って来ます。しかしいつまた召集されるか分かりませんので、この機会を逃さずに、たとえば九月十四日土曜日の夕方に奥様とご一緒にこちらへおいでいただくのがいいのではないでしょうか。もちろんこの週ならいつでも私の方は構いません。

アレクサンダーは危機状態を脱しました。しかしまだ体力はひどく弱っています。彼は色を見ることができず、私が持って行った花束の赤色を嫌がり、緑色は色が褪めると不安がっていました。それにパンの匂いも嫌がっていました。再び元に戻るまではまだいろいろしてやらねばなりません。

お借りしていた記録集を同封してお返しします。ありがとうございました。いろいろと益するところがありました。あなたのかつてのお弟子さんたちは今、真の広域災害になっています。努力を惜しまぬ若者たちには敵が必要だというあなたのお考えは正しいと思います。彼らは、少なくとも危険の痕跡があるもめごとを探し求めようとしているのだからですが、ことがうまく運ばないなら、私が引き受けましょう。――彼らは希有な者になって、攻撃の的にされるのでしょう。

再言することになりますが、ご夫妻にお会いできるのを楽しみにしております。もちろんのことに私の妻もです。この三日間のうちに私はもう一度軍に帰ります。

敬具

あなたのエルンスト・ユンガー

ハノーファー近郊キルヒホルスト

一九四〇年九月七日

ユンガー様
拝復　九月七日付けのお手紙ありがとうございます。九月十四日土曜日にお伺いするつもりでいます。ベルリン・フリードリヒシュトラーセ駅を八時一三分に出て、一一時四九分にハノーファーに着く予定です。すっかりよくなっているカール・アレクサンダーと会うことができるのを楽しみにしています。妻も一緒にと思ったのですが、今も相変わらずイギリスの報復空爆を恐れていて、子供と家を残して出かけることができないのです。あなたからとくに連絡がなければ、土曜日の夕方にお訪ねしたいと存じます。日曜日の夜までにはベルリンに帰らなければなりませんが。

それでは再会を楽しみにしながら。奥様にもよろしく。
カール・アレクサンダーがよくなることを祈りつつ。

敬具

つねにあなたのカール・シュミット

ベルリン＝ダーレム、［一九四〇年］九月十日

ユンガー様
拝啓　とっくに来るはずだった夏の運命の発作が木曜日に私に降りかかって来ました。昔の赤痢の後遺症がいつもだと七月に決まって起こっていましたのに、それが今頃出て来て、そのすぐ後に座骨神経痛も起こったのです。昨日の金曜日まではどうにか治るだろうと期待していたのですが、私の運命に屈することになりました。あなたの奥様がこの前、今年の三月に私たちのところへいらしたのでしたが、覚えていらっしゃるでしょう、あのとき私のことを「世界で一番独善的でない男」といってみんなで大笑いしたことを。たしかに一般的に私は独善的なところはないのですが、今、襲われているこうした発作に対しても独善なんてことはこれっぽちも言えません。

というわけで、私たちがお会いするのは延期せざるをえなくなりました。あなたの方からベルリンへいらっしゃることはできませんか。奥様によろしくお伝えください。奥様からの速達のお葉書を見て、家内も是非私と一緒に行きたいと言っておりましたが、アーニマの学校が休みになって、何よりもカール・アレクサンダーがすっかりよくなったら、アーニマも連れて三人で行くことができればもっといいと思い、そのときを楽しみに待つことにします。

敬具

あなたの旧友カール・シュミットより

［発信地なし］一九四〇年九月十四日

シュミット様

拝啓　昨日あなたがお見えにならなかったこと、まことに残念でした。たちの悪い流感でしょうか、早くよくなられることをお祈りしております。もっとよい機会を見つけてお会いすることにしましょう。妻もそれを楽しみにしておりましたのに。

　私も一過性の感冒にかかっています。昔は「川の流れ」などと言われていたもので、私はこれをアスクレピオス[1]へのささやかな供え物と見ています。私は長らくベッドに縛りつけられ、スモレット[2]を読んで楽しんでいます。またここ数年、フローベールをしばしば読んでいましたが、再びフローベールの誘惑[3]に捕らわれたことでした。午前中は上の大きな物干し場で、一九三九年と一九四〇年の手紙を広げるのですが、そうするとすぐ、多かれ少なかれ手紙の束の間のさまざまな関係の半ば時代遅れの領域にいるクロノス[4]を支配することになります。

　カール・アレクサンダーはありがたいことに大分よくなりました。あと一週間もすれば病院から連れて帰れるのではと思っております。もちろん時間をかけて体力をつけてやらねばならないのですが、これがなかなか苦労なことでしょう。あなたの奥様からいただいたアフリカの大きな動物の像を彼のところに持って行ってやったら、非常に喜んでいました。こうした動物を彼はとくに好きなのです。人間と時代の調和が取れていれば、多くの子供たちからすでに未来を読み取ることができなければなりますまい。花托から果実の形を読み取るように。こうした意味で私はときにかなり素晴らしい体験をしております。

　では近いうちにキルヒホルストへいらしていただけることを願いながら。

敬具

あなたのエルンスト・ユンガー

ハノーファー近郊キルヒホルスト

一九四〇年九月十五日

1　アスクレピオス、古代神話の医術の神。

2　トビアス・（ジョージ・）スモレット（一七二一―一七七一）、スコットランドの作家。冒険を好み、ピカレスク風の小説とペシミスティックなリアリズムで知られている。

3　フローベールの誘惑、グスターヴ・フローベール（一八二一―一八八〇）の一八七四年に出された小説『聖アントニウスの誘惑』を指す。

4　古代の神話で神々の父クロノスは時間の父ともされる。

ユンガー様

拝啓　一昨日、一度手紙に書いたことのあるユーゴスラヴィア公使アンドリッチ氏からセルビアの民間伝説に次のような物語があることを聞きました。それを早速あなたにお伝えします。そこに蛇が出て来るからです。

　セルビアの民間伝説の英雄マルコ・クラルエヴィッチが朝まだきにトルコの英雄と出会って、二人は朝早くから晩まで血まみれになるまで戦って、ついにマルコ・クラルエヴィッチがトルコの英雄を倒し、その胸を切り開いたそうです。開いて見るとトルコの英雄には心臓が二つあって、二番目の心臓の上に蛇が座っていて、マルコ・クラルエヴィッチに言ったそうです、「お前さんたちが戦っていた間、わしは眠っていて一度も目を覚まさなかったが、それはお前にとって幸運だったと言える」と。マルコ・クラルエヴィッチはそのときこう叫んだのでした、「何てことを言うか、俺は俺よりも強い英雄に勝ったんだ」と。

　この前の火曜日に新作の映画「ユダヤ人ジュース」[1]の封切を見てきました。あなたも是非ご覧になるようお勧めします。原作者の意図していたものとはおそらく違っているのでしょうが、それでも多くの点できわめて啓発的です。

　カール・アレクサンダーの具合はいかがですか。ご一同のご健勝を祈りつつ。

敬具

あなたのカール・シュミット

　昨日、グレメルス少尉[2]が訪ねて来て、いろいろ面白い話を聞かせてくれました。彼はこの火曜日に結婚するそうです。

ベルリン＝ダーレム

カイザースヴェールター街一七番地

一九四〇年九月二十九日

1　映画監督ファイト・ハルラーン（一八九九—一九六四）の反ユダヤ主義映画。ハルラーンの映画はナチのプロパガンダの一翼を担っていた。

2　ハインリヒ・グレメルス（一九一三—一九七七）、ユンガーと同じ連隊の同僚。一九四〇年、ベルリンのシュミットのもとで学位を取り、戦後はケーニヒスルターの市議会事務総長。

シュミット様

拝復　あなたのお手紙から、あなたがすっかりお元気になられた様子が察せられます。近くキルヒホルストをお訪ねくださると嬉しいのですが。来週にはライスニヒ[1]に行って、作戦を何とか無事に切り抜けたことを両親に報告することにしています。年が明けると一度一週間ばかりベルリンに滞在することを考えています。昆虫学研究所で少し仕事をしたいのです。

　アレクサンダーは大分よくなって、昨日は座れるようになり、今日は庭に出て、私のために甲虫を取ってくれました。彼は非常に遠いところからでも昆虫を見つけることができ、その場所を示して、ルイーゼに取って来させるのです。今日、彼はこんなことを言ってました、もし人間が人間でないなら、人間は動物なのだ、なんて。

　セルビアの民間伝承は非常に面白いものです。蛇がここでは根源的な、巨人の力の象徴になっています。私たちの多くにとって、人生ではこのトルコの英雄のようなことが起こっています。つまりその根源的な力までは下りて行かず、そこであまりにやすやすと倒されるのです。蛇の毒が今、医学に果たしている役割は奇妙なものです。

　昨日、妻がベルリンからあなたの素晴らしい論文[2]を持って帰って来ました。

敬具

あなたのエルンスト・ユンガー

ハノーファー近郊キルヒホルスト

一九四〇年十月二日

1　ライスニヒ、一九一九年以来、ユンガーの両親はここに住んでいた。

2　ちょうど発表されたばかりの論文「場所革命。総力戦によって全体平和へ」と思われる。

ユンガー様

拝復　同封の手紙は停年退職したヴェストファーレンの聖職者でギムナージウムの教授からのものですが、これをあなたにどうしてもお見せしたいと思いました。差出人は私の尊敬している先生で、ザウアーラントへ行ったときにはよく訪ねることにしている方で、友人で同じ経歴のヨーゼフ・シュルテ博士と言語の研究をなさっています。お二人は今、ザウアーラント人特有の粘り強さで、本来の「語根」は音節にではなく、文字、それも子音であるというテーゼに取り組んでいます。この夏にザウアーラントに行ったとき訪ねますと、お二人は「S」という文字についてあれこれ考えているところでした。

十月二日付けのお手紙、それとセルビアの民間伝説についての解釈、まことにありがとうございます。一月にベルリンにいらっしゃるとか、そのときには是非拙宅へお越しください。昆虫学研究所は拙宅から歩いてすぐのところです。夜にはビヒモス[1]が大きな怪鳥ツィッツ[2]に挨拶するものすごい吼え声が聞こえますが、あなたにはこれも何の邪魔にもならないでしょう。

カール・アレクサンダーはどうしていますか。妻とアーニマと私からあなたと奥様とお子たちに心からのご挨拶を送ります。

敬具

つねにあなたのカール・シュミット

ベルリン＝ダーレム

カイザースヴェールター街一七番地

一九四〇年十一月三日

1　ビヒモス、旧約聖書（ヨブ記第四〇章、四一章）に出て来る陸の怪獣。海の怪獣リヴァイアサンと対をなす。シュミットにあってはこの二つの怪獣が一般的に強力な国家を具現しているだけでなく、特殊には陸の権力（ビヒモス）と海の権力（リヴァイアサン）を具現する（シュミット『リヴァイアサン』第一章、『陸と海』第三章参照）。

2　怪鳥ツィッツ（ツィーツ）、旧約の詩篇にある「空のすべての鳥」（第五〇篇、一一）という表現を一羽の鳥の固有名詞にしたもので、ユダヤの伝承によれば、海の底から雲にまで達する大きさで、空に飛び上がると太陽も隠すという。十一月十七日の手紙も参照。

シュミット様

拝復　この一月にベルリンへ行くことになりますれば、あなたからのお招きを喜んでお受けするつもりです。ただ今のところ予定ははっきりしておりません。

大きな怪鳥といって私に思いつくのは、猛禽かフェニックスかルークだけで、あなたがおっしゃっているツィッツというのは知りません[1]。ユダヤ人が海と陸を支配するリヴァイアサンとビヒモスと並べて大気の支配者として予感していたものでしょうか。それ以来のすべての時代にそうであったように、私たちの時代も聖書に書かれていると思うのでしょうか。そうとなれば、飛行機もヨハネ黙示録に出て来るバッタということになりましょう。私たちのところでもバッタはすでに幾らか弱っていました。高射砲の不発弾が近くの草原に落ちて来て、そこで爆発し、その破片でうちの窓ガラスに二個所丸い穴を開けました。別の破片が屋根のタイルを壊し、近くの家畜小屋にも弾が落ちて何羽かの鶏が死にました。

カール・アレクサンダーはありがたいことに今は大分よくなっています。お話を聞くのが好きで、いつまでも飽きもせず耳を傾けています。

同封してヒレンカンプ教授の手紙[2]をお返しします。教授は論争になっている問題を知らないので幸運だと言えましょうか。問題は今日、動物学のために決着をつけようとしているのにです。n＋8の問題に関して二人の論者が確認していることを分かりやすく私に説明していただけるとありがたいのですが。今は発見に好都合な時のようです。地方で医師をしている私の弟の言うところでは、教授は何世紀来、鋭敏な頭脳に解明されて来た素数の領域でのこのような発見に成功したのだそうです。広域ということに関してあなたも同じような喜びをもたれることを念願しております。これは毎月のように、少なくとも激しい論争の中で、進歩を遂げている問題だからです。

私どもは今もなお、あなたがキルヒホルストにお越しになるのを願っています。その後あなたの流感もとっくに治っていらっしゃるでしょうし。もっとも今は私の弟が妻君を連れて拙宅に滞在していて、部屋を幾つか占領しておりますので、十二月の中頃ならあなたがいらっしゃってもより快適かとも思っています。タクシーが拙宅の前まで来てくれますので、旅は厄介ではありません。

ところで、お客さんを迎えるということで、思いついたことがあります。妻が先達てベルリンで手に入れて来たワインがなくなりかけているのです。非常にいいワインでした。あれが是非欲しいので、赤も少し混ぜて、全部で四〇本ばかり送ってくれるよう、業者に頼んでいただくわけには行かないでしょうか。あなたとご一緒に味わうことができると、どんなに素晴らしいことでしょう。

敬具

あなたのエルンスト・ユンガー

ハノーファー近郊キルヒホルスト

一九四〇年十一月八日

1　『陸と海』の抜粋が「ビヒモス、リヴァイアサン、猛禽」の題で『ドイツ植民地新聞』（一九四三年）に発表されたが、これはユンガーのこの言葉が契機になったものと思われる。

2　この手紙は残されていないが、シュミットの遺品にヒレンカンプ教授の四〇年十一月二十一日の別の手紙があって、そこに「n＋8」の問題と「四と八という数」について書かれている。

ユンガー様
拝復　十二月中頃のあなたからのお招きには必ず応じようと固く決めています。時期は十四日から十五日にかけての土曜日の夜を考えています。満月の夜です。それでよろしいでしょうか。それとももっとクリスマスに近い日の方がいいでしょうか。一月の第一週、第二週にはブレーメンへ行かねばならないようですので、そのときにお寄りすることもできるでしょうが、どちらがよろしいでしょうか。

ワインの件ではもう一度ウーレの店に行ってみます。もっとも今はすっかり品薄になっています。この四月にあなたの奥様とご一緒に開いたようなまともな試飲会は残念ながら今はもうできません。ベルリンの酒場は、なま酔いの連中で満員の、まったく小さなところばかりです。

ツィーツあるいはバル＝ジュヒネという鳥を私が知ったのは、タルムード学者やカバラ学者からで、彼らはおそらくそれをペルシャから取り入れたもののようです。実際それは海の怪獣リヴァイアサンや陸の怪獣ビヒモスに匹敵する巨大な怪鳥です。ものすごく大きくて、飛んでいて氷を落とすと、レバノンスギが千本もなぎ倒され、千もの川が氾濫すると言います。

カール・アレクサンダーがずっとよくなっている由、こちらのみなも大喜びしています。あなた、奥様、お子たちのご健勝をお祈りしつつ、再会の日を楽しみにしています。

［署名なし］

［発信地なし］一九四〇年十一月十七日

ユンガー様
拝啓　この前、防空壕に待避しているときに私の頭に、何も特別のこともないのに、次のような韻を踏んだ詩句が浮かび上がりました。あなたに見ていただこうとここに書き記しますが、詩であろうとする気は微塵もないのです。リヴァイアサンとビヒモスと怪鳥ツィーツについての情報の補足とお考えください。

氷を守る竜は、
この氷をとっくに飲み干していた。
氷を誠実に孵化している雌鳥は、
無駄なことをとの思いに捕らわれながら、

孵化の姿勢を取り続ける。

何が生み出されるのか。怪鳥ツィーツだ！

不一

あなたのC・S

ベルリン＝ダーレム

カイザースヴェールター街一七番地

一九四〇年十一月二十日

ユンガー様

拝啓　ベルリンの町の賑わいは、クリスマスの準備が制限されているのに、かえって目立つようで、わが家もすでにそれに巻き込まれています。しかしお宅をお訪ねした日々の思い出は、楽しい、そしていつまでも無くならない蓄えになっています。昨日、地下鉄に乗っているとき、デルタ線でポイント故障か何かで一時間ばかり足止めされたのですが、そのときあの思い出の意味が生き生きと甦ったことでした。しかし大都市の機構のこうした「故障」こそ本来の「プロパガンダ」と言えるもので、新聞に載るものでもなく、「良い」とか「悪い」とかで働くものではありません。妻は今日カール・アレクサンダーにハーモニカを買い求めました。私も子供の時によく遊んだドミノのゲームを彼に送ろうと思っています。万が一、クリスマスに間に合わないようなことがあれば、それは私が出不精で、ダーレムから町へなかなか出て行かないせいとお考えください。

　クリスマスにお宅にお伺いしたときのことを思い出しながら、ご夫妻にまたお会いできるのを楽しみにしております。

　お宅の皆様のご健勝をこちらの家内一同お祈りしております。

敬具

あなたの昔から変わらぬ友人

カール・シュミット

ベルリン、一九四〇年十二月二十一日

枢密顧問官様

拝復　無事にご帰宅になったこと喜んでいます。空襲にもお遭いにならなかったようで何よりです。聞くところによると、最近、医師の私の弟[1]の宿舎の近くが空襲に遭ったそうです。

あなたのご著書をいろいろと楽しく読ませていただきました。キルヒホルストは本当は夏がいいところで、その長所はすべて夏に繰り広げられます。もちろん来年も国は私の夏の保養のために配慮してくれるようです。一月半ばには再び軍務に就くことになりそうです。

　アンドリッチの短編を非常に興味深く楽しんで読んでいます。美しい表現が偉大な経験に裏打ちされているだけでなく、バルカンへの特別の関係が伝わって来ます。こうした峡谷での生活は、西洋と東洋が静脈血と動脈血のように互いに移行する血管さながらに思えます。私がとくに高く評価するのは、多様なもの、混乱したものから美しいものが見えて来る個所です。ここでは象眼細工の地帯に近づいて行くような気がします。砂漠でオアシスに遭遇したように、象眼細工が見事な出来栄えになります。

　やがて来る新しい年にお宅のご一同のますますのご多幸を、とりわけ健康と満足とをお祈りしながら。奥様にくれぐれもよろしくお伝えください。

敬具

あなたのエルンスト・ユンガー

ハノーファー近郊キルヒホルスト

一九四〇年十二月二十八日

1　地方の開業医のハンス・オットー・ユンガー（一九〇五―一九七六）。

ユンガー様

拝復　お手紙、ありがとうございます。それと奥様からのお手紙に妻に代わってお礼を申し上げます。新年のご祝辞も一同を喜ばせましたし、大晦日の夜にはあなたのことをしみじみ考えたことです。

　今日大急ぎでお手紙を差し上げるのは、ほかでもなく、私たちの知人、陸軍大佐のフォン・ニーダーマイアー教授[1]（「ドイツのロレンス」）が一月二十五日に東京へ行かれる件についてです。私は教授にオット大使[2]への書簡を託したいのですが、考えますと、私たちがお宅で話し合った計画と願望[3]を教授に個人的に伝達してもらう方が得策ではないでしょうか。というわけで、あなたとお話ししておきたく、すぐにベルリンの拙宅へ来ていただけませんでしょうか。二十四日では遅すぎてN氏に会うこともできず、ゆっくり話を聞いてももらえますまい。

　皆様に、とくにカール・アレクサンダーによろしく。

敬具

つねにあなたのカール・シュミット

［発信地なし］一九四一年一月二日

1　オスカー・リッター・フォン・ニーダーマイアー（一八八五—一九四八）、法学者で陸軍少将、当時大佐、著書に『インドの門の前の世界大戦において。ドイツの遠征隊のペルシャとアフガニスタンへの砂漠の行進』（一九三六）がある。

2　オイゲン・オット（一八八九—一九七七）、陸軍中将、外交官。一九三四年に殺されたかつての帝国宰相クルト・フォン・シュライヒャー将軍の側近の一人で、シュミットとはワイマール共和国末期から接触があった。当時、駐日大使。

3　次の手紙参照。

枢密顧問官様

拝復　妻が留守中で、ルイーゼとカール・アレクサンダーと三人だけでいるときに、あなたからのお手紙を受け取りました。妻は長男を連れて洗礼に行っておりまして、彼女が帰って来るまで動けませんし、一月十四日には再び召集されています。それに今仕上げたい仕事もありまして、自由な時間が取れません。

それはそうと、桜の花の国の問題も特別に急ぐこともないのではないでしょうか。閑散期を利用することができて、あの国で新しいものを見ることができれば、素晴らしいでしょうが、そう急ぐこともないと思っています。それゆえあなたがO氏への手紙でこうすればいいのではと書いておくだけで十分ではないかと思います。それを見て彼が機会を見つけてくれるなら一層いいのではないでしょうか。

こちらはかなり冷えこみます。スペインの赤ワインはいまだに届きませんが、いい塩梅にラム酒の蓄えがまだあって、それでパンチ酒を作って飲んでいます。ご自愛をお祈りしつつ。奥様とアーニマにもよろしくお伝えください。

敬具

あなたのエルンスト・ユンガー

ハノーファー近郊キルヒホルスト

一九四一年一月五日

枢密顧問官様

拝啓　あなたのお宅で快適な日々を過ごさせていただいたことにもう一度お礼を申し述べたいと思います。本当のオアシスでした。ところがその後に私は流感にかかって、これまでもしばしば滞在したこの地に移送されて来ています。ここは、世界戦争を含めて考えても、私がこれまで思っていたよりはるかに荒涼としていて、とにかくまったく予感しない仕方で世界の苦悩が繰り広げられているように思えます。

　前線へ出発する少し前に、妻が小さなカール・アレクサンダーを連れてもう一度私を訪ねて来ました。あの子がすっかり元気になって生き生きとしているのを見て、喜んだことです。ずっと元気で成長してくれることを願っております。あなたとご家族のこの先のご多幸をお祈りしながら、より良き時代になって一度またお会いできるのを楽しみにしております。奥様とアーニマにもくれぐれもよろしくお伝えください。

敬具

あなたのエルンスト・ユンガーより

O・U[1]、一九四一年二月二十日

1　宿営地の略号。『パリ日記第一部』に同じ日付の文があり、それには場所が「サルス・ポテリース」とある。

ユンガー様

拝復　あなたからのお便りが届き、家内一同喜んでおります。奥様からも数日前にお便りをいただきました。ベルリンは非常に静かで沈黙が支配しているようで、みなは三月の中旬を待ち望んでいます。[1]

　別便でメルヴィルの『ベニト・セレノ』[2]をお送りします。『モービー・ディック』〔『白鯨』〕は残念ながら手に入りません。『ビリー・バッド』[3]を近く手に入れたいと思っています。私は状況そのもののまったく意図しない、それでいて意味深長な象徴主義にすっかり圧倒されています。

　先々週の日曜日にニュルンベルクに行ったのでしたが、列車の中であなたの日記[4]を読ませていただき、ことのほか感銘を受けました。すべての人々の頭を超え、すべての山々を超えた出会いとでも言いましょうか。若い友人の一人がそれを読んで、私にこう語りました、法外な宝が埋蔵された場所に座っている人、しかし表情も変えずに銀貨を一枚だけ差し出す人を見るような感情を抱くと。アンドリッチもあなたを熟知していてすっかり感激しています。

　近くお会いできればいいのですが。妻とアーニマから

もくれぐれもよろしくとのことです。　　　　敬具

つねにあなたの変わらぬ旧友

カール・シュミット

［発信地なし］一九四一年二月二十五日

1　この春に計画されていたロシアへの攻撃開始を指すものと思われる。

2　アメリカの作家ハーマン・メルヴィル（一八一九―一八九一）の小説。その題名になっている主人公はシュミットの自己理解にとって時とともに次第に大きな意味をもつようになる。シュミットは一九三八年に出たドイツ語訳を読んだらしい。『漂白の七十年　Ⅳ』の八八年十二月三十日の項参照。

3　『ビリー・バッド』、メルヴィルの死後の一九二四年に刊行された短編小説。

4　四一年二月九日に週刊新聞『帝国』に掲載された『庭と街路』（一九四二）の刊行前の部分掲載のものと思われる。

枢密顧問官様

拝啓　メルヴィルの著書はすでに注文してありますので、あなたからさらにお送りいただくようなことになりますれば、それは誰かへの贈り物にします。『モービー・ディック』は絶版になっていると、行きつけの本屋から聞きました。『ビリー・バッド』は数年前に読みました。そのテーマは“chercher quelqu'un〔誰かを探す〕”で、たとえば悪い上役が部下を破滅させるためにその部下といざこざを起こすようなものです。私のメモは、キルヒホルストを知っていらっしゃるあなたには幾許かの価値をもっているかもしれません。そうしたメモは大量にあります。そんなにも多い印刷されていない原稿をどうしようかと考えると、ときに困り果てます。私たちは私たちのささやかな言葉でも誰からも耳を傾けられずに消えて行かせたくはありません。それゆえ私は、差し当たっては戦争の持続のために意図したのではないものをときどきに何ページか発表することにしています。あなたの若い友人が銀貨をイメージしたそうですが、かなり当たっています。銀貨を差し出す人には、おそらく秘められた理由があるのでしょうから。

　奥様のお使いになるグラスに銘を彫らせようとして、“Auf Gerechtigkeit〔正義のために〕”という銘を考えましたが、これは要求がましいところがあるように思い、やめにしました。この地上にはそんなものは見つからないのですから。“profide〔誠実に〕”の方がよかったのでしょうか――これはドンレミーの受洗聖堂に掛かっている

絵にあった標語ですが、これには広い意味、多義的な意味、特殊な意味を同時に与えることができます。しかし結局私は私のイニシャルと日付だけを依頼したのでした。

ナポリの動物学研究所の創設者ドールン[1]についての書物が出版されたことをご存じですか。私はまだ読んでいないのですが、そのタイトルは大いに期待のもてるもののように思います。リンネについてのスウェーデン人の著書はあなたも私のところで見たと思いますが、あれは素晴らしいものです。リンネのすごいところは、彼が私たちの威勢のよさとは違って限界を知っていることです。私は今、これまであまり評価していなかった人たち、たとえばミレ[2]やヴィルヘルム一世に対して私の中に芽生えて来る愛を発見しています。このことは成長がいかに貧しいものなのかの印です。荒野の縁におれば、わずかばかりの縁でも心を和ませてくれます。

皆様のご健勝をお祈りしつつ。　敬具

あなたのエルンスト・ユンガー

三五　一八七／C、一九四一年三月三日

1　アントン・ドールン（一八四〇—一九〇九）、動物学者。一八七〇年にナポリに動物学研究所を設立、ユンガーは一九二五年二月から四月までそこの水族館で研究に携わっていた。

2　おそらくフランスの作家ジャック・ミレ（一四二五頃—一四六六）を指すものと思われる。ミレはトロヤの破壊について二万八千行にも及ぶ一大ドラマを書いている。

枢密顧問官様

拝啓　お変わりありませんか。ここ数日、しばしばあなたのことを考えていました。お手紙を出そうと思いますのに、残念ながらかなり緊張を強いられる仕事があって、もっとも質的なものというより量的なものなのですが、そのためお手紙を出すのがすっかり遅れてしまっていました。今度の戦争では、私に襲いかかって来るのは退屈の悪霊です。前の大戦では火の悪霊でしたが。それでもベルリンにもっとふさわしい仕事を探すことになるでしょう。このことはすでにツィーグラー[1]に手紙で知らせています。

何か変なことであなたを煩わせているようで、お許しください。ベルリンはきっとここよりも前線なのでしょう。人間はかつては知らなかった脅威、あるいは私たちが振り返って見る昔の世代には少なくとも知られていなかった脅威の種類と形態をいたるところで経験するようになっています。そこではボッシュとクラーナハを引っ張り出さねばなりません。ところで、あなたの小さなタイプライターには私のところのと多くの類似点があるのに気づきました。

　カール・アレクサンダーは今はかなり元気になっているようです。あなたとご家族のご健勝をお祈りしております。奥様とアーニマにくれぐれもよろしくお伝えください。

敬具

あなたのエルンスト・ユンガーより

宿舎より、一九四一年四月二日

1　ベノ・ツィーグラー（一八九四―一九四九）、出版業者。三〇年代初めから一九四六年までハンザ出版社の支配人（三七ページの注参照）。戦時中、出版界で幾つもの指導的役割を果たし、第三帝国の最も著名で影響力の最も大きかった出版業者。同時にナチズムからは「保守主義的な敵」とみなされていた。

ユンガー様

拝復　四月二日付けのお手紙、無事に届きました。あなたがお書きになっている退屈の悪霊については、じっくり考えねばなりますまい。他ときちんと区別してこの悪霊を無害にするためにです。こうした悪霊の多くは、私たちの敵のとくにひどい同盟者ですが、中には生の無害な召使いにすぎないのもいるのでしょう。

　今日、O氏[1]と会いました。あなたのご希望を心に留めておこうとの伝言でした。氏は次の火曜日に帰って行きます。

　B・セレノをもうお読みになりましたか。非常に重要なものです。妻からよろしくとのことです。彼女の志操は固く、心情も何ものにも動じず、笑顔が曇ることもありません。四月十四日にアーニマが初聖体拝領に行きます。この日を家庭の祝日として祝おうと思っています。残念ながら、今日はハノーファーへは行くことができませんでした。しかし、私たちはよき隣人、忠実な隣人の愛をもってキルヒホルストとご子息エルンストを思っています。エルンストは今日、堅信礼を受けることになっているのでしょう。

　あなたが実にうまくその特徴を述べられたベルリンから皆様のご健勝を祈りながら。

敬具

つねにあなたのカール・シュミット

フランツ・フォン・バーダー[2]にときに出会うことはありませんか。私はここ何週間かに何度か彼の文章に出くわします。彼には驚くべき文章が幾つもありますが、全体には人智学の感じがします。おそらくフリーメーソンとサン゠マルタン[3]の影響なのでしょう。

［発信地なし］一九四一年四月六日

1　O氏、オット大使、四一年一月二日の手紙参照。
2　フランツ・フォン・バーダー（一七六五―一八四一）、鉱山監督官、ガラス工場長、一時期、宗教と社会哲学の教授。その複雑で刺激的な、しかしまた論争的な論文でとくに学問とキリスト教の和解を擁護した。ユンガーは四五年一月四日にバーダーを読んだことを記しているが、きわめて控え目な態度を取っている。
3　ルイ・クロード、マルキ・ド・サン゠マルタン（一七四三―一八〇三）、哲学と神智学の総合を模索した光明会会員。

シュミット様

拝啓　小冊子を一部同封します。この前の進軍のときに[1]、陣中の読み物にしたもので、多分あなたはまだご存じないと思われるからです。もう一度読んでみたいと思っていますので、何かの折にキルヒホルストへお送りいただければありがたいのですが、奥様に持って行っていただければ一番いいのにとも思っています。

そのほかに今はヴェルレーヌをいろいろと読んでいます。この数週間に発見したと言っていいのではないでしょうか。そしてマラルメにもいろいろ気づくところが出てきました。聖者の生についての序文に、これはヘロのものですが、見つけた散文には、大きな喜びを感じたことでした。

この秋にはまた何か出版することになりそうです。未発表の原稿が大量にあり、それがますます増えています。今考えているのは、『大理石の断崖の上で』と並行してつけていた日記で始まる日記の選集です。[2]

グレメルス[3]とは何度か話し合いましたが、いつも短い間だけで、それも他人のいるところででした。戦場ではこれは常のことです。彼はもっと長く会う時間が欲しいと言いますが、残念ながら私は明後日にはもう新しい任地へ行くことになっています。あなたがルミエールの町、ここも今はほかのすべての町と同様に暗いものになっていますが、ここを訪れることがありますれば、ヴァンドーム広場のリッツ・ホテルで忘れずに私のことを尋ねてみてください。梅の木亭には今も素晴らしいワイン貯蔵庫がありますので、そこであなたと一本、いや二本、空けたいとどれほど望んでいることでしょう。

　この時間は私に苦痛をもたらしはしますが、精神的にはかなりいい影響を与えてくれました。両者がいつも互いに影響を与え合っています。私は年輪を重ねて行く木のようなものですが、その木はもう一度花咲き実をつけたいと望んでいて、そうできるようにしっかりしていると感じているのです。

　今日の朝食のときに、伝令兵がロシアとの戦争が始まった[4]ことを伝えて来ました。私はそれを、小学校の先生であった祖父がよく言っていたのですが、「軽く食事を取るかのように」受け取りました。総じて、歴史的なものから急激に抜け出るかのように、私には思われます。ショーペンハウアーがこの要素を絶えず回転する万華鏡、それも像はわずかしかない万華鏡に喩えているのは正しいと思います。

　奥様が一度キルヒホルストをお訪ねくださるとまことに嬉しいのですが。妻が手紙にこのことを書いて来ていました。あなたもご存じでしょうが、私には夢の中でほかの人たちのところに現れる特技をもっています。最近私がどんな形でキルヒホルストに現れたか、おそらく奥様がそのうち私の妻からの手紙でお知りになると思います。いずれにしましても私独自の気紛れも再びひどく増大しています。

　つまらぬおしゃべりはこれまでにします。私は今、非常に暑い一日を終えて宿舎に座っています。あなたとご家族に心からのご挨拶を送ります。とくにここ数か月、奥様のことをしばしば考えていました。この手紙も確実に奥様の影響のもとにある最上のものです。

　それではパナム[5]に想いを馳せてください。　敬具

あなたのエルンスト・ユンガー

［発信地なし］一九四一年六月二十二日

1　『パリ日記第一部』によると、四一年六月八日から六月二十四日までのヴァンサンヌからサン＝ミシェルへの演習行進。六月十一日の記録では、フランスの作家ジャン・ジオノ（一八九五―一九七〇）の『メルヴィルを讃えて』（一九四〇）を読んだとある。ジオノはドイツの占領政策に協力したとして、戦後に罰せられている。ユンガーの八月二日の手紙も参照。

2　これは一九四二年に『庭と街路』と題して刊行された。

3　九九ページの注参照。

4　対ロシアの戦争についての衝撃は『パリ日記第一部』の四一年六月二十四日の記録、六月二十六日から十月八日の手紙などに認められる。

5　パリの都心部の隠語。

ユンガー様

拝啓　リッツ・ホテルであなたとお会いして、パリの町であなたとワインを酌み交わせるなら、どんなに素晴らしいことでしょう。こうした楽しみへの憧れは日増しに大きくなります。ワインも友人もだんだん稀になっているからです。六月の終わりに休暇になれば、三人でキルヒホルストに行くつもりでいます。

　メルヴィルについてのジオノの書は読みました。出だしははなかなか見事で、すべてを捉え込むフランス流の描き方にまずはうっとりしたのですが、やがてそれが私有化されているのに幻滅し、結局はこの書は軟弱で取るに足らないもの、毒にも薬にもならないものと思いました。感覚主義と無政府主義のこうした混淆にはとてもついて行けません。これはメルヴィルの劣悪な通俗化です。メルヴィルの比類なき偉大さは客観的、根源的、具体的な「状況」に対する力なのですから。ベニト・セレノはそれゆえにロシアの作家たちや十九世紀の他のすべての作家たちより偉大で、それと並べると、ポーも逸話風の働きしかもちませんし、モービー・ディックは海の叙事詩としてオデュッセーとのみ比べられるものです。基本的要素としての海[1]は、メルヴィルによってのみ捉えられるのです。これは非常にアクチュアルなテーマです。ちなみに空はたとえば空軍[2]や航空機によって新しい要素として登場したのではありません。空軍に属する要素は空ではなく、火なのですから。

　時間の許すかぎり、ときどきにお手紙をください。一か月前にグレメルス[3]から奇妙な手紙をもらいました。一人のドイツ人が今日なおパリから受ける影響、それをほとんど不安を掻き立てるような仕方で知らせるものです。彼が今どこにいるのかは分かりません。

　三週間前から画家のヴェルナー・ギレス[4]がわが家に滞在しています。あなたも一度トンドルフのミッテル街の小さなレストランでお会いになったことがあると思いますが（一九三三年に）、覚えていらっしゃいますか。彼はパリニュールス（サレルノ県）で去年非常に素晴らしい絵を幾枚か描いています。画家というのはまことに気持ちのいい客です。

　私は今、一九三〇年にあなたがおっしゃった大地と領域とトロツキーなどの問題についての言葉を思い出しています。事柄の核心は今もそのままですし、さまざまな謎もそのままです。

この前の日曜日に中国の知人が感動的な仕方で私たちに別れを告げて行きました。彼を思い出すと、ドイプラーの「北極光」[5]の中の次の詩句が浮かんで来ました。

君は予感している、諸種族の核が互いの中に落ち込むのを。
白人種と黄金人種は和解している。
そして彼らの本質の内密性を星々に寄進する。

それではこれで。またお手紙をください。妻とアーニマからもくれぐれもよろしくとのことです。　敬具

あなたの昔からの変わらぬ友人
カール・シュミット

P〔パナム〕のことはずっと想っています。どうか解説の一言をお寄せください。

ベルリン＝ダーレム、一九四一年七月四日

1　基本的要素としての海、一九四二年に刊行されたシュミットの著書『陸と海。世界史的考察』で告知されるものの一つ。四一年八月十六日の手紙も参照。

2　空軍は、シュミットの『陸と海』第二〇章によれば、基本的要素としての火に帰属しうるものとされる。航空機は「内燃機関」によって動かされるものだからである。

3　九九ページの注参照。

4　ヴェルナー・ギレス（一八九四―一九六一）、ナチから「頽廃的」とされた画家。シュミット夫妻と親交があり、ナチ時代には夫妻から物心両面の支援を受けていた。

5　ドイプラーの「北極光」、シュミットの引用は不正確だが、一九二一年の版の第一巻に二か所に出てきているもの（二一ページと三三一ページ）。シュミットは一九一〇年頃からテーオドーア・ドイプラー（一八七六―一九三四）の作品に集中的に取り組んでいて、この詩人と個人的にも接触し、その壮大な神話的叙事詩「北極光」（初稿一九一〇）について三篇の論文を書いている。最初の論文「テーオドーア・ドイプラー。〈北極光〉の詩人」（一九一二）は雑誌『ブレナー』に投稿したが掲載されず（今はトミッセンの『シュミティアーナ　I』二二―三九ページに載せられている）、一九一六年には「テーオドーア・ドイプラーの〈北極光〉」の題で二番目の論文が書かれている。この作品の諸要素と精神とアクチュアリティーについての三篇の論文は高く評価され、一九九一年にまとめて出版されている。一九一二年の論文には、シュミットがドイプラーに魅了されたものが何かが最もはっきり表れているが、一つは、ドイプラーの「自然の力によって形作られた自然哲学」で、これがシュミットにソクラテス以前の哲学者たちやグノーシス派の哲学者たちを考えさせ（二三ページ）、もう一つ

は、言語を完全に美的手段に変えるドイプラーの言語技術であった。ドイプラーについての後年の評価については『救いは囚われの身から来る』（一九五〇）四五ページ以下参照。ユンガーはシュミットのドイプラーへの熱中にはあまり乗らず、反応は控え目であったが、四六年二月二十一日の日記に初めて、キャプテン・コーエンに刺激されて、ドイプラーへの理解を記している。ユダヤ人コーエンはいわゆる水晶の夜のとき、ユンガーの弟のハンス＝オットーに保護されていた。四七年一月三十日、五七年一月二十九日の手紙参照。

シュミット教授様

木曜日の夜にお電話を差し上げるはずのところ、こちらで再会できるという喜びのあまりに、ついつい失念しておりました。この間は、素晴らしい背嚢が届きました。あなた様の代子カール・アレクサンダーは大喜びしております。本当にありがとうございます。

　奥様もすっかりお元気になられたことと存じます。ザウアーラントで皆様が十分に骨休めをなさったことでございましょう。帰路には多分またハノーファーをお通りになるのでしょうから、是非お立ち寄りくださいませ。駅まで私がお出迎えすることがどうしても必要で、と申しますのも、接続が一段と難しくなっているからですが、午後の五時四五分のバスを利用しなければならず、どうか到着の正確な時間を事前にお知らせくださいませ。

　次の紙面は夫に任せまして、あなた様と皆様のご健勝をお祈りいたしております。

かしこ

あなたのグレータ・ユンガー

シュミット様

拝啓　数日の予定で再びキルヒホルスト[1]に帰って来ております。私は今、フランス方面軍総司令官の幕僚部、それもとくにフォン・シュパイデル大佐[2]の下についています。大佐はきわめて教養の高い将校です。私の宿舎は凱旋門広場のすぐ近くのラペルーズ街のラペルーズ・ホテルですが、あなたとそこでお会いできればと期待しながらこれを書いています。あなたに一度こちらで講演をしていただきたいと思っています。これは大使館に付属するドイツ研究所[3]からの話です。目下私はいまだにモービー・ディックをジオノのフランス語の翻訳[4]で読んでいます。その後お元気でしょうか。休暇をご家族とプレッテンベルクでお過ごしとか聞きました。十分に骨休めをなさいますよう。

敬具

つねにあなたのエルンスト・ユンガー

この戦争のその後の展開についてどうお考えですか。私が思いますに、この戦争にはひどく悪魔的な建築学が内在しているようで、私たちはその一連の階層を進んでいるのではないでしょうか。

［キルヒホルスト］一九四一年八月二日

1　フランス方面軍総司令官、オットー・フォン・シュテュルプナーゲル（一一〇―一一一ページの注参照）。

2　ハンス・シュパイデル（一八九七―一九八四）、哲学博士。一九一四―四五年、現役将校、一九四〇―四四年、フランス方面軍高級幕僚、最後はロンメル軍団の幕僚長。一九四四年、抵抗運動に関与したとして逮捕される。戦後の五〇年代には、連邦政府の軍事専門家として連邦国防軍の創設に関与。一九五七―六三年、中部ヨーロッパのNATO地上軍の最高司令官。『漂白の七十年　Ⅲ』の八二年十月二十八日の個所では、ユンガーをパリに呼び寄せ、東部戦線への配属を阻止したのはこのシュパイデルで、ユンガーは日記や書簡でしばしばシュパイデルに言及していて、シュパイデルの著書『一九四四年の侵略』（一九四九）に序文を書いている。シュパイデルの方もユンガーの六十歳の記念論集にともに過ごしたパリ時代について一文を寄せている。

3　ドイツ研究所、パリのドイツ大使館の文化政策部門。ドイツ占領軍への協力のために、研究所とその出版物の目標をドイツ精神によるフランスの道徳的革新に置いていた。

4　一一二ページの注参照。

ユンガー様

拝復　八月二日付けのお手紙は、私がザウアーラントをあとにした後に届いて、ベルリンに転送されて来て、昨日やっと拝見しました。あなたの休暇中にお会いできなくて、まことに残念でした。機会があれば、パリであなたとお会いできればどんなにいいかと思いますし、占領地域へのその他の講演依頼は断っていますが、「その目的を考えて」そちらでの講演を喜んでお引き受けします。講演のテーマは同封の論文の題材と問題領域から選んでもらうことになりましょうか。「陸と海」というテーマは私から離れません。素晴らしい船長マハン[1]が数か月前から私の唯一の話し相手で、彼と話していると、私は私の物知りも慎ましいものに感じます。それはそうと、マハンはユグノーの出で、一家はラ・ロシェルからアメリカへ移住したのだそうです。一八九〇年から一九一〇年までに書かれた小論文（その中には一九〇四年の「アングロサクソンの二つの勢力の再統合について」というものもあります）はまったく驚くべきものですが、残念ながら私はそれのフランス語版しかもっていません。

　この手紙はキルヒホルストへお送りします。私は木曜日からキルヒホルストへ行く時間を空けることができるのですが、妻は今もオルデンブルクで仕事をしていて、どういう予定になっているのか、私には分かりませんので、妻が帰って来るまで待たねばなりません。火曜日には帰るはずなのですが、女性の考えるテンポとまったく手前勝手な時間概念を知っているだけに、いつ帰って来るのか、帰って来ないのか予測できないのです。

　ジオノによるモービー・ディックのフランス語訳は、可能ならば是非手に入れたいと思っています。建築学についてのあなたの文章を読んで、螺旋構造を思い出しました。これは最近知人の一人が「領土革命の発展線」として持ち出したものです。同封の論文[2]（歴史家たちの前で行った講演原稿です）には残念ながら注が抜け落ちています。しかしそのために理解が本質的に妨げられることはありますまい。

　地政学雑誌にヘルムート・ドラーヴス゠テュヒゼンなる人物が母音についてのあなたの解釈を「主観的領域」のものと述べています[3]。その論文をご存じですか。私は偶然にそれを知って、先月送ってもらいました。「海に

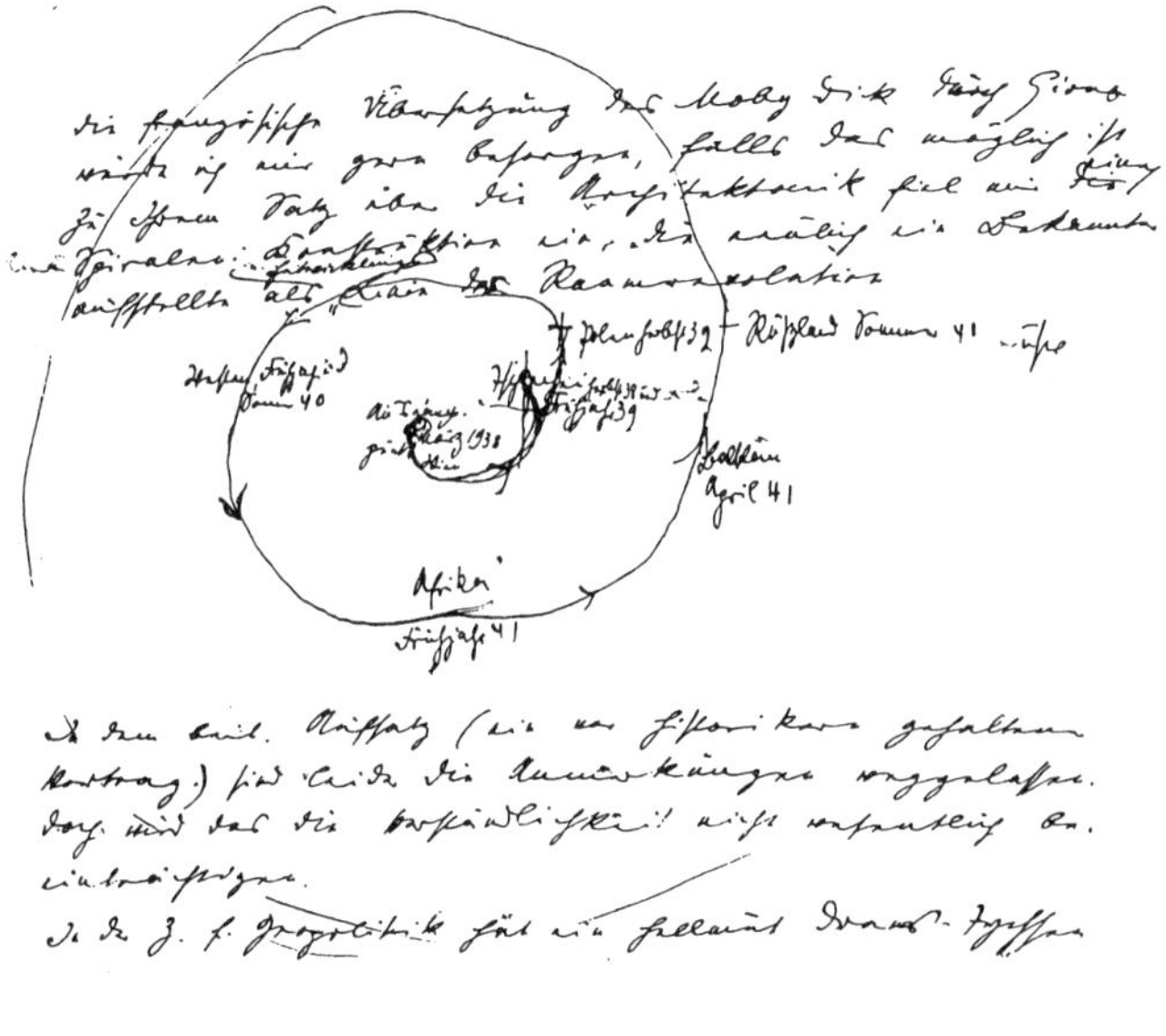

頼っている」種族は、「陸に頼っている」種族とは違って（ポリネシアの人々がそうした「海に頼っている」種族ですが）、しゃべる言葉は母音だけです。著者はこれを大地に足を下ろす[4]ことのない純粋に海と魚の人間種族に特徴的なものと言っています。

奥様にくれぐれもよろしく、カール・アレクサンダーにも。近いうちの再会を期待しつつ。

敬具

あなたの変わらない旧友カール・シュミット

［発信地なし］一九四一年八月十六日

1　アルフレド・テイラー・マハン（一八四〇—一九一四）、アメリカの提督、海軍の理論家。その著書『歴史に対する海軍の影響、一六六〇—一七八三』（ドイツ語版一九一四）で強力な海軍力の意味を強調。シュミットはこのマハンにさまざまに取り組んでいる。とくに『陸と海』の第一九章。

2　一九四一年二月七／八日にニュルンベルクで行われた歴史学会での講演「国家主権と自由な海。近代の国際法における陸と海の対立」。学会報告論集『帝国とヨーロッパ』（一九四一）九一—一一七ページ。

3　ヘルムート・ドラーヴス＝テュヒゼン（一九〇四—一九七三）、民族学者。この論文は『地政学雑誌』一九四〇年第七巻に載ったもの。

4　シュミットの『陸と海』の冒頭の文章は「人間は陸に住む存在で、大地に足を下ろしている者である」となっている。

シュミット様

拝復　七月四日付けと八月十六日付けのお手紙が今、私の前にあります。勤務の関係で住所が変わり、お返事がすっかり遅れていました。それにロシア侵攻が差し当たって考察のある種の硬直化を私の中に呼び起こしたこともあります。これは私がずっと以前から予見していたことです。現実にはこれらは夢の中の像よりもほとんど偶然のように見えますが、またより赤裸々です。その後、今月の初めにキルヒホルストに帰っておりまして、そこであなたとお会いしたいと思っていました。私と一緒に幾夜か窓の外を眺めましたならば、燃え上がるあちこちの館を見て、戦慄を覚えたのではないでしょうか。今もたらされた果実は、絶滅から第二の獲物として取り入れられたもので、その黄金の火柱が高く聳え立っています。[1]

ちょうど今、妻からあなたもその後そちらにいなかったとの手紙が来ました。ということは、まずもってパリでお会いすることができるのでしょうか。パリでは最近ツィーグラーとも愉快な何時間かを過ごしたことでした。一昨日、ドイツ研究所のエプティング博士[2]と話す機会がありました。博士の言うには、あなたをパリにお呼びしたいと久しく思っていたとのこと。もうすでに博士から手紙が届いているのではありますまいか。ところでパリにはまだ破壊しえない実体が息づいていて、人間や事物の多くが、ここ数週間、いや数か月ますます意味深い美しさで、ほとんど痛ましいまでに歩み出ています。パリは私にとって一人の女性に対するような関係にある唯一の都市です。パリは一切抵抗を示さず、女性的な態度を崩しません。パリがワルシャワのような徹底抗戦の名誉を諦めたことは何という幸せなのでしょう。私はこの前シュパイデル大佐とモンマルトルへ車で行ったとき、大佐が攻撃計画で爆撃の目標になっていたという場所をあれこれ示してくれたときに、このことを話したことです。

私は今なおモービー・ディックに取り憑かれています。実際これは滑稽な容貌をもっていて、しばしば詩節と「リヴァイアサンとが戯れて」[3]いるように思われます。これはクロプシュトックのものだったでしょうか。経済的な世界のこうした素晴らしい動物に対する関心は皮剥ぎ業者のそれなのです。そこには低級な悪魔的なものが働いていて、運び屋の陰気にちらちらする松明に非常にうまく描き出されています。ポーに対するメルヴィルのあなたの評価には私は賛成できません。ポーは今もって危険な世界の見取図と内的な数学を描き出す偉大な巨匠です。彼は多くの方向から輝き出ています――たとえば、メイルストローム〔大渦巻き〕[4]、ゴードン・ピム[5]、そして彼の宇宙誌[6]からです。

あなたがこちらにいらっしゃる間にポール・ロワイアルへドライブできれば素晴らしいのですが。私は数日前にそこで大きな収穫を挙げました。田舎の修道院があって、小さなお皿のように精神にとって保護と宿舎になるに十分なところで、精神と等しい生への憧れをえられるのです。

昨日の午後、あなたも新聞でお読みになったと思いますが、こちらでラヴァル[7]が銃撃されました。私はその少し前に彼と二言三言、言葉を交わす機会をもちましたが、骨相学的に彼にはほかの連中とよく似たものを認めたことでした。陰鬱な忙しなさが刻み込まれた印をつけているようでした。権力は、外海の塩水の味わいのように、多くの人物に働きかけるもののようです。ところで、ド・クインシー[8]はその著書『美しい芸術として眺められる殺人』で殺害者を誉め称えているそうですが、それと言うのが、彼はその行為のために好ましい舞台装置を選ぶからで、彼はロシアに派遣されるわが軍のパレードに暗殺の意図を抱いて加わっていたのでした。

グレメルス[9]は今、スキタイの荒野にいます。連隊にそちらへの派遣命令が出て、私も配置換えになりました。こうした動きを決める磁力を知ることができればいいのですが。

奥様とアーニマによろしくお伝えください。敬具
あなたのエルンスト・ユンガーより

この間、あなたの「国家主権と自由な海」[10]も読みました。あなたがお仕事の中でこうした基本的要素に突き当たっていることは非常に適切なことと思います。それを記述することは、以前から価値あることでしたし、これからも価値あるものであり続けるでしょうから。諸科学がそれぞれの専門化の後で単純なものに立ち返って、この意味で一貫した持続的な動きをするなら素晴らしいことなのでしょう。

EJ
〇六六六一、一九四一年八月二十八日

1　黄金の火柱が高く聳え立って……、『大理石の断崖の上で』第二六章。これは一九三八年の秋に夢の中で予見したことという。
2　カール・エプティング（一九〇五—一九七九）、ロマニスト。一九三四—三九年、ドイツ学術交流局パリ支部所長。パリ占領の時期はドイツ学術研究所の所長。一九四六—四九年、フランスとアメリカに拘留される。のち、ケルンのグレーヴェン出版社の社長やギムナージウムの校長などを務める。
3　この句はクロプシュトックには見当らない。おそらくユンガーはハイネの『ロマンツェロー』（一八五一）の中の「リヴァイアサンは海底に住む魚／神は毎日一時間、彼と戯れる」を思い浮かべてのことであろう。
4　ノルウェーのロフォート群島の大渦巻き。エドガー・アラン・ポーにこれを標題とした短編（一八四一）がある。これは第二次大戦中、ユンガーにとって最も重要で、しばしば言及される歴史的発展のメタファー。『パリ日記第二部』一九四三年七月三日の項、『キルヒホルスト新聞』一九四五年一月一日号、四五年二月十日の手紙参照。シュミットも『救いは囚われの身から来る』（一九五〇）などでこのメタファーを用いている（三五ページ）。
5　ポーの短編「ナントゥケットのアーサー・ゴードン・ピムの報告」（一八三八、ドイツ語訳一八八三）の主人公。ピムは探検旅行で多くの危険に遭い、同僚のほとんどすべてを失い、カヌーで不思議な灰の雨の中、大瀑布に飲み込まれるが、そこで巨大な光に満ちた人間の姿を幻視する。
6　ポーの散文詩「ユリイカ」（一八四八）を指す。
7　ピエール・ラヴァル（一八八三—一九四五）、フランスの弁護士、政治家（当初は社会主義の）。一九三一—三二年、一九三五—三六年、首相。フランスの敗北後、ドイツの占領軍に協力、一九四二年、ドイツの圧力で再び首相。戦後、敵国協力者として死刑の宣告を受け、処刑される。

8　トマス・ド・クインシー（一七八五―一八五九）、イギリスの評論家、随筆家、『ある阿片吸引者の告白』（一八二二）が有名。ユンガーが高く評価していた。言及されている皮肉なエッセーは一八二七年と一八三九年に二部に分けて出されたもの。ドイツ語訳一九一三年。

9　グレメルス（九九ページの注参照）はその後に大尉に昇進し、東部戦線に配属されていた。

10　一一八ページの注参照。

ユンガー様

拝啓　八月二十八日付けのお手紙に今日やっと返信のペンを取っています。エプティング氏からの正式の講演依頼の通知を待ってからにしようと思ったのですが、その通知はまだ来ていません。私はこうした件ではそう積極的になるのを好まないのですが、それというのも、ここベルリンで私の個性に適った好意的で温かい企画があっても、そのすべてが匿名の妨害で駄目にされるのに慣れているからです。それゆえまあ静かに成り行きを見ながら待つことにしましょう。私がパリにあなたをお訪ねしたいと願っていることは、あなたもご存じの通りです。ポール・ロワイアルへの旅は私にとって神の賜物のように思われます。そのときはアンジェまで足を伸ばしてボダン[1]美術館を見て、館長のガルド氏と話したいものです。アンジェには私に美しい写真とブロンズ像を送ってくれた海軍少佐マイスナー（軍事警察隊長）もいます。アンジェはボダンの生まれた町です。ボダンは神秘的な人物で、何度も（たとえば一五七二年のバルテルミの夜に）奇跡によって虐殺者たちの手を逃れていて、この経験から独自のお祈りの言葉を作り出し、これを毎朝唱えていたと言います。彼のモットーは、「じっと耐えること、打って出るのではなく！」だそうです。

そのときにはメルヴィルについての私の考えをお話ししたいと思っています。私は自分の考えを独善的なものではないし、ポーに対しても独善的ではないと思っています。私が考えているのは、ベニト・セレノで、「状況」の象徴としてです。これはまったく汲み尽くせないテーマです。モービー・ディックのフランス語訳は手に入りますか。

そのほか、ド・クインシーについてのあなたのご指摘、まことにありがとうございます。「芸術の一つとしての殺人」は素晴らしい論文です。しかしその他にもバラ十字会から出たフリーメーソンの起源についての論文を見つけましたが、これは私にとって非常に有益な論文で、このテーマについてこれまでに読んだもののうち一番優れたものです。

ロシアからグレメルスが手紙を寄越しました。ドイツで彼に男の子が生まれたそうです。私は十日間ザウアーラントに行っていて、ジートリングハウゼンのシュランツ博士[2]のところも訪れました。そこは私にとって秘密に満ちた宿命の場所で、この世界の他のどこでも出会うことのない書物を見つけることができます。この度はアルフレート・シューラーについてとシュテファン・ゲオルゲに反対するクラーゲスの新しい本[3]に出会いました。これは今日のシンボルや慣用句のオカルト的な起源についての重要な書物です。

十月初めにあなたの奥様が来訪される予定で、私たち一同とても楽しみにしています。

妻からもよろしくとのことです。

敬具

あなたの旧友カール・シュミット

［発信地なし］一九四一年九月十七日

1　ジャン・ボダン（一五二九／三〇―一五九六）、十六世紀の最も重要な国家理論家。一五七二年に数千のユグノーが殺害されたいわゆるバルテルミの夜に絶体絶命の状況に陥っていた。その四年後（一五七六年）に出版された『共和国についての六つの書』では、国家の主権は宗教と自然法の準則のみに制限さるべきとしていて、これはまたたくまにヨーロッパ中に広まった。彼はこれによって宗教的内戦から抜け出る道を示すと同時に、絶対主義思想の先駆者とされる。――シュミットはボダンを「近代国家の産婆」の一人、ヨーロッパの国際法の共同設立者と賛美し、国際法の中心にボダンの展開した主権概念を見ていた（「ローマ法学者によるフランス精神の形成」（一九四二）第五章、『救いは囚われの身から来る』（一九五〇）六三ページ以下参照）。シュミットはその著作の多くでボダンを引用していて、ホッブズやグロティウスと違ってボダンにはつねに肯定的評価を与えていた。

2　六一ページの注参照。

3　一三四ページの注参照。

ユンガー様

拝啓　つい先刻、ドイツ研究所からの講演依頼の書簡を受け取ったところです。その前に私の若い友人、フォン・ムーティウス[1]がいいアイデアを持って来てくれていました。彼の地位（植民地警察の高官）を利用して私のパリ行きを可能にしようというのです（そうであれば講演はしなくてもよいという利点が生まれます）。ムーティウスは（彼とはあなたも一度、三五年の五月にヴォルフェンビュッテルでお会いになったことがあると思います）今日、パリへ向かいますが、着いたらあなたにお電話を、うまく繋がるならばですが、すると思います。彼にはあなたの野戦郵便の番号を教えておきました。彼は今エップ大将の副官で、信頼のおける人物です。[2]

今朝、あなたの『木の葉と石』の一八四―一八七ページを再び手に取って見ました（「苦痛について」の第一〇章でルンペンプロレタリアートとパルティザンについてのところ、つまり根源的な世界の現象、英雄的な世界のではない現象です）。一度私の最近の論文、十六、十七世紀の海賊と略奪者についての論文の九二ページ以下を読んでみてください。この海賊が次第に私にとって重要なものになっています。いずれにせよ、この海賊はあなたの関心をも呼ぶと思います。苦痛についてのあなたの論文の第一〇章と関連するものです。あなたの説明はまだ明確に陸地に規定されていないのでしょうか。海によって私たちの諸階級と諸分類がなくなります。もう久しく私はこの海賊行為の問題に取り組んでいますが、今それに一歩近づいています。[3][4]

敬具

あなたのカール・シュミット

［同封文書］

ドイツ研究所所長は、一九四一年十月十六日木曜日二〇時にパリ七区ルー・サンドミニク一八番地メゾン・ド・ラ・シミーで催される講演会においてベルリン大学のカール・シュミット教授に「国家主権と自由な海」についてフランス語での講演をお願いしたく、ここに謹んでご依頼申し上げます。

［発信地なし］一九四一年九月二十四日

1　ベルンハルト・フォン・ムーティウス（一九一三―一九七九）、法学者。一九三四―三五年、ベルリン大学でシュミットの助手。

2　フランツ・クサーヴァー・リッター・フォン・エップ（一八六八―一九四六）、陸軍大将で政治家。一九二八年ナチ党に入党、一九三四年五月より、ナチ党植民地警察の帝国指導者、一九三六年六月より帝国植民地同盟の同盟指導者。

3　エッセー「苦痛について」で、バクーニンがルンペンプロレタリアートを革命的な偉大さをもつと言ったことなどを挙げて、今、新しい形をとったルンペンプロレタリアートやパルティザンの根源的な偉大さについて言及した個所。

4　論文「国家主権と自由な海。近代の国際法における陸と海の対立」（一九四一）を指す。十六、十七世紀にスペインのカトリックの世界権力との戦いに参加した海賊は国家と個人の間、戦争と平和の間の中間状態に生きていて、これを賛美するわけにはいかなくても、歴史的現象としては犯罪的な人非人とは違ったものとする。この海賊は国際法の教科書の普通の定義によれば政治的な敵ではない。すべての国の船舶を区別することなく略奪するからである。ところがその船乗りたちは興味深いことに政治的な敵で、大きな世界史的な戦いに関与していて、スペインの世界カトリシズムに対する世界プロテスタンティズムのユグノー、オランダ、イギリスの偉大な前線に立っていたという。『陸と海』の第七章も参照。

シュミット様

拝啓　エプティング博士から聞いたところでは、例の招待状は一か月以上前にあなた宛に出されたとのこと。招待状は大学宛に送られ、おそらくまだどこかを回っているのでしょう。その後、エプティング氏はあなたのダーレムのお宅の方へも手紙を出したそうです。ということで、近いうちにあなたにお会いできると期待しています。地下室には今もなお非常にいいワインが貯蔵されていますし、私自身もよく知っている銘柄の古いのや新しいのをたくさん蓄えていて、あれやこれやきっとあなたのお気に入りのものもあるでしょう。パリの町には多くの歴史的なものと並んで、書かれていない歴史の、秘められたアクチュアリティーの土台があります。この町は磁石に似ていて、その引き寄せる力ですでにある種の精選物を引き寄せています。

あなたがこちらにいらっしゃるなら、私のモービー・ディック[1]を旅行中の読み物としてお貸ししましょう。私は今、リヴァロール[2]を読んでいます。十七世紀の著述家たちの力と比べるといささか物足りないとはいうものの、その散文は均整が取れていて、エレガントで、その度合いは最高の域に達しています。その言語は、かつてブラムルス[3]が流行していたときのもののようです。コクトーの『阿片』[4]ですが、私の記憶しているところでは、以前一度あなたと話し合ったことがありました。当時は全部読んでいたわけではなかったのですが、この書物には、時間と速度の関係についての幾つかの非常にいいコメントがあり、それとは別にも、たとえば次のような文章が私の注意を引いたものでした。「キリストとナポレオン。ナポレオンの方法では、裏切者のために戦いに敗れるが、キリストの場合は、裏切者のために戦いに勝つ。」

奥様とアーニマにどうぞよろしくお伝えください。

敬具

あなたのエルンスト・ユンガー

追伸　「阿片吸引者にお説教をするのは、トリスタンに向かって、イゾルデを殺せと言うようなもの。その後、ことはあなたにははるかにうまく行くだろう。」

○六六六一、一九四一年九月二十五日

1　八月二日の手紙にあるジオノの翻訳（ユンガーの献辞のあるものがシュミットの蔵書に残されている）。
2　七〇ページの注参照。
3　ブラムルの書き間違えと思われる。ジョージ・ブライアン・ブラムル（一七七八―一八四〇）、当時のロンドンの社交界で流行の先端を行って人気を博した人物。ダンディの原型。
4　ジャン・コクトー（一八八九―一九六三）、フランスの前衛作家。現代文学のほとんどあらゆる方向を実践。ユンガーは四一年十一月二十三日にコクトーと知り合いになっている。コクトーの『阿片。禁断療法の日記』（一九三〇）のドイツ語訳が出たのは一九六六年になってから。

ユンガー様

拝啓　この週末に奥様がベルリンへいらっしゃるとのことで、お待ちしていましたが、数日予定を延期なさったそうです。いろいろとお話ししたいという衝動が奇妙な形になって、奥様に私のパリ旅行についてお話ししたいという考えを、あなたに手紙でお伝えしようという計画とはっきり区別できなくなっています。そうでなければあなたにお便りをして、ベルリンに無事に帰ったこと、パリでの一週間が、今のベルリンの生活の陰欝な圧力と重苦しい悲しみを実感するだけに、メルヘンの島あるいは空に漂う楽園のように思われたことをお伝えしたでしょう。ポール・ロワイアル、ランブイユ、シャルトルへの旅も素晴らしかったのですが、二週間経った今から考えると、まったく非本質的な低次元の付随的なもののように思えます。それらすべてはもうとっくに別の基準のところへ、別の次元に後退しています。

旅の途中、あなたの日記の大部の校正刷り[1]を読むことができました。こう言ってもよければ、これはとにかく新しいジャンルです。出来事が本質的にこのジャンルに属し、表現された認識が格言風に切り離されることなく、原則と反省に沿って組み立てられています。あなたはフランスのモラリストたちから多くを学んだことでしょうが、そのタイプに埋没することはありませんでした。あなたが出来事を再現する際、あなたはこの上なく高い観照的態度でなさっています。それは絵（peinture）という意味での絵（Malerei）ではありません。こうした戦陣日記をパリとフランスの直接の印象のもとに読むことは素晴らしいことです。こうした日記を正しくない読み方から守るために、これについて語る使命が私にあるとするなら、この二つの違い（フランスのモラリストたちとの違いとフランスの画家たちとの違い）から出発することになりましょう。あなたが再検討なさるお気持ちがおありなら、一度アレクシス・ド・トクヴィル[2]の回想録を読んでみてください。これは一八九三年にパリのカルマン・レヴィー（オベル街三番地）から出版されたもので、手に入るなら、あなたか私か、一番いいのは二人ともが一冊手に入れるべきものです。一八四八年の内戦の描写が問題なのですが、とくにパリの一八四八年五月と六月の集会、祭り、街頭戦などが描かれています。素晴らしい書物です。トクヴィルは有名な歴史家なのですが、とっくに忘れ去られていて、名前だけが敬意をもって語り継がれているだけで、その名前もこの素晴らしい書物の邪魔になっています[*]。ここには、久しくあなたの関心のテーマになっている状況、とくに現実の内戦状況の昼と夜に、その本質からしてモラリストであり画家である一人の男がいます。それが様式の壮麗な純粋性をもっていて、少しも愚かしくなく、あるいは空疎になることなく、合理的で熟達した平静さで状況の魔力の前に立っているのです。私は今、モンテスキュー[3]の覚書（一九四一年にグラッセから出ているもの）の中で見つけた文章を思い出しています。これはあなたのために書かれたもののようなのですが、「哲学」の本質を、コルテスの馬に対するインド人の態度とピュロスの象に対するローマ人の態度の違いで説明しているものです。「ローマ人は、メキシコ人が馬を見たときのようには動転しなかった。象はローマ人の目にはこれまで見たどの動物よりもとにかく大きかった。この動物が彼らの悟性に与えた印象は、それが与えるにちがいなかった当然のものであって、彼らはより大きな勇気が必要だと感じた。目の前の敵がこれまでより強力だと思ったからである。彼らはこれまでにない新しい仕方の攻撃を受けたので、身を守る新しい方法を探した。」

この「彼らはより大きな勇気が必要だと感じた。目の前の敵がこれまでより強力だと思ったからである」はとにかく素晴らしいことです。これをモンテスキューははっきり「哲学」以外の何ものでもないと言っています。どうぞ一度この個所を全部読んでみてください。フリードリヒ大王が「哲学」と考えていたものはまさにこれだと私は確信しています。しかし今日のフランスではそれがどうなっているのでしょうか。シュトゥカス（Stuckas）[4]などに対してはどうでしょう。

私のパリ旅行の真の、そして唯一の発起人はあなたの奥様です。これには反論の余地は一切ありません。敬意を払うべき人に敬意を、それも十全にして無制限の敬意を。あなたにはすでに申し上げたことと思いますが、今回の内的には完全に受動的に行われたこの旅を私は星占いであなたの奥様の星位に対する検証とみなしていたのです。これはこの素敵な間奏曲を二重に素晴らしいもの、幸運なものにしてくれました。奥様は数日中にまたこちらへいらっしゃるそうですので、このことをお伝えするのを楽しみにしています。

シュパイデル大佐、グリューニンガー大尉[5]、フォン・ポーデヴィルス氏[6]に私からよろしくお伝えください。話の中でそういう機会があったらでいいのですが。ランブイユの公園のディアナの写真の出来栄えはいかがですか。うまく撮れていたら、その焼き増しを是非いただきたいものです。

私たちがそちらへ行ったときにドイツ研究所にいたフランス人の何人かと数日前ここベルリンでもう一度出会いました。ドリュー・ラ・ロシェル、ブラジラシュ、ボナールその他[7]。ドリュー・ラ・ロシェルはこの前の木曜日に一人で私の家に来て数時間いました。彼はアルノ・ブレーカー教授のアトリエを訪ねる前に見たというギレスの絵[8]に大きな興味を示していました。

来週、私は年来の望みであったハイニッシュ博士[9]と会うことになっています。博士は工学の歴史の第一人者で、自ら優れた光学機器の製作者でもあり、映画の専門家でもあります。私は博士から写真と映画の場所概念を解明するのに適当なことを幾つか教えてもらおうと思っています。

妻とアーニマからもくれぐれもよろしくとのことです。あなたのパリでの生活についてのお考えを聞くのを楽しみにしながら、しばしばあなたのこと、パリでいろいろと話し合ったこと、一緒に散歩したことを思い出しています。どうやら私はこのパリという町を今になって初めて知ったと言えます。つまり私たちは今、共通に知っている町をもったわけです。それが何を意味するのかを、私は先に述べたトクヴィルの回想録を読んで生き生きと感じたことでした。

敬具

つねに変わらぬあなたの旧友

カール・シュミット

＊　一つの名前の悲喜劇的な運命、この大真面目であらゆる道化たものを軽蔑する貴族趣味の男は、パイロンの道化芝居の成句にある「退屈して生きている世界」[10]に生きているだけです。「トクヴィル氏が言うだろうように」という慣用句で滑稽な効果を狙っているのです。

ベルリン＝ダーレム

一九四一年十一月二日、日曜日

1　『庭と街路』（一九四二）のもの。

2　シャルル・アレクシス・アンリ・クレーレル・ド・トクヴィル（一八〇五―一八五九）、フランスの政治家、歴史家、国家理論家。著書『アメリカの民主政治』（一八三五―四〇）や『旧体制と革命』（一八五〇）が有名。シュミットは『救いは囚われの身から来る』（一九五〇）でトクヴィルを高く評価し、ユンガーも論文「リヴァロールの生と作品」などで評価している。

3　シャルル・ド・セコンダ・バロン・ド・ラ・ブレード・エ・ド・モンテスキュー（一六八九―一七五五）、ボルドー高等法務院副院長、国家理論家、啓蒙思想家。主著『法の精神』（一七四八）で共和制の分権論を確立（ドイツ語版はシュミットの弟子のフォルストホフによって一九五一年に出されている。三一四ページの注も参照）。言及されているのは一九四一年に出版された『覚書　一七一六―一七五五』。

4　急降下爆撃機 Sturzkampfbomber の略で、正しくは Stukas.

5　ホルスト・グリューニンガー、パリでユンガーの周りにいた将校。一九四一年五月以来、ユンガーと個人的に交友があったが、それ以前からユンガーの愛読者であった。

6　クレメンス・グラーフ・ポーデヴィルス＝ユンカー＝ビガットー（一九〇五―一九七八）、芸術史家。前者と同じくパリでのユンガーの取り巻き。

7　ドイツ研究所の企画でドイツに協力するフランスの作家がワイマールとベルリンに招待された。ピエール・ドリュー・ラ・ロシェル（一八九三―一九四五）は一九四五年に自殺、ユンガーの『漂白の七十年　V』に彼の記述がある（九二年八月二十三日）、ロベール・ブラジラシュ（一九〇九―一九四五）はドイツ軍協力者として処刑された。アーベル・ボナール（一八八三―一九六八）は一九三二―四四年、アカデミー・フランセーズ会員、一九四二―四四年協力政府の教育相。

8　アルノ・ブレーカー（一九〇〇―一九九一）、彫刻家。一九三三年以来、ナチに推奨され、英雄的とされる記念碑的影像を数多く製作、ドイツ帝国内閣官房の記念館には「党」や「国防軍」（一九三八／三九）が飾られていた。ユンガーは一九四二年二月二日にパリでブレーカーに会っていて、その印象を『漂白の七十年　Ⅲ』八一年十二月九日に記している。

9　一一四ページの注参照。

10 風刺作家エドワール・パイロン（一八三四―一八九九）の喜劇の中の文句、ドイツ語版一八九四年、一九一三年。

シュミット様

拝啓　パリ旅行があなたに楽しい思い出となっていることを知って喜んでおります。先刻、妻から手紙が来まして、また数日あなたのところにお邪魔していたとか。あなたからいろいろとお話を伺ったことと思っています。

この前、オーモンから出たリヴァロールをお送りしましたが、私のとくに気に入ったところに印をつけておきました。あなたに楽しく読んでいただけると思っています。これはやはり素晴らしい発見で、世界をしっかりと耐えられるものにしてくれます。今、シャンフォール[1]をつまみ食いで読み始めました。まだとくにおいしいわけではありませんが。またゴンクール兄弟[2]の研究も続けています。これは十九世紀の後半の文学に赤い糸を織り込んでいるもので、その著作の短い章を規則的に読んでいます。

トクヴィルを手に入れようと探していて、古本屋でも注意しています。以前、ノートルダムの近くでアグリッパ・フォン・ネッテスハイム[3]の美しい古い版を見つけて運よく購入したのでしたが、このことはもうお話ししましたでしょうか。

ベルリンから帰って来たフランスの作家たちが数日前に大使から朝食に招待されて、私もそれに同席しました。そのときアベル・ボナールとかなり長く話す機会がありましたが、ドイツでもよく見かけるような理想主義的な教授という印象を受けました。彼らは太陽を象徴にし、しばしば髪には後光がさしてさえいます。

『庭と街路』の例の個所はそれではあなたにお気に入られたというわけですか。この書の出版についてはまだ何もはっきりしたことが分からないだけに、嬉しいことです。この哀れな書物はどうやらプロクルステス[4]の宿に迷い込んでしまっていて、ここではそれを短くしようとし、かしこでは長く引き伸ばそうとしています。とうとう著者はディドロの言葉で「畜生、俺はこんな惨めなことをどうしようというのだ[5]」と自分に言う始末です。おかしなことばかりですから。

妻がペルシャ猫をキルヒホルストに連れて帰って来たそうで、これを聞いて喜んだことです。久しく私の望んでいたことですので。

この前の日曜日に再び人類博物館へ行って来ました。それもあなたのお知り合いとです。彼の意識は何よりも二つの事柄でそこに縛りつけられているように思いました。つまり、一つは、イースター島の巨像、もう一つはアンデスの高地で発見された太陽の神殿と岩の門の廃墟をもつ荒廃した都市です。私たちはあなたの挑戦状[6]についてもいろいろ話し合いました。――同封してお送りする手紙からも見て取れると思いますが、私はそれに取り組んできていました。それはドイツの争いなのです。
　この前、芸術家のトマシ[7]を訪ねました。あなたももう一度彼のところへ帰られるといいと思っています。奥様とアーニマからのご挨拶に感謝しつつ、こちらからもご挨拶のお返しをします。

敬具

あなたのエルンスト・ユンガー

追伸　あの挑戦状に関してですが、この観点で何か口を挟むべきでしょうか。

○六六六一、一九四一年十一月十二日

1　ニコラス＝セバスティアン・ロシュ・シャンフォール（一七四一―一七九四）、フランスの偉大なモラリストの一人。アネクドート、アフォリズム、格率で知られる。
2　ここで言われているのは、フランスの小説家で文化史家エドモン＝ルイ＝アントワーヌ・ユーオー・ド・ゴンクール（一八二二―一八九六）とジュール・アルフレド・ユーオー・ド・ゴンクール（一八三〇―一八七〇）の『ゴンクール兄弟日記。一八五一―一八九六年のパリの政治、文学、社会』。
3　アグリッパ・フォン・ネッテスハイム（一四八六―一五三五）、医師。冒険的な放浪生活を送り、その哲学的・神学的主著『隠秘哲学』（一五三一―三三）では神秘的秘術によって宇宙を認識できるとし、この思想はユンガーの『大理石の断崖の上で』にも見られる。
4　六六ページの注参照。
5　八六ページの注参照。
6　あなたの挑戦状、これは残されていない。
7　アンリ・トマシ（一九〇一―一九七一）、フランスの作曲家、指揮者。

ユンガー様
拝啓　トクヴィルのある手紙に（当時のルイ・ナポレオンのように驚くほどの上首尾で出世街道を駆け上がった者を見て、これはきっと天才的な人物にちがいないなどと思う人々の愚かさへの怒りを綴っているものですが）私は「反省」として取り出せる文章を見つけ出しましたので、これをあなたに書き送ることにします。断崖(falaise)という言葉がそこに出て来るからです。「こうした時代には尊敬すべきは人間ではなく、彼を押し上げて権力の座に就かせるものである。大きな波の頂点にいる小人は、断崖の高みに登ることができるが、足を濡らさずに下に立っている巨人はこの高みによじ登ることはできない。」

リヴァロール[1]を送っていただき、まことにありがとうございます。第二巻の九三ページにこの前、次のような文章を見つけました。「パリでは神の摂理が他のどこよりも大きい。」あなたが印をつけてくださった文章〔第一巻五五ページ〕にすぐ続いてアネクドートが出てきていますが、私はこれを時代に則してこんなふうに書き換えてみたいと思います。一人の超人が現れて、私にこう尋ねる、今何時か、と。八時だ、と私が答えると、超人は大声でわめいた、この嘘つきの豚野郎め、まだ三時間も経たない前にお前は五時だと言いはっていたぞ！

あの手紙を同封でお返しします。ありがとうございました。そこではあなたは奇妙な仲裁裁判官の役割を担わされていたようです。そこでどんな「口出し」ができると言うのでしょう。するとしても多分、私は老いぼれた酒飲みで、世界で最も独善的ではない人間だということくらいでしょう。そしてこれが真実に近いと思いますし、私のモットー、“tacito rumore〔静かなつぶやき〕”[2]にも合っています。

十二月にはキルヒホルストにお帰りですか。その機会にお会いすることができるでしょうか。

あなたの弟さんのハンスが月曜日（十一月二十四日）の夕方、拙宅に来られます。私たちはとても楽しみにしています。

敬具

あなたの旧友カール・シュミット

〔発信地なし〕一九四一年十一月二十二日

1　七〇ページの注参照。

2　ローマの学者デキムス・マグヌス・アウソニウス（三一〇―三九五）がトリアで三七一年に作った詩「モーゼル川」の中の“Tacito rumore Mosellae”から。シュミットの父ヨーハン・シュミット（一八五三―一九四五）はモーゼルの出で、シュミット自身静かに音もなく流れるモーゼル川に自分の本質を見ていたのか、しばしばこのモットーを使っていた。五五年十二月三十日の手紙も参照。

シュミット様

拝啓　リヴァロールがお気に入りの様子で、喜んでいます。私は今、バンヴィル[1]の頌歌「綱渡り的なもの」に取り組んでいます。そしてさまざまな形でコクトー[2]に出会ってもいます。コクトーは高貴で、それゆえ今日では必然的な苦悩を表す容貌をもっていて、私は気に入っています。彼の骨相は、地獄の特殊な仕方で生きている人間のものです。それからセリーヌ[3]を見ると、恐竜か穴居動物のように思われたものです。学問の精神的な道、複雑な小道を一段階ずつ進んで、人間大衆を見渡せる展望台にまで登って行くタイプの人がいます。その上から彼らは登山用のアイゼンのような精神的な武器をかなぐり捨てるのですが、それがまったく古くさい変わりばえしない材料で出来ているのが分かったからです。蛇が自分の尻尾に噛みついているのです。

　私は十二月十四日にここを出発し、十七日にはキルヒホルストに帰り着く予定です。しかし残念ながら、一月一日にはもうそこを出なければならず、お正月はあまりくつろいだものにはなりそうもありません。しかし二十日頃に一度お会いできるかもしれません。もしそうなら素晴らしいのですが。共通の知人のフォン・ベートマン氏[4]がここを訪ねて来ました。あなたの多くのお弟子さんたちの中で快活とはとても言えない方でした。

奥様とアーニマにもよろしく。　　敬具

　　あなたのエルンスト・ユンガー

　　〇六六六一、一九四一年十二月十日

1　テオドール・ド・バンヴィル（一八二三―一八九一）、フランスの詩人、演劇批評家。頌歌「綱渡り的なもの」は一八五七年に出ている。

2　一二五ページの注参照。

3　二〇ページの注参照。この手紙を書いた数日前に、ユンガーはセリーヌと個人的に知り合っている。『パリ日記第一部』の四一年十二月七日の日付の文章にこのときの記述がある。

4　多分モーリッツ・フライヘル・フォン・ベートマン（一九一六―一九四二）、当時将校であった人物のことと思われる。

ユンガー様

拝啓　キルヒホルストからハノーファーへの街路は、今は私にとって含蓄ある意味をもつ街路の一つになっています。あなたのご著書の題名からそうなったのです。

「庭」についてですが、旅行中に手にした新聞記事を同封してお送りします。あなたのご著書は状況にぴったりで、すっかり嬉しくなります。私がこう言って言い表そうとしている特別の意味はお分かりでしょう。それはあなたご自身の状況から生じて来る必然性、著者として証明する必然性を公正に、誠実に、同時に卓越した形で満たしていて、私はそれを様式の技として素晴らしいものだと思っています。私はこれを、個人的な関係は一切度外視して、クリスマスの贈り物と思っていて、これにはヘロデ大王も近づくことはできないほどです。

イエッセン[1]のための文章は一月二十九日に提出することにしています。クラーゲス[2]のシューラー[3]についての例の書物は今日やっと受け取りましたので、郵便で出すのは明日になってからになります。もう一度読みまして、献辞[*]に印象を記しておきました。こうした書物をクリスマスの贈り物にするのはどうかと思います。モンテスキュー[4]の覚書に「自分の文章を酢で味つけしてはならない、塩を加えねばならない」という文章を見つけましたが（七三ページ、様式的、文学的な事柄についての多くの素晴らしい文章の中の一つ）、この本はこの言葉にこの上なく厭わしく、悪趣味な仕方でこの文章に反しているからです。これはあなたのお好みの「薬味」というテーマでもあります。

キルヒホルストからいただいて帰ったソーセージ、クリスマスの夜に賞味しました。家内から別にお礼の手紙をお出しすると思います。この年の暮れには私たち三人はあなたとあなたのご家族を思っています。奥様が近くまた拙宅にお越しになるのを楽しみにしております。奥様とエルンストと私の代子にくれぐれもよろしく。

敬具

変わることのない友人

あなたのカール・シュミット

追伸　同封の短い手紙はルイーゼ宛のものです。この前、外出したとき出すのを忘れていました。

＊［添付された献辞］

カール・シュミット　一九四一年十二月二十六日

エルンスト・ユンガー氏に

この書、三倍もの情熱で怒り狂う書、嫉妬に狂うドイツ人の、毒を孕む救世主の、ディズレーリ[5]を信じるユダヤ人の敵の、三倍もの努力をしている書を献呈します。私たちの対話の記録保管庫に組み入れるために。

C・S

ちなみに、この三倍の怒りの犠牲に関してシューラー氏が私に思い出させてくれたのは、レオン・ブロイの箴言「私が最も素晴らしい旅をしたのは、照明の悪い街路であった」です。

『アルフレート・シューラー遺稿、断章と講演、ルートヴィヒ・クラーゲスの紹介つき』に添えて。

ベルリン＝ダーレム

一九四一年十二月二十六日

1 八五ページの注参照。

2 ルートヴィヒ・クラーゲス（一八七二―一九五六）、哲学者、心理学者、筆跡鑑定家。生命中心の生の理解の代表者。『性格学の基礎』（一九二〇）、『宇宙形成のエロス』（一九二二）、『魂に抗する精神』（一九二九）などで知られる。

3 アルフレート・シューラー（一八六五―一九二三）、密儀宗教研究家。一八九七―一九〇四年、エリート的＝反知性主義的「宇宙論」を提唱するシュヴァービングのボヘミアン・センターの会員。その反ユダヤ主義的傾向は、シュミットにも認められるものだが、最近は強度に相対化され、クラーゲスの序言に戻された解釈がなされている。雑誌『岐路』第一七号（一九八七／八八）に、ユンガーはこの書に言及し、「シューラーはゲオルゲに対して、ニーチェがヴァーグナーに対すると同様の裏切りとの非難を浴びせ、ゲオルゲは異教的エロスからキリスト教的隣人愛に移行したと言う。私はここに私の原則、〈見捨てられた祭壇には悪霊が住む〉（『木の葉と石』（一九三四））を繰り返したい」と書いている。

4 一二八ページの注参照。

5 ベンジャミン・ディズレーリ（一八〇四―一八八一）、イギリスの作家、保守的政治家。一八七六年以来、ビーコンフィールド卿。一八六八年、一八七四―八〇年首相。先祖はスペインの出で、のちにヴェネツィアに住み、十八世紀の中頃にイギリスに移住したユダヤ人の家系。彼は自分のユダヤの出自に誇りをもっていて、ユダヤ人には特別の歴史的意味が与えられていて、この種族に「歴史の運命」が見て取れることをその著作で述べていた。シュミットはこのディズレーリに集中的に取り組んでいて、一九四四年に出版された『陸と海』執筆中、書斎のビスマルクの肖像をはずして、ディズレーリの肖像をかけていたとも言われる。『陸と海』の第一七章では、「彼（ディズレーリ）が世界史の鍵としての種族についてや、ユダヤ人とキリスト教について述べている多くのものは、非ユダヤ人と非キリスト教徒によって熱心に宣伝されてきている」と言う。『グロサーリウム』の四八年五月一日の記述ではこの考えをヒトラーにも適応している。

シュミット様

拝復　ルイーゼ宛のお手紙は彼女に手渡しました。ソーセージがあなたのお口に合ったそうで、喜んでいます。ニーダーザクセンの人たちは何と言ってもソーセージ作りでは名人です。ちなみに、牛を屠殺するときの会話でときに当地で広く信じられていることを耳にしました。牛を哀れんではいけない、そんなことでは牛の死にざまが惨めだというものです。

ズーアカンプ[1]が昨日、校正刷りを送って来ました。彼は私の本の一部[2]を刊行前に雑誌に掲載することを望んでいますが、私はその時期をできるだけ本の刊行時期に近づけてほしいと思っています。本の刊行が事前に注目されることなく行われる方が私には好ましいと思うからです。近いうちに彼に会う機会をおもちでしたら、それとなくこのことをお伝えいただければありがたいのですが。

雑誌『インゼルシッフ』の最近号に弟のフリードリヒ・ゲオルクが、私が久しく取り組んでいるテーマ、白い「色」、に触れる詩[3]を載せています。最初の第一歩で彼はすでに幾つかの素晴らしい発見をしています。

弟のハンス[4]の方は、彼の言うところでは、腕の腫れに苦しんでいます。酔っ払いに絡まれて、そいつに一撃食らわせて、切歯を二本と継続歯を一本ぶち折ったのはいいけど、手を痛めてしまったそうです。一番下の弟[5]の手紙では、時間の損失を除けば、自分の状況について嘆くことはできないのであって、「人間の生の完成のためにはとにかく多くの不愉快な道がある」と言います。こうした発言から、彼は無駄に地理学に取り組んできたのではないと思いました。

今日はルーヴルの販売部で買い求めた銅版画の包みをほどいたのでしたが、非常に楽しい仕事です。

新しい年にあなたとご家族のお多幸をお祈りしています。新しい年に多くのものを学び、多くのものを見ることになりましょう。

敬具

あなたのエルンスト・ユンガー

追伸　トルストイの『戦争と平和』は、私が西部要塞で読んだ最初の本でした。そこにはヨーロッパの紛争と協力の中でのロシアの関係についての非常に有益な発言があります。

[余白に]

私の写真を一枚同封しました。

ハノーファー近郊キルヒホルスト
一九四一年十二月二十八日

1　ヨーハン・ハインリヒ・ペーター・ズーアカンプ（一八九一―一九五九）、出版業者。一九三二年よりS・フィッシャー出版社から出されていた月刊誌『デア・ノイエ・ルントシャウ』の編集者、一九三六年、S・フィッシャー出版社がユダヤ系で望ましくないとされて、この経営を受託、のち、ズーアカンプ出版社を設立。一九四四年、国家反逆罪で逮捕され、拷問に遭う。ズーアカンプとユンガーの繋がりは『大理石の断崖の上で』以来のこと。

2　『庭と街路』の一部が「ある物語の日記」と題して『デア・ノイエ・ルントシャウ』の一九四二年の第一号に掲載された（一―九ページ）。

3　フリードリヒ・ゲオルク・ユンガーの詩、雑誌『インゼルシッフ』一九四一年のクリスマスに出された第三号に掲載された「夢想」と題された詩。その第一節、

「無はおそらく白い色だと、
お前が言うのを私は聞く。
空無は白い色。
しかし私を快活にしてくれることが、
空無にはいかにしてできるのか。
魔法と道化、お前には
私は笑わざるをえない。」

4　弟のハンス、一〇五ページの注参照。

5　一番下の弟、ヴォルフガング・ヴィルヘルム・ユンガー（一九〇八―一九七五）。

シュミット様
拝啓　例のシューラーは出発する前に受け取りました。まことにありがとうございます。あの本は一読して、こちらへは持って来ませんでした。何かひどく不快な印象を呼び起こすものだったからです。私が知っている同時代人の中で、私たちの間抜け先生[1]がおそらく同じようなタイプで、苦境に陥ったバハオーフェン[2]のようです。こうした英雄たちに対しては、レーヴェントロー女史[3]のようにノンシャランに話すことができればいいのではないでしょうか。
これに反し、あのカンネ[4]はかなり楽しんで読みました。その意味でカイパー[5]にも感謝しています。昨夜は最後のページを読んで、思わず笑ってしまいました。それもこんな個所です、「数学者、その中にはごのようにセクストゥス・エムピリクス[6]も含めて、彼らはみな〈自ら進んで主張する者は、何事かを知っている〉ということを理解している」。

この前の一夜、あなたの友人[7]のところに長時間滞在しました。そのとき奇妙な口論になって、その経過の中で、彼は自分を落伍者などと言う始末でした。
あなたのご機嫌はいかがですか。ご自愛を祈っています。ご家族の皆様によろしく。　敬具

あなたのエルンスト・ユンガー

〇六六六一、一九四二年一月十二日

1　アルフレート・ボイムラーを指す。彼は一九二六年に出版されたバハオーフェンの選集に序文を書いていた。一九二九年以来、ユンガーとボイムラーは互いに反感をもつようになっている。

2　ヨーハン・ヤーコプ・バハオーフェン（一八一五—一八八七）、スイスの法制史家、古代研究者。著書『母権制』（一八六一）で知られる。

3　フランツィスカ・グレフィン・ツー・レーヴェントロー（一八七一—一九一八）、作家。ゲオルゲ、クラーゲス、シューラーの周りの「宇宙論者グループ」と親交があり、それをもとにモデル小説『ダーメ氏の手記』（一九一三）を書いている。

4　九二ページの注参照。

5　三八ページの注参照。

6　セクストゥス・エムピリクス、二—三世紀のギリシャの哲学者、医師。

7　詳細不明。

ユンガー様

拝復　カンネについてのあなたのおっしゃったことにすっかり嬉しくなりました。カイパー氏もあなたのお手紙に大変満足していると私に語っていました。この件そのものに関して、キリスト教をどのように考えるにしても、それが「躓きの石」のままであることは、毎日のように新たに観察されています。私はツィンツェンドルフ[1]の次の詩句が好きです。

キリストの名誉を汚す者、
お前たちはそれには関わるな。
敵は事態をそこへ向けようと、
それだけに意を用いている。

ツィンツェンドルフは演歌師風の簡素な敬虔さを天才的に表現する名手です。こんな詩もあります。

主よ、何も役に立たないものに対しては、
目はあまり見えないようにしてください。
あなたの真実のすべてに対しては、
どこまでもよく見える目をお与えください。

しかしこれはすでにイロニーの限界に来ていて、一、二世代後には、こんなのは「ロマンティック」と見られるようになります。

いずれにせよ、敵を白痴的な怒りに追い込む力、これが最高の基準です。

一昨日、あなたの弟さんのハンスがまたわが家を訪れてくれました。彼は今、シュテーグリッツの野戦病院にいるのだそうです。ここからそう遠くないところです。ほかに訪問客がいたので、十五分ほどしか話す時間はなかったのですが、彼とは「空白の領域」、実際にはもはや存在しないと思われるものですが、これについて話し合ったことでした。

政府の参事官とボヘミアン、ドイツの父とイタリアの母、ハイデガーの弟子とリヴァイアサンの尻尾の装飾者の独特に混淆した人物が[2]、最近私のもとに現れ、私に『ロマン主義的キレナイカ〔アフリカ北部の古代ギリシャの植民地〕』という彼の著書を差し出しました。それもあなたに渡してほしいと言って。一ポンドもの重さのある本です。これはパリのあなたのところへお送りしましょうか、それとも、キルヒホルストへお送りしましょうか、それともこちらで預かっておきましょうか。

ところでお願いがもう一つあります。ポーデヴィルス伯爵[3]がまだあなたのお近くにいらっしゃるなら、私からよろしくお伝えいただき、伯爵の著書『故郷の息子たち』を贈ってくれたことのお礼を言っていただきたいのです。そこに用いられているへクサメーターは非常にいいもので、大いに楽しませてもらいました。シュパイデル大佐とグリューニンガー大尉にもよろしくお伝えください。

ここ数週間、私は幾人かと話し合う機会がありましたが、それらはゲーテの次の言葉を思い出させるものでした。「金[*]より純粋なものは何か。光だ！　光より幸せを感じるものは何か。よき会話だ！[4]」。その際、最も幸せを感じるのは、純粋な「偶然」のように思われます。そのとき久しく探していた希覯本が二冊、届きました。それも「偶然に」です。どうなっていたのか分からない回り道をしたすえに、絶好の瞬間に届いたのでした。「期待していなかった時間は快い不意打ちを食らわせる。[5]」

敬具

カール・シュミット

Ex toto corde〔心からの信頼をこめて〕

＊ 引用文は記憶が不確かで、「幸せを感じる」は「快い」なのかもしれません。

［発信地なし］一九四二年一月二十四日

1　ニコラウス・ライヒスグラーフ・フォン・ツィンツェンドルフ・ウント・ポッテンドルフ（一七〇〇―一七六〇）、一七二二年にオーバーラウジッツの領地にボヘミアの同胞を受け入れてヘルンフート植民地を設立。これがプロテスタント敬虔主義のヘルンフート運動の出発点になる。

2　詳細不明。

3　一二八ページの注参照。彼の牧歌的叙事詩『故郷の息子たち』はちょうど出版されたばかりであった。

4　「ドイツの移住させられた者たちの慰安、メルヘン」の中の句。引用の原文は「快い」となっている。

5　ホラティウスの「手紙」Ⅰ、四、一二以下。

ユンガー様

拝啓　来る三月二十五日[1]には私たちはあなたのことを思い、あなたのご多幸とご健康をお祈りして乾杯することにしています。

私は二週間旅に出ていて、そのうち一週間はまだ雪の深いザウアーラントにいました。ジートリングハウゼンのシュランツ博士[2]を訪れたときには、再び素晴らしいひとときを過ごしました。あなたもぜひ一度こうした手厚くもてなしていただけるオアシスをお知りになればいいのにと思います。

この前、奥様が拙宅にいらっしゃいました。その様子は奥様から報告があるでしょう。

この月曜日にはヴァレンティナー氏[3]が訪ねて来ることになっていますが、彼からあなたのことを聞くことができるでしょう。

シュランツ博士のところで、ヨーゼフ・ピーパー博士[4]に会いました。「勇気」についての小冊子を書いていて、非常に賢明で、好感のもてるミュンスター出の人物で、トマス主義の教育とその特徴を気持ちよく受け入れさせる術を心得ています。彼の最近の著書『節度と規律』はなかなかよくて、有益です。今度の旅でまことに奇妙だったのは、イタリアの劇作家フォルツァーノ氏[5]と旅の道連れになったことでした。彼はムッソリーニと共同でナポレオンのドラマ『百日天下』を書いています。彼のイタリア流の慇懃な態度と賢明さにはすっかり感心したことをあなたに白状せざるをえません。

そのとき次のような詩句が思い浮かびました。

汝、至福なる銀色がかった青い日よ、
汝は無駄に存在していたとでも言うのか。

それは誰によってそうなっているのか。

みんなから、私と妻とアーニマから、心からのご挨拶を送り、ご自愛をお祈りします。またお便りをください。そして私たち共通の知人、とくにシュパイデル大佐に私からよろしくお伝えください。

つねにあなたの旧友カール・シュミット　敬具

ベルリン＝ダーレム
カイザースヴェールルター街一七番地
一九四二年三月二十一日

1　三月二十九日はユンガーの誕生日。
2　六一ページの注参照。
3　クラウス・ヴァレンティナー。ユンガーのパリの知人サークルにいて、『パリ日記』に再三言及されているヴァレンティナー兄弟の一人。この兄弟は第一次大戦で潜水艦の艦長として名をなしていたユンガーの友人の息子。
4　四二ページの注参照。
5　ジョヴァッチーノ・フォルツァーノ（一八八四―一九七〇）、歌手、ジャーナリスト、劇作家、演出家、撮影技師。ムッソリーニと共同で作った三幕物のドラマは、ナポレオンがエルバ島から帰って来てからワーテルローで敗れるまでの百日天下を描くもので、ドイツでも翻訳され、一九三三年にベルリンで上演されている。

シュミット様

拝復　一月二十四日付けのお手紙に今までお返事しないままになっていましたのに、さらに今日は新年のご祝辞までいただき、恐縮しつつ、心からのお礼を申し上げます。今年も厳しいものになるのでしょう。

　その後、私のドンナ・ペルペッツアが小さなカール・アレクサンダーを連れてベルリンに行っていたとか、お宅で歓待されて喜んでおりました。シュパイデル大佐は残念ながら今はここにはいません。マンハイムに移っていて、近いうちに一度訪ねようとは思っています。大佐が今後も私の上司であればいいのですが。私のように実務の才能が欠けている場合には、実務は他の人に助けてもらわねばなりません。マンハイムに大佐を訪ねた後、四月十日から五月二十日頃まで休暇を取ってキルヒホルストへ帰ります。美しい五月の一日、そこであなたにお会いできればと思います。

昨日、コメディー・フランセーズにハムレットを見に行き、幕間の休憩時間にドリュー・ラ・ロシェル[1]に会いました。あなたによろしくとのことでした。カルロ・シュミート[2]ともこの前、一晩一緒に過ごしました。彼はブリュッセルのドイツ劇場のヒロインたちといたのでしたが、そこにはコクトー[3]も同席していました。シュミートは今、ボードレールの翻訳[4]に取り組んでいて、「腐肉」のような見事な作品の翻訳に成功しています。

私はここ数年の時の流れを急流に喩えたものですが、まさにその通りでした。今年はそれが滝のように早くなっています。事物は純粋に機械的な力でもって起こっています。それは千一夜物語で船長がマストの上の見張台から磁石の山、あるいはリヴァイアサン、あるいはその他の怪物を見つけて"Allah il Allah〔アラー神のほかに神はいない〕"と叫び、自分が自分である原則を告知する瞬間です。救われるのは、シンドバットが救われるときと同様に、奇跡によってです。

一度またパナム[5]でお会いして、おいしいワインを酌み交わしたいものです。こうした幾人かの理性的な人たちがまだいるかぎり、そして幾許かの日がさしているかぎり、まったくの暗がりになることはありますまい。奥様とアーニマによろしくお伝えください。　敬具

あなたのエルンスト・ユンガー

〇六六六一、一九四二年四月二日

1　一二八ページの注参照。

2　カルロ・シュミート（一八九六—一九七九）、国際法学者、政治家。一九四〇—四四年、ベルギーのリリエの占領軍行政機関で法制度と監獄制度の監督に当たる。戦後はフランス占領軍のもとで働き、一九四八年、基本法制定のための議会参事官、一九四九年、連邦議会議員。シュミートは文学に強い興味をもち、ボードレール、カルデロン、マルローなどの優れた翻訳をしている。ユンガーとの関係は戦後に深くなり、その後ずっと続いている。

3　一二五ページの注参照。

4　五九ページの注参照。シュミートの『悪の華』の翻訳は、シュミートとユンガーの対話で再三に話題になっている（『パリ日記第一部』四二年六月四日、七月九日の項参照）。この翻訳は一九四二年八月に完成しているが、出版されたのは一九四七年、一九七六年に第二版が出ている。ここで言われている詩「腐肉」はセザンヌやリルケなどには称賛されたが、不快なものとして拒否するものも多かった。シュテファン・ゲオルゲは『悪の華』を独訳したとき（一八八九—九一）これを省いている。

5　一一三ページの注参照。

ユンガー様

拝啓　十一月二日にパリに行く予定になっています。ただ残念なことに、一日か二日だけしか滞在できません。しかしこの機会にお会いできれば、もちろんこんな嬉しいことはありません。パリの宿舎はまだ決まっていません。そのときはあなたはまだパリにいらっしゃるのでしょうか。

九月の中頃にあなたがベルリンへいらっしゃるということで、お待ちしていたのですが、私が判断できるかぎりで、また奥様からお聞きしましたかぎりで、いらっしゃらなかったのはよかったのではないかと思っています。[1]いずれにしましても、私はあなたの星回りについては盲目同然のようです。

そちらの状況を一言お知らせください。こちらの一同、ご自愛をお祈りしております。

敬具

つねにあなたのカール・シュミット

ベルリン＝ダーレム、一九四二年十月五日

1　この事情については詳細不明。

シュミット様

拝復　十一月二日にはおそらくこちらでお会いすることはできないようです。私は三か月の予定でコーカサスへ行く命令を受けている[1]からです。ということは、この神々の大空位時代に巨人の中でも一番力の強いものとして新しい力をえているプロメテウス[2]に会いに行くというわけです。

しかしベルリンでお会いできるかもしれません。私の代理大使としてヴァレンティナー[3]をここに残しておきます。彼の住所はヴォルテール河岸通り一七番地四で、電話は　Lit　五六三三です。取り急ぎ一筆。あなたとご家族のご自愛をお祈りしつつ。

敬具

あなたのエルンスト・ユンガー

ドンナ・ペルペツアから、いつものようにお宅で歓待されたことを聞いて、喜んでいます。

EJ

〇六六六一、一九四二年十月十日

1　コーカサス行きの目的について、『漂白の七十年　Ⅲ』の八五年十一月十二日の個所に次のように書かれている。「公式の目的の背後に、その地で命令を下している将軍たちの政治的動向を調べるという任務が隠されていた――しかしやがて分かったのは、彼らがそうした政治的な性質のものとは違ったことに心を砕いていたことであった。」

2　古代の神話で巨人たちのうち最も力が強く、人類の先駆的な思想家、闘士とされ、人類の創造者とする作家もいる。プロメテウスは人類に敵対する神々に対して人類を助け、人類に火をもたらし、金属の加工などさまざまな技術を教えたとされる。人間を助け、神々に反抗するために、ゼウスの命で人間から遠ざけられ、世界の辺境の地の岩に鎖で縛りつけられる。その場所がコーカサスだと言われる。十八世紀にはプロメテウスは自律的に感じる人間の象徴にまで持ち上げられ、十九世紀には技術的近代、社会主義的、あるいは資本主義的な世界変革計画の象徴になっていた（七六年二月一日の手紙参照）。ユンガーは『コーカサス日記』などで、技術的近代が東方の戦場の「作業場の風景」の中で最高潮になっていると見ていた。

3　一四〇ページの注参照。

シュミット教授様

お手紙、まことにありがとうございます。昨日、夫はキルヒホルストに帰って参りました。あなた様がフランスへご出立する前にこの文が届くとよいのにと念じています。十一月十二日に夫と一緒にベルリンに参ります。そこから夫は東方の戦線に向かうことになりますが、あなた様とお会いできれば本当に嬉しうございます。お会いできるかどうか、ご一報くださいませ。奥様のお客様用のお部屋がどなたか他の方に予定されていませんようでしたら、数日私どもに使わせていただければどんなに嬉しいことでございましょう。あの小包は私がバート・エルスター[1]を出発しようとしたちょうどそのとき届き、本当にありがとうございました。残念なのは、カール・アレクサンダーが帰路に具合が悪くなって、やっとのことでキルヒホルストに辿り着いたのでした。そのためお礼が遅くなっていましたが、そんなわけですので、奥様のお許しをいただけることと思っています。今日になってやっと小さな病人も元気になって、パパと一緒に昆虫の研究も再び始めることができるようになりました。

　これは大急ぎで書いております。郵便局へ持って行く時間が迫っていますので。良き旅をお祈りしつつ、また近くお会いできるのを楽しみにしております。

かしこ

あなたのグレータ・ユンガー

シュミット様

拝啓　残念ながら、あなたのパリ滞在中にはお会いできません。しかしその代わりにベルリンではお会いできそうです。ルテティア[2]では私の知人たちによろしくお伝えください。私は胃炎で野戦病院に入っていて、やっと出て来たところです。来月はコーカサスに行くことになりますが、そこはプロメテウスの山があるということで、この巨人の時代には特別の意味をもつところです。あなたとご家族のご多幸をお祈りしながら。

敬具

あなたのエルンスト・ユンガー

キルヒホルスト、一九四二年十月二十五日

1　ユンガーの日記によれば、エルンストとグレータは十一月十二日から十六日までベルリン＝ダーレムのシュミット家に滞在している。

2　ルテティア、パリの別称。

シュミット様

拝啓　妻にも先刻手紙で知らせたところですが、第一の旅行目的地レーツェンに無事到着しました。明日、その先のキエフへ飛びます。列車が出発駅を出るとすぐ寝入って、目を覚ますと、見知らぬマズーレンの地でした。今、ホテルの部屋に座って、奥様からいただいた素晴らしい林檎の二個目を食べているところです。部屋はホテル・ラファエルのとはまったく違った様式のものです。

ダーレムでの日々は本当に素晴らしいもので、ご夫妻に改めて心からお礼を申し上げます。奥様とアーニマにくれぐれもよろしくお伝えください。二月の末には帰ると思いますが、そのときには世界ではまたいろいろのことが起こっているのでしょう。

敬具

あなたのエルンスト・ユンガー

「発信地なし。レーツェンと思われる」

一九四二年十一月十七日

ユンガー様

拝啓　奥様からあなたがコーカサスにお着きになったとの知らせを受けました。お元気でしょうか。このクリスマスはどこにいらっしゃいますか。私たちはあなたのことをいつも思い、あなたのことをいろいろと話しています。

拙著『陸と海』をお送りした方がいいでしょうか。この著の結論として言わんとしているのは、古代の考えでは人類の歴史が地水火風の四大を通じての歩みであるということです。私たちは今、火の中にいます。コーカサスのプロメテウスはあなたに何を語りかけて来たのでしょう。「ニヒリズム」[1]と呼ばれているものは火で焼くことです。火葬場で焼かれたいという衝動がニヒリズムです。この言葉を作り出したのはロシア人です。灰の中からやがて不死鳥が、つまり「大気」の帝国が立ち上って来ます。

奥様とご家族の皆様にくれぐれもよろしく。敬具

カール・シュミット

［発信地なし］一九四二年十二月十日

1　ニヒリズム、ロシア人がこの言葉を作り出したとは、ツルゲーネフの小説『父と息子』（一八六二）を持ち出して、しばしば言われることで、ユンガーもいろいろの形でそう述べているが、実際には「ニヒリズム」という概念は、フリードリヒ・ハインリヒ・ヤコービが最初は私的な文書で、これはのちに出版されたのだが、ヨーハン・ゴットリープ・フィヒテ宛の一七九九年三月三日—二十一日付けの「書状」に初めて用いたもの（現実解体的な観念論哲学、とくにフィヒテの一七九四年の学問論に対する批判として）。もっともこれが一般に普及したのはツルゲーネフ——そしてニーチェ——によってであった。

シュミット様

拝啓　来る年、一九四三年に向けて私の心からなる祝意をお送りし、あなたとご家族のご多幸をお祈りします。私どもも一同元気でやって行けるよう願っています。

私は当地に来てもう一か月にもなりますが、郵便は一つも届かず、妻がベルリンから無事に家に帰ったのかどうかも分からないままでいます。北西ドイツが空襲されたとのことで心配していますが、幸運を信じています。

ここ荒れ果てた森の中では、外からの刺激はほとんどなく、私はもっぱら思索に明け暮れています。苦痛の帝国への洞察[1]はおそらくはここで最も直接的で、最も明瞭になります。純粋な力の晶出としての機械的な事象と、その受動的な相関概念としての苦痛とが結びついて、それがH・ボッシュ[2]のある種の絵を思い出させます。ボッシュはこうした氷の国の風景をきわめて明確に見据えています。不信心者に対する戦いはこの観点からするとまだ一面的です。何よりも、もともとただ信仰を異にする者だけが問題だからです。それと比べると、無神論者の間の戦いはひどすぎるものです。私は昨日、空中ケーブルの小さなゴンドラで河の上流を揺られて行ったのでしたが、そのとき眼下の谷間に見たものをボッシュが絵に

描けなかったのは残念です。そこには輸送隊がのろのろ進んでいて、それが標的になり、負傷者は荷台から下ろされ、馬は河に落ち、重砲の閃光が空を引き裂いていました。破壊された橋脚のそばを通り過ぎましたが、そこからは砲兵が一人、外をうかがって、下にいる砲兵隊に射撃命令を出していましたが、その様は、ブリューゲルの絵でテントか卵の殻から外をのぞいている人物の姿とそっくりでした。と、この谷底の大混乱の中に「聖しこの夜」のメロディーが響き渡りました。宣伝隊の宣伝カーのスピーカーからのものでした。こんなことは昔のユートピアンの最上の着想もはるかに凌駕するものです。

奥様とアーニマに私からくれぐれもよろしくお伝えください。出立のときは、あわただしさに取り紛れ、奥様にきちんとお別れのご挨拶ができなかったようで、いささか自責の念を抱いています。

敬具

あなたのエルンスト・ユンガー

東方から[3]、一九四二年十二月二十三日

1　日記には、「八百人の精神病患者」の殺害（一九四二年十二月一日）、パルティザン掃討の冷酷さ（一九四二年十二月十二日）、戦争捕虜の惨めさ（一九四二年十二月十四日）が述べられている。

2　一七ページの注参照。

3　『コーカサス日記』によると、同じ日付の文章に場所はクリンスキーとある。その前にはキエフ、ヴォロシロウスク、クラポトキン、ベロレチェンスカヤ、マイコープに滞在していた。

シュミット様

拝復　『陸と海』お送りくださるとか、まことにありがとうございます。キルヒホルストの方にお送りください。そして何か一言二言、それに書き添えていただければ幸甚です。

「ニヒリズム」はたしかに火と関わりがあります。焼死が広まっている様は異様なことです。今の時代のとくに目立つ残忍さ、これはこれまでかつてなかったものですが、それは殺される人間が形而上学的にも抹殺され、殲滅されるのだという信仰に基づいています。これに比べれば、異端審問もまだ人間的でした。ところで、ニヒリズムにはアジアから出たものとヨーロッパから出たものがあり、この区別は二人の知的なアクティヴ、一人はドイツの、もう一人はロシアの、の間で交わされた会話の中で発展してきていると言えるのでしょう。

『庭と街路』の二〇九ページに、私がドンレミを訪れたこと、一九四〇年六月にその地で倒れたライナース少尉の十字架の墓のことを書きましたが、ブルム博士なる人物が私に手紙をくれて、この少尉が非常に優れた園芸家で、自分の育てていた植物と花に執着していて、とくにアマリリスの愛好家で、オランダの最高の専門家よりも見事に、この上なく素晴らしい株を栽培していたことを伝えて来ました。こうしたことは偶然のものでしょうか。この書の中には私自身がまったく予感していない事柄が含まれていることを身に染みて感じたことでした。

もう一人別の園芸家、ときに珍しい植物を贈ってくれるライプツィヒのグルーナート氏が手紙をくれて、フィッシャー[1]についていろいろと書いて来ました。戦争の始まる少し前にロンドンで見かけたそうです。――彼の言うところの居酒屋でです。

これでペンを置きます。私のそばでスピーカーがなり始めましたので。この種の音を聞くと、どうしてか聖アントニウスの誘惑の中に見られるような光景と事象を思い浮かべてしまいます。死者の霊が突然うめき声を上げるようなのです。

良き年をお迎えになられたことと思います。ここで私が出会う多くの兵士たちの中にしばしばあなたのお弟子さんがいますが、二人に一人か、三人に一人が法律家なのですから、それも不思議ではなさそうです。

一月の終わりか二月の初めに何か特別なことがなければ、またベルリンにちょっと立ち寄れるかもしれません。皆様のご自愛を祈りつつ。

敬具

あなたのエルンスト・ユンガー

追伸　パリからの知らせで、マダム・トマ[2]があなたはとてもやさしいと評していることを聞きました。

東部前線、一九四二年十二月二十七日

［左上に草の葉が貼り付けられ、「コーカサスからのご挨拶ＥＪ」と書かれている］

1　三ページの注参照。
2　多分、作家・翻訳家でユンガーの『冒険心』、『大理石の断崖の上で』、『アフリカ遊技』、『日記』など多くの著書をフランス語に翻訳しているアンリ・トマ（一九一二―一九九三）の妻と思われる。

シュミット様
拝啓　コーカサスからヴォロシロウスクへ帰って来ますと、私の父の病が重いことを知らせる電報が届いていました。私は飛行機で、いわばビーデンホルン[1]のふところに抱かれるように、ロストフを経由して帰って来て、棺台に安置してある父[2]の遺体に対面することができました。数日、キルヒホルストに滞在します。
　この機会を逃さず、土曜日の夕方、ベルリンでお会いできれば、非常に嬉しいのですが。今日、ベルリンに空襲があったと報じられました。ご無事だったことと思っています。
　その後になお休暇が残っているなら、水曜日にはキルヒホルストに帰ろうと思っています。二月半ばにはパリへ帰任することになります。今、占星術師のリンデマン[3]が拙宅に滞在しています。
　その他、山々のことはお会いしてから。あなたとご家族のご自愛をお祈りしつつ。　敬具
　　つねにあなたのエルンスト・ユンガー

シュミット教授様
あなた様ご一家と再会するときを楽しみにいたしております。夕方の六時か七時にはダーレムに参れると存じます。
　奥様とアーニマにくれぐれもよろしくお伝えくださいませ。　かしこ
　　あなたのグレータ・ユンガー
　　キルヒホルスト、一九四三年一月十七日

1　ユンガーの小説『大理石の断崖の上で』（一九三九）に出て来る傭兵隊長。戦闘の中で賢明に行動し、語り手に救いの船を差し向けてくれる。この人物のモデルは第二次大戦で戦死したユンガーの妻の兄、クルト・フォン・イエインゼンだと言われる（『パリ日記』四二年七月二十三日、四三年十二月二十八日の記述参照）。
2　ユンガーの父は一九四三年一月九日に亡くなった。
3　フリッツ・リンデマン、銀行員でゴスラル以来の友人。グレータの著書の中で「巨匠」として出て来る。

シュミット様
拝啓　ベルリンからの先日の知らせにかなり心配しておりました。あなたとご家族のことをしきりに思いながら、皆さんがご無事なのを信じていました。
　今使われる爆弾は次第に強力なものになっています。

このことは私の以前からのテーゼ、神経力の減退と破壊手段の増大の間には直接の関係があるというテーゼを証明しています。両者には鏡像の関係があるのですが、もっと簡単には、破壊だけが内部で働くことのできる真空地帯が次第に広がっていると言えるのではないでしょうか。

奥様に送っておくように頼んでおきました書籍の小包はもう届いていることと思います。それはそうと、アンリ・トマ氏の新しい『冒険心』[1]のフランス語訳はもう受け取られましたか。前のよりずっとよくなっているそうです。当地の本屋にはトマ氏の小説『家庭教師』が並んでいます。

当地で最近画家のクーン氏[2]と知り合いになりました。氏の絵はあなたも買ってお持ちですね。氏はある種の動物、たとえば鳩が好きで、氏の絵には鳩がしばしば描かれています。こうしたものを見ていますと、現代の絵画の実験的な性格がますますはっきりしてきます。私たちの中のある種の側面を開き、刺激する絵画にはしばしばお目にかかりますが、長年ずっと部屋に掛けておけるようなのはめったにありません。全体として自分を確認できるものはそこには何もありません。破壊する力に関しても、画家たちはまことに謙虚で、物理学者たちよりはるかに距離を取ってその後から行進しています。

私は今、レオン・ブロイ[3]をいろいろと読んでいます。毎日何度もです。読んでいるとそこに私にとって慰めになるものがいろいろと含まれているからです。こんなに傾倒しているのを、私と話をするフランス人たちは不思議がって、この作家について改めて取り組んでみようということにさえなっています。私はブロイから受け取ったものに、ささやかな形ながらお返しをしたいと思っています。私の考えるところでは、ブロイはまだ古典にはなっていないのでしょうが、いつの日にかそうなります。それに反し、たとえばバレス[4]などは決してそうはならないでしょう。

ベルリンで私の蔵書票[5]について二人でお話ししたことを覚えていらっしゃるでしょうか。私はそれの第一案と第二案を同封します。ここ数日、ヴァレンティナー[6]がベルリンに滞在しています。彼からこちらのことをいろいろお聞きになれるでしょう。私たちはフローレンス・グールド[7]のところでエキセントリックな朝食を取ったのでしたが、ヴァレンティナーは多分このことも聞いて知っていると思います。そのときに、ヘラー氏[8]ともあなたがこのパリの町にまたおいでになると話したことでした。彼は私たちみんなを楽しませてくれそうです。ご存じのことと思いますが、今、エプティング氏[9]もまたこちらに来ていて、近いうちに会うことにしています。

このところ、しばしば新聞で私の言ったことだとするいわゆる核心をついた名言というのを読むのですが、それは私の著書の文章をばらばらにして繋ぎ合わせたもので、しかもその選択がこの上なく乱暴なセンスによるものです。たとえば、最近『ドイツ一般新聞』で見たのですが、こうした識者の一人は、私の著作の中に「汚物」という言葉が出て来る唯一の文章を見つけ出すのに成功したなどという始末です。こんな仕方で新しい嫌悪感とお近づきになるわけです。

この手紙がお元気なあなたとご家族のもとに届くのを望みながら。

敬具

あなたのエルンスト・ユンガー

追伸　ここ数日、私はノーラ・シュニッツラー[10]のところに行っていました。彼女はベルリンのあなたのお宅でのことを義妹から聞いて知っていました。

〇六六六一、一九四三年三月八日

1　一四七ページの注参照。

2　『パリ日記第二部』の四三年二月二十一日の項にこの出会いについて詳しく述べられている。

3　四一ページの注参照。

4　モリス・バレス（一八六二—一九二三）、フランスの作家、国粋主義、反ユダヤ主義の傾向の強い政治家。当時フランスの最高の小説家の一人とみなされ、一九〇六年、アカデミー・フランセーズの会員になっている。

5　ユンガーの蔵書票は、上部の三分の一に嵐の雲が描かれ、それに一つの大きな星の光がさしており、雲の上には“Tempestatibus maturesco〔嵐の中で私は成熟する〕”との座右の銘が記され、下部の三分の一にはアラジンの魔法のランプが描かれ、その下に「エルンスト・ユンガー蔵書票」とある。手紙に同封したとされるものは残されていない。

6　一四〇ページの注参照。

7　フローレンス・グールド（一八九五—一九八三）、アメリカの富豪ジェイ・グールドの妻で、あの混乱の時代にパリに文学サロンを開いていて、毎週木曜日のその日には、コクトー、モンテルラン、リオタール、ポーランなどが顔を出していたという。彼女のサロンについては、ユンガーはのちに『漂白の七十年　Ⅲ』の八三年三月二十九日、『漂白の七十年　Ⅴ』の九三年三月二十三日の項などに再三に言及している。

8　ゲーアハルト・ヘラー（一九〇九—?）、ロマニスト、評論家、出版社主。一九四〇—四四年、占領下のパリの宣伝部隊の特別指揮官としてフランス文学の検閲を担当。ユンガーの『パリ日記』ではしばしばユンガーの話相手になっている。ヘラー自身もパリ時代の回想録を書いていて、これは一九八一年にフランス語で『パリのドイツ人』として出版され、翌年、ドイツ語版『占領下の国にて。フランスにおけるナチ文化政策。一九四〇―一九四四年』も出ている。そこにはユンガーについての記述もあり、ユンガーも『漂白の七十年　Ⅲ』の八二年十月五日の項でこの書を評価している。

9　一二〇ページの注参照。

10　リリー・フォン・シュニッツラーの義姉（二五〇ページの注参照）。

ユンガー様

拝啓　何日か前の夜、私は浅い眠りの中であなたに何かを知らせようと思ったのでした。次の日の朝、気がつくと、ナイトテーブルの上に速記で書いたメモがありました。これを再現した紙片を同封します。その同じ朝、私は旧約のヨブ記第二四章一四節[1]を開いたことでした。

あなたの蔵書票は第二案の方が第一案よりはるかに立派です。“Tempestatibus maturesco〔嵐の中で私は成熟する〕”はとくにぴったりしています。そこでは植物と空気が念頭に置かれているからですが、私にとってはそうした考えは、「火の中で煮られると、成熟する」という詩句[2]、あるいは偉大なエーティンガー[3]の文章「平和のために汝らの中に塩をもて、さもなくば、汝らは別の火でもって塩漬けにされるであろう」と結びつけられるものです。

絵画の不完全な断片的性質についてあなたがおっしゃることは、当たっています。しかし現実は何と言っても断片的なもので、全体性がどうなっているのかは、あなたもご存じの通りです。二週間前に私はナイ[4]の最近作の絵を見たのでしたが、これはあなたにとってこの上なく有益なものと思います。

妻宛の書物が数冊届きましたが、『Coeur aventureux〔『冒険心』のフランス語訳〕』（このフランス語はドイツ語での「冒険心（Abenteuerliches Herz）」というのより大分美しいというか、誇らしげなように思います）はそこに入っていませんでした。トマの『家庭教師』も読んでみたいと思っています。今日の夜、ヴァレンティナーが訪ねて来ることになっていますが、私に何か仕返しをするつもりらしいのです。

三月一日にベルリンは大空襲を受けましたが、窓ガラスが何枚か割れただけで、何とか無事でした。あなたの予感は当たっていました。キルヒホルストからは大分前から何の音沙汰もなく、次第に心配が募っています。私のところの隣に住んでいるハーン教授を覚えていますか。私の家でハーン夫妻とお会いになったことがあると思います。彼が日曜日から月曜日にかけての夜に亡くなりました。享年五十歳でした。化膿のために歯がすべて抜け落ちていたそうです。

この前、『陸と海』についてブルーノ・ブレーム[5]という人物から奇妙な手紙を受け取りました。私の知らない、共通の知人もいない人物です。あなたはこの人物について何かご存じですか。私が知っているのは、彼が『アピスとエステ』という小説を書いていることだけです。

エーティンガーの『塩の秘密』、これは一七七〇年にシュトゥットガルトから出た書ですが、あなたにとって意義のあるものと思われます。

妻とアーニマからもよろしくとのことです。敬具

あなたのカール・シュミット

［同封の紙片］

四三年三月十一／十二日、朝三時半

寓話風の（宿命風の？）状況。メイルストローム[6]〔大渦巻き〕に巻き込まれたサン・ドミニク号。ＢＣ〔ベニト・セレノ〕は、そのためにではなく、それによって死ぬ方がましと自分に向かって言う。こうしたタキトゥス風の先鋭化した言葉は「実存的」などといった学校言葉をはるかに超えている。

あなたのセレノより

［発信地なし］一九四三年三月十六日

1　ヨブ記第二四章一四節、「人を殺す者は、暗いうちに起き出て、弱い者と貧しい者を殺し、夜は盗人となる」。

2　ヘルダーリーンの後期の賛歌「ムネーモシュネー」（一八〇三）の冒頭に「火にひたされ、煮つめられて／大地の上で試練を受けて果実は熟するが／すべてのものは消え去るという掟があって……」とあるが、シュミットはこのヘルダーリーンだけでなく、歴史哲学上重要なエクピロシス説（再三に起こる世界の〈焼却〉というヘラクレイトスにまで遡る考え）も呼び出している。ヘルダーリーンはエクピロシス説を人間の英雄的・悲劇的解放の記述と理解していた。ユンガーの歴史哲学的思考においてはこれが公理のような性格をもつものになっていた（たとえば『大理石の断崖の上で』の第二六章参照）。

3　フリードリヒ・クリストフ・エーティンガー（一七〇二―一七八二）、プロテスタントの高位聖職者、神智学者、啓蒙期の博識な神秘主義者。ユンガーは『パリ日記第二部』の四三年三月二十八日の項にシュミットから手紙が届いたことを記し、エーティンガーの文章を引用している。

4　エルンスト・ヴィルヘルム・ナイ（一九〇二―一九六

八）、抽象画家。占領軍の兵士としてフランスに駐留したとき、フランスの画家のアトリエでひそかに絵を描いていて、このアトリエにユンガーは二度訪れている（『パリ日記第二部』の四三年五月一日、二日、『漂白の七十年　Ⅲ』の八五年六月十一日の項参照）。

5　ブルーノ・ブレーム（一八九二—一九七四）、作家。シュミットの遺品の中に彼からの手紙が四通含まれている。

6　シュミットの愛読書の一つのメルヴィルの小説『ベニト・セレノ』に出て来るポーの大渦巻きに巻き込まれた「サン・ドミニク号」（一二〇ページの注参照）。シュミットは「サン・ドミニク号」の無力な船長ベニト・セレノと自分を同一視していた（四三年四月八日の手紙参照）。

ユンガー様

拝啓　この美しい初春の日、あなたのお誕生日だったことを思い出し、家内一同、心からお喜び申し上げます。私の父はこの前、九十歳の誕生日を迎え、そのときテーブルスピーチをしたのでしたが、三月生まれの子馬が一番よく育つという箴言を子供のときに聞いたことを思い出していました。これはこの動物にとって厳しい時代の生物学的な慰めの一つです。——一昨日奥様からやっとお便りをいただきました。心配していただけに、今ほっと安堵しているところです。ヴァレンティナーに私から[1]の手紙を託しましたが、もう受け取られたことと思います。私の方も彼からトマの『家庭教師』を受け取りました。非常に興味深いもので、最後まで読みました。アフォリズムに解消しているところはいただけませんが、典型的な状況の繰り返しは非常に気に入っています。この弱虫にしてテロを行うことができたのですが、なす術なくそれに押し流されています。これは不安状況の非常に象徴力のある解消なのでしょう。もちろん性急にすぎ、軽快にすぎるものではありますが。トマに対する私の共感は、この書によってさらに高まりました。この書の感覚的な重みのなさもそう気になりません。おそらく軽やかさ（平衡性？）を狙っているからなのでしょう。フランス人が「モラリスト」として今日の状況に対して解放的な言葉を見つけ出しているとするなら素晴らしいことだと思います。

「神を恐れない民」（詩篇第四二篇）[2]とは違うのだという泰然たる知をもって、お誕生日をお祝いください。

敬具

あなたの旧友カール・シュミット

［発信地なし］一九四三年三月二十一日

1　私の父、一三一ページの注参照。
2　旧約の詩篇第四二篇（ウルガタ聖書の一般のものでは第四三篇）の最初の詩句、「神よ、わたしをさばき、神を恐れない民にむかって、わたしの訴えをあげつらい……」の個所を指す。ユンガーは『庭と街路』（一九四二）で、四十五回目の誕生日（四〇年三月二十九日）にこの詩篇を参照するよう指示して、ゲッベルスの怒りを買っている。

シュミット様

拝復　私の前に三月十六日付けと二十一日付けのあなたからの二通のお手紙があります。そのうちの一通はヴァレンティナーが届けてくれたものです。誕生日のお祝いの言葉をいただき、あなたと奥様に心から感謝いたしております。この日はまことに象徴的なと言える形で始まりました。というのが、国家が時計を進めることで私の無意識の生の一時間を私から奪ったからです。私は早朝にイヴとその後裔について意味ありげな夢[1]を見たのでしたが、それはこの日にふさわしいもので、これを早速メモしました。誕生日を迎えた新しい年に書きつけた初めてのメモということになりました。誕生日のお祝いを言ってくれた最初はシュパイデル将軍で、ポルトヴァから電話してくれたのでした。

あなたの夢[2]は、何よりもポーとメルヴィルの形象世界をうまく結びつけているのだと思います。――ポーは、メルヴィルが政治的、社会的に見ているものを個性的に見ています。そしてあなたが行き着いている箴言は、共謀者たちの徒党に対する個人の態度を捉えています。

先日、フォンターネの手紙の中のある個所を知ったのですが、それ以来、あなたのことを思わざるをえませんでした。そこにはビスマルクについておよそ次のようなことが書いてあったからです[3]。「私は彼を尊敬している。しかし根本においては、彼は作業員たちを欺く小物の林務官である。」

近くツィーグラー[4]がこちらへやって来ます。あなたが推奨されたエーティンガーには、私も興味をもっています。読んでみたいので、一度それを送っていただけませんか。稀覯本だとそうも行かないでしょうが。あなたがおっしゃっていた現代の作家[5]については私は名前を聞いたことがあるだけです。幾つかの論文を偶然に目にしましたが、詳しく知ろうという気にはなりませんでした。三月二十六日のフランクフルト新聞の文芸欄をお読みになりましたか。ディートリッヒ・エッカート[6]の誕生日に出たものです。

妻がまた家を買う交渉を行っていること、妻からの手紙でご存じでしょう。これに関しては、子供が大人の引っ越しだとか引っ越し計画だとかに無関心であるように、私は無関心です。彼女に会う機会がありましたら、ランボーについての彼女が見た夢のことを聞いてやってください。何とも奇妙な夢なのです。

ベルリンからはいいニュースは届いていません。あなたとご家族のご多幸をお祈りしつつペンを置きます。

不一

あなたのエルンスト・ユンガー

〇六六六一、一九四三年四月八日

1 詳しくは、『パリ日記第二部』四三年三月二十九日の項参照。
2 四三年三月十六日のシュミットの手紙に同封されたもの参照。
3 四〇年三月二十九日と四月六日、四三年九月七日の手紙参照。
4 一一〇ページの注参照。
5 ブルーノ・ブレームのこと、一五三ページの注参照。
6 ディートリッヒ・エッカート（一八六八—一九二三）、作家、評論家。一九二一年以来、ナチの機関誌『民族的観察者』の主筆。激情的な政治歌「ドイツよ、目覚めよ」の作者として有名。

ユンガー様
拝復　四月八日付けのあなたのお手紙が届いて数日後、奥様とカール・アレクサンダーが拙宅を訪ねてくれました。そこで早速、ランボーについての夢のお話を伺いました。素晴らしく美しい夢で、とくに錨が金になるというところにはすっかり魅せられました。

私のもっているエーティンガーの『塩の秘密』は大分後の版ですが、今ちょうどある化学者に貸しています。塩についての実証主義的な自然科学の今日の状況についてより詳しく知るなら、それをもっとよく理解できるだろうと思ってです。この書の中の多くはとにかくパラツェルズスの伝統に沿ったものです。

フォンターネの手紙の「小物の林務官」についての個所はことのほか重要です。この個所はどこにあるのでしょうか。確かめてみたいと思います。

五月二十六日、パリでガウガー博士[1]がパリ方面軍司令官の前で研究手段としての映画についての話をし、五月二十八日にはドイツ研究所でフランスの医師たちの前で同じ話をするそうです。これはあなたにも非常に興味深いものだと思います。ガウガー氏とは領域概念について何度か話をしたことがありますが、実りなきものではありませんでした。氏のおかげで、壮大極まるボルシェヴィズムの人形トリック映画「小人国のガリヴァー」[2]も知ることになりました。これは前にあなたにもお話ししたことがあると思います。

　私は五月末にスペインへ行かねばなりません。スペインの弟子たちと再会することを非常に楽しみにしています。

　ブルーノ・ブレームの手紙をコピーして同封します。お読みになるとき、私が彼とは知り合いではないし、共通の友人ももっていないことにご留意ください。

　その後、いかがですか。近況をお知らせください。私たちはここで「裁きを期待しながら」[3]生きています。

　妻は強制労働させられているセルビアの女性たちのために献身的に働いていて、彼女らの待遇改善に走り回り、彼女らに子供たちの様子を知らせる努力もしています。女性の利他主義は男性のそれより好感のもてるものです。女性の利他主義は男性のそれと愚かな内容空疎な言葉だけをもともと共有しているのですが。

敬具

あなたの変わりない旧友カール・シュミット

〔発信地なし〕一九四三年五月十四日

1　詳細不明。
2　アレクサンダー・プトゥシュコ演出の臘人形映画、一九三四年のヴェネツィア映画祭で初演されている。
3　おそらく連合軍の爆撃機による「懲罰裁判」を指すと思われる。

ユンガー様

拝啓　同封のハンス・ポーピッツ[1]（彼は財務大臣の長男で、陸軍大佐として今はヴォルヒョフの前線にいます）の手紙は、数週間前に来て、妻が保管していたものです。妻は昨日、アーニマを連れてオルデンブルクへ疎開すべく出かけて行きましたので（反キリスト教的な東方のガウへ行く案もあったのですが）、未処理の文書を放っておくのを好まない官僚として、妻が忘れていたこの件を処理することにしました。C. Val〔ヴァレンティナー〕[2]がここに来ていて、あなたのことをいろいろ話してくれました。今日はポーデヴィルス[3]が当地に来ているそうで、会いたいと思っています。彼からもあなたのことを聞きました。キルヒホルストからはお便りがありません。妻は来週帰って来ることになっています。

ここ数日、私はまたL・ブロイの『ユダヤ人による救済』[4]を読んでいます。これがますます偉大なもの、真実のものになっています。真実はあらゆる状況に迎え入れられるものではないという簡単な事実をどうして忘れ去ることができたのでしょう。

ヒエロニムス・ボッシュについて、私は多くの新しいことを学びました。プラドでその絵を見たことや、専門家のヴィルヘルム・フレンガー[5]によってです。こうした認識は状況と歩調を合わせてもいます。

ハンブルクにパノフスキー[6]というユダヤ人の芸術史家がいましたが、彼は一九三三年に「ユダヤ人、くたばれ！（Juda verrecke）」と叫んで街頭行進が行われたとき、「勇者の方がむしろユダヤ人になればいい（eher werden die Recken verjuden）」と議論を吹きかけ、当然のことに逮捕されたことがありましたが、L・ブロイを読んでいてそのことを思い出しました。

敬具

つねにあなたの忠実な旧友
カール・シュミット

［発信地なし］一九四三年八月四日

1　四四ページの注参照。
2　一四〇ページの注参照。
3　一二八ページの注参照。
4　L・ブロイの『ユダヤ人による救済』（一八九二、ドイツ語訳一九五三）は、エデュワール・ドリューモンの反ユダヤ主義的な書『ユダヤ化したフランス』（一八八六、ドイツ語訳一八九〇）に対してユダヤ人を神学的に弁護した書。この書はシュミットと親しかったジートリングハウゼンの医師フランツ・シュランツ（六一ページの注参照）によって翻訳されたが、刊行されることはなく、シュランツの遺品に原稿が残されている。
5　ヴィルヘルム・フレンガー（一八九〇―一九六四）、芸術史家でボッシュの専門家。著書に『ヒエロニムス・ボッシュ。千年王国、ある解釈』（一九四七）がある。一九四三年から五一年までシュミットと文通していた。
6　エルヴィーン・パノフスキー（一八九二―一九六八）、芸術史家。一九二六―三三年、ハンブルク大学の芸術史の教授。一九三三年、ユダヤ人であったため解雇され、一九三五年以来、プリンストンの高等研究所に勤めていた。

シュミット様

拝啓　今朝早くベルリンが大空襲を受けたとの情報が広まりました。アーニマを危険な地域から遠ざけたのは本当によかったと思いながら、一筆いたします。妻の手紙によりますと、あなたもベルリンを去るようになるかもしれぬとのこと、そうなれば、キルヒホルストをお訪ねくだされば、まことに嬉しいのですが。

数週間前にこちらであなたの著書『陸と海』を読みました。しかし海の上でもなく、陸上でもなく、空中でもなく、何とここのメトロの地下においてでした。手頃な大きさなので、これを読もうと地下壕に持ち込んだというわけです。

読んでいて、多くの点で刺激を受けましたが、そこで自問したことです、あなたがひょっとして北欧の航海についての本を読んでいたのではないかと。それは一時ユーバーリンゲンに住んでいたことのある正体不明の博学者の著書です。その名前は思い出せないのですが。それと、民族誌ではポリネシア人の特徴、移動、航海技術はまだほとんど究明されていないように思われます。そこにはまだ重要な発見が幾らもあるのは確実です。こうした文化はまったく異質な要素に織り成されているわけで、このことが人類博物館を歩き回っていてますますはっきりしてきたのでした。

あなたは大気と火を並列させていますが、これはこのところますますはっきりと証明されるようになっています。にもかかわらず、大気はまたそれ自体としてもあって、混じり気のない純粋な要素として非常に強いものです。すべての堅固なもの、すべての基礎のしっかりした建物、すべての都市が空襲で打撃を受けるその不安定性がそれを証明しています。大気は吹き飛ばす力、雲散霧消させる力をもっているのです。こうした経験によって今日の建築は変わってきています。建築には新しい中空部分がはっきりできるようになっていますし、その屋根が堅牢でないのもそれです——これは、火薬が発明されたことで、騎士の城郭の脆さが明らかになったのとまったく同様です。純粋の空中人間であるパイロットたちを満足させるのは、われわれには無秩序と思えるもので、たしかにまた彼らは新しい種類の安全性を作り出しています。これに反して私たち地上に住む者はもっとしっかりと先祖伝来の要素と結びつくことを強いられるようになっています。私たちは大地にもぐり込まねばならないのです。私たちの家の最も重要な部分は地下室ということになり、地上には一種の夏のあずまやか庭小屋が残ることになりそうです。

フォンターネの例の個所は調べてもらっていますので、そのうちに引用文を同封します[1]。ビスマルク自身が役に立つ営林監督官になっていたらと言っているものです。

私はときどきこの職業に従事している者と話すことがありますが、私がすぐに彼らの色に染まって、魔的な中心人物の特徴を述べるのが不思議がられます。当時このタイトルを私が選んだのはもちろん直覚的なもので、夢の中で吹き込まれたようなものなのですが、私たちの状況の二つの大きな徴候をこれ以上にうまく表すものは今でも見つけることができないように思っています。恐ろしい血腥い側面と結びついているやり切れない官僚組織です。しかし同時にこうした形姿は、正当な営林監督官のように、無害に、それどころか誠実に立ち現れます。

ファーブル・リュス[2]が数週間前に彼の日記の第三巻を出しましたが、それが理由で彼は逮捕されました。私の弟は第二巻までを読んで、リュスを「敗者にしてはあまりに機知に富みすぎている」と評していました——この言葉は今新たな、予期しなかった形で証明されたように思われます。この書は闇取引で三〇〇〇フランもするそうです。ご一緒に過ごした夜との別の関連でですが、そこにベニト・セレノが全体主義国家の内面を知るために不可欠な鍵となる書として引用されているのを見つけました。そこにはヘス[3]も名指しで出てきています。しかし対話という小銭と出版されたものという貨幣はつねに区別しなければなりません。後者は精錬され耐久性をもった金を鋳造したものとも言えるのでしょうから。ジャーナリズムの連中はこの区別を知らず、危険に陥りやすいと言えます。

数日前、ル・マンへ行く途中に、同行していた芸術史家に勇者についてのハンブルクでの逸話を話したところ、彼は即座に「それならパノフスキーのことでしょう」と言っていました。

ハンス・ポーピッツ[4]の手紙をお送りいただき、まことにありがとうございます。ポーピッツにはすぐに返事を出しておきました。それは私をそんな下にまで引き下ろすものではありません。つまり私は西部戦線をもっと決定的なものと考えているからです。戦争は内からのみ決定されるもので、外から決定されるものではありません。戦争は形而上学的な行為だからです。

ここ数か月は重要な時になるでしょうが、あなたとご家族のご健勝を心からお祈りしております。私たちはまもなく、モービー・ディックにおけるように、大きな鮫の学校の中心に到達することでしょう。

敬具

あなたのエルンスト・ユンガー

追伸　ル・マンでナイにも会いました。彼はそこを非常に気に入っています。国家は私たちの芸術家たちを甘やかせてこなかったということでしょうか。

ＥＪ

パリ、一九四三年八月二十四日

1　同封された引用文は残されていない。
2　アルフレド・ファーブル＝リュス（一八九八―一九八三）、彼の二巻本の『フランス日記』はドイツ占領時代を省察したもの。
3　ルードルフ・ヘス（一八九四―一九八七）、政治家。一九二〇年以来のナチ党員。一九三三年より総統代理として大臣格のナチ党指導者。一九四一年五月、平和の可能性を探ろうとして、独断でイギリスに飛び、スコットランドにパラシュートで降下。一九四六年、ニュルンベルク裁判で終身刑に処せられる。
4　四四ページの注参照。

ユンガー様

拝啓　「起こったことはすべて崇拝に値する」と言われます。[1]八月二十三日から二十四日にかけての夜、大型爆弾で私たちの家は壊滅しました。私たちはザウアーラントに逃げて、宿なし生活をしています。しかし落ち込んでいるわけでもなく、悲しんでもいません。あなたの方はお変わりありませんか。近況をお知らせください。

ギレスとナイの絵は何とか救い出しました。自分の周囲にある家具やその他のものによる運命の魅惑についてのヴィリエ・ド・リラダン[2]の小論文の中の次の個所をご存じですか。「けだし運命の決定はわれわれを取り巻くすべてのものの中に次第に具体的になって行き、人間は自分の身に起こることを何千もの鎖の輪で引き寄せている。」

敬具

あなたの旧友カール・シュミット

プレッテンベルク　Ⅱ　駅より

（ヴェストファーレン）

一九四三年八月二十七日

1　ブロイの『恩知らずな乞食』（四一ページの注参照）の中の一八九四年七月三十一日の日付のジュリアン・レクレール宛の手紙にある文章。ユンガーはこの慰めの言葉をシュミットから聞いて、その後、自分の著作の中に何度も引用している。
2　一三ページの注参照。

シュミット様

拝復　八月二十七日付けのあなたよりの悲報を拝受いたしました。拝読しながらお客を暖かく迎える豊かで美しいお宅の家具が私の心の目の前に浮かんで来たことです。私の心の目にはそれは無傷のままです――ただ、私たちが心の中に抱き続けているものは、私たちにはあまりに固有のものにすぎます。ニグロモンタン〔交霊術者〕のランプという意味でです。

妻は、ツィーグラーが被害を受けたときにもそうしたのでしたが、新しく家具を整えるのに何かあなたのお手伝いができないかどうか、お手紙を差し上げると思います。親しい友人たちの中からのこうした悲しい知らせがだんだん増えて、それも続けさまにやって来ます。そのことからも破壊がどんな規模で広がっているかを推し量ることができます。

あなたは絵画だけを助け出したとおっしゃっていますが、それはまことに正しいことです。それは魔的な家具、凝縮した実体、家の守り神だからです。しかしあなたの原稿や書簡類はどうなっているのでしょうか。

あなたが引用なさっているヴィリエ・ド・リラダンのこの個所は疑いもなく重要な関係に触れるものです。私たちを取り囲んでいる事物は、鉄が家の屋根に雷を引き寄せるように、運命を引き寄せます。そして金塊が人殺しを身近に引き寄せるのとも同じです。このことはとにかく全体的にも当てはまることで、大都市に取り囲まれていたことが何を意味するかは、今日見ての通りです。大都市の便利さはそのうちに報いを受けることになります。

八月二十四日付けの私の手紙は届いたでしょうか。ビスマルクと営林監督官との関係についての論文を同封したのでしたが。論文はそのうちに送り返していただければ、ありがたいのです。さもないと、もう一度書き写さねばならなくなりますので。

奥様とアーニマにくれぐれもよろしくお伝えください。

敬具

あなたのエルンスト・ユンガー

〇六六六一、一九四三年八月三十日

ユンガー様

拝復　お手紙は二通ともきちんと届きました。まことにありがとうございます。これは、何よりも行動主義から身を守らねばならないという私の今の状況では最上の読み物です。「……への意志」というのは、それを一つの哲学にするという最も愚かな事実の一つです。勝ち誇った野獣の印です。「……に抗する意志」というのも、「……への意志」よりましだとも言えません。

ビスマルクが営林監督官だというのは、私には日毎に明確になって行くように思われます。一度是非、ブルーノ・バウアー[1]の一八五三年に書かれた『ロシアとゲルマン精神』を読んでみてください。そうすれば、多くの大きな関連があなたにもはっきりすると思います。シュペングラーが『プロイセン主義と社会主義』で書いたことは、独創性病にかかっていたシュペングラー自身が予感していたものよりはるかに古くからの深い連続性の中にあるものです。世界の状況は、トクヴィル[2]には一八三五年にすでに完全に明らかなものになっていました。『アメリカの民主政治』の第一巻の結論は、『西欧の没落』の壮大なドキュメントであって、このことは今も変わりません。

ベニト・Cの運命を私は心ひそかに痛快がっています。F・L[3]のようなこうした文士たちも保菌者なのですが、それも必要な関係を結ぶための優れた世話人、昆虫のように真摯な世話人です。私の楽しみはとてもあなたに書き綴ることはできません。ちなみに旧約の伝導の書、第一〇章一節[4]をご覧になってください。

私の著書や書簡類はその大部分を「隠している」と言えるようです。つまりダーレムの納屋に入れてあるのです。妻は箱や引っ越し用具を手に入れようとあちこち走り回っています。住居と家具の破壊は全体としてかなり完全で、「神々は微笑みながら、われらを曠野へ駆り立てる」[5]のです。

近いうちにもっといろいろとお伝えします。あなたの方もときにお便りをください。差し当たって私はここザウアーラントにいます。ここを離れるよう強いられないかぎりですが。妻はオルデンブルクのアーニマがいるクロッペンブルク[6]へ行きたがっています。奥様からとくに懇切な慰めのお便りをいただきました。

敬具

つねにあなたのカール・シュミット

プレッテンベルク　II（ヴェストファーレン）

一九四三年九月七日

1　八〇ページの注参照。

2　一二八ページの注参照。
3　アルフレド・ファーブル＝リュスを指す。一六〇ページの注参照。
4　この個所は、「死んだ蝿は、香料を造る者のあぶらを臭くし、少しの愚痴は、知恵と誉よりも重い」。
5　ヘルダーリーンのオーデ「民衆の声」の第九節。
6　アーニマは一九四九年までクロッペンブルクの修道院付属学校に「通学生」として通っていた。

ユンガー様

拝啓　うちの書庫が壊されたとき、最も貴重な書物、一四九七年に出版された羊皮紙のドゥンス・スコトゥス[1]の一巻が水溜りに浸かって、三週間もそのままになっていました。この前やっとそれが見つかったのですが、水でふやけてしまっていました。ポーピッツ氏の紹介で、ベルリンの銅版画工房に修復してもらうことにしました。水に浸った羊皮紙は一枚一枚厚手の粗紡紙に挟んで乾かすのだそうですが、残念ながら羊皮紙の表紙は使いものにならないようです。製本業者は私の方で羊皮紙を調達できないかどうか問い合わせて来ています。パリで何とかなりませんか。本の大きさは縦三六センチ、横二四センチ、厚さ三〜四センチです。

ジートリングハウゼンのシュランツ博士[2]のところで、コンラート・ヴァイスの「カール・シュミットのために」という私がこれまで知らなかったメモを見つけました。数年前のもので、幾つかの詩句なのですが、その中に次のようなのがありました。

Dieser Zeit miteingegoren　（この時代とともに発酵して、財
Geht die Habe uns verlorenn 産はわれわれから失われて行く。）

私はこれが気に入りました。「財産（Habe）」も「われわれ（uns）」も「ともに発酵して」にかかるようになっているところもです。正確な散文では許されないようなこうした二義性こそ神託と言えるものなのでしょう。

あなたからお便りがあれば、どんなに嬉しいことでしょう。避難民の生活は悲惨です。住み慣れた快適さを失ったことなどものの数でない悲惨さは、お役所の数が恐ろしく増えていることに現れていて、どんな小さなことでもお役所に出向かねばなりません。「箒のしだの前では（取っ手の方にいなければならない）[3]」のでしょうか。シュパイデルやグリューニンガーの近況をご存じですか。

敬具

あなたのカール・シュミット
プレッテンベルク　Ⅱ（ヴェストファーレン）
一九四三年十月九日

1　ヨハネス・ドゥンス・スコトゥス（一二六六頃―一三〇八）、スコットランド出身の神秘的汎神論的な世界観をもったスコラ学派の神学者、哲学者。「精妙博士（doctor subtilis）」と呼ばれ、主にパリ大学で教える。
2　六一ページの注参照。
3　括弧の中はフランスの慣用句「強い方に味方する」のもじり。

シュミット様

拝啓　いろいろと取り紛れて、十月九日のお手紙への返事が遅れてしまっていました。手の離せない仕事があったり、私の故郷の町の悪い知らせが重なったりで。妻からすでにお聞き及びと思いますが、キルヒホルストでも立派なお屋敷が幾つも炎の犠牲になったそうです。

ご希望の羊皮紙は、あちこち精力的に探しまして、近いうちに私から直接か、誰かに頼んで、お送りできると思っています。このことについてグマースバッハ氏と話したのでしたが、氏はあらゆる皮製品のこの上なく豊富な経験をもつ人物で、羊の皮を中世のやり方でなめすよう業者に指示してくれるそうです。こうしてドゥンス・スコトゥスを火の世界から救い出すことができるわけで、私も嬉しく思います。ドゥンス・スコトゥスも新しい時代に生き延びることでしょう。

ヴァレンティナーがベルリンからエクスへ向かう途中に当地に滞在しまして、彼の叔父のアールマン[1]が一夕、あなたのところに招待され、お宅が廃墟の中にあるのを見たとの話を彼から聞きました。あなたの奥様が地下室から這い出して来て、お食事を出すことができなくて申し訳ございませんと言った由。

私はちょうど今、ボッシュについての論文を読んだところですが、著者はヒューブナー[2]となっていました。これは称賛に値する試みなのですが、残念ながら彼は現代の心理学の公式をも用いています。今日、ボッシュを見てとくに目に付くのは、生の硬化、その硬直化、青銅化の描写であって、そのためにそれが「クルップの鋼鉄のように」なっているのです。昆虫や魚や海老や蜥蜴の場合、環節、鱗、ヒンジが脱落しているのが目立ちますが、私たちの領域でも同じようなことが次第に顕著になっています。技術世界でも道徳世界でも同じではないでしょうか。

ヴァルター・シューバルトの[3]『ヨーロッパと東方の魂』と題する書の抜粋を手に入れたのですが、これを読んで私は異常なまでの興味を覚えています。しかしこの書は国内では出版できないきわめて稀なもののようです。この書のことをお聞きになったことがありますか。戦争が始まる少し前に出たもののようです。

カイパー[4]が履歴のことで私にお願いをして来ていて、困っています。私の方は今、大渦巻きに巻き込まれていて、過去を振り返ることなどとてもできません。日に日に事柄の実体が明らかになり、最高の明確さ、とはつまり道徳的な明確さを、取るようになっています。やはりポーはこの時代の偉大な予言者の一人です。

その後、新しい状況の中でいかがお過ごしですか。スペインへお行きになると聞きましたが、その途中にラファエルにお立ち寄りになれませんか。お会いできれば嬉しいのですが。ツィーグラー[5]が今こちらに来ていて、ハンブルクの出来事を話してくれました。プリーニウスを思い起こしたことです。

奥様とアーニマにくれぐれもよろしくお伝えください。

敬具

あなたのエルンスト・ユンガーより

〇六六六一、一九四三年十一月二十日

1　ヴィルヘルム・アールマンのことと思われる（三九三ページの注参照）。

2　フリードリヒ・マルクス・ヒューブナー（一八八六—一九六四）。ここで言われているのは一九三九年に出版された画集『ヒエロニムス・ボッシュ、作品集』の序文。

3　ヴァルター・シューバルト（一八九七—一九四一（行方不明））。『パリ日記第二部』の四三年十月二十八日に記されているところでは、知人でシュミットの弟子のコンスタンティーン・クラーマー・フォン・ラウエ大佐からこの書の抜粋をもらって、その中からちょうどそのとき執筆していた声明文「平和」のモットーを選び出している（一九三ページの注参照）。ユンガーは東方への結びつきを説くシューバルトの意見をドイツ人の第二の可能性として高く評価していて、四三年十一月二十日の日記にもこの作家について記している。

4　三八ページの注参照。

5　一一〇ページの注参照。

ユンガー様

拝復　十一月二十日付けのお手紙、昨日届きました。まことに嬉しいことでした。ありがとうございます。とくに羊皮紙についてのあなたのお骨折りに感謝しています。

私は一週間前から再びプレッテンベルクに来ています。十一月二十九日にベルリンからバルセロナへ飛ぶはずでしたのに、ベルリンへ行くことができませんでした。この前の大空襲でベルリンとの列車の接続が途絶えていたからです。十一月の前半はハンガリーに行っていました。あそこにはまだいい葡萄酒がたっぷりありましたが、その他の点では、あそこもすでに荒廃の徴候が不気味に表立って来ていました。妻はベルリンで新しい住居を探していて、シュラハテンゼーに見つけたらしいのですが、そこへ移るのかどうか、移るとしていつどのようにか、今はまだまったく分からない状態です。一昨日、妻がクロッペンブルクのアーニマのところへ行くと言うので、途中のハーゲンまでついて行ってやりました。そのとき駅で空襲警報があって防空壕に待避したのですが、そこでキルヒホルストのあなたの奥様に一筆したためました。私たちはあなたのご一家を非常に羨ましく思っています。私はとくに私の代子アレクサンダーに憧れています。

いろいろ計算しても、計画を立てても、すべて無意味になります。すべての社会的存在はこうした計算や計画だけで成り立っているのにです。私が苦しんでいるのは、現在の放浪生活のさまざまな不如意よりも、空襲警報のたびに強要される保護と服従の不条理な不均衡さです[1]。最低限の論理は人間の存在に必要なもので、聴覚における小粒子のように、これがあってこそ初めて平衡が保たれます。急流の中でもこうした最小限のものはあって、私の最大の保障は黙せる森の中を散策することです。クリスマス前の待降節は春よりも美しく、つまりはより現実的です。この前、レーナウの「森の歌」を読んでいて、次のような詩句に出会いました。

聞こえる範囲を越えたはるか彼方に、
ほかの人たちには聞こえない声が、
流れて行くのをメルリーンには聞こえる。

この「聞こえる範囲を越えたはるか彼方に」は何か漂い流れている感じがあります。文法的にかかっているところが揺れ動いているからです。つまり聞こえない声、それが聞こえないほかの人たち、それが聞こえるメルリーンのどれにもかかっているようです。これは素晴らしい。レーナウには多くのいい加減なところもあるようですが、にもかかわらず、彼は真のアンテナです。

H・ボッシュについてヴィルヘルム・フレンガー博士[2]

が大著を書いていて、非常にいいものになるようです。私は六月にスペインへ行ったとき、プラドの美術館で多くの細かなことを仕入れて、博士に教えてやりました。とくに「快楽の園」について。スペインでのボッシュの伝統はきわめて奇妙なもので、もしスペイン人がボッシュの絵を救い出さなかったなら、オランダで荒れ狂った画像破壊運動で灰燼に帰していたでしょう。

　ヴァルター・シューバルトについては努力してみましょう。このテーマは私にとってきわめて重要です。ヨーロッパは今日、自らの精神の子供たち、その申し子たちの前にいるのだからです。目の前にしているのは、以前のように、サラセン人やモンゴル人といった異人種ではないのです。

　この前、私はイザヤ書第一七章一四節[3]を開いたことでした。

　また近いうちにお便りをください。

敬具

あなたのカール・シュミット

プレッテンベルク　Ⅱ

一九四三年十一月二十八日

1　保護と服従の関係はシュミットの国家解釈にとって設権的な意味をもつものであった。『政治的なものの概念』（一九三二、五三ページ）には、「一国民が政治的生存の労苦と危険を恐れるなら、この労苦を肩代わりしてくれる他の国民が現れ、〈外敵に対する保護〉を引き受け、政治的支配をも引き受けることになる。この場合、保護と服従という永遠の関連によって、保護者が敵を定めることになる。この原理に基づくのは、領主と家臣、指導者と従者、保護貴族と庇護民という封建的な秩序関係だけではなく……保護と服従という連関なしには、いかなる上下関係、いかなる合理的な正統性・合法性も存在しない。保護するがゆえに拘束するというのが、国家にとっての、われ思うゆえにわれありであって、この命題を体験的に自覚しない国家理論は、不十分な断片にすぎない」とある。『リヴァイアサン』（一九三八、六九ページ）にも同様の記述がある。シュミットはナチ国家の中にこの関係がテロ対策や恣意的な法律などさまざまな形で取り上げられていると見ていた（『リヴァイアサン』の一九九五年の新版のギュンター・マシュケの序文参照）。しかしまた敵の攻撃を阻止することが国家にできないこともここで指摘される。ユンガーは『パリ日記第二部』の四三年十二月十四日の項にこのシュミットの手紙について述べている。これについては、シュミットも『グロサーリウム』の四八年四月十七日の項で言及している。

2　一五七ページの注参照。

3　イザヤ書第一七章一四節、「夕暮れには、見よ、恐れがある。まだ夜の明けないうちに彼らは失せた。これはわれわれをかすめる者の受くべき分、われわれを奪う者の引くべき籤である」。

ユンガー様

拝啓　ケルンに住む私の弟[1]はポーの愛読者ですが、蔵書をこちらに運び込んで来まして、ここ数日、私は再びポーを読んでいます。言葉の創造力についてのポーの談話[2]は、vis verborum〔言葉の力〕の周りで動いている私の考えの重要な点で同感できるものでした。言葉の力はアラビア人のアヴィセンナ[3]やアヴェロエス[4]には欠けているとイタリアの人文学者ヴァラ[5]は言います。言葉の力について何も知らないこうした人たちを尊敬すべきかと、ヴァラは問います。ところで重要なことは、ビスマルクが一八六六年、あの決定的な瞬間（リベラル派との和解）にIn verbis simus faciles〔言葉でやれば楽にできる〕[6]と発言したことです。このIn verbis simus facilesが私にはますます重大なものになっています。それは非常に高度な営林監督官[7]の職務なのですから。

近くまたベルリンに行かねばなりません。しかし私宛のお手紙はプレッテンベルクの方にお願いします。妻は身体の調子がよくないのですが、一緒にベルリンへ行くと言ってきません。「さて、ペトロヴィッチ、これからも先へ行くだけ」というわけです。

クリスマスはどこで、どのようにお祝いをすることになるのでしょう。グリューニンガー大尉[8]について何かご存じはありませんか（ポーにグリューニンガーという人物が引用されているのでお聞きするのです。『Hortulus Animae（微風の小庭園）』の著者です）。また近々にお便りをください。

敬具

あなたのカール・シュミット

プレッテンベルク　II（ヴェストファーレン）

一九四三年十二月九日

1　四二七ページの注参照。

2　ポーの散文詩「ユリイカ」（一八四八）の中に出て来るもの。

3　イブン・シーナー（九八〇—一〇三七）、アラビアの医師で哲学者。

4　イブン・ルシュド（一一二六—一一九八）、アラビアの医師で哲学者、アリストテレスの解釈者として大きな影響を及ぼす。

5　ロレンツォ・デラ・ヴァラ（一四〇七—一四五七）、イタリアの人文主義者。ローマ教皇の世俗的支配権の根拠とされた、いわゆるコンスタンティヌスの寄進状が偽書であることを文献学的に証明した。

6 ビスマルクは、国家予算なしに行われる行政に関して、国家の代表機関が事後の承認を求められることを国王に開会式辞で告知するよう求めた例の会談を、この言葉で締めくくっている（『思考と回顧』）（四一ページの注も参照）。ビスマルクは「議会の敵に対して、政治的なものであれ、言語的なものであれ、黄金の橋を架けることで、プロイセンの平和を打ち立て、この堅固なプロイセンの基盤の上に国王のドイツ政治を継続させることが肝心」としていた。

7 営林監督官の職務とは、『大理石の断崖の上で』の第二章で、秘密に包まれている営林監督官が、「秩序の仮面」をかぶって破壊的な政治を行う権力者、狡猾だが、同時に愚直な感じを与える支配者として描かれていて、ここではこの意味でのもの。

8 一二八ページの注参照。

シュミット様

拝啓　昨夜、またあなたの夢を見ました。私はボーデン湖を見渡せる丘の上で一緒に食事をしようとあなたを待っていました。そこには一羽のガチョウがいました。甲虫のとくに新しい種類を確定していたのに、なかなか収集ができず、樹皮の下にいるそいつを狙っていると、山の下からあなたが奥様と一緒にやって来るのが見えたのでした。

ほかの人があなたについてこんな夢を見たのであれば、嫌な感じに解釈することができるかもしれませんが、私の場合は逆です。甲虫は私にとって自然の宝石なのですから。象徴的な意味、とくに夢解釈がいかに微妙なものなのかは、あなたもご存じの通りです。

このことから、私は——この考えはもともとカールス[1]に由来すると思うのですが、天使の普通の描写が、純粋に解剖学的に、また心理学的に見て、あのような翼では飛び上がることができないというかぎりで、間違っているのだということを、再三に読むことになりました。しかしそうだとすると、ヘルメスとその小さな翼についてはどう考えたらいいのでしょうか。現在の学者たちが象徴の意味の領域にあえて賭けているとすれば、これは何とも滑稽なことではないでしょうか。彼らは松葉杖をついてでなければやって行けないのです。

あなたが「言葉の力」についておっしゃっていることは、正しいと思います。私が思いますのは、そこにはまた千一夜物語[2]の「開けゴマ」があることです。偽の兄弟は魔法の呪文を忘れて、ゴマではない別の実、ソラマメとかキビとかモロコシとかと唱え、宝の蔵の扉は開かずじまいです。これが「言葉でやれば楽にできる」ということでしょうか。

お尋ねのグリューニンガーはシュパイデル将軍のもとにいますが、今、身体を壊しています。黄疸があり、胃の具合もよくないようです。

こちらでいつまたお会いできるでしょうか。

今、目の前にあるような大きな破局においては、私はときにこんな疑念を抱きます。テーベ[3]の僧たちの予測したもの、夢見たものもさして鋭いものではなかったのではと、あるいは、彼らは成層圏のある種の誘惑に屈していたのではないかと。——私たちは今その尻拭いをしなければなりません。しかし多分、そう願いたいのですが、私たちは彼らの夢の終わりにまでは達していないのでしょう。ヒエロニムス・ボッシュはこの状況をどうやら知っていたようです。

奥様とアーニマによろしくお伝えください。敬具

あなたのエルンスト・ユンガー

〇六六六一、一九四四年一月十日

1 カール・グスタフ・カールス（一七八九—一八六九）、医師、自然研究者、哲学者かつ画家。とくに一八四六年に出版された『プシュケ、魂の発展史のために』によって有名。この書は一九二六年にルートヴィヒ・クラーゲスによって新版が出されている（一三四ページの注も参照）。

2 ユンガーは生涯にわたって『千一夜物語』の愛読者であった（彼の「『千一夜物語』のためのノート」参照）。

3 エジプトのナイル中流にあるテーベの周辺には四世紀以来多くの隠者や僧侶が住みついていた。

ユンガー様

拝啓　私は何年も前から一冊のフランスの書物を探していますのに、いまだに手に入りません。それはバルベ・ドルヴィリ[1]の書評（『クリティーク・ディヴェルス』誌、三四七ページ以下）によれば、極度に興味深いもののようです。アルダン・デュ・ピク大佐（一八七〇年、メッツで戦死）の一八八〇年に遺稿をもとに刊行された『戦闘の研究』で、アシェット社から出ているものです。それを探し出して、写真複写はできないでしょうか。「根こそぎにされても」あとから住居や書庫を建てるのに似て、書物やメモ類とは数知れず再会できるのですが、この大佐はすべてのものの中で最も重要なものとして新たに私に立ち向かって来ました。パリでそれを見つけ出すよう一度試みていただけませんでしょうか。A・E・ギュンター[2]にもそのことを話したことがあるのですが、五—六年前のことです。しかし彼は何も反応を示しません

でした。

甲虫についてのあなたのテーマはまことにユニークなものと思います。シュラハテンゼーの新しい住まいでは、私はまだ夢はさっぱり見ません。空爆はずっと続いていますが、これまで私たちは何とかうまく耐えてきています。シューバルトの東方の魂についての書はポーピッツ大臣の蔵書の中にあるとのことですが、箱に詰めて防空壕にしまってあるそうです。彼はそれをちゃんと読んでいて（十年も前のことなのに）、ロシア人をヨハネ福音書に歴史的に組み込んでいるきわめて重要な書との記憶があるそうです。私はブルーノ・バウアー[3]の『ロシアとゲルマン精神』（ベルリン、一八五三）を再読しました。ブルーノ・バウアーの遺品は一九二五年以来、モスクワにあります。

あなたは五世紀のテーベでの出来事と二十世紀のクーアフュルステンダムの破壊との関連についてお書きになりましたが、これは見る目をもっている者にはすぐに理解できるものです。

敬具

つねにあなたのカール・シュミット

ベルリン＝シュラハテンゼー

シェーネラーツァイレ街一九番地

一九四四年一月二十八日

1　ジュール＝アメデー・バルベ・ドルヴィリ（一八〇八―一八八九）、フランスの作家、とくに批評家として高名。文学的カトリシズムの初期の代表者。

2　二五ページの注参照。

3　八〇ページの注参照。

シュミット様

拝啓　かなり精力的な仕事をしているK〔カイパー〕宛の手紙のコピーを同封します。キルヒホルストから手紙を差し上げましたが、届きましたでしょうか。あなたの原稿はエプティング[1]を信頼して、彼に託しました。彼とは昨日、出会ったのですが、そのときドリュー[2]にも会いました。あなたによろしくとのことでした。連日の空襲にも被害を受けず、ご無事でありますようお祈りしながら。

敬具

あなたのエルンスト・ユンガー

〔同封の手紙〕

W・カイパー出版社

秘書課宛

一九四四年三月一日付けの貴社の書簡に次のようにお答えします。貴社より通知のあった書は検討の状態をまだ抜け出ていないため刊行は見合わせたいと思います。カイパー氏のお申し出はまことにありがたいのですが、これに対しての私の返答はまったく理論的になされたもので、現在、私には文学的計画に携わる余裕がまったくないのです。それゆえ貴社の宣伝用パンフレットに載せるのも時期尚早で、そんなことになれば、私に対して憤激の問い合わせが殺到することになります。それゆえお願いしたいのは、貴社の計画に対して最終的な決定の通知をするまでこの件の出版計画を取り下げていただきたいのです。

敬具

ＥＪ

野戦郵便　〇六六六一、一九四四年三月七日

1　一二〇ページの注参照。

2　一二八ページの注参照。

ユンガー様

拝復　あなたのキルヒホルストからのお手紙はきちんと届いています。昨日はパリからのお便りも拝受しました。まことにありがとうございます。そのうちもっとゆっくりお便りをしようと思っているのですが、今日はこのお手紙を拝受したことをお伝えするだけにして、ダーレムの私たちのコローヌス[1]が最新の情報を提供してくれて、彼が思慮深い人物だとの印象を受けたことをお伝えします。ちなみにすべては十分な時間をもっているように思えます。

とくにお礼を言わなければならないのは、『アフリカ遊戯』のフランス語版をお送りいただいたことです。送り主は「ハッティンゲン[2]」となっていました。私はそれをまったく新しい本のように読みました。ただ一瞬が（つまりアフリカに再び新しい顔と形姿が導入されると、回廊か万華鏡の印象が生まれる一瞬が）まったく素晴らしく、私にはドイツ語版よりはるかに強烈で、はるかに象徴的で、野蛮人や辻強盗たちの中での若きトビーアス[3]の神話さながらです。そのうちにこのことはもっと詳しく説明しようと思います。この作品の核心は、ドイツ語によるよりもフランス語のプリズムを通した方がはるか

によく見えるように思われます。

今日のところは取り急ぎこれまで。先週も連日のように空襲があり、シュラハテンゼーもひどくやられました。わが家は扉と屋根と窓が壊されましたが、何とか修理ができる程度で切り抜けられました。

原稿のお世話に厚くお礼を申し述べて、ペンを置きます。

敬具

あなたの変わらぬ旧友カール・シュミット

ベルリン＝シュラハテンゼー

一九四四年三月十四日

1　ラテン語で移民（Siedler）の意味で、おそらく次の手紙に出て来るジードラー博士のことと思われる。

2　おそらく四七年一月三十日のユンガーの手紙に出て来る友人のハッティンゲン。『漂白の七十年　Ⅲ』でパリの幕僚部での出会いと対話に触れている（八三年三月二十四日）。

3　神の使いラファエルの導きのおかげで、若きトビーアスは恐ろしい危険を免れることができる。

シュミット様

拝復　ベルリンの瓦礫の山の中に短期間滞在しましたが、[1]その中で気持ちよく過ごせたときの一つが、シュラハテンゼーのお宅をお訪ねしたときでした。お宅のご家庭の様子がほとんど変わっていなかったのには、本当に驚きました。すっかり整えられたのですね。真珠貝のように秘密のうちに中身が出来上がったのでしょうか。妻も私からこのことを聞いて大層喜んでいました。

ジードラー博士[2]があなたにお電話をしたことと思います。博士がベルリンに滞在していたことは幸運でした。博士は実際にこの事件[3]に関与しているのですから。とにかく私は博士が好ましい冷静さをもっているのを知っていました。他のすべてに増して、時間の節約を考えているのです。今日では、誰かが時間をもっているかどうか、待つことができるかどうかが、実際のところ一番の問題です。そのほかにも、二つの可能性、あるいはまた三つの可能性を見るかどうかも問題です。とにかく、賭博なら胴元の側に立たねばなりません。

こちらへ帰る途中にブルーノ・バウアー[4]を読み、その短い文章の中に幾つも重要な個所を見つけました。バウアーの刺激を受けて、もっとピロ[5]に取り組まねばと思うようになり、パリでピロの作品をもう一度読み直そうと思っています。弟のフリードリヒ・ゲオルクと話し合っているうちにこの哲学者に対して私は偏見をもっていたことが分かりました。ブルーノ・バウアーのニーチェへの影響[6]は証明できるのでしょうか。ニーチェは書簡や作品の中でバウアーの著書に言及しているのでしょうか。バウアーと彼の兄弟たちは広く知られていて、アクチュアリティーを備えていたのですから。私はまさにこの関連であなたにシューバルトを参照するよう指摘できるのを喜んでいます。

私は今もシュラハテンゼーの駅であなたと交わした会話をさまざまに思い出しています。あのときあなたは若者たちについて話されましたが、彼らは老成して石器時代にまでも遡るほどだとか。この国はおそらくこれまでかつて若者がこんなに少なかったことはなく、昆虫のように、幼虫の時期が短く、その後すぐに一人前の成虫になってしまいます。こうした連中に対する私の関係は、郵便配達人のそれのように思われます。重要な手紙を届けるのに、彼らはそれを受け取らずに、郵便配達人の制服の色だのボタンだのについて言い争うのです。もしこうした連中が私の人生を送らねばならないとすれば、もちろんのことにはるかに浅薄な生を送ることになるのでしょう。このことを私は確信します。彼らは勇気とは何か、精神とは何か、尊厳とは何かも知らないからです。彼らの勇気は低級なもので、彼らは本当の危険を避けて通ります。精神的なものにおいて、彼らはワンダーフォーゲルの連中より低く、学生組合員たちより低く、青年派様式の連中にももちろん劣っています。最後に倫理的には、こうしたくだらない連中の無神経さはかつてなかったもので、連中は信じられないほど他人の苦しみの近くにいることができるのに、それに関与することがないだけでなく、そもそもそれを見ることさえしないのです。それゆえまた彼らは無神経さと英雄的様式を混同しています。そんなに形而上学的意図をもたない世代もかつてありませんでした。それゆえ苦痛も彼らに加えられることになります。彼らは自分たちが立っている存在、使い古される存在にふさわしいものだったのです。彼らは、自分たちに割り振られている役割を知っているのなら、きっともっと謙虚になっているでしょう。

ここにボードレールの詩句[7]を引用します。「暗殺者の葡萄酒」の九行目です。

「このごろつき野郎……」

私は土曜日の正午にパリへ向かって立ちます。パリで再びお会いできればと思っています。その前にキルヒホルストでお会いできなければ、ベルリンででも。この時局、その後もあなたとご家族のこれまでに変わらぬご健勝をお祈りしています。

敬具

あなたのエルンスト・ユンガー

シュミット教授様

大分前のことになりますが、あなた様についていろいろと良き知らせをお聞きし、本当に嬉しうございました。中でも廃墟の中にオアシスをお見つけになられたこと、お喜び申し上げます。あなた様ご夫妻とあなた様のお宅を知ることなくベルリンを訪れることは、私には何の魅力もないものでございます。

　キルヒホルストがどんな具合かは、あなた様もご覧になりました通りで、「何とか生きている」という状況でございます。それだけでもありがたいのですが、満足というわけにはまいりません。私どもが泳いで渡っている川は、川幅がますます広くなっていますが、それでも向こう岸が見えています。

　ショール夫人[8]がシュラハテンゼーへ行きたがっておりましたのに、どうしても時間のやりくりがつかなかったそうでございます。

　いつまたお会いできるのでございましょう。

　あなた様と奥様のご健勝をお祈りいたしております。

かしこ

あなたのグレータ・ユンガー

［発信地なし］一九四四年三月二十六日

1　ユンガーのベルリン滞在は、長男のエルンスト（エルンステル、一九二六年五月一日生まれ）が逮捕されたため。エルンストは十八歳で海軍救援隊に入っていたが、ヴォルフ・ヨーブスト・ジードラー（一九二六年生まれ）とともに、政府批判の言辞および「抵抗グループ」の形成のかどで逮捕され、懲役刑の後、保護観察下でイタリアの前線の戦車隊に配属された。この経緯については『パリ日記第二部』や『キルヒホルスト草紙』に述べられている。エルンステルは四四年十一月二十九日にカラーラの大理石の山で敵軍と遭遇、頭を撃たれて戦死。ユンガー夫妻がエルンステルの戦死の通知を受けたのは四五年一月十一日のことであった。夫妻はエルンステルが「戦死」ではなく、「殺害」されたのではと疑いを抱いていたが、九五年になって初めてエルンステルの戦友からの手紙で疑いが晴れている（『漂白の七十年　V』、九五年三月十四日の項参照）。

2　長男エルンストの友人ヴォルフ・ヨーブスト・ジードラーの父。

3　注1の長男エルンストの件。
4　八〇ページの注参照。小論はバウアーの『ピロ、シュトラウス、レーナウと原始キリスト教』（一八七四）と思われる。
5　ピロ・ユダエウスあるいはピロン・フォン・アレクサンドリエン（紀元前二五―紀元後五〇）、ギリシャのユダヤ人哲学者。モーセ五書とギリシャ哲学との両立を証明しようと試みた。シュミットとユンガーにとって興味があったと思われるのは、バウアーがピロとセネカをキリストとパウロに代えてキリスト教の本来の始祖と見ていたことであった。
6　ブルーノ・バウアーのニーチェへの影響は、すでに一九二七年にエルンスト・バルニコールがその著書『三月前期に発見されたキリスト教。ブルーノ・バウアーの宗教とキリスト教に対する戦い』で指摘している。バルニコールのこの書はシュミットの遺品に含まれている。四七年十一月十三日の手紙参照。
7　五九ページの注参照。
8　ショール夫人、グレータ・ユンガーのベルリンの友人。

ユンガー様

拝復　三月七日のカイパーについてのお便りのお返事として同封の書面[1]をお送りします。

　復活祭にはパリにいらっしゃいますか。私は四月中旬にスペインとポルトガルに参ります。万事順調に行けばですが。私が一番楽しみにしているのは、プラド美術館のH・ボッシュとパティニールの絵です。

　ボッシュについてのポール・ラファン[2]のフランス語版の書を手に入れることができませんか。一九〇〇年頃に出たもののようです。ウィーンのシュロル社から再版で出ている新しい原色のものは、けばけばしすぎて、気に入りません。描き出されている絵の個々の部分を妨げているのです。

　よき復活祭をお迎えになられますよう。妻からもよろしくとのことです。

敬具

つねにあなたのカール・シュミット

　私たちはこの前、上等のバルサックを一本開けてあなたのお誕生日をお祝いしたことです。この一本は秘密に手に入れたものです。そしてあなたの五十歳のお誕生日のお祝いにいろいろの計画を立てたことでした。

ベルリン＝シュラハテンゼー

一九四四年三月三十日

1　これは残されていない。
2　ポール・ラファン、『ヒエロニムス・ボッシュ、彼の芸術、彼の影響、彼の後継者たち』（一九一四）。

シュミット様

拝啓　ベルリン空爆についての知らせが、残念ながらあまりに頻繁に届くのですが、そのたびにあなたのことを思い、そのたびに悪運はお宅の門の前を通り過ぎるようにとお祈りしています。

　その後にポルトガルにいらっしゃったのですか。[1]この機会にパリに立ち寄られて、お会いできればと願っていました。ところが旅行はほとんど不可能になっていて、この近辺では自動車でも安心して走れない状況です。[2]この前、友人のＳｐ〔シュパイデル〕を尋ねたときも、まったく突然に下車させられたことでした。ときどき彼に会いに行くのですが、歓待してくれて、ワインを飲みながら楽しく語り合います。その場にあなたもいらっしゃればとよく思います。六月六日の前の歴史的な夜[3]にも、彼の幕僚部にいて、真夜中に帰途についたのでしたが、そのすぐ後に、初めて落下傘で降下した狙撃兵が発見されました。

　エルンステルは今、私が昔いた連隊で戦車の擲弾兵になっています。ジードラーの息子も同じ中隊にいます。今、私は三年間過ごしたこの町に別れを告げる準備をしていますが、この町が戦禍に巻き込まれないことを願っています。ラファンのボッシュ論は探してみます。あまりあてはありませんが。ところで私の方も最後の瞬間まで書物にこだわっていて、この前もプレイヤードの全巻を手に入れました。

　奥様にもくれぐれもよろしくお伝えください。

敬具

あなたのエルンスト・ユンガー

〇六六六一、一九四四年六月二十七日

1　シュミットは一九四四年三月と六月にポルトガルのコインブラとリスボンで講演を行っている。

2　『パリ日記第二部』の四四年五月二十六日の項に、今は自動車で行くときもいつも自動小銃を「膝の間に」置いておくと記している。

3　連合国軍のノルマンディーへの侵攻の始まった日。『パリ日記第二部』のこの日の項参照。

シュミット様

拝啓　クリスマスの前にこちらでお会いしたいと思って

いましたが、時代のさまざまな障害のためにそれもできないままです。もちろんときどきに来客はありまして、一昨日はあなたのお弟子さんのクラーマー・フォン・ラウエ氏[1]が来ておりました。氏は二度目の重傷を負って松葉杖をついて足を引きずっていました。氏はあなたにフランスのコニャックを一本送ってもいいだろうかと私に尋ねますので、あなたが何もそれを悪く取ることはないだろうと、請け合ってあげたことでした。

私は今、熱心にレオン・ブロイ[2]を読んでいます。ブロイの著作が残したものは悲しい時代に真の慰めをもたらす仙薬なのですから。彼の生涯は金銭に縁のない惨めなもので、これは実際は私たちの今の全体的な苦境に劣るものではなく、それどころかおそらくはもっと苦しいものだったでしょう。具体性がより少なかったからそうなのです。彼には耐えがたい個所があったのですが、それが今は私には不快感を与えなくなっています。本質的にそれらは彼の身上なのですから。数年前に私は「ダイヤモンドと糞尿の双子の結晶」[3]との判断を下したのでしたが、それは今でも正しいと思っています。しかし当時はまだ、そこに人間一般の定義が含まれていることを見ていませんでした。そしてブロイは重要な意味で人間なのです。この状態の光と影が彼において非常に強く歩み出ています。

昨日、私の弟のフリードリヒ・ゲオルクの『技術の完成』[4]が届きました。この書は、著者に出版社から送られてきたものだけが配られたそうで、その意味では、愛書家の稀覯本に属するものです。この版はフライブルクの町が空襲にあって、千年かかって造られた町が二十分で壊滅したとき、焼けてしまったそうです。これが焼けて灰になったのは三度目なのです。ハンブルクでもう二度も灰になっているのです。ということは、技術はこの書には好意的でないと言うことができます。

私たちはしばしばあなたとあなたのご家族のことを思っています。何よりも良きクリスマスと新しい年により良き時間をお迎えになることをお祈りしています。

敬具

あなたのエルンスト・ユンガー

シュミット教授様

あなた様と奥様、そしてアーニマにクリスマスのお祝いの言葉を心をこめてお送りいたします。あなた様のお越しをずっとお待ちしておりましたのに、残念でございます。皆様のご多幸をお祈りするばかりでございます。ここ数か月、ここ数週間、熱病が流行って、大変な消耗を招いております。

エルンスト・ジュニアはボローニャにいるそうですが、知らせはめったにありません。あなた様の代子のカール・アレクサンダーは今夜、あなた様にお手紙を書くと言っています。スペインからの素晴らしいお土産にみんなが有頂天で、防空壕用トランクに入れる最も大切なものの一つになっていて、カール・アレクサンダーがその運び役になっています。大威張りなのが何ともかわいいことです。

奥様はいかがお過ごしでございましょう。奥様からお便りいただければ嬉しうございます。

皆様のご多幸をお祈りしながら、　　かしこ

あなたのグレータ・ユンガー

［キルヒホルスト］一九四四年十二月十七日

1　一六五ページの注参照。
2　二〇九ページの注参照。
3　四一ページの注参照。
4　九四ページの注参照。

友人とその御令室様侍史。エルネストゥス〔エルンストのラテン語〕は私たちを残して、先立って行きました。すべては無に帰することを知り、人の心を動かす神の、ものみなの運命を動かす神の意思を知って、死という事実もじっと耐えて行かれますよう。私の愛するカロルス・アレクサンデル〔カール・アレクサンダー〕にとくによろしく御伝言を。〔原文ラテン語〕

C・S

「ベルリン」一九四五年一月三十一日［葉書］

＊　シュミットの使ったこの葉書の表には次のような詩が書かれていて、

石炭盗人を捕まえよ！
そやつはガスを盗み、
光を奪い、
電気と石炭を掠め取る。
決して許すな！

発信人として「国民突撃隊員シュミット、二〇三／二大隊、目下テルトフ運河河畔のドライリンデン近郊アルブレヒトのテールオーフェンに駐留」とある。

シュミット様

拝復　あなたのお葉書を見て、何か心配になりました。それにお葉書は、あなたがあなたにふさわしくない状況にいらっしゃることを暗示するもののようにも思われました。私の読み方が間違っていないとすれば、あなたは「タール炉〔テールオーフェン〕」の中に住んでいらっしゃるのでしょうか。

　私も今、国民突撃隊に加わっています。キルヒホルストと周辺の村の防衛の中隊長に任命されたのです。しかしこうしたことはあなたの場合と比べると、きっと大したことはないのでしょう。

　今、私は主に海難事故についての報告をいろいろと読んでいます。[1]パリでそれについての論文集を手に入れていて、それがここで宝庫として役立っています。国法上から見ると、海難事故にはさまざまな情報が満ちています。[2]そこには破局のすべての要素が含まれ、秩序を保って沈んで行く人間の資質とともに、また秩序に左右されない資質も明らかにされています。最近の歴史はタイタニック号の沈没で始まります。当時すでにそこに前兆を見ていた人がいました。

　エルンステルの死は本当に悲しいことです。私たちはここ数年の休暇の日々に湿原を散策しながらさまざまな話題で話し合っていました。森のほとりを通り過ぎるときに、彼は私に言いました、「彼岸のことについての好奇心がときにひどく強くなり、死ぬことを待ち望むほどになることがあります」[3]と。私は彼についての短い報告を受けましたが、そこから私は、彼が少なくとも死を回避しなかったのだと推測しています。私はこの若者のために記念碑を立てることが許されるのではないかと思っています。この二年間に私は、父と息子と生まれ故郷の町を失いました。

　私たちは今、大渦巻きの渦の底にいます。[4]知人、友人、兄弟がこの上ない危険にさらされています。にもかかわらず、私はここ数か月、あの人たちの個々のことをあなたとワインを傾けながらじっくり話し合いたいと思うようになっています。私にとってこの時代で最も不愉快なのは、その背景をともに語り合う人を見いだせないことです。知性の全体はプロとコントラの中に消滅しています。煙の中に光もなく暗闇に閉ざされたままです。恐るべきは若者たちの形而上学的貧困化ですが、クラーマー・フォン・ラウエ[5]はよき例外の一つです。

　あなたと奥様のご健勝をお祈りしつつ。　敬具

あなたのエルンスト・ユンガー

追伸　今は再びフラヴィウス・ヨセフスを読まねばならない[6]のではないでしょうか。エルサレム攻防戦の際のユダヤ人の粘り強さは異常なものです。異教への帰還、先祖との結びつきへの帰還が存在しないということは、この時代の経験の一つです。あるのはただ、旧約と新約の選択だけです。新約への攻撃はどんなものも旧約を利するものです。

このことは、ユダヤ人のモラルの途方もない拡大の理由の一つです。このモラルが、このモラルを厳守しているユダヤ人の放逐によって、今かえって放辣で害毒を及ぼすものになっていることを別にしてもそうなのです。そこには盲目の意志が不合理に働いているような、何か不気味なものがあります。

EJ

親愛なる友人シュミット教授様

私たちは毎日のようにあなた様のことを思っています。私たちが祈念できますすべては、「それでもなお」ということでございます。あなた様ご一家がこの最後の段落を無事切り抜けられることをお祈りしながら、またお会いすることができますよう、私はこの考えを決して捨てないつもりでございます。

私たちの子供は今、あの子を失ったことが私たちに意味するものすべてを果たし終えています。ご存じのように、それは私たちに降りかかることのできる最も過酷な打撃でございました。それと比べれば、私たちを取り巻くすべては無意味で、恐ろしいかぎりでございます。私にはどこにも慰めは見つけることができないでおります。

あなた様の近況をときどきにお伝えくださいませ。私どもは心配いたしておりました。

皆様のご多幸をお祈りしつつ。

かしこ

あなたのグレータ・ユンガー

キルヒホルスト、一九四五年二月十日

1　書物の題名はあの時代の日記に記されている（『キルヒホルスト草紙』四四年十二月二十九日、四五年一月七日の記述など参照）。それに先立つ『パリ日記』にも、そうした書物をいろいろと買い込んだ記述がある。

2　『キルヒホルスト草紙』四五年一月二十六日の記述やシュミットの四五年三月十四日の手紙参照。

3　『キルヒホルスト草紙』四五年一月十七日の記述参照。

4　一二〇ページの注参照。

5　一六五ページの注3参照
6　ヨセフス・フラヴィウス（三七／三八—一〇〇頃）、ユダヤ人の年代記編集者、とくにユダヤ戦争の記述で有名。

ユンガー様

拝復　二月十日付けのお手紙、二月十九日に届きました。お手紙は私にとって大きな慰めになるものです。エルンステルの言葉は若者らしい美しさをもつものです。エルンステルの姿は今もまざまざと目の前に浮かびます。それはとくにブーフホルツまで歩いて行ったときに目に焼きついた姿です。あれはたしか一九四二年の四月のことだったと思いますが、私がキルヒホルストを訪問した後、あなたと彼が私を送ってくれたときのことでした。

しばらくの期間、私は国民突撃隊から休暇をもらったのですが、休暇になって初めて、国民突撃隊に入っていることにもある種の利点があることに気づきました。リヴァロール[1]の晦渋さについての文章という意味においてです。ところで、あなたは「タール炉[2]」をそうしたものとして正しく認識されていました。しかしそのときアネッテ・フォン・Ｄｒ・Ｈ[3]の詩「緑の木曜日」を思い出して、そこに私は私の魂のすべての根をもって沈潜したのでした。一言一言に、一行一行に、その祈禱書の韻律のリズムの中にです。このリズムが単に抒情的な美しさの前に立つ防壁のように、詩の周りを取り囲んでいるのです。詩「徹夜した夜」を知るようになったのもあなたのおかげです。この「緑の木曜日」も、力づけられようとして「徹夜した夜」を探していたときに、出会ったものです。この緑の木曜日はカレンダーを見ると、今年は三月二十九日になっていて、今、私は子供のようにその日を待ち望んで生きています。

旧約と新約の関係についてあなたがおっしゃったことは、まことにその通りで、今日、私たちに起こっていることについての鍵でもあります。一八五三年に出されたブルーノ・バウアー[4]の反ユダヤ主義の論文『異郷のユダヤ人』の結論部にこう書かれています。「しかし結局は神はユダヤ人もお作りになったのであって、われわれが彼らを打ち殺すなら、われわれはみな彼らの立場を取ることになる。」あなたが一、二年前にお尋ねになったヴァルター・シューバルト[5]の『ヨーロッパと東方の魂』が手元にあり、その後に読んだのですが、残念ながらたった一時間だけでした。一九三八年にルツェルンのヴィタ・ノヴァ出版社から出たものです。シューバルトの遺稿がC・H・ベック社から『宗教とエロス』として出されました。手に入れようと思っています。

昨年の五月の私のスペイン旅行についてあなたに報告したいことがありました。私はグラナダで何人かのアンダルシアの友人に助けてもらって、その地で作られる甘いシェリー酒アモンティラドをしかるべき場所でしっかり学ぶことができたのでした。アモンティラドの村で出来るヒェレスのような甘いワインで、この村の名がついています。私はついポーはその短編でヒェレスではなく、このアモンティラドを念頭にしていたのだと推測しがちになります。[6]

妻はあなたの奥様にお手紙を差し上げようとしばしば思っておりますのに、できないままでいるようです。エルンステルが亡くなったとの知らせを聞いて、彼女はさめざめと泣いていました。あなたのご一家三人と近くお会いしたいとの私たちの願いは日毎に慕っています。叔父のハンスが二月二日にこの世に別れを告げました。

ブールマイスター博士[7]の旅が実現しますれば、博士にあなた宛の手紙を託すつもりです。もちろん、私自身があなたのところへ行くか、あるいはあなたが私たちのところへおいでになれれば一番よろしいのですが。あなたと奥様のご健勝を祈りながら。　敬具

つねにあなたのカール・シュミット

ベルリン＝シュラハテンゼー

一九四五年二月二十五日

1　これについて詳しくは、五五年八月十日以降の往復書簡参照。
2　一七九ページの葉書の発信人参照。
3　アネッテ・フォン・ドロステ＝ヒュルスホフ（一七九七―一八四八）、抒情詩人で小説家、シュミットがとくに尊敬していた。ユンガーもシュミットから教えられてこの「緑の木曜日」を愛読している。
4　三九年四月二十六日の手紙参照。もっともそこでは出版年は正しい一八六三年になっている。
5　一六五ページの注参照。
6　三一年八月二十三日の手紙参照。
7　シュミットと文通があった参事官で工場経営者のヴィルヘルム・K・F・ブールマイスターのことと思われる。

ユンガー様

拝啓　あなたの五十歳のお誕生日に少なくともこの手紙で同席する試みをしてみたいと思います。私たちの大きな世界、小さな世界がどのような姿を見せるかは成り行

きに任せるしかありません。あなたと私の二人は、もう久しい以前からレオン・ブロイの文章、人間は明日の日については死後の生についてよりも知るところがないという文章、を反芻してきているからです。それゆえ、私は惑わされることなく、私たちがこの誕生日のお祝いをもう一度取り戻すことができるという希望に表現を与えようとさえ思っています。あなたはキルヒホルストでお誕生日をお祝いするのだろうと思いますが、そのとき、奥様とカール・アレクサンダーとご一緒に私たちのことも思ってください。私はあなたにワインを何箱もお送りすることを空想の中で思い描いています。バルカンやスペインやポルトガルで新たに発見した上等のワインをです。そのほかにも、もしあなたがお持ちでないなら、一七八〇年に出た大きな何と二十七巻もの百科事典『ドゥ・ノフラージュ〔難破船〕』[1]をあなたのために手に入れたいとも思うのです。ここにはあなたのテーマについての膨大な資料が含まれているからです。最後にもう一つ、いわゆる例外状況[2]の道徳的に未解決の問題のすべての原型である「カルネアデスの板」[3]の美しいエッティングもです。

De nobis ipsis silemus〔私たち自身については黙っていましょう〕。『冒険心』は私をしばしば力づけてくれる適切な書物です。

妻も私の願いをともにしつつ、ともどもにあなたのご健勝をお祈りしています。アーニマはまだクロッペンブルクにいて、ここ二週間音沙汰がなくて心配しています。奥様にもくれぐれもよろしくお伝えください。そして私の代子カール・アレクサンダーには復活祭の日曜日に私からのキッスを与えてやってください。

お前は泣いている――しかし見よ、緑の野は笑っている。

敬具

つねにあなたの変わることなき旧友
カール・シュミット
ベルリン゠シュラハテンゼー
一九四五年三月十四日

1 ヴィルフリンゲンの書誌にはこの『百科事典』は載っていない。

2 「例外状況」はシュミットの思考において大きな役割を果たしていた（その著『独裁』（一九二一）、とくにその第二版（一九二八）の補遺や『政治神学』（一九二二）の冒頭の「主権者とは例外状況に関して決定を下す者」という有名な言葉参照）。ユンガーはその数か月前から短編「マシラーの小道」で倫理的な例外状況を取り扱っているが、以前から計画を立てていて、のちの小説『ヘリオポリス』（一九四九）でもこの試みを行っている。

3　カルネアデス・フォン・キュレネ（紀元前二一四—一二九）、ギリシャの哲学者。第三のアカデミアの創設者。影響力の大きな懐疑主義哲学の代表者で、確実な知と拘束的に立てられた判断を批判していた。彼の断章一五一番に「人を殺さないこと、見知らぬ人に触れないこと、これが正義であるのは自明のことである。ところで乗っている船が難破して、自分より弱い者が一枚の板を摑んでいるとき、正しい者はどうするであろうか。その男を板から突き落とさないだろうか。自分がその板に乗って助かろうとしないだろうか。海の真ん中で誰一人見ているものはいない。賢明な者なら、そうするだろう。というのも、そうしなければ、破滅するだろうから。しかし他人に暴力を振るうよりは潔く死のうとするなら、もちろんそれは正しいが、他人をいたわって、自らの命を救わない愚者である」とある。

ご注意！

あなたはあの偉大な〈リヴァイアサン〉について何かお聞きでしょうか。本書をぜひ読もうとする気になりませんか。ご注意ください！　本書は徹頭徹尾、秘義的な書であり、そこに内在する秘義は、あなたが本書に沈潜すればするほど高まります。そこでまずは手を離して、その書をあるべき場所に戻し、すぐそれに手を伸ばすことはしないように。手を洗っていようとも、マニキュアの手入れが済んでいようとも、あるいは時流に乗って血に染まっていようとも。この書が再びあなたに出会うかどうか、この書の秘義が開かれる人にあなたも属するかどうか、じっと時期を待ってください。この書の運命（Fata libellorum）とその読者の運命は、秘密に満ちた仕方で密接に関わり合っています。私はあなたに心からの友情をこめて言います、秘密に突き進むのではなく、あなたがふさわしい形でそこに引き入れられ、それが許されるまで待つのです、と。さもなくば、あなたはあなたの健康に害になる怒りの発作に見舞われ、破壊しうるものの彼方にあるものまで破壊しようと試みることになるでしょう。こんなことになるのは決してあなたにとっていいことではありません。それゆえ手を引っ込めて、この書をあるべき場所に戻してください。

心をこめて、あなたの良き友人

ベニト・セレノ

一九三八年七月十一日

一九四五年六月確認[1]
（「七年が過ぎて」[2]）

［シュミットよりユンガー宛］
［発信地なし。日付もなく、おそらく一九四五年六月と思われる］

1　『リヴァイアサン』の一九八二年の版（クレット゠コッタ社刊、ギュンター・マシュケ編集）の後書きには、『リヴァイアサン』のためのこの「メモ」は「一九四五年以後に」書かれたとされている。ここに記された「一九三八年七月十一日」という日付は、シュミットの『リヴァイアサン』が出版されたのが一九三八年七月だったことを示している。『カール・シュミット――弟子の一人（アルミーン・モーラー）との往復書簡』では、このテクストは四八年十二月四日の手紙との関連で再現され、「『リヴァイアサン』についてのカール・シュミットの宣伝用ちらし。出版社には用いられなかったもの」とされている（三八ページ）。ルート・グローは、その著書『世界の救いがたさに対する仕事。カール・シュミットの政治神学的神話と人間学』で、このテクストが「一九四五年以後に書かれたもの」で、それも「弁明の目的で〈ベニト・セレノ〉という神話を演出したもの」としているが、この日付の問題ははっきりしないことを認めている（一四〇ページ以下）。

2　この文句は、ヴァーグナーの「彷徨えるオランダ人」一・二や三・一の「さらに七年が過ぎた」を引用したものと思われる。

ユンガー様
拝啓　ハノーファーへ行くという近所の女性に私が生きている印のこの手紙を託します。あなた、奥様、カール・アレクサンダーはお変わりありませんか。まだキルヒホルストにいらっしゃるのでしょうか。私たちは苦境を何とか切り抜けて、以前からの住まいで生活しております。来月にはアーニマに会いにクロッペンブルクに行くことができそうです。四月の初めから会えないでいますので。彼女の住所は、クロッペンブルクi・O、駅前通り、ゲオルク・ヴェスリングさん方です。彼女のところに知らせを届ける可能性をあなたがお持ちなら、どうか試みてみてください。彼女の方はベルリンへは出かけられないらしく、私たちの方からクロッペンブルクへ行こうと思っているのです。

いつまたお会いできるでしょうか。私と妻から皆様に心からのご挨拶をお送りします。

敬具

つねにあなたの旧友カール・シュミット

ベルリン゠シュラハテンゼー
カイザーシュトゥール街一九番地
［シェーネラーツァイレ街の名称変更］[1]
一九四五年七月二十日

1　オーストリアの政治家ゲオルク・リッター・フォン・シェーネラー（一八四二―一九二一）は、その国粋主義と反ユダヤ主義で若きヒトラーに多大の影響を与えたと言われ、それを思い出させるものとして町名が変更された。

ユンガー様

拝啓　亡くなったポーピッツ大臣[1]の一番下の息子ハインリヒ・ポーピッツはゲッティンゲンで哲学を専攻していますが、あなたをお訪ねしたいと言っていますので、私たちのあなたへのご挨拶を託します。早目にご都合を伺うとのことです。ゲッティンゲンからだとキルヒホルストまで往復で二十四時間かかると言っています。私の代子カール・アレクサンダーに些細なものですが昨日やっと手に入れたもの二点、ポーピッツに持って行ってもらおうと思っています。このまったく好感のもてる若者を覚えていらっしゃいますか。子供の頃、一九三二年頃ですが、兄さんのハンスと一緒にあなたのところのエルンストとよく遊んでいたことでしたが。しかしこうした思い出を思い起こすなどは、今日、哀れな私たちにはほとんど許されないことのようにも思われます。

一九四五年、一九四六年に私はさまざまに瞑想する機会がありましたが、そのとき私の考えは再三にあなたに向かったものでした。E・Jについての新聞の騒ぎ[2]はもちろん私たちのキャンプ[3]にも伝わって来ていました。しかしそれは私には不信心な時代に神話が形成されるような非条理な手続きを観察しえたというかぎりでのみ興味のあるものでした。あなたからいただいたお手紙[4]に私はとくに感謝しております。あなたのお手紙は私にとって素晴らしい慰めでしたし、今もそうです。アネッテ・フォン・D・Hもその「入信の歳月[5]」でやさしい天使の姿を描いていましたが、コンラート・ヴァイス[6]の多くの言葉、多くの詩句も風雪に耐えているようで、私たちを励ましてくれます。ドイプラーは素晴らしい感覚を実証してくれています。肉体的、精神的苦痛のこのような状態の経験は、大変な苦痛をもって贖われたものです。実際、そのほかにはそれに対するどんな代価もなさそうです。つまりはそれについては仰々しく扱うべきではないのです。最近出版されたマルティーン・ベーハイム゠シュヴァルツバハ[7]の『苦痛の権化について』（一九四六年、ハンブルクのハンス・ドゥルク社刊）が私の中に次第に不信感を増大させているのですが、その理由がまさにこれです。著者は明らかにあなたの苦痛についての論文から感銘を受け、影響されて、同時にこの感銘と影響を凌駕しようと努力しています。茨の冠を装丁に用いているこの小冊子はあなたの目にもそのうち触れることでしょう。

　同封したメモ[8]は一九四五年の夏に思いついて、翌四六年の夏に書き留めたものです。Ｓｐｒ〔シュプランガー〕はその後ベルリンを離れ、テュービンゲンに移住しました。メモはまったくの個人的なもので、幾つかのこうしたメモと同様に、音声的な制約を受けた夢に誘われて出来上がったものです。たとえばトクヴィルについてのメモや、ベルリンの二つの墓（クライストとドイプラーの墓）についての別のメモ[9]、私のベルリンでの最初の学期の二人の教授[10]――その声はいまだに耳に残っていますが――についてのメモがそうでした。こうした夢を見るときは、しばしばひどく苦しくてうなされるのですが、私のためにそうした夢に含まれている奇妙な衝動を手放したくないのです。

　妻は数か月前からあなたの奥様に長いお便りを書こうと考えていたらしいのですが、やっとその目論見を実行に移そうとしているようです。ここ数か月にはさまざまに妨害や邪魔立てや嫌がらせや苦難があって、そうした冷たい波から逃れて何とか生き延びていることは、驚くべきことと、感謝の気持ちで一杯です。現代の技術の人工的な楽園では、技術は絶え間なく機能しなければならず、その機能が中断されると、直ちに真の地獄に変わってしまいます。停電、ガスや水道の導管破裂、下水道の途絶などなど。アーニマはまだクロッペンブルクにいて、やさしい手紙をよくくれます。去年の夏にはアーニマを歓待していただいて、妻ともどもありがたく感謝しています。残念ながら私たちには旅行の許可が下りません。春になって許可が下りるようになれば、西へ行って、キルヒホルストにあなたをお訪ねしたいとも思っています。私はアーニマとは一九四四年のクリスマス以来、カール・アレクサンダーとは一九四二年以来会っていません。あなたのご家族のご一同と再会したいとの思いは募るばかりです。

　あなた、奥様、カール・アレクサンダーのご健勝を心からお祈りしております。妻からもくれぐれもよろしくとのことです。そして近いうちに長いお便りを出すことを約束するそうです。ご無沙汰していたことがずっと心の重荷になっていたようです。

敬具

つねにあなたの変わることのない旧友

カール・シュミット
ベルリン＝シュラハテンゼー
カイザーシュトゥール街一九番地
一九四七年一月二十四日

1　四四ページの注参照。
2　一九四六年の秋に幾つもの新聞に、ユンガーのイデオロギー上の姿勢とその作品の文学上の意義についての論説が載り、一部ではユンガーは激しく攻撃された。
3　シュミットは一時、ベルリンの収容所とニュルンベルクの刑務所に入れられていた（一九三ページの注も参照）。
4　この手紙は残されていない。
5　一八三ページの注参照。一八三九年に出版された『入信の歳月』は、七十二篇の連作詩集で、啓蒙された意識と宗教的な憧憬との間で引き裂かれた人間の苦悩が表現されている。
6　二六―二七ページの注参照。シュミットはヴァイスをしばしば引用していて、後に出て来る「二つの墓」にも引用がある。
7　マルティーン・ベーハイム＝シュヴァルツバハ（一九〇〇―?）、ドイツの作家。
8　「エードゥアルト・シュプランガーとの対話」。のちに『救いは囚われの身から来る』（一九五〇）に収録された（九―一二ページ）。エードゥアルト・シュプランガー（一八八二―一九六三）は、哲学者、心理学者、教育学者で、当時ベルリン大学教授。シュミットとはかなり長く交友があり、互いに評価し合っていたが、一九四五年夏に、シュプランガーがソ連の占領軍によってベルリン大学の学長に推されたとき、対話が行われ、シュミットはこれを一人の独善家による尋問と理解していた。シュプランガーはこの対話が出版されたのちにその反論をこんにゃく版で出して配布している（トミッセン『シュミティアーナ　V』二〇五―二〇七ページ参照）。
9　『救いは囚われの身から来る』、二五―三三ページ、三五―五三ページ参照。
10　ヨーゼフ・コーラー（一八四九―一九一九）とウルリヒ・フォン・ヴィラモーヴィツ＝メレンドルフ（一八四八―一九三一）（トミッセン『シュミティアーナ　I』一一―二一ページ参照）。

カール・シュミット様

拝復　一月二十四日付けのお手紙、まことにありがとうございます。このお手紙が一九四七年の吉兆になりますよう願っています。とくにカール・アレクサンダーが喜んでいました。

ポーピッツ二世は私もよく知っています。あの灰色の十一月の日の個々のことはすべて心に深く刻み込まれているからです。彼はあのときちょっとだけ部屋に入って来て、父に本のことを尋ねていました。キルヒホルストで彼に会えるのは嬉しいことです。ゲッティンゲンからはよく客があります。

　シュプランガーとお会いになったことについてのメモには、個人的な出会いをはるかに超える考えが含まれているように思います。シュプランガーは、その著書によってもそうですし、いつだったか私たちが五人で過ごしたあの夜においてもそうですが、何か不毛な非生産性の印象を私に与えました。彼の誠実さも、無菌状態の、不毛なこうした性格から来ているようで、あなたとの対話にもこの性格がのぞいているように思います。こうした人たちが幽霊のように再来して来ると、私はフランスの第二帝政を思い出します。もっとも彼らの前にナポレオンは現れてはいませんが。それは幽霊のような過去の幻です。今や彼らが年の経つにつれて幻影のような前景に働きかけるのを見ることになるのでしょう。

　シュプランガーはテュービンゲンに招聘されたそうですが、私は弟のフリードリヒ・ゲオルクを訪ねる途中に[1]そのテュービンゲンに立ち寄って、カルロ・シュミート[2]のところに招かれました。そこで多くの知人に会ったのですが、シュパイデル[3]も近くに住んでいました。彼は近代史の教授のポストに就くことも可能だということです。彼とはキルヒホルストですでに二度会っています。

　あなたがお手紙で述べておられる作家たちは、私もこのところしばしば取り組んできた人たちです。そこには運命の関連の中に立っている人たちそれぞれが交わした秘密の通信があるからです。そんなふうで私はドイプラー[4]やシュピッテラー[5]を知ることにもなりました。ドイプラーをとくに尊敬しているというキャプテン・コーン[6]なる人物がドイプラーの遺稿の未刊行の原稿を私に送ってくれました。「諸種族の死」という題のものです。そこでは民族というものが優れた仕方で滑稽に規定されています。太陽の民族、月の民族があると言います。最近、ドロステの「緑の木曜日」[7]をまた読みましたが、そこでは精神の喪失と救済の喪失との恐ろしい二者択一の中で力強い決断がなされています。ニーチェもこれを知っていたにちがいないと思われます。

　私の仕事はここ数年うまく進んで来ています。私は外部から私の仕事に提供された感覚の性格は失われるものだということを願いたいのです。こうしたことはサルトル[8]や同様の夢想家たちにはよく起こることです。

　去年からベルリンの学生が幾人か私に手紙をくれるようになっているのですが、彼らの若さと並みはずれた知性にすっかり驚いています。もしあなたがまた昔のように若者とも会う気におなりになるなら、大歓迎で、そのうちの誰かを紹介しますので、鑑定してみてください。この手紙を書きながら、思い出したのですが、昔、ユーバーリンゲンにいたとき、若い頃のゾンバルトに出会ったことです。しかしこうした早熟の対になるものが東方にもあることが分かります。

『技術の完成』[9]をもうお読みになったことと思います。今ちょうど私の手元にハイゼンベルク[10]と弟のフリードリヒ・ゲオルクの美しい往復書簡があります。これは、科学的人間と芸術的人間が接近して、共通のものを見つけ出し始めた印と思われるのです。そしてこれは私の楽観主義を証明する予兆の一つです。

ヴェロニカ・シュランツ[11]があなたからお手紙をいただいたと書いて来ました。あなたがアーニマのところへいらっしゃるなら、奥様もご一緒にキルヒホルストにも是非お立ち寄りください。また沼地の散策をしながら、多くの経験を語り合うこともできましょう。

会いたい友人がたくさんいますが、ハッティンゲン[12]もその一人です。彼に関しても私はまた会えるという確信を抱いています。

敬具

あなたのエルンスト・ユンガー

「共同社会の罪をかぶる者は、その社会の保護者である。共同社会の不幸をかぶる者は、その社会の親方である。」

老子

K［キルヒホルスト］、一九四七年一月三十日

1　弟のフリードリヒ・ゲオルクは当時ユーバーリンゲンに住んでいた。
2　一四一ページの注参照。
3　一一六ページの注参照。
4　一一四ページの注参照。
5　カール・シュピッテラー（一八四五―一九二四）、スイスの作家、詩人。とくにその叙事詩「プロメテウスとエピメテウス」（一八八〇―一八八一）や「耐え忍ぶ者プロメテウス」（一九二四）がよく知られている。ユンガーはそれらを高く評価していた（四五年七月七日の日記参照）。
6　四六年二月二十一日の日記および一一五ページの注参照。
7　一八三ページの注参照。
8　ジャン＝ポール・サルトル（一九〇五―一九八〇）、フランスの哲学者、作家。当時フランスの実存主義の代表者。
9　九四ページの注参照。
10　ヴェルナー・ハイゼンベルク（一九〇一―一九七六）、物理学者。一九三二年、ノーベル物理学賞受賞。一九四一

一四五年、ベルリンのカイザー・ヴィルヘルム物理学研究所所長。一九四六―五七年、ゲッティンゲンの、一九五八―七〇年、ミュンヘンのマックス・プランク物理学研究所所長。

11　三七八ページの注参照。

12　一七三ページの注参照。

エルンスト・ユンガー様

拝復　一月三十日付けのお手紙、きちんと届きました。まことにありがとうございます。Ｓｐ〔シュパイデル〕[1]についての知らせはとくに嬉しいものでした。イエッセン夫人（イエンス・イエッセン教授[2]の未亡人で、今は再びベルリンに住んでいます）からＳｐは一九四四年の秋に亡くなったと聞いていたものですから。もしお会いになるか、手紙をお出しになるなら、私からよろしくとお伝えください。前々からお聞きしたいと思っていたのですが、あなたはヴァルター・シューバルトの一九三九年の論文「ドイツの国民感情の特異性」をご存じでしょうか。コピーをお送りします。あなたが平和についての論文の中にシューバルトを引用しているために[3]、彼の名声は一躍上がって、多くの人たちにとってあなたは彼の保証人になっています。私は東方の魂についての論文はまだ十分に検討することができないままですが、この著者についてははっきり認識したいと思っています。私のシュプランガー・メモとドイプラーについてのあなたのお言葉に勇気づけられて、ベルリンの二つの墓についての（まったく個人的な）メモをお送りします。私はこれを一九四六年の八月に構想し、囚われの身[4]にもときに訪れる一時間ばかりの偶然の休息のときに書き留めたものです。最終の節[5]は私に何週間もつきまといました。アルカイオス詩格の節の韻律は底知れぬほど美しいのですが、ドイツ語の言葉と文章の内的な筆法ではうまく行ってないのでしょうか。メモの最後に引用した詩句はうまく行っているように思います。

あなたのおっしゃっている知的な若者たちの一人と一度是非会ってみたいものです。

私たちは四人、小さな部屋に座って、寒さが終わるのをじっと待っています。私たちのあなた方ご一同への思いは今に熱く、変わりません。妻が四週間ほど前に奥様宛にお手紙を差し上げたのでしたが、多分もう着いていることと思います。カール・アレクサンダーへの二つの贈り物もほどなく届くでしょう。ザウアーラントの私たちの両親の家は、今、ベルギーの駐留軍の宿舎になっています。あなたのお手紙は私には有益な強壮剤です。

敬具

あなたのカール・シュミット

［発信地なし］一九四七年二月十六日

1　一一六ページの注参照。

2　八五ページの注参照。

3　「平和文書」の第二部のモットーは「市民的世界の均整においてではなく、黙示録的な雷鳴において、諸宗教は生まれ変わる」であるが、これはヴァルター・シューバルトの「ヨーロッパと東方の魂」からの引用とされている。一六五ページの注も参照。

4　シュミットが抑留された期間については諸説があり、「二十か月」とするもの（クラウス＝ディートリヒ・ヴィーラント）、一九四五年九月二十五日ないし二十六日にアメリカ占領軍により一九四六年六月二十七日まで抑留されたとするもの（たとえばトミッセン）がある。ドゥシュカ・シュミットよりグレータ・ユンガー宛の二通の手紙などによると、四六年十月十日まで、ベルリンのヴァンゼーの収容所にいて、四七年三月十九日に二度目の逮捕をされ、三月末にニュルンベルクに移送され、主任検察官ロバート・M・W・ケンプナーから三度にわたって尋問を受け、五月六日に釈放されたが、プレッテンベルクに帰ったのは五月二十一日だったという。

5　「二つの墓」と題する文章は、コンラート・ヴァイスの詩「創造についての嘆き」（一九二九）の最終節で終わっている。この詩句はシュミットの死亡広告（『フランクフルター・アルゲマイネ・ツァイトゥング』、第八六号、一九八五年四月十三日）にも載せられている。

意味は、自らを求めれば求めるほど、そのようになり、
暗い囚われの中から、魂はこのヨーロッパに導かれる。
汝のなすべきことを成し遂げよ、それはすでに
　つねに成し遂げられていて、汝はただ返事をするだけ。

ユンガー様

拝啓　この手紙が誰のおかげであなたのところに届くのか、あなたには想像もつかないでしょう。私の言いたいのは、私に手とペンを使わせる神経を通じての刺激伝達行為への衝動ということです。プレッテンベルクにいた三週間前から書こう書こうと思いながら果たせなかったこの書状を今やっと書いたというわけです。ちょうど今[1]日、一九四七年六月七日に、フーゴー・フィッシャーの一九三四年一月の「終末論的雑談」の古いメモをたまたま手にして、ひどく感激しました。精神が伝染して来て、火をつけるのです。こうした火に温められて初めて、私の筋肉の刺激伝達がうまくいって、あなたへの一言を紙

に書きつけることができたのです。

「伝染」ということに関して、私はさらに言いたいのですが、あなたに一つのことを忘れないでいただきたいのです。つまり私がもう久しく（二年前からなどと言うのではありません）一般的に多かれ少なかれ、明白にか暗黙裡にか、そのうちにほかの人間から求められることを覚悟しておかねばならない人間というカテゴリーに属していることです。「この不幸の流行病をどこかよそでじっと耐える」[2]のです。この数か月に私が切り抜けて来ました状況においては、この要求を聞こうとする期待がとくに強くなっています。私がE・N[3]とともにして来たようなさまざまな経験が次第に強くこれに加わっています。そんなふうで、はっきりするのは、私が言葉というものを捉えなくなっていることです。ただあなたの奥様からのドゥシュカに宛てたお手紙は私にとってそれだけに大きな喜びでした。

　五月半ば以来、私は妻とアーニマとともにここプレッテンベルクの私の妹のところに身を寄せています。素晴らしいところで、ここのレンネ峡谷を一度あなたにお見せしたいものです。自然の光線がこんなに交差するところは地上にそうあるとは思えません（もっとも私が知っているのはビスカヤの西ピレネーだけですが）。ここは大西洋の海洋気候と中部ヨーロッパの大陸気候の境界地帯、北西と南東の接触点、絶え間ない大気の戦いの舞台で、大地、水、空気、火などすべての要素が出会い、それが融合して天空の神ウラノスの働きになります。こうなるともう風景ではなく、ただもう土地と風景がついでにあるだけです。妻はこのことに悩んでいるのですが、私の方はこれが心を和ませてくれるようで元気を取り戻しています。一度あなたにこれを見せてあげることができると、素晴らしいのですが。『陸と海』のような書はここでしか書けなかったでしょうし、プレッテンベルクからアルテナへの鉄道旅行の途中でしか構想されなかったものです。

　あなた、奥様そしてカール・アレクサンダー、皆様お元気ですか。皆様のご健勝をお祈りしながら、皆様にお会いしたいとの思いは募るばかりです。そろそろお会いするときになっていると思いますので。あなたに是非数日の予定でこちらにいらしていただきたいと思いながらも、幾らかためらいも感じます。それはキルヒホルストでのお仕事を中断されたくないというあなたのお気持ちを知っているからです。アーニマは昨日、クロッペンブルクへ帰って行きました。妻は七月半ばにベルリンに帰りたいと言っていますが、私とハノーファーまで一緒に行って、キルヒホルストにあなたをお訪ねする旅を考えているようです。一日か二日、泊めていただければの話ですが。今のところやっと私はこうしたまったくの息抜きで将来性もある計画を立てることもできるようになりました。というのも、私は今はもう自由の身で、どこへでも行けることになり、これは利用しなければならないと思うからです。こちらへ是非一筆してください。心からご自愛をお祈りしつつ。

敬具

あなたのカール・シュミット

二一　プレッテンベルク、駅前
ブロックハウザーヴェーク一〇番地

一九四七年六月七日

1　三ページの注参照。

2　当時、シュミットは一時的ではあったが、よその土地へ移住する計画を抱いていた。

3　E・N、エルンスト・ニーキッシュ（一七ページの注参照）。ここで言われているニーキッシュとの経験とは、おそらくニーキッシュの『ドイツの存在の過誤』（ベルリン、アウフバウ社、一九四六）も関係していると思われる。この書はナチの野蛮の政治的・文化的前提を追及したもので、この関連でシュミットも引き合いに出され、シュミットの『政治的なものの概念』における友と敵の区別がナチの野蛮の政治的方法論を発展させたとし、シュミットがファシズム・ナチズムの魅惑に陥ったことを糾弾していた（八一ページ以下）。シュミットは四八年二月二十四日のグレータ・ユンガー宛の手紙で、「あなたのベルリンの友人Nからは何通かの手紙をもらっていますが、中でも一九三三年九月二十五日の手紙には私の『政治的なものの概念』について述べたものがあります。これは彼が今日言っていることと何と違っていることでしょう。思考のあらゆる継続性、存在のあらゆる継続性の崩壊、それどころか精神の病のようなものがそこに働いています。というのも、非連続性とは、たとえその他の点で遍歴の可能性がどんなに大きく、変態の祭りがどんなに夢幻的なものであろうと、結局は精神の病なのですから」と書いている。『カール・シュミット――その弟子の一人との往復書簡』一五九ページ以下も参照。

シュミット様

拝復　六月七日付けのあなたのお便りは、このところたいていはあまり嬉しくない手紙が多い中で一抹の光明でした。妻が奥様にお便りを差し上げたのでしたが、そのほかに私からも長いお手紙をあなたにお届けせねばならないと思っています。これはベルリンから転送されるのでしょうか。妻はどうもアリオストのブラダマンテ[1]のように、昔の帝国都市へ行って、そこで今はもうもちろん馬上試合の秩序は支配していないあの矢来で囲った試合場で槍を折ろうと望んでいるようです。

今になって思うと、一九四四年の初めにあなたがキルヒホルストにいらっしゃっておれば、一番よかったのではないでしょうか。もちろんあなたの素晴らしいご家庭があなたをその場に引き止めたことでしょう。

フィッシャー[2]がイギリスから手紙をくれました。私は糸を再び紡ぐべきかどうか自問しています。A quoi ca sert〔それが何の役に立つのか〕と。

その後、私は旧帝国都市協会のメンバーの一人と接触することができましたが、多分それを取り下げることになるでしょう。あなたのお便りと同時に、ダルムシュタットからもう一通手紙が届きまして、そこにはこんな個所がありました。

「リヴァイアサンの著者が誓約に反し釈放され、プレッテンブルク（ママ）に滞在していることは、あなたもご存じのことと思います。私は彼の友人の一人から彼の原稿〈囚われの身から救いは来る〉を受け取ったところです。彼はフランケンの世界法廷で何事かを言うことのできる今日では唯一の人です。しかしこのための機会が彼に与えられていないように思います。」

N〔ニーキッシュ〕に関してですが、私は彼に非常に近いところにいる一人の若者にキルヒホルストに来てもらって、長時間、彼と話し合ったことでした。Nはあなたの件ではかなりひどいように私には思えます。私たちはゴスラルで夜道に迷ったときのこと、彼について、ドノソ・コルテス[3]やその他との関連で話し合ったことがありましたが、これはその時代に由来します。どうやら彼はあなたが無法者を配置したということを広めているようです。これはもちろん奇抜な思いつきですが、余計なものです。そこで私は彼と手紙のやりとりをしたのでした。一般的に言って、腫物を搾り出すのは本人に任せるべきだというのが私の持論で、私の敵対者にもそれを当てはめています。私に対して悪意に満ちた多くの言説を読んでも、私はNon Plus Ultra〔これ以上のものはない〕が達成されていたと感じていました――それがやがて回復への希望を与えてくれるのです。そう考えると、Nの心は今、軽くなっているのだとも言えます。彼をそっとしておきましょう。

プレッテンベルクへは私は残念ながら行くことができ

ません。六月にあなたにこちらへ来ていただければ、これほど嬉しいこともありません。今、私は、好奇心の強い連中の大波に襲われて、大忙しですが、この前の冬に事故[4]に遭って右目を痛めて弱っています。国境の彼方ではどこの国でも新しい書物や再版が続々出ています。たとえばオランダがそうですが、ここは印刷の古典的な国で、他のところでは不可能なものでもここからは多く出ているようです。私はパリ日記六巻を書き終えまして、今、色彩論の準備のかたわら、長編小説に取りかかっていますが、これがなかなか骨の折れる仕事です。私の新しい仕事のうち、『言語と体格』はとくにあなたのお気に入ってもらえるのではないでしょうか。多分、ハーマンに依拠している側面よりも、ヴィーコによっていることのために。チューリヒのシッフェルリ社から出たばかりのものです。ときに私は自問しています、こうしたすべてをまとめて自分の肩に背負うよう私に強いるものは何かと。何より重荷なのは、私の仕事から生まれたセンセーションの性格です。ニーチェは、他人が自分について知ることがなかったと不当にも嘆きましたが、それでも作品にふさわしい形で生きることができました。

グレメルス[5]（二二a、ゾーリンゲン＝オーリヒス、ヴィッテンベルク街四番地）がこちらに来ていて、あなたの運命にひどく同情していました。彼に手紙を書くようなことがありましたら、イギリスで刊行された私の『大西洋紀行』を送ってもらうよう頼んでみてください。彼が手に入れてくれると思います。

あなたがこちらにいらっしゃれば、いろいろとお話しすべきことがありそうです。ただ残念なのは、こちらにワインの手持ちがまったくないことです。シュパイデルを通じて一本でも手に入れることができますれば、お神酒を捧げることにしましょう。こう書いていて思い出したのですが、ギュイダン・ド・ルーセル[6]が非常に優れた論文を送ってくれました。「牢獄について」というもので、彼のテーゼは今日では牢獄に入っているのは夢想家と真の思想家だというもので、たとえばサンチョに監視されたドン・キホーテがそれです。私はあちこち多くの収容所から手紙をもらいますが、このことを証明しているように思います。それは利子をつけてそこにおいてある資本、われわれドイツ人が何よりも関心をもっている資本です。

私たちみんなより心からのご挨拶を送りながら、お元気になられることをお祈りしつつ。

敬具

あなたのエルンスト・ユンガー

K［キルヒホルスト］、一九四七年六月九日

1　イタリアの詩人ルドヴィコ・アリオスト（一四七四―一五三三）の騎士物語詩『狂えるオルランド』（一五一六）に出て来る騎士。

2　三ページの注参照。

3　ドノソ・コルテス、マルキ・ド・ヴァルデガマス（一八〇九―一八五三）、スペインの国法学者、歴史哲学者、外交官、評論家。一八四八年、ベルリン駐在公使、一八五一年、パリ駐在大使。彼の講演「独裁について」（一八四九）や「ヨーロッパの状況について」（一八五〇）、エッセー「カトリシズム、リベラリズム、ソシアリズムについて」（一八五一）によってヨーロッパ中で有名になる。「重要な政治的問題はつねにまた大きな神学的問題をうちに含んでいる」として、政治は宗教的基礎づけと神との関係が必要と言う。したがって、人間の自立という理念、それに基づく社会主義を拒否。理想的な国家形態は立憲君主制で、将来は信仰の衰退が加速する結果、ヨーロッパの野蛮化が進み、血腥い巨大な独裁政体が出現すると予言。こうした展開を阻止し、あるいは少なくとも遅延させるために、「上からの」「合法的な」独裁を推奨する。このドノソ・コルテスの考えはシュミットの国家観と政治観に大きな影響を与えていた（とくに『政治神学』（一九二二）の第四章参照）。

4　日記の一九四七年七月二十六日の記述によると、ユンガーは薪を割っているときハシバミの枝で目に傷を負った。

5　九九ページの注参照。

6　経歴不詳。

ユンガー様

拝復　素晴らしいライン旅行からプレッテンベルクに帰って来ますと、七月九日付けのお手紙[1]が届いていました。どうもありがとうございます。妻は今ベルリンへ帰らねばならなくなっています。妻はキルヒホルストにあなたをお訪ねしたいようですので、七月二十日頃（予定がはっきりしましたら電報を差し上げますが）キルヒホルストのお宅をお訪ねしてもよろしいかどうか、あなたと奥様のご都合をお伺いします。ハノーファーからお宅までのバスでとくに平日や季節で注意すべきことがありましたら、お教えください。

　まもなくお会いできることを楽しみにしております。『大西洋紀行』[2]、ありがとうございました。夢中になって旅をともにしたことでした。西半球の国々で帝国を創建する試みの運命はまことに奇妙です。ブラジルのペドロ皇帝（その憲法に「中立的権力（pouvoir neutre）」[3]を明記した最初の皇帝）そしてメキシコの哀れなマクシミリ

アン、エルナン・コルテスはカール五世に自分をローマ皇帝ではなく、インドの皇帝に任命するよう提言していたそうです。

アーニマはこの前から休暇で私たちのところに帰って来ています。妻はアーニマを旅行に連れ出そうとしていて、二日か三日、アーニマを連れて三人でそちらにお邪魔するわけにはいかないものかどうかと、言っております。お宅の近くにある宿屋に泊まることも考えています。客があるとあなたにとってどんなに負担になるのかよく分かっているからです。

奥様、カール・アレクサンダーにくれぐれもよろしくお伝えください。私たちがみんな元気でまたお会いできるのを楽しみにしながら。

敬具

あなたのカール・シュミット

（二一b）プレッテンベルク、駅前

一九四七年七月九日

1　六月九日の書き間違い。

2　ユンガーは一九三六年十月から十二月にかけてブラジル、カナリア諸島、モロッコへの船旅を行い、その日記が一九四七年にロンドンの「青年キリスト教同盟戦争捕虜援助会」より外国に抑留されているドイツの戦争捕虜のために出版されたもの。

3　バンジャマン・コスタンの主張した憲法上の概念で、シュミットの『憲法理論』（一九二八）に大きな影響を及ぼしたもので、「決定するのではなく、諸政党をとりまとめ、諸政党の間に彼が有する威望と信任によって、意志の疎通する雰囲気を作り出す調停者、仲介者、調整的権力」と定義している（三五一ページ）。これは『憲法の番人』（一九三一）でさらに詳しく取り上げられ、ワイマール共和国憲法とライヒ大統領の可能性に関連させ、ドイツ帝国（ワイマール憲法の意味での）の複数主義的、多頭政治的構造を前に、「〈中立的権力〉の調停的、調整的機能が中心的意味をもつ」としている（一四〇ページ）。

シュミット教授様

七月九日付けのお便り、まことにありがとうございます。あなた様とお会いできることを楽しみにしておりましたのに、このところ厄介なことが起こり、予定を変更せざるをえなくなりまして、できるだけ早くこのことをお伝えしなければと筆を取りました。主人がゲッティンゲンのエルゲレート教授のところで目の手術を受けねばならなくなったのです。事故で網膜剥離を起こしていて、早急に手術をしなければならないとのことなのです。ゲッティンゲンへ行くのはそんなに近いうちとは思っておりませんでしたのに、今日、通知がありまして、主人のための病室が空くと電報で知らせるから毎日それを待つようにとのことなのです。

　入院は三―四週間ほどだそうで、あなた様のご予定がちょうどその不幸な時期と重なってしまいました。それにもかかわりませず、キルヒホルストにお出かけくださいとは、私もあえてお願いできないでおります。一家の主がいないのは、塩抜きのパンをお客様に出すようなものですから。

　ここでどうなさるか奥様ともどもお考えになってくださいませ。ハノーファー経由でいらっしゃるのがご面倒でなければ、一時やもめはここまでの短いハイキングができて、それも非常に楽しいものと思っています。ですけれども、こうした状況ですので再会の時を延期なさるのが得策かとも考えます。それでもなおそうとお決めになるようでしたら、電報でお知らせくださいませ。ホテルの部屋を予約することができますでしょうから。駅前のアルティレリー街の入り口にヴェットマルとブルクドルフ行きのバスが停まりまして、どちらもキルヒホルストを通ります。バスの時刻は午前中が八時と一一時四五分、午後が三時と七時です。あなた様をもてなすのにと、そして再会の宴を飾るようにと、ブルグンダー・ワインが手に入らないか気をつけているのですが、今のところまだうまく行っていません。私たち、貧しい国民であるのに慣れなければならないのでしょうか。

　ニュルンベルクへあなた様宛にお出しした手紙[1]が、数日前に戻ってまいりました。あちらで手紙を受け取っていただければよろしかったのにと思っています。あの朝、プレッテンベルクで出されたお手紙が届き、その封筒にあなた様の筆跡を拝見しまして、この日は稀になっている喜ばしい日の一つになりました。

　あなた様ご一家のご多幸を心よりお祈りしつつ、

かしこ

あなたのグレータ・ユンガー

シュミット様

拝啓　ゲッティンゲンからはまだ通知がないのですが、今月の十四日から二十日には病院に行かねばならないだろうと思っています。ゲッティンゲンを通られることがありましたら、私をお訪ねくださると嬉しいのですが。病院の住所は、フリードリヒ・ツィンマー・クリーニック、ゴスラー街五番地です。当地にはハイゼンベルク[2]も住んでいて、私を見舞いに行くと約束してくれています。キルヒホルストにお立ち寄りになることがありますれば、どうぞ私のことを思ってください。その後、ハッティンゲンから便りがありまして、自由の身になってウンケルにいるとのことです。とにかく、私の方は八月半ばには帰っていると思っています。ゲッティンゲンでは、私たちのJ[3]の親類のイエッセン博士のところにもいました。奥様とアーニマにもよろしくお伝えください。

敬具

あなたのエルンスト・ユンガー

キルヒホルスト、一九四七年七月十二日

1　これまでこの手紙は見つかっていない。
2　一九一―九二ページの注参照。
3　イエンス・ペーター・イエッセン、八五ページの注参照。

シュミット様

冠省　私は今日、キルヒホルストに帰ります。私がどこにいるか知っていただくために、簡単に一筆します。

匆々

あなたのエルンスト・ユンガー

ゲッティンゲン、一九四七年七月二十四日

シュミット様

拝啓　奥様からお聞きしたところでは、故郷の地があなたにとってとても快いものになっているとのこと、喜んでいます。歴史的諸力の強力な機構は、私たちを私たちにふさわしい場所へ連れて行くのに役立つだけではないのかという印象をときに受けます。これは個々人の立場から見てまったく正しい見地です。そしておそらくは歴史的プロセスを動かしているのが個々人の消費だというあの逆の関係よりも生産的なのでしょう。結局はしかし私たちはあなたが美しいエッセーを捧げているあの小さな土地[1]に頼っていて、レオン・ブロイはここで歴史が実体の中に食い込んでいると言っていますが、それも当然です。

あなたも奥様をお手本になさって、また一度キルヒホルストを訪れていただきたいものです。あなたが私のド・ブロス[2]に書き込みをしていただいた日付から見て、あなたがこちらにいらしたのは一九四二年の夏が最後だったようです。お会いできれば、多くの新しい経験をお互いに話し合うことができるのではないでしょうか。あなたのお知り合いやお弟子さんたちがしばしば私の庵を訪れて来ていました。一番最近はフォン・シュモラー氏[3]で、このことは奥様にすでに報告したことです。

　私が今取り組んでいるのは、人間の身体に対する言語の関係ですが、そこで突き当たるのは、必然的に、それも手との関連で、法律問題です。啓示された法の片務的な性格、あるいは光の一方方向の性格とは反対に、双務的と呼びたい自然法に関して、用語に混乱があることに気づきました。これは太古の時代まで遡るもののようです。たとえばカシアン[4]においては、自然法とは、神から人間に啓示された法なのですが、テオドレトス[5]ではそれが異教徒の理性法とされています。ヴィーコ[6]の省察は非常によいもので、国家理性の中に啓示された法の世俗化された継続を見ています。協力と公平に基づく理性法とは違ってです。この問題について一度あなたのご意見をお伺いしたいと思っています。法学には概念のこうした玉虫色の変化があることは古くから知られているのですから。

　十一月十八日頃までこちらにいるつもりでいますが、その後、カール・シュミット[7]が私を迎えに来て、テュービンゲンへ行くことになっています。その機会に弟のフリードリヒ・ゲオルクとシュパイデルを訪ね、十二月の最初の週に帰って来ようと思っています。この遠出を除いてはずっとこちらにいますので、いつでもお越しください。

　ご一同のご健勝を心からお祈りしながら。　敬具

あなたのエルンスト・ユンガー

K［キルヒホルスト］、一九四七年十月二十七日

1　シュミットが一九四六年八月二十五日に書き上げ、一九五〇年に『救いは囚われの身から来る』に収録したエッセー「二つの墓」を指す。印刷に付される前にコピーがユンガーに送られていた。

2　シャルル・ド・ブロス（一七〇九―一七七七）、フランスの作家。ヴォルテールに対する激しい攻撃と『歴史文学とイタリアに対する批判』（一七九六、ドイツ語訳一九一八）によって知られていた。この二巻本がユンガーの蔵書に含まれているが、手書きで記入されたところはない。

3　グスタフ・フォン・シュモラー（一九〇七―）、法律家、外交官。ベルリンでシュミットのもとで学位を取る。シュミットは彼を「友人にして弟子」と呼んでいた。

4　おそらく神学者のヨハネス・カシアヌス（三六〇頃―四三〇頃）のことと思われる。

5　テオドレトス（三九三頃―四六六頃）、キロスの司教、ギリシャ教会の有力な神学者。
6　三六ページの注参照。
7　一四一ページの注参照。

ユンガー様

拝復　十月二十七日付けのお手紙、ありがとうございました。妻はお宅をお訪ねしたときのことをいろいろと話してくれました。奥様が早くよくなられますよう、そして皆様のお多幸をお祈りしています。あなたが西に滞在しておられる機会にお会いすることはできないでしょうか。たとえばヴッパータールのネーベルのところ[1]ではどうでしょう。私はこの十月にそこを訪れ、パルメニデスについてのまことに素晴らしい講演を聞いたことでした。

言語と体格についてのご本[2]のお礼をまだ申し上げていませんでした。詳しいお手紙を差し上げようと思っていたのですが、ここは部屋の中でもまだ非常に寒くて、ゆっくり長い手紙は書けないのです。ゲーテに「言語の人間化」についての一章がありますが、それがあなたのテーマとどのように関係するのか私にはまだ分かりません。それから、あなたに法学上の補足を幾つかお伝えしようとも思っていました。たとえば古代のローマ法では権力を驚くべきことに三種に区別していることです。potestas patria（子供に対する父親の権力）、dominium（奴隷や物に対する権力）、manus（妻に対する夫の権力）ですが、夫のこうした権力をどうして「手（manus）」というのか疑問が残ります。「自然＝法」というのは、私がむしろ避けているテーマです。これはもう嫌になるほど論じ尽くされ、「Deus sive（！）Natura（神あるいは（！）自然）[3]」という信じられない成句が成功を収めることができて以来、「自然」についてのように、消息通の間だけで語られています。

ベルリンのハンス・シュナイダー教授[4]から一九四六年にニューヨークで出版されたペーテルのあなたについての書[5]を送ってもらいました。もしあなたがお望みなら、お送りします。今のところゾーリンゲンのグレメルス氏[6]のところに行っていますが。

妻よりくれぐれもよろしくとのことです。私が恐れていたことが起こりました。つまり妻は私たちの新しい住まいを整えるのに身を粉にして身体のことを考えないのです。しかし私は今の境遇にすっかり満足しています。

私は時間を浪費していますが、自分の場所を得ています。シュパイデルに私からよろしくお伝えください。またカルロ・シュミート[7]にも。それが適切だとあなたがお思いになるならですが。「権力を握っている友人は道に迷った友人」という文章は今日の権力様態にとっては条件つきでしか当てはまりません。

敬具

つねにあなたのカール・シュミット

プレッテンベルク、一九四七年十一月二日

1　ゲーアハルト・ネーベル（一九〇三―一九七四）、古典文献学、哲学の素養のある文化批評家。一九三九年以降、ユンガーの影響を強く受ける。一九四五年からはユンガーと親しく付き合うようになっていたが、やがてネーベルはユンガーを批判するようになり、関係が冷えていた。しかしネーベルがK・ゲープハルトやグレメルスと作っていた対話の会「同盟」にはときにユンガーはシュミットとともに参加していた。

2　『言語と体格』は一九四七年にチューリヒのアルへ社から刊行されていた。

3　「神あるいは自然」、別の解釈では「神即自然」。一六七七年に出たスピノザの『エティカ』の第四部の序言にある有名な言葉。十八世紀末にドイツの文学と哲学において異常なまでの意味をもつことになる。シュミットは生涯スピノザと対決していて、スピノザを権力理論家としては評価していたが、その宗教的見解には反対し、その哲学的な効果と戦っていた（二六ページの注参照）。上記の言葉には、シュミットによると、ノモスとフィジスの区別が廃棄されており、シュミットの政治神学構想の基礎になっていた主権をもつ神の力が減じられているとされ、『グロサーリウム』には「かつて神と人間に向けてなされた最もあつかましい侮辱であって、シナゴーグのあらゆる冒瀆を正当化する」と断じている。ユンガーはスピノザを高く買っていて、彼の「平和文書」にはモットーとしてスピノザが引用されていることは、シュミットも知っているのだから、ユンガーへの手紙でスピノザへの非難をしているのはいささか奇妙。

4　ハンス・シュナイダー（一九一二―）、法学者。

5　カール・オットー・ペーテル（一九〇六―一九七五）、評論家、作家。一九三〇年頃、国粋主義的ボルシェヴィズムの指導的代表者、一九三三年以後は非合法活動に携わり、何度か逮捕され、一九三五年、亡命。一九四一年から死ぬまでニューヨークで評論活動を行う。彼の著書『エルンスト・ユンガー。ドイツの詩人、愛国者の遍歴』は一九四六年にニューヨークの出版社から出されたもの。一九四九年には『エルンスト・ユンガー。辿りし道と影響』がクレット社から出される。

6　九九ページの注参照。

7　カルロ・シュミート（一四一ページの注参照）はこの当時フランス軍管理のヴュルテンベルク＝ホーエンツォレルンの国務省の長官（外務大臣相当）で、ドイツ国内を回っていて、ユンガーとはときに会っていた。

シュミット様

拝復　あなたがおっしゃっている権力関係の三つの中で夫婦の間のものだけが釣り合いが取れているようです。それゆえこれに manus（手）が割り振られているのは意味深いものではないでしょうか。「手」はここでは「dextra（右手）」で、夫の優位さは左手に対する右手のそれです。potestas の中には力の、dominum の中には場所の、Maestas の中には大きさの秩序が働いています。

ペーテルのものはすでにいろいろと手に入れています。彼は本質的なところでジャーナリスティックなので、実際的にブロック[1]やドゥコンビ[2]のアカデミックな論述よりも影響を与えるところが大きかったようです。ところでペーテルはこのテーマを拡大しようとしていて、資料を集めているそうです。

カルロ・シュミートに会う機会がありましたら、あなたからの言葉を伝えておきます。彼はあなたに対して関心のある態度を示していますが、人に施すというより、人を消耗させる性質の人物に数えられるようです。

同封して『放射』の中の狂想曲の一つで、モレル[3]が彼の僧院で翻訳して、小さな版で印刷させたものをお送りします。現代風の小冊子です。ドイツ語のタイトルは「燐光浴」です。ついでの折にお返しいただければ幸いです。

今、私はエリーザベト・ランゲッサー[4]のものを幾つか読んでおります。この名前はあなたと同郷でもあるのでよくご存じと思います。そこにはかなりはっきり社会的な小説から神学的な小説への移行が反映されています。私たちの時代の特徴の一つと理解できるようなものです。ブロイとキェルケゴールがすでにこの転換を告知していますが、キェルケゴールはブロイに対して影響を及ぼしていたものかどうか。私はそれを確実なものと見ています。モルベク[5]という名前がキェルケゴールの日記にときどき出てきていて、これは大きな価値をもつ事実ではないでしょうか。

私がK・S〔カルロ・シュミート〕をヴッパータールへ誘い出すことができるかどうか、分かりません。ここ数日中にマルティーン・フォン・カッテ[6]が訪ねて来ることになっています。何でもかなり惨めな状況に立たされているとか。私はまたシュルツ[7]のためにフランス人の弁護人を探しています。彼は名前を取り違えられてディオンの監獄に入れられ、劣悪な状態にいるようです。ところであなたがこちらへ来ることをお決めになるなら、十一月十八日までか、十二月初めにしていただければ、私はこちらにいますので、お会いできます。
ご健勝をお祈りしつつ。妻とカール・アレクサンダーからもあなたご夫妻にくれぐれもよろしくとのことです。

敬具

あなたのエルンスト・ユンガー

K［キルヒホルスト］、一九四七年十一月七日

1　エーリヒ・ブロック（一八八九―一九七六）、チューリヒで哲学と哲学史を教えていて、一九四五年、論文「エルンスト・ユンガーの世界像」でチューリヒ大学より学位を受け、この学位論文はチューリヒのニーハンス社より刊行された。またその抄録が大学からも出されている。

2　マルセル・ドゥコンビ、フランスのゲルマニスト。フランスで初めてのユンガー論『エルンスト・ユンガー。一九三六年までの人と作品』（一九四三）を書いている。

3　二一〇ページの注参照。

4　エリーザベト・ランゲッサー（一八九九―一九五〇）、女流作家。ナチ時代、片親がユダヤ人であるとして執筆を禁じられる。戦後、『消えない印』（一九四六）、『マルク地方のアルゴー号の航海』（一九五〇）で、直前の過去を救済史を前提とした地平で見て、確固としたカトリックの立場から反省している。

5　ブロイのデンマーク人の妻の旧姓がヨハンナ・モルベク。

6　七四ページの注参照。

7　エートムント・シュルツ（一九〇一―一九六五）、ベルリンで国民主義的革命運動に携わっていた時期のユンガーの知人。一九三三年、ユンガーと写真集『世界の変革』を出す。のち、ユンガーに引き取られ、キルヒホルストで生涯を過ごす（四八年三月三十一日の手紙も参照）。

ユンガー様

拝復　夫を「手」とするあなたの解釈は、ぱっと光を受けたようで、快哉を叫びました。こんなふうに思いがけず納得させられる答えをえられるとなると、これからもしばしば法制史上の問題についてあなたにお尋ねしたいものです。

この手紙はおそらく十一月十八日以前に届くだろうと思います。旅の途中でどこか、ハーゲンとか、ボンとかで私を呼び出すことはできませんか。少なくとも一時間ほどそこでお会いできれば嬉しいのですが。

「燐光浴」の効き目はまだ出ていませんが、あなたがお帰りになったら、お返しします。その中に祈りが現れているすべての印刷されたもの、書かれたものは、今日、いろいろとテストしてみなければならないようです。
今になってあなたがエリーザベト・ランゲッサーに出

会ったとは、何とも奇妙に思えます。彼女の小説『消えない印』の中で彼女はドノソ・コルテスに語らせています。[1]彼女がコルテスをどうしようとしているのか私に合点が行かず、そのかぎりで、読み続けることができません。あなたがこの小説の（中心的な）個所をお読みになっているなら、私のドノソ・コルテス論を読んでみてください。二篇ありますが（二つとも『立場と概念』[2]の中に収められています）、八三ページの下、下から六行目です。ロ（シア）の兵士は「腕に武器を抱えて」[3]ヨーロッパを散歩することができるのです。これはこのイメージの具象性に欠かせないものです。というのも、トクヴィルがアメリカとの関係でヨーロッパのために予見していたものを、ドノソ・コルテスはロシアとの関係で見ていたのだからです。ここにオリジナルの個所をお見せしましょう。私は今は六十歳になっていて、人間、書物、演説、状況とのあらゆる経験を積んで来た後では、心静かに次のことを主張することを恐れません。一八四九年一月四日の会議でのドノソの独裁についての偉大な演説は世界文学の最も壮大な演説である、と。ペリクレス、デモステネス、キケロあるいはミラボーやバークも含めて考えてもです。しかしこれは計り知れないテーマで、

私がこうしたことを言うのは、ほかでもなく、エリーザベト・ランゲッサーの小説についてあなたが言及されたことが、私の格別に敏感な点を突いていたからなのです。ブロイ[4]に対するキェルケゴールの影響は、もちろんデンマーク人の妻を通じてのものです。[5]ブロイのような精神の持ち主に対しては、キェルケゴールも「間接」にしか働きかけることはできなかったのですが、しかしそれゆえにより深い、より確実な影響を及ぼしています。ブロイも、攻撃的なコラー[6]のような人物と関係していて、キェルケゴールと直接の出会いに反応したのは確かではないでしょうか。こうした間接的な、どのような証拠も残さないような影響こそが、最も強く、最も真正なものです。ブルーノ・バウアー[7]のニーチェへの影響の場合も同じようなことがあるように私には思えます（アルノルト・ルーゲ[8]の妻はニーチェ家の出で、私の記憶が間違っていなければ、ニーチェの父の妹でした）。

機会がありましたら、あなたの弟さんのフリードリヒ・ゲオルクに尋ねてみていただけませんか、一九四〇年にマインツのショットから出版されたヒンデミット[9]の楽曲作法を知っているかどうか、を。そして彼がこの書から受けた感銘をもとに詩学を書こうとしているのでは

ないかどうか、を。
ご健勝をお祈りしつつ。妻からもあなたと奥様とカール・アレクサンダーによろしくとのことです。敬具
つねにあなたのカール・シュミット
(この手紙は氷のように寒い部屋で書きました。家にはまだ暖炉がないのです。)
プレッテンベルク、[一九四七年]十一月十三日

1 『消えない印』の第二巻の冒頭に、一九一四年九月に二人のドイツの将校がゼンリスの教会に来て、そこに観測所を作ろうとする。そのとき二人はドノソ・コルテスの演説と書簡を抜粋した書を見つけ、将校の一人がかなり長い章句を読む場面がある。シュミットは『グロサーリウム』の四七年十一月二十五日の項に「ドノソ・コルテス、食卓の皮に鞣され(ディートマル・ヴェステマイアーによって)、小説の飾りに切りつめられ(エリーザベト・ランゲッサーによって)。哀れなドノソ」と記している。ドノソの演説は一九九六年、ギュンター・マシュケによって翻訳されている。

2 「一八四九年のベルリンにおけるドノソ・コルテス」(一九二七)と「知られざるドノソ・コルテス」(一九二九)。『立場と概念』(ベルリン、一九四〇)の七五—八五ページ、一一五—一二〇ページに収録されている。

3 『立場と概念』のドノソ・コルテスの演説に触れているこの「ロシアの兵士」の個所は、「社会主義革命がすべての国粋的運動の圧殺に成功するなら、そしてロシアの主導でスラヴ諸民族が統一するなら、またヨーロッパには搾取する者と搾取される者との対立だけがあるなら、そのときロシアの偉大なる時がやって来て、それとともにヨーロッパの偉大な懲罰がやって来る。この懲罰は、片手にヨーロッパを、もう一方の手にインドを握る巨大国家イギリスに対してとくに厳しく行われる」となっている。

4 四一ページの注参照。

5 ゼーレン・キェルケゴール(一八一三—一八五五)、デンマークの神学者、哲学者。実存哲学の先駆者で、キリスト教徒にキリストの教えの真理への全身全霊を挙げての献身を要求した。

6 詳細不明。

7 一七六ページの注参照。

8 アルノルト・ルーゲ(一八〇三—一八八〇)、哲学者、評論家。二度目の結婚でアグネス・ニーチェを妻にしている。

9 パウル・ヒンデミット(一八九五—一九六三)、作曲家。「新即物主義」の新しい作曲がナチに攻撃され、一九三七年教職を追われ、亡命。同じような考えは『グロサーリウム』の四七年十月三日の項にも出てきていて、「ヒンデミットが音の可能性を素材にメロディーとハーモニーを作り出したように、私も、法学上の原制度を素材にして私の立場と概念を作り出した」とある。

シュミット様
拝啓　ボンのS・クラウス氏[1]が同封の冊子をあなたへ届けるよう頼んで来ました。少し前に読んでくれと私に送って来たものです。メルヴィルの翻訳は残念ながら文体的に非常に劣悪です。この冊子にはほかにブロイについての論文が含まれていますが、これは私には多くの新しいものがありました。しかしこの著者の像は修正されすぎているように思います。ブロイにおいて独特なのは、高級な傾向と低級なそれとの混淆にこそあって、この像は私の『放射』[2]でもう少しはっきりしたものになっていると思っています。
　あなたと奥様とお嬢ちゃんが良きクリスマスと良き新年をお迎えになることをお祈りしながら。　敬具

あなたのエルンスト・ユンガー

K［キルヒホルスト］、一九四七年十二月十七日

1　詳細不明。
2　ユンガーは一九三四年にシュミットよりブロイのことを聞いていて（四一ページの注参照）、一九四九年に『放射』として出版された戦中、戦後の日記にさまざまに言及している。「ブロイはダイヤモンドと糞尿の双子の結晶」（三九年七月七日）、「ブロイは技術の幻想にまったく捕らわれず、一九〇〇年の万国博に浮かれている群衆の中で、アンチ・モデルネの隠遁者として生きている」（四四年七月十四日）、「ブロイの独特の影響は、彼が人間の忌まわしさと、それと同時に人間の栄光を代表しているところにある」（四四年十二月十一日）など。シュミットは一九四八年にこの『放射』の原稿を読み、ユンガーのブロイ受容を『グロサーリウム』でさまざまに言及している。「エルンスト・ユンガーに対するレオン・ブロイの影響はまったく異常な問題である。というのも、ユンガーは〈賤民〉ブロイの荒々しいプロテスタント・プロイセン憎悪、ドイツ憎悪に、激しい嫌悪の情を克服してのみ近づくことができたから」（四八年四月五日）、「エルンスト・ユンガーはプリマドンナになった。前面にレオン・ブロイがブラインドのようにかかっている完全なモナド」（四九年十一月十五日）など。

ユンガー様
拝啓　小冊子『待合室にて』[1]、拝受いたしました。人間と書物の運命の織り成す複雑な織物に感嘆しました。あなたのお名前は今はラ・サルト[2]の光と影の中にあり、レオン・ブロイはあなたの一種の代父、隣人になっています。まことに奇妙なことです。ところで、私が「形成、死の様式に依存する性質」を読んでいたとき、シュテュルプナーゲル[3]の訃報が届きました。

十一月七日のお手紙でお申しつけのように、原稿を返送いたします。印刷された小冊子のテクストは幾つかの個所で短縮されています。とくに「私は自分の死の状況を思い出そうとした」という素晴らしい、ただ単に思想的に本質的なだけではない省察は省かれています。それはしかし以下の文章にただ単に夢見がちなもの以上の、事柄の経過全体の霊的な超現実性を与えているものです。編集者がそれを省略したのは何か考えるところがあったのでしょう。私は読んでいる間、絶えずドリュー・l・R[4]を考えていました。彼にはこの「燐光浴」との関連でヴィリエ・ド・リラダン[5]のことを尋ねたいと思っていた人物です。上流社会風でデカダンでロマンティックな時流に沿ったリラダンではなく、オカルトの奥義を極めたリラダンについてです。ヴィリエもgarands gerriers〔偉大な戦士たち〕が印刷されたテクストから省かれていることをきっと残念がったでしょうし、レオン・ブロイも、そしてドリューも残念がったでしょう。

どうもありがとうございました。（一月六日付けのカール・アレクサンダーからの手紙にもお礼を申し上げつつ）ご健勝をお祈りします。

敬具

あなたのカール・シュミット

プレッテンベルク、一九四八年二月十三日

1 『パリ日記第二部』の抜粋をB・グロス＝モレルの翻訳で新たに九ページにまとめられ、一九四七年に出された私家版。発行地はサン・ピエール・ド・シャルトリューズ・イゼール。

2 フランスのイゼール県の標高一七七〇メートルにある巡礼地。ここでブロイ（四一ページの注参照）は初めての啓示をえている（これについてはブロイの著書『悲嘆に暮れる人々』参照）。

3 オットー（エートヴィン）・フォン・シュテュルプナーゲル（一八七八―一九四八）、将軍。一九三三年以来、ナチズムの心酔者。一九四〇―四二年、フランス駐留軍の最高司令官として人質の射殺や流刑に、内心では認めていなかったが、名目上責任を負わねばならなかった。戦後、フランス側に引き渡され、獄中で自殺。ユンガーは『パリ日記第一部』の四二年二月二十三日の項にシュテュルプナーゲルについて詳しく述べていて、ユンガーはシュテュルプナーゲルとシュパイデルから「人質問題」を軍と党の闘争の一部として慎重に記録してほしいとの依頼を受けていたこと、それはまたシュテュルプナーゲルが解任を願い出ていたことの理由でもあったことを強調している。七二年十月二十日の手紙にユンガーは、この「秘密の書類」を廃棄したと書いているが、日記の四五年九月二十四日の項には、シュテュルプナーゲルの態度をもう一度熟考していて、「人質についての書類」はどこかに残っているはずで、シュテュルプナーゲルは自分の弁護のためにそれを手に入れたいと願っていると書いている。『漂白の七十年　Ⅲ』ではこの文書を「重要な記録」と述べているが（八三年九月二日）、もちろんその後も見つかっていないと言う（八五年十月二十二日）。ところがその後の一九九九年にこれが見つかって、今はマールバッハのドイツ文学資料館のユンガーの遺品に加えられている。

4　一二八ページの注参照。

5　一三ページの注参照。

シュミット様

拝復　妻宛のあなたのお手紙から推察しますと、あなたは昔の故郷ですっかり元の生活を取り戻されているようで、何よりです。私の方はここで悪質の風邪に悩まされています。祖父母が昔「インフルエンザ」[1]と呼んでいたもののようです。病床でヴェーゼの宮廷物語、これはなかなかしっかりしたものです、それにケストラーの『真昼の暗黒』[2]を読んでいます。マルロー[3]がこの領域を文学的に初めて掘り起こして以来、これについての知識は大きな進歩を見せてきています。フランス人のベルトラン・ド・アストルク[4]の『恐怖の世界への入門。サン・ジユスト、サド、ブレイクからエルンスト・ユンガーまで』という小冊子（四四／四五年冬）に「彼〔ユンガー〕は〔フランス〕占領中のドイツの宣伝がわれわれにもたらした唯一の発見であった……彼の思考法は……大きなカオスがドイツの廃墟の上に広がるときに、トロツキー的な党のための基盤を提供するであろうと考えることができる」という文章があり、私はある種のクリオジテ〔好奇心〕をもってこれを読みました。聞くところによると、今は教授になっているニーキッシュ[5]は、講義で私の『労働者』を共産主義の立場で解釈しているそうです。これはもちろんトゥルパノフ大佐[6]の言う意味ではないのでしょう。しかしNのような精神の持ち主はフロンド党のような反政府派から抜け出ることはなく、それが彼らの存在の手段なのでしょう。

あなたはニーメラー[7]との関連で「犠牲の概念」を考えておられましたが、これについて一度お書きになればいいのにと思います。かつてハンブルク大空襲があったとき、パリでは多くのフランス人の間にこのニュースを大げさなものとして軽視しようとする傾向があるのに気づいたことでした。敵には同情しようとはしないのでした。「バスティーユについての真相」であなたは多くの資料を見つけ出すでしょう。たとえばバスティーユの犠牲者への年金は十九世紀半ばまで支払われていました。もちろんそこで殺戮されたスイスの護衛部隊の遺族にではありません。バスティーユはわれわれの世界の多くの事物の発祥地と同様に、この特別の犠牲礼賛の発祥地です。『放射』の中で短い節においてですが[8]、私がバスティーユ記念碑のそばを通るたびにその光景が私の中に呼び起こした恐怖を表現しているのをあなたは見つけ出されるでしょう。フランス人は精神的な責任を丸ごとわれわれに押しつけようとしますが、彼らもさまざまに邪悪な経験をすることになりそうです。

犠牲についてもう少し書きます。アメリカ軍が侵攻してから数日後にすでに、当地にも強制収容所を視察して来たばかりというジャーナリストが二人やって来ました。私たちは犠牲について話し合いましたが、それから彼らはこの界隈の治安について尋ねてきました。私は彼らに窓からポーランド人たちに殺された人の——恐ろしい状況のもとで起こったことですが——農園を指差して見せたことでしたが、彼らはその農家を見ようとせず、その眺めが彼らには不快なように私には思われました。犠牲には現実味がなければならないのです。コモン・センスによって正当なものと認められねばならないのです。選択には法則性があります。

ゾンバルト二世の『カプリッチョ』[9]をお読みになりましたか。——悪くないと私は思います。一般的に言って、若い世代は驚くほど非生産的です。三月十日にこちらでネーベル[10]に会います。彼にはいつも元気づけられます。あなたも一度キルヒホルストにお立ち寄りください。ご自愛を祈りつつ。奥様にもよろしくお伝えください。

敬具

あなたのエルンスト・ユンガー

（二〇a）ハノーファー近郊キルヒホルスト

一九四八年三月一日

1　カール・エードゥアルト・ヴェーゼ（一八〇二―一八七〇）の『宗教改革以来のドイツの宮廷の歴史』四八巻。

2　アーサー・ケストラー（一九〇五―一九八三）、ハンガリー系のユダヤ人、英語とドイツ語で書く作家。三〇年代には共産党員としてスペイン内戦に参加、スパイとして死刑判決を受けるが、処刑前に捕虜交換で生き延びる。共産党から転向後に、小説『真昼の暗黒』（一九四〇）を書き、嫌疑をかけ、尋問し、訴訟を起こすことで規律に服させるスターリン体制を暴き出している。『真昼の暗黒』は世界的な成功を収め、冷戦期に大きな役割を果たした。

3　一九ページの注参照。

4　ベルトラン・ド・アストルク伯爵（一九一三―）、レジオン・ドヌール勲章の受賞者、エール・フランスの支配人、ペンクラブ副総裁、雑誌『エスプリ』共同編集者。『恐怖の世界への入門』は一九四五年に出版された。

5　一七ページの注参照。

6　セルゲイ・イワノヴィチ・トゥルパノフ（一九〇二―一九八四）、ソ連の軍人、政治家、政治学者。一九四五年六月にベルリンにやって来て、ドイツ駐留ソ連軍管理部（SMAD）の情報機関の局長。ソ連占領軍の中では最も影響力の大きいソ連共産党幹部で、ドイツ文化の立て直しに決定的に関与したが、一九四九年春に解任されている。

7　マルティーン・ニーメラー（一八九二―一九八四）、福音派の神学者。第一次大戦ではUボートの艦長、その後、神学を学び、牧師になる。一九三三年、福音教会の画一化に対して反対行動を取るために牧師同盟を設立し、告白教会の中心人物となる。一九三七年、逮捕され、七か月の拘留刑に処せられる。その後、「総統の個人的捕虜」としてザクセンハウゼンの強制収容所に移され、終戦時まで拘留された。戦後は福音教会の「シュトゥットガルト罪の告白運動」に参加、高位の教会職に就いている。

8　『パリ日記第一部』の四二年七月十九日の項にユンガーはこう記している。「午後、ペル・ラシェーズ。……人目をしのんで町へ帰る。バスティーユの翼をつけたマーキュリーが松明と引き千切られた鎖の環を手にもっている像を見ると、この上なく危険な力、遠くまで影響を及ぼす力があるのだという感情が見るたびにだんだんと強く私の中に起こってくる。大きな速度と大きな静寂という印象がそこに一つになっている。進歩の精霊が空高く聳えていて、そこにはすでに未来の燃焼の勝利が息づいているように見える。賎民と商人の精神が一つになってこれを建てたように、復讐の女神がマーキュリーの鋭い洞察力とそこで対になっている。これは象徴などではもはやない。それは真の邪神像であって、恐ろしく強い誘いの餌に囲まれ、それがこうした青銅の立像の周りに昔から漂っている。」

9　ニコラウス・ゾンバルト（一九二三―）、社会史学者、作家。一九五四―八二年、シュトラースブルクのヨーロッパ会議の文化部門の長。ヴェルナー・ゾンバルトの息子で、三〇年代以来シュミットと親しく、一九四五年以後もシュミットの交友グループの一人で、公然とシュミットを擁護していたが、七〇年代になって、シュミットとユンガーに対して批判的な態度を取るようになる（三七三ページの注参照）。短編『カプリッチョ第一部――歩哨勤務の兵士の錯覚と没落』（一九四七）でゾンバルトは文壇にデビュー。

10　二〇四ページの注参照。

ユンガー様

拝復　今年はあなたの誕生日のご挨拶を復活祭のご挨拶と結びつけることができて、妻の名前とも一緒にここに謹んでお祝い申し上げます。私はとくに、この誕生日にもう一つのふさわしいお祝いをしようと思っています。私たちの普段の存在の惨めさに対する勝利、あなたの敵の計画に対する勝利、その他もろもろの嫌なこと面倒なことに対する勝利を祝ってです。あなたの誕生日にこの三つの勝利をあなたとともに祝いたいと思います。遅ればせながら三月一日付けのあなたのお手紙および三月十六日付けの奥様からのお手紙（これには別にお返事を書こうと思っていますが）お礼を申し上げます。そしてもう五年も会っていない私の代子アレクサンダーを思い出しては、是非とも一度顔を見たいものと思っています。

ネーベルがこの前の金曜日にこちらにやって来て、あなたを訪問したときのことや、エルンスト・ユンガー論[1]を書く計画などについて火を吐くような熱烈な感激調で語っていました。彼の最近のごく個人的な動機は私にはまったく関係はないのですが、彼の熱意は今も大いに気に入っています。いずれにせよ熱意が大きいのは、それだけで何か喜ばしいことです。

あなたがお手紙でお書きになっている犠牲の概念の説明は、素晴らしいものです。しかし結局は、具体的な友と敵の状況に入り込めば、どんな言葉や概念にも直ちに起こって来る変化の一例ではないでしょうか。ベルトラン・ド・アストルクの小冊子もその一つなのかどうか、それをまだ読んでいないので、私には何とも言えませんが、考えられることでしょう。おそらく彼は「旅の道連れ」にすぎないのでしょう。そうだとすれば、彼が頼っている舵取りだけが興味深いものです。人類はその哀れな発展の過程でただ一歩だけ前へ、あるいは上へ進んだだけだと、私はだんだん思うようになっています。それは火や鋤、あるいはそうしたものの発明ではなく、敵と犯罪者の区別です。幾つかの時代に、そして幾つかの地域で、実際にこのことが可能だったことには繰り返し驚かざるをえません。もっともこれはすぐまた前足を折って倒れ込むためなのですが。

今日、受難週が始まりましたが、何年も前に受難週にローマへ旅したこと、そして昨年のこのときには独居房で過ごしたことなど思い出しています。独居房での生活はまさにこうした受難週にうってつけのものでした。アネッテの宗教的な年の受難週の詩[2]は、ありうるものの中で最も非典礼的なものであるにもかかわらず、私には典礼の一部になっています。今日は月曜日ですが、アネッテの月曜日の詩をあなたも是非お読みください。魂と枯れたイチジクの木との対話、枯れた木の深い意味のこもった答えの数々、貴族の出で、この上ない環境にいる二十二歳のうら若き女性が、あらゆる実存哲学者、キェルケゴールの後裔やそうしたすべて、人間が今日語っているすべてよりも絶望について多くを知っているのです。

彼らはその愚かで厚かましいオプティミズムの顔面にしたたかな打撃を受けたのですが、彼らにはそれが理解できないでいるのです。

しかしこの手紙がそちらに届くときには、受難週ももう終わっていて、誕生日のお祝いにも復活祭のお祝いにも、こんな現実のことどもを思い出す必要はないのでしょう。素晴らしいお誕生日をお迎えになりますよう、そしてイタリア旅行からご無事にお帰りになりますようお祈りしつつ。

敬具

つねにあなたのカール・シュミット

（二一）プレッテンベルク

ヴェストファーレン

ブロックハウザーヴェーク一〇番地

一九四八年三月二十二日

1　これは『エルンスト・ユンガー。精神の冒険』と題して一九四九年に刊行された。二二三―二四ページの注も参照。

2　一八三ページの注参照。

シュミット様

拝復　祝いのお言葉、まことにありがとうございます。あなたもこちらへいらしておれば、一二時から何と八時までも続いた朝食をご一緒できたでしょうに。雰囲気はずっと快適でして、食卓にはシュルツ[1]も同席していました。フランスの捕虜だったのをやっと釈放されて帰って来て、今は、私の昔の知人たちの多くと同様に、キルヒホルストに住んでいます。

ネーベルが手紙であなたを訪問したことを書いて来ました。彼はいつも刺激的で、ドイツの若者に普通見られるものとはかけ離れているように私には思えます。私はもう久しく精神の漁師をしているのですが、獲物は驚くほど少ないものでした。それが良い方向に向かう気配はさっぱりなく、むしろ逆です。それでも、ある種の決定的な視点から評価してドイツの若者とも付き合って行くのが最もいいことなのでしょう。

トインビー[2]はシュペングラー的思考の一種の洗練された継続者なのでしょうか、今はアメリカの最高国防会議に取り込まれています。歴史哲学者たちは今日では原子物理学者たちよりはるかに重要だと言わんばかりです。ファシズムの処方箋を思いつかずして、いかにして新しい、強靱な健康が作り出されるのでしょう。ファシズムは根本において修復された民主主義であって、それゆえそれ以前の修復された君主制とまったく同様に、破綻せざるをえないのです。政治家たちは、ドレフュス事件[3]を実際に学んでいたなら、多くのことを予見していたでしょう。このことは私にとって今日なおこれまでで最も刺激的な読み物です。それゆえ内政についての書物は、発言するにはあまりに危険な真理を含んでいるので、大変な冒険です。大きなエネルギー論的な増大の徴候が、あらゆる領域で、物理学においてだけでなく、現れて来ています。

敬具

あなたのエルンスト・ユンガー

K［キルヒホルスト］、一九四八年三月三十一日

1　二〇六ページの注参照。

2　アーノルド・ジョウゼフ・トインビー（一八八九―一九七五）、イギリスの歴史家、文化理論家、歴史哲学者。この頃、名声を博し、さまざまに議論されていて、この関連でユンガーもトインビーを読んでいたが、シュミットにもそれが刺激になっていた。ユンガーは一九三六年二月二十九日にベルリンでトインビーの講演会（演題は「集団的安全」）の機会にトインビーと個人的に知り合っていて、三八年二月二十八日の講演会（演題は「平和の変化」）で再会している。両者の間にはテーマの上で多くの接触点があったが、シュミットのトインビーとの関連は五〇年代の文章の中で初めて出てきていて、四八年四月九日以来、のちに出版される『グロサーリウム』の原稿には、シュミットがトインビーに集中的に取り組んでいることが記されている。四八年四月十一日、四月二十二日にはユンガーの手紙の「歴史哲学者たちは今日では原子物理学者たちよりはるかに重要」という文章が引用されていて、トインビーとシュペングラーの類似性についてのユンガーの意見が検討されている。

3　一九〇五年に起こったドレフュス事件はフランスの反ユダヤ主義の風潮を示しているもので、フランスだけでなくヨーロッパ中でセンセーションを巻き起こした。フランス軍の砲兵大尉アルフレド・ドレフュス（一八五九―一九三五）はユダヤ人で、一九〇四年にドイツに国家機密を漏洩したとの偽造された証拠によって軍事法廷で国家反逆罪に問われ、悪魔島に終身追放刑に処せられた。ゾラなどの作家やその他幾人かの政治家の激しい反対に一般世論も同調し、一九〇六年にはドレフュスの汚名もそそがれることになる。ユンガーは再三この「ドレフュス事件」に言及している。

ユンガー様

拝復　三月三十日付けのお手紙に急いで手短にお答えしたいと思います。それより前にまずはあなたのイタリア

旅行が有意義なものでありますようお祈りします。この旅行の象徴的な意味を私は非常に強く感じているところです。あなたがローマにいらして、そこで時間がおありなら、ローマにいる友人エーリク・ペーターゾン教授[1]をお訪ねください。住所をお知らせしておきます。ローマ、ヴィア・サン・アンセルモ七番地です。教授は非常に学識の深い特異な神学者で、一九三〇年にカトリックに改宗し、ローマの女性と結婚、家庭をしょい込んでいます。スカルパ[2]を覚えていらっしゃると思いますが、教授はよくスカルパと会っています。フランスの若者への教授の影響はこのところ非常に大きなものになっています。私は一九二五年以来、つまりボンにいるときから教授とは知己で、あなたが教授に私からの挨拶をお伝えいただけると、嬉しいのですが。教授と話し合うのがかつて異常なまでにうるところがありました。今、教授がどうしているのか、私は知りません。最後に会ったのは一九三六年にローマにおいてでした。教授があなたの訪問と私の挨拶を喜ばれるのは、確実です。

あなたはアーノルド・トインビーについて、そして歴史哲学者の原子物理学者との関係についてお書きになっていました。差別的な（正当な）戦争が起こって、この国家同士の戦争が内戦に変化すると、もちろん、歴史哲学者や鳥占い師の意味が高まります。内戦における敵の内部の破壊工作は、同じ関係で、原子爆弾よりも強力な武器です。私はこの前、トインビーが一九四七年十一月に下した診断を読みました（国際問題についての講演原稿）。彼は西と東の間の第三勢力を問題にし、ヨーロッパは再び強くなることに反対しています。それによってドイツも再び強くなるだろうからとしてです（「アメリカとソ連を除いたヨーロッパ連合の中でドイツは遅かれ早かれ、何らかの形でトップに立つにちがいない」など）。この「ドイツという難問題」はトインビーにとって「ヨーロッパの第三の強国を構築するとき越えることのできない障害」なのです。こうして彼は落胆しながらも、力のない第三勢力を探し求めています。私は一九三八年に彼と非常に興味深い話し合いをしたことがありますが、彼にはシュペングラーのような独創性はかけらも見られません。

ドレフュス事件については、一度レオン・ブロイの『ある隠遁者の瞑想録』（一九一六）の二一一ページをお読みください。「悪魔にも幸福なときがある」[3]とあります。この事件については私もあなたと同じです。これまでは訴訟の手続き問題が法律的に先鋭化したせいだと思っていたのですが、ニュルンベルク裁判はこうした刺激的な力はもっていないようです。

　あなたと奥様とカール・アレクサンダーのご多幸をお祈りしています。よき旅をなさって、数か月後にはこの旅のことを聞かせていただけると楽しみにしつつ、あなたのことをいろいろと思い浮かべています。　敬具

　つねにあなたのカール・シュミット

　プレッテンベルク、一九四八年四月十三日

1　エーリク・ペーターゾン（一八九〇—一九六〇）、福音派の神学者として一九三〇年までボン大学の教授。一九三〇年にカトリックに改宗、三二年にローマに移住し、さまざまな地位に就いて活動し、最後は法王庁の大学で教鞭を取る。シュミットとは二〇年代の初めから親しく付き合っていたが、一九三三年以後はシュミットのナチ政府への肩入れを批判し、三五年にはシュミットの「政治神学」に反対していた（これについてはシュミットの『政治神学 Ⅱ——すべての政治神学が片づいているという伝説』（一九七〇）参照）。にもかかわらず、両者とも友好的関係の継続に努力していた。ペーターゾンは一九四五年以後、シュミットに経済的な援助さえも申し出ている。

2　八五ページの注参照。

3　ブロイはドレフュス事件をグロテスクで不安を掻き立てるもの、何千年もの弾圧に復讐するための「神秘的なユダヤ人種」とフランスを混乱に陥れようとする「ドイツの友人たち」によってそのかされたものと見ている。

シュミット様

拝啓　ネーベル少尉からすでにお聞き及びのことかもしれませんが、私のジアルディーニ行きの旅は差し当たって延期しました。多くの友人が、スカルパもそうですが、私を待っていてくれているだけに、残念です。しかしほどなくより良い貿易風も吹くことでしょう。トインビーについてのあなたの所見は私にはまことに価値あるものでした。ドレフュス事件は非常に重要です。そこにはいわば原子の中の状態が含まれているからです。敬具

　あなたのエルンスト・ユンガー

［キルヒホルスト］一九四八年四月十八日［葉書］

シュミット様

拝啓　同封しました状況判断の文章は、トインビーと私の著述の熱心な読者ギュリヒ博士[1]のもので、多くの重要

な見解が含まれています。お読みになったら、ハンス・シュパイデルに転送していただければ幸甚です（宛先は、フロイデンシュタット、シュヴァルツヴァルト、ハルトランフト街四八番地です）。

　ネーベル少尉があなたに報告していると思いますが、私は旅行を延期することに決めました。少尉が送ってくれたというクレシェント・ワインの箱はどうしてかまだこちらに届いていません。葡萄酒は配送事情の悪いこの頃でも、今もって最高の流通手段、交流手段であるはずですのに。

敬具

あなたのエルンスト・ユンガー
（二〇a）ハノーファー近郊キルヒホルスト
一九四八年四月十九日

1　ハンス・ギュリヒ（?-）、この頃シュミットと文通があったが、経歴その他詳細不明。

ユンガー様

拝復　十日ほど前に、ヴッパータールのゲーアハルト・ネーベルのところに行っていましたが、彼からあなたの『放射』の写真コピーを見せてもらいました。私はそれがあなたのものとは違うのではないかとの疑念を、外見的だけですが、もったのです。[1]ネーベルはその疑念を適当に逸らそうとしていて、私の方も彼の言うままに聞いていたことでした。そんなこともあって、一週間前からあなたの戦陣日記を読んでいますが、あの既成事実は変わりません。しかしそれが批准されたというか、確認されたことは非常にありがたいことなのでしょう。

　四月十八日のお手紙とG〔ギュリヒ〕博士の状況判断についてのお手紙、まことにありがとうございます。読み終えてからH・Sp〔ハンス・シュパイデル〕に転送しておきました。あなたの旅行が延期されたことは、多分いい意味をもっているのでしょう。そうお決めになったからには、幾つかの心配ごとも消えてしまうでしょう。

　ギュリヒ博士の状況判断の中の幾つかの言い回しを見て、彼に一度『陸と海』を読んでほしいものと思って、ここにその小冊子を同封しましたので、彼に転送していただけませんでしょうか。そのマーシャル・オプティミズム[2]が彼を失望させなければいいのですが。

　妻が私たちの小さな住まいを予想もしなかった仕方で完全なものにしてくれました。そんなこともあって、あ

なたが私たちを一度お訪ねしてほしいという願いがひとしお強くなっています。　敬具

あなたのカール・シュミット

プレッテンベルク、一九四八年四月二十六日

1　『グロサーリウム』の四八年四月十七日の項にも同じような記述がある。
2　一九四七年に公表されたマーシャル・プランにひっかけたもの。

シュミット様

拝復　『陸と海』はギュリヒ博士に転送しておきました。ネーベル少尉が『放射』の原稿をあなたにもお渡しした由、事柄から考えましても、もちろん個人としましても、それでよかったと思っています。その後に削除した個所も幾つかあり、一連の人名が見分けにくくなっていましたが、Secretum〔秘密〕なんかではありませんので。その後、非常に大部の第六巻が出来上がりましたが、もう少し手元に置いておくつもりです。今は何よりも長編小説[1]に取り組んでいます。ユートピアの逆転とみなしうるものです。つまり技術的に完璧な状態を歴史的に考察し、それがあたかも過去にあるかのように描くものです。それは独特の展望を示します。あなたのお招きに近いうちに応じることができるのではと思っています。　敬具

あなたのエルンスト・ユンガー

（二〇ａ）ハノーファー近郊キルヒホルスト

一九四八年五月一日

1　一九四七年一月十日にキルヒホルストで書き始め、四九年三月十四日にラーフェンスブルクで擱筆し、四九年秋に出版された『ヘリオポリス』。ある町の回顧』を指す。

ユンガー様

拝復　原稿の閲覧をお許しいただいて本当にありがとうございます。あなたの『放射』の原稿はSecretum〔秘密〕ではないとおっしゃいますが、そこには無尽蔵のArcanum〔秘密〕が含まれています。

この間から忘れていましたが、臨終の床での最期の言葉を集めていらっしゃるあなたのために、ショパンの最期の言葉を書き付けた紙片[1]を同封します。これで忘れて

いたことをやっと果たすことができました。これを見つけたのはジードの論文の中でしたが、素晴らしい文章で、あの無限にデリケートなショパンの最期の言葉にふさわしいものです。しかし音楽家はあなたの世界にはどうやら属していないようです。一度ショパンを持ち出して奥様に尋ねてみてください。ショパンに表現されている生きたまま埋葬されることの不安が多くの人々にいかに強く広がっているかを評価しようと思うと、最期の言葉ほどはっきり分かるものはありません。前世紀にはこの不安がしばしば火葬と火葬場の宣伝に利用され、煽られたものでした。どういう人たちに、どういう状況でこれが典型的なのか知りたいものです。

　あなたは「ユートピアの逆転」と予告なさっていますが、これには私はこの上なく興奮しています。これまで、私の知るかぎり、このテーマを取り上げているのは、ただ一人だけです。サミュエル・バトラーの『エレホーン』（一八七〇）[2]です。しかしバトラーはまだあまりに叙事詩的です。それにイギリス人のユーモアにはどうにも耐えられません。バトラーが一八六三年に出した「機械の国のダーウィン」についての書簡（機械は人間よりも高度な生き物で、発展して行き、増殖するために一時的にだけ人間を必要としているのですが）には、本質的な思考が含まれています。『エレホーン』の具体的な描写も悪くありません。

　『陸と海』をギュリヒ博士に転送していただいて、まことにありがとうございます。

敬具

あなたのカール・シュミット

プレッテンベルク、一九四八年五月五日

1　ユンガーは『最期の言葉集成』を計画していた（シュヴィルク『エルンスト・ユンガー』二三二ページ参照）。シュミットは『グロサーリウム』の四八年五月五日の項にショパンの言葉として次の文章を書き留めている。「この地上は私を窒息させるので、あなたにお願いする、私が生きたまま葬られないように、私の身体を切り裂くよう頼んでください。」

2　サミュエル・バトラー（一八三五―一九〇二）、イギリスの風刺作家。幾つものエッセーでダーウィニズムを批判し、その最もよく知られた著書『エレホーン、あるいは山々の彼方』（一八七二、ドイツ語訳一八七九、一九二八、一九六一）は時代批判の長編小説だが、多くの点で予言的な働きもしている。『エレホーン（Erewhon）』とは、「no-where（どこでもないところ）」のアナグラムで、山の彼方の近寄れない国を指し、そこではすべての規範が逆になっていて、たとえば、犯罪者が病人のように、病人が犯罪者のように扱われる。「機械の書」では人間が機械の奴隷になるかもしれないことの危惧が語られ、また人間が自分の自然な肉体を機械や器具で補充することで自分の発展を自ら計画し、実現することができるという考えを科学者から持ち出させもする。

ユンガー様

拝復　二枚の写真、まことにありがとうございます。いろいろと骨相学上の解釈をする素材と契機を与えてくれます。妻からもくれぐれもよろしくお礼を申し上げてとのことです。こうした写真は――もってこいの光線具合だとして写したものなのでしょうが――知的な輝きを発していて、あなたが奥様とご一緒に木のそばに立っているのに、その木の樹皮までも照明過程に引き込まれているようで、そう、この写真は知性の極致のように私には思えます。これまでは知性についてのおしゃべりばかりしか耳にしていなかっただけに、今はそう思えるのです。

　あなたご夫妻とお会いできたこと、そして挨拶回りが鉄のカーテンのこちら側でやっと実現したことを、今も喜んでいます。実際にお目にかかれた瞬間には、手紙で幾度もやりとりする以上のものがあります。カール・アレクサンダーの成長ぶりを一体誰が予想できたでしょう。アメリカ人のロディティ[1]という人物は私は知りません。この名前は「戦時名」にすぎないということはありませんか。訴追検事タイプの人でなければいいのですが。私は逃げることに疲れて（taedium fugae）[2]悩んでいます。ここ数年、私は駆り立てられる獣さながらで、こんな狩りにはもううんざりしているのですから。

　ケルゼン[3]の論文は知っています。オリジナルもです。一九四四年以来、彼はドイツが国際法上もはや存在していない、もはやない、もはや法の主体ではない、法的には無、まったくの無、無以外の何ものでもない、と書いています。連合国にとって好都合なら、連合国はこれまでとはまったく違った、新しい法の主体、無という点ですべてのこれまでのものと同じ法の主体を無から作り上げることができ、それに「ドイツ」という名前を与えることができるのですが、このことはもちろん無に対して何も示すものではありません。法的な小道具を動員して行われるこうした破壊に熱狂する連中を見ても、ボッシュを知る者には何も驚くに当たりません。その他にもまったく違った破壊者や抹殺者が生き延びているのも私たちは見てきています。十七世紀にはあの偉大なスピノザは、蜘蛛と蝿とが互いに殺し合うのを眺めることで、思考の疲れを癒したといいます。あなたは昆虫学者だから、こうした光景には興味がおありでしょうが、私はそれを見ると悲しくなるので、目を逸らします。

ネーベルが五月二十八日にヴェーアドールで「エルンスト・ユンガー」と題して非常に影響力の大きな講演をしました。[4] 聴衆は少なかったし、あなたの著書については何にも知らない者ばかりでしたのに、非常に優れた人たちで、中でも『放射』からの引用が読み上げられたときには深い感銘を受けていました。五月三十日にもデュッセルドルフで講演をしたらしいのですが、残念ながらそれについての報告はまだ受けていません。結婚式をテーマにしたネーベルの短編集は、[5] この楽しい太陽からの一条の光を私たちに仲介してくれていて、それに参加させるものでもあります。彼の語り口は実際オデュッセウス、あの雄弁なウリクセスのようです。

あなたとご家族のご多幸を妻とアーニマともどもお祈りしております。妻は negotiis demesticis submersa〔もっぱら家事に明け暮れて〕います。アーニマは今なおネーベルの講演に感激しています。

敬具

あなたの忠実なカール・シュミット

（二一一）プレッテンベルク、ヴェストファーレン

ブロックハウザーヴェーク一〇番地

一九四八年六月十一日

1　ジョージ・ロディティ（一九〇六―）、出版社の編集顧問で作家、ユンガーと数十年にわたってコンタクトがあった（『漂白の七十年 Ⅳ』、八八年六月十七日の項参照）。

2　taedium fugae は、よく使われる「生活に疲れた（taedium vitae）」のもじり。

3　ハンス・ケルゼン（一八八一―一九七三）、オーストリアのユダヤ系の国際的に名声の高い法哲学者、国法学者。伝統的な「法実証主義」の代表者で、ワイマール時代にはシュミットやその他の憲法学者から攻撃された。彼らはより強く具体的な政治状況、社会状況を重視していたからである。にもかかわらず、ケルゼンは一九三二年にシュミットが彼とともにケルン大学に招聘されたのをはっきり歓迎していた。――一九三三年四月に公務員制度再建法によってケルゼンが教職を追われたとき、シュミットは、新しい法律の合法性を持ち出して、学部の異議申立書に署名することを拒否している。

4　ネーベルについては二〇四ページの注参照。ネーベルがヴェーアドールの他にデュッセルドルフやヴッパータールで行った講演は一九四八年に『エルンスト・ユンガーと人間の運命』と題した小冊子として出版されている。四八年二月二十四日、シュミットはグレータ・ユンガー宛に「ネーベルには私はいつも感嘆させられます。彼がエルンスト・ユンガーを擁護する勇気は立派なもので、それに彼の知性は驚くべきで、彼の知識は豊かで……」と書いている。

ネーベルのユンガー論（二一五ページの注参照）が出版された後、シュミットは『グロサーリウム』の四九年四月二十日の項に「優秀な人物、ゲーアハルト・ネーベル、彼はエルンスト・ユンガーの本質に愛を発見している。このことはもちろん感動的である。優秀な人物、ゲーアハルト・ネーベル、君の愛に満ちた解釈を君のユンガー像に注ぎ込んでいる金こそが独自の豊かさ、独自の充溢である」と記している。

5　一九四八年五月二十日にプフリンゲンで行われた出版社主ギュンター・ネスケの結婚式。

シュミット様

拝啓　遅ればせながら、あなたの六十歳のお誕生日のお祝いのコーラスに加えさせてもらいたいと思います。私たちはここにいても、そんなに遠く離れているとは思えず、ここ数週間、少しばかり時間の外で過ごしていました。アルミーン・モーラー[1]から言われてお祝いを出し損ねていたことに気づいたことでした。それだけに余計、心からのお祝いを申し上げます。七十歳のお誕生日には是非とも駆けつけねばと思っています。耳にしたところでは、その後あなたは六十歳を迎えての歌[2]をお作りになった由、是非拝見したいものです。

同封して、ここ数か月に刊行した平和の書[3]、幾つかの版がありますが、その一つをお送りします。お誕生日のお祝いには別のものをお贈りしようと考えています。私の『ミルドゥーン』[4]にアルフレート・クビーンがイラストをつけたもので、近く四部送られてくることになっていますので。

ここ数週間、来客がたくさんありました。名前を挙げますと、たとえばシュテファン・アンドレス[5]、それからリヴァロール論の著者で戦死したガス[6]の弟、アルミーン・モーラーなど、モーラーの生き生きとして飾らぬ態度は好感のもてるものでした。ブールマイスター[7]も最近ここに立ち寄って、昔の上司についていろいろと話して行きました。

あなたがこれからも aequam mentem〔冷静な精神〕を失わず、時代の流れから観察の素材を引き出すことを願っています。Je regarde et je garde〔じっと見つめて、目を離さない〕ように。私たち三人から心からのご挨拶を送ります。

敬具

あなたのエルンスト・ユンガー

次の共通の祝宴はカール・アレクサンダーの堅信礼と

いうことになりましょうか。

K［キルヒホルスト］、一九四八年七月十九日

1　アルミーン・モーラー（一九二〇―）、バーゼルの生まれ。哲学、美術史、ドイツ文学を学び、学位論文「一九一八―一九三二年のドイツにおける保守革命」（一九四九／五〇）に取りかかっているとき、カール・シュミットとエルンスト・ユンガーと知り合い、ユンガーの秘書になり（四九―五三）、のち、パリに出て、さまざまな新聞の通信員、コラムニストを務め、最後はカール・フリードリヒ・フォン・ジーメンス財団の支配人（六四―八五）。その学位論文、出版物、組織的な活動によって、連邦共和国の保守主義の秘書であるとの名声をえていた。

2　「六十歳の男の歌」、次の手紙参照。

3　平和の書、一九四五年に最初に印刷されたユンガーの綱領的文書「平和」を指す。その後、幾つもの序文をつけて、その中にはイギリスやフランスの作家のものもあるが、出版され、ここで送付されたのは、デュッセルドルフから出ている雑誌『討論。西欧と真理に義務を負うグループの雑誌』（ミュールアイゼン）の一九四八年五月の第五号に「エルンスト・ユンガーの作品の書誌」の中に「非合法文書だが、発禁処分が解かれる前に占領軍によって印刷された」として載せられたもの。

4　『ミルドゥーン。ノルウェーからの手紙。アルフレート・クビーンの［十四枚の］挿絵つき』、チューリヒ、アルヘ社、一九四八。五一ページの注も参照。

5　シュテファン・アンドレス（一九〇六―一九七〇）、作家。一九三三年以後、カトリックの強固な態度と妻が「半ユダヤ人」であるという理由で迫害され、一九三七年にドイツを去っていて、その頃帰国の可能性を探っていた。

6　二八一ページの注参照。

7　一八三ページの注参照。

ユンガー様

拝復　人生六十年を過ぎて――誕生日のお祝いのお手紙ありがとうございます――いろいろ考えていて、七年前にパリであなたからいただいたリヴァロールの小冊子の中の文章を思い浮かべました。「正義と道義のこの上なく微妙で、この上なく厄介な問い、テミスの女神〔掟を司る女神〕でも裁定を下すにはあまりに微妙な問題、これが決定されるあの遠く離れた神聖な場所の秘密の入口を教えることを私はしない。というのも、もしあの戸口を教えたなら、やがて貪欲さと激情のあらゆる抜け目なさが闖入して来て、良心の最後の牙城を暴力的に捩じ曲げるでもあろうから」（Ⅱ、六六ページ）[1]。ここには私の人生のアルカヌム〔秘密〕が言及されていて、あなたが『放射』でそれについて非常に多くの意味と正当性を示してくれていること、ここにもう一度お礼を申さねば

なりません。もしご一緒にテーブルについていたなら、今この手紙で書いていることよりももっと詳しく説明できたでしょうに。あのとき、私はお客たちの前で「六十歳の男の歌」を朗読しました。それをあなたに知らせずにいたのは、何とも手抜かりでした。しかしこうした無邪気な自己中心的な行為には、自分自身や友人たちに心を開いて見せる魅力はあるものの、関連をすべて知っているわけのない第三者にとっては分かりにくく、誤解を招くという短所ももっています。そのため、抑揚のあるイントネーションというとても大きな長所も第三者が口にするとパロディーになりかねません。秘儀的な事柄はみなこんなふうで、キリスト教徒の晩餐で唱える「Hoc est enim Corpus〔これぞ肉体なり〕」さえも異教徒には「Hocus pocus」になって何のことか分からなくなってしまいます。

　あなたの『放射』の中で素晴らしい文章[2]に出会いました。その文体は最も深いところで正義に関わっていると思うのです。五月にお訪ねしたとき、あなたとそれについてお話ししたかったのですが、うまく切り出せませんでした。十年前のことですが、私はベルリンでテーブルを囲んでいた友人たちに「正義のために」という言葉を彫り込んだ錫の杯で酒を酌み交わしたものです――いつもそうでした。実証主義的自然科学はこの正義に適してはいないのですが、原子爆弾はどうやら正義の戦いを要求しているらしく[3]、こうした関連は私の関心を引き、正義の性急さに悩まされています。

　平和についてのあなたの文章の印刷されたものお送りいただき、まことにありがとうございます。もっとも序文は気に入りません。あなたをエルンスト・ニーキッシュの弁護人[4]と紹介するのは、正しくないからです。今日の公衆があなたから見てもはや別の法律的権限を知らないとするなら、そうした公衆はあなたにはふさわしくないというか、似つかわしくないと思います。あなたがN（ツェラーリス）[5]がドイツの歴史にとって重要な者になりえたとおっしゃるのは、その通りです。私もそう思います。ベルリンがドイツ全体の状況のモデルになっている今日ではこうしたかつての可能性では足りませんし、ファシズムの古参の闘士やその犠牲者以上ではない者は[6]、あなたを合法と認めることができません。クニーボーロは犯罪者でしたが、最大の犯罪者ではなく（より大きな犯罪のためには世界精神は別の手段を選びます）、最後の犯罪者でもありません。今日、死んだクニーボーロに対する戦いを糧に生きることはもうできないはずなのに、今、思いがけない高い評価がなされるようになって、ついには、ロンドン、リスボン、ミラノでここ数か月に次々とトリスタンが上演されて、クニーボーロの死後の勝利を掲げるようになっています。

ハンス・シュパイデルからとても素敵な手紙をもらいました。私の誕生日をあなたから聞いたからとのこと、ありがたいことです。アルミーン・モーラーからあなたを訪問したときのことといろいろと伺いました。彼は非常に好感のもてる人物です。ヒュルシュ[7]からは久しく音沙汰がありません。ゲーアハルト・ネーベルとは近く会うことになっています。一昨日、来客がありましたが、事前に「ニーベル」と電報で来意を伝えてきて、私はてっきりネーベルと思って待っていたのに、やって来たのは実際ニーベル氏でした。この上なく興味深い、そして知性に富んだ若いデュッセルドルフの人物でした。

モーラーがあなたの奥様からの伝言を持って来てくれました。私たちみんなとくに喜んだことです。奥様とカール・アレクサンダーにも私たちからくれぐれもよろしくとお伝えください。またお手紙いただけると嬉しいのですが。

敬具

いつまでも変わらぬあなたの旧友

カール・シュミット

「六十歳の男の歌」[8]同封します。

エルンスト・ユンガーのためにとの献辞を添えて

C・Sの思い出のために

プレッテンベルク、一九四八年八月二十日

1　このアフォリズムは一九五六年にユンガーの手で独訳されて、全集第一四巻、三〇二ページに載せられている。

2　『パリ日記第一部』、四二年二月十七日の記述。

3　さまざまに異なる理由と要求をもつ戦争という現象（「国際法に基づく国家間の戦争」、「聖戦」、「正義の戦争」）についてはシュミットはすでに早くから発言していた（たとえば『政治的なものの概念』（一九二八）、第五章、「差別的戦争概念への転換」（一九三八））。ニュルンベルクでの経験（一九五ページの注参照）や世界政治の動向や原爆武装などの印象をもとに、シュミットはこの問題に新たに取り組んでいた（『救いは囚われの身から来る』の一九四七年に書かれた第一章、一九六三年に書かれた『政治的なものの概念』の新版の序文、一九六三年に出版された『パルティザンの理論』、とくにその五三ページ以下、九一ページ以下）。シュミットは「正義の戦争」を「独善的戦争」と名づけ（『救いは囚われの身から来る』、五七ページ）、歴史的に不幸な結果をもたらす考えとしてはねつけていて、諸政党がそれぞれに自らを絶対的な善と見、敵を絶対的な悪と見て、敵を「絶対的な敵」にし、「犯罪的、非人間的」、「まったくの無価値」と宣言する戦争もこの「正義の戦争」と理解している。ここでは各政党はラディカルで「絶対的な」殲滅手段を使用する権利が自分たちにもあると考える。「正義の」戦争と「絶対的な」殲滅手段のこうした関連から、シュミットは、原子爆弾のような殲滅手段が「正義の戦争を要求する」という逆の推論を引き出していた。一九四八年八月二十日の手紙では、こうした仮定がテーゼとして出されており、『パルティザンの理論』(一九六三)ではそれが詳しく述べられている。『大地のノモス』(一九五〇)の最終章も参照。

4　ニーキッシュの弁護人、一九三〇年頃の国粋主義的ボルシェヴィストとしてのニーキッシュとのユンガーの結びつきを言ったもの(一七ページの注参照)。

5　N (Cellaris)、ニーキッシュを指す(八七ページの注参照)。

6　もともとはクニエボーロ、ユンガーが日記の中でヒトラーの暗号名として用いているもの。

7　エーアハルト・ヒュルシュ(一九二〇―)、スイスの詩人、ジャーナリスト。

8　六十歳の男の歌

「私は運命の大番振舞いを経験してきた。
勝利と敗北の数々、革命と復古の数々、
インフレとデフレ、幾度もの空襲、
数々の中傷誹謗、政権の交替、導管の破裂、
飢餓と厳しい寒さ、収容所と独房、

こうしたすべてを私は通り抜けて来て、
すべてが私の中を通り抜けて行った。
私はさまざまな種類のテロを知っている。
上からのテロ、下からのテロ、
地上でのテロ、空中でのテロ、
合法的なテロ、非合法のテロ、
褐色の、赤色の、残虐なテロ、
そしてどうにも名づけようもない最悪のテロ、
私はそれらすべてを見てきて、そのやり口を知っている。

私は知っている、権力の、法のシュプレヒコールを、
政府の拡声器や意味の改竄者を、
多くの名前を連ねたブラックリストを、
そして迫害者のカードボックスを。

今、私は何を歌うべきなのか。擬似薬の賛歌か。
私は何も問題をもたなくなって、植物や動物を羨むべきなのか。
狼狽している者たちに混じって狼狽して震えているべきなのか。
藪の中に飛び込む蚊の幸せに浸るべきなのか。

私は三度、魚の腹の中に座っていた。
刑吏の手による自殺*もこの目で見てきた。
しかし予言する詩人たちの言葉が私を守ってくれて、
聖者が東方から逃れる門を開けてくれる。

この聖別の息子よ、汝は震えてはならない！
耳を傾け、耐えるのだ！

一九四八年七月十一日　C・S」

（この詩は『グロサーリウム』の一七七ページにほとんどそのまま載せられている。）

＊「刑吏の手による自殺」という表現について、シュミットは『グロサーリウム』の四八年七月二十三日の項に次のように記している。

「一、秘儀的でバナールに。安上がりの死、いわば無料、医者や埋葬のための特別の費用なしでやれる。もっともいつもうまく行くとはかぎらない。というのも、相続人たちがつきまとっているから。しかし今日では財産はたいてい押収されている。
二、ゲーリングの場合。
三、崇高なストイック的な実験、自殺の自由を受け入れた手段として刑吏を扱う者。
四、キリスト教的に。刑吏を病気やその他の死因のような歓迎すべき使者とみなす者。
ネーベルはこの表現がエルンスト・ユンガーに見られると主張していた。私はそれを見つけ出すことはできなかった。しかしおそらく数年前にフランツ・ブライの友人のウィーンの法学者の言葉であることを知った。この表現は法学的である。」

これについては、ユンガーからのシュミット宛の七二年十二月二十一日の手紙の同封物も参照。

シュミット様
お手紙と歌と『ノモス』、まことにありがとうございます。私たちはいつもあなたを思っています。

つねにあなたの昔よりの友
ハンス・シュパイデル

懐かしき思い出を抱きつつ
クレメンス・ポーデヴィルス[1]

心をこめて、エルンスト・ユンガー

心からのご挨拶をこめて、F・G・ユンガー

ツィータ・ユンガー

W・ダウト

アネ・ブルクハルト

フォン・ベルント

謹んでご挨拶を

ゾフィー・ドロテー・ポーデヴィルス

ユーバーリンゲン・アム・ボーデンゼー

一九四八年九月二日［絵葉書］

1　二二八ページの注参照。

シュミット様

拝啓　同封してヘンリー・ミラー[1]をお送りします。彼の流儀もリヴァイアサンから逃げる道の一つです。

妻は昨日南への旅に出ました。家を見に行くと言ってです。適当な家を見つけるためにすでに幾人かの方が動いてくれていて、南ヴュルテンベルクの警察署長もその一人で、すでに一軒見つけたと言ってくれています。しかしまず「きちんとしている」かどうか検分しなければと思っています。私は自動車でもなかなか行きにくいかなり辺鄙なところへ引っ越したいと思っているのです。あなたの六十歳の男の歌にはさらにこうつけ加えるべきではないでしょうか。「私はまた名声もえた。同時代人から当然与えてくれたもの。私はその危険も知っている」と。

当地は今、秋も深まってきています。私は、ルイーゼの世話になりながら、隠遁者として生きています。

敬具

あなたのエルンスト・ユンガー

（二〇a）ハノーファー近郊キルヒホルスト

一九四八年十月十二日

1　シュミットの『グロサーリウム』（四八年十月十六日、十八日）によると、ここに言うヘンリー・ミラー（一八九一―一九八〇）は、その自伝的小説『北回帰線』で、一九三四年にパリで出されたフランス語訳のもの（ドイツ語訳は一九五三年にローヴォルトから）。この小説は卑猥な表現が多く物議をかもしたものだが、大都市の現代社会に対するミラーの批判がユンガーの文明批判、技術批判と軌を一にするもので、ユンガーはミラーの糞尿潭的猥雑さには辟易するものの、『放射』の四八年四月二十日の項、『漂白の七十年　Ⅰ』の六八年十二月三日の項などにミラーについて言及している。二七九ページの注も参照。リヴァイアサンのモティーフは、ダンテからストリントベリまでの偉大な作家たちのパリへの「巡礼」が「鯨の腹の中での暗澹たる恐ろしい滞在」と比較されていることを指していると思われる。大都市の消耗的な人間嫌いの現代社会をリヴァイアサンに喩えてである。

ユンガー様

拝啓　あなたのお誕生日は、私たちにとってここプレッテンベルクであなたのことを思いながらご多幸をお祈りし、あなた、奥様、カール・アレクサンダーに私たちの心からのご挨拶をお送りするきっかけになるものでした。私の代子のカール・アレクサンダーの堅信礼にそちらに行くことができなくて、本当に残念です。そのお詫びにカールに今日、錫の杯を送りました。そこに彫り込まれた銘文[1]にふさわしい年代もののワインで使い初めをして、うまく行ったら、そのワインの銘柄を知らせてください。

あなたの今年のお誕生日があなたとご家族にとって素晴らしい祝宴になりますようお祈りしております。おそらくあなたの新しいご著書[2]も出来上がって、著者と著書の相互の吉兆として、お手元にすでに届いていることと思います。

ヘンリー・ミラーの小説をご指示いただいたこと、また出版社のヴィットリオ・クロスターマン氏[3]に私の名前を挙げていただいたこと、ありがとうございます。ヘンリー・ミラーの書[4]は私たちの現代を知るためには、知っておかねばならないものでしょう。「黄金は冥府の思考に属する夜の言葉である」といったようなコメントは、著者を正当化するに十分なものです。というわけで、お礼を言わねばなりません。クロスターマン氏が興味を示していることで、喜んでいます。しかしドイツにおける公衆の今日的あり方は私には近づけないもので、クロスターマン氏を失望させることにならざるをえません。これは私にはまことに残念なことです。というのも、彼から何度か手紙をもらい、いい印象を受け、高い教養をうかがわせるものでしたし、彼のところに属している著作家の名前を連ねたカタログからしても非常にいい社会の快い雰囲気を感じさせるものだからです。

ゲーアハルト・ネーベルからはこのところ久しく音沙汰がありません。しかしこの土曜日には彼と会うことができるかもしれません。イーザーローンの画家ヴィルヘルム・ヴェッセルの提案でヴェーアドールでドイプラーを偲ぶ小さな会があって、私も生き残りとしてどうしても果たさねばならない役割があって、出席するからです。

この前、偶然フランクフルト放送を聞いていたら、ネーベルとグレメルスとニコラウス・ゾンバルトが民主主義についてラジオ対談[5]をやっていました。ゾンバルト二世のラジオで聞く声は、父親の声とそっくりです。思い違いでなければ、たしか一九三三年二月一日だったでしょうか、あなたがパウル・アーダムスと行ったラジオ対談[6]を思い出しました。内容も形式もその組み立て方がほとんど信じられないほどの違いがあったことから記憶に残っていたものです。

来客も多く、お仕事もお忙しそうなので、この書面での訪問もあまりに長く引き延ばさないことにします。重ねて私たち一同から、妻とアーニマと私から、お誕生日のお祝いを申し述べます。奥様とカール・アレクサンダーにくれぐれもよろしくお伝えください。とくにあなたのお仕事が大きな成功を収められますよう願いながら。

敬具

あなたのカール・シュミット

プレッテンベルク、一九四九年三月二十四日

1　同じ日のシュミットのモーラー宛の手紙に「今日、ラーフェンスブルクにいる私の代子の堅信礼のお祝いに錫の杯を送りましたが、杯には〈Vetus melius est（古きものはさらによし）〉（ルカ伝第五章三九節）との銘を彫らせました」とある。

2　ユンガーの長編小説『ヘリオポリス』（二二〇ページの注参照）。もっとも発売されたのは四九年秋になってから。

3　ヴィットリオ・クロスターマン（一九〇一―一九七七）、フランクフルト・アム・マインの出版社主。五〇年代初めからエルンスト・ユンガーとフリードリヒ・ゲオルク・ユンガーの著書を刊行していた。

4　前の手紙参照。シュミットは『グロサーリウム』の四八年十月十六日、十八日の項でミラーの『北回帰線』を読んだことを記し、ユンガーと同じようなアンビヴァレントな評価をしている。

5　これについてシュミットは『グロサーリウム』の四九年三月十五日の項に「民主主義とエリートについての悲しい対話、社会学者の息子［ゾンバルト］、高校教師の息子［グレメルス］、前高校教師の息子［ネーベル］が初心者の演習をやっている。情けないこと」と記している。

6　一九三三年に出された『政治的なものの概念』第三版でシュミットはこの会話について言及し（一〇ページ、注一）、「最近のものでは、エルンスト・ユンガーとパウル・アーダムスとの素晴らしい討論（ドイツ放送、一九三三年二月一日）をここに挙げたい。これはやがて印刷されて読むことができるようになるだろう。ここでユンガーは苦悶の原則（〈人間は決して平和を求めるものではない〉）を代表したのに対し、パウル・アーダムスは戦争の意味を支配と秩序と平和をもたらすことに見ていた」と記している。アーダムスについては一三ページの注参照。

シュミット様

拝復　三月二十四日付けのお手紙、遅まきながら厚くお礼申し上げます。私たちみんなは、とくにカール・アレクサンダーは、あなたがラーフェンスブルクにいらっしゃれないのを残念がっていました。今までより来客に快適に過ごしてもらえるようになっていますし、何よりもいいワインがたっぷりあるとなれば、なおさらです。

このところしばらくご無沙汰しておりましたが、ある種の感情のもつれが理由で、どうしてなのか私自身にも分からないのですが、ここ数か月、私たちの関係が変わってしまっているという印象が心の中で広がっていたのです。もちろんいささか過敏症ぎみなのかもしれませんが、何か蜘蛛の糸のような網の中に座っていて、それがあちこちに絡まって、ゆらゆら私をゆすぶって、そこから遠ざかってもこのゆらゆら感は薄まるどころか強くなって行くのです。あなたが私に何か個人的に異議がおありなら、どうか忌憚なくおっしゃっていただきたいと存じます。事柄に関する相違には私はかなり免疫をもっていると思っています。あなたが一度ラーフェンスブルクにお立ち寄りいただくのが一番いいのではないでしょうか。

『国防軍とヒトラーの間』というホスバッハ[1]の優れた書の七一ページにフリッチュ将軍の手紙が載っているのを見つけました。ゲーリングがあなたのせいで彼を攻撃したことを述べているものです。この個所は非常に重要なもので、あなたが是非一度この個所に取り組んでいただきたいと思います。

フーゴー・フィッシャー[2]について、ニーキッシュやその他から悲しい知らせを受け取りました。彼は健康がすぐれず、いや健康だけでなく、精神的にも完全に落ち込んでいるようで、ロンドンで一種の債務拘留をされているそうです。彼の友人のハインリヒがイギリスへ出かけて、できれば身代金を払って救い出して、連れて帰る計画を立てています。

奥様とアーニマにもくれぐれもよろしくお伝えください。

敬具

あなたのエルンスト・ユンガー

（一四b）ラーフェンスブルク

ヴィルヘルム＝ハウフ街一八番地

一九四九年五月十四日

1　フリードリヒ・ホスバッハは、一九三四年から一九三八年までヒトラーの国防軍副官を務めていて、いわゆる「ホスバッハ・プロトコル」を作成、これはヒトラーが三七年十一月五日に帝国外務大臣（フォン・ノイラート）、帝国国防大臣（フォン・ブロンベルク）、陸軍最高司令官（フォン・フリッチュ）、海軍最高司令官（レーダー）、空軍最高司令官（ゲーリング）を前にして彼の帝国主義的計画を「不退転の決心」として披瀝したときの模様を回想した文書。彼の著書『国防軍とヒトラーの間。一九三四―一九三八年』（一九四九）の七一ページに引用されている一九三八年のフリッチュの書き記した文書には、一九三八年に彼はシュミットをまったく知らなかったというのに、――ゲーリングに言わせると――反乱を正当化しようとするある講演会にシュミットを招いたとのあらぬ疑いをかけられたとある。このいきさつ全体は陰謀以上のものではなかったらしいが、シュミットに関しては、何の根拠もなかった。とくにシュミットはプロイセンの枢密顧問官としてゲーリングの庇護のもとにあったからである。

2　三ページの注参照。

シュミット様

ゲーアハルト・ネーベルが数日の予定でこちらに滞在しています。いいワインを飲んで、散歩をしていますが、あなたがご一緒でないのが残念です。

ご健勝を祈りながら、奥様にもよろしくお伝えください。

あなたのエルンスト・ユンガー

ドン・カピスコ様[1]！

私はこちらで楽しく過ごしています。帰りましたら早速ご連絡します。

心からのご挨拶をこめて。

あなたのゲーアハルト・ネーベル

私たちはいつものようにあなた様のことを思いながら、あなた様がここにいらっしゃらないのを残念に思っています。私はカール・アレクサンダーとこの夏にハノーファーからあなた様をお訪ねする計画を立てています。そろそろ再会する頃と思いますので。奥様のご健康がよろしければいいのですが。奥様のこともいつもいろいろと思い浮かべながら、ご多幸をお祈りしております。

かしこ

あなたのグレータ・ユンガー

ラーフェンスブルク

ヴィルヘルム＝ハウフ街一八番地

一九四九年五月十六日［葉書］

1　二四六ページの注参照。

ユンガー様

拝復　五月十四日のお手紙と十六日付けのお葉書、まことにありがとうございます。奥様とカール・アレクサンダーとにこの夏お会いできるようで、私たち一同大喜びしております。

　あなたは「ある種の感情のもつれ」とお互いの関係の変化とおっしゃいますが、私たちが一九四四年三月にベルリンで最後の何のこだわりもない対話をして以来、言うまでもなく多くのことが変わりました。しかしそれについて語ることは、どうやらあのような対話をはっきり明るみに出してのみ可能なのでしょう。さもなくば、往復書簡のニュアンスの転移、仲介者やその他の危険のせいでの語調の取り違えをいかにして避けることができましょう。私たちが近くまた何の心配もなく忌憚なき対話ができるようになればと私は願っていますし、そのために私にできることなら何でもするつもりでおります。あなたがお手紙で書いていらっしゃる過敏症は今日ではどんな状況でも起こりうることで、アウトローの私の状況にも特別な仕方、特別な度合いで起こっていて、昔の深い憎しみが今、おおっぴらに打ちつけられてきています。そんなこともあるので、近いうちに私たちの間でいい対話ができるようになるのを願っています。しかし私はあれこれ計画を立てたくはなく、何らかのことに「対する意志」はどんなものでも避けたいのです。というのも、意図しない希望のみが期待したものを引き寄せることができるのだからです。イエスの昇天の前の日の福音の言葉“serpentes tollent〔蛇を掴むであろう〕”[1]を見るたびに、あなたを生き生きと思い浮かべたことです。これがすでに一つの対話です。

　あなたに注意を促していただいたホスバッハの著書の件で、私はホスバッハを知っている知人に問い合わせをしていますが、何が問題なのか、今のところはっきり考えることができません。フォン・フリッチュ将軍とは私は直接はもとより間接にもまったく関係をもったことはありませんし、接触したことはもちろんないからです。しかし今日ではどんなことも可能で、私は問題の個所の正確な内容を手に入れたいと思っています。いずれにせよ、あなたのご親切な指摘に感謝しております。

　ご健勝を心からお祈りしつつ、奥様とカール・アレクサンダーにもくれぐれもよろしくお伝えください。

敬具

あなたのカール・シュミット

プレッテンベルク、一九四九年五月二十七日

1　マルコ伝第一六章一八節参照。この個所の前後を挙げると、「信じる者には、このようなしるしが伴う。すなわち、彼らはわたしの名で悪霊を追い出し、新しい言葉を語り、蛇を摑むであろう。また毒を飲んでも、決して害を受けない。病人に手をおけば、癒される」。

シュミット様

拝復　五月二十七日付けのお手紙、まことにありがとうございました。今年中にもじっくりお話しをする機会をというあなたのお考えには私も同感です。リヴァイアサンの最高の精通者であるあなたにいろいろとお尋ねしたいこともあります。どうやらドイツ人はこの怪物の全体を精神的な刃で打ち倒すことのできる唯一[1]の者なのでしょう。ベルナノスはオルレアンの乙女の考察でこれについて素晴らしいことを言っています。リヴァイアサンが、少なくとも一時的にその意味を失ってはいるものの、その牙は失っていない私たちの国において、若者たちに何を言うべきなのでしょう。“Bella gerunt alii〔戦争は他の者たちがする〕”[2]とでも言うのでしょうか。ロシア人とアメリカ人がその広い肩にそんなにも多くをかついでくれているのはとにかく好都合です。誰もが新しいアトラスになろうと押し合いへし合いしていますが、私たちはその間にアトラスの娘たちが番をする黄金の林檎[3]を追っ駆け回すべきなのでしょうか。

敬具

あなたのエルンスト・ユンガー

追伸　イギリス〔占領〕地区からフランス〔占領〕地区へ移住すると、いろいろの違いがある中でも、文化国家の領域に入って来たのだなという感情を強く抱きます。自分のテリトリーを離れることなしに、こうしたことを研究する機会がえられ、いわば「私の部屋の周りの航海[4]」の形でそれをやり遂げられるのは素晴らしいことです。

EJ

（一四b）ラーフェンスブルク

ヴィルヘルム゠ハウフ街一八番地

一九四九年六月十三日

1　ベルナノスは『ジャンヌ、異端再転向者にして聖女』で、ジャンヌを「聖なる」国民的利益のために戦った者として示しながら、ドイツに対するアリスティド・ブリアンの、教会から支持されていたという融和的政策（一九二五年のロカルノ会議）を間接的に批判している。ユンガーは三四年七月七日にシュミットからこの書を送ってもらっていた（二三六ページの注参照）。

2　オウィディウスの偽造した恋文（英雄書簡一三、八四）に「Bella gerant alii, tu, felix Austria, nube!（戦争は他の者たちがすればいい、汝、幸福なオーストリアよ、結婚せよ！）」とあって、ハプスブルク家の結婚政策がうまく行っていることの人文主義的なエピグラムとして有名なものだが、ユンガーはこの前半部をもじって、希求法の gerant を直接法の gerunt に変えていて、そのためこの文は現実的な状況の記述になっているが、ユンガーにとっては疑わしい状況ではある。

3　ギリシャ神話で、はるか西の方にある庭に生えている林檎の木に黄金の実がなっていて、アトラスの娘たちヘスペリデスと竜が番をしていて、この林檎の実を取るのが、ヘラクレスの使命の一つであった。

4　クサヴィエル・コント・ド・メーストル（一七六三―一八五二）の一七九五年に出た小説の表題。短期拘留された一人の士官の夢想と省察の四十二篇の短編からなる（ドイツ語訳一七九六、以後も幾つかの訳が出ている）。

シュミット様

ネロのワインを飲みながら、あなたのことを思っています。妻は近くハイデルベルクでご一家をお訪ねすることにしています。お元気で潑剌とした皆様とお会いできるのを楽しみにしています。

あなたのエルンスト・ユンガー

心からのご挨拶を、あなたの
アルミーン・モーラー

僕からもご挨拶を、小さな
カール・アレクサンダー

［ロカルノ］一九四九年十月八日［絵葉書］

ユンガー様

拝啓　あなたの素晴らしいご著書『ヘリオポリス』、落掌いたしました。まことにありがとうございます。友情のこもった献辞[1]はことのほか嬉しいものでした。そこにこめられている願いにも心からのお礼を申し述べたいと思います。

もちろんご著書をむさぼるように読みました。その中のオルトナーの話はE・T・A・ホフマンの多くの極致とも言える作品を凌駕する傑作です。「士官学校において」の道徳神学的な問題設定のまったく素晴らしい発端部[2]にはすっかり圧倒されました。ここには小説を凌駕する新しい芸術形式が含まれていて、一方では「カルネアデスの板」[3]におけるような何世紀も前から語り継がれている問題が、他方ではヴィットリア[4]の世界についての議論やコンキスタの問題が両極をなしているとも言えそうです。

それ以外では私には専門家の判断はできそうにありません。それに、ご存じのように、私は混沌の政治（カオポリト）に携わっていて、太陽の政治（ヘリオポリト）には関わらないからですが、またパールシー教徒たち[5]については他の経験をしてきていて、あなたの回顧する主人公とは異なる体験をしているからです。

妻はクリスマスまでにはプレッテンベルクへ帰って来るでしょうが、それでも、あなたが以前ヴェーアドールでおっしゃっていたように、奥様とカール・アレクサンダーがクリスマス前にゴスラルからラーフェンスブルクへお帰りになるなら、私たちのところへお立ち寄りいただければ、と思っています。

ゲーアハルト・ネーベルからはその後、音沙汰がありません。ヴェーアドールのキルヒホフ[6]夫妻は、あなたからお手紙と『大理石の断崖の上で』への献辞をもらって非常に喜んでいました。

あなたのご本がこの上なく大きな成功を収めることをお祈りしながら、

敬具

あなたのカール・シュミット

プレッテンベルク、一九四九年十一月二十五日

1　献辞には「カール・シュミットに。ヴェーアドールでのシンポジオンを思い出し、将来またそんな機会があることを願いながら！　エルンスト・ユンガー／一九四九年十一月十日」とある。ヴェーアドールについては以下の注6参照。

2　『ヘリオポリス』の中の一章。士官候補生たちに「マシラの歩行橋」の題で神学教育が行われて、戦術と倫理の問題的な葛藤状況が描かれ、これが課題になっている。五一年一月二十一日、シュミットはモーラー宛の手紙に、「昨日、娘のアーニマの高校卒業試験が始まったのですが、一日目は作文で、課題は、〈エルンスト・ユンガーの『ヘリオポリス』の「士官学校において」の章の「マシラの歩行橋」の件についてどう答えたらいいか〉でした」と書いている。

3　一八五ページの注参照。

4　フランシスコ・デ・ヴィットリア（一四八三―一五四六）、スペインのドミニコ会修道士、全ヨーロッパに広まっていたスペインのスコラ学の代表者。ヨーロッパの領土

獲得の合法性と戦争の正当化を問題にして、「原住民」あるいは「野蛮人」も「人間、不滅の魂の担い手」とみなすべきであり、キリスト教徒も非キリスト教徒も国際法の観点から同等の価値ありとみなすべきであると主張し、その論述は現代の国際法の成立に大きな役割を果たし、第一次大戦の時期にもう一度ルネサンスを迎えている。シュミットの『陸と海』（一九四二）の第一三章「世界史的考察」、論文「フランシスコ・デ・ヴィットリアとその名声の歴史」（ドミニコ会の雑誌『新しい秩序。宗教、文化、社会のための雑誌』一九四九年七月）、『大地のノモス』（一九五〇）第二章の二参照。

5　ユンガーの『ヘリオポリス』に出て来る種族上、宗教上の少数民族、ヘリオポリスの中で再三に迫害を受ける（第一部、第二章）。シュミットの手紙には「パールシー教徒たち」は「ユダヤ人たち」と読むことができるとある。次の手紙も参照。

6　ペーター＝ハインリヒ・キルヒホフ（一八八五―一九七三）、シュミットの住んでいたプレッテンベルクの近くのヴェーアドールの工場主、CDUの政治家。ヴェーアドールの市長、のち、連邦議会議員。シュミットの友人サークルに属する一人で、さまざまにシュミットを支援していた。

シュミット様

拝復　あなたからいただいた二篇の論文[1]の二番目のものをちょうど読み終えた今日の午前中に十一月二十六日付けのお手紙が届きました。ドノソ・コルテスについてもっと知っていたらと思ったことです。あなたがとくに称賛なさっているドノソの発言（死刑の廃止）[2]はフランス革命の当初の観察者たちによってすでに述べられていたかのように私には思われます。大きな歴史的な並行関係[3]から考えて、私はあなたに全面的に賛成します。

私に非常にはっきりしたのは、ヴィットリアの形姿です。あなたの全体を見渡す力、そして深い思考力、用意周到さはますます磨きがかかって、この上なく高い精神的な力をもつという印象を受けます。ただ、パールシー教徒については[4]、ご注意ください。いつものあなたはウイークポイントをよくご存じのはずです。

戦争の今日的評価についてのあなたの記述――この中心点の周りを一人のスペイン人のあの現象についてのあなたの考察が回っているのですが――これは私も前々から辿っている思想の歩みと交差します。そのための関税を私たちはすでに包囲殲滅戦で支払って来ています。私たちはまさに完全な獣性に帰って来ています。それもグリルパルツァーがくしくも予言したように[5]、人間性を越え出てです。あなたの叙述はこの関連を正確に捉えています。読者としての私にとっては、望ましい発展と獣性からの脱却はどうすればいいのかという問いが生じます。私の考えでは、一人の君主[6]が現れなければ、私たちはそこから抜け出ることはないと思っています（おそらくはそれに加えた一人の法王が現れなければ）。

『ヘリオポリス』ではいろいろな憤懣の矢が私に向けられるでしょう。とくに不快感を感じさせる一連の人物を私が登場させているからです。『ドイツ新聞』にもドイツの知識人に対する私の影響は獲物を絞め殺す大蛇のそれに比せられるとあるのを読みました。それはそうと、パールシー教徒を私が選んだのは、二元論的教義を挙げたかったからで、もちろんユダヤ人と関連させるつもりはありませんでした。もしそうなら、私が先に述べた運動を別の側面から持ち出していたでしょう。やめておいた方がいいテーマがあります。私のように、たとえばド・メンデルスゾーン[7]なる人物によってぞっとするようなものにされるのですから。グレータにプレ［ッテンベルク］に立ち寄るつもりかどうか、聞いてやってください。（彼女は今、ゴスラル、ドクトル・ニーパー街一〇番地にいます）。

あなたと奥様のご健勝をお祈りしつつ。　敬具

あなたのエルンスト・ユンガー

エヴリン・ウォーの『ハリウッドでの死』[8]をお読みになるようお薦めします。チューリヒのシッフェルリ社から出たもので、きっとお気に入ると思います。

（一四b）ラーフェンスブルク
ヴィルヘルム＝ハウフ街一八番地
一九四九年十一月二十八日

1　『新しい秩序』誌に一九四九年一月に載ったシュミットのヴィットリア論とドノソ・コルテス論。『グロサーリウム』、四九年三月一日と十四日の項参照。

2　シュミットのドノソ・コルテス論には「ドノソは言う、死刑の法的な廃止はつねに大量殺害の前触れである、と。彼はこのことを一八四八年に事実として体験していて、われわれは今日同じ種類の幾つかの別の事実をつけ加えることができよう」とある。

3　シュミットはドノソ・コルテス論（六ページ以下）で「われわれの現在とわれわれの時代が始まる転換期、つまりローマの内乱と独裁専制主義の時代との関係」を「大きな歴史的な並行関係」と理解している。キリスト教の時代が終わっているのか、そうではないのか、そしてキリスト教の時代が実際に終わっているのなら、キリスト教がかつて果たしていた役割を引き継ぐのは何かという問いから考えられたもの。

4　前の手紙の「ユダヤ人について」と関連したもの。

5　オーストリアの詩人フランツ・グリルパルツァー（一七九一―一八七二）の原文は「より新しい教養の道は／人間性から／国民性を経て／獣性に向かう」。

6　『ヘリオポリス』には「地球的規模の秩序」を作り上げ、「独裁的権力」をもつ君主が出て来る。

7　ペーター・ド・メンデルスゾーン（一九〇八―一九八二）、国際的に活躍したジャーナリスト、作家。一九四五―四九年、イギリスの情報将校としてドイツに派遣されている。一九四九年七月、メンデルスゾーンはラーフェンスブルクにユンガーを訪ねていて、この訪問を契機に、一九四九年十一月、「反放射、エルンスト・ユンガーの日記に対抗する日記」と題する長文で矛盾に満ちた論文を「国際雑誌」『デア・モーナト』に発表し、ユンガーに反対している。

8　エヴリン・アーサー・St・ジョン・ウォー（一九〇三―一九六六）、イギリスの作家。『ハリウッドでの死。アングロ・アメリカの悲劇』（一九四八）は、アメリカの埋葬習慣に対する風刺で、ちょうどドイツ語訳が出たところであった。

ユンガー様

拝啓　奥様があなたからの温かいご挨拶の言葉を届けてくれました。ブルゴーニュの高級ワイン、それに添えられた素晴らしい献辞、まことにありがとうございます。

奥様にお訪ねいただいたのは素晴らしいことで、やっとまたお話し合いができて、本当に愉快でした。素晴らしい訪問という言葉にまことにふさわしいもので、久しくお会いできなかった時間を忘れさせるものでした。もちろん、あなたとお話しができて、あなたのお姿を見ることで、『ヘリオポリス』を初めて読んだときの感銘によって起こされた奇妙な瞬間をもう一度もちたいという願いが、またまた生じています。私たちは激しい夜の会話をしたことでした。そのとき私にはパールシー教徒の女性がこの上なく尖った躓きの石でしたが、あなたの奥様は感動的な仕方でこの女性を擁護しようとなさっていました。私は大分飲み過ぎていて、奥様をどれだけ興奮させたのか、どれだけ奥様の神経をいらだたせたのか、奥様が私を非難するまで分からず、今、私はその非難を私自身に向けている始末です。もちろん、そうしたすべては私のせいで、長らく抑えていた流れから来ているもので、結局は変えることができなかったのです。奥様にお許しいただいて、その後、ご機嫌を直していただけるのをただただ願っています。私たちは奥様を昨日のお昼にアルテナ行きの急行列車にお乗せするまでお供しました。奥様はアルテナからひとまずハンブルクへ向かわれるそうです。

あなたからのこの前のお手紙（四九年十一月二十八日の）で、ご親切な警告をいただいたのですが、それはむしろ戦術的な事柄に関係しています。私たちはお互いいい年になって、戦術的な問題についてはおしゃべりの中でしか話し合えないような状況にいます。しかし、その背後には私たちがお互い話さねばならない事柄そのものがひそんでいます。カール・コルン[1]が『フランクフルター・アルゲマイネ』紙に載せた『ヘリオポリス』の書評を読みました。私はコルンを賢明で誠実な人物として評価していまして、書評からうかがえる尊敬の念に喜んだことでした。しかし「プライベート」という言葉に出会って、顔がこわばる思いがしました。どうやらついでにと流れ込んでいるのでしょうが、意図しない形ですべてをぶち壊す鋭い笛の音のような効果のあるものです。この「プライベート」というのは、良くない台詞で、それを見るとどうにも嫌になります。つい先程もあるヴェストファーレン人から、エルンスト・ユンガーはとっくにプライベートになってしまっていて、ド・メンデルスゾーン氏に吹き込んだような不信感以外の不信感はもはや吹き込まなくなっている、という発言を聞いて、すっかり不快になったことでした。

このことに関しては、私はあなたより年長で、おそらくはまたより経験も多いと思います。是非一度ゆっくり時間も取って二人だけで、朝でもいいし、夜でもいい、集中的に話し合いをしたいものと思っています。三〇年代にベルリンでしばしばしたように。あなたは花で飾られた装甲艦のようなものとおっしゃいますが、これは私たちの状況には当たっていません。私たち二人はそれぞれ、名前と真の名声と顔をもっていますが、そのすべてを失うかもしれません。私は自分の問題は自分のやり方で処理するつもりで、あなたを引き込むことはいたしません。あなたの件はまったく違っていて、ずっと簡単でしょうが、それでも無数の猟犬に追い回されている私より危険度は大きいかもしれません。

私の危惧と興奮とは、親愛なるユンガー氏、若い連中には未知で近寄りがたい奥深い領域から出て来ています。年上の旅の道連れのこの正しさを認めていただいて、この手紙も軽々に読み飛ばさないでください。あなたおよびあなたの問題に久しく心を砕いている友人として変わらない友情を抱きつつ、

敬具

あなたのカール・シュミット

プレッテンベルク、一九五〇年一月十日

1　カール・コルン（一九〇八―一九九一）、ジャーナリスト、作家。一九三八―四〇年S・フィッシャー書店の雑誌『ノイエ・ルントシャウ』の編集者。一九四〇年、数か月ゲッペルスの編集する週刊誌『帝国』の文化欄担当。その後就業禁止処分を受け軍務に就く。四九―七四年『フランクフルター・アルゲマイネ・ツァイトゥング』の共同編集者、文化欄主筆。

シュミット様

拝復　一月十日付けのお手紙、拝読いたしました。おっしゃっておられるご懸念に深く心を動かされました。「年上の旅の道連れのこの正しさ」はもちろん進んでお認めします。たしかに、あなたは、今になって、理由もなくはないとしても、私の視野に入って来るタイプの人たちについて私より年の功とでも言いましょうか、よくご存じです。こうした事柄について書くのは、書かれた言葉を越え出たコンセンサスを前提にしているのですから、好ましくないのでしょう。それゆえ私は、プレッテンベルクでもいいし、ここでもいいのですが、近いうちにお話し合いをすることができればと思っています。あなたのお手紙は決して「軽々に読み飛ばす」などはいたしません。お手紙はどれも学ぶことのできる数少ないものでさえあるのですから。どうぞ奥様にもよろしくお伝えください。ご健勝をお祈りしています。　敬具

あなたのエルンスト・ユンガー

（一四b）ラーフェンスブルク

ヴィルヘルム＝ハウフ街一八番地

一九五〇年一月十三日

シュミット様

拝啓　その間にあなたの二月［一月の書き誤り］十日付けのお手紙への私の返事をお受け取りいただいたと思います。私はここ数日、もう一度あのお手紙についてよくよく考えてみまして、私はあなたのお諫めを、これまでしばしばあなたに対してしてきましたように、どうやら〔鉄道の〕仕分け線に押しやって〔本題から逸らして〕いたとの印象をもちました。しかしあなたははっきり「事柄そのもの」を指示なさっていましたので、私もやはりそれに詳しく立ち入らねばなりませんでした。

それにしても私たちの間で事柄そのものとは何を意味するのでしょう。どう考えても、失うか失わないかという顔ではなさそうです。顔の背後に何があるのかを知ら

ねばならないでしょう。このことを私は私の友人たちの場合に知っていて、どんなに隠しても見通してしまいます。そうなってなおいかにして一緒にいることができましょうか。

あなたは鋭い笛の音のようなものを聞くと、どうして顔がこわばる思いをなさるのでしょうか。それについて釈明をしていただきたいものです。というのも、このようなこわばりはいろいろな理由で起こるものですから。たとえば、同情からでも起こるのではないでしょうか。聞くところによると、私に恩義を感じているはずのエルンスト・ニーキッシュが私に対する攻撃の準備をしているそうです。となると、誰が誰によって傷つけられるかという問いが残ります。あなたはド・メンデルスゾーン氏の行動のようなものが何を意味しうるのかを知っている方です。――このことはユダヤ人でも知的な者にならなければ分かってもらえることです。あなたは彼の顔に彼を破滅させる微笑みを見たのでしょうが、それは口に出してはならないものです。

あなたは十一月二十八日の私の警告を戦術的領域のこととなさっていますが、それも正しいのでしょう。しかし私にはこの件であなたに助言をする資格はあると思っています。私はこれをあなたが生涯の最も重大な決断を[1]なさったときに指摘したものでした。フリードリヒ街であなたとお別れした夜を覚えていらっしゃるでしょう。ひどく悲しいことでした。当時も私は毎日を模範的な生き方をしていたわけではありません。しかしこの件であなたが私の忠告とそのとき挙げた例に従ってくれていましたら、あなたは今日もう生きてはいらっしゃらないでしょう。しかしあなたも私に対して最後の審判で判決を下す資格はお持ちです。当時、私があなたの忠告とそこで挙げられた例に従っていましたら、私も今日もう生きていないのも確実です。肉体もその他も。このことをあなたは認めねばならないのです。私にこの件に立ち入らそうとしているとなれば、そうしていただかねばなりません。私の言っているのはもちろん政治的な決断のことではありません。そうした決断はただ外から吟味されるだけのものですから。

プレッテンベルクでのあなたとのお話し合いは[2]まことに興味深いものでした。妻が私のことをいろいろと嘆いたのももっともです。[3]しかし妻はそれでも私を分かってくれています。皮膚のしみに至るまでです。このことは一人の女性に、そして友人たちに前提していたことです。

さもなければ残るのは社会学だけです。うまく付き合って行けるのは誰とかを知らねばなりません。私が友人から私の間違いを指摘され、戒められるとすれば、それは当然のことで、私はそれをありがたく受け入れて、尊重するつもりです。私が自分の中に引きこもるのもこのことのためで、再び自分の中から出て来たときには、私の隣人に十分な満足と上機嫌だけでなく、彼が必要とする道案内をしてあげることもできるようになるのです。あなたからのようなお手紙はこうした形をとるための力になってくれます。

敬具

昔からの友人、あなたのエルンスト・ユンガー

（一四b）ラーフェンスブルク

ヴィルヘルム゠ハウフ街一八番地

一九五〇年一月十六日

1

(1) これには二つのデータが考えられる。

ナチ党員で当時のプロイセン内相ゲーリングによるプロイセン枢密顧問官への招聘（一九三三年七月十二日）をシュミットが受諾したこと。このことは、ナチズムの国家観、政治観への公的な信条告白を意味するが、シュミットがそれに関連した論文でこの新しい枢密顧問官を権威的で反議会主義的な政府の機関と解釈しているだけに、これははっきりしている。ユンガーはこの経緯を回想して『漂白の七十年　V』の九四年九月二十日の項に「C・S〔カール・シュミット〕が枢密顧問官に推挙されたとき、私は彼に思い止まるよう忠告し、セルビアにいる彼の義父母のところで国家法の基礎について研究するよう提案した」とある。

(2) いわゆるレーム・プッチュとの関連でシュミットが殺人を国家の正当防衛として正当化するものとする「総統が法を守る」という論文を発表したこと（『ドイツ法律家新聞』三四年八月一日）。もっともシュミットはのちに再三次のようなことを強調している。自分はこの論文で目指したのは、ヒトラーが法を守ること、さらなる殺害を阻止し、総統によって正当化された法に基づく行為の外でナチ突撃隊指導部に対してなされた殺害行為を厳しく罰することであると。ユンガーは『漂白の七十年　Ⅲ』の八五年十一月十八日の項にこの件に関して「ヒトラーがいわゆるレーム・プッチュの後に国家の正当防衛を要求したとき、カール・シュミットは〈総統は法を定める〉と口で言うだけではなく、論文に書いたが、このとき私は激しく彼に抗議した。私はその言葉を正確には思い出せないが、彼が言ったのは、全権委任法の後のヒトラーの合法性にはもはや疑いを抱くことはできないというものであった。話し合う余地はあったが――私に解せなかったのは、あんなにも鋭い精神にして、自分の発言が論理的に、時代的にも場所的にも、政治的な〈腹切り〉であることを見抜けないまでに頑固になっていたことであった。私は当時ヘルゴラント島から帰って来たところで、フィヒテベルクにある彼の家に行ったとき、私は彼に、地下室に機関銃を据えているのかと尋ねたが、

「彼はこの冗談に不思議そうな目で答えたものであった」と書いている。

2　シュミットの五〇年一月十日の手紙参照。

3　ユンガーが『パリ日記』でさまざまに報告していて一般に知られるようになっていたパリの社交界のご婦人たちとの付き合いのことを指すと思われる。

ユンガー様

拝復　あなたからの二通のお手紙しっかり読ませていただきました。Capisco〔よく分かります〕。「あなたが私の忠告とそのとき挙げた例に従ってくれていましたら、あなたは今日もう生きてはいらっしゃらないでしょう。しかしあなたも私に対して最後の審判で判決を下す資格はお持ちです。」そういうことでしょう。Capisco et obmutesco〔よく分かります。そして私は黙っています〕[1]。

敬具

昔からの友人、あなたのC・S

プレッテンベルク　II（ヴェストファーレン）

ブロックハウザーヴェーク一〇番地

一九五〇年二月五日

1　シュミットは親しい知人たちの間ではユンガーから名づけられたというあだ名で「ドン・カピスコ」と呼ばれていた。『グロサーリウム』の同じ日付の文に“obmutesco〔黙っている〕”の後にこう付け加えている。「生き延びた者は生き延びた者にこう言う。彼は二つの非合理的な条件文を作る。彼は言う、生き延びている者は正しくない、なぜなら私はおそらくはもはや生きていないのだろうから、と。しかしその前に彼は言う、彼自身は（たとえ結局は生き延びているにしても）もし私に従うなら、もはや生きていない（肉体的にも精神的にも）のは確実だと。これは自己倒錯した独善家のこじつけではないのか。メスカリンを実験的に飲んだ影響？」。ここで言われているメスカリンの実験はユンガーが一九五〇年一月に行っている。『接近』第三〇〇章参照。

C・S様

拝復　お手紙まことにありがとうございます。私があなたへの手紙やネーベルその他への手紙のように副次的なことにやっきになっていたのは、間違っていたようです。あなたは賢明で優れたお返事をお書きになりました。その後、妻もプレッテンベルクからの妻宛のお手紙[1]から取り出すことのできたのとは違う知らせを私にもたらしてくれました。それゆえ近いうちにお話し合いができて、私たちの結びつきが旧に復することを願っています。

昔からの友人として、意見の違いによって――それにあなたの意見*によっても――揺るぐことのない友情をこめて。

敬具

あなたのエルンスト・ユンガー

* 署名人である私についてのあなたの意見。

（一四b）ラーフェンスブルク
ヴィルヘルム＝ハウフ街一八番地
一九五〇年二月八日

1 五〇年一月十日のシュミットの手紙。

シュミット様

拝啓　先刻、奥様が訪ねて来てくださいました。驚くほど精神的に潑剌となさっていました。私たちは昔のことをいろいろと話し合ったことです。明日の九月七日から九月十三日頃まで、私はヴッパータールに行きますので、もしあなたのお仕事にあまり差し支えなければ、お訪ねしたいと思います。モルトケ街六七番地のゲープハルト[1]までご都合をお知らせください。奥様がご不在でご迷惑のようでしたら、どこか別の場所でお目にかかることにしてもいいと思っています。ヴィルフリンゲンで『救いは囚われの身から来る』[2]を読みました。

敬具

あなたのエルンスト・ユンガー

ハイデルベルク、一九五〇年九月六日［葉書］

1 二〇四ページの注参照。
2 シュミットが一九四五―四七年に書いた時代史的、歴史的考察および自伝的手記をまとめて一九五〇年に出版した書。一九四六―四七年の抑留中に記したものは、収容所の医師の助けでひそかに持ち出されたという。

ユンガー様

拝復　九月六日付けのハイデルベルクよりのお葉書まことにありがとうございます。私の方はハイデルベルクへ行くにはいろいろ準備が必要で、あなたの方にお時間がおありなら、一日、こちらへいらしていただくと好都合です。数時間、水入らずでお話し合いができれば、こんな嬉しいこともありません。ヴッパータールにはよう行きません。ゲープハルト氏にもこのことをお伝えください。氏からも手紙をいただいていますが、そのお礼も兼ねて、私からよろしく言っておいてください。

聞くところでは、シュパイデル[1]が九月十七日にデュッセルドルフのライン・ルール・クラブ[2]で講演をするそうです。彼にお会いになりますか。

こちらにおいでになれるか、なれるとしていつかを、プレッテンベルクの三八七番に電話をおかけください。ベンダーさんのところの電話ですが、土曜日の夕方七時半に私からベンダーさんに問い合わせます。

再会を楽しみにしつつ、　敬具
あなたのカール・シュミット

土曜日の午後、あなたからの連絡がなければ、六時から夜の九時までヴェーアドールのペーターハインリヒ・キルヒホフのところへ行っています。ヴェーアドールの五四七番へお電話くだされば、連絡がつきます。

プレッテンベルク、一九五〇年九月八日

1　一一六ページの注参照。
2　平和と諸民族の相互理解のフォーラムとして一九四八年にゲーヴェルスベルクに設立されたクラブ。政治家、行政官僚、弁護士、企業家、大学教授、ジャーナリストが参加し、一九七三年までに三〇〇の講演とパネルディスカッションが行われている。シュミットもしばしばそれに参加し、五〇年十二月十三日には「世界の統一とヨーロッパの統一」と題して講演をしている。

カール・シュミット様
拝啓　カラーラ[1]から帰って来ましたら、悲しい知らせ[2]を受けたのですが、それは予期してはいたものの、決定的なものの影を投げかけるものでした。

その前日、ジーベック[3]から手紙が来ました。あなたの奥様がもう長くない、お別れですと私に伝えるよう彼に頼んだとのことでした。ジーベックがつけ加えて書いて来ました。「あの方は今も変わらず驚嘆に値する忍耐と粘り強さと誠実さを失っていません」と。

私はこれまでも死を間近にした人をたくさん見てきましたが、奥様はその異常な力ですべてを凌駕していて、何か謎のようにさえ思えます。私はハイデルベルクで奥様とお会いしてお話しできたのを非常に有意義なものと思っています。

私の妻が電報を受けたとき、シュトゥットガルトへ出かけるところだったのは、好都合でした。私たちのところに滞在していた出版社主のクレット氏[4]はこの経過の細々したことを前の晩に夢に見たそうです。時間には何と穴があいていること、これが私には次第にはっきりしてきています。

あなたとアーニマのご健勝を心からお祈りしております。しかし「起こったことはすべて崇拝に値する」[5]〔レオン・ブロイ〕という言葉をこの重大な事柄において確かめられますように。

敬具

あなたのエルンスト・ユンガー

（一四b）ラーフェンスブルク

ヴィルヘルム＝ハウフ街一八番地

一九五〇年十二月五日

1　ユンガーの長男エルンステルはカラーラの近くで戦死し（一七五ページの注参照）、ヴィルフリンゲンに遺骨が移されるまで（五二年十二月六日）そこに埋葬されていた。

2　ドゥシュカ・シュミットは一九五〇年十二月三日にハイデルベルクで亡くなって、アイリングハウゼン（当時はプレッテンベルク Ⅱ）の墓地に埋葬された。

3　四四ページの注参照。

4　エルンスト・クレット（一九一一―一九九八）、シュトゥットガルトの出版社主。一九五七年からユンガーの作品を出版。

5　一六〇ページの注参照。

ユンガー様

拝啓　あなたの新しい七年（九×七年）の始まり、おめでとうございます。私もこの敷居（私の場合、その番人はサツルヌスです）を越えたときのことを思い出しながら、アーニマともどもご一家のご健勝をお祈りしております。アーニマは一昨日、高校卒業試験を優秀な成績で合格しました。ポーデヴィルス[1]に取り成していただいたこと、まことにありがとうございます。近くもっと詳しいお便りを差し上げます。今日のところはこれで。

敬具

あなたの旧友カール・シュミット

［消印、プレッテンベルク］

一九五一年三月二十二日［絵葉書］

1　一二八ページの注参照。

シュミット様

拝復　祝いのお手紙、ありがとうございました。新しい七年にどんな果実が熟するか、期待しています。自分自身に与える思いがけない驚きこそ、最も素晴らしい驚きです。私はこの近隣で出来るワインをあれこれ飲み比べることを始めています。なかなか楽しいものです。アンジェのタペストリー[1]の色を是非見てください。古代赤、タマネギ赤、ゼニアオイ、非常に古いモクセイソウ、色あせたアメジストなど。領域についてのあなたの論述[2]は素晴らしいものです。フリースラントの標語「周囲を固め、照準器を磨け」というのをご存じですか。敬具

あなたのエルンスト・ユンガー

（一四b）リートリンゲン近郊ヴィルフリンゲン

一九五一年四月一日［葉書］

1　「［十四世紀の］黙示録のタペストリー」。フランスに残されている最古、最大の一連のタペストリー、もっとも断片的にしか残されていない。ユンガーとシュミットにとってはこのタペストリーは大きな意味をもっていた。五一年一月二十一日に、シュミットはモーラー宛に「バーゼルの美術館でアンジェの壁絨毯の展示があって、これに私は異常なまでの興味を覚えました。私は一九四一年十月にパリへ行きましたが、その目的はこの壁絨毯を見るためだったのに、当時は残念ながら見ることはできませんでした」と書いている。ユンガーは五一年一月二十五日にモーラーにアンジェのタペストリーの絵葉書を送り、そこに「絵葉書のタペストリーに感嘆しています」と書き添えている。

2　一九五一年に発表された論文「法と領土」と思われる。

シュミット様

拝啓　フォン・シュニッツラー夫人[1]から聞きましたが、土曜日の夕方、あなたとフランクフルトでお会いできるとか、また一度、昔のことやこれから先のこと、あなたとお話しできるのを楽しみにしています。L・v・シュニッツラー[2]の名前で私はベンを招待したのでしたが、彼はいろいろな理由で招待を受けられませんでした。ベンの用いる強弱弱格について歌ったあなたの詩[3]は、こちらで大笑いを引き起こしたことでした。

ではまた近いうちに。　敬具

あなたのエルンスト・ユンガー

W［ヴィルフリンゲン］、一九五一年十二月三日

1　リゼロッテ（リリー）・フォン・シュニッツラー、旧姓フォン・マリンクロット（一八八九―一九八一）、実業家ゲオルク・フォン・シュニッツラー（一八八四―一九六二）の妻で、美術収集家。夫のゲオルクはのちにI・G・ファルベンの取締役を務めている。夫妻ともシュミットとは一九一五年頃のミュンヘン時代以来、昵懇の間柄。ユンガーも夫妻と一九四四年以来付き合いがあった。

2　五一年十一月十六日のモーラーのシュミット宛の手紙に「ユンガーから聞いたのですが、フォン・シュニッツラー夫人があなたとベンとユンガーの三人の精神的な大権威の会合を目論んで、ユンガーにベンを招待するよう言ってい

るそうです。私はどうなることかと緊張していますが、同時に懐疑的でもあります。この大立者の三人がみな政治的な知力をもっているわけではないからです。ハイデガーはリーメス版のベンの詩集を全部読んで、講演やその他で絶えずベンを引用しているのに、ベンがその抒情詩の講演でハイデガーに一発くらわせねばならなかったのがなぜなのか、私には分かりません」と書いている。ベンとユンガーは一時期興味をもって互いを観察していたが、ベンはユンガーに対してつねに冷ややかで、違うのだというところを重視していた。これはユンガーの六十歳の誕生日の記念論集に寄稿したベンの詩にも表れている。「エルンスト・ユンガーに／私たちは外からはしばしば結びつけられている／私たちは内ではたいてい切り離されている／しかし私たちは流れと時間と／エッケの衝動＊と妄想と、数々の傷／この世紀が自称するものを共にしている。」ユンガーはベンとの関係について『接近』（一九七〇）の第二八一章で述べている。三三八ページの注も参照。
〔＊ニーチェのエッケ・ホモ（この人を見よ）のもじり〕

3　モーラーの手紙に同封された以下の詩。

　ゴットフリート
重苦しい強弱弱格で滑りながら、
一人のコスモポリタンがここで
高度に敬虔主義的な感情を
そのエキゾティックな歌に混ぜ込む。
かん高いメキシコのヴィオラ・ダ・ガンバが
その皮膚に刺青をする。
無韻の弱強格なら
勿忘草は静かに青くなるのに。
　ベルト・イプセンシュタイン（シュミットの匿名）

このベンのパロディーについて『グロサーリウム』の五一年七月十四日の項に次のような解説がある。「ゴットフリート・ベンは自らに刺青を入れる者（プロテスタント出の多くの知的なドイツ人もそうであるように）。彼は自分の敬虔主義の丈夫な皮膚にニヒリズムのぞっとするような刺青をする。こうして彼は自分を識別できなくする。そうしてそこには高度にモダンな、歴史的、医学的、自然科学的、上流社会的な言葉の斑点をカオスまがいに列挙する方法と結びついて独特な効果が現れる。しばしば見事な、呆れるほど見事な押韻も見られる。しかし事柄の敬虔主義的な核心は、彼の無韻の五脚強弱格によってあばき出される。ゴットフリート・ベンの五脚強弱格の根底には、〈Stell auf den Tisch die duftenden Reseden〔机の上に香りの良いモクセイソウを置け〕〉というリズムがつねに潜んでいる。もちろん、モクセイソウは蘭になり、机はベルリン＝クーダムにあっても上流社会風になる。それでもつねにあのゴットリープが透けて見える。

　緑の蘭をもってバーへおいで、
　フリードリヒ・ニーチェのすべてをもっておいで、
　そしてかつてフランツ・ブライがしたように、
　市民の感情をしたたかに害するのだ。」

シュミット様

拝啓　例の冊子[1]は焼きたてのパンのように飛ぶようにはけました。増刷することは考えていませんが、どうすればいいか考えるようアルミニウス[2]に頼もうと思っています。来る一九五二年のご多幸をお祈りします。私の方は来年を不信の念で待ち受けています――政治的な意味ではなく、自分のことでです。「いつも支払ってばかり」ということになりそうです。

不一

あなたのエルンスト・ユンガー

（一四b）リートリンゲン近郊ヴィルフリンゲン

一九五一年十二月二十九日［葉書］

1　おそらくエッセー「砂利の浜辺にて」と思われる。ユンガーはこれを一九五一年のクリスマスに二五〇部印刷して、友人たちに送っている。シュミットの蔵書目録にもこれが挙がっている。

2　ユンガーの秘書アルミーン・モーラー、（二二五ページの注参照）。

ユンガー様

拝啓　今月、誕生日を迎える人々のことを思い出しているのですが、私の手は麻痺したようで、お祝いの手紙が出せません。三月の初めにヘッセンの社会化を巡る訴訟[1]の迷路に迷い込んでしまって、告訴状や抗弁書、鑑定書やそれに反する鑑定書のジャングルの中で右往左往していて、二年間の空しい議論の末に期限（四月四日）までに大急ぎで裁判官の意識に何か新事実を持ち出すようにというありがたくない課題を与えられているのですが、裁判官の方は新事実を認めようとはしないのです。というわけで、この手紙は見知らぬ国からの呼び声、あなたと再会して、お話しできればという私の願いの印とお考えください。『偏光』[2]、まことにありがとうございます。フランス語には実際、あなたの思考との近親性があります。

　私は今も近いうちにまた南ドイツへ行きたいと思っています。アーニマは四月からダルムシュタットの劇場監督ゼルナーのところに行きます。三週間前に、マティーアス・ヴィーマン[3]がヴェーアドールに来ていました。非常に素晴らしい講演をして（最も素晴らしかったのは引用したパウル・ゲーアハルトの詩でした）、講演の後でいろいろと話し合ったことでした。この前の土曜日に航空機事故があって、これからも本当に心配です。私は生涯でオランダ航空に乗ったときほど大きな運命感を抱いたことはありませんが、今朝、事故の詳細な報道を読んで、まったく個人的にですが、これまで間違っていたと思い、大きな愚かさに気づいたことでした。多くの人も私と同じではないかと思っています。しかしこうした交通手段をあえて諦める人はいないのでしょう。

　アーニマはヴィルフリンゲンのことや素晴らしい謝肉祭のことをいろいろ話してくれました。あなたのご一家と近いうちにまたお会いしたいという私の願いをもう一度繰り返します。そしてこの手紙は正真正銘の誕生日のお祝いなのですから、それがどうも舌足らずなのは大目に見てください。この先の年月が幸多きことをお祈りしています。

　奥様とカール・アレクサンダーにくれぐれもよろしくお伝えください。そしてアルミーン・モーラー夫妻にも。アーニマからもよろしくとのことです。

敬具

つねにあなたに忠実な旧友

カール・シュミット

プレッテンベルク　Ⅱ（ヴェストファーレン）

ブロックハウザーヴェーク一〇番地

一九五二年三月二十四日

1　モーラーによると「シュミットはブーデルス製鉄会社のために、ヘッセン政府の国営化に反対する闘争において有効な武器になる鑑定書を作成した。この大変な仕事は、シュミットにとって同時に個人的な一発勝負のようなものでもあった——この仕事で裕福になったわけではなかったが、少なくとも悲惨な状態から解放された（この仕事は『法治国家の憲法の施行』と題して刊行された（ヴェツラー、一九五二年三月））」。

2　一九五二年にブリュッセルの雑誌『ジンテーゼ』に掲載されたエッセー「砂利の浜辺」のアンリ・プラルドによるフランス語訳。

3　マティーアス・ヴィーマン（一九〇二—一九六九）、俳優。シュミットのところだけでなく、ユンガーのところへもしばしば訪れて歓待されていた。

カール・シュミット様

拝復　誕生日のお祝い、まことにありがとうございました。誕生日というのはどうも次第にしんどいものになっています。年を取ることだけでお手柄なのでしょうか。誰もがより深いところまで達するわけではないにしても、これはちょっとした戦闘です。このところ雪で来客も途絶えていました。弟とシュパイデルとクレット[1]が来ていました。軽く薫製した鮭とヨハニスベルガーを十本手に入れ、その日は朝食をゆっくり時間をかけて取って快適に過ごしたことです。

あなたが心配なさっていたオランダの航空機の墜落事故ですが、ブロイ[2]なら明確な意見をもったことでしょう。私はそのときちょうどブロイの日記の『売れないもの』を読んでいましたが、そこにはこんな文句がありました。「突然の死についてのほかのいい知らせ。ラジウムの悪魔的な発見者キューリーは昨日、トラックに押し潰された。彼の貴重な脳髄は糞尿と混ぜ合わされた。糞尿の方が汚くない。」

「照明の悪い薄暗い街路での旅が私の最も素晴らしいものであった。」

さらにこんなのもありました。「ほとんどすべての医者はギロティンにかけねばなるまい。」

私は今、一九四八年に出たブロイの大きな十八巻の全集をもっていますが、これはこの作家の知人から紹介された印刷の悪い版とは雲泥の差です。今広く読まれているグレアム・グリーンのような作家はこれに反し、神学的効果を狙う大きな指人形〔ギニョール〕です。あなたからのよろしくとのご挨拶はそれぞれに伝えました。わが家一同、そしてアルミニウスも含めて、ご挨拶をお返しします。アルミニウスは今日三十二歳になりました。

敬具

あなたのエルンスト・ユンガー

（一四b）リートリンゲン近郊ヴィルフリンゲン

一九五二年四月十二日

1　二四九ページの注参照。

2　四一ページ、二〇九ページの注参照。

カール・シュミット様

拝啓　お誕生日に心からのお喜びを申し上げます。この機会に思い出したのですが、久しい前から手元にあるレオン・ブロイの重複品をあなたにお贈りしようと思っていて、それをこの手紙の後にお送りします。多分、その他にも後を追ってお送りすることになるものがあると思います。ほとんど全部揃った日記をお読みになりたいときにお考えのことでしょうから。多くの文章が的を射ているだけでなく、全体の雰囲気もなかなか良くて、読んでいると、時代の厳しさに対する秘密が隠されていることが感じ取れるものです。苦痛が作品の中で読者にとっても有益な力を解き放ってくれるのです。血清療法の全体はこの基本的状況の平凡な転用にすぎません。
私はパリへ行っていましたが、町は再び非常に美しくなっていました。パリは今なお霊的な力をもっているまったく数少ない町の一つです。近代の理念を形成する際にこの町に与えられた役割を考えると、とくにこのことは奇妙です。町としてパリはあの役割より強力です。
アレクサンダーが近く帰って来ます。
わが家一同、あなたのご健勝をお祈りしております。
敬具
あなたのエルンスト・ユンガー
ヴィルフリンゲン、一九五二年七月十日

ユンガー様
拝復　具体的・抽象的な色の同一性と連続性というものがあるでしょうか。裏側の肖像画の青色を見たとき、あなたが十四年前（一九三八年）にパリから送ってくれたマラルメの肖像（マネが描いたもの）[1]を思い出しました。ということは、色彩はただ偶然に対象、あるいはテーマに依存しているのでしょうか、それとも、マラルメの青色の上着は天使の青色からの墜落と何か関係しているのでしょうか。

誕生日のお祝いの言葉とレオン・ブロイの著作、まことにありがとうございました。ブロイのものは失っているものが大半でした。それだけにまことにありがたいことでした。改宗したユダヤ人を愛したスカンディナヴィアの若い女性への一八九四年六月二十二日の手紙（恩知らずの乞食、II、一一ページ）の「もしあなたがユダヤ人の、たとえ改宗していたとしても、妻になろうとするのなら、恐ろしい天罰を受けることになるでしょう。私は神かけてこのことを断言します。あなたが相談することができる司祭たちはみな臆病で愚かで、その意見に従ってはなりません」の個所は新しい版では実際こうなっているか確かめていただけませんか。

アーニマがエバリストウィス（ウェールズ）の女性文学史家リリアン・ウィンスタンレーのハムレット論をドイツ語に翻訳しまして、[2]私がその序文を書きました。「出来事の一回性（あなたのご著書『労働者』一二七ページにあるような経験の一回性ではありません）ハムレット―ジェームズ一世」というものです。カール・アレクサンダーからもお祝いの手紙をもらい嬉しいことでした。

敬具

旧友カール・シュミット

［発信地なし］一九五二年七月十六日

［「反逆天使の墜落」の絵葉書］

1　七二ページの注参照。

2　このアーニマの翻訳は一九五二年にネスケから出版された（二九七ページの注参照）。シュミットはその序文で、『ハムレット』には「演劇と歴史的現在の極度の同時性」が達成されていて、危険な「独自の歴史的存在の演劇化」があるとし、『ハムレット』に表現されているものは、「作者と俳優と観客にとって、たとえば一九三四年のベルリンの観衆にとって当時のレーム事件のように目の前の現在であって、……ロンドンでの一六〇三／五年のジェームズの運命が実際に舞台に乗せられたようなもの」と書いている。

カール・シュミット様

拝復　領収書[1]を同封いたします。お届けするのが遅れておりましたが、ゲープハルトが返事を寄越さなかったことと、私が旅に出ていたためです。

　あなたが引用なさっている個所は『レオン・ブロイ全集』（一九四八年五月刊）で調べますと、ちゃんと載っていて、しかも隔字体になっていました。ヒトラーは自殺しましたが、にもかかわらず、今、確かな筋から聞いたところでは、パリの美容院ではヒトラーになぞらえたアーリアの鼻が作られているそうです。こんなのは、トリストラム・シャンディーの鼻の章[2]にもないことです。

　アレクサンダーはいい成績で進級して、今、海を知るようにと北海へ行かせています。

　ご健勝をお祈りしながら。

敬具

あなたのエルンスト・ユンガー

（一四b）リートリンゲン近郊ヴィルフリンゲン

一九五二年七月二十二日［葉書］

1　二〇四ページの注参照。領収書はゲープハルトへ四〇〇マルクを送金した為替のものだが、何の金なのかは不詳。

2　一七五九年に出版されたローレンス・スターンのこの小説は第一次大戦のとき以来、ユンガーの愛読書の一つ。その「鼻の章」（第三部、第三一章以下）では鼻の形の性格学的意味がさまざまに推測されている。

エルンスト・ユンガー様

拝啓　この手紙を書いている日付[1]は私の中にさまざまな思い出を呼び起こすもので、あなたのお手紙へのお礼ともよく調和しているように思われます。あなたと奥様、それにカール・アレクサンダーのご健勝をお祈りしながら。

匆々

あなたの旧友カール・シュミット

ハイデルベルク

一九五三年一月二十四日［絵葉書］

1　五六年四月十一日の手紙参照。

ユンガー様

拝啓　お誕生日、心からお喜び申し上げ、コンラート・ヴァイスの次の詩句を捧げます。

私は私のしたいことしかしない、私に降りかかるものは、じっと持ち続ける、
私のしたくないものを一つの考えが文字のように私とともにしてくれるまで。
私はどこにいようとじっと待ちながら、言葉をクリップで留める、
言葉をクリップで留める者が私を種子のように運び去るまで。

不一

いつまでもあなたの旧友

カール・シュミット

［プレッテンベルク］

一九五三年三月二十四日［絵葉書］

聖霊降臨祭のご挨拶とともに、ご健勝をお祈りします。

あなたの旧友、カール・シュミット

（営林監督官の館[1]の方々にもよろしく）

マドリード、一九五三年五月九日［絵葉書］

1　ヴィルフリンゲンの営林監督官フリードリヒ・フライヘル・シェンク・フォン・シュタウフェンベルクの館の二階部分をユンガーは借りていた。『大理石の断崖の上で』に出てくる営林監督官はこのシュタウフェンベルクがモデルだとも言われる。シュミットにとってはこの「営林監督官の館」という言葉はとくに大きな意味をもっていた（四三年十二月九日の手紙参照）。

カール・シュミット様

拝啓　ご論攷「取得、分割、放牧」[1]、お送りいただき、まことにありがとうございました。このご論攷で表現されているものは、まさに獅子の爪で、ここ数十年に表現が簡潔になっている中で、逆にはなってなく、つねにいい徴候です。

同じときに、トミッセン[2]からあなたの業績の著作目録が送られてきました。この上なく綿密に作られたものだとの印象を受けまして、その旨、トミッセンにも伝えたことです。

胆嚢の具合が悪いのか、痛みがあって床に就いていますが、おかげで読書の時間がもてています。一度ブレーキをかけるのもまことにいいことだと思います。フーゴー・フィッシャー[3]が来ていました。彼は戦争前に会って以来なのですが、その後、驚くべき認識を蓄えていますが、おそらくはまたいろいろと苦労もしてきているようでした。それに、エリートのすべてに見られるように、保守的な考えに決定的に転向しています。

新しい年、一九五四年のご健勝をお祈りしつつ、

敬具

あなたのエルンスト・ユンガー

1　「すべての社会および経済の秩序の根本問題をノモスの観点から正しく考察する試み」の副題をもつシュミットの論文、一九五三年以来、幾つかの雑誌に発表された。

2　ピエート・トミッセン（一九二五―）、フラマンの社会学者。ブリュッセルのセイント・アロイシウス経済大学で教鞭を取っていた。シュミットの文献を綿密に収集し、幾つもの著作目録を出版、シュミットの生と作品についての著作も多い（『シュミティアーナ　Ⅰ―Ⅳ』、一九八八―九八）。ここで言われているのは一九五三年に出た著作目録（五五年一月二十三日のシュミットの手紙も参照）。

3　三ページの注参照。

（一四b）リートリンゲン近郊ヴィルフリンゲン

一九五四年一月八日

拝啓　親愛なるユンガー様、あなたのお誕生日に心からのお祝いを申し上げます。来年のお誕生日には七十歳の歌（あるいは反＝歌）[1]をお考えにならねばならないでしょう。あなたと奥様とカール・アレクサンダーのご健勝をお祈りし、素晴らしい誕生祝いのひとときをお過ごしになられますよう願っています。アーニマからもくれぐれもよろしくとのことです。彼女は昨日、セルビアの祖父のところへ行くため、ユーゴスラヴィアに旅立ちまし

た。

敬具

つねにあなたのカール・シュミット

プレッテンベルク

一九五四年三月二十六日［絵葉書］

1　五五年一月二十三日のシュミットの手紙参照。

シュミット様

拝復　私の誕生日にはお祝いのお手紙をいただき、まことにありがとうございます。お芝居はサツルヌスのような速さで繰り返され、そこには限界があるとでも考えなければ、魅力あるものにはなりそうにありません。ご健勝をお祈りしつつ。

敬具

あなたのエルンスト・ユンガー

［消印、リートリンゲン］

一九五四年三月三十一日［絵葉書］

シュミット様

拝啓　ご令妹のご逝去[1]、あなたとご一家の皆様に謹んでお悔やみ申し上げます。ご令妹にはお目にかかったことはありませんでしたが、一九四二年にパリへお手紙をいただき、一九四七年にはランボーの詩に出てくる色についてお尋ねがあったのでしたが、そのときに出来た一件書類が、あなたのご通知によって今、完結することになりました。R. i. P. (Requiescat in Pace)〔やすらかにお眠りください〕。

私はこの冬は胆嚢を患っていましたが、その後はあたかも貯水槽を掘ったときのように、絶対命令のもとでのように、働いて来ました。五月一日にはローマに行くことになっていますが、そこからサルディニアに足を延ばします。この密林の多い島には今も何かまったく古い自由が生きているのではないかとの予感を抱いています。その前インド・ゲルマン的、前カルタゴ的過去も以前から私を刺激してきたものです。そこでこの目で実際に見て来ようと思うのです。去年の半分は時計[2]について考えてきたのですが、ここは技術がほとんどむき出しの言葉をしゃべる領域です——バビロンの塔をもう一階下に下りると、私たちは歯車に行き着くのです。

フィッシャーが一週間、いやもっと長くわが家にいたことはあなたもおそらくご存じのことでしょう。そのときは私の病状はひどかったのですが、それでも彼と楽しい会話をいろいろとしたことでした。

妻とアレクサンダーからもよろしくとのことです。アレクサンダーは自立してきて、私も喜んでいます。彼がミュンヘンの私立学校に通っていることはご存じと思いますが、そこの校長が彼に高校卒業試験を受けさせようとしないものですから、彼は文部省の係官のところへ出向いて交渉して、試験を受けることができるよう公立の実科高校へ回してもらうようにしたのでした。私が高校の生徒のときならそんなことはとても思いつかなかったことで、すっかり感心したものです。今、彼は「ガリ勉」中です。五月一日はエルンステルの命日です[3]。この日は今もって私には現実のこととは思えないでいます。

敬具

あなたのエルンスト・ユンガー

（一四b）リートリンゲン近郊ヴィルフリンゲン

一九五四年四月二十三日

1　シュミットの一番下の妹、アンナ・マルガレーテ・シュミット（一九〇二―一九五四）、生涯独身、音楽の教師。

2　これは『砂時計の書』として一九五四年に出版された。

3　五月一日（一九二六年）はユンガーの長男エルンステルの誕生日で、死亡した日は一九四四年十一月二十九日（四四年三月二十六日、四五年一月三十一日の手紙参照）。ところがユンガーは『占領の年月』でも四六年五月一日をエルンステルの命日としていて、「私は読み直して見て書き間違えていることに気がついた。しかし死亡の日は誕生の日でもあるかもしれない。そうなれば私たちは印を変えねばなるまい、最初に十字架の印を、最後に星印を」とメモしている。

シュミット様

拝啓　サルディニアの南端から一筆いたします。ここは人のまだ生きて行けるところです。自動車より馬に乗った人の方が多く、これがつねに判断の印です。

ではまた。

敬具

あなたのエルンスト・ユンガー

カリアーリ、一九五四年五月七日［絵葉書］

カール・シュミット様

拝啓　昨夜、あなたの論文[1]を拝読いたしました。非常に緊張して。と申しますのも、私は以前から権力の対決の問題に取り組んでいたからです――これは「赤頭巾」と他の権力への役割分担について考えて来て以来のことです。

あなたはここで再び大きな貢献をなさったわけで、この考えと原則の多くが、著者を引き合いに出そうと、著者については黙ったまま用いられようと、いずれにせよ追随者を多く出すことでしょう。後の場合が施行の最も確実な道、最も強力な道です。"spiritus flat ubi vult〔精神は思いのままに吹く〕"[2]からです。あなたが七ページで先取りして言っているように、あなたには権力がないというのは、あなたはもちろん信じていないでしょうが、私も信じてはいません。

中心的な考えについて、つまり権力の匿名の水準への嵩上げ、あるいは権力の変形[3]について、私はとくに多大の感銘を受けました。この点に関しては、二つの帰結が生じます。一つは、権力は、人がそれを人間の間の関係とみなしたまさにその瞬間に、悪と名づけられた当然の帰結ですが、二つ目は、この匿名の大きなものはどうやらはっきり形のあるものとして名づけることはできないのではないのか、そしてそこに可能な、役に立つ解決の一つがあるのではないかということです。

あなたがあんなにも簡潔にお書きになったのは、おそらく良かったのでしょう。しかし権力者への道は根源現象の一つであって、その例は政治的領域においてだけでなく、動物学的、社会学的領域においても、無数に見受けられます。たとえば群れを先導する鮫、あるいはカトリック牧師館の女主人を挙げるだけでもお分かりでしょう。ご高論には多くの書物が背後に潜んでいるのですが、ポーザ侯爵[4]に側面から当てた光には大いに楽しませてもらいました。いつも"faux jour〔間違った光〕"を当てられて見られていた姿をこんなふうに眺めると、その姿も正しい光の中に浮かび上がることができます。

あなたは確固たる文体を手に入れていらっしゃって、私も嬉しくなったものです。とくに私の方が今や六十歳の冒険に近づいているという点からもそうなのです。六十歳に近づくと、何をするにも不安と希望がない混ぜです。気がついた点をついでに一つ、二二一ページの八行目ですが、"mit〔～と〕"ではなくて、"in Bezug〔～に関して〕"とすべきではないでしょうか。

昨日、リヴァロール[5]の最後の原則を訳しまして、これで一九四五年以来、ときどきに取り組んでいた一つの仕事を、あるいはむしろ楽しみを終わらせたところです。今、その序文を書きたいと思いながら、それをリヴァロールだけに捧げるべきか、リヴァロールとバーク[6]に捧げるべきか、それとも一七八九年以来の保守的な努力について、つまり失われた[7]地位一般の短い概観をすべきか、思案しています。というのも、これらの人物たちはしっかりと判断を下していますが、それが権力の古い観念からのもので、古典物理学の代表者たちの変化した世界の中での判断のようなものだからです。

南へ引っ越したときにあなたのご著書や論文の多くが失われてしまったこと、一度お話ししたでしょうか。古書のカタログをいろいろと見ているのですが、稀にしか見つかりません。しかしまずは著作目録[8]を手に入れるべきなのでしょうか。

良きクリスマスと新年をお迎えになられますよう。

敬具

あなたのエルンスト・ユンガー

（一四b）リートリンゲン近郊ヴィルフリンゲン

一九五四年十二月十七日

1　シュミットの論文「権力と権力者への道についての対話」（一九五四）、五五年一月二十三日のシュミットの手紙も参照。

2　ヨハネによる福音書では「風は思いのままに吹く」とあるが（第三章八節）、ユンガーはウルガタ聖書から引用。三九年七月二十日の手紙参照。

3　第三の対話の始めに「私が言いたいのは、権力は独自の自立した偉大なものであって、それを作り出した合意に対してもそうであって、私は今、あなたに示したいのは、権力は権力者自身に対してもそのようなものであるということです。権力はその都度に権力を手にしているそれぞれ人間個人に対して、客観的で自律的な偉大なものです」という個所との関係で言われたもの。

4　「権力についての対話」第三と第四の間の独白的「インテルメッツォー」で、「廊下を巡る戦い」、つまり「権力の頂点への道を巡る戦い」について、ビスマルクとシラーの『ドン・カルロス』に出てくるポーザ侯爵が例に挙げられている。

5　七〇ページの注、次の手紙、ユンガーの著作『リヴァロール』参照。

6　エドマンド・バーク（一七二九—一七九七）、イギリスの政治家、作家。『フランス革命考』（一七九〇、ドイツ語訳一七九三）によってフランス革命を厳しく批判、保守主義の最も重要な理論家の一人とされる。ユンガーの「リヴァロール」の翻訳の序文にはバークに再三言及されている。

7　ユンガー自身のように歴史に翻弄されていると思う保守的な立場の代表者たちの状況を示すのにユンガーがしばしば用いる表現。

8　二五八ページの注参照。

カール・シュミット様

拝啓　先刻の手紙を書いた後で書物を掻き回していましたら、著作目録がちゃんとあるのを見つけました。そのほかにも、『影絵』[1]、『政治的ロマン主義』、『憲法理論』、『政治的なものの概念』、『法と領域』、『フランスの精神の形成』、『ヨーロッパの法律学の状況』、『リヴァイアサン』、『ドノソ・コルテス』も見つかりました。というわけで、ほとんどすべて手元にありました。とくに『影絵』は誰もがもっているわけではないものでしょう。*

あなたのエルンスト・ユンガー

* どうもどっちつかずの文章です。

（一四b）リートリンゲン近郊ヴィルフリンゲン
一九五四年十二月十八日［葉書］

1　一九一三年にヨハネス・ネゲリヌス・モックス・ドクトルという匿名で出されたもの。ニーチェ、ラーテナウ、トーマス・マンなどの文体を茶化した風刺的作品。一九九五年、インゲボルク・フィリンガーの注釈つきで再刊されている。

カール・シュミット様

拝啓　シュタルガルトの自筆原稿カタログから、[1]あなたが興味をお持ちと思われるもの[2]をお届けします。この会話は一八四八年頃行われたと私は推定しています。

匆々

あなたのエルンスト・ユンガー

（一四b）リートリンゲン近郊ヴィルフリンゲン
一九五五年一月十六日［葉書］

1　葉書にベッティーナ・フォン・アルニム（一七八五―一八五九）のユーリウス・フォン・ハルデク宛の次のような手紙の切り抜きが貼付されている。「……昨夜、私は哲学者のブルーノ・バウアーと現在および将来について一時間あまり話した後で、ペンを取りました。」

2　シュミットがブルーノ・バウアーに興味をもっているため（八〇ページ、一七六ページの注参照）。

エルンスト・ユンガー様

拝啓　「権力についての対話」について内容豊かなお手紙をいただき、ありがとうございます。個人的にアーニマと私の対話をテープに録音してありますので、一度、あなたと奥様にお聞かせしたいと思っております。それはマグネットフォーンをもっている近所の人が録音してくれて、七月の私の誕生日に再生してくれたのでした。このときつくづく残念に思ったのは、妻の言葉のこうしたテープがないことでした。録音されたものが、任意のおしゃべりではなく、よく考えた末のものなら、この上なく懐かしい思い出なのでしょうに。実際の遺言もテープに取っておけばと考えることもあります。しかしそれができるようになるのは先の話で、まだまだ待たなければならないでしょう。

あなたの著書『砂時計』について「北西ドイツ放送」でかなりひどいことを言っているのを聞きました。法廷でのやり方のようで、これがとくに腹立たしいものでした。全体がまったくだらけていて、告発と弁護の形式に緊張したものがなかったからです。ここ数年のこうしただらけさ加減はどこから来たのでしょう。おそらく次のようなことなのではないでしょうか。

ドイツ人には今、時間がない、
彼は今、カフカを読まねばならない。
彼はカフカ病から治ろうと
努力して、その用意をしている。

あなたのリヴァロールの翻訳、とくにその序文は、極度に緊張し、むさぼるように読みました。あなたがこうした保守的な人々[1]についておっしゃっていることは、当たっています。私はド・メーストル[2]もはや読むことができません。むしろボナール[3]なのですが、ただ彼の注釈だけで、彼が「システム」と考えているものではありません。彼も亡命からの帰国者です。

ジオノの『マキャヴェリ論』[4]、まことにありがとうございます。これを読むのは楽しみなのですが、私自身が贖罪の山羊の、ハツァツェルの状態にあって（同封書類一[5]）、この楽しみにふけることができません。ベッティーナとブルーノ・バウアーとの話し合いを指摘していただいたことでもお礼を言わねばなりません。以前、あなたにお送りしたブルーノ・バウアーのピロについての書物[6]はまだお持ちですか。ピロが突然私にとって中心問題になっています。Νόμος〔ノモス〕研究との関連でです。ピロはノモスという言葉がホメロスには出て来ないという大胆な主張をしていて、誰もが彼の言葉に従っているのですが——パスカルもです——、ヴォルテールは、それが役に立たなかったのか、これを退けています（同封書類二[7]）。

一九四五年にアメリカ軍に押収され、一九五二年に返還された私の蔵書の一部を一九五四年十二月にフランクフルトの古書籍商ケルストに売却しました。悲しいことでしたが、結局、それ以外に仕方がなかったのです。結局は、書物の運命が人間の運命に従うのも自然のことです。この売り払われた書物には、すべてに「US法務部、グループCC　ドイツ書籍、カール・シュミット教授蔵書」というきれいなスタンプと白インクではっきりSの字と番号がついていて、ある種の歴史的骨董品の価値があるのではないでしょうか。あなたに一部でも記念にとっておくことを思いつかなかったのは、残念です。適当なものを一冊でも見つけ出しましたら、あなたのために買い戻したいと思っています。

お手元にない私の著書についてのお尋ねですが、何が問題なのでしょうか。あなたはP・トミッセンが一九五三年に製作した『C・S著作目録の試み』をお持ちだと思います。あなたに興味がおありのものなら何でもお贈りしたいと思っています。ちょっとした書き付けを同封します（同封書類三）[8]。

エルンスト・ユンガー様、私の「六十歳の男の歌」[9]に対する反゠歌を作ってくれる約束を忘れないでください。

——昨日の日曜日の午後、この手紙、ここまで書いて邪魔が入って中断していました。今日、一月二十四日、続きを書いています。この日付にはあなたとの出会いとお話し合いとの多くの思い出が結びついています。今、思い出すのは、一九三四年一月二十四日で、私が「国家構造と第二帝制の崩壊、兵士に対する市民の勝利」[10]についての講演をした日です。当時、私はよくオットとマルクス[11]と一緒でした。マルクスは今、ウィーラー・ベネット[12]の『権力のネメシス』（ドイツ語版にはフライヘル・フォン・デム・ブッシェ[13]の序文がついています）で、こっぴどく唾を吐きつけられています。毒の種は無くなりません。一枚素描を同封しますが、それが誰であるか当てて見てください。

あなたと奥様、そしてカール・アレクサンダーのご健勝を心からお祈りしつつ。

敬具

あなたの旧友カール・シュミット

「権力についての対話」の幾つかの抜き刷りに献辞としてこんな言葉を書きました。「エルンスト・ユンガーが言うにはロベスピエール一統は鳥籠の中にのように権力の中に入って行くと。私はなぜロベスピエール一統だけなのかと問う。」――三九八ページの上の（アーベル・ボナールについての）個所[14]も献辞にふさわしいものです。

プレッテンベルク、一九五五年一月二十三日

1　ユンガーの五四年十二月十七日の手紙の最後から二番目の段落および彼の「リヴァロール」の序文「生と作品」の第九、一六、一七章参照。

2　ジョゼフ・マリー・コント・ド・メーストル（一七五三―一八二一）、フランスの国家哲学者、外交官、カトリックの保守的国家論の代表者。政治的秩序の問題においても教皇と教会に優位を与えようとした。

3　ルイ・ガブリエル・アムブロワーズ、ヴィコント・ド・ボナール（一七五四―一八四〇）、フランスの国家哲学者。革命後の宗教敵視に反対し、神政主義に基づく君主制を擁護した。

4　ジオノについては一一二ページの注参照。シュミットの蔵書目録には一九五五年二月の『円卓』からの「マキャヴェリ論　Ⅱ」だけが挙げられている。五五年二月二十三日のユンガーの手紙の末尾参照。

5　同封書類一、

「ハツァツェル
贖罪の山羊の飼育のための
国際研究所

第一級の文書のみ
すべての政党と政府の供給者
種畜の血統証明書

一級品はそれだけで一〇〇〇マルクより

名誉会長：
トータル・ユニヴァーサル・ヒューマニティー・コントロール
経営陣：
シークレット・エフィシエンシー・モラル・サービス
イデオロギー上の顧問：
モーリッツ・ユーリウス・ボン教授（ロンドン）(1)
エルンスト・ニーキッシュ教授（ベルリン）(2)
伯爵夫人マリオン・リンティンガム（シカゴ）(3)

クリスマスと新年のご挨拶
世界の平和
その通り、しかし
贖罪の山羊なしには平和なし。
国際研究所
ハツァツェルは
一九五四年の成果豊かな活動に対して
すべての協力者と購買者に感謝し
来る一九五五年に利用できる贖罪の山羊の
さらなる増加を期待している。」

(1)　モーリッツ・ユーリウス・ボン（一八七三―一九六五）、国民経済学者。ユダヤ人であったためドイツを去って、イギリスに亡命。シュミットは、最初に大学の職に就いたとき（一九一九年九月一日、ミュンヘン）、さらに

ベルリンの商科大学に招聘されたとき（一九二八年四月一日）、さまざまにボンの世話になっている。

(2) 一七ページ、一九五ページの注参照。また『カール・シュミット――弟子の一人との往復書簡』一五九ページ以下参照。ここにはニーキッシュのシュミットへの攻撃について述べられている。

(3) マリオン・グレフィン・デーンホッフ（一九一〇―）を指すと思われる。週間新聞『ツァイト』の政治欄の主筆でシュミットの書物を激しく糾弾していた。

6 四四年三月二十六日の手紙参照。この書はシュミットの残された蔵書目録に一八七四年版が記されている。

7 同封書類二、ヴォルテールのピロの主張（ノモスがホメロスにはないという）についてのもの。

「ユダヤの掟が最も古いというのはまったくの誤りである。というのも、その立法者モーセよりも前にユダヤ人はエジプトに住んでいたからであり、この国はモーセの掟によって王たちは死んだ後に裁かれたことで世界でも最も有名なものとなったのである。「掟」という言葉がホメロス以後になって初めて知られるようになったというのも完全に誤りである。ホメロスがオデュッセーの中でミノスの掟について語っているからである。「掟」という言葉はヘシオドスの中にもあって、もしヘシオドスの中にも、ホメロスの中にもそれがないのなら、このことは何一つ証明していないことになろう。古代に王国があり、王がおり、裁く者がいた。それゆえ掟があった。中国人はモーセより古くからいた。ギリシャ人とローマ人が掟をユダヤ人から受け継いだというのもまったくの誤りである。彼らの国家が始まったときにもそんなことはありえない。というのも、彼らは当時ユダヤ人を知らなかったからである。彼らの隆盛のときも、そんなことはありえない。というのも当時彼らはこの野蛮人たちを軽蔑していて、このことは全世界で知られているからである。これはキケロもポンペイウスによるエルサレム征服について語っているところで、ユダヤ人を扱っていることにもはっきり現れている。ピロは、ユダヤ人の書物は七十人によるギリシャ語への翻訳が出るまで、これを知っていた民族はないと告白している。」（ハインリヒ・ヘッセのレクラム版、ライプツィヒ、出版年なし、第二部、注三四）

8 同封書類三、これは残されていない。

9 五四年三月二十六日の手紙参照。

10 一〇六ページの注参照。

11 エーリヒ・M・マルクス（一八九一―一九四四）、最後には将官になった軍人。一九三〇年にはオット同様、シュライヒャーの協力者、一九三二年、帝国情報局長（八八ページの注も参照）。

12 ジョン・W・ウィーラー＝ベネット（一九〇二―一九七五）、イギリスの歴史家。三〇年代の初めに歴史研究のためドイツを訪れ、大物政治家と会っている。彼の著書『権力のネメシス。一九一八―一九四五年の政治におけるドイツ軍』は一九五四年デュッセルドルフのドロステ社からドイツ語版が出ていて、マルクスはそこで（第二部、第二章三）シュライヒャーの「取り巻き」の一人とされ、「軍は国家に仕える、国家だけに仕える……」というゼークトの原則を意図的かつ欺瞞的に捩じ曲げていると非難している。

13　アクセル・フライヘル・フォン・デム・ブッシェ＝シュトレイトホルスト（一九一九―一九九三）、職業軍人。抵抗運動に携わり、ヒトラー暗殺計画に加担して、一九四四年七月逮捕されたが、逃亡に成功。戦後、法律を学び、外交官になっている。

14　ボナールについては一二八ページの注参照。どの個所のことを言っているのかは不明。「権力についての対話」には三九八ページはないし、ウィーラー＝ベネットにはボナールについての記述はない。

カール・シュミット様

拝復　お手紙、拝見しましたことを、とりあえず一筆いたします。今、湯治を兼ねてカンシュタットに来ていますので。

お送りいただいた素描を私たち長らく眺めた末、妻は好意的な解釈をしたのですが、私の方はそうではありませんでした。私には頭がなくて蛙の足をしたものに見えるのです。

しかし贖罪の山羊はなかなかいいものです。すべての者にそれぞれの贖罪の山羊を！　私たち夫婦は非常に役に立つ贖罪の山羊であることを自慢していいのかもしれ

ません。ただ、私が第一次大戦をでっち上げたということは断固否定しなければなりません。第一次大戦は私の父から受け継いだものなのです。そして私がその後、父の才能をうまく活かしたと思いますのに、父はそれを認めようとはしませんでした。これが国粋主義的、自由主義的な世代の矛盾を孕んだヤヌスの頭なのです。

敬具

あなたのE・J

カンシュタット、一九五五年二月二日［葉書］

エルンスト・ユンガー様

拝復　お葉書まことにありがとうございます。あなたがカンシュタットでお葉書を書いていた二月十二日、私はデュッセルドルフで非常に好感のもてる若い作家とあなたについてきわめて活発な話し合いをしたことでした。ロルフ・シュレーアス[1]というその著作家とはこれまで個人的にはまったく知らなかったのにです。彼はT・E・ロレンス論（一九四九年）を書いていて、それを私に贈ってくれました。今はオールディントン[2]、詐欺師ロレンスという新しい書物についての論文に取り組んでいるそ

うです。あなたとT・E・ロレンスとはほかの点では似ているところが、あるいは近親性があるにもかかわらず、あなたにとって、あるいはあなたに反して一人のオールディントンがいるなど考えられないと私は言ったことでしたが、彼も認めていました。これは私には啓発的な問題提起のように思えました。

お送りした素描は、スペインの洞窟のもので、おそらく一種の呪いか魔術のようです。私にはそれが民兵の理念のように思えたのです。そんな印象を抱いたので、それをあなたにお送りしようと考えついたのでした。

カンシュタットでは十分に休養をお取りになりますよう。

敬具

あなたのカール・シュミット

［消印、プレッテンベルク

一九五五年二月十五日］［葉書］

1　ロルフ・シュレーアス（一九一九―一九八一）、政治志向の著作家、ジャーナリスト。五〇年代末まで「四七年グループ」に近い姿勢を取っていたが、一九五五年に出版社の編集顧問をしていたとき、シュミットと知り合い、しばしばコンタクトを取るようになり、文学・ジャーナリズム仲間からの立腹や批判にもかかわらず、シュミット擁護を公言していた。その著書『パルティザン』（一九六一）では、シュミットも考えていたテーマを取り上げている（シュミット『パルティザンの理論』（一九六三）参照）。

2　リチャード・オールディントン（一八九二―一九六二）、イギリスの詩人、小説家、作曲家。詩集『戦争のイメージ』（一九一九）、小説『ある英雄の死』（一九二九）、『男はすべて敵』（一九三三）などの作品がある。

エルンスト・ユンガー様

拝啓　あなたの動物学の博識におすがりして、教えていただきたいとペンを取りました。私は今、動物の間の敵対関係の明白な例を探していまして、犬と猫は諺にもありますが、もっといい例があるにちがいありません。マングースとガラガラヘビがそうでしょうか、一、二はっきりした例をお教えいただければありがたいのですが。壁にぶち当たって先に進めないでいますので。[1]

ひとつよろしく。

敬具

あなたのカール・シュミット

［消印、プレッテンベルク］

一九五五年二月二十二日［葉書］

1　一〇―一一ページの注参照。

カール・シュミット様

拝復　昨日のお尋ねのお葉書、灰の水曜日に届きました。この日には改悛と懺悔のほかに歯痛にも苦しめられていたところでした。シュヴァーベンの高地の謝肉祭は、ボーデン湖畔のより大がかりですが、それに劣らずくつろいだもので、生まれつきの才知はここでまだ最後の居場所をもっています。ここには「よき死への兄弟団」もあって、これには、あなたもきっと感銘を受けることと思います。これには九十九人の団員がいて、年に一度、灰の水曜日に集まって、エスカルゴを食べながら、前の年に亡くなった兄弟たちについて語り、次の年の予測を立てるのだそうです。年会費は五〇ペニヒで、これは亡くなった兄弟それぞれに三回のミサを執り行うために使われるのですが、足らない場合は、食事当番に当たった家の主人がポケットマネーから補うことになっていると言います。

シュレーアスはここ数年、ときどき拙宅に訪ねて来ていました。私はもう三十年このかた私を訪ねて来る若者たちを観察していますが、貝殻の中に真珠が出来ているのを知ることは絶えてありませんでした。しかしこれは詩についてだけのことで、政治の問題ではすでに大当たりを経験しています。おそらくシュペングラーも同じような経験をしたために、若者はむしろ技術に向かうべきだと言ったのでしょう。しかし私はまさにこのことが文学的な事柄に稀少価値を与えるのだと思っています。

あなたはロレンスと彼に対する死後の今になって行われている攻撃に関連してお書きになりました。私が思いますのに、こうした事柄は誰もが免れえないもので、偉大な人物の傷跡とさえ考えられるものです。実質があれば、それは有害というよりむしろ役立つものなのでしょう。ゲーテの箴言にこうしたことに関して多くの的を射たものがあります。ケルスス[1]のキリスト批判の書もこうした種類の試みの一つで、当時の人たちにはとても許せないと思わざるをえないひどい資料が使われていました。にもかかわらず、ケルススの名前はオリギネス[2]の著作にすべて基づいているものとして知られています。そして何世紀にもわたって彼の書に何という途方もない興味が寄せられることになったのでしょう。こうした精神の持ち主たちは、何事かが起こるところを予告しているのです。ちょうど戯画がさまざまな意味の影で初めて可能になるのとよく似ています。こんなこと、あんなことが、まったく違ったものになっているのは神話と何か関わっているのでしょうか。そうだとすると、写真や映画やレコードは歴史的な情報源になるのでしょうが、実際にはそれは隠されているだけです。

ところで、動物の間の敵対関係ですが、あなたは難しい問題を持ち出されました。私にはとてもその答えを出すことはできそうにありません。もっとも今、私はそれと何かよく似たことに取り組んでいます。つまり反感についてです。反感は第一義的に政治的な事実ではなく、何か付け足しのものです。私が追及されるのは政治的であって、私を尋問する警察の取り調べ官が私に対して中立の態度を取るか、好意的な態度、あるいは反感を抱く態度を取るかは付け足しです。このことはむしろ星占い的な事実です。警部が反感をもっているなら、政治的なものが運命的なものと結びつくことになります。これはメルヴィルが『ビリー・バッド』で実にうまく描いています。

私はこの区別を動物の間の敵対関係にも当てはめたいと思います。動物が他の動物を食って生きているという事実にはまだ敵対関係を見ることはできません。猫は鼠の敵ではないのです。私がカツレツが好きでよく食べるからといって、私はまだ牛の敵ではないし、ましてや私が狩りに出てしとめるノロジカも敵ではないのと同じことです。あなたがお挙げになったマングースとガラガラヘビも私には敵対関係とは思えません。ここでは出会いがほとんど騎士的な形式にまで高められているからです。この意味で、私はすべての狩りの要素をもつものは敵対関係に数え入れてはいません。こうしたものとは認められない狩りもあります。たとえば鯨がプランクトンを漁るとき、これは狩りとしては狩人の意識にも、獲物の意識にも入り込んでは来ません。

マングースが結局は蛇を食べないとなれば、これを私は違ったふうに判断することになりましょう。そうとなれば、マングースの遊びは自然のプランを越えるものでしょうし、容疑者を不必要に苦しめる警察の取り調べ官に似ているのでしょう。こうした理由から、犬と猫の間にこそ真の敵対関係、星占い的、性格学的強制があることになります。犬と猫は互いに食べ合うことはありませんし、同じ獲物を追いかけることもなく、よく使う言葉の一つを用いて言いますと、うまく共存することができるようですのに、なぜ彼らはそうしないのか。これは根源現象です。自然はいつも理に適っているというわけではありません。この問題を扱うに際して私はたとえば犬と猫、猫と鼠といった幾つかの一般に知られている例だけに留めたいと思います。しかしあなたの出発点になっている図式は私は知りませんが、いずれにせよ、これがきわめて刺激的であるのは確かです。

ジオノのマキャヴェリについてのメモ[3]の最後の部分を同封します。ここにも幾つかの優れたコメントがあります。明後日、私はチューリヒへ行きます。古代エトルリアの展示会を見るために。

ご健勝をお祈りしつつ。　敬具

あなたのエルンスト・ユンガー

（一四b）リートリンゲン近郊ヴィルフリンゲン

一九五五年二月二十三日

1　ケルスス、二世紀のギリシャのプラトン派哲学者。一七八／七九年に初めてのキリスト教を攻撃する書『Alethes Logos〔真の言葉〕』を書いている。

2　オリギネス、正しくはオリゲネス（一八五―二五三／五四）、アレクサンドリアの教義学校の巨頭で教会の代弁者、『Contra Celsum〔対ケルスス〕』でケルススに反対している。

3　一一二ページの注参照。

エルンスト・ユンガー様

拝啓　この手紙は三月二十九日にヴィルフリンゲンに届くようにと書いています。あなたの六十歳のお誕生日への私のお祝いの言葉をお伝えしたいのです。あなたがこの日を元気一杯にお祝いなさるよう、私は心から願っています。これこそ、あなたのご家族、あなたの友人たち、崇拝者たちにとって一番の喜びです。六十五歳のいわゆる定年まであなたはまだ五年もあるわけで、私の方はすでに二年ばかり前に越えたこの線を、あなたがこの日の喜びに浸るなら、少しも恐れることはありません。今年のお誕生日にはあちこちから多くの声が響いて来るのをお聞きになることでしょうが、この反響の現象に対してあなたの素晴らしい観察能力、解釈能力を実証されることでしょう。このことは私たちすべてにとってこの日への私たちの関与をますます高めるでしょうし、あなたの偉大な作品の全体に最高の巨匠の印章を押すことになりましょう。

私はあなたの六十歳の記念論集への寄稿文に没頭していました。そしてじっと見つめていると、そこに並ぶ名前と姿がうまくくっつき合う星座があるはずで、それを見つけようと考えています。私にとってまったく特別の喜び、残念ながら思いもかけなかったとも告白しなければなりませんが、それはあなたのご両親についての弟さんのフリードリヒ・ゲオルク氏の文章[1]です。両親について書かれたもので、私がかつて読んだ最も美しい文章で、その上、これは私には個人的にあなたの弟さんの芸術的な独自性との接触の初めてのもの、久しく求めてもいたものです。これまでずっと近寄りがたいものでした。

　あなたと奥様、それにカール・アレクサンダーのご健勝をお祈りしています。今は二十五年にもなるあなたとの交友をありがたく思い出しながら。

敬具

　つねにあなたの旧友、カール・シュミット

　プレッテンベルク、一九五五年三月二十七日

1　一二ページの注参照。文集『懐かしい出会いの数々』の中の一文。

カール・シュミット様

拝啓　お手紙を出そう出そうと思いながら、今日まできてしまいました。誕生日なんてのは、一度の火事と同じようなものでした〔諺の「三度の引っ越しは一度の火事と同じ」のもじり〕。

　記念論集についてはいろいろといいことを耳にします。スイスの女友達の手紙を同封します。おそらく動物寓話に関して、あなたの興味を引くと思ってです。今度またバーゼルへいらっしゃることがありましたら、ぜひこのチャーミングな女性メーアヴァイン博士[1]に連絡を取ってみてください。歓待してくれると思います。私はこの前、エラスムスの砂時計を見るためにそこへ行っていました。それにしても、チューリヒのエトルリアの展示会は私にとって大きな出来事でした。

　五月半ばには旅行者のあまり行かない南へ出かけるつもりです。それまでには、記念論集のプレイアデス〔アトラスの七人の娘たち〕の星たちすべてに挨拶状を送ることにしています。

　Vivent les boucs　émissaires.〔贖罪の羊、万歳。〕[2]搾取は私たちの俗世の永遠の原則で、つねに搾取されうる勢力、俗世を越えたものをもつ勢力を前提にしています。Ce sont eux, qui paient〔支払うのは彼ら〕というわけで、そこに属するのがいいということになりましょう。

敬具

あなたのエルンスト・ユンガー

（一四b）リートリンゲン近郊ヴィルフリンゲン

一九五五年四月三十日

1 芸術支援に熱心なバーゼルの貴婦人。
2 五五年一月二十三日の手紙参照。

C・S様

拝啓　サルディニアからちょうど帰って来たところです。カール・アレクサンダーは一昨日、高校卒業試験にいい成績で合格しました。またお便りします。あなたとカール・アレクサンダーが大事にしている杯[1]で乾杯することができればと望んでいます。

匆々

あなたのE・J

絵葉書の表にバルトロマイツィク[2]が東方問題の研究にあなたの「協力をえたい」との言葉を書き添えています。

EJ

［消印、ヴィルフリンゲン］

一九五五年六月三十日［絵葉書］

1 シュミットは代子であるカール・アレクサンダーに幾度も錫の杯を贈っていた（四九年三月二十四日の手紙参照）。
2 ホルスト・バルトロマイツィク（一九〇三―一九七五）、法律学者。

カール・シュミット様

拝啓　Sub-Stanz と Sub-Jekt[1] というのには、すっかり嬉しくなりました。そこには影絵[2]のふさわしい続編があるように思います。四十五年も経ってからです。死体のそばにも楽しみがなければ、というわけでしょうか。

クロスターマン[3]がシュトゥットガルトであなたに会ったと話していました。あなたが彼と実りある会話をなさったようで、喜んでいます。これに反し、マルツィク[4]は、『法学雑誌』の七月号に悪意に満ちた引用を持ち出していて、このことから推し量るのに、彼は曲がり道に逸れて遠ざかっているように思えます。その上、時計の引用もあります。そこで私も口を挟んだのでした。

クロスターマンはまた私に、私が『労働者』の改訂[5]とリヴァロールの格率に取り組んでいることもあなたと話し合ったとも報告してくれました。労働者の場合、問題なのは改訂ではなく、というのも構想に改訂するところはないからで、これは第一稿と並列する第二稿なのです。キャラバンが通り過ぎて行く場所への二つの展望です。その際、精神史にしばしば現れていたのかどうか私には分からないのですが、奇妙なことが起こります。私が思いますに、あの書の中で作られた一連の言葉と概念が、いつしか現実の政治上の意味を獲得し、特殊な形で染み込んでしまったのでしょうか。それゆえ新しい紙幣を発行する銀行のように、それを避けるべきなのか、それとも、それにもかかわらず、それをかかえて行くべきなのか。よりよい力試しの場は疑いもなく第二稿にあります――しかしここでは今、下位の変種とでも言えるものが生じて、すでに最初のとき概念を引き延ばしていたあの力が自分の有効性を感じていて、ネオ・ファシズムの月桂冠が苦労した仕事の上にかぶせられることにもなります。いずれにせよ、何をしようとも、まず先に結論をしっかり立てておかねばならないのでしょう。しかし同じようなことの繰り返しが歴史の中にあるのを思い出しませんか。それを取り出すためには、一つは時間の方は早送りする一方で、著者の方は息の長い長距離走者でなければなりません。そうすれば、著者はもう一度、大きな経験を携えて、折り返し点を通り過ぎることになります。

リヴァロールについてですが、翻訳が難しいのは、結局、難解な章句というよりは、まったく簡単な言葉なのです。たとえば“Un livre qu'on soutient est un livre qui tombe”[6]というのをあなたならどうお訳しになりますか。これには私は長らく悩ませられました。私の訳文を封筒に入れて封をして同封します。おそらくもっといい訳を教えていただけると思います。私は短い序文で、今日、保守主義者に認められる展望について述べようと考えています。この状況をどのように判断なさいますか。その判断を文章にしていただければありがたいのですが。

アルミニウスからの手紙によると、テュービンゲンであなたとお会いしたとのこと。そのときいろいろと取り違えがあったとか。あなたがヴィルフリンゲンにお立ち寄りにならなかったのは残念です。私は今、非常に知性溢れる秘書を見つけることができました。フォン・シルンディング[7]という名の驚くほど早熟な若者です。

いろいろある中で、シュターペル[8]の死は一番大きな出来事です。彼はこんな手紙を書いて来ていました。私がローマ人たちと決着をつけた後も、セネクスの岸辺に歩み入るまでにはまだ五年の日時がかかると。彼自身は人生にかなり疲れていたように思います。

アルミニウスから聞きましたが、あなたの健康がすぐれないとか、その後に回復なさっていることと思います。私の方は、サルディニアの気候が私に合っていたのか、その後もずっと何とか元気にしています。先史時代も中世もローマ時代もそれぞれに何とか生きて来ています。世紀によって温度計の目盛が違う冷暖房装置があるようです。

敬具

あなたのエルンスト・ユンガー

カール・アレクサンダーは今、ユーバーリンゲンにいますが、近く、リチオーネに行くつもりのようです。

EJ

（一四b）リートリンゲン近郊ヴィルフリンゲン

一九五五年八月三日

1 シュミットがエーリヒ・シュトラウスという匿名で書いた詩で「純粋な存在のバラッド」の副題がついている「DIE SUB-STANZ UND DAS SUB-JEKT」を指す。ユンガーの遺品の中に、この詩の掲載された『ツィヴィス』誌の第九号（一九五五年六月）の別刷があって、左上に「謹呈、マールブルク／ラーン、五五年八月一日」とシュミットの筆跡で記されている。この詩はモーラーの『カール・シュミット――彼の弟子の一人との往復書簡』にも載せられ、また『テクストと問題提起』誌（五五年）、『新しい社会』誌（五八年）にも掲載されている。

2 二六三ページの注参照。

3 二三二ページの注参照。

4 ルネ・マルツィク（一九一九―一九七〇）、法学者、政治学者。ここで言われているのは、一九五五年の『法学雑誌』第七七号に載った論文「ドイツ連法憲法裁判所の改革。これまでの成果を破壊する危険」。その三五〇ページ以下には、「この財産［ドイツ人が大きな犠牲を払って獲得した憲法裁判所の裁判権］が今や危殆に瀕している。これを軽々に手放そうとしているグループさえ出てきている。ドイツにはすでに新たに絶対的実証主義の精神が、カール・シュミットの影響が、頭をもたげてきている。カール・シュミットは〈精巧な時計を狂わせる磁石のように〉エリート層に影響を及ぼしている」とある。ユンガーはこの論文を送ってもらっていたらしい。

5 これは一九六四年に「〈労働者〉への追加ノート」として出版された。次の二通の手紙も参照。

6 一九五六年のユンガーの翻訳は「支持される一冊の本――つまりは支持されなくもなる一冊の本」である。次の手紙も参照。

7 一九五三年の春にアルミーン・モーラーがユンガーの秘書を辞めて、チューリヒの日刊新聞の『行動』紙の特派員としてパリに移住したのち、後任にアルベルト・フォン・シルンディング（一九三七―）がなっている。

8 二五ページの注参照。

エルンスト・ユンガー様
拝復　二十五年も前の書物の再版ないし新しい改訂版の問題ですが、これには一九二八年の『憲法理論』をまったく手を加えずに再版したことでお答えしますが、私はこれまでいろいろと良い経験をして、それで良かったと追認しています。モットーは、次のようなものです。

憲法は滅び去るが[1]、
憲法理論は存続する。

しかし『労働者』はより強烈に歴史の瞬間の中に立っていました。にもかかわらず、歴史的な真理が今もう一度真であるとするなら、良い書物を（それも航海日誌とでも言えるものを）やはり一度だけでも書くことができます。言葉の運命がそれにふさわしいことなのでしょう。この試みはもちろん厳しいものになるでしょう。私たちはハイデガーが『友情のこもった出会い[2]』の三一ページでしたような試みをすることになります。このハイデガーの試みの画期的な意味を予感する者はほとんどいないのではないでしょうか。私はいろいろと話し合った後で初めてその意味を理解しました。こうしてこの論文への新しい道について何冊も本を書くことができそうです。具象的ではない現代絵画も、新しいルーネ文字や新しい文章への道です。私たちの活字は——中国の象形文字と比べて——どうやらとんでもない組み立て（Gestell）[3]のようです。私の考えでは、著者は言葉の変転する意味の後を追うことができません。言葉の発展も今日では機械[4]化されています。誰もがこうした競争に巻き込まれることになるのでしょうか*。

リヴァロールの文章[5]は、私ならまあこうとでも翻訳するでしょうか。「放さないでもっている本も落ちる」と。しかしあなたの訳の方がいい。私の訳は年取ったジャーナリストのウイット（誰も手に取らない新聞はどうして持ち堪えさせるのか）への思い出にあまりにこだわりすぎているようです。私の興味をとくに引いたのは、l'obscurité purotège mieux que la loi という文章[6]のあなたの訳文です。私はちょうどメアリ・ステュアートの息子のジェームズ＝ハムレットの名言を読んだところでした。有名な法学者コーク[7]が王に、「王もまた法の保護下にある」と言ったとき、ジェームズは「私は神の保護下にあって、あなた方の法の保護下にはありません、神の保護から低劣なものの保護へ、どのような道があるのでしょう」と答えたのでした。
　あなたのサルディニアの書はすべてが非常に張り詰めています。私の「純粋な存在についてのバラッド」についてですが、一度押韻が正しいかどうかを確かめていただきたいと思います。とくに外来語からドイツ語にした個所（たとえば

　Sehet, er bewegt sich *schon*,　（見よ、彼はすでに動いている、
　Unser alter Ach*eron*　われらの昔なじみのアケロン）

あるいは

　Die erneuerte Subs*tanz*　（革新された実体が、
　kaut die Werke Thomas *Manns*）トーマス・マンの作品に噛みつく）

　このバラッドはハイデガーの風刺（ネスケが言うような）とは少し違っていますし、明けの明星風のものではなく、真理の寓話への変身なのです（ニーチェの『偶像の黄昏』の章参照）。これは「さまざまな革命」の原形を示していて、それがヘーゲル流に進行するとすれば、このバラッドでもって革命の時代は終わって、あるとしてもせいぜい保守革命、つまり遺産横領者の革命でしょう。

敬具

あなたのカール・シュミット

＊あなたはおっしゃいました、自分自身の注釈をする者は、自分の水準以下に下がる、と。[8] となると、競争の中で自分の言葉の空洞化と歪曲を冒す者はどうすればよいのでしょう。変な「しみ」[9]がついてごめんなさい。万年筆がまだうまく使えないのです。

プレッテンベルク、一九五五年八月十日

1　シュミットが高く買っていた行政法学者のオットー・マイアー（一八四六―一九二四）の有名な言葉の借用と思われる。マイアーは一八九五年に初版が出た『ドイツ行政法』の第三版（一九二四年）の序文に、「一九一四年と一九一七年以来、大きな新しいことは何も付け加えることはできない。〈憲法は滅んで行くが、行政法は存続する〉。このことは別のところでもすでにとっくに観察されていたことである」と書いている。シュミットの遺品には一九一七年の第二版が含まれている。

2　アルミーン・モーラーが企画し出版した「エルンスト・ユンガーの六十歳の記念論集」の表題。この論集にはハイデガーの「〈線〉について（を越えて）」とシュミットの「東と西の今日の世界対立の歴史的構造」が寄稿されていて、大きな話題を呼んだ。ハイデガーの論文はユンガーが一九五〇年にハイデガーの六十歳の記念論集に寄稿した時代診断的エッセー「線を越えて」に答えたもの。シュミットの言っている個所は、ハイデガーがとくに「存在」の定義の問題に関して次のように述べているところ。

「〈存在〉に配慮がふさわしいとき、しかも〈存在〉が配慮に基づいているときには、〈存在〉は配慮の中に溶け込んでいます。この配慮が今や問うに値するものになり、爾後、〈存在〉はその本質の中に立ち返り、その本質の中で立ち現れるものとして思惟されることになります。それに応じて、この領域で思惟しつつ先視するなら、〈存在〉はただ次のようにしか記すことができません、存在と。この交叉した十字の抹殺は、差し当たってはただ防いでいるだけです、つまり〈存在〉を、独自に存立していて人間の方に時折に向かって来る相手と考える、ほとんど根絶しがたい習慣を防いでいるだけなのです。こうした考えに従うと、あたかも人間が〈存在〉から排除されているかのように見えます。ところが、人間は排除されていないどころか、〈存在〉の中に含まれているだけでなく、〈存在〉は、人間の本質を用いながら、独＝自（Für-sich）という外観を破棄することを頼りにしていて、それゆえ、〈存在〉は主観・客観・関連を包括する一つの総括概念を認めたいとする考えとは異なる別個の本質なのです。

交叉した十字の印は、今言ったことに従えば、もちろん単に否定的な抹殺の印ではありえません。それどころかむしろこれは四方域（Geviert）の四つの場所と交叉する場所でのその四つの集積を指し示すものです……。」

3　ハイデガーの文明批判、技術批判に用いられるキーワード。人間は自然の搾取と生活環境の改善のために、技術的文明を作り上げるが、これが人間にとってはその制度と機構、その規則と強制、とくにその肯定的と見える発展可能性によって、この文明は窮屈に締めつける「組み立て」、押し殺す「命運」になるとされる。この語は一八七七年に出たエルンスト・カップの『技術の哲学の基本線』からのものと言われる。この語はハイデガーの言う意味でシュミットにも大きな影響を及ぼし、ユンガーにもしばしば用いられている。弟のフリードリヒ・ゲオルク・ユンガーの『技術の完成』にはこの概念が体系化されている（九四ページの注参照）。

4　機械化をユンガーは技術文明の主特徴の一つと見ていて、エッセー『総動員』（一九三一）、『労働者』（一九三二）以来、その扱いにくいダイナミズムないし動員の前提がユンガーの世界観、歴史観の主テーマになっていた。シュミットも、一九四三／四四年、論文「ヨーロッパの法学の状況」において、「機械化された立法」としての条例が国家の経済管理の試みなどから生じる立法の「促進」としていて、学問もまたこの「法の機械化」の後を追うべきかいなかを問題にしている。ハイデガーもユンガーの記念論集への寄稿論文で機械化のテーマに触れている。

5　一つ前の手紙参照。

6　次の手紙参照。

7　エドワード・コーク卿（一五五二―一六三四）、イギリスの著名な法学者。「普通法」と国王に対する議会の権限を主張。一六一六年、国王の主権を拒否したために国王から裁判官の職を解かれる。絶対的な主権という意味では、ホッブズと正反対であった（二四ページの注参照）。

8　ユンガーの文章にしばしば出て来るモットー。

9　この手紙の下の端にインクの「しみ」がある。

カール・シュミット様

拝復　リヴァロールの格率で“obscurité”という言葉に奇異な感じを抱かれたようですが、全文は、

“Nous sommes dans un siécle où l'obscurité protége mieux que la loi et rassure plus que l'innocence.”

私の翻訳ではこうなります。

「われわれは、低級さが法よりも保護することが多く、純真さよりもより良き良心を与えてくれる時代に生きている。」

私の知っているドイツ語の翻訳はシャルクのものただ一つですが、そこでは“obscurité”を「隠れているもの（Verborgenheit）」と訳しています。私は長らく「低級さ（Niedrigkeit）」とするか「価値のなさ（Nichtigkeit）」とするかで迷っていたことを思い出します。そこで言っているのは、曖昧な存在、低い身分の生まれということでしょう。私はこの発言の二番目の部分がとくにいいと思います。リヴァロールは私たちの時代になって初めて翻訳することができるようになったと思っています。

戦時中に私はカール＝オイゲン・ガス[1]と、彼はその後戦死しましたが、リヴァロールについて文通しておりました。文通の中であなたのお名前も出て来ていました。ガスはリヴァロールについて優れた著書を出していますが、彼の遺品の中に「稀覯本」とされる一八〇八年のリヴァロールの全集があり、私はこれを利用しています。

ハイデガーの論文とあなたのおっしゃっている個所についてはそのうち手紙でお伝えいたします。ところで、私はハイデガーの考え[2]や私が高く買っている他の人々の意見に従って行動し、機会を見て、『労働者』の非改訂版を出そうと思っています。今日も先程また私が取りうる行動の可能性を記した一通の手紙が参りました。私はその全体を義務以上のものに感じています。私は特殊な願望をひそかに抱いているからですが、その記述を思うと楽しみがいつまでも続いたものです。

私が今の状況を越えて取り組んでいるものに、精神的行動と経験的な政治的行動の関係があります。そしてこの双方が互いに並行して進んでいて、偶然に互いに移行し合うことを頼りにしているという印象をしばしば抱きます。マルクスにインツーリスト〔旧ソ連の旅行社〕の

旅行代金を支払ってやることができないのは残念です。

ある文章を読んでいて[3]、アラスの近郊で屋根の上に避雷針を付けさせた家の主に対して訴訟が起こされたという記事が目に止まりました。雷を呼び込む装置で、近隣の者には不埒で危険なものだとしてです。その家の主の方が訴訟には勝ちました。家の主の法廷代理人の弁護士はロベスピエールという名前でした。この件の詳しいことはご存じでしたか。

『ツィヴィス』[4]というのはどういう雑誌なのでしょうか。外来語と韻を踏ませているのは、外来語一般を使用するように、パロディー的な手法に属するのでしょう。“obscurité”についてもっといろいろお教えいただけるとありがたいのですが。

敬具

あなたのエルンスト・ユンガー

（一四b）リートリンゲン近郊ヴィルフリンゲン

一九五五年八月十七日

1　カール＝オイゲン・ガス（一九一二—一九四四）、ロマニスト。論文「アントワーヌ・ド・リヴァロールとフランス啓蒙主義の出発」で学位を得ている。五五年十二月二十八日の書簡およびユンガーの『リヴァロール』の「補遺」の第一章にガスへの讃辞がある。

2　ハイデガーはユンガーの記念論集に寄稿した論文で「これを書いていますと、私は一九四〇年代の終わり頃の私たちの対話を思い出します。森の中の道を歩いているとき、樵夫の道が分かれている地点で、私たちは立ち止まりました。あのとき、私はあなたに『労働者』を再版するよう、しかも旧版のまま出版するよう奨めたことでした。あなたはこの提案に対して、その書の内容というよりも、再版する時期に関する理由からためらいがちに応じられただけでした。『労働者』についての私たちの対話は途切れました。私自身考えを十分にまとめていませんでしたので、私の提案の根拠を納得の行くように明確に説明することはできませんでした。その後、時はいよいよ熟して来たようで、このことについて若干のことを申します……」とあるのを指す。

3　五五年八月二十五日の手紙参照。

4　二七六ページの注参照。

エルンスト・ユンガー様

拝復　リヴァロールの文章の中の“obscurité”を「低級さ（Niedrigkeit）」と訳されたのは、非常に効果的な現実化で、私には思いも寄らぬものでしたが、印象深いものでもありました。リヴァロールは、私が思いますのに、伝統的な「隠れているもの」をいくらか哲学的に考えていたようです。“bene vixit qui bene latuit〔うまく身を隠した者は、その生をうまく生きてきた」[1]”これがガスの訳で「隠蔽性」となるのでしょう。言葉の上ではあなたの選ばれた訳語はきわめて大胆です。“niedrig”はフランス語では“basesse”で、軽蔑すべきものがあって、私の言語感覚では“obscurité”にはこれはないように思います。しかし私たちをそんなふうに奇異に感じさせる権利はあなたには十分にあります。ただ一つ小さな訂正を提案したいと思います。リヴァロールの文章は並行構造になっていて正確に調整されていて、最初の部分は“la loi”で終わり、次は“l'innocence”で終わっています。あなたはお手紙でこう書かれています。

「われわれは、低級さが法よりも保護することが多く、純真さよりもより良き良心を与えてくれる時代に生きている。」

ここで私なら「良心」と正確に対称的になっている「純真さ」を最後の言葉として文末に置きたいのです。

当然のことですが、「法」が複数形（Gesetze）になっているのが気になります。私は一瞬、“la loi”を“das Recht”と訳したらと考えたほどです。フランス語の“loi”（これはラテン語のlexから来ているもの）の長い伝統は、ドイツ語の不幸な単語“Gesetz”では捉えられません。『大地のノモス』の三九ページ（中ほど）の長い実際的経験から来ている救いを求める叫び[2]をご参照ください。

ロベスピエールの話は、これまで長い間、一七八九年の啓蒙期にお気に入りであった引用につながる伝説だと思っていました。

Eripuit fulmen coelis sceptrumque tyrannis〔彼は天より雷電を、やがて専制者らより笏を奪いたり〕[3]。ダランベールはパリでベンジャミン・フランクリンにこの詩句を捧げて歓迎したそうです。

リヴァロールの文章についてもう一つ。あなたは“sécurité〔安心、安全〕”を“Gewissen〔良心〕”と訳していますが、何があなたをそうさせたのでしょうか。このことを考えれば考えるほど、“sécurité”をこんな仕方で人間の内部に移し入れることの懸念が大きくなります。おそらく私はフランス語の法学的性格をあまりに強く感じるからでしょう。こんな疑問に悩まされているドイツの法学者の嘆きを『大地のノモス』の三九ページでもう一度お読みくださるよう、再度お願いしなければなりません。

「意味論」は目下アメリカで大きな流行になっていま

す。「デモクラシー」という言葉の破局がこの流行の原因でしょうが、アメリカ人の世論調査的な方法では何の結果もえられないでしょう。事物を取り上げること（Nahme）と、それに名前（Name）をつけることは一つことです。これはNομος[4]であり、ὄνομα[5]です。それゆえにまた、言葉の意味を巡る戦いはそのまま直接に政治的な戦いでもあって、言葉は聖なる猫のように盗み取ることができます。

敬具

あなたのカール・シュミット

Pl〔プレッテンベルク〕、一九五五年八月二十三日

1　ローマの詩人オウィディウス（前四三―後一七頃）の『哀歌　三』の四、二五からの引用。それ以前にもエピクロス（前三四一―二七一）にも「身を隠して生きよ」というモットーがある。

2　「ノモス」はシュミットにとって単に「掟」や「規範」だけではなく、基本的で止揚できない「秩序」を意味した。シュミットの『大地のノモス』（一九五〇）の三九ページには「〈掟〉という言葉をドイツ語で説明するのはとくに難しい。今日のドイツ語は一般に神学者の言葉（ルターの聖書の翻訳の言葉）で、同時に職人と技術者の言葉である（これはすでにライプニッツが指摘しているところ）。ドイツ語はフランス語とは違って、法学者の言葉ではなく、モラリストの言葉でもない。ドイツ語は掟という言葉の一段と高められ、高尚な、それどころか崇高でさえある意味を知っている。詩人や哲学者は、ルターによって荘厳な響きとヌミノースな力を与えられたこの言葉を愛する。こうしたことから、ゲーテのorphischという原始の言葉（Ur-wort）さえ糧をえている。〈汝は歩み始めたときのその掟に従って〉というもの。しかしこのドイツ語の〈掟〉という言葉は、ギリシャ語の〈ノモス〉とは違って、原始の言葉ではない。それはドイツの文章語では決して古くはない単語である。それは（ユダヤの）掟と（キリスト教の）恩寵、（ユダヤの）掟と（キリスト教の）福音との神学的な対立の中に深く巻き込まれていて、結局は、法学者において、それを神聖視しなければならないあまりに、実態的な意味をもつ可能性を失うという不幸をもたらしている。今日の世界の情勢下では、それはただ単なる実証主義的に措定され、義務づけられたものの人工性を表現しているにすぎない。つまり貫徹のための単なる意思あるいは――マックス・ヴェーバー流に社会学的に表現すれば――強制のチャンスの実現の意思を表現しているにすぎない」とある。

3　革命前の改革相アンヌ・ロベール・ジャック・テュルゴ・バロン・ド・ロルヌ（一七二七―一七八一）がジャン＝アントワーヌ・ウドン（一七四一―一八二八）製作のベンジャミン・フランクリン（一七〇六―一七九〇）の胸像に刻んだ古代のエピグラム。避雷針を初めて作ったフランクリンは、またアメリカ独立運動の指導者の一人で、一七七八年フランスとの同盟を成立させ、パリ平和条約の締結に大いに貢献し、イギリスのアメリカ独立を承認させた。

4　ギリシャ語のもともとは「割り当てられたもの、指示されたもの、決められたもの」を意味し、やがて「習慣、風

習、流儀」となり、最後に「規約、掟」となる。
5　ギリシャ語で「名前」

カール・シュミット様

拝復　翻訳なるものはすべて冒険です――これがあなたのお手紙から改めてとくにはっきりしたことでした。

あなたは obscurité を「隠れていること」とお考え[1]のように見受けられます。ところで、王子ランベスクが七月十二日以後にパリで身を隠し、一方彼の守衛は自分の家にいたとして、より安全性の大きいのはどちらでしょうか。「法」が複数形になっていることも議論の余地はあります――私はそれを本能的に選んだものです――しかも冒頭部分の「われわれは一つの世紀に生きている」という句のゆえにです。「法」を "Gesetz" と単数で書くのは、私の語感からすると、この世紀に逆らうように思えます。私も当初は「法」を "Recht" としようかと考えました。しかし守ってくれるというのは、この "Recht" の機能の一つだけではないと思われますが、いかがでしょうか。

私は蔵書の中で『大地のノモス』を探したのですが、見つかりませんでした。しかし確かにあるはずですので、そのうちに見つかると思います。

ロベスピエールの逸話は "Chronique de l'Oeil de Boeuf〔牛の目の年代記〕" で見つけたものですが、出典には問題があります。アラスの上級法院への上訴に関わる問題のようなのですが、上級法院は三回厳粛な会議を開いてロベスピエールの弁明を聞いてから、判決を言い渡しました。「この判決は、学問の問題であると同時に公法の問題に決着をつけたとして、広く注目されていたもので、法院にとって輝かしい成果となった」とあります。

フィッシャー[2]がダヴォスから便りをくれました。彼は肺が弱いのでそんな高地へ行かねばいいのにと思っています。彼のプロティノスの書[3]に出版助成金が出ることになりました。何人もの哲学の教授がそれに賛成の意見を述べたそうです。フィッシャーは一昨年の秋、一週間、拙宅に滞在しましたが、彼はライプツィヒ時代の無政府主義的な状態を驚くべき仕方で克服しているように見えました。おそらくイギリスでの長期の滞在の影響なのでしょう。

再度リヴァロールですが、「低級さ」よりももっといい表現が見つかるかもしれないと思っています。"securité”と“Gewissen”についても、いろいろな意見があると思います。私の見通しでは、それが法律的というよりむしろ歴史的であるというかぎりで、あなたのお考えとは違っています。私は一七九二年に身を置こうと試みています。一九四四年の知見にとって役立つと思ってです。「良心」ということでは、ランベスク王子の守衛を考えていました。

「意味論」については一度あなたからご教授いただきたいものです。古代の世界ではある種の言葉は書き留めることが許されず、それどころか口にすることも許されなかったようです。今日では私たちは意匠保護というものをもっています。しかし世界の列強はそれを踏み越えて行き、それゆえ同じ語彙をもっています。奇妙なのは、それぞれにうまくやっていることです。中国人たちはどのようにしてお互いを区別し、あるいは順応し合うのでしょうか。

敬具

あなたのエルンスト・ユンガー

北アフリカについてどうお考えでしょう。モロッコ危機が始まっています。[4]

（一四b）リートリンゲン近郊ヴィルフリンゲン

一九五五年八月二十五日

1　カール・オイゲン・プリンツ・フォン・ランベスク（一七五一―一八二五）は、一七八九年七月十二日、騎兵連隊を率いてテュイルリーの宮廷庭園から民衆を駆逐したために、民衆の激昂を煽り、七月十四日のバスティーユへの襲撃のきっかけとなった。

2　三ページの注参照。

3　『プロティノスの現代性。学問と形而上学との収斂』ミュンヘン、ベック社刊、一九五六。

4　モロッコ独立運動の最終局面を指す。一九五六年初めにフランスとスペインから独立が承認された。一九〇六年と一九一一年にも危機的状況があったが、これはフランスとスペインがモロッコを保護国とすることに対するドイツの抗議にもかかわらず起こったもので、これは一九一四年以前の戦争の危機を孕んだ列強の覇権争いの状況の徴候とみなされていた。

カール・シュミット様

拝啓　ここ数日、私は私のリヴァロールの翻訳の補遺でもう一度“obscurité”という言葉を考え続けています。これは十八世紀と十九世紀の境目にいる作家には典型的なものです。“obscurité”は“roturier”［フランス語で庶民あるいは賤民］の特性で、これを良心と結びつける――この点に天才的な特徴があります。優れた市民、中でもドーミエ[1]が描いている弁護士だとか評議会の議長のような人物はこうした良心をもっているのでしょう。その怪しげな由来のゆえでしょうか、確固として揺るぎないものです。現代の民主的な国民国家では、よい地位をえようとすれば、“obscurité”を証明しなければなりません。それはブルジョワジーが貴族階級から受け継いだ概念でして、そのうちもう“obscurité”を必要としなくなるでしょうが、そうなれば“vulgus”［ラテン語で民衆あるいは賤民］が華々しく登場してきます。エヴァ・ペロン[2]はそのときでもまだ“obscurité”をもっていたでしょうか。

カール＝オイゲン・ガス[3]の著書がなければ、来年の二月に出るはずの私の著書はとても完成しなかったでしょう。彼は学問の鍵を磨き上げてくれているからです。私はまた彼の遺品の中にある「稀覯本」のリヴァロールの全集（一八〇八年）も利用しました。一九三九年に彼は私に手紙をくれたことがありましたが、そのときあなたのことを書いて来ました。あなたから私の住所を教えてもらったということでした。

来年、一九五六年にはまた幾つも予期しない出来事が起きるでしょうが、あなたのご多幸とよいお仕事を、そしてよいワインが手に入ることもお祈りしつつ。

敬具

あなたのエルンスト・ユンガー

追伸　カール・アレクサンダーが休暇で家に帰って来ています。

読者の一人がこんなアフォリズムを送って来ました。

「精神が見ないものは、目には見えない」（アラビア）。

「真の秘密は明るみに出すことはできない」（中国）。

（一四b）リートリンゲン近郊ヴィルフリンゲン

一九五五年十二月二十八日

1　オノレ・ドーミエ（一八〇八―一八七九）、フランスの画家、彫刻家。一八三〇年から一八四八年までの時期の国会議員や市民の名士連の戯画で有名。

2　マリア・エヴァ・デュアルテ・ド・ペロン（エヴィータと呼ばれる）（一九一九―一九五二）。アルゼンチンの大統領フアナ・ドミンゴ・ペロン（一八九五―一九七四）の二番目の妻で、歌手、映画女優として大衆の人気が高く、政治的にも大きな影響力をもっていた。

3　ガスについては二八一ページの注参照。ガスはパリに留学中の一九三三／三四年の冬学期に古書店で「以前から長らく見つからない」とされていた一八〇八年のリヴァロールの全集を発見して手に入れていた。

ユンガー様

拝復　あなたが“obscurité”を「低級さ」と訳されたことで大きな、実り豊かな議論が呼び起こされました。十二月二十八日のお便りありがとうございました。そのお便りから読み取れますのは、あなたが何よりも社会的状況、階級の状況を念頭にしておられることです。しかしもっと簡単な考察と解釈が可能ではないでしょうか。先日、マールブルクから並みはずれた才に恵まれた若い法学者が訪ねて来ましたが、すでに数々の公衆の問題について優れた論文を書いているこの若者に、私はこれを提案したことでした。彼は現代の交通を例にこれを証明しようとしていました。暗い脇道を行く者は、交通量の多い道で車のヘッドライトの中を行く者より安全です*。もちろんリヴァロールは現代の交通量の多い道など考えてはいませんでした。しかし問題は、“la loi”と表現された“obscurité”の反対物とは何かです。それはどうやら「公衆」の反対物のようです。しかし公衆の反対物の方はどう考えても、一つは秘密、もう一つは個人です。“obscurité”はこの双方のどちらをも特殊な形で表してはいません。それが表しているのは単なる曖昧なもの、感じ取れない者、脇道に逸れたものです。そのかぎりで現代の交通を例にした証明を私は悪くないと思います。掟の大道から外れているのです。

まもなく新著が出るそうで、非常に楽しみにしています。フランス語のテクストの方も一緒に出されるのでしょうか。そこにはたとえば“obscurité”のような単語を翻訳した際に当然つけられるであろうような注あるいは注釈がつくのでしょうか。それは翻訳者の体面を傷つけるのではなく、逆にその真価を発揮するものでもあります。

新しい年、一九五六年への祈念の言葉、私の方からも心をこめてお送りします。拙宅のワイン貯蔵庫はささやかなものですが、一杯詰まっています。私はだんだんスペイン産やイタリア産のごく辛口のワインを好むようになっています。コルドバ産の「モリレス」は聞きしにまさるものです。アーニマがクリスマスにマドリードへ行き、非常に快適に過ごしているようですが、規則的にいいワインを手に入れる手立てを開拓してくれるといいのにと思っています。『囚われの身から救いが来る』の中の「シュプランガーとの対話」に「静かに音もなく流れるモーゼル川、まだ改修もされず」[1]とあるはずで、それに従えば私はあなたにとっては改修されないモーゼル人ということになります。

敬具

カール・シュミット

＊　森の中を歩くのは[2]“obscurité”の中に歩み入ることでもあります。

コンラート・ヴァイスからの私宛の手紙の写し[3]（一九二二年のもの）を同封します。数日前に古い書類の中から見つけ出したものです。この個所はミュンヘンで書かれたもののようで、ブライやヒンデンブルクの名前が出てきますが、それはどうでもよくて、カトリックの知識人たちが改宗者たちのせいでしかるべき移住許可をえて、そのため聖具室に詰める者たちが一段と厳しい感じになっていることが読み取れます。

プレッテンベルク、一九五五年十二月三十日

1　一三一ページの注参照。ここに「まだ改修されず」とあるのは、一九五六年のドイツ・フランス・ルクセンブルクの間に条約締結の準備が進んでいて、モーゼル川に大型の貨物船が通れるように改修される計画があることに関してのもの。

2　ユンガーに「森の中の歩み」（一九五一）という散文があって、政治的、社会的要求や強制に内的、外的に距離を取ることを個々人に要請しているのを仄めかせたもの。

3　ヴァイスについては二六―二七ページの注参照。この手紙は一九二二年十月二十一日にボンにいたシュミットに宛てたもの。

カール・シュミット様

拝復　十二月三十日付けのお手紙をもう少し早く受け取れなかったことが残念です。と申しますのも、あなたのところを訪れた知性溢れる若者の考えを私の翻訳の読者に伝えたかったからです。もっともそれで脇道に逸らされるかもしれませんが。私は「曖昧な暗さ」の意味を明らかにしようと努めています。とりわけそれの心理的な意味をです。

私の解釈を同封します。来月に刊行されるものとほとんど同じ形式のものです。ご覧になれば、私がその後に「価値のなさ（Nichtigkeit）」を「無意味さ（Bedeutungslosigkeit)」に置き換えたことにお気づきになられると思います。それでも私はいまだに単に「曖昧さ(Obskurität)」を選んだ方がよかったのではないかと迷っています。

あなたの法学的な視点と私の視点の違いは、私の方が“obscurité”を「良心(der gute Gewissen)」に対決させるのに、あなたは「法(das Gesetz)」に対決させるところにあります。リヴァロールはボーマルシェがあのとき行った悪評高き裁判によって彼の格率を作るきっかけをえたのだと私は推測していますが、私は論述においてこの私の推測については述べることはしませんでした。ボーマルシェは意識的に市民として登場することによって、法廷には太刀打ちできない圧力をかけたのでした。

私はその他にも幾つか他の格率に対する立場を明らかにしています。たとえば、“On n'a pas le droit d'une chose impossibile〔不可能なものからは法を引き出すことはできない〕”というのもそうです。これは一見したところ陳腐なものに思われますが、そこには自らのうちに法があるということの確認なのです。

コンラート・ヴァイスからの手紙は実際驚くべきものです。私は一九三三年に私の日記と書簡の大部分を焼き払ったのでしたが、それが悔やまれます。と申しますのも、コンラート・ヴァイスは私にも一度か二度手紙をくれたことを思い出すからです。

実際、あの年月とは大きな類似点があります。しかし二度目の敗戦の後の状況は輪郭がよりはっきり表に出ているだけに、一層はらはらするものに思われます。当時『ミュンヘン最新報告』誌——そんな誌名だったと思いますが——の周辺に集まっていた擬似保守主義的な社会を思い浮かべるとき、幻想的な状況判断の模範例が私の思い出の中に浮かび上がります。

あなたが推奨なさるワインの中で私に想像できるものはあまりありません。機会がありましたら一度味わってみたいものです。以前、フーゴー・フィッシャーとシチリアで濃厚で黄色い品種のものを飲んだことがありましたが、私には重すぎました。楽しんで飲むためだけなら白ワインの方がいいのでしょうが、私の健康には赤の方がよさそうです。というわけで私は軽い赤をよく飲みます。たとえば上等のキアンティ・クラシコです。産地で直接買うと、サルディニアにもいいワインがありました。私の弟と私はお昼に四半分飲んでいましたが、これで気持ちよく眠くなったものです。あとの四分の三は夜に残しておきます。
ここ数日、あなたの『政治的ロマン主義』をまた読み返しています——あなたから一九三〇年の九月二十日に贈っていただいたのが幸運にもまだ私の手元にありましたので。

敬具

あなたのエルンスト・ユンガー

私は『ウニヴェルジタス』を定期購読していますが、その最近号にヤスパースの論文「われわれの時代の哲学をする人間」が載っていました。哲学の課題が全体主義への戦いの中で考察されています。哲学が政治的・修辞的になっているのが何とも奇妙です。これはこれまでも哲学の試金石の一つでした。

（一四b）リートリンゲン近郊ヴィルフリンゲン

一九五六年一月八日

エルンスト・ユンガー様

拝啓　数日、ゲッティンゲンに行っていまして、そこであなたのリヴァロールを買い、それをあらゆる状況のための理想的な読み物として読んだことでした。そこには列車の接続がうまく行かない落胆さえもがあり、小さな乗り換え駅の寒空にいる感じがしました。“obscurité”を「無意味さ」と訳したことの説明は素晴らしいもので、反論の余地はありません。ただ公衆（Öffentlichkeit）というテーマではもっと省察を加えたいし、お話し合いもしたいという何か棘が刺さったような感じがまだあるのですが、これは些細なことで、この書は素晴らしいもの、フランス精神とドイツ精神の結婚式とでも言いましょうか、これまでかつてなかったものです。

昨夜、プレッテンベルクに帰って来ますと、あなたの献辞のついたリヴァロールが届いていました。先日買ったのは余分でしたが、もちろん大喜びで、心から御礼申し上げます。

この手紙は大急ぎで書いています。すぐまたケルンへ行かねばならなくなったからです。マドリードで会ったスペインの友人がケルンで私を待っているのです。マドリードではかなり刺激的な出会いをしたのでした。

ご健勝を祈りながら。

敬具

あなたの旧友カール・シュミット

プレッテンベルク

一九五六年二月二十七日、月曜日

E・J様

拝啓　旅先から一筆します。この旅にはあなたの汲み尽くせないリヴァロールを携えて来ています。その四四ページの最終行であなたは“Obskurität〔曖昧さ〕”[1]と言っていますが（これは当然です）、一一五ページと一九四ページの“prekär〔厄介な〕”[2]については、私なら“Gebete〔祈り〕”ではなく、“Bitten〔願い〕”と訳したでしょう。この表現は法律用語で、その意味は、他のことを撤回して何かを所有すること、ないし与えることで、ラテン語の“precarium〔懇願して手に入れる〕”は事物を所有することの非常によく知られたあり方で、法律的な意味で所有者と言えるのは、事柄を“nec clam nec vi nec precario ab adversario”つまり「ひそかにでもなく、力ずくでもなく、任意に撤回されるのでもなく」手に入れた者のみです。ロマニストのガスへの讃辞[3]はとくに美しい文章で、感謝の気持ちを感動的に表す形式です。

敬具

あなたのC・S

［消印、ケルン］一九五六年二月二十八日［葉書］

1　この個所はリヴァロールの『われわれの偉大な人たちの小年鑑』にある次の文章と関連。「ルーディエ。彼については確信をもって称賛できるものを挙げることができない。同時代人にしてこうした曖昧さでもって判断されるのを見るのは辛い。幾世紀にもわたるこうした名前のすべてがどうなったのであろう。」

2　「文学」欄（一一五ページ）に載っているアフォリズムに「“prekär”という単語は今日では厄介な事柄を表す。このことは祈りによって果たされることがいかに少ないかをそれとなく教えてくれている」とある。これについてユンガーは「“précaire〔厄介な、曖昧な〕”という単語は、ラテン語の“precarius”から来ている」、「祈り（preces）によって保持すること」と書いている（一九四ページ）。これは、シュミットの異論にもかかわらず、リヴァロールの全集（一九七八）にも出てきている。

3　二八一ページの注参照。

カール・シュミット様

拝復　お葉書ありがとうございます。リヴァロールを気に入っていただいたこと、嬉しく思います。お葉書を見て、これで私も一つの点に辿り着いたのだと思ったことです。私はあなたからちょっとした分析を挿入してほしかったのです。たとえば、ハイデガーによる分析のようなものをです。この仕事を終えたあとでなお、私が下した判断の幾つかを検証するために、あなたの政治的ロマン主義を読み直しました。そしてバーク[1]について私の言ったことを訂正しなければと思っています。

「不可能なものからは法を引き出すことはできない」[2]――私はこれがリヴァロールの中で最も的確に的を射ていて、つねに有効なものだと思っています。

今、翻訳の仕事がなくなって、何か手持ちぶたさの感じで、次の数年のために一人か二人、知られていない著作家を探し出そうと思っています。

そう、スペインのものが重要です。とにかくこの国のヨーロッパの歴史に対する寄与はまったく特別なものです。スペインは世界の状況をすでに数世紀も前からこの国の状況として体験して来ているからです。

ブロイもベルナノスもスペイン人です。

あなたが書いておられる落胆は、時間が十分にあるという個人的ないらだちによるのでしょうが、それだけでなく、底知れぬ深みからも来ているものです。敬具

あなたのエルンスト・ユンガー

（一四b）リートリンゲン近郊ヴィルフリンゲン

一九五六年二月二十九日［葉書］

1　二六二ページの注参照。
2　ユンガーのリヴァロールの翻訳の「哲学」の章に出て来る一句。

CS様

拝復　カール＝オイゲン・ガスへの私の追想を気に入っていただいたこと、とくに嬉しく思います。昔の手紙類を見ていて、ガスはあなたのところに私のアドレスを問い合わせたことを知りました。

ところで、ときどきリヴァロールについて話し合ったことのある老レオト[1]――もっとも彼はシャンフォールの方が好きだったのですが――が、亡くなりました。これもまた一つの試練です。レオトはリヴァロールについて、またヴァレリユー・マルク[2]について著書を出しています。この著者の潜在的なエネルギーが今日解放されうることはいい印の一つだと思っています。ほかの教父たちの幾人かも見つけ出さねばならないのでしょう。ブロイも一[3]度決定的に活性化されるべきでしょう。敬具

E・J

（一四b）リートリンゲン近郊ヴィルフリンゲン

一九五六年三月二日［葉書］

1　ポール・フィルマン・ヴァランタン・レオト（一八七二―一九五六）、フランスの作家。ユンガーは第二次大戦中、パリに滞在しているときからレオトをとくに高く評価して

いた。

2　ヴァレリュー・マルク（一八九九―一九四二）、ルーマニアのユダヤ系の作家。青年時代、マルキストで、ボルシェヴィキのために活動し、レーニン、トロツキー、ラデクなどとも接触していた。一九一八年、ブカレストでドイツ占領軍への戦いを呼びかけたかどで逮捕され、ドイツの懲罰収容所へ移送される。第一次大戦後、ドイツに留まり、ドイツ共産党に入るが、のち、リベラルな雑誌を出し始め、一九二八年にニーキッシュの周りのナショナル・ボルシェヴィキの「抵抗グループ」に近づき（一七ページの注参照）、この関係でユンガーやシュミットとも近づきになっていた。一九三三年、オーストリアを経て南フランスに亡命。フランスからユンガーやシュミットに手紙を出している。一九四一年、アメリカに逃げる。シュミットはマルクの著書『スペインからのユダヤ人の追放』（一九三四、クヴェリド出版）にとくに興味を示していて、「同化したユダヤ人」に対する敵意を強めていた（二六ページ、四八ページの注参照）。ユンガーのマルクへの思い出は『漂白の七十年　Ⅳ』の八九年九月二十日の項にある。またマルクからユンガー宛の一九三三年から一九三七年の数通の手紙が『プファール』の第五巻（一九九一）に掲載されている。

3　四一ページの注参照。

CS様

拝啓　カール＝オイゲン・ガスの未亡人に折を見て手紙をお出しになれば、彼女もきっと喜ぶのではないでしょうか（アドレスはイルゼ・ガス、カッセル＝K、アム・ディートリヒスボルン四二番地です）。彼女は今そこで教師をしています。

私は数日の予定でシュトゥットガルトに来ておりまして、明日、ジーブルクと一緒に友人を訪ねます。

フランスで風向きが何か不穏になっています。一七八九年の原則[1]がそれに破滅させられた国々より長く生き延びているのかもしれません。その原則は今、ハンガリーとタタールで新しく芽生えて来ています。　匆々

あなたのエルンスト・ユンガー

バート・カンシュタット

一九五六年三月三日［葉書］

1　フランス革命の理念（自由、平等、博愛）。第一次大戦の勃発時には「一九一四年の理念」（リベラリズムの代わりに秩序、民主主義の代わりに貴族主義、文明の代わりに文化など）が対置された。

E・J様

拝復　あなたの文章「一七八九年の原則がそれに破滅させられた国々より長く生き延びているのかもしれませ

ん」について。若きヘーゲルの次の文章をご参照ください。

「世界に新たな普遍的衝撃を与えるその民族が、結局は、すべての他の民族よりも先に滅びるのは、より高い法則である。そして民族そのものは滅びても、その原則は、存続してほしい[1]」

（私の『立場と概念』一一三ページ注より引用）

二通のお葉書、まことにありがとうございます。ガス夫人には手紙を出すことにします。[2] レオトのものは私は一冊しかもっていません（『過ぎ去った時間』）。単語、言葉、アネクドートが扱われているものです。私はハムレットについての論文をまとめたところです。どういう表題にするか、出版社の編集者と話し合って決めたのですが、結局『ハムレットかヘクバか[3]』となりました。——ゲームの中への時間の侵入です。こうした表題についてどう思われますか。ヘクバ[4]とは何者なのかは、誰も知らないことははっきりしていました。ある声望のある福音派の老神学者が旧約に出て来る名前だと言っていました。これは昔の軍隊ジョークを思わせます。おそらく誰一人としてヘクバなる者が誰なのかは知らないでしょう。私たちにはすべてがどっちみちヘクバになっているのですから。

敬具

あなたのC・S

［消印、プレッテンベルク
一九五六年三月六日］［葉書］

1　ヘーゲルの『ドイツ憲法論』（一八〇二）の第七節「等族の権力」よりの不正確な引用。傍点強調部はこの手紙においてのみのもの（八三年五月二十九日の手紙も参照）。シュミットは「偉大なヘーゲル」をドイツ最大の国家哲学者としてとくに高く評価していた。

2　五六年三月九日のモーラー宛にガス夫人に手紙を書いたと告げている。五六年四月十一日の手紙および二八一ページの注参照。

3　五五年十一月二十二日のモーラー宛の手紙によると、五五年十一月にデュッセルドルフのおそらくライン・ルール・クラブであろうか、ハムレットについての講演を行っていて、それをもとにまとめられたものが五六年にオイゲン・ディートリヒ社から出版された。

4　ヘクバはトロイアの王プリアモスの妻で、トロイア陥落後、ギリシャ人に打ち殺され、切り刻まれた。シェークスピアの『ハムレット』の第二幕、第二場で、ハムレットは俳優に、プリアモスが死んで、悲嘆に暮れる妻のヘクバが、さらに夫の死体が切り刻まれるの見て、悲嘆の叫びを上げ、天をも涙で溢れさせるドラマの場面を朗読させる。そのときその俳優は同情のあまり顔も青ざめ、目に涙を浮かべる。そのことがハムレットに次のような質問をさせることになる、「彼が彼女のために涙を流すことになったとは、彼にとってヘクバは何なのか、ヘクバにとって彼は何なのか」と。この問いの初めの部分はドイツではとくにビスマルクが一八八七年に帝国議会で引用して以来、よく知られた名言になっていた。シュミットは『ハムレット』のこの個所を彼の論文のモットーにしていた。「ヘクバとは何者か」を誰も知らないという彼の嘆き、そして「私たちにはすべてがどっちみちヘクバになっている（つまり知られない、どうでもいいものになっている）という嘆きは、五六年二月十三日のモーラー宛の手紙にも記されている。

カール・シュミット様

拝復　ヴィットリオ・クロスターマン[1]から手紙をもらいまして、あなたがハムレットについて新しいお仕事を出版されます由、彼はあなたがプフリンゲン[2]にいるものと推測していたのに、もういらっしゃらなかったとか。新著の刊行を待ちわびています。アーニマがスペインから妻に手紙をくれました。近頃は若者は自由にあちこちに行けて喜ばしいことです。私はこれまでスペインへはめったに行ったことはありませんし、行ったときもちょっとうろつき回っただけでした。カール・アレクサンダーは今、ザウルガウの病院の信頼できる医長のもとで研修医をしています。

　昔の日記帳に目を通していましたら、昔はちゃんと分かっていたのでしょうが、どうしても分からない次のような書き込みに出くわしました。何よりもその日付のゆえにこれをあなたにお伝えします。私はこれまで夢の日付にはそれほど注意してはいませんでした。しかし最近、夢の中でマルグレート・シュルツ[3]と何か重要な出会いをして、次の日の朝、妻にそのことを話しますと、妻が言うには、それは彼女の死んだ日だったとのことでした。

　「ラーフェンスブルク、一九四九年九月二十四日。ドゥシュカとC・S〔カール・シュミット〕がある部屋にいた。その床のクルミ大の個所で火が燃えているので、私はグラスに入っていたワインを注いで火を消そうとしたが、うまく消せないので、バケツ一杯の水をかけたのに、それでも消えない。私たちは家を離れて外に出た。そこで気がついたのだが、私はC・Sと服を取り違えていて、彼は私の新しい服を着、私は彼の古い擦り切れたのを着ていたのだが、それが私の体にはひどく窮屈なものであった。」

　こんな夢が精神分析家の手にかかれば、きっと何とも愚かな解釈をすることでしょう。

　ここ数週間、ブロイ[4]の日記を読んでいます。もう一度、ブロイについて書かねばならないとつねに気にかかっています。これは神秘的な聖別という形式でしかできそうにありません。――私はまずこの名前の恐ろしい遺骸を示し、次にそこから絶対的なものに向かって立ち昇って来るものを示すことになります。これは結局のところ人間の運命であって、それゆえこの日記を読むことは、しばしば不快な素材があるにもかかわらず、聖体拝領のような力強いものにもなるのでしょうか。ダウンするまさにそのときに、これが明らかになるのです。幸いこれは今の瞬間には自ら口を出すことはできないでいます。

敬具

あなたのエルンスト・ユンガー

追伸[5]　プシュヴァラ[6]の論文を読みました。プロイセンに対するあなたの関係は私のレオン・ブロイに対する関係と似ているようにときに思います。以前より私にとってプロイセンは、トインビーのもののような分厚い世界史を読むのを免れさせてくれる知能テストになっています。あの小柄なマルク[7]は残念ながらニューヨークで亡くなりましたが、私の知るかぎり最も賢明なユダヤ人でした。H・J・シェプス[8]は一種のドン・キホーテのように思います。ところで、プロイセンは拷問を廃止した最初の国でした。私は「警察の新方針のために」などという文句を聞くと、一種の眠気に襲われます。あなたが「世界の敵のナンバーワン」と名づけられているなどとは私には初耳でした。[*]ヴァレリュー・マルクなら「おやおや、で世界とは何だい」とでも言ったでしょう。拙宅のそばのノレンドルフ通りで一度彼に会ったあの午後のことを覚えていらっしゃいますか。あの後、私は彼とダーレムを歩いたのでしたが、彼は「こんなお屋敷に誰が十年も住んでいるのか、興味深い」と言っていましたが、あれはたしか一九三二年のことだったようです。

＊　それもいいじゃあないですか、枢密顧問官なら汽車は一等車に乗るのですから。

（一四b）リートリンゲン近郊ヴィルフリンゲン
一九五六年三月二十三日

1　二三二ページの注参照。

2　出版社ギュンター・ネスケ（一九一三―一九九七）の所在地。当時とくにマルティーン・ハイデガーの著作を出していて、アーニマ・シュミットが翻訳したリリアン・ウィンスタンレーの『ハムレット論』（二五六ページの注参照）やシュミットの『権力についての対話』（二六二ページの注参照）も出している。その後、シュミットとネスケの間にいざこざがあって関係は途絶える。

3　エートムント・シュルツの妻（二〇六ページの注参照）。

4　四一ページ、二〇九ページの注参照。

5　パウル・ヴァインライヒ（九〇ページの注参照）編集の雑誌『ツァイト・アルヒーフ』第一一巻のB版第一六号（五六年二月二十五日）の文化報告欄にあるプシュヴァラ（次の注6参照）の『熟考』の書評に関連したもの。プシュヴァラはフリードリヒ大王やフリードリヒ・ヴィルヘルム・フェルスター、ハンス・ヨアヒム・シェップスやエルンスト・フォン・ザーロモンに言及しつつ、プロイセンの問題を扱い、シュミットを権威的なプロイセン国家を支える国家哲学と指摘、そこに「警察の新方針のために」や「世界の敵のナンバーワン」との言葉も出て来る。

6　エーリヒ・プシュヴァラ（一八八九―一九七二）、一九二二年から一九四一年までイエズス会の雑誌『時代の声』の指導的共同編集者。シュミットとは二〇年代終わり頃まで親しく付き合っていて、シュミットの発展の解説をしていた。

7　二九三ページの注と五六年四月一日の手紙参照。

8　ハンス＝ヨアヒム・シェプス（一九〇九―一九八〇）、歴史家、宗教学者。一九三八―四六年亡命。五〇年代に「プロイセンの栄誉」とホーエンツォレルン王朝をさまざまに擁護していた。

エルンスト・ユンガー様

拝啓　あなたのお誕生日のお祝いの言葉をお伝えするのをこの偉大なケルト人[1]に託すことにしたのは、どうしてだったでしょう。それを知っているのは、多くの書物、論文、それにどうやら肖像画のついた絵葉書が私の手に落ちるよう仕組んでくれた摂理だけなのかもしれません。このお誕生日のお祝いを最高の健康状態でなされますよう。『ハムレットかヘクバか』をお祝いの印にお送りできなかったのを残念に思いつつ。

敬具

あなたの変わらぬ親友、カール・シュミット

プレッテンベルク、サン・カシアーノ[2]

一九五六年三月二十六日［絵葉書］

1　絵葉書の表の肖像画、フランスの政治家ジョルジュ・バンジャマン・クレマンソー（一八四一―一九二九）を指す。一九一七年十一月に二度目の首相としてドイツとの戦いに全力を上げ、講和条約締結においてはドイツの弱体化に努めた。

2　マキャヴェリが職を追われた後に内的亡命の形で過ごし

た場所。それとともに、三〇四年、イモラの聖カシアンがディオクレティアヌスのキリスト教迫害のとき弟子たちから鉄筆で刺し殺されたことにかけて、抑圧されている国法理論家、キリスト教の殉教者としてのシュミットの自己理解を示すものと言われる。五六年四月十八日、六月八日の手紙、七四年八月四日の手紙参照。なおケーネンの『カール・シュミットの場合』一九ページ参照。

エルンスト・ユンガー様

拝復　三月二十三日付けのお手紙、ちょうどデュッセルドルフへ出かけるところで受け取りました。お手紙から察するところ、あなたは私のこの前のヘーゲルを引用した葉書（カンシュタットからのあなたのお葉書への返事）を受け取っておられないようです。四九年九月二十四日の夢についてですが、私のメモを調べてみます。私が今日、デュッセルドルフへ行くのは、本のカバーの色について出版社（ディーデリヒス）[1]と話し合うためです。私はこの前の葉書で『ハムレットかヘクバか。ゲームへの時間の侵入』という表題についてご意見を伺いましたが、今となってはもう変えることはできません。しかしあなたのご判断は興味深いものです。レオン・ブロイでは私は大きな経験をしました。しかし今は彼はとっくに堅い手の中に取り込まれてしまっていて、ジャックとライサのマリタン夫妻[2]が彼の屍を大箱に入れて持ち去ってしまっています。それゆえベルナノスも背を向けることになっていますが、その屍のために同じような戦いが起こっています。あなたがレオン・ブロイについて書く計画をさらに進めるおつもりなら、一度それについて詳しくお話し合いをしたいと思います。

あなたの『リヴァロール』は汲み尽くせない泉であって、いたるところでその影響が大きく、私はゲッティンゲン、ケルン、デュッセルドルフでそれを確認することができました。そしてこちらで私を訪ねて来た二人の著名なスペイン人と話したときもそうでした。みんながドイツを眺めていて、本物を「パスティッシュ」[3]というものと区別することを知っている様は驚くべきことです。

旅から帰って来ましたら、それについて詳しくご報告します。それにとくに四九年九月二十四日のあの驚くべき夢についてもお便りします。その日付が私にはひどく重要なもののように思われます。あなたが精神分析ということをおっしゃるのは、正しいと思います。フロイトにあっては、精神分析は千年のゲットーの存在の残効から身を清めるための非常に重要な、それどころか天才的な方法です。あなたの夢は最後の秘密（arcana）に触れるものです。

敬具

あなたの旧友、カール・シュミット

Pl［プレッテンベルク］、サン・カシアーノ

一九五六年三月二十六日［葉書］

1　オイゲン・ディーデリヒス（一八六七—一九三〇）、個性的でうるさ型の出版社主。当初は宗教書や哲学書を出していたが、一九一一年以後、次第に政治的、社会的な書物の出版に乗り出し、一九一二—二八年には、若手の保守主義者たちの機関誌『ディ・タート（行動）』の編集者も務めていた。

2　ジャック・マリタン（一八八二—一九七三）、フランスの哲学者。現代の合理主義、リベラリズムの批判者、カトリックの伝統への回帰（ネオ・トミスムス）の代表者、アクシオーン・フランセーズに属し、二〇年代の終わりからシュミットと文通し、ボンにシュミットを訪ねてもいるが、その後、当時のシュミットの立場に反対するようになる。妻のライサ（一八八三—一九六〇）との共著でブロイ論を幾つも出していた。

3　文体上、思考上の模倣、あるいは風刺。

カール・シュミット様

拝復　ユーバーリンゲンから帰って来ましたら、手紙の山の下にあなたからの二通のお葉書を見つけました。私はどうやら当世風ではないようで、郵便物の山が画一化の形に見えるのです。いまだにそれを解決する適当な技術が見つからないままでいます。

ハムレットとヘクバですが、いろいろと連想できていいと思いますし、あなたの説明に好奇心を燃やしています。表題はいいと思います。

誕生日のお祝いの言葉、まことにありがとうございました。だんだんと年を取りますが、これはいかんともしがたい宿命です。あなたはこの言葉の二重の意味をよくご存じです。と言えば、思いつくのですが、マルクに「世界とは何か」と言わせたなら、同じような二重の意味で言ったことでしょう。——あなたはあなたの世界の敵ではなく、因習に基づく世界の敵だということです。ブロイはこうした種類の敵意について卓抜な意見を述べています。マリタンとライサはまだ生きているのでしょうか*。ブロイの日記から知ったのですが、二人は一九〇六年六月十一日に洗礼を受けていました。当時、マリタンはおそらくもう若くはなかったと思われます。ところで私は十二巻の美しい全集をもっていますが、残念ながらそれは未完のままになっています。

ゴットフリート・ベンが長い祝いの手紙をくれましたが、年を取ってあちこちの不調を嘆いていました。彼の言うには、この不調は七十歳になってから始まったそうで、それまではどんな要求にも体がついて行っていたそうです。「突然に体力の急激な下落、〈アレルギー〉とか〈神経傷害〉などという馬鹿げた言葉も私には何の役にも立たず、助けてもくれません」と書いています。[1]

例のリヴァロールはとりわけ粗朶に囲まれた霊廟のすべてを活性化させることにもなりました。政治に関しましては、かつてまったく気乗りがしなかったことを思い出します。このことはおそらく私たちには政治的に（そして軍事的に）もう何の成果も上げられないという無意識な確信のせいなのかもしれません。――おそらくはやたらに手探りをするばかりだという確信です。これはすでにときどきにあったというかぎりで、歴史なのでしょうか。しかしこれにには関わり合わない方がいいのでしょうか。

敬具

あなたのエルンスト・ユンガー

＊ ドイプラーは同じような聖杯の守護者をもっているように見えます。[2] 死せる魂[3]です。

（一四b）リートリンゲン近郊ヴィルフリンゲン

一九五六年四月一日

1　ユンガーはこの手紙を『接近』（一九七〇）の第二八一章にも引用している。

2　手書きでの追加。ドイプラーについては一一四ページの注参照。

3　ニコライ・ゴーゴリの小説『死せる魂』（一八四二）を暗に指して。この小説では「死せる魂」、つまり死亡した農奴たちを買い集め、それを抵当に銀行から多額の金を借りて大儲けを企む山師チチコフを巡る話がリアルに、かつ風刺的に描かれている。当時のロシアでは死んだ農奴も十年毎に行われる次の戸籍調査まで有価物権として課税の対象になっていたため。ユンガーはこの『死せる魂』を読んだことを『コーカサス手記』に記している（四三年二月十三日の項）。

C・シュミット様

拝啓　ジョルジュ・ウスカテスク[1]が先日、彼の著書『ミノリアスの反乱』を贈ってくれました。一夕、お暇なときに彼についてご存じのことがあれば、お教えください。

聖戦が現代的な段階に入っているという感じを私は抱いています。おそらく、イスラムがキリスト教会よりはるかに健全であるためでしょうか。

敬具

あなたのエルンスト・ユンガー

フィッシャー[2]は今、プロヴァンスのアブド゠エル゠カーダー夫人のところにいます。彼はミュンヘンで教授の職に就きたいと望んでいますが、すぐにはうまく行かないようです。

［消印、ヴィルフリンゲン］

［一九五六年］四月八日［絵葉書］

1　ジョルジュ・ウスカテスク（一九一九―）、ルーマニア系スペイン人の哲学者で、シュミットとは一九五一年から一九六七年にかけて文通があった。シュミットの蔵書カタログにはウスカテスクの著書、論文が多数記載されていて、そのうちの幾つかには著者の献辞がある。

2　三ページの注および五四年一月八日と五五年八月二十五日の手紙参照。フィッシャーは一九五七年助教授としてミュンヘンに招聘されている。

エルンスト・ユンガー様

拝復　ウスカテスク氏とは二週間前に偶然ケルンで出会いました。私たちはあなたのリヴァロールについて話し合ったことですが、彼はリヴァロールの最も優れた、最も知的な読者の一人です。彼はルーマニア人で、マドリードに住んで、そこで講義をしていて、きちんとした収入もあり、独立して（つまりフーゴー・Fのような亡命者タイプではなく）、きわめて高い教養を身につけ、礼儀正しく、人生経験も豊富で、ヨーロッパに統合される必要など何一つないくらいにヨーロッパ的です。彼に返礼の手紙を出すのは、決して無駄な労力ではありますまい。

カッセルのガス夫人[1]に手紙を出しましたところ、感動的な返事をもらいました。手紙を出すよう示唆していただいたことに感謝しています。それからハムレットかヘクバかという表題についてのあなたのご意見にもお礼を言わせていただきます。この小冊子は二―三週間後には出来上がりますので、そのときは早速お送りします。

四九年九月二十四日のあなたの夢ですが、その最初の部分は状況を明確に象徴するものです。あの日、私の妻はハイデルベルクへ行こうとしていたのでしたが、体の不調を訴えて取り止めたのでした。これはのちに癌であることが分かりました。そのときはまだ小さなクルミ大で見落としがちなものでしたが、のちに致命的なものになりました。最後の部分〔洋服を取り違えたところ〕は私にはまだはっきりしません。いずれにせよ、それについて書面に書き記すほどはっきりしてはいません。あなたの表現（レオン・ブロイについての）にはすっかり驚きました。聖体拝領のように力強いものだったからです。そうなのですが、お忘れにならないよう願いたいのは、宗教的理由から独身を守っている教会の官僚機構は平信徒から聖杯を奪ってしまっていることです。

ところで、ウスカテスク氏はプレッテンベルク[2]とサン・カシアーノを結びつけるということを考えついた最初の人です。

三月二十三日と四月一日付けのお手紙と四月八日のお葉書、本当に嬉しく、お礼を申し上げます。キリスト教というテーマについては折を見て改めて。　敬具

つねにあなたのカール・シュミット

プレッテンベルク＝サン・カシアーノ

一九五六年四月十一日

1　二八一ページ、二九四ページの注参照。
2　二九七―八ページの注参照。

カール・シュミット様

拝復　あなたの夢の解釈は唯一正しいもののようです。その解釈はまた病気に対して一条の光を投げかけるものです。私の父が亡くなるちょうど一年前の朝、私はパリで目覚めたのでしたが、私は父が死んだ夢を見ていました。私は先日弟に、それ以来、天文学上の一年というのは考え出された単位以上のものと思うと手紙に書いたことでした。占い術的な夢を私たちは、私たち自身の運命に関わっていればいるだけ、解釈することができなくなります。実現して初めて、あれは予兆だったのかということになります。

あなたがサン・カシアーノとの結びつきを思いついたのは、どうしてなのでしょう。この土地はイタリアの温泉地だということしか知りませんでした。それとも新しい聖者の名前なのでしょうか。

私は明後日の四月二十日に旅に出て、氷の聖人たち〔五月中旬の冬に逆戻りしたような寒い日〕に帰る予定です。あまり気乗りはしないのですが、まずヴィースバーデンに行って、シュパイデルにも会うことになっています。その後、ルッカかヴィアレッジョへ行く予定です。

フーゴー・フィッシャーは今ミュンヘンにいます。彼

はその地で教授の職に就きたいそうで、何人か友人を紹介したことです。もっとも他の人たちが定年退職して行くような年になって新たに始めることに意味があるかどうか、私には分かりませんが。一九四五年にそうすべきだったのです。当時なら教授職を引き受けてくれと懇願されたでしょうに。しかし当時、彼は、私が思いますのに、「重婚」をしていたために難しい状況にあって、私たちがノルウェー旅行をしていたとき以来、この上なく奇妙な年月を送っていました。

ご健勝をお祈りしつつ。　敬具

あなたのエルンスト・ユンガー

（一四b）リートリンゲン近郊ヴィルフリンゲン

一九五六年四月十八日

カール・シュミット様

拝啓　リヴィエラがだんだん住みにくくなって、こちらへ来まして、ここで十二日間、温泉に浸かっていましたが、一種の煉獄とでも言えるものでした。今、ヴィルフリンゲンに帰るところです。今、ベンの七十歳の誕生祝いをしようと思っています。　匆々

あなたのエルンスト・ユンガー

［消印、テルメ・ディ・モンテカティーニ］

一九五六年五月十五日［絵葉書］

カール・シュミット様

拝啓　トスカナから帰って参りますと、私は何はさておきあなたのご著書『ハムレットかヘクバか』に突進したのでした。お送りいただいたこと、まことにありがたく、心からお礼申し上げます。

私はあなたの理論をとっくによく存じておりましたし、あなたの論述には十分納得もできました。しかし読んでいるときの緊張感からか、それとも私の無邪気さのためでしょうか、あなたの意味深長な動きをほとんどまったくと言っていいほど、私は見過ごしていました。そこで思い出したのですが、私の母がある日、こんなことを話してくれたのです。母は少女のときハウフの『月の中の男』を感激して読んだものの、そのパロディーにはまったく気づかなかったと言うのでした。私はヴァルター・ヴァールナハ[1]の書評を読んで初めて――ちなみに、これはがっちりしていい意味で手工業的な批評という今はほ

とんど完全に死に絶えているジャンルの模範例です——蒙が啓かれ、もう一度読み直してみたいという気持ちを目覚めさせてくれました。私はこんな想像をしたのですが——おそらく間違ってはいないと思います——W〔ヴァールナハ〕は直接にか間接にかあなたと繋がりがあったのだと。このことも私にとっては一つの警告です。

　神話と歴史の関係についての私たちの考えの違いが、とくに最初の節ですぐに私の注意を引きました——これはA・モーラーがすでにはっきり指摘していたものです。ここには純粋な用語上の違いが一つ、あるいは私が思いますに、幾つかあるのかどうか、これはワインを二、三本空けてじっくり解明しなければならないようです。とりあえず、ご著書がこの上なく成功していることのお祝いを申し上げます。あなたのためにトスカナから持って帰った絵を同封します。

敬具

あなたのエルンスト・ユンガー

（一四b）リートリンゲン近郊ヴィルフリンゲン

一九五六年六月五日

1　ヴァルター・ヴァールナハ（一九一〇—）、哲学者、芸術史家、雑誌『迷路』の共同編集者。一九四八年秋以来、シュミットと密接な繋がりがあり、シュミットの遺品にはヴァールナハの多くの著作や手紙が含まれているが、ここに述べられた書評は見つからない。

エルンスト・ユンガー様

拝復　モンテカティーニの写真[1]は素晴らしいものです。これを見てすぐこんな二つの疑問が浮かびました。それを撮ったのは誰なのだろうというのと、あなたがそんなにも緊張して見て取ったのは何なのかです。一羽の蝶々でしょうか、それとも事象そのものでしょうか。とにかくこれは私がこれまで見た最も美しい光景の一つです。後になって自分のうかつさに腹を立てています。どうしてルッカのあなたのところに手紙を出さなかったのかと。あなたがまだトスカナにいるうちに、サン・カシアーノへ是非行ってほしいと言うべきだったからです。そこはフィレンツェの南二〇—三〇キロ、キアンティの山々の方へ行ったところにあります。マキャヴェリはその生涯の最後の十—二十年の亡命生活をそこで送って、『君主論』を書いたばかりではなく、ヴェットリへの美しい手紙でそこでの生活を書き送っています。

あなたはヴァルター・ヴァールナハの書評についてお書きになっていますので、この機会にその書評の最終節をお送りします。これは編集部が削除したもので、いわば最後の仕上げの部分なのに、それが削除されているのは今日の世間の一般的な様式なのでしょう。あなたが私の小冊子に興味を抱いていただいていること、ことのほか嬉しく思います。そして神話と歴史についての私たちの考えの違いを一度ワインを二、三本空けながらはっきりさせねばというあなたのお考えにまったく同感です。それはそうと、送られて来た書物のカバーを同封します。つい数日前にこちらに届いたものです。ハウフの『月の中の男』のことですが、あなたのお母上の話には感動しましたし、すっかり楽しい気分になりました。私もギムナージウムの七年生のとき、十五歳か十六歳でしたか、これを読んだのでしたが、パロディーには同じようにまったく気づきませんでした。そんなこと、こんなこと、六月五日付けのお手紙は内容豊かなもので、重々感謝しなければと思います。最後になりましたが、アーニマのスペインからの手紙も同封します。学生雑誌に載ったものです。

敬具

つねに変わらぬあなたのカール・シュミット

プレッテンベルク、一九五六年六月八日

1　この写真はモンテカティーニ／トスカナでの甲虫探索行のとき、ユンガー家の主治医であったマルグレート・ブレルシュ博士が撮ったもの。シュヴィルクの『エルンスト・ユンガー』、二四〇ページに掲載されている。

討論の夕べ[1]の開催。デュッセルドルフ、オイゲン・ディーデリヒス社講堂。五六年六月十二日。

［シュミットよりユンガー宛］

［一九五六年］

1　シュミットの「ハムレットかヘクバか」についての討論の夕べの通知。

E・J様

拝啓　ちょうど今、ジョルジュ・ウスカテスク[1]が「リヴァロール」と題して五六年七月五日のABC紙に発表した論文をマドリードから送ってもらいました。あなたのところへも来ていることと思いますが、そうでなければ、ウスカテスクにあなたにも送るよう言ってやります。

匆々

あなたのカール・シュミット

プレッテンベルク＝サン・カシアーノ

一九五六年七月六日［絵葉書］

1　三〇一ページの注参照。

カール・シュミット様

拝復　もちろん、私の方にも素晴らしい論文が届いています。ウスカテスクがちゃんと送ってくれました。私はこの論文をリヴァロールの旗を掲げたベラリアンス[1]だと思ったものです。

おそらくスペイン人はイスラムやサルディニアと同盟を結んで、そのうちに風向きを変える大きな波を作り出すのでしょう。南アメリカもこれに参加することになるかもしれません。ナポレオンはスペインでの戦争によってロシア遠征による以上に痛手を負いました。そこには人間の偉大さ、誇り、知性が原始の自然の長所に匹敵していたと私は思います。私たちは第一次大戦の後にベントラー街[2]でしばしばスペインの内戦について話し合ったことでした。思い出しますが、そこにはフォン・デム・ブッシエ[3]、オットー、ヨアヒム、ハインリヒ・フォン・シュテュルプナーゲル[4]がいました。大量破壊兵器が開発されればされるほど、ゲリラ戦も活発になり、ついにはゲリラ戦だけが唯一有効な戦争になります。数十億の請求書が出されて、その男が精算するのでしょうが、考えてみると、ほかの男たちはどこにいるのかという問いが残ります。

「永遠の平和のために」というカラの絵葉書を先程ミュンヘンで買いました。そこにはこれまで見た中で最も小さな松の木の蔭に海が描かれているのですが、最初私はタオル掛けのそばに置いてあるビデだと思ったことでした。

あなたのデュッセルドルフの討論の夕べの序言を拝見して、あなたのハムレット解釈がさまざまな思いもかけない結果をもたらしているのを感じました。あなたの場合、グラス一杯の水についてお書きになっても、そこにつねに裏の意図が推測されるように私には思えます。もっている者には与えられるのであって、あなたはそれに加えて鋭い洞察力がつけ加えられています。

写真についてお尋ねでしたので、お答えしますが、私はそこに昆虫が飛んで来て、すぐまた飛び去るのを感じ取ったのでした。写真を撮ったのはあなたも一度拙宅でお会いになったと思いますが、女医のブレルシュ博士です。彼女もモンテカティーニに来ていたのです。あそこに湯治に来るのは上部シュヴァーベンの人たちが多く、郡長のマイアー、画家のガイアー、シュタウフェンベルクの一家、私たちの病院の院長バルト博士などが来ていました。私はここでは外国に来ている気にはなれず、こうした人たちと快適に過ごしたことです。そこはまだオアシスなのですが、すでに工場が進出して来て、それも危うくなっています。それでもここにはまだ森もあって、まったく人目につかない隠された場所も残っています。交通が発達すればするほど、必然的に孤独なものはますます孤独になります。

敬具

あなたのエルンスト・ユンガー

（一四b）リートリンゲン近郊ヴィルフリンゲン

一九五六年七月十日

1　ワーテルローにあった宿屋の名前。英将ウェリントンがナポレオンを破ったワーテルローの戦いをドイツのブリューハーはベラリアンスの戦いと呼んだことにかけて。

2　第三帝国時代末期に国防軍の総指令部があったところ。

3　二六八ページの注参照。

4　オットー・シュテュルプナーゲルとその従兄ハインリヒ・シュテュルプナーゲルは、一九四〇年から一九四四年まで相次いでパリのドイツ駐留軍の総司令官でユンガーの上司。日記にしばしば言及されている。二一〇―一一ページの注も参照。

カール・シュミット様

拝啓　あなたは『ハムレットかヘクバか』のカバーについて私の意見をお求めでした。その色調も活字の体裁も素晴らしいものと思います。全体の均整の取れ具合については“oder〔あるいは〕”が疑いもなく大きすぎます。これを小さくすれば全体がはるかに陰欝な感じになるでしょう。[1] 誰もこれに気づかなかったのは残念です。

多くの同時代の人たちが今このハムレットに取り組んでいる様はまことに奇妙と言うか、不思議です。読んでいて再び私たちの視点の違いがはっきりしたことでした。――私としましては、「ゲームの時間の中への侵入」[2]の方にはるかに強く魅了されます。あなたはカルロに何か言うことはありませんか。彼から長い手紙が先程届きました。

敬具

あなたのＥＪ

ついでに一言、ベンが最上の答弁をしています。

（一四ｂ）リートリンゲン近郊ヴィルフリンゲン

一九五六年七月二十九日［葉書］

1　この部分の欄外にシュミットの筆跡で「私は違った意見をもっている。Ｃ・Ｓ」との書き込みがある。その横にシュミットの筆で「ベンが最上の答弁をしていた」と同じ文章を書き込んでいる。

2　カルロ・シュミート、一四一ページ、二〇四ページの注参照。

エルンスト・ユンガー様

拝復　ハムレットのカバーについてのご意見および七月三十日のお葉書のその他のお知らせ、まことにありがとうございます。「時間の中へのゲームの侵入」についてはカール・マルクス[1]の引用の四四ページを、ハムレット一般の問題についてはアドレイ・スティーヴンソン（アメリカの民主党の大統領候補者）があの国ではハムレットと呼ばれていることをご参照ください。私はライミス・Ｓ[2]についてフォン・シュモラー氏[3]から詳しいことを聞きました。シュモラー氏は私を訪ねてくれたのでしたが、氏は最近ミュンヘンで自殺した（das Leben nehmen）クリストフ・シュピッタ[4]も知っていました（この場合、「取る（Nehmen）」という単語には奇妙な両義性があります）。

つねにあなたのＣ・Ｓ

敬具

（裏面には次のような西欧世界についての判読しがたい文字[5]が書かれている。）

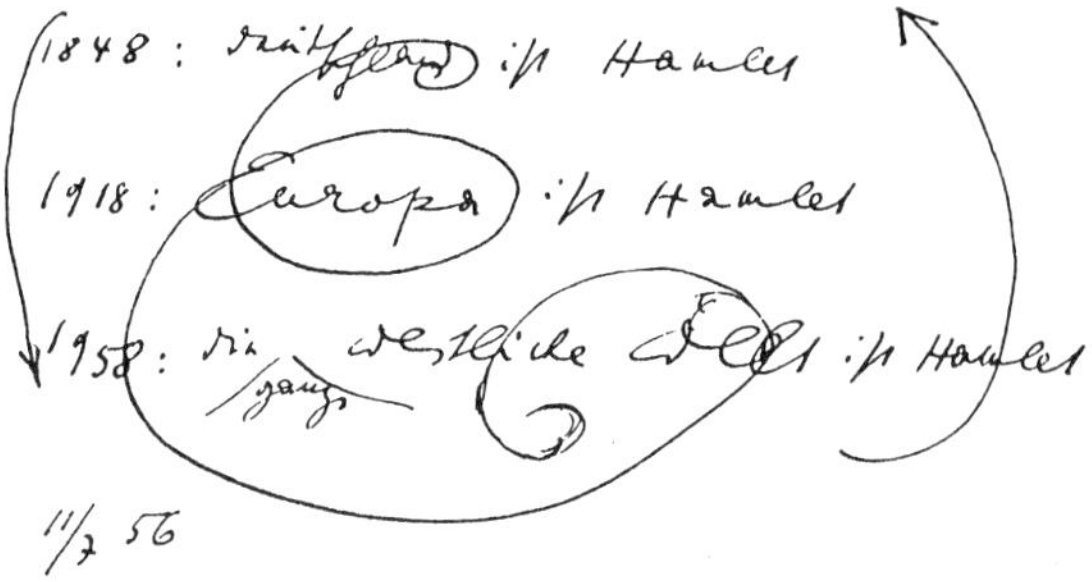

エルンスト・ユンガーのために書き記す、
カール・シュミット

（ハムレット・カーブ）

Pl［プレッテンベルク］
一九五六年八月一日［葉書］

1 「カール・マルクスという危険な言葉の変容の中で、ここに言うことができるのは、俳優の解放が、俳優は英雄になり、英雄は俳優になるといった仕方で行われるということ。」——この「変容」の根拠になっているのは、おそらく「ルイ・ナポレオンのブリュメール十八日（のクーデタ）」というシュミットが高く評価する伝説的な文章であって、そこでは「ヘーゲルはどこかで、すべての偉大な世界史的な事実と人物はいわば二度生まれて来ると述べているが、ヘーゲルが言い忘れていることがある。それは、一度は悲劇として、もう一度は茶番としてとつけ加えることである」という文章で始まっている。そのことからその後の俳優たちは名前や戦いのスローガンや以前の衣裳を用いることを続けるようになる。

2 判読しがたく、詳細不明。

3 二〇二ページの注参照。

4 詳細不明。

5 五六年七月十一日にモーラー宛の手紙にも同じようなことが書かれていて（『カール・シュミット——彼の弟子たちの一人との往復書簡』、二二〇ページ）、そこには「ドイツはハムレットである」の後に「（ドイツ国民自由党員たち）」、「ヨーロッパはハムレットである」の後に「（ポール・ヴァレリー、ドリュー・ラ・ロシェル）」と記されている。「ドイツはハムレットである」とは、一八四四年四月に書かれたフェルディナント・フライリヒラート（一八一〇—一八七六）の詩「ハムレット」の冒頭の句。シュミットはこの句を高く評価していて、これをタイプして知人たちに配っている。ヴァレリーについては七六ページの注、ドリュー・ラ・ロシェルについては一二八ページの注参照。

カール・シュミット様

拝復　あなたの運命のカーブ、まことにありがとうございます。その後、もう二年の時間が経ったようです。ハムレットはすっかり流行になっているようです——それがいい徴候なのかどうか、それはまた別の問題です。マルクス主義の解釈ではハムレットは資本主義的な運命劇です——ここでは細部まで解釈されています——耳を通じて毒されるのです。つまり新聞を通じてです。

　来月にはまたサルディニアで過ごすつもりでいます。おそらくスペインももう一度訪れることになるでしょう。スペインはこれまでうろうろ歩き回っただけですので。（モロッコ、バルセロナ、カナリア諸島にも足を伸ばすかもしれません。）カール・アレクサンダーはメキシコ旅行をするといって、今はすでに大西洋を渡っています。

敬具

あなたのエルンスト・ユンガー

（一四b）リートリンゲン近郊ヴィルフリンゲン
［一九五六年］八月五日[2]［葉書］

　ベン[1]が亡くなる少し前に手紙をくれまして、かかっている病気を幾つも数え上げていましたが、その中に湿疹というのもありました。皮膚科の医者が湿疹になっている、これだけでもいろいろと考え込ませられました。

1　三〇〇ページの注参照。

2　この葉書の左に『世界週間』誌の「ミラーとハムレット」という以下の記事の切り抜きが貼られている。「ミラーとハムレット／ヘンリー・ミラーの人と作品に興味のある者は『ハムレット』に注目すべきである。これは『偽物の死』の著者ミヒャエル・フレンケルとの一九三五—三八年の往復書簡である。この五〇〇ページもの書の出発点はハムレットという形姿なのだが、ミラーにおいてはしばしばそうであるように、これはその他もろもろのこと、つまり中国、フランス文学、社会学、自分の創作活動と人生の説明、政治、心理学などについて語るきっかけにすぎない。これは一直線に繋がるものではないが、このアメリカの作家の興味のありどころと思考範囲を示していて、彼を知る上で注目すべき点である。二年前にドイツ語で出版されたランボー評論集（『偉大な反乱』）の中で、ミラーは、ランボーのタイプの人間はファウスト的タイプ、ハムレット・タイプを引き継ぐであろうと書いていた。このことから見て、コレア社（パリ）から出されたロジェ・ジローとタネット・プリジャン訳のこの往復書簡（一九五六）は、この作家の精神的発展における重要な段階を提示している。hlt。」

エルンスト・ユンガー様

拝復　ヘンリー・ミラーについてのご指示、それとリュディガー・アルトマン[1]のハムレット論をお返しくださったこともありがとうございました。あなたの今度のサルディニア旅行のご無事をお祈りします。ずっと船旅をなさるのでしょうか、マドリード、コルドバ、グラナダ、セヴィーリャへはお行きにならないのでしょうか。一度是非行かれるといいと思います。それともあなたは、私と同じように、しかるべきものはもう見て来たという確信をお持ちなのでしょうか。

匆々

あなたの旧友カール・シュミット

ゴットフリート・ベンが『陸と海』について書いている美しい手書きの手紙[2]があることを先日発見しました。

［消印、プレッテンベルク］

一九五六年八月十二日［絵葉書］

1　リュディガー・アルトマン（一九二二―）、法学者、政治学者、評論家。両次大戦間にベルリンでシュミットのもとに学ぶ。五〇年代にヨハネス・グロスと共同で編集しているキリスト教民主同盟の学生雑誌にシュミットの寄稿を仰いでいて、のち、シュミットの思想に基づき、諸政党の乱立する複数主義に反対して、代表制議会主義の強化に努めていて、しばしばシュミットの信奉者として批判されていた。シュミットの遺品の中にはアルトマンの著作や書簡が数多く含まれているが、ここで言及されているハムレット論は見当らない。『カール・シュミット――彼の弟子たちの一人との往復書簡』、一二五ページに『シュピーゲル』誌の五六年八月二十九日に載ったハムレット論について言及されているが、これはアルトマンのものではないらしい。

2　トミッセンに宛てたこのベンの手紙は一九四三年三月二十八日付けのもので、一九六五年、『エチュード・ゲルマニーク』に掲載されている。シュミットは六五年十二月三十一日付けのモーラー宛の手紙で、「この手紙は彼のコンパクトな手紙芸術の好例のように私には思われる」と記している。

C・シュミット様

拝復　『ドイツ・ヨーロッパ』誌[1]にあなたを高く評価するトミッセンの文章を見つけました。喜ばしいことです。彼は私が公開していない手紙の一部を引用していますが、これは不必要なことでした。ブロック[2]と彼の仕事についての私の判断は違っています。ブロックが私についての三冊目の本をとうとう出したとき、ちょうどドイツが降伏したときであったのは、彼としてはまことに不運なことでした。この本は「一人のファシストの決定的な仮面の暴露」という帯封をつけて出版されました。それも悪くはないでしょう。私は今もう一度ヴァルター・フランクの書[3]を読んでいますが、今も興奮させるものです。経験豊かな花火師にしかD〔ドレフュス〕の事件に取り組むことはできないという私の理論がF〔フランク〕においても証明されました。

敬具

あなたのエルンスト・ユンガー

（一四b）リートリンゲン近郊ヴィルフリンゲン

一九五六年八月二十一日〔葉書〕

1 トミッセンについては二五八ページの注参照。トミッセンは『ドイツ・ヨーロッパ』誌の一九五六年の第一号から第五号にかけて「カール・シュミット。生と作品と意義」と題する論文を連載している。

2 二〇六ページの注参照。

3 ヴァルター・フランク（一九〇五—一九四五）、歴史家。その書とは、『ドレフュス事件。第三共和国フランスにおける軍人とユダヤ人』、ハンブルク、ハンザ出版、一九三九。フランクは一九三四年、ナチ党のヘスの幕僚部で「歴史書の問題」の担当官になり、三五年には「新しいドイツの歴史のための帝国研究所」の所長。四五年五月九日、自殺。七六年三月三十一日の手紙参照。

セダンの記念日に[1]

かつてわれわれは詩人であり思想家であった
その後われわれは破壊者になり沈没させる者になり
人間像を汚す天も恐れぬ者とみなされた
今、われわれは誠実な運河の利用者
勤勉なモナドの窓の清掃人である。

しかしライプニッツのモナドには
周知のことながら窓はない
この窓はファサードであって
清掃人は幽霊であり
これに対し疑う余地もなくリアルなのは
運河である。

旅のご無事をお祈りしつつ。

C・S

〔消印、プレッテンベルク〕

一九五六年九月二日〔葉書〕

1 シュミットはこの詩をモーラーにも送っている。『カール・シュミット——彼の弟子の一人との往復書簡』、二二五ページ以下参照。そこではシュミットの匿名のエーリヒ・シュトラウスの署名になっている。

CS様

拝復　美しい詩をお送りいただき、まことにありがとうございます。年寄りたちのための詩、というのも、若者たちはこのセダンという言葉をもう知らないか、新しい教育学者たちによって明らかにされた dies horribilis〔恐ろしい日〕への追憶としてだけでしょうから。私はこちらではもう一か月も新聞を読んでいません。　匆々

あなたのエルンスト・ユンガー

〔消印、カリアーリ〕

一九五六年九月二十日〔絵葉書〕

カール・シュミット様

拝啓　よくご一緒に過ごしたことのある町[1]から一筆ご挨拶いたします。私は一昨日サルディニアから帰って来たところなのですが、もうまた南の方への憧れに取り憑かれています。

不一

あなたのエルンスト・ユンガー

〔消印、ゴスラル〕

一九五六年十月五日〔絵葉書〕

1　一九三三年十月から一九三六年十二月までユンガーはゴスラルに住んでいて、そこにシュミットがベルリンからしばしば訪ねて来ていた。

エルンスト・ユンガー様

拝復　サルディニアからとゴスラルからのお葉書ありがとうございます。二通のお葉書とも楽しく読ませていただきました。先日、ミュンヘンに赴きまして、パウル・アーダムス[1]に会い、シュタッフェル湖畔のP・プシュヴァラ[2]とシュニッツラー家[3]を訪ねました。プシュヴァラは体調が極度に悪く、すぐにお暇せねばなりませんでした。L'avenir se fera sans nous〔未来は私たちなしでは起こらない〕。また再びあなたの素晴らしいご本が出来ることを期待しながら。

敬具

あなたの旧友カール・シュミット

〔消印、プレッテンベルク〕

一九五六年十月六日〔絵葉書〕

1　二三ページ、二三二ページの注参照。
2　二九七ページの注参照。
3　二五〇ページの注参照。

ユンガー様

拝啓　あなたのご本『砂利の浜辺にて』[1]がまだ二冊お手元に余っていますならば、私の友人であなたの作品の知的な崇拝者にお送りいただければと思います。二人に是非そのご本を読ませたいからです。アドレスを以下にお伝えします。

(1)　エルンスト・フォルストホフ教授[2]、ハイデルベルク、シュリーアバッハ、ヴォルフスブルネンヴェーク一三番地。

(2)　ロルフ・シュテッター教授[3]、ハンブルク　二一、アードルフ街二九番地。

ひとつよろしくお願いします。まもなく新しい年です。
新年のご挨拶をわが家一同に代わって申し上げます。

敬具

あなたの旧友カール・シュミット

［消印、プレッテンベルク］

一九五六年十二月二十七日［葉書］

1　二五二ページの注参照。
2　エルンスト・フォルストホフ（一九〇二―一九七四）、国法学者、行政法学者。シュミットの弟子で友人。一九二五年、「諸州の例外状態」についての論文でシュミットのもとで学位を取り、一九三一年以後、ドイツの各地の大学で講師、教授。一九四三年から一九六七年までハイデルベルクの正教授。もっとも一九四六年から四九年まではアメリカの軍政府によって職を解かれていた。一九六〇年から六三年までキプロス共和国の最高憲法裁判所長官も務めている。一九三三年には論文「全体国家」でシュミットの国家観を解説し、師のシュミットと政治的にも評論活動でも共闘者になっていた。一九四五年以後もさまざまにシュミットを擁護していて、七〇年代にはナチ時代の態度とシュミットとの結びつきのゆえに激しく攻撃されている。
3　ロルフ・シュテッター（一九〇九―一九九三）、法学者、個人船主。ナチ時代にはナチ党員、親衛隊員。海戦や海戦法規の著書があり、シュミットの遺品にシュテッターの著書や書簡が含まれている。

カール・シュミット様

拝復　まもなく来る新しい年、良き年をお迎えになられますよう。誰しもドイツ人たちの中に混じってその年季を勤め上げねばならないのでしょうが、あまり関わり合いにならないようにしなければなりますまい。

今、フーゴー・フィッシャー[1]と一人のハンガリーの学生が拙宅に滞在しています。私は彼らとカール・アレクサンダーも一緒に、よく雪に埋もれた森の中を長時間の散策をしています。フィッシャーは旅を重ねたことによってだけでなく、年を取ったことで人間が出来てきたのか、今もますます休みなき精神的トレーニングを積んでいて、頭脳のマッサージ師にふさわしい者になっていま す。

今、私は『神々の嵐〔神風特攻隊〕』という題で出版された日本の学生の前線からの手紙を読んだところです。本といえば、そのほか、新しくハンザーから出たニーチェ全集[2]は、フェルスター＝ニーチェ夫人の遺稿から編集した版をまったく無視したもので、それゆえに重要です。そこでは「権力への意志」というタイトルもなくなっています。以前から読みたいと思っていたエミリー・バウマンの『アンリ・ド・グローの恐ろしい人生』もやっと読みました。この画家は伝記の上で奇妙なだけでなく、レオン・ブロイの上に落ちている影のゆえにも奇妙なものです。

あなたもご存じのフォン・レールス博士[3]は、ナッサーの外交顧問です――こんな外国語の天才もあちこちに現れることでしょう。彼とはキルヒホルストで会ったのが最後でした。彼は偽名でイギリス人たちの通訳をしていましたが、彼の言うところの「赤い野獣のゆえに」シリアへ行こうとしていました。彼の妻君は先にそちらへ行っていて、彼を待っているのだそうです。私たちは『内密の話と謎多き人間たち』の続巻のために新しいビューラウ[4]が必要です。とくに両次大戦間の年月を描き出すために。

ご健勝と新しい年のご多幸をお祈りしつつ。敬具

あなたのエルンスト・ユンガー

一度お会いしたいものです。

（一四b）リートリンゲン近郊ヴィルフリンゲン

一九五六年十二月二十八日

1　三ページの注参照。
2　カール・シュレヒタ編集のハンザー版ニーチェ全集。五七年五月二十九日の手紙参照。
3　ヨーハン・フォン・レールス（一九〇二―一九六五）、

第三帝国時代の反ユダヤ主義の指導的ジャーナリスト。敗戦後、アルゼンチンに逃れ、五〇年代半ばにエジプトに移り、イスラム教徒になってユダヤ人との戦いを続けた。シュミットは個人的にフォン・レールスと付き合いがあって、シュミットの遺品の中にはフォン・レールスの著書『シュペングラーの世界政治システムとナチズム』（一九三四）が含まれている。ユンガーも『葡萄山の山小屋』の四五年八月二十四日の項にフォン・レールスについて述べている。

4　フリードリヒ・ビューラウが一八五〇年から編集して出していた『内密の話と謎多き人間たち。秘められた、あるいは忘れられた奇妙な話の集成』。一八六四年には十二巻まで出ている。

新年のご挨拶

一九五七年

左

今、その時がやって来た、
すべてを間違って直す時が
それは決して受け入れられない
それはただ分け合われるだけ

右

私の心がいかに締め付けられることか
私たちがいかに身動きできないことか
それは決して受け入れられない
それはただ分け合われるだけ

（手書きで）
エルンスト・ユンガーに
新しい年に再会できるのを
心から願いながら
ご健勝とご多幸を祈りつつ

カール・シュミット

［発信地なし］一九五六年十二月三十日［賀状］

カール・シュミット様

拝復　ミュンスターで機会があれば私のためにちょっとした調査をしていただけませんでしょうか。あなたはミュンスターにお知り合いが多いのでお願いするのですが。司教座教会参事会主席のドンダース[1]に尋ねればよかったのでしょうが、彼は残念ながら鬼籍に入りました。私の知りたいのは、ドームに関することなのです。それに「フォン・プレッテンベルク」という言葉があったものですから、あなたのお名前が思い浮かんだのでした。

　砂時計についての私の書を改訂しようとしていましたら、ある読者が送ってくれた墓標の摸写[2]に出くわしたのでしたが、この墓標あるいは墓碑銘がヨーハン・マウリッツ・グレーニンガーによって一七〇六年にクリスティアーン・フォン・プレッテンベルクを追慕して建てられたもので、ミュンスターのドームにあるか、あるいはかつてドームが破壊されたときまでそこにあったもののようです。この墓にこれまで見たこともない一風変わった大きな時計が嵌め込まれていて、それもどうやら実用的に用いられるように作られていたらしいのです。時計、それも歯車時計がお墓と結びついている、これは私がこれまでに出会ったことのないパラドックスです。そこで私はこれはクリスティアーン・フォン・プレッテンベルクと何らかの関係があるにちがいないと推測しています。あなたのところを訪れるお客さんの誰か、あるいはお知り合いの誰かでこれについて詳しく知っている方はいないでしょうか。

　フーゴー・フィッシャーが二週間、拙宅に滞在していまして、いろいろと話し合ったことでした。私は占星術についての小さな論文[3]を仕上げました――もっとも占星術そのものについてではありません。占星術については詳しくは知らないからで、そうではなく、第一次大戦以来一般に広まっている占星術のシンボルや方法について考察したものです。これらは自然科学者の機嫌を損なうものなのですが、それに対して自然科学者はまったく何もできないでいるのですから。

　ところで私はいいテーマを一つ見つけています。あなたのための一種の防衛になるものです。あなたは一度、軍旗への忠誠の誓いが今日なお可能で、意味深く、身につけることができるかどうか、そして誓いを立てる者も誓いが立てられる者もどのような真実性を示すのか考察なさってはどうでしょう。

　もちろん扱いにくいテーマです。ヒトラーには有効な誓いは立てられえなかったと私は主張しているのですが、これにはとくに頑強な迫害者たちが押し寄せて来たものでした。しかし私たちが軍に*、その名に値する軍に、入ろうとするなら、この誓いの問題の解明が他のすべてのものに先行しなければならないと思います。

　プレッテンベルクでご健勝にお過ごしになられますようお祈りしつつ。

敬具

あなたのエルンスト・ユンガー

追伸　あなたはベンと文通していらっしゃいましたか[4]。未亡人のイルゼ・ベンが夫の書簡をリーメス書店から出版します。ベンは亡くなる少し前にもう一度モンテカティーニにいた私のところに手紙をくれて、旅に出たくない理由を述べていました。その理由の中には、あまりにも多くの薬をもって行かねばならないからというのもありました。湿疹の軟膏を詰めた容器が幾つも必要なのだそうです。皮膚科の医者が湿疹に苦しむとは――いろいろと考えさせられます。

ＥＪ

＊　それにしても破ったとて死刑にならない誓いとは何なのでしょう。

（一四ｂ）リートリンゲン近郊ヴィルフリンゲン

一九五七年一月十一日

1　アードルフ・ドンダース（一八七七―一九四四）、経歴その他詳細不明。

2　『砂時計の書』の挿絵つきの版の一〇八ページの後に掲載されている。

3　一九五九年九月に『メルクール』誌に載った「計測可能な運命の時間。非占星術師の占星術についての考え」。これはのちにエッセー集『時間の壁のほとりで』（一九五九）に収録されている。

4　とくに五六年八月五日の手紙参照。シュミットの遺品にはゴットフリート・ベンの一九四三年に出された三通の手紙が含まれているが、これは一九五七年にマックス・リヒナーの後書きを添えてリーメス社から出されたベンの書簡選集には含まれていない。のち、一九六五年にトミッセンによって『エチュード・ゲルマニク』誌に掲載された。ユンガー宛にはベンから十四通の手紙が出されているが、選集に取り上げられたのは一九四九年十二月八日付けの『ヘリオポリス』が送られたことの礼状だけ。一九六〇年にチューリヒのアルヘ社から出たペーター・シッフェルリ編の『ゴットフリート・ベン。エルンスト・ユンガー、Ｅ・Ｒ・クルティウス、マックス・リヒナー他に宛てた手紙』には、ユンガー宛のものが五通載せられている。

シュミット様

冠省　ベルリン＝ダーレム、ガリー街四二番地の古書籍商へニヒ兄弟社のカタログ第三九九号から抜き出した別紙[1]をお届けします。もうすでにお持ちなのかもしれませんが。あなたが引用なさっているのは、一八五四／五六年の五巻本からだと思います。それも別紙の四巻本も私は見たことはありませんが、ご参考になればとお届けすることにしました。

匆々

あなたのエルンスト・ユンガー

（一四b）リートリンゲン近郊ヴィルフリンゲン

一九五七年一月十二日［葉書］

1　手紙に貼り付けられたカタログの抜粋には、一八九一―九四年にマドリードから出版されたドノソ・コルテス（一九八ページの注参照）の大八折り判四巻本（三七二ページ、六四八ページ、九六〇ページ、二二八ページ、ドノソ・コルテスの肖像画つき）のこれまで未刊の著作を含む全集、四八マルクとある。ユンガーのこの手紙についてのシュミットの反応は次の手紙の末尾にある。

エルンスト・ユンガー様

拝復　私たちの新年の祝辞が行き違いになっていました。いろいろとお知らせくださり、まことにありがとうございます。ミュンスターのドームのプレッテンベルク家についての情報をお伝えします。これは哲学科の学生マーリア・アーダムス嬢から聞いたものです。彼女はパダボーンのアルフォンス・アーダムス[1]教授の娘さんで、あなたもご存じのパウル・アーダムス氏の姪御さんです。私は十月の終わりにミュンスターにパウル・アーダムス氏を訪ねましたが、彼は大きな自動車事故に遭って、入院していて、糖尿病やその他も加わって、大分悪いようでした。ことを簡単に運ぶために、アーダムス嬢の手紙をそのままお送りします。お返しいただかなくても結構です。それにしてもあなたからお手紙をいただくのはいつも本当に嬉しいことです。ところで、私は先週、デュッセルドルフへ行って来ました。パリからアレクサンドル・コジェーヴ[2]が来て、講演会があったからです。ライン・ルール・クラブでのこの講演会は私が言い出したものので、うまく行くかどうか私に責任があったものですから、何かと大変でした。テーマは共通の市場という時局的なものに突然決まったのでしたが、それでも幸いにうまく行きました。私の若い友人たちの第一級の錚々たるメンバーが二十人も集まってくれたからでした。その後、私はアーヘンに寄って工科大学で現代の神話的形姿としてのハムレットについて講演をしました。これも興味深いものだったのですが、この旅の全体を総括すると悲惨なものでした。帰って来るとすぐ激しい背中の痛みに襲われ、這うようにしてベッドにもぐり込まねばならず、今になかなかよくならないのです。あなたが二年ほど前にゴットフリート・ベンの苦しんでいた痛みのことをおっしゃっていましたが、今それをしきりに思い出します。

私も来年には七十歳になるわけで、ほとんど何にも好奇心が湧きません。せいぜいがあなたの次に出されるご本とそのテーマだけでしょうか。

アーニマがまたこの三月初めにスペインへ行くと言っています。スペイン人と結婚するなどと言い出さねばいいがと願っています。カルロ・シュミット[3]から、いや、彼についてと言った方がいいのでしょう、聞いたところでは、彼が重い卒中にかかって、まだ回復していないそうです。あなたはフリートヘルム・ケンプ編集の素晴らしいドイプラー選集（ケーゼル出版）をご覧になりましたか。この十一月と十二月にあったある雑誌の推薦図書のアンケートに答えた文章[4]を同封します。特徴的なのはその際に私がただ一人、⑴政治的な書物、⑵二人のご婦人の書物を挙げていることでした。ほとんどの解答者はホーフマンスタールから離れることができないでいます。これはつねに最も安全な道なのでしょうが、最高齢者の私でさえそんなことはとてもできません。

折に触れてまたお便りいただきたいものです。どんなに嬉しいことでしょう。ご健勝をお祈りしつつ。

敬具

あなたの旧友、カール・シュミット

ドノソの全集についての情報、まことにありがとうございます。注文すべきかどうか、今思案中です。

プレッテンベルク、一九五七年一月二十六日

1　アルフォンス・アーダムス（一八九九―一九七三）、哲学博士、法学博士。パウル・アーダムス（一三ページの注参照）の弟。二〇年代以来、兄とともにシュミットの交友サークルに属していた。のち、パダボーンの教育大学の哲学の教授。

2　アレクサンドル・コジェーヴ（一九〇二―一九六八）、ユダヤ系ロシア人の哲学者。二〇年代にドイツで学び、一九二六年以後フランスに住む。ヘーゲルの専門家として大きな影響力をもち、いわゆる「ポスト・イストワール」の先駆的思想家の一人とされ、八〇年代からさまざまに取り上げられ、議論されることになるが、シュミットは専門分野を離れて以前からコジェーヴに注目していて、五一年十月十七日のモーラー宛の手紙にもコジェーヴに言及している。シュミットの遺品にはコジェーヴの著書が二冊と一九五五―六〇年の手紙が十五通含まれている。シュミットとコジェーヴの思想的な近親性がしばしば指摘される。トミッセン、『シュミティアーナ　Ⅵ』九―一四三ページ参照。ここで言われている講演の演題は「ヨーロッパから見た植民地主義」。

3　一四一ページの注参照。

4　シュミットにとってのドイプラーの意味については一一四―一五ページの注参照。『キリスト教徒と世界』誌のアンケートに答えた文章は『カール・シュミット――彼の弟

子の一人との往復書簡』二二七ページ以下に掲載されている。そこでは⑴テーオドア・ドイプラー『詩と著作』、フリートヘルム・ケンプ編集、(ケーゼル出版社、ミュンヘン)、⑵マルグレート・ボヴェリ『二十世紀における裏切り』、(ローヴォルト、ドイツ百科全書)およびルート・フィッシャー『レーニンから毛沢東へ。バンドン会議における共産主義』、(オイゲン・ディーデリヒス社、デュッセルドルフ/ケルン)が挙げられている。マルグレート・ボヴェリ(一九〇〇―一九七五)は『ベルリン日報』や『フランクフルト新聞』の海外特派員を務めた後、フリーのジャーナリストとして冷戦時代に独立の立場で健筆を振るった。ルート・フィッシャー(本名エルフリーデ・アイスラー)(一八九五―一九六一)、政治家。二〇年代には共産党の幹部、のち、離党してスターリン主義を批判。シュミットはヴッパータールの談話会「同盟」で知己になっていた。

カール・シュミット様

拝復　プレッテンベルク家のことについて早速にお知らせくださり、あなたとアーダムス嬢に心からお礼申し上げます。この件はこれで解決済みとみなすことにします。墓標の上で歯車時計を動かそうとする男はきっとイクシオン[1]のように永劫の罰を受けた人にちがいないと思ったからです。

講演旅行はいつも嫌なものです。幸い私には講演旅行をする気はまったくありません。

あなたが七十歳になるまでにはまだ大分時間がありますが、そのときにはカール・アレクサンダーとともにお祝いの席に駆けつけるつもりです。

ドイプラーにはこれまで私はあまりに取り組むことが少なすぎたようです。私は彼の作品に宝瓶宮を星座にした新しい世界の年の初めての放射の一つを見るのですが、残念ながらドイプラーも、あなたがブロイについておっしゃっておられるように、財産を一時差し押さえられているきらいが強いように思います[2]。

宝瓶宮を持ち出したところで、思いついたのですが――これはあなたがお尋ねになっていたからです――私はまたペンを取ったのでした。それも占星術についてです。しかし「一般的記述」ではなく、「それに関して」[3]で――つまり占星術が一般にもてはやされていることへの批判的な考察です。事実は驚くべきもので、そこにあるのは非学問的であると同時に非民主主義的な力なのです。しかし私はこれを出版するつもりはなく、非公開にしておこうと思っているのです。このやり方は地中海の小さな島々についての二篇の報告[4]でも取った方法ですが、もちろんあなたにはお届けします。私はあなたの著述を集めていますが、残念ながら不完全ですので、あなたからもお送りいただけるとこんな嬉しいことはありません。幸い『影絵』[5]はもっています［……］こんな稀覯本があることは、私たちの将来のパンテオンへの見通しもうまく立つということでしょう。あなたも幾つかの欠落を埋めようとなさっているのではないかと思っています。

敬具

あなたのエルンスト・ユンガー

（一四b）リートリンゲン近郊ヴィルフリンゲン

一九五七年一月二十九日

1　イクシオンはギリシャ神話に出て来るテッサリアの王。人類で初めて親族の男を殺し、ゼウスから寛大にもその罪を許されるが、ゼウスの妻ヘラを誘惑しようとしたため、ゼウスから、冥府（あるいは天上）で炎に包まれて回っている（あるいは蛇が絡みついて回っている）車輪に縛りつけられ、永遠の罰を受ける。

2　五六年の三月二十六日の手紙参照。

3　三一八ページの注参照。

4　サルディニア滞在中に書かれた旅行記「サン・ピエトロ」と「セルペンタラ」。一九五七年に小さな出版社から小部数出版された。

5　二六三ページの注参照。［……］の部分は判読不能。

カール・シュミット様

拝啓　新しく出した小冊子[1]を同封いたします。これはいわば非公開の形で出したもので、そんなふうにできるなら、いつもそうしたいところなのです。もう大分以前からまったく別の事柄に取り組んでいて、六十二歳頃、再び何かが変わったように思われるのです。好奇心は残っています。おそらく好奇心はますます強くなるのでしょう。“immense curiosité〔巨大な好奇心〕”の塊になるまでも。

三月三十日に私は再び南の方へ出かけます。匆々

あなたのエルンスト・ユンガー

［発信地なし］一九五七年二月二十二日

1　次の手紙にも述べられている『島の書』「サン・ピエトロ」。「オルトナー愛書家同盟」向きに一回かぎり印刷されたもので、六六一の番号が打たれている。シュミットの遺品の中に一冊含まれている。

エルンスト・ユンガー様

拝復　新しい『島の書』は心を奪う素晴らしいものです。心を休ませるものと言うか、私にとってはこうした小さ

な島への旅を実際にするのと完全に同価値のものになっています。アーニマがスペインへ出発する前に数日こちらで過ごしていて、このご本に私と同じようにすっかり魅せられていました。彼女の大試験のテーマが「風景」（マチャード[1]のカスティーリャの風景描写とラモン・ヒメネス[2]のアンダルシアのそれとの比較）で、スペインのこの二つの風景を詳しく見ておきたいと思っていますので、なおさらのようです。『反逆者（rebelle）』[3]も私にとっては一つの出来事で、そこにあなたの献辞まであるのに、大変嬉しく、お礼申し上げます。

　この前、カール・アレクサンダーの誕生日だったことを思い出しました。いいお誕生日を迎えられたことと思います。あなたの誕生日はドイツでお迎えになるのでしようか。

敬具

あなたの旧友、カール・シュミット

プレッテンベルク、一九五七年三月六日

1　アントニオ・マチャード・イ・ルイス（一八七五—一九三九）、スペインの抒情詩人。詩集『カスティーリャの野』では過酷なカスティーリャの風景を心をこめて歌っている。

2　ファン・ラモン・ヒメネス（一八八一—一九五八）、スペインの詩人。アンダルシア出身で、「人間である前にまず詩人であった」と言われ、詩集『永遠』や『石と空』などがある。一九五六年、ノーベル文学賞受賞。

3　一九五七年に出版されたユンガーのエッセー『森の散策』のフランス語訳『反逆者論あるいは森への依存。アンリ・プラールによる反逆者という言葉への覚書』。

カール・シュミット様

拝復　小さな島があなたのお気に入りのようで、嬉しく思います。それにアーニマまで喜んで読んでくれた由、アーニマはきっと将来、優れた女性になることでしょう。ほどなくもう一つ別のセルペンタラ[1]という無人島についての文章をお送りします。

　今日は別のお願いが一つあります。もう何年も前になりますが、あなたから占星術[2]について指摘していただいたことがありました。このテーマについての「一般的記述」は、私が素人であるために避けることにして、「それに関して」幾つかのことを記したことでした。お暇な時間に一度パラパラめくっていただければと思います。私は幾つか別のこともやってみたいと思っていて、「宝瓶宮の時代」の大きな予兆[3]についても考えてみるつもりです。何か提案していただければ、励みにもなるのですが。占星術師たちは私の言うことに賛成してくれません。なにさま彼らは彼らなりの科学性にしがみついているのですから。

私は誕生日までこちらに留まります。もっとも誕生日なんてのはだんだん厄介な重荷になっています。その後は二週間ばかりサルディニアへ行く予定ですが、そこも残念ながらあまりに多くの観光客を引き込むようになっています。今年中にあなたとお目にかかれるのを確信しながら。(五月十日から二十二日まで私はパリにいます)

敬具

あなたのエルンスト・ユンガー

W[ヴィルフリンゲン]、一九五七年三月二十二日

1 この『セルペンタラ』と題する小冊子は一九五七年にチューリヒのクルト・ベッシュ出版から二七五部限定で出された。

2 この文章は一九五九年に出版されたエッセー集『時間の壁のほとりで』に「非占星術師の占星術についての考え」として収録され、その序文に「占星術的なテーマについての対話と文通」にさまざまに刺激を受けたことが述べられている。

3 このエッセー集の巻末には次のように書かれている。「この関連でつねに思い出されるのは、西欧の偉大な見者フィオレのヨアヒムとその世界年齢の理論である。フィオレのヨアヒムは一一三〇年から一二〇二年まで生きた。彼の予言は神学の体系やシュペングラーにいたるまでの歴史哲学の体系に大きな影響を与えた。父と息子の偉大な時代の後に第三の時代が来て、そこでは精神が神々しきものの新しい直接的な顕現として出来事に働きかける。[……]こうしたことを占星術師たちは精神的な時代の開始以来、確信している。彼らの言うところでは、父の時代は白羊宮の星座にあり、息子の時代は双魚宮の星座にあるが、一方、われわれが今、足を踏み入れるはずの宝瓶宮の星座とともに、精神の偉大な時代が始まる。啓蒙は黎明としてそれに先立っていた。」

エルンスト・ユンガー様、お誕生日、おめでとうございます。それと間近に迫っている旅のご無事をお祈りします。占星術についての論文、旅先で読んでいます。昨日から旅に出ているものですから。近日、それに幾つかの意見を付して返送いたします。非常に興味深く読ませていただき、すっかり気に入っています。まことにありがとうございました。それに添えられたお手紙にもお礼を申し上げます。

敬具

あなたの旧友、カール・シュミット

[発信地なし][一九五七年三月末][絵葉書]

今日の大地のノモスの具体的な問題についての

概要

今日の大地のノモスと言えるのは、一九四九年一月二十日のトルーマン・ドクトリン[1]第四条である。大地を工業的に発展した地域と未開発地域（undeveloped areas）へ分割すること。

第一の問題領域：

統一（One World）つまり一人の開発者

あるいは二元性（二人の開発者の共存の当座の持続状態としての東と西の二元性）

それとも多元性（新しい広域が釣り合いを保った幾つもの発展領域）。

第二の問題領域、諸要素の局面から見て：

東　陸／terran――家／Oikos――社会形態的（soziomorph）;

西　海／maritim――船／解き放たれた技術――技術形態的（technomorph）;

人間の環境としての新しい諸要素の可能性（空気と火、コスモスへ出発するという空想の意味、エルンスト・ユンガー記念論集、一九五五年、V・クロスターマン（フランクフルト／マイン）参照。

第三の問題領域：ヨーロッパの上に重くのしかかる植民地主義の汚点：

(1) この汚点の普遍性：アメリカとロシアの、アジアとアフリカの、そしてヨーロッパ自身の反植民地主義；

(2) この汚点のヨーロッパ由来

(a) 十六／十七世紀の反スペイン・プロパガンダ（leyenda negra）;

(b) 十八世紀の人道的啓蒙；

(c) 十九世紀と二十世紀の平等の人権；

(d) 結果：世界侵略者としてのヨーロッパ（トインビー）；

(3) 植民地主義の汚点は奪取の汚点：それは社会倫理概念、経済倫理概念の底深い変化に由来する。

この最後の(3)が私の今日の講演のテーマ。

ミュンスター／ヴェストファーレン

一九五七年三月九日

カール・シュミット

エルンスト・ユンガーに、一九五七年三月二十九日〔ユンガーの誕生日〕の挨拶として。

C・S

［発信地なし］［一九五七年三月］

1　ハリー・S・トルーマン（一八八四―一九七二）、一九四五―五三年、アメリカ合衆国の大統領。一般にトルーマン・ドクトリンと言われるのは、四七年三月十二日に出されたテーゼで、世界には和解できない生活様式が二つ、自由で民主主義的なものと、共産主義的、全体主義的なものがあり、合衆国の使命は全体主義の圧政の危険から自由な諸民族を守ることにあるとするもの。

エルンスト・ユンガー様

拝啓　占星術についてのあなたのこの小冊子に勝るよき旅の伴侶はありえないのではないでしょうか。私はあなたがここでおっしゃっていらっしゃることの思慮深さと英知を吉兆のように感じたことです。時間をもたない者はおそらく幸福ももちえないだろうという文章には、心から感謝しています。

　口でなら言えることも、文章にするとなると、そのうちの幾つかに限定しなければなりません。私の観察したところでは、雑誌に載る幼稚な占星術に大衆の人気が集まっていますが、これは大衆がこぞって写真を撮るようになっているのと同じ段階のもののようです。こうした占星術は、全面的な消費社会にすっかり取り込まれている個人に、基準になっている枠組みの中心点にいるのだという幻想を与えているのです。こうした占星術の消費者は夜空の星を眺めることなど考えず、笑止にもトトカルチョの予想表やバスの接続時刻表とそれを一緒くたにしています。そこに宇宙感情が共振しているなどとは考えられません。それもしっかり根を下ろしているのではなく、逆に、古い呪文の体系からその一かけらが一般的な大量消費の中に取り込まれているだけです。

　占星術の技術に関してですが、あなたの叙述は技術的な細部から賢明にも距離を取っていて、これには異存はありません。ただ、あなたが誕生のホロスコープを何か絶対的なものとお考えになっているらしいこと、「誕生の瞬間に世界の歯車が止まる」と書かれていることが二度も気になりました。私が思いますに（これは第一次大戦中に行った占星術の研究で学び取ったことですが）誕生のホロスコープは、その他すべてのホロスコープと同様に、通過のホロスコープであって、たとえ通過のホロスコープであっても、ホロスコープという構想ははるかに意味深いものです。最後にもう一つ補足しておきたいのは、あなたは占星術にはまり込んでいるタイプの人たちの性格学的な有用性をうまく強調していますが、それと並んで、すべての生の経過の周期性から生じる、占星術の計算の第二の合理的な有用性もあることです。太陽、月、惑星は周期的な経過を取る、あるいは演じる、あるいは生じさせる（何とでも言えましょうが）のであって、これはとくに二十八日の女性の月経周期を見れば明らかになります。しかしまたほかにもたとえば二十三日の周期とか、太陽の七年などというのもあります。

もう一度重ねて、この素晴らしい冊子をお送りいただいたことのお礼を申し上げます。

素晴らしいお誕生日をお祝いになったことと思います。そして興味深い旅をなされるようお祈りします。残念ですが、この五月にはパリに行くことはできません。一九四一年にパリではよくご一緒に散歩したものでしたが、そんな一つを繰り返すことができれば、どんなに素晴らしいかと思いながら。

つねにあなたのカール・シュミット

ヴィースバーデン、一九五七年三月三十一日

カール・シュミット様

拝啓　南の果てからよき復活祭をお迎えになられるようお祈りします。こちらは今日も灰色に曇っていて、四月でもいつも陰鬱です。海と空、あっさりした料理、そしてワインがあって、歩き回るのも快適です。ご健勝を祈りつつ。アーニマにもよろしく。

あなたのエルンスト・ユンガー

［消印、カリアーリ］

一九五七年四月十二日［葉書］

カール・シュミット様

拝復　旅から帰って来ましたら、三月三十一日付けのお手紙が届いていました。まことにありがとうございます。お返事を病床から認めています。サルディニアで泳いでいるとき毒エイに出くわして、それを踏んずけてしまっ

たのです。[1] 四月十四日のことでした。刺されたものの“doloroso, ma no pericoloso è venimoso（痛くはあっても、危険ではなく、毒もない）”と言われていました。私はその数分後に自然史を訂正できると思ったものです。というのも、私はすでに二週間以上もその毒に苦しんでいるからです。もっともやっと快方に向かっています。

とりわけて占星術についてのあなたのコメントはありがたいものでした。占星術の今日の大衆への影響についてのあなたの否定的評価は正しいものと思われます。しかし、私はこれを十把一からげに非とはしたくはありません。そうではなくて、ごく最近の過去の極端な楽観主義に対して進歩の徴候が現れていると思いたいのです。その上、より高度な関係がここかしこに想定されえます。古代世界の内部の大衆の占い術的な実践は私にはかなりみすぼらしいものに思われます。占星術者が科学者として認められることを要求するのは、降格を求めるようなものです。次に挙げる図式に年代を入れてみました。

紀元前四〇〇〇年　金牛宮　動物の神々。エジプト人、バベル、アッシュール、黄金の子牛。

紀元前二〇〇〇年　白羊宮　エホバ、ゼウス、動物の神々の征服。ここからおそらくはまたエクナトンの反乱も。モーセ、アレクサンダー。祭壇にある角は牡羊の角だったか、牡牛の角だったか。

〇年　双魚宮　息子は「子羊」、父も父性によって変えられる。

紀元二〇〇〇年　宝瓶宮　精霊。つねに破滅的に吹き寄せる。古い星座の力が衰えて、新しい星座の徴候はやっと見え始めているだけなので。

もう一つ別の島の報告を同封します。　敬具

あなたのエルンスト・ユンガー

追伸　この図式は受け入れられるでしょうか。

（一四b）リートリンゲン近郊ヴィルフリンゲン

一九五七年五月一日

1　この事故については『小さな狩り』（一九六七）の「突発事故」の章に詳しく述べられている。

エルンスト・ユンガー様

拝復　それでは四月十四日日曜日、満月の夜に毒エイに刺されるという大変な事故が起こったのですね。何時頃のことでしょうか。私はこの日の夕方（七時）に、普通はラジオは聞かないのですが、奇妙な偶然で、スイッチを入れて、東地区の原子物理学者のマンフレート・フォン・アルデンネの講演を聞いていました。原子爆弾の効果（死者の範囲、負傷者の範囲、汚染の範囲）についてのものでした。アルデンネは私たちがシュラハテンゼーにいたころ近所に住んでました。

　その後どうしていらっしゃいますか。近況をお知らせください。セルペンタラはまったく素晴らしいものです。すべての点で真に古典的です。牧歌としても、物語としてもです。スイス人のペーター・シュナイダー[1]は、私の法理論について大著を出している人物です（まだ若くて、チューリヒ出身、すやすや眠っている赤子のように運命を超越していて、運命の重荷を背負っている老人の私とは大違い）。彼は私が「小説家」だと主張していますが、これは大間違いで、どうやら彼は小説とはどういうものなのか分かっていないようです。あなたはと言えば、どの文章においても叙事的に時代を奪取することに成功している小説家です。

　二〇〇〇年の世界年齢についてのあなたの図式は、私には五十年も前からなじみのものですが、図式としては疑わしいものです。というのが、この図式にはオカルト的・神智学的な、そしてまた人智学的な魔術師の領域があまりにも好んで用いられているからです。図式に興味深い内容を与えていることにうまく成功していることは、私も疑いませんが、そうすることであなたの個性的で独創的な寄与よりも、コンパクトな体系の方をより強く、より決定的にしようとする環境に身を置いているのではないかと思うのです。

　アーニマは私と同様にセルペンタラに夢中になっていて、すっかり喜んでいます。彼女は「婚約」[2]していて、縫物をしたり手紙を書くのに忙しそうです。八月には婚約相手がプレッテンベルクを正式に訪問して来ることになっています。彼はサンティアゴ・デ・コンポステラに住んでいて、ドイツ語は一言も話せません。一週間前からコロンビア大学のアメリカ人[3]（ニューヨーク人）が近くのホテルに二か月の予定で滞在しています。彼は驚くほどの熱心さ、勤勉さで政治理論書を書いていて、ザウアーラントを「天国のような」と思っています。こうしてその諸概念の変遷について教わることになります。

ご健勝をお祈りしつつ。

敬具

あなたの旧友、カール・シュミット

プレッテンベルク、一九五七年五月七日

1　ペーター・シュナイダー（一九二〇―）、スイスのドイツ国法学者。彼の著書『例外状態と規範。カール・シュミットの法理論の研究』は一九五七年に出版され、献辞を添えてシュミットに一冊送られていて、シュミットの遺品に含まれている。シュミットはこれにかなり批判的で、モーラーの手紙にも厳しい意見が述べられている。

2　アーニマ・シュミットは一九五七年、一九二五年生まれのスペインの法学の教授アルフォンソ・オテロ・ヴァレラと結婚する。五七年八月二十五日の手紙も参照。

3　アメリカの政治学者ジョージ・シュヴァープ（一九三一―）。その後、何年もシュミットと会っていて、一九七〇年、博士論文「例外の挑戦。一九二七年から一九三六年までのカール・シュミットの政治思想」を書き上げ、英語圏でのシュミット受容に先鞭をつけた。

カール・シュミット様

拝復　五月七日付けのお手紙まことにありがとうございます。私はその後もベッドを離れられず、ベッドの中でお手紙を拝見しました。それでは四月十四日、満月の夜でしたかとのお尋ねでした。おそらくあのとき、あの魚は電気か、毒かを特別に体に溜め込んでいたのでしょう。あれが起こったのは夜ではなくて、お昼の十一時から十二時の間でした。そこの住民たちからもこの事故は珍しいものと感じられていました。動物との事故は本来漁師にとってだけ、獲物を区分けするときに起こるものだそうで、そのときは手を刺され、腕が腫れ上がるそうです。海で泳いでいると、砂の中に埋もれていたエイが静かに砂から出て泳ぎ始めます。私の冒険の場合にこの上なく奇妙だったのは、私が岸辺まで泳ぎ着いたとき、このエイの背中に上陸したことでした。私が足でこのエイを踏んずけたものですから、エイは身動きできず、私の足の指とふくらはぎと太ももを八か所も刺した後で、やっと私から離れたのでした。ところで、私は攻撃されたと思っていたエイの方よりずっと早く、ことの次第を見てとっていました。そんなわけで、私はエイハブ船長[1]のようにこのエイに復讐を誓うなんてつもりはなく、むしろベッドにのんびり横になって読書もできることをこのエイに感謝しているくらいなのです。

こんな場合には不可避的に運命と偶然について考えることになります。偶然が確率論の枠から外れては考えられないものになるところでは、偶然は論理的に偶然であることの特性を失います。

私は今、ホーエンローエ＝シリングスフュルストの備忘録[2]を読んでいますが、ドイツ統一という解決されていない問題が再び痛いほどに甦って来ます。この問題はあなたもしばしば取り組んでおられるものです。改革は私たちのドイツでは、フランスともイギリスとも違って解決されていないので、リヴィエールが見事に描き出しているように、取り返しのつかない決定的な「あれもこれも」[3]が後に残されました。プロイセンとオーストリアの反目はこれに対する証明の一つにすぎません。一八四九年三月九日に教皇はホーエンローエに、プロイセンとオーストリアの間の関係は“nodo Gordiano che vuol essere sciolto〔解かれようとしているゴルディオスの結び目〕”だと言っています。今日、若者たちはこんなことはまったく知りません。このこと自体は別に悪いことではないのですが、私たちには取り返しがつかない形で失われてしまった大きな部分についての苦い意識が残っていますが。

あなたは小説家ではないとお書きになっていますが、このことは決してこの芸術の本来の質、言われている言葉に当てはまるものではありません。そうでないとすると、あなたは一歩先んじた賢人、希少種なのです。私たちの交点はより高度な権力の問題への共通の理論的興味です。“rocher de bronce〔堅固な鉄の岩〕”[4]が打ち立てられていないかぎり、いつも恩知らずな立場が取られることでしょう。

占星術の図式は周知のものというのは確かです。「金牛宮」がこれまでに考慮されていたかどうか、私は知りません。しかし「千年単位の年」のこの図式は私にはそれでもいいものだと思っています。個々のホロスコープが溢れる中で個人の類似性と無意味さのために展望がなくなるのに対し、そこでは連綿と続く山並みのように、すべてがより明確に、より納得の行くものになります。あなたは私がこのことを少なくとも例を挙げて述べるべきだとお考えでしょうか。もっと別の図式を知っていらっしゃるのでしょうか。この「オカルト的なもの」[5]はそれでも幾世紀もの私たちの変化の段階、ルルスの手紙の段階よりも納得の行くものではないでしょうか。それは少なくとも偉大な観照の一つのモデルを提供するものです。

アーニマに私からよろしくとお伝えください。あなたから婚約のことをお聞きしましたが、そうするとアーニマもお母上の法則に[6]従うことになったわけです。国民がスプリングボードを備えるなら、この種族は桂馬飛びに増えて行くことでしょう。世代の移り行きの中で形成されて行くものを知ること、この考えはニーチェを魅惑したものです。

カール・アレクサンダーは再びミュンヘンへ行きました。彼はそこで医学前期試験の準備をすることにしたのです。それまではシュトゥットガルトのある工場で二か月間、かなりの重労働をしていました。ミュンヘンでアパートを借りる金を稼ぐためです。この世代についてはいろいろと考えさせられます。

ところで、あなたはカイパー[7]についてその後、何かお聞きになっていませんか。私の弟のハンスが彼のことを尋ねて来ていましたので、お聞きします。もう一人の弟のヴォルフガングはあたふたとシェムニッツから逃げて来ました。シェムニッツはカール・マルクスの名の大変な人気にあやかって、カール・マルクス市と改名されたとのことです。この手紙がお元気なあなたのところへ届くことを願いながら。

敬具

あなたのエルンスト・ユンガー

（一四b）リートリンゲン近郊ヴィルフリンゲン

一九五七年五月九日

1　メルヴィルの小説『モービー・ディック』〔『白鯨』〕の主人公。白鯨モービー・ディックとの戦いで片足を失い、この敵への復讐を誓い、長年この敵を追い求めたすえ、船もろとも命も失う。シュミットの自己反省にとっては「ベニト・セレノ」（一〇八ページの注参照）と同じような役割を果たしていた。

2　クロートヴィヒ・ツー・ホーエンローエ＝シリングスフュルスト侯爵（一八一九―一九〇一）、影響力は大きかったが立場をさまざまに変えたため評価の定まらなかった政治家（一八六六―七〇年バイエルン州首相、一八九四―一九〇〇年帝国宰相）。帝国創建以前から国民国家の統一のために努力していた。

3　ジャック・リヴィエール（一八八六―一九二五）、フランスの作家。第一次大戦中にドイツの捕虜になり、その後『ドイツ論』（一九一八）を書いている。ここではおそらくその中の言葉と思われる。

4　プロイセンのフリードリヒ・ヴィルヘルム一世の言葉として有名になったもの。困難な状況の中でも動じない者をいう。

5　ライムンドゥス・ルルス（一二三五―一三一六）、カタロニアの伝導師、神秘主義者、百科全書の編者、詩人。
6　アーニマの母親ドゥシュカはセルビアの出。
7　三八ページの注、三四年九月一日、四四年三月七日、三月三十日の手紙参照。

エルンスト・ユンガー様

拝復　五月九日付けのお手紙にすぐお返事をしようと思ったのでしたが、少し遅くなりました。あなたはカイパーのことをお尋ねでしたが、これはあなたのこれまでもしばしば実証済みの烱眼を示す新しい一例で、大きな感銘を受けたことです。というのが、カイパーとはもう何年も会っていなかったのですが、先日の午後突然、拙宅を訪ねて来たのだからです。彼は今もベルリンで古書籍店を営んでいて（シャルロッテンブルク　四、ニーブール街一一番地A）、リューデンシャイトに知人がいるとかで、しばしば西へやって来るそうです（電話三二三〇番）。というわけで、あなたのお尋ねにすっかり驚いたのでした。ところがここ数週間、来客が次々と訪れてあなたのお手紙にすぐお返事が出せなかったのです。その中でもニューヨークのコロンビア大学の例の若いアメリカ人[1]ですが、近くのオスターマン・ホテルに二週間も宿泊していて、私は彼としばしば長時間の散歩をさせられるはめになっています。彼は私についての本を書いているのですが、その慎重さはまったく模範的とも言えるもので、それに比べると、チューリヒのペーター・シュナイダー[2]は恥じ入らねばなりますまい。シュナイダーの方は彼の著書で「カール・シュミットの秘密」と彼が言うものを示すことをはっきり目論んでいるというのに、私と話すことも私に会うことさえ慎重に避けていたのですから。彼は私にその著書を送ってくれました。それに対する私の返事のコピーを同封します。こうした場合にどのように対応すれば正しいのかは、一つの問題です。私の返事のスタイルが間違いではないとお考えいただければ、ありがたいのですが。私とよく話しをする若いアメリカ人の方は、同じテーマで書くという彼の計画について私からのコメントをうることを重視していました。

　あなたが計画なさっている世界年齢を利用することは、大いに実りあることかもしれません。私はオカルト的なものを恐れていますが、あなたはそんなことで手控える必要はありません。私はこの恐れを黙っているつもりはありませんが、誰しも自分の危険がどこにあるかは自分自身が一番よく知っています。この宇宙のカンバスに編み込んだあなたの刺繍作品を見て、喜んでいます。
カール・アレクサンダーがいい成績で合格することを祈っています。アーニマは二週間のイギリス旅行から今日帰って来ました。あなたのお見舞いにとクレー[3]の絵を持って帰りましたので、同封します。じっと眺める価値のあるものと思います。

私は三月末にヴィースバーデンで事故に遭いました。古い別荘のつるつるに磨かれた階段でひっくり返ったのでした。このことは前に書いたと思いますが、その別荘が一八七〇年の秋から翌年までマクマホン将軍[4]が戦争捕虜として収容されていた別荘だということも書いたのかどうか。

ときどき、ハンス・シュパイデル[5]の嫌な罵詈雑言をある種の新聞で読みます。私たちはこうしたスタイルの文章の試みが氾濫するのを嫌というほど見せつけられて来ています。私は自問するのですが、そんなのがまだ長く続くことの心構えをしておかねばならないのか、と。そしてそうなのだろうと思っています。というのも、何百万もの人々がこうした仕方で自分の価値を高めようとしていて、どうやら人間はこうした自己の嵩上げが必要らしく、それに向けられた衝動には抗しがたいようです。最近、エルンスト・ニーキッシュ[6]がまた私に対してこのようなことをあえてしてきました。こうした種類のことは、一度やってしまうと、ニーキッシュのような人間には止めることができないのです。彼はすでに聖人になっているにちがいありません。だって、私が彼の主張するような者ではないのなら、彼は一体何なのかということになるからです。

あなたは新しいニーチェ全集[7]（カール・シュレヒタ編、カール・ハンザー出版社、ミュンヘン）について何かお聞きなりましたか。フェルスター＝ニーチェ夫人が書簡と遺稿を改竄したことを証明した驚くべきものです。私はまだこの新しい全集を買う決心ができかねています。

sciolto[8]という言葉（あなたが引用しておられる教皇の言葉の中の）は何を意味するのでしょうか。どこから来ているのでしょうか。私はイタリア語の文法にはあまり詳しくはありません。scegliere–sceltoなら分かるのですが、このscioltoはどこから（どういう動詞から）来ているのでしょうか。その後お体の具合はいかがですか。

敬具

あなたのカール・シュミット

プレッテンベルク、一九五七年五月二十九日

1　三三〇ページの注参照。

2　三三〇ページの注参照。シュミットの返答のコピーには、「……あなたはあなたの困難な課題のためにC・G・ユングのカテゴリーを用いて独特のスタイルの解決をなさっています。ユングのカテゴリーの人間的な側面には私も取り組んでいて、それを苦労して遂行なさっているのはあなたの功績です。もっともあなたの著書の利用者の大部分はこのあなたの功績を考慮することはなく、むしろ簡単に執行できる最終結果、法治国家の敵という最終結果の方にさっさと向かうことでしょう。

私はあなたの生体解剖あるいはArcanoskopie〔秘薬検査〕（こうした造語が許されるならですが）の対象であって、私にとっては今はただ一人の若いアメリカ人の書いている本が出るのを待つだけです。彼はあなたと同じ憲法および国際法の資料を、ニューヨークのコロンビア大学のディーン教授が一九五五年に出版した著書においてハロルド・J・ラスキの理論を扱っているのと同じ方法で扱おうとしています。私にまだ気力と欲動があるなら、この二つの書物の比較が私のライフワークにエピローグを――お墓の外で――送る契機になるのかもしれません。　敬具」とある。

3　ロンドンのテイト・ギャラリーの絵葉書「彼らは鋭い！　一九二〇」。裏面には「プレッテンベルク。一九五七年五月二十九日。ユンガー様、ロンドンのテイト・ギャラリーでこの絵を見て、一瞬、あなたとエイのことを思いました。ご全快をお祈りしています。あなたのアーニマ・シュミット」と書かれている。

4　エドム・パトリス・モーリス・マクマホン伯爵（一八〇八―一八九三）、マゲンタ公、フランスの将軍、一八七〇年の独仏戦争のときセダンでドイツ軍の捕虜になっていた。

5　一一六ページの注参照。

6　一一七ページの注参照。

7　五六年十二月二十八日、五七年八月二十二日の手紙参照。

8　sciogliere［nodo］〔結び目を解く〕の完了分詞。五七年八月二十二日の手紙参照。

エルンスト・ユンガー様

拝啓　H・プラールの二篇のフランス語訳[1]は実際素晴らしいものです。すっかり夢中にさせる旅行記です。le style décide de celui qu'on choisit〔文体は選ばれる者を決定する〕のような文章は完璧な陳述として比類のないものです。私は西南ドイツの旅に出ています。月末にはハンス・フライアー教授[2]の七十歳の誕生日のためにヴィースバーデンに行きます。

匆々

あなたの旧友、カール・シュミット

ハイデルベルク

一九五七年七月二十一日［絵葉書］

1　三二三ページの注参照。

2　ハンス・フライアー（一八八七―一九六九）、哲学者、社会学者。一九二五―四八年、ライプツィヒ大学の社会学の教授、一九三八―四四年、ブダペストのドイツ文化研究所所長を兼任、一九四八―五三年、ヴィースバーデンのブロックハウス出版社の編集顧問、一九五三―五五年、ミュンスター大学名誉教授。一九三一年に「右からの革命」についての多くの論文を書いて、いわゆる保守革命の代弁者の一人であった。戦後は文明批判的な時代分析で健筆を振るう。シュミットはフライアーの七十歳の誕生日を記念して『キリスト教徒と世界』誌に「もう一つのヘーゲルの系譜」を寄稿していて、これを八月二十五日のユンガー宛の手紙に同封している。

カール・シュミット様

拝復　私は筆不精というのでしょうか、五月二十九日のお手紙がまだ返事を書いていないものの中に残っていました。

　ペーター・シュナイダー宛のあなたのお手紙から察しますのに、あなたには彼の著書がお気に入らなかったようです。私はその書を見ていませんが、どうやら私たちは生きているうちには私たちについての必ずしも嬉しくない文献が広がるという共通の運命をもっているようです。私も先程また同じような目に遭いましたが、この世に自分の思考の洞窟の中に閉じこもって、こうした関連を企んでいる同時代人が何人もいるかぎり、永遠にこうした状況からは抜け出ることはないのでしょう。

　人が歩いて来た道には跡が残ります。ある日、誰かがやって来て、私たちの決まり文句を口にして、私たちが今どうなっているかを知らせてくれるなら、嬉しいことでしょうが、そうしたことはまずめったにはないことです。おそらくは、私たちがこの決まり文句を自ら見つけ出さねばならない、あるいはそれを熟させねばならないのでしょう。

　『プロン』の編集顧問のジョルジュ・プペがあるとき、私にこんなことを言いました。ポール・モランがモーパッサンについて大変な熱意と、これまた大変な嫉みでもって書いた本に関してですが、「自分の好まない人については決して書くべきではなかろう」と。これは私が全精力を傾けて守っている黄金律なのですが、まさにこれに反することにやっきになるように見える者がたくさんいます。とくに当該の人物について不都合なことを持ち出すのが流行の大波になっているときがそうです。

　ところで、それに矛盾するようでもあるのですが、私は私の敵がなければ、今日の私の形式には辿り着いていないなかったでしょう。彼らは私たちから不遜な尖端部分を取り除いてくれているのです。話は変わりますが、あなたの若いアメリカ人が秘密（Arcanum）を見つけ出すことを期待しています。もちろんそのためにはあなたの作品についての深い知識だけでなく、私たちの時代の、そして最近の百年の歴史についての深い知識が必要でしょう。それは一人のアメリカ人には大変な仕事です。彼がうまくやりおおせたならですが、彼の著書を一部お送りいただきたいと思います。

シュナイダー宛のあなたのお手紙があれでよかったかどうかお尋ねですが、あのお手紙は卓越したものだと思います。一般的に言って、誰しも作品を書くことだけに専念し、それについての議論は友人たちに任せるものだと私は思っています。ベンの『プトレマイオスの徒』[1]とあなたの『救いは囚われの身から来る』[2]を私はどのような弁明よりも優れたものと思っていました。今日では攻撃される者の方が有利な立場にあります。この優位さをただ利用せねばならないだけです。

ハンザーから出た新しいニーチェ全集ですが、この広告を一度ご覧になるようお奨めします[3]。ニーチェは解説者たちに恵まれませんでした。彼の妹は兄を単なるドイツ人に格下げし、ボイムラー[4]はニーチェをさらにナチ党員に格下げしました。カール・シュレヒタは多くの点でそれを元の正常な状態に戻したのです。「権力への意志」というタイトルはもう無くなっています。

私が引用した教皇の言葉は私がホーエンローエ＝シリングスフュルストの備忘録の中に見つけたものです。“sciolto”は“sciorre”――「解く、ほどく」の分詞なのでしょう。

アーニマはどうしていますか。彼女から一度便りをいただけると嬉しいのですが。彼女が書いて来てくれたエイの絵にはすっかり喜んだものです。この魚の毒には、スウィフトのエキスが含まれているのではないかとの印象を抱いています。九月二日に私はまたサルディニアへ行きます。八月三十一日にいつものようにユーバーリンゲンのシュパイデルと会うことにしています。彼は戦争と平和ということで、強烈な攻撃を受けても自分の道を行く一つの例を示しています。私たちはその翌日の九月一日にはフリードリヒ・ゲオルクの誕生日の祝いをします。

ご健勝を祈りつつ、またお便りをください。敬具

あなたのエルンスト・ユンガー

追伸　攻撃というものは少なくとも面白いものでなければなりますまい。シャハトについて交換韻を踏んだ詩を[5]先程プラスマンという人物が送って来くれましたので、それを同封します。お手元に置いておいてください。

（一四b）リートリンゲン近郊ヴィルフリンゲン
一九五七年八月二十二日

1　「ベルリンの短編小説、一九四七年」の副題をもつ第二次大戦後の状況への批判的省察。一九四九年に発表された。シュミットはこのテクストを刊行前に手に入れていたと思われる。『グロサーリウム』の四八年五月十日の項に「ゴットフリート・ベンのプトレマイオスの徒は素晴らしい［……］状況を知れ！」と記している（この「状況を知れ」という文句はプトレマイオスの徒の主たる格率）。五〇年二月八日には「ハイデガーはカムバックの試練を見事に乗り切って、両方の側をすっかり満足させている。ゴットフリート・ベンはまったく素晴らしい。エルンスト・ユンガーは惨めにも落第している。私がどういう成果を収めるか、待つことにしよう（おまえは決してカムバックすることはできない、おまえは永遠に変化の中にいて、決して同じ流れを辿ることはないのだから）」と判定を下していた。

2　二四七ページの注参照。

3　エリーザベト・フェルスター＝ニーチェ（一八四六―一九三五）、一八八五年、反ユダヤ主義の政治家ベルンハルト・フェルスターと結婚、八九年、夫と死別した後、精神錯乱に陥っている兄を介護しながら自らが設立したニーチェ・アルヒーフの所長を務め、ニーチェの遺稿を改竄して『権力への意志』を一九〇一年に出版、これはナチ時代にいたるまで大きな影響を与えた。

4　ボイムラーについては五一―五二ページ、一三七ページの注参照。一九三〇年、クレーナー版のニーチェ全集を編纂、一九三一年には『哲学者にして政治家ニーチェ』でニーチェ解釈の書を出版したが、これはニーチェをナチズムに近づけるものとして再三非難された。

5　ナチの軍備拡大の中心人物、帝国銀行総裁ヒャルマール・シャハト（一八七七―一九七〇）は、第三帝国の末期には抵抗グループとも接触していた。この詩は残されていない。作者のクレメンス・プラスマンは一九五七年頃、ドイツ銀行の取締役であった。

エルンスト・ユンガー様

拝復　あなたのお手紙には最上の助言が満ちています。心から感謝しております。自分の好きな人間についてのみ書くべきだというのはまことにもっともな規則なのですが、私はアーダム・ミュラー[1]の場合にこの規則を破りました。おかげで、ひどい被害に遭いました。私はヨアヒム・マースの資料に富んだクライストの伝記[2]を読んでいて、このことを感じました。これは仰々しく誇張したところが多いとはいえ、読むに値する書です。

あなたのサルディニア旅行がうまく行きますよう、お祈りしています。そしてフリードリヒ・ゲオルクのお誕生日のお祝いも申し添えます。シュパイデルにもよろしくお伝えください。シュレヒタのニーチェ全集は私も注文するつもりです。クレメンス・プラスマンのシャハトについての詩はまことに面白いものです。私はヨーゼフ・プラスマンという人物を知っています。ツェレに住むこの人物も非常に美しい詩を書くのですが、たとえば、数年前、トーマス・マンが西側地区と東側地区でゲーテ賞を受けたときもそうで、こんな詩を書いています。

オリエントはゲーテのもの。
オクシデントはゲーテのもの。
それゆえあんな仕方、こんな仕方で
ゲーテ賞を集めよ。

今ドイツでは個人的に詩や韻文に取り組むことが増えているように思います。これは私自身も含めてです。誰かがこんなことを言っていました（アルフレート・アンデルシュだったかもしれません）、そうした取り組みは今日、かつての家庭音楽に取って代わっているのだ（これがラジオに追い払われたために）と。

　これを証明するために「悪い客」という詩を同封します。さらにそれに添えて旅の途中の読み物としてハンス・フライアーの七十歳の誕生日に寄せた論文も同封します。シュペングラーへの注があなたのお気に障るかもしれないという危険をあえて冒して。そのほかにももう一つ、以前一度あなたにお話ししたことがあると思いますが、若いリュディガー・アルトマン[3]の推理小説論も同封します。私の趣味からすると、推理小説そのものよりはるかに面白い旅の読み物です。アーニマは今、サンティアゴの許婚の両親のところにいます[4]。この許婚は八月の初めにプレッテンベルクに来ていましたが、あまりにスペイン風で背も高くなく、プレッテンベルクの人たちの間ではあまり評判が良いとは言えませんでした。私はアーニマがまもなく帰って来てほしいと思っていますが、彼女の方はまだ数日、ラ・コルーニャの海辺に滞在していたいようです。結婚式はこの十二月にサンティアゴでする予定になっています。その地の大学が盛大なお祭りをしてくれるようです。

　よいご旅行をお祈りしています。サン・ピエトロやセルペンタラの旅[5]が実り多きものであったように、今回も

多くの成果を携えてお帰りになられんことを。敬具
つねにあなたの旧友、カール・シュミット

［同封］

悪い客（タイプ印刷）

客が一人の客を連れてやって来た
連れはいつも決まって女であって
その女は暗い時間に
客あしらいの計画を持ち出した

いまいましい恐怖の瞬間
客あしらいが核エネルギーになる
客たちは私たちを破滅させる
サタンが背後にいる上位の客だったから

そして[redacted]がサタンの遣わした下位の客だった

schlimme kunde

ein kunde kam mit einer kunde
die fast schon eine kundin war
und die in einer dunklen stunde
ein kundendienstprojekt gebar

vermaledeite schrecksekunde
der kundendienst wird nuklear
die kunden richten uns zu grunde
weil satan oberkunde war

und [redacted] war sein unterkunde

Für Ernst Jünger
Sommer 1957

C. S.

Hier ist ein dreisilbiger Name einzusetzen;
ich wäre für einen Vorschlag dankbar!

［手書きで以下が付け足されている］
[redacted]に二音節の名前がつけ加えられる。
私は一つの提案に感謝している！

［左の隅に手書きで］
エルンスト・ユンガーに
一九五七年夏
C・S

プレッテンベルク、一九五七年八月二十五日

1 四ページの注参照。
2 ヨアヒム・マースの『クライスト、プロイセンの炬火。一つの伝記』（一九五七）。
3 三一一ページの注参照。
4 五七年五月七日の手紙参照。
5 三二二ページの注参照。

カール・シュミット様

拝復　二人のプラスマンは多分兄弟なのでしょう。このプラスマン、クレメンスの方ですが、デュッセルドルフ、ケーニヒス通り四五番地に住んでいます。あなたがこうした綱渡りふうの奇矯な詩に対する感覚をもっていると書いたところ、彼はすぐあなたのためにとコピーを私に送って来ました。

「悪い客」という詩をお送りいただき、まことにありがとうございます。私は空欄に「アインシュタイン」という名前を入れることに決めました。それもあれこれ考えることもなくすぐに決めました。来週に出版される短編[1]で、私はこうしたタイプの人間に触れていますが、私はそれを「下位の客」とは名づけていないものの、「雑役夫」と名づけました。私たちの物理学は、その背景にある糸の網のためにひどく興奮させるものになり始めています。私たちの時代には聖別式が始まるのは、大々的な破壊が引き起こされるところなのですが、これはソロヴィヨフ[2]が興味を抱いた動きです。私はアメリカのゲルマニストのローゼ[3]とこのことについてちょっとした論争をしたことがありますが、彼はこの点では私に尊敬の念が欠けているとの疑いを抱いていました。

同封のその他のものも読ませていただきました。リュディガー・アルトマンはなかなか機知に富んでいて、推理小説を市民的な時代に持ち込んでいるのは一つの発見で、これはまた他の領域にも広げることができそうです。

実際、ソヴィエトでは推理小説はその魅力を失っています。同じようなことは漫画についても言えます。

アーニマの許婚はプレッテンベルクの人々にはスペイン風にすぎると思われたとか、結婚式の詳しいことをまたお知らせください。私は多分十二月初めにはパリに行っていますが、祝電を打ちたいと思っています。あなたは空路を好まないようで、サンティアゴへはパリ経由の陸路でお行きになるのではないでしょうか。　敬具

あなたのエルンスト・ユンガー

追伸　私の思いますのに、あなたも「悪い客」にすでに名前を入れていたのではないでしょうか。それを判読できなくしているのは残念です。

フライアーの誕生日へのあなたの祝辞の中に、アルキメデス[4]の死を持ち出してある種の現象において私たちの関心を引く同時性の驚くべき証明があるのを見つけました。私も先に挙げた短編でこの死について幾つかの注釈を作っていましたが、その後、それらを削除しました。それらが物語る性質のものと言うより省察的なものだったからです。アルキメデスやアルキタス[5]のようなタイプの人物、あるいはその他のアレクサンドリアの技術者たちはどう見ても古代においては珍種とみなされていて、俗物の身分から抜け出しませんでした。そんな状態が私たちのところでもルネサンスまで続くのですが、やがて帰納法が勝利の行進を始めることになります。それが超俗物の中で王位に即いて、次第に効果を増しつつ秒針を進めて行っています。こうした人たちすべての特徴は補充が可能だということです。彼らがしなかったなら、五秒後に他の誰かがしたことでしょう。このことは原子時代のすべての人々にも言えることで、なかんずく彼らの裏切りへの特別の近親性を説明しています。

EJ

（一四b）リートリンゲン近郊ヴィルフリンゲン

一九五七年八月二十八日

1　『ガラスの蜜蜂』（一九五七）。

2　ヴラディミール・セルゲイヴィッチ・ソロヴィヨフ（一八五三—一九〇〇）、ロシアの宗教性の強い哲学者、詩人。『神人論講義』（一八七七—一八八一）、『神政の歴史と未来』（一八八七）などの著書がある。一八九九／一九〇〇年の最後の作品『アンチ・クリストについての短い物語』には黙示録的な期待が強く示されている。

3　ゲーアハルト・ローゼ（一九〇七—）、アメリカのゲルマニスト。一九五七年、『エルンスト・ユンガー。形姿と作品』を出す。ユンガーの六十歳の記念論集には「エルン

スト・ユンガーの旅の日記」を寄稿している。

4　アルキメデス（紀元前二八七―二一二頃）、古代で最も重要な数学者、物理学者、技術家。『円の測定』や『放物線の求積』などの著書がある。故郷の町シラクサが占領されたとき一人の兵士に殺される。伝承によれば、アルキメデスは庭の砂場に幾何学的な図形を描いていて、敵の兵士たちが侵入して来たとき、「私の描いた円を踏み潰すな」と叫んだと言う。

5　アルキタス（紀元前三八〇頃）、政治家、哲学者、数学者。『数学論』、『諧調論』、『機械論』などの著書がある。

カール・シュミット様

拝啓　今日、八月三十日、私は夢から目覚めたのでしたが、あなたとご一緒に旅行をしている夢でした。残念ながら、どこへなのかはっきりしませんでした。私たちは車から下りていて、運転手が待っていました。あなたはインドへ行って行方不明になっている知人のことを話して、その知人が政治的に追求される危険を危惧していました。あなたはその知人のことをひどく心配していました。その間、私の方は、夕日をときどきに映し出して燃え上がるように見える小さな花びらを観察していました。

明朝早く、私は旅立ちます。海のあるところへ。Similia similibus curant〔同種のものは同種のものによって癒される〕[1]。

私が空欄に補充した客の名前はお気に入りましたか。

敬具

あなたのエルンスト・ユンガー

（一四b）リートリンゲン近郊ヴィルフリンゲン

一九五七年八月三十日［葉書］

1　最後の語curantは正しくはcurantur。医師クリスティアーン・フリードリヒ・ザムエル・ハーネマン（一七五五―一八四三）がホメオパシー（同種療法）を提唱したときの有名な言葉。出所は不明。

エルンスト・ユンガー様

拝啓　同封の結婚通知[1]は同時にあなたと奥様への招待状を兼ねたものです。結婚式は午後の五時に行われます。式に続いてお城のレストランで披露宴をいたします。

この通知はヴィルフリンゲンの方にお送りします。あなたがまだパリ旅行からお帰りでないときは、転送していただけると思います。大分お手紙の借りができているようですが、クリスマスの休みにその借りをお返ししようと思っています。あなたと再会できるのを楽しみにしております。
　アーニマと私からあなたと奥様に心からのご挨拶を送りつつ。

敬具

あなたの変わらぬ旧友、カール・シュミット
プレッテンベルク、一九五七年十一月二十九日

1　「カール・シュミット教授より娘のアーニマとアルフォンソ・オテロ・ヴァレラの結婚のご通知をいたします。／教会結婚式は一九五七年十二月十三日、ハイデルベルクのお城の礼拝堂で行われます。」見開きの片側には花婿の両親からの通知が印刷されている。結婚式については五八年一月十四日のシュミットの手紙参照。

親愛なるカール・シュミット様
　私たち三人であなたのことを思っております。私は一九四二年にポール・ロワイアルへご一緒に出かけたこと[1]を話したことです。

あなたのエルンスト・ユンガー

親愛なるシュミット教授様
　この前の日曜日には、あなたのことをつくづく心に思い描いたことでした。
　ご一同様のご健勝をお祈りしつつ。

あなたのアルミニウス[2]

Très sincèrement〔心からのご挨拶を〕

ミシェル・ムール[3]

［パリ］［一九五七年］十二月四日［絵葉書］

1　一九四二年というのはユンガーの思い違いであろう。一九四二年には彼は東部戦線に派遣されていてパリでシュミットとは会っていない（四二年秋の手紙参照）。しかし『パリ日記第一部』の四一年十月十九日の項に「グリューニンガーとカール・シュミットと一緒にポール・ロワイアルへ行く。……」とある。
2　アルミーン・モーラーのあだ名、二二五ページの注参照。
3　ミシェル・ムール（一九二八―一九七七）、フランスの思想史研究家。モーラーのパリの知人。五〇年代に伝統主義、教皇権至上主義の著作家ユグ・フェリシテ・ロベール・ラムネ（一七八二―一八五四）の伝記やアクシオン・フランセーズの創始者の一人シャルル・モーラス（一八六八―一九五二）の伝記を出版している。

カール・シュミット様

拝啓　祝祭週間もまもなく過ぎ去ります。子供の面倒を見ることができるのは、素晴らしいことです。もっともこの言葉は市民的な意味を失ってしまって、今日では子供たちは自分で自分の面倒は見ます。私が長生きして、アーニマの娘がまた外国の学者と結婚するようなことになって、伝統が続くことを経験するとしても、何ら不思議なことではありますまい。

ハイデルベルクへは何としても行きたかったのですが、どうしても手が抜けない急ぎの用事がありまして、何とも残念でした。妻は病に伏していて[1]、というよりむしろかなり前からの持病があって、ミュンヘンの大学病院へ入院しなければならなかったのです。彼女はクリスマスにはここヴィルフリンゲンにいることにしていますが、年が明けるとミュンヘンへ帰らねばなりません。非常に心配しています。医者の今日していることのすべてが私には根本から疑わしいときているのでなおさらです。

私は二週間パリに滞在して、新しい友人、昔の友人たちと会ったのですが、ミルチャ・エリアーデ[2]もその一人でした。彼と知り合えたのはあなたのおかげで、戦争中に彼の雑誌をあなたからお聞きしたことからでした。彼とは活発な会話をしたことでした。彼はちょうどシカゴに出発するところで、来年、六か月間講義をすることになっているそうです。私は彼に『ザルモクシス』[3]は続けるべきではないのではと尋ねてみました。というのも、そのために財布の底をはたかねばならない人を私は知っているからです。これについてどうお考えですか。知のすべての領域で、振り子が揺れ戻っているかのように、実体に対する諸概念からの方向転換が起こり始めています。「宗教哲学」というタイトルの『ザルモクシス』の中でそれを考察している仕方に、私は大きな感銘を受けました。もちろん、こうした大胆な試みに十分な協力者が見つかるかどうかという疑問は残ります。結局は雑誌が幾つかあれば十分なのでしょう。

明日は駅まで妻、フーゴー・フィッシャー、それにカール・アレクサンダーを迎えに行きます。結婚式のことについて詳しくお聞かせください。祝電は受け取っていただけたと思います。祝電ではドゥシュカのことも考えてお送りしました。

敬具

あなたのエルンスト・ユンガー

（一四b）リートリンゲン近郊ヴィルフリンゲン

一九五七年十二月二十日

1　妻のグレータ・ユンガーはのちに癌と診断され、一九六〇年に死去。
2　ミルチャ・エリアーデ（一九〇七—一九八六）、ルーマニア出身の現代を代表する宗教学者。五七年からシカゴ大学教授。一九五九／六〇年から一九七〇／七一年までユンガーと雑誌『アンタイオス』を編集。
3　トラキアの神の名前でエリアーデが編集して一九三九、一九四〇、一九四二年に出した三巻の雑誌『宗教学雑誌』の誌名。ユンガーは『漂白の七十年　Ⅳ』の八七年十月十八日の項に、以前からエリアーデの名前には注目していて、『ザルモクシス』を読んで『アンタイオス』の模範にしたこと、この雑誌はシュミットから教えてもらったことを記している（三五九ページの注、トミッセンの『シュミティアーナ　Ⅳ』二五四ページ参照）。

エルンスト・ユンガー様

拝復　あなたからの祝電はアーニマの結婚式にきちんと届きました。それと十二月二十日付けのお手紙、まことにありがとうございました。素晴らしいクリスマスをお祝いになったことと思います。奥様のご病気も快方に向かわれることをお祈りしています。医者に対するあなたの不信感には私も同感です。しかし医者は私たちより強力です。医学が独占している現代の医療を自分個人としては何とか受けずに済ますことができるにしても、自分の肉親の場合、それを受けさせないことは誰しもあえてできないという意味においてもです。というわけで、どのような観点からしても、そしてきちんとした医師の観点からしても、医者に任せてうまく行くことを祈っています。

アーニマは新郎とともにハイデルベルクからパリを経由してサンティアゴへ行きました。フォルクスヴァーゲン＝カブリオレットで。婚約したときに私がお祝いに買ってやったものです。無事にあちらに着いて、素晴らしい手紙を寄越しました。私は今、これまでにない孤独を味わっています。ほとんど形而上学的なとも言える孤独です。娘が今は二五〇〇キロも離れて「暗黒の岬」という不吉な名前のついているヨーロッパの果てに行ってしまっているのです。

あなたはお手紙で結婚式の模様をお尋ねでした。素晴らしい式で、感動的なものでした。ハイデルベルクのお城のチャペルはあなたもご存じと思います。こうしたセレモニーにはうってつけの素晴らしい場所です。私の旧友のボン大学のバーリオン[1]教授が司会を引き受けて、感動的なスピーチをしてくれました。結婚立会人は新郎側がサンティアゴ大学の法学部長、新婦のアーニマの方はマインツ大学の音楽史のアーノルト・シュミッツ教授でした（アーニマの代母の教授夫人の代役です。教会法では女性が結婚立会人にはなれないのです）。式の後の披露宴は盛大なものでした。多くの旧友が出席してくれて、ジーベック教授[2]夫妻（内科学）、フォン・シュニッツラー夫人[3]、ヴェルナー・ゾンバルトの未亡人[4]、オーバーハイト[5]夫妻など。何人かの若い連中は結婚披露宴の常のことでしょうが、翌朝の九時まで騒いでいました。

あなたのおっしゃるとおりで、今日、子供たちは自分で自分の面倒を見ていて、年寄りの心配はただ滑稽なだけのようです。アーニマの婚約と結婚のいきさつのすべてがそうで、このことを私は思い知らされました。

『ガラスの蜜蜂』をお送りいただいたのに、そのお礼をまだ言っていませんでした。私は始め、六〇／六二ページの情景が本当の結末だと思っていました。しかし今、それは私がただフィナーレだと、つまり根本においてレトリックだと思っただけだということが分かりました。一四〇ページと一四二ページ以下のほとんど神話的な真実の物語には、衷心よりの感謝を申し述べたいと思います。それが私たちに今なお残っている唯一の願望、敗北の意識の中での進歩、に援助の手を差し延べ続けると思うからです。これは骨の折れるしんどい種類の進歩で、自由の意識の中での有名な進歩のようにスムーズに進むものではありません。

敬具

つねにあなたの旧友、カール・シュミット

［欄外に］

この前の秋に、画家のヴェルナー・ギレス[6]が二日間、プレッテンベルクの拙宅に来ていました。彼は素晴らしい老人になっていて、彼の絵は、より深い意味で書になっています。

プレッテンベルク、一九五八年一月十四日

1　ハンス・バーリオン（一八九九―一九七三）、カトリック教会法、教会史の学者。一九三二―三九年、ブラウンスベルク（東プロイセン）の国立アカデミー、一九三九―四五年、ボンのアカデミー教授。二〇年代来のシュミットの親友、シュミットとともに「政治的カトリシズム」に近い立場を取る。ブラウンスベルクの同僚のエシュヴァイラー（一三ページの注参照）と同様に、一九三三年、ナチ党に入党。カトリック内部でシュミットのナチ政治への関与を巡って論争があったとき、バーリオンはシュミットを擁護、三四年、聖別式を行う権限を剥奪される。ナチ支配の終焉後は、「無罪」とされたが、ボンの教職に戻ることは拒否され、教会法の学者としてブロックハウスの百科事典編集に携わる。

2　四四ページ、二四九ページの注参照。

3　二五〇ページの注参照。

4　コーリナ・ゾンバルト、旧姓レーオン（一八九二―一九七一）。社会学者、国民経済学者ヴェルナー・ゾンバルト（一八六三―一九四一）の妻、ニコラウス・ゾンバルト（二一三ページの注参照）の母。シュミットのベルリン時代、家族ぐるみで親交があった。

5　一五ページの注参照。

6　一一四ページの注参照。

C・S様

冠省　ブロブディングナグ[1]からお便りします。お元気のことと存じます。当地で多くの共通の知人と会いました。

不一

あなたのエルンスト・ユンガー

ワシントン、一九五八年二月二十日［絵葉書］

1　ジョナサン・スウィフトの『ガリヴァー旅行記』（一七二六）に出て来る巨人の国。

エルンスト・ユンガー様

拝啓　七年間隔のリズムで今、あなたのリコルソ〔ぶり返し〕が始まっているのでしょうか。私の方はそれはすでに終わっていまして、一九五八年三月二十九日という日付は私には非常に意味深長なものになっています。苦楽をともにして来たという感情をこめてお誕生日のお祝いを申し述べます。それと同時に、USAについてのあなたの報告に興味津々です。それはおそらくあなたにワシントンから送っていただいたホワイトハウスの写真からは判断できないようなものなのでしょうから。お誕生日を最上の健康状態で満足感に溢れてお迎えになられることをお祈りしつつ。

不一

あなたの旧友、カール・シュミット

裏面の写真は、最近プレッテンベルクの拙宅を訪ねて来た画家ヴェルナー・ギレス氏の住まいです。

プレッテンベルク

一九五八年三月二十八日［絵葉書］

カール・シュミット様

拝復　誕生日のお祝いまことにありがとうございます。リコルソ〔ぶり返し〕についてですが、私はすでに十一月にそれをしたたかに感じさせられました。肉体的にというより、もっと悪い形でです。皮膚のすべてが崩れ去るのを見るときのような何とも不吉な感じなのです。すべては煙だというソロモンの知恵を地で行くものです。目下、あの毒エイに刺された日（五七年四月十四日）[1]の記念日以来、口には出したくないのですが、新しい腫れを感じています。私は六月にはまたサルディニアへ行こうと思っています。そこの住民たちが私を「ミクロ解剖学の教授」に任命してくれたのです。あそこの土地と風景は、私には今なお快く感じられるところです。ですが、次の十年には一度南の気候を求めることになりそうです。“Dieu se retire〔神は引きこもっている〕”[2]——誰しもこの神の後を追わねばなりません。

カール・アレクサンダーは医学前期試験の準備をしています。

敬具

あなたのエルンスト・ユンガー

ニューヨークは私には眠れぬ夜のような印象を与えました。

（一四b）リートリンゲン近郊ヴィルフリンゲン

一九五八年四月二十日［葉書］

1　五七年五月九日の手紙参照。

2　ブロイ（四一ページの注参照）の有名な言葉。ユンガーはしばしばこれを引用している。ユンガーがこの言葉を高く評価しているのは、四五年五月二十三日の日記の「彼（ブロイ）の基本テーゼの一つ〈神は引きこもっている〉は、ニーチェの断定的な〈神は死んだ〉よりも状況をより正確に言い当てている」という記述からも分かる。ブロイはこの言葉にこうつけ加えている、「もし神がその恩寵を取り消すことがあれば、素朴な岩石、大理石も砂利も、粉々になって埃と化すであろう——そうなれば現代の社会はどこにあると言うのか」。

エルンスト・ユンガー様

拝啓　私は今、サンティアゴのアーニマのところへ来ていますが、その後しばらくマドリードに滞在します。七十歳ともなると、長旅はどれも怪しげな冒険です。もちろんこんなことは指導的な政治家たちには当てはまらないでしょうが。先月、エルバーフェルトのクラウス・ゲープハルト[1]からあなたのことを聞きました。ここマドリードでは、すべてが素晴らしく、壮大です。もっともコーヒーだけはいただけません。どうしてお過ごしか、一度お便りをいただけると嬉しいのですが。　匆々

あなたの旧友、カール・シュミット

［スペイン］一九五八年六月十八日［絵葉書］

1　二〇四ページの注参照。

C・シュユミット様

冠省　南の方から一筆差し上げます。残念ながら私の旅の道連れは憂愁夫人とソロモンの知恵です。太陽がこれを吹き飛ばしてくれるといいのですが。お元気でしょうか。ご健勝をお祈りしています。　匆々

あなたのエルンスト・ユンガー

カリアーリ、ヴィラシミウス[1]

一九五八年七月十五日［絵葉書］

1　サルディニアの南端のカリアーリの近くの小さな村。ユンガーはここで何度も休暇を過ごしていて、幾つもの旅行記にこの地のことを述べている。

エルンスト・ユンガー様

拝復　ヴィラシミウスからのお葉書、ありがとうございます。ヨーロッパの西の果ての暗黒の岬のそばにいる私には、お葉書の憂欝なお言葉に悲しい思いをしたことです。私はこちらのアーニマのところで七十歳の誕生日をスペインの友人たちと祝ったことでした。八月にはドイツへ帰ります。この国は、緑の山や、素晴らしい海、強烈な太陽があって、驚嘆すべきところです。果物、ワイン、魚も豊富です。アーニマからもよろしくとのことです。　匆々

あなたの旧友、カール・シュミット

［消印、サンティアゴ・デ・コンポステラ］

一九五八年七月二十八日［絵葉書］

カール・シュミット様

拝啓　サルディニアから帰って来まして、新聞であなたの七十歳の誕生日の記事を読みましたが、これには二つの点で驚きました。一つはこの日付を知ったのがどうやら回り道を通ってだったからですが、もう一つは、飛ぶように過ぎて行く時間がこうして新たに証明されたこと

です。その日まではまだまだ先のことと思っていましたし、そのときはプレッテンベルクでご一緒に過ごしてもいただろうと思っていました。いずれにしましても、何よりも私の心からのお祝いを申し上げます。

私はあなたに少しでも喜んでいただけるお祝いの品はないかと、私の蔵書をあれこれ探していて、グロティウス[1]が目に止まりました。この美しい印刷の書は十五年前にパリで買ったものです。あなたのお手元に長く留めていただければ幸甚です。

近況をご報告いたしますが、この前の十一月以来、かなりひどいメランコリーに陥っています。経験からすれば、こうした傾向からはまもなく元に戻るとは分かってはいるものの、それも心細い慰めのようです。私たちはとくに都合の悪い時代に生まれついているのだなという印象を私は抱いています。百年前か百年後ならものごとははるかに簡単なのかもしれません。にもかかわらず、あなたの方はご多幸でありますよう、急流を静かに竿さされますよう、お祈りしています。

敬具

あなたのエルンスト・ユンガー

追伸　ちょうど今、ゲッティンゲンからカール・アレクサンダーが、医学前期試験に合格した旨、電報で知らせて来ました。

ヴィルフリンゲン、一九五八年七月二十九日

1　フーゴー・グロティウス（フイフ・デ・グロート）（一五八三―一六四五）、オランダの法学者、政治家。古典学者、詩人。『海洋自由論』（一六〇九）、『戦争と平和の法』（一六二五）によって現代の国際法の創始者の一人とされる。シュミットは多くの著作においてグロティウスと批判的に対決していた（とくに「国家主権と自由な海」（一九四二））。ユンガーがシュミットに贈ったものは一六五五年に出版されたエルツェヴィーア版のもので、一九六六年、ボンの古書店ゼッメルからシュミットの蔵書のうち、ユンガーの蔵書票と献辞のあるものが売りに出されている。

エルンスト・ユンガー様

拝復　私の七十歳の誕生祝いにお贈りいただいた書物からしても、あなたの書物に向けて伸ばされる手の確かさが証明されていて、感銘を受けたことです。私は歴史的なテーマを二つ頭に描きながらスペインから帰って来ました。一つは、ゲリマーの哄笑[1]です――何と、これはあなたのご本の八二ページに語られているものです。二つ

目は、ジークフリート伝説の歴史的な核心の中に見つけたものですが、ゴート人ウライアです。これについては三〇八ページに語られています。面白いこととは思いませんか。こうした伝説の唯一の英雄としてのシッドにつ[2]いては、el sorriso del Cid〔彼は笑わない、微笑むだけだ〕と語られています。ゲリマーの哄笑は今日ではよく理解されていて、de risu Gelimeris judicet quis que ut volet〔ゲリマーの哄笑については、誰もがそれぞれ勝手に判断すればいい〕とあなたのご本でも述べられています。

というわけで、あなたのお手紙とお祝いの言葉に心からお礼を申し上げます。カール・アレクサンダーの医学前期試験の合格、おめでとうございます。今後数か月、あなたのご予定は何なのでしょうか。

私はドゥンカー&フンブロット社から『一九二四―一九五四年の憲法論文集』五〇六ページを刊行しました。一九五七年の注釈をつけてですが、一九五七年の私の注釈よりも一九三二年の古いテクストの方が今日よりアクチュアルらしく思われます。このことの罪は、ド・ゴールの憲法草案だけではなさそうです。私が思いますのに、私たちが「歴史」と呼んでいるものは連続的な流れではなく、一つの(しばしば何世紀も不動の)中心点の周りに量子のように積もって行って、これが突然、別の中心点に(別の時代に)取って代わるのではないでしょうか。フランス人が昔考えたものと、考えるドイツ人が一九三二年に考えたものの同一性にはただただ驚くばかりです。もちろん私の書は黙殺されるでしょう。ゲーテの言葉を[3]借りて言えば、彼らは最初は黙っていて、次に咎め立てし、次に排除し、次には盗みながら黙殺する、のです。私はこの言葉をあなたに幾度か引用してきましたが、この書を前にしてこの言葉が手に摑めるほどにはっきりしてきます。私は古い歌の本の次のような詩句を思い出しました。

柔和さ――この義務を果たせ――
これによって汝は敵に勝つ。
おお、汝の魂から
この妙なる喜びを奪うな。[4]

敬具

つねにあなたの旧友、カール・シュミット
プレッテンベルク、一九五八年八月二十六日

C・S様

拝啓　今は真夜中です。この同じ真夜中に西部の要塞からでしたが、あなたに手紙を書いたことを思い出しています。ちょうど今、ニーキッシュの著書[1]をざっと読み飛ばしたところです。一般的な印象は、立ち往生している(en panne)とでも言いましょうか。バスが何かに乗り上げて、運転手は死んで、乗客の喧嘩が起こっています。しかしどうしたらいいのでしょう。

　私たちの個人的な関係についてですが、ニーキッシュには私にも賛成できる文章を見つけました。ユンガーはカール・シュミットとも非常に親しくしていたというものです。しかしこれは過去においてだけのことではありません。——

　私はよくあなたとドゥシュカについての楽しい夢を見ましたが、あなたはその夢についてうまい説明をしてくれました。『スグラフィット[2]』でそれについて書こうと思っています。

　ハイデガーは悲しそうです——彼の名前はこの夏の裁判で、私の思い違いでなければ、あなたの名前と一緒に持ち出されていました。「こうした人たちがいなければ」というわけでしょうか。いずれにせよ、一九四五年は予

1　ゲリマー(ゲイラミル)、五三〇—五三四年、アフリカのヴァンダル王国の最後の王。ビザンティンの将帥ベリサリウスにさんざんに殴られ、小アジアに放逐される。このテーマへのシュミットの興味はモーラーへの五八年九月二十九日の手紙に述べられていて(『カール・シュミット——彼の弟子の一人との往復書簡』、二五四ページ参照)、「あなたのバーゼルの同郷人ヤスパース(四二二ページの注参照)は、昨日、パウロ教会での講演で［ドイツ出版協会から平和賞を受賞したときの講演］、ドイツ人に付きまとっている〈棘のある笑い〉について語っています。これはおそらくゲリマーの哄笑ではないでしょうか」とある。モーラーはこれについて、「ゲリマーのこの棘のある哄笑は、C・Sがしばしば引用している歴史的な比喩であった」と述べている(四四九ページの注も参照)。

2　アラビア語の"sayyid(支配者)"から来ていて、スペインの国民的英雄ロドリゴ・ルイ・ディアス・デ・ヴィヴァル(一〇四三頃—一〇九九)のムーア人の間での通称。十二世紀以来、アラビア人に対する勇猛な戦いぶりが幾つもの叙事詩の題材になっている。

3　一八一六年八月二十九日のフリードリヒ・ヴィルヘルム・リーマーとの「ドイツ人」についての会話でのゲーテの言葉。

4　一七八〇年の「プロイセン王国における礼拝用歌曲集」に載っている歌。理性主義的な歌曲集改革の中で出来たものという。その後、十九世紀末まで、幾つかの重要なプロテスタントの歌曲集や、カトリックの歌曲集にもときに(たとえばリップシュタットのもの、これはシュミットも知っていたと思われる)載せられていた。

定の年であったとあなたは私に言ったことがありましたが、けだし名言だったと思います。

ニーキッシュの文章に「C・Sが第三帝国時代に刊行した著作は第三帝国の政治を正当化しようとするものであった」というのがありました。あなたは今、私の理論をご存じなので、お分かりになるでしょうが、それこそ私が国法学者に期待しているものなのです。ユートピアを描くには、私たちには結局カンパネラ[3]その他の先達があります。アルミーン・モーラーはいろいろ考えた末に、ニーキッシュは友と敵の関係についてあなたを理解していなかったとの手紙をくれました。しかし彼はこのことを誰に言っているのでしょうか。あなたが私の妻グレータと再びうまく折り合っていただける方が、私にはより重要だと思っています。――私は私たちの交友仲間の中に私たちを結びつけるものすべてを見ているからです。それは私たちを隔てるものより計り知れないほど強いものです。そしてレオン・ブロイが言っているように、la vie est si courte〔人生はそんなにも短い〕[4]ということでしょうか。

敬具

あなたのエルンスト・ユンガー

追伸　「リコルソ〔ぶり返し〕[5]」からはどうやら抜け出しているようです。

（一四b）リートリンゲン近郊ヴィルフリンゲン

一九五八年十一月二十二日[6]

1　ちょうど出版されたばかりのエルンスト・ニーキッシュの自伝『大胆な生。あるドイツの革命家の思い出』第一巻。ニーキッシュについては一七ページの注参照、ニーキッシュとユンガーとシュミットの関係については一九五ページの注参照。

2　スグラフィットは陶器装飾や絵画法の一種で、一九六〇年に出されたユンガーの手記の標題。カールとドゥシュカのシュミット夫妻の夢については「灼熱の斑点」の章に出て来ていて、「古い手記をぱらぱらめくっていて、私が書き留めていた夢に出くわした。私はC・Sと彼の妻と一室に座って食事をしていた。そのとき床が熱くなって、見ると、クルミ大の火が燃えて床を突き破っていた。それを消そうとしてワインを注いだが駄目だった。火は恐ろしいまでに燃え広がった。私たちは食事を中断して、その家を後にした。

C・Sがこうしたことについて確かな目をもっているのを知っていたので、私はこの夢を書き留めて日付も添えて彼に伝えた。彼からの返事では、〈この日は妻のドゥシュカが初めて医者に診てもらって、医者からクルミ大の腫瘍があることを確認された日でした。ワインがそれを示していたのです。普通の薬ではどうしようもありませんでした。

彼女は死ぬ運命でした。その家を去ることになったのは死を意味していました〉とあった」とある。

3　トマソ・カンパネラ（一五六八―一六三九）、イタリアの哲学者。主権者に対する陰謀の嫌疑で二十七年間投獄されたが、獄中で書いた『太陽の都』（一六二三）は理想の教皇を戴く理想国を描いたもので、近代ユートピア思想の源泉とされる。

4　ブロイについては四一ページの注参照。

5　五八年三月二十八日の手紙参照。パウル・ノーアクの『ユンガー伝』（一九九八）には、「ユンガーは五十歳代の終わりと六十歳代の初めにかけ一年間、毎朝起きると、きちんと洋服を着ながらも、その日中、前をじっと見つめながら長椅子に座って過ごしていたといわれる」とある（二四七ページ）。

6　手紙の上端に「華鬘草（ケマンソウ）（ドイツ語で Tränendes Herz（涙を流す心））の押し花が貼り付けられている。

エルンスト・ユンガー様

拝復　あなたと奥様に洗礼式の祝いの通知をお送りしようと、それが出来上がるのをずっと待っていましたが、やっと届きましたので同封します。私はこれから祖父の役割を果たせるまで成長しなければなりません。そんなことで、ここ数週間は不安で一杯でした。始めは孫の誕生の期待で、次には詳しい知らせを待ってでしたが、それもやっと届きました。アーニマから長い楽しい手紙が来たのです。赤ん坊の体重は十二ポンド以上もありました。孫にも私の妻と同じ名前がつけられたことに、私はことのほか喜んでいます。私の手元には今なお洗礼式の一ダースもの美しい写真がありますが、これはアルフォンソの友人の司教自身から贈られたものです。ここのスペイン人たちはまったく無邪気に写真を撮りまくっています。

あなたのお手紙、まことにありがとうございました。お手紙は確かに受け取りました。あなたが最後に引用なさっているレオン・ブロイに私はもう一つゲーテの引用をつけ加えます。「老人は（原文のまま老人（der Alte）で、古いもの（das Alte）ではありません）最大の人権の一つを失い、もはや自分と同じ者たちから評価されない。」これは処世訓と省察にある言葉ですが、実際にそうだと思います。

あなたがお手紙でハイデガーについて書いておられることにはひどく心を動かされました。裁判にその名前が持ち出されたそうですが、これは私は知らなかったことで、心を動かされたのはそのことのためではなく、自分の名前がこうして辱しめられることに対してのハイデガーの態度のためです。彼はいまだに状況がどうなっているのか分かっていないのでしょうか。彼が私について何も知らないのを残念に思うことがしばしばあります。一九三八年に出した私のホッブズ論[1]の最終ページを見れば、彼でもこのテーマについての幾つかのことを見つけることができたでしょう。ホッブズの哲学はこうした状況の挑戦に対する解答です。

ニーキッシュは第二次大戦の勝者の一人で、一九四六年にすでにそのことを私の妻に思い知らせていました。私についても彼はさらに勝者気分で、勝者として歴史を書いているようです。彼は私との対話について虚偽を言い広めていますが、私はこれには何も答えていません。三十年も経ってから昔の対話についてこんな「報告」が出されるとなると、彼と対話などしたことだけでも私には屈辱以上のものです。

こんな悲しいテーマはもう止めましょう。[2] パステルナーク[3]のようにならないことをじっと辛抱して待つことにしましょう。

ご健勝をお祈りしています。奥様にもくれぐれもよろしくお伝えください。

敬具

つねにあなたの変わらない旧友

カール・シュミット

プレッテンベルク＝サン・カシアーノ

一九五八年十二月六日

1 『トマス・ホッブズの国家論におけるリヴァイアサン』。その最後のページには、自分の理論が同時代人に受け入れられないことへの絶望が述べられている。このことがホッブズをして“Doceo, sed frustra〔私は教える、しかし無駄だ〕”と嘆かせた。シュミットはその長期的な影響を指摘し、「われわれは何世紀をも越えて彼に呼びかける、Non jam frustra doces, Thomas Hobbes!〔教えは決して無駄ではない、トマス・ホッブズよ！〕と」、と書いている。

2 シュミットはモーラーに対しては、五八年九月二十九日、十一月十一日付けの手紙でニーキッシュの文章へのはるかに厳しい批判を述べている。

3 ボリス・パステルナーク（一八九〇―一九六〇）、ロシアの作家。一九五六年に完成し、外国で出版された小説『ドクトル・ジバゴ』で一九五八年にノーベル文学賞を受けているが、ソ連で出版が許されたのは一九八七年になってからで、ノーベル賞はもちろん受けることは許されなかった。

カール・シュミット様

拝復　一九五八年十二月六日付けのお手紙のそばに、私は一九四〇年十二月二十一日のお手紙を並べています。地下鉄のデルタ線での渋滞についての考えを述べられているものです。当時、本に挟んでおいたらしく、その本から見つけたのでした。その少し前にあなたはキルヒホルストの拙宅を訪ねていらっしゃいました。

サンティアゴの有名な教会堂でのあなたのお孫さんの洗礼式の写真は、写真の限界をほとんど越えんばかりのものです。それを見ていて思い出しましたが、「仄かな光がそこに差し込んで来る」といったような詩句でした。生命の水が湧き出て来ます。あなたが一種のクーバード〔男子産褥〕[1]をなさったことは、おそらくお孫さんにとって重要なことだったでしょう。私たちの大陸ではこうした風習はインドゲルマン以前の南東で行われていたことと言っているようです。

スペインはあなたにとって、私にとってのサルディニアとどこか似ているところがあります。この前の二月には、私はニューヨークで最低の状態に陥っていました。その後、ジェノヴァでも六月に二度目の最低状態に陥りました。十一月に快方に向かい、昨日、一年で一番短い日に、やっとすっかり元気になり、カール・アレクサンダーと庭仕事をし、庭師の先生に来てもらったりしました。

あなたには「新しい領域」についてのお考えをさらに詳しく述べていただきたいものです。[2]「汝、大地よ。汝はこの夜に確固不動であった」[3]、これはいい引用です。私たちは朝、目覚めたときにこの感情をもち、アンタイオス[4]のように力を与えられてきたものです。

海と空は親類です。それゆえ海軍と空軍も兄弟のような関係にあります。空は、ホメオパティー〔類似療法〕的に言うと、より高いポテンツをもった海で、空での方位感覚は航海でのものと同じです。抽象的な空間も、航空学的意味を要求します。地球はそのときは全体として陸になり、エーテルの海の中の島になります。火においても私たちは宇宙の火とマグマのものである地球の火とを区別しなければなりません。宇宙飛行とともに宇宙の火を武器にしようとし始めるでしょう。それは爆発する武器である地球の火よりはるかに危険なものです。純粋に光線の力だろうからです。

「私にとって人間とは地球の息子であり、人間が存在し続けるかぎり、そうであるだろう。[5]」その通りでしょうが、始まっている変化の不穏な状態がすでに人間をこの惑星の表面を離れて宇宙空間へ駆り立てる動きが増加するのではないでしょうか。放射線による遺伝子の何万もの変化を考えると、一つの変化くらいはむしろ好都合と言えるのかもしれません。科学者たちを見ていると、裁判が最高裁まで進んで判決が下されたときにやおら姿を表す執行官を思わせます。ロケット内での無重力は、天使のそれとは別ものです。それは唯名論的な空間での現象に属するものです。

あるゲームへの参加をお誘いする文章[6]を数部同封します。こうしたことに興味をもっている知的な若い人たちがいつもあなたの周りにいると思うからです。おそらくアーニマも一緒に遊ぶことができるでしょう。もうお察しでしょうが、そこで問題なのは、技術屋は立ち入れない場を作ることです。そこでは与えられているものが遊びなのです。

良いクリスマスをお迎えになられますよう、そして新しい年一九五九年のご多幸をお祈りしつつ。　敬具

あなたのエルンスト・ユンガー

追伸　あなたのご指摘をハイデガーに伝えたいと思っています。ニーキッシュの件では、彼が第二次大戦の勝者の一人だとするあなたのお考えには賛成できません。ちょうど今、私は彼の著書を読んでいますが、そこでは何よりもドイツの左翼の悲劇が、あるいは私たちすべてにとっての悲劇、私たちが言うに足る左翼をもたなかったということにある悲劇がまざまざと読み取れます。この点で、帝国は片手しかない皇帝に似ていますが、ニーキッシュは逃走が私の体質の一つだと診断していました。これには賛成できません。むしろ仕事場という風土[7]で決定してもどうしようもないと私は思うのです。ある状況で重要な意味があると言えるのは、その状況が平凡な精神の持ち主たちによって推進されることなのです。さもなければ、その経過はそれほど急激なものではないのでしょう。倫理的にはこんな文章も引用できるのではないでしょうか。「しかしラビとお坊様、双方とも臭い匂いがするように私には思えます。」[8]ニーキッシュは一九三二年に自分の著書『ヒトラー――ドイツの悲運』を私たちに差し出した日について述べています――そのときの個々のことはもう思い出せませんが、不快感を感じたことは覚えています。危険を冒して何をしているのかを考えると、いや危険ということではなく、何か利益を、そ

れも内的な利益を狙っているのかと考えると、不快だったのです。犀に向き合っては殉教などというものはありません。その書物から私はニーキッシュがシュレジエンの出であることを知りました。このことが幾つかのことを説明するのでしょうが、左翼に関しては、右翼におけるよりもはるかに参加しにくいものがありました。

ＥＪ

（一四b）リートリンゲン近郊ヴィルフリンゲン

一九五八年十二月二十二日

1　ラテン語の“cubare（休む、横になる）”から来た言葉。妻が産褥のとき夫がお産の苦しみを真似たり、食物を制限したりする未開人の風習。

2　一九五八年、シュミットがサンティアゴ大学の論集に発表した論文「新しい領域についての対話」。一九九四年に「権力についての対話」とともにアカデミー出版社から新たに出されている。

3　ゲーテの『ファウスト第二部』の初めに、恐ろしい夢から目覚めたファウストが言う言葉。シュミットが「新しい領域についての対話」で彼の代弁者に引用させて、新しい大地の朝に慰めと力を得て、今、目の前に開けた新しい始まり、新しい世界に挨拶を送るファウストと同じように、人間も原子爆弾や同じような恐怖に脅かされる夜からある朝目覚めて、確固不動の大地の息子であることを再認識することになると言う。

4　ギリシャ神話に出て来る巨人。海神ポセイドンと大地の神ガイアの間に生まれ、リビアに住む。自分の領分に足を踏み入れたよそ者に生死を賭けた戦いを挑む。大地に触れている限り、倒されることはなかったが、ヘラクレスに大地から持ち上げられ、空中で押し潰される。ユンガーにとってはアンタイオスはしっかと大地に結びついていることから意味深い形姿であって、『時間の壁際で』（一九五九）では、大地の技術的な過剰変形と人間に引き起こされた地上の生活の破壊を見渡しながら、「アンタイオスの恐怖」（第一一〇章）とか「アンタイオスの不安」（第一一一章）について語っている。このエッセーは、アンタイオス的な、おそらくニーチェのツァラトゥストラから示唆を受けた文章、「……われわれがわれわれ自身を放棄しないならば、われわれの母なる大地はわれわれを見殺しにすることはない」で終わる。一九五九／六〇年から一九七〇／七一年までユンガーはミルチャ・エリアーデと雑誌『アンタイオス。自由な世界のための雑誌』を編集、一九五九年に出されたこの雑誌の「綱領」には「アンタイオスは、母なる大地と触れることで新たな力をうる巨人を思い出してもらうためのものである。……アンタイオスは諸民族がその多様性を保ちながら兄弟として成長して来たその共通の土台に触れる。／この触れ合いがシンボルとみなされ、時代の装いこそ異なれ、つねに同じで……」とある。

5　「新しい領域についての対話」でシュミットの代弁者が述べた言葉。

6　クレット出版社から私家版として印刷された一六ページの「マントラーナ。ゲームへのお誘い」。シュミットの遺品に三部残されていて、何部かは彼が弟子たちに転送している。「マントラーナ」という言葉については五九年四月二十一日のユンガーの手紙参照。これは二次元と三次元を組み合わせたドミノゲームで、任意の多くの参加者がリーダーと文通しながら処世訓を出し合って行う。ユンガーとクラウス・ウルリヒ・ライスティコフがリーダーになって六十六人が参加したこの「マントラーナ」の結果が一九六四年に出版されている（五九年六月二十五日の手紙参照）。この「マントラーナ」は非常に刺激的なもので、三十年後にもユンガーのもとに多くの処世訓やアフォリズムが寄せられている（『漂白の七十年』、八五年十月三十一日、九〇年六月二十五日、九四年一月九日の項参照）。

7　『労働者』（一九三二）以来、技術的に完成し、官僚的に完全に組織化された文明についてのユンガーの主要概念。ここでは行動の可能性は制限されると同時に平均化され、個々人の決定が結局は無意味なものになる。

8　ハイネの『ロマンツェロー』（一八五一）の最終の詩句。ラビと僧侶のどちらが正しいかとの王の問いへの王妃の答え、「どちらが正しいのか、私には分かりません」に続く句。

新しい領域についての対話
政治的ロマン主義
憲法理論
ハムレットかヘクバか
リヴァイアサン
ドノソ・コルテス
陸と海
C・S伝記の試み
ヨーロッパの法体系の現状
フランス精神の構成
政治的なものの概念
影絵
権力についての対話
共同社会と政治

カール・シュミット様

拝啓　午前中の暇な時間を利用して、あなたのお仕事の中で時代の厳しさを乗り越えて救い出して、今も私の蔵書に含まれているものを探してみました。トミッセン[1]の書誌と比べるとまことに微々たるものです。あなたがあれやこれや欠落部を補ってくださるとしても、完璧を期すのを望むことはできないでしょう。いつかあなたの全集が出ることになれば、素晴らしいことですが。差し当たっては近いうちにもその方向に進むことを、とくに象徴的な種類の作品だけでも出されることを期待しております。

やがて来る一九五九年があなたにとって良き年でありますよう。

敬具

あなたのエルンスト・ユンガー

（一四ｂ）リートリンゲン近郊ヴィルフリンゲン

一九五八年十二月二十四日〔葉書〕

1　二五八ページの注参照。

C・シュミット様

拝啓　ここ数日、ハミルトン、ジェイ、マディソンの『連邦主義者論集』[1]に少しばかり取り組んでいます。インスブルックのエルマコーラ教授[2]がその翻訳を送ってくれたのです。あなたにも是非読んでいただきたいと思います。著者目録にはわずかの名前しか挙げられていませんが、あなたのお名前に二度も触れています。しかしそのことを言うのはさほど重要なことではありません。その書自体が連邦国家の構造について考えようとするすべての者にとってほとんど必須のものと思われます。それが今になってやっと翻訳されたことが不思議なほどです。

年末に大文字に対してなされた暗殺計画の報道に接して極度に驚いています。

敬具

あなたのエルンスト・ユンガー

（一四ｂ）リートリンゲン近郊ヴィルフリンゲン

一九五八年十二月二十六日〔葉書〕

1　アレクサンダー・ハミルトン（一七五五―一八〇四）、ジェームズ・マディソン（一七五一―一八三六）、ジョン・ジェイ（一七四五―一八二九）が、一七八七年十月二十七日から一七八八年八月十六日までにニューヨークの新聞に掲載された八十五篇の論説を集めたもの。アメリカの連邦国家憲法の当時まだ議論の多かった批准にとって決定的な意味をもつ。

2　フェリックス・エルマコーラ（一九二三―一九九五）、国法学、憲法学者。『連邦主義者論集』（ウィーン、一九五八）のドイツ語訳に序文を書いている。シュミットの遺品の中にエルマコーラの献辞のある著書が二冊含まれている。

カール・シュミット様

拝復　クリスマスの二日目のお便り[1]、まことにありがとうございます。時間が取れてからゆっくりお返事を書きたいと思っています。使徒行伝からの引用はなかなかいものです。

今日は例のゲーム[2]の規則の幾つかをお送りするだけにします。ゲームは創造力を刺激しているようです。この前もある若い植物学者から処世訓が送られてきましたが、それは2×2＝5についてのあなたのお手紙の個所を思い出させるものです。

「5を偶数にすると、4が奇数になる。」　匆々

あなたのエルンスト・ユンガー

（一四b）リートリンゲン近郊ヴィルフリンゲン

一九五九年一月一日

1　残されていない。
2　三五九―六〇ページの注参照。

カール・シュミット様

拝啓　良いお年をお迎えのことと存じます。亡くなった人たちと出会う夢をこのところとくに多く見るようになっています。十二夜[1]ですので。暗黒の岬[2]は異常なまでにサルディニアの南端のよく似た岬、たとえばカルボナラ岬を思い出させます。私はこうした荒涼として熱く孤独な陸標が好きで、そこにいると幸せです。ボッシュ[3]はきわめて今日的です。ここ数年に彼について五冊もの本が出ています。オランダのエメ[4]の書は非常によいもので、ボッシュが描いているのは死後の状況であるのを証明しています。（私はこれを疑ったことはありません。）一月二十三／二十四日にハイデガーと私の弟[5]がミュンヘン大学の講堂で講演をします。あなたがそちらに旅に出ている場合を考えて、このことをお伝えします。私はミュンヘンに行く予定にしています。

敬具

あなたのエルンスト・ユンガー

（一四b）リートリンゲン近郊ヴィルフリンゲン

一九五九年一月四日［葉書］

1　クリスマスイヴと主の公現日（一月六日）の間の十二日間の夜。悪魔が跳梁すると言う。ユンガーはこの十二夜にとくに強烈な夢やその他の不安を記録している。たとえば『漂白の七十年　V』の九一年一月七日、九五年十二月十四日の項参照。
2　五八年七月二十八日のシュミットの手紙に述べられている暗黒の岬の絵葉書を指していると思われる。
3　一七ページの注参照。
4　一九五七年にベルリンのヘンセル出版社から出されたクレマン・アントワーヌ・ヴェルトハイム・エメの『ヒエロ

ニムス・ボッシュ。その秘密の象徴性への手ほどき』。
5　一九五九年一月十九日から二十三日までミュンヘン大学の講堂で「言語」をテーマとする連続講演が行われ、フリードリヒ・ゲオルク・ユンガーは一月二十一日に「言葉と言葉の記号」をテーマに講演している。

カール・シュミット様

拝啓　私の記憶が定かでないので、お助けいただけないでしょうか。クロコフ伯爵[1]という方から『決断』という書物が送られてきました。副題に「カール・シュミット、エルンスト・ユンガー、マルティーン・ハイデガー研究」とあります。

　ところで、私にはこうしたものすべてを読む時間がなく、大きな箱を用意してそこに入れておいて、ときどきに欲しい人がおれば、それを差し上げて、溜っているものを処分しています。伯爵にお礼の手紙を書きましたが、それは何よりも彼があなたのお弟子さんの一人だと思ったからです。[2]それに戦時中にすでに同じようなことが目に止まったことを思い出します。当時、伯爵はあなたについていいことしか言えず、それゆえ私は伯爵を称賛すべき仕方であなたに帰依し続けている信奉者だと思っていました。

　こうした考え方が正しいこともありえます。あなたも私にそれを証明することもできるのではないでしょうか。他方、読者の手紙や新聞の論説を見ますと、どうも好意的でない出版物のせいではないかという疑いに捕らわれます。そんなわけですので、クロコフ伯爵はその著書を私に送って来なければよかったのです——伯爵が鰐(Krokodil)ならば話は別でしょうが。お礼の手紙を出したのは間違っていたかもしれません。

　ミュンヘンではマルティーン・ハイデガーに会って、この書にどんな印象を受けたか尋ねてみるつもりです。政治的な誹謗文書を書く連中には私たちは今や恰好の対象になっています。シュペングラーがまだ生きていたら、彼もそれに加わっているでしょう。しかし彼は他の連中よりましな選択をしたのでした。

　年末以来、占星術についての仕事[3]を再び取り上げていて、大いに楽しんでいます。普遍論争が再び取り上げられる時がそろそろ来ています。

　例のマントラス[4]ですが、すでにかなりの数の意見が寄せられています。

敬具

あなたのエルンスト・ユンガー

（一四b）リートリンゲン近郊ヴィルフリンゲン
一九五九年一月六日

1　クリスティアーン・グラーフ・フォン・クロコフ（一九二七―）、政治学者、政治・歴史の評論家。ユンガーの挙げている書は一九五八年に出されたもの。シュミットの遺品の中に一冊含まれていて、シュミットの手になる書き込みや多くの文書が挿入されている。シュミットもモーラーもこの書には批判的な判断を下している（『カール・シュミット――彼の弟子の一人との往復書簡』、とくに二六三ページ以下参照）。

2　シュミットの弟子ということも、シュミットの信奉者だということも当たっていない。シュミットはモーラーへの手紙（五八年七月六日付け）で「フォン・クロコフ伯爵とは誰のことなのか」と書いている。次の手紙も参照。

3　五七年一月十一日、二十九日、三月二十二日の手紙参照。

4　三五九―六〇ページの注参照。

E・J様
拝復　五九年一月六日のあなたのご質問について。私の教え子にはいろいろな種類の者がいて、ファシストもマルキストもユダヤ教徒もキリスト教徒もいますが、鰐はその中にはいません。一匹もです。おっしゃっておられる伯爵については従って何の情報も提供できません。どこかほかのところにご照会ください。
匆々
あなたのC・S

［消印、プレッテンベルク］
一九五九年一月十二日［葉書］

エルンスト・ユンガー様
拝啓　マントラーナ・ゲーム[1]のために大分苦労をしましたが、ここにその成果を同封します。それ以上の進展は最初取りかかったときの大きな期待を満たすものではありませんでした。この前、私はミュンスターで十二人の若い友人たちとさまざまなテーマでコロキウムをしたのでしたが、きわめて啓発的なものでした。マントラーナについてユルゲン・ザイフェルト[2]は（彼のアフォリズムを同封します）こんなことを言っていました。マントラーナ・ゲームの文章は、ドミノ・ゲームのように、実際一つの文章が他の文章と同じ単語で結ばれるように彫琢しなければならず、そうでないと、名文句も全体は常軌を逸したものになる、と。コンラート・リス[3]（リューデンシャイト）からもこのために作られたソネットの花輪が送られて来ましたので、同封します。彼は第一級の韻文のベテランで、プロパガンダの文句や宣伝の詩句で有名です。みんなが尋ねて来ることですが、マントラーナのゲームでアゴーン〔古代ギリシャ、とくにアッティカ喜劇の中心部をなす闘争、競争、討論〕がどのように、どこで起こるのか、と。そしてギリシャ語で〔独特の術語で！〕ὑπολημψις と呼んでいたもの〔他人の弁論を取り上げ、続行すること〕はどこにあるのか、と。たとえばマントラーナの第一九番はあまりに長すぎて、同種のものを互いに「結び合わす」ことができません。

　私がこんなことを言うのは、私の苦心のほどを知っていただきたいだけのことです。どんな成果があなたのお手元に集まっているか興味津々ですが、ひょっとして私はあなたを正しく理解していなかったのかもしれません。いずれにせよ、あなたが同封のものをお使いになる気がおありなら、どうぞご自由にお使いください。もし使うことができないのなら、大きな箱や塵箱に投げ捨てずに、私の方にご返送ください。ザイフェルトとグロース[4]は一九三〇—三三年生まれの示唆に富んだ代表者とも言える人物です。リスはもう高齢であなたには興味がもてないかもしれません。

　今、春の訪れと春の満月と、そしてあなたのお誕生日とがみな一緒になっています。一年が冬至で始まるのではなく、春の訪れで始まるというのが、いつも正しいことを私は発見しました。

　復活祭のお祝いに向けてあなたとご家族のご健勝とご多幸をお祈りしつつ。

敬具

あなたのカール・シュミット

「立面」[5]、お送りくださり、まことにありがとうございます。

Pl〔プレッテンベルク〕

一九五九年三月二十三日

1　三五九—六〇ページの注参照。

2　ユルゲン・ザイフェルト（一九二八—）、政治学者、憲法学者。当時、ミュンスターのSDS（カトリックの救世主会）の会員。ユンガーとハイデガーに集中的に取り組んでいたが、のちにシュミットにも批判的に対決することになる（トミッセン『シュミッティアーナ　V』一〇九—一五〇ページ参照）。

3　コンラート・リス（一八九八—一九七三）、ジャーナリスト、著述家。

4　ヨハネス・グロース（一九三二—）、法学者、時事評論家。アルトマン（三一一ページの注参照）とともに、当時、シュミットに対して尊敬と批判の間を揺れ動きながら、シュミットと対話を試みていた若い知識人に数えられる。
5　チューリヒの雑誌『お前。文化のための月刊誌』に『スグラフィティ』（一九六〇）の公刊前に部分的に掲載されたもの。

カール・シュミット様

拝啓　三月二十三日付けのお手紙にお返事を出せないまま今日に至り、あなたの復活祭のお祝いのお礼もしておりませんでした。グレータがここ五週間ずっと伏せっていて、ひどく痛むことが多く、私はあちこちの医者や薬局の常連になっていたからなのです。それと並んでいろいろの問題が集中して起こっていました。

　同封のアフォリズム、ありがとうございました。ソネットの花輪にもお礼を申し上げます。若い人たちがあなたの教えを受けていることがよく分かります。ユルゲン・ザイフェルトの冒頭の格言も気に入りました。

　　力で、そして
　　無力で
　　元気をつける、
　　そんなことはするな。

これは西と東の核心で、こうした断片から、私たちが私たちの時代の中で何とか経験を積んで来たことを、取り出せます。ヨハネス・グロースのレッシングについての箴言、それに付けたあなたの欄外のコメントも気に入りました。あなたのお弟子さんたちを見ていると、あなたの政治的本質が分かってきます。ほかの人が光と影を見るように、あなたは強者と弱者を見ています。

　マントラーナにおいてアゴーンはどのように起こるのかというあなたのおっしゃる疑問もその一つです。むしろ問題は、ポレモス[1]〔戦い〕の全体、新しいゴリアテに対してラピダール人の動員です。知性豊かなゲームの参加者たちを見て分かったのは、ゲームの規則など重要ではないということです。こう言ったからとて、処世訓の大きな蓄えがたとえば積み木箱のような利用の仕方はできないと言いたいのではありません。

　マントラーナとは私が作り出した言葉ですが、ロンドンの女性インド学者に「マン」のサンスクリットの語根について鑑定を依頼したところ、「マントラーナ」という言葉が実際にあって、「協議、相談」を意味するものだと知って喜んだことでした。「マントリン」は「王侯の助言者、相談相手」で、ポルトガルではこれが訛って「マンダリン」になったのだそうです。

ソネットの花輪はお返しします。別の二つはこちらにいただいて、一連のマントラスを選ぼうと思っています。この夏、エンガディーンへ行ったときにこの作業をして、最初の束を十月初めにまとめようと思っています。ゲームの名前にラピダール人というのを付け足すつもりです。これがアーリア人を思い出させることはまずないと思います。何人かのイギリス人やフランス人も参加してくれていて、中にはジュアンド[2]もいます。シオラン[3]もその一人で、こんな提案をして来ています。

「ヒトラーは野蛮な行為によって文明全体を救おうと試みました。彼の試みは失敗でした。それは他方で西側世界の最後のイニシアティヴでした。疑いもなくこの大陸はより良きものを手に入れていたでしょう。もし彼が違った質の怪物を生み出すことを理解していなかったとすると、それは誰の過ちなのでしょう。」

いずれにしても、ただゲーテだけに関わろうとしない者がそこにいるのは楽しいことです。

シオランはまたこうも言っています、「ルソーはフランスにとって苦しみの種／ドイツにとってのヘーゲルのように災いの精神」と。

いずれにせよ、私宛の郵便物のこうした部分に私はすっかり喜んでいます。これもまた「ゲーム」という名を正当化するものです。

こう書いていると思い出すことがありました。先頃シュタウフェンベルクのところで、ある教授に会ったのでしたが、彼はときどきスペインに特派されるらしく、それもスペインでのあなたの影響のバランスを取るためだそうです。このことは、連邦共和国の次元で見ると、一種の自己抹殺のように私には思われます。敵は私たちの後を追っています。私たちが私たちの使命を知れば知るほど、この結果が私たちには当然のものであるのを知ります。話を面白くでっち上げる連中もそれに加わっています。かつては彼らには報酬を支払わねばならなかったのですが、今日では、無料でやってくれます。

五月の第一週には私はアテネに行っています。招待されてですが、この機会にアドリア海の多くのよく知っている場所を空から見下ろすことができるのをとくに楽しみにしています。

お元気でお過ごしのことと思います。一度スペインでお会いできれば、素晴らしいのですが。九月に私はまたサルディニアに行きます。

敬具

あなたのエルンスト・ユンガー

追伸「マントラーナ」をさらに二つ同封します。若い方々に協力していただいていること、私の名前でお礼を言っておいてください。

（一四b）リートリンゲン近郊ヴィルフリンゲン

一九五九年四月二十一日

1　ラテン語で“lapidatores〔石を投げる者〕”。フィリスター族の巨人ゴリアテを石で殴り殺したダヴィデのような者が考えられている。同時に“lapidar（ius）〔石工〕”も念頭にあったと思われる。簡潔に重要な言葉を石に刻み込むという意味で。

2　マルセル・ジュアンド（一八八八―一九七九）、フランスの作家、エッセイスト。「カトリック復興運動」の代表者。

3　エミール・ミシェル・シオラン（一九一一―一九九五）、ルーマニア出身のフランスの作家。アフォリズムを愛し、ペシミスティックな世界観を代表する。

カール・シュミット様

拝啓　たった今あなたへの手紙を書いたばかりですが、お尋ねしたいことがあったので、もう一通続けて書きます。ジョルジュ・ウカテスク[1]という人をご存じでしょうか。今日届いた郵便物の中に彼から送られて来た書物がありました。『歴史における終末論』という興味深いタイトルの書です。残念ながら私のスペイン語の知識は十分に読み込むにはあまりにお粗末です。さまざまにあなたの文章が引用されているところからすると、どうやらあなたのお弟子さんの一人でしょうか。著者はドイツの事柄に相当立ち入って取り組んでいたにちがいありません。スペインのマントラーナに幾らか寄与してくれるかもしれません。ちょうど今、私はこのテーマに主に取り組んでいるだけに、彼の書が読めないのが何とも残念です。

あなたにドン・カピスコ[2]としてマントラーナのために幾つかアフォリズムを出していただきたいものです。

敬具

あなたのエルンスト・ユンガー

（一四b）リートリンゲン近郊ヴィルフリンゲン

一九五九年四月二十一日〔葉書〕

1　ウスカテスクのことと思われる。三〇一ページの注参照。
2　二四六ページの注参照。

C・S様

拝啓　アテネから聖霊降臨祭のご挨拶をお送りします。こちらでは残念ながら、フォン・シュモラー氏[1]とは会えませんでした。お二人でよいお祭りを迎えられますよう。

不一

あなたのエルンスト・ユンガー

［消印、アテネ、一九五九年五月十二日］

［絵葉書］

1　二〇二ページの注参照。

エルンスト・ユンガー様

拝復　あなたの雑誌『アンタイオス』[1]の第一号、拝受いたしました。新しい試みのご成功をお祈りしつつ、この第一号をお送りいただいたこと、そしてとくに一九四二年を懐かしく思い出させる献辞、まことにありがたく、お礼を申し上げます。またアテネからのお葉書のお礼も遅ればせながら申し添えます。あのお葉書が届いたとき、フォン・シュモラー氏はここプレッテンベルクに来ていました。

あなたのマントラーナに関してお知らせが一つあります。ユルゲン・ザイフェルト氏と言えば、あなたも彼のアフォリズムをお気に入りでしたが、彼から手紙が来て、ゲームに喜んで参加したいが、ゲームでの名前は「ユグルタ」にしたいとのことです。

敬具

あなたのカール・シュミット

Pl〔プレッテンベルク〕、一九五九年六月二十五日

1　三五九ページの注参照。

カール・シュミット様

拝啓　サルディニアへ出かける前に、マントラーナの幾つかにざっと目を通しました。この秋か来年の春には第一集を出版したいと思っています。活発な参加があり、しばしば驚くべきことも起こっていました。あなたの二人のお弟子さんにゲームで使う名前をつけるようおっし

やってください。私はちょうどユルゲン・ザイフェルト氏の処世訓を幾つか探し出したところですが、あなたの示唆がそこではうまく発酵していました。もちろん渋い趣味に対する偏愛がなければなりません。私はおよそ二十ばかりの文章を選びましたが、最初のものだけは書き直すよう提案します。J・ザイフェルト氏はこう書いています、

「家は一軒だけ、しかし建造物はたくさんある。この家に入るのが住むということ。」

私の書き替え提案は、

「多くの建造物がある。しかし家は一軒だけ。この家に入るのが住むということ。」

処世訓には節度があると同時に冷厳なまなざしが示されています。ルーマニア人のアンリ・ミショー[1]が送ってくれた一連のものはそれをよく感じさせてくれます。

お元気でお過ごしのことと思います。折を見て時の経過についてお話し合いができればいいのにと思っています。国法学者にとっては黄金の時代が始まっているにちがいないのですが、このことは私たちほかの者にとっては残念ながら該当していないようです。今、あなたはボン時代の出発点の立場に立つべきではないでしょうか。

敬具

あなたのエルンスト・ユンガー

（一四b）リートリンゲン近郊ヴィルフリンゲン

一九五九年八月二十四日

1　七四—七五ページの注参照。

カール・シュミット様

冠省　こちらの海岸の写真を同封します。南スペインの海岸をいろいろと思い出されるのではないでしょうか。ここはピサ人たちの後で一時スペイン人が支配していたところですから。

地中海の一部は絶えず争奪の対象なのでしょう。

匆々

あなたのエルンスト・ユンガー

［消印、カリアーリ］

一九五九年九月二十五日　［絵葉書］

C・S様

冠省　裏面のパノラマは、私が数週間仕事をしていたところです。今、ヴィルフリンゲンに向かって帰路に就くところです。家に着きましたら詳しく近況をご報告します。このところ、あなたにとってもお忙しかったことと思います。Difficile est saturam non scribere〔風刺詩を書かざることは困難なり〕[1]。

匆々

あなたのエルンスト・ユンガー

ブリクセン、一九六〇年二月十六日［絵葉書］

1　古代ローマの風刺詩人ユヴェナリスの名句。何の関連でここに挙げられたかは説明されていない。

長期の病苦を辛抱強く、しばしば明るく耐えてきた後、本日、私の妻、私たちの母

グレータ・ユンガー[1]

（旧姓イエインゼン）は永眠いたしました。

享年五十四歳でした。

リートリンゲン近郊ヴィルフリンゲン

一九六〇年十一月二十日（死者慰霊日）

深い悲しみに包まれて

エルンスト・ユンガー
アレクサンダー・ユンガー
アニ・ヴァーゲナー（旧姓イエインゼン）
ヴィクトーリア・ヴィットフーン（旧姓イエインゼン）
フリードリヒ・ゲオルク・ユンガー
ハナ・デヴェンター（旧姓ユンガー）
ハンス・オットー・ユンガー
ヴォルフガング・ユンガー
ほか親族一同。

埋葬は十一月二十三日十一時にヴィルフリンゲンで執り行われます。

［ユンガーよりシュミット宛］
［消印、一九六〇年十一月二十四日］

1　五九ページの注参照。

エルンスト・ユンガー様

謹啓　この訃報は私たちにとって強烈な警告です。私はそれをはっきり聞き、それをよく理解しています――capisco et obmutesco〔よく分かります。そして私は黙っています〕[1]。

敬具

あなたのカール・シュミット
プレッテンベルク／ヴェストファーレン
一九六〇年十一月三十日

1　五〇年二月五日の手紙参照。

カール・シュミット様

拝啓　遅ればせながら、祝賀[1]を述べる人たちの群れに私も加わります。
過ぎし日々を思い出しながら。

敬具

あなたのエルンスト・ユンガー
七九四一　リートリンゲン近郊ヴィルフリンゲン
一九六八年七月十六日

1　六八年七月十一日にシュミットは八十歳の誕生日を迎えている。

エルンスト・ユンガー様

拝復　昨夜、スペインからここプレッテンベルクへ帰って来ましたら、あなたからの私の八十歳の誕生日の祝辞が届いていました。これは予期しない、しかし嬉しい驚きでした。ありがたく感じ、心からお礼申し上げます。

敬具

あなたの旧友カール・シュミット
プレッテンベルク、一九六八年七月二十四日

カール・シュミット様

拝啓　今、心理学的な謎に頭を悩ませています。あなたならこの謎を解いてくれるのではないかとお便りします。ゾンバルト[1]一家とは昔あなたの紹介で知り合ったのでしたが、その後、未亡人と何度かお会いし、そのときには息子のニコラウスとも会っていました――私たちはいつもお互いにきわめて友好的でした――友情がこもっていたと言いたいほどでした。

　ところが、ニコラウスがしばらく前から何らの「警告」なしに悪い連中[2]と一緒になって汚い告発以外の何ものでもない私への攻撃をするようになったのは一体どう

してなのでしょう。フリードリヒ・ジーブルクは「エルンスト・ユンガーを足蹴にすれば扉が開ける」と書いて[3]いましたが、ニコラウスはこのジーブルクのこの原則にまったく単純に従ったというのでしょうか。それとも、彼にはそれがアリバイとして必要だったのでしょうか。彼はゾンバルトという名前を時流に適った光の中に持ち込もうとしたのでしょうか。

こうした思いもよらぬことは、まことに啞然とさせるもので、怒る気にもなりません。あなたならこれを何とか説明してくれるのではないかと思うのです。あなたはかつての友人からこのような変節を経験なさっているでしょうから。しかしたいていの場合、彼らは一九四五年の大きな転換期のすぐ後で正体を現して、そういつまでも仮面をつけたままではなかったようです。

私のこの手紙がお元気なあなたのもとに届くことを期待しながら。

敬具

あなたのエルンスト・ユンガー

追伸　カール・アレクサンダーは今、ベルリンで内科医として診療に当たっています。

七九四一　リートリンゲン近郊ヴィルフリンゲン

一九七〇年七月三十一日

1　三四八ページの注参照。

2　フランクフルト・アム・マインのハインリヒ・ハイネ社から季刊で出ていた『論争雑誌』に一九六八年九月、七〇ページ以上のエルンスト・ユンガー特集が組まれ、作品と影響についての主に批判的な論文が掲載された。表紙には火酒のボトルのラベルにユンガーのポートレートを配し、その下に「ドイツ産」と風刺の強いものになっていた。特集はニク〈!〉オラウス・ゾンバルトの七十四行の論文で始まっていて、その題は「われわれ自身の中のユンガー」で、これは一九四五／四六年に出されたスイスの時代批判家マックス・ピカール（一八八八—一九六五）の『われわれ自身の中のヒトラー』を思い出させるものであった。冒頭の文章は「エルンスト・ユンガーにおいて最も驚くべきことは、アードルフ・ヒトラーにおけると同様に、彼の成功である」となっていて、ユンガーのフランスの読者や賛美者を持ち出して、「ユンガーの唯美主義がコクトーの技巧よりもアイヒマンの完璧主義の近くにあることをもし彼らが知るなら、彼らは皮膚病にかかっている犬のように彼を避けるであろう」とも書く。

3　フリードリヒ・ジーブルク（一八九三—一九六四）、作家、文芸批評家、エッセイスト。二〇年代末以来、『フランクフルト新聞』のフランス特派員で、フランスからドイツの国民的革新を支持していて、ナチ党のシンパで、一九四二年にはナチ党に入党している。ドイツ軍のフランス占領後、ジーブルクはユンガーと並んで、占領下の政府の文化政策部門の幹部を務めている。一九四五年、フランスの軍政府から三年間の執筆禁止処分を受けたが、その後、ジャーナリズムに復帰し、一九五六年『フランクフルター・アルゲマイネ紙』の文芸欄の部長になっている。ユンガーの『パリ日記』には対話相手として再三ジーブルクへの言及があり、四一年十月十四日には含蓄ある人物描写がなされている。ジーブルクの方もパリでの出会いについてユンガーの六十歳の記念論集やその他で言及している。

エルンスト・ユンガー様

拝復　七月三十一日付けのお手紙、昨日やっと北西スペインの入り江で拝受しました。すぐにお返事の筆を取っていますが、お問い合わせの件については多くをお答えできません。もう何年もニコラウス・ゾンバルトとは一切繋がりがないからです。彼のスキャンダラスな誹謗が一年ほど前に私の手元にも来ておりました。私は彼にはそれについて何も書き送りませんでした。彼とは何の接触もないからです。彼の母が息子の出版活動を心外に思うと、私に手紙で伝えて来ていましたが、彼女もしばらく前に亡くなりました。あの文章が載った雑誌は、どの観点からしても私には無縁なもので、明らかに個人的な好みからするこうした示威行為の事柄としての意味を私は評価することはできません。あなたの置かれている状況はこのことで動かされることはありえませんが、ゾンバルト自身の方の状況は、彼がその際にたとえ何を考えていたにせよ、このことによってより良きもの、あるいは高度なものになりはしません。多くのことは今日、一般的な不確実な状況から説明されます。これは一九四五年の変革とはまったく違った急激な変化が方向を定めることもできずに近づいていることを感じさせます。

懇ろなご挨拶、まことにありがとうございました。私の方も娘のアーニマともどもご挨拶をお返しします。

敬具

カール・シュミット

［発信地なし］一九七〇年八月十三日

カール・シュミット様

拝復　「息子アブサロム」[1]のことはともかく、また一度あなたの声をお聞きしたいという願いから、お尋ねした次第です。あなたの筆跡を眺めて喜んだことです。これまで同様に美しく、しっかりしたものと思いました。

あなたも誹謗中傷といったことには多くの経験をなさっていて、沈黙が最上の防御だということはご存じでしょう。この問題に関して老ゾンバルトの友人や敵、ユダヤ人や反ユダヤ主義者、またかつての助手からも手紙をもらいました――それぞれさまざまに内輪の事情を吐露してくれていました。それらは束にして保管しています。

儚いものについて私にはちょっとした思い出がありました。――どういうきっかけだったのかはすっかり遠い昔のことで思い出すことができず、多分、第三者のところに求められるべきなのでしょうが、そんなことはあってはならないと、ドゥシュカ夫人が臨終の床で言ったのでした。

私はもう何度もスペインへ行っていて、つい先程はグラン・カナリア[2]にいました。アンゴラ[3]でも素晴らしい時間を過ごしました。男性的な民族はすべて今日では評判がよくなく、プロイセン人がその典型です。しかし君主不在期間、空位時代には母たちではなく、両性具有者が権威をもっています。法を考える者にとってはこのことはとくに嫌なことにちがいありません。

アーニマにも私からくれぐれもよろしくお伝えください。彼女がヴィルフリンゲンに滞在していたときのことをよく思い出します。

敬具

あなたのエルンスト・ユンガー

1　アブサロムはダヴィデ王の三男で、その名は幾つかの悪行、とくに父王に対する誤った野心と裏切りと結びついていて、ここではニコラウス・ゾンバルトを指している。

2　一九七〇年六月にここに滞在（『漂白の七十年　Ⅰ』、七〇年五月二十九日以下の項参照）。

3　一九六六年十一月、その地のフランツ・シェンク・フォン・シュタウフェンベルク男爵の農園に招かれている（『漂白の七十年　Ⅰ』、六六年十月二十日以下の項参照）。

七九四一　リートリンゲン近郊ヴィルフリンゲン

一九七〇年八月二十三日

カール・シュミット様

拝啓　今日届いた手紙の中にヘンケル[1]教授という法学者からのものがありました。これまで知らなかった人ですが、その手紙にあなたに関係する個所があり、これをあなたに知らせないわけには行かず、お便りします。彼はこう書いています。

「『放射』を読んでおりましたら、まったく個人的にですが、私の心を打つものが多くありました。また私が出会ったことのある人物、私と関係のある人物の名前も出て来ました。あなたはカール・シュミットを概念の定義者であなたの知る最上の人物とおっしゃっています。このことを私は専門的な側面から確認することができます。彼はおそらく二十世紀のドイツの法学者の中で最も該博な精神の持ち主です。桂冠法学者としての彼の職業上の運命の悲劇をあなたは簡潔な文章で的確かつ余すところなく述べていらっしゃいます。」

ヘンケル氏はほかにイエッセン、[2] クリューガー、[3] エーリク・ヴォルフ[4]に言及しています。最近、フライアー[5]も私に美しい手紙をくれました。しかし昔の関係はたいていが霊界からやって来た幽霊のような、あるいは地震の後の出会いのようなものです。

敬具

エルンスト・ユンガー

七九四一 リートリンゲン近郊ヴィルフリンゲン

一九七〇年八月二十四日

1 おそらく刑法学者のハインリヒ・ヘンケル（一九〇三―一九八一）と思われる。

2 八五ページの注参照。

3 おそらく法学者で一時ドイツ個人船主連盟の支配人であったヘルベルト・クリューガー（一九〇五―一九八九）と思われる。

4 エーリク・ヴォルフ（一九〇二―一九七七）、フライブルク大学の法哲学、教会法学の教授。一九三三年、法学部をナチの理念に合わせて革新する試みの際に学長ハイデガーの腹心として働いている。

5 三三六ページの注参照。

エルンスト・ユンガー様

拝復　あなたからの二通のお手紙（二十三日付けと二十四日付け）、昨日こちらに届きました。心からお礼を申し上げます。もっと詳しくお返事を差し上げたいところなのですが、私を取り巻く現在の環境ではそれが叶いません。九月末にアーニマが私をプレッテンベルクへ連れて帰ってくれます。私のそこでの新しい住所は、[1] 五九七プレッテンベルク゠パーゼル、一一c（プレッテンベルク地区の村）です。そこに馴れましたら、お便りします。

ただ一言だけ、「両性具有者」という言葉を借りて、あなたが状況を的確に述べておられることについて。オランダのあるカトリックの司祭がホモセクシャル者の結婚式に肩入れしているのですが、キリスト教の歴史には、こうした司祭は聖職に就くのにふさわしくないとされ、その職務行為のすべてが無効とされた時代がありました。職務行為の絶対的な無効というこの問題は一人の老法学者の人生の夕暮れを暗いものにしかねません。敬具

あなたの旧友カール・シュミット

サンティアゴ、一九七〇年九月七日

1　一九四七年から一九七〇年まで、カール・シュミットは一九三八年にプレッテンベルクに彼の妹たちや自分の家族のために建てた家（ブロックハウザー通り一〇番地）の二階に住んでいたが、一九七〇年、家政婦のアニ・シュタント（一九一五―一九九七）のために建ててやったプレッテンベルク＝パーゼルの家に引っ越していて、「サン・カシアーノ」という名前もここに移している（二九七―九八ページの注参照）。

カール・シュミット様

拝啓　あなたと共通の知人の来訪も稀ではなく――先程もヴェロニカ・ルンテ[1]が夫と子供たちを連れて来ていました。微笑ましい時代離れした家族です。シュヴァーベンの幼児洗礼の場でニッセン牧師[2]とも会いました。あなたが健康状態にあまり満足していないことも聞きました。その後よくなっていることを願っています。

レーオンハルト・フィッシャー[3]がリューベックからあなたの論文が載っているからと、ハンス・バーリオンの記念論集[4]を送ってくれました。そのテーマにはあまり詳しくはないのですが、その後、緊張の連続で読み終えました。これは学問における見事な文体の特徴をあますところなく表しているものです。言葉の特殊性と著者の個性が交叉して全体に関与しています。

後書きの末尾にある七点の「一連の思考」[5]は、一かどのことをやり遂げようとしているすべての若者の手に握らせたいものです――斜面をどのようにうまく行くかの処方箋として。何のために人は人生をそんなに辛いものにしているのでしょう。

あなたのお弟子さんのフォルストホフ[6]が優れた書物を出版されたそうですが、ゾントハイマー[7]氏の批評からすると、氏がこれまでもしばしばこの観点で私も注目していた人物だけに、これが優れていることは否定しようがないように思います。

今日、ルネ・マルツィクと妻のブランカの突然の訃報[8]に接しました――悲しい日です。オーストラリアからの帰途、乗っていた飛行機が爆発墜落したのでした。いい思い出だけしかない友人、希有な事例です。あなたが「自由意思での加速器とそうでない加速器」を区別なさったのに対する彼の論述を思い出しています。

しばらく前に、孫娘が出来ました。イリーナという名です。カール・アレクサンダーからお聞きのことと思います。祖父としての尊厳をあなたは大分前からすでにもっていらっしゃるのでしょうが、私はこれから身につけねばなりません。

ご健勝をお祈りしつつ。　敬具

あなたのエルンスト・ユンガー

七九四一　リートリンゲン近郊ヴィルフリンゲン

一九七一年十月六日

1　ヴェロニカ・ルンテ＝シュランツ（一九二四―）、シュミットがしばしば訪れていたジートリングハウゼンの医師フランツ・シュランツ（六一ページの注参照）の娘で女医。

2　ヴィルヘルム・ニッセン（一九二五―一九九四）、イコンに詳しいケルンの大学牧師。シュミットと親交があった。

3　レーオンハルト・フィッシャー、教師、作家。

4　バーリオンについては三四七―四八ページの注参照。記念論集は『エウノミア〔ギリシャ神話の秩序の女神〕。一九六九年十二月十六日のハンス・バーリオンのための友人の贈り物』のタイトルで出版された私家版。シュミットの寄稿論文は、次の手紙にもあるように、「政治神学　Ⅱ。すべての政治神学が片がついているという伝説」を指す。

5　シュミットの『エウノミア』に載った論文の一四四ページ以下。独立して出された『政治神学　Ⅱ』（一九七〇）では一二四―一二六ページ。

6　三一四ページの注参照。ここで言われているのは注目を集めた論文『工業社会の国家。ドイツ連邦共和国を例にして』（一九七一）。

7　クルト・ゾントハイマー（一九二八―）、ベルリン大学、のち、ミュンヘン大学の政治学の教授。とくに『ワイマール共和国における反民主主義的な思考。一九一八年から一九三三年までのドイツのナショナリズムの政治的理念』（一九六二）で有名。そこではユンガーの国粋主義的な出版物が批判的に扱われている。

8　マルツィクについては二七六ページの注参照。ベルギー上空での墜落事故で妻とともに犠牲になる。のちにこの事故はテロリストにより爆破されたことが分かる。

エルンスト・ユンガー様

拝復　十月六日付けのお手紙、まことにありがとうございました。お手紙、とくにお孫さんのイリーナのお誕生のお知らせは非常に嬉しいものでした。心からお喜び申し上げます。お祝いが遅れて今やっと言えるようになったのは、私の体の調子が悪かったからなのです。去年は一年中、気分を滅入らせるアレルギー性の痛みに苦しめられました。ゴットフリート・ベンもこれに悩まされ[1]、痛ましくもこれで亡くなったといわれます。去年の年末には心筋梗塞で身体障害者になり下がりました――社会福祉国家では不幸の特殊な様態です。

あなたが『政治神学Ⅱ』のような絶望的までに秘儀的な文書を読んでくれていること、私は大いにありがたく思っています。あなたがおっしゃっておられるゾントハイマー教授は、ドイツ福音教会の役員（ＤＥＫ）に受け入れられました。あなたがマルツィク教授と親しかったとは私は知りませんでした。彼は私よりずっと年下のようなので、フィレーモンとバウツィスの共通の死（ゲーテのファウスト第二部の中の）についての私の省察[2]はここでは適切ではなさそうです。

ご健勝をお祈りしつつ、もう一度あなたのお手紙と懇ろなご挨拶にお礼を申し上げます。

敬具

あなたのカール・シュミット

プレッテンベルク＝パーゼル

一九七一年十月十九日

1　五六年四月一日の手紙参照。

2　どのことを言っているのか確認できず。

カール・シュミット様

拝復　カール・アレクサンダーから手紙で、あなたが南米から返事をくれたと書いて来ましたが、十月十九日付けのお手紙からすると、何か誤解に基づくもののようです。

それにしましても、あなたの筆跡は、まもなく四十年も前になりますが、あなたからいただいた最初のお手紙とまったく同じで、まったくしっかりしたものです。筆跡が揺れるようにならなければ、その人の全体が揺れることもありません。筆跡こそが肉体の能力よりも精神的な能力の尺度です。

折り返しお返事します。フィレーモンとバウツィスについておっしゃっていること[1]である考えが浮かんだからです。二人の死は技術的な環境とそこからの脅威と密接に結びついています。ファウストの計画には二人の死が必要なのです。私はこれまですでに何度も私の考察の中でこの問題に立ち入って来ました。とくに円と直角、丸い平面と長方形の平面の区別についてです。あなたが対になっているものにも取り組んでいらしたことは、私は知りませんでした。おそらくそこに私にとってさらなる刺激があるやもしれません。

あなたのお手紙と同時にザルツブルク大学から問い合わせの書状が来ました。ルネ・マルツィクの追悼論集を企画しているが、それに寄稿する用意はないか、と。私はこれを断りたくはないのですが、他方でマルツィクの扱う問題について意見を述べる資格はないのではとも感じます。「共通の死」についての省察は私の困惑を救ってくれるでしょう。まさにそれゆえ、これまでのあなたのお手紙の場合と同様に、これもちょうどよいときに届きました。

ところで大学からはできるだけ離れているのが一番よさそうです。誰しも、たとえ日本の天皇であろうと、このことを自分で経験します。あなたのうさ晴らしに私がボン大学の学長と交わした短い往復文書[2]を同封します。――返送していただくときの手間が省けるように、返送用封筒に入れておきます。

ご健勝をお祈りしつつ。　敬具

エルンスト・ユンガー

七九四一　リートリンゲン近郊ヴィルフリンゲン

一九七一年十月二十二日

1　七二年四月二十九日の手紙参照。
2　これまでエルンスト・ユンガーの遺品にも、ボン大学の公文書館にも、これは見つかっていない。

エルンスト・ユンガー様

拝復　誤解はサンティアゴという言葉から来ていて、これは容易に説明できます。今日の人類世界では第一世界、第二世界、いや第三世界でも「サンティアゴ」という言葉を聞けば、スペインや使徒ヤコブよりもキューバあるいは南米を考える方がよりノーマルだからです。

十月二十二日付けのお手紙、ありがとうございます。それとこの上なく興味深いものを同封していただいたことにもお礼を申し上げます。未知の領域への探検の手引きをしていただいたことに感謝しつつ、読み終えましたので返送いたします。あなたの書状の受け取り手の学長も、神秘の幕の背後の「評議会」も、あなたの結びの文章（三月二十日付けのもの）のイロニーを感じていなかったと推測したくなります。あなたが大学からはできるだけ離れているのが一番よさそうとおっしゃるのはまさにその通りです。

追悼論集への寄稿を考えていらっしゃるとか、素晴らしいことです。私の記憶が正しければ、ゲーテは亡くなる少し前に（たしか一八三一年六月だったと思いますが、エッカーマンとの対話の中で）彼の書いた二人の人物は、ギリシャの伝説の有名な二人とは「何の関係もない」と述べています。あの二人は、相違点あるいは対立点のゆえに、それだけよけいに関わり合っているという理由だけでも、何の関係もありえないのです。もっとも私が思い出したのは、オウィディウスが変身する版からのものです。いずれにせよ、あなたの今後の叙述を期待をこめて待っています。

　ご健勝をお祈りしつつ。　敬具

あなたのカール・シュミット

同封四点
手紙のコピー三点
新聞の切り抜き一点。[1]

プレッテンベルク＝パーゼル
一九七一年十月二十六日

1　これら四点とも残されていない。

カール・シュミット様

拝啓　ベック出版社から予告されたC・Sとヨハネス・ポーピッツについての書[1]、宣伝用パンフレットにも「議論の余地あり」という言葉が避けられていないのですが、もちろんすぐに注文しました。

　同時代の人物を取り上げるときには、たとえば、議論の形であろうと、賛辞の形であろうと、結局は摑みどころのない者が「それには異論がある」という切り札を出して立ち上がって来るのが常で、それも決まって論争には加わっていなかった者なのです。最もましな場合でも論争から逃げ出していたのです。同じような非難のカタログなら幾らも作ることができるでしょう。

　先週はあなたにとって豊かな鉱床というか宝庫だったにちがいありません。右から左まで、政治的ロマン主義、ロマン主義的政治。

　私はマルツィク夫妻の「追憶文」の「フィレーモンとバウツィス／神話的世界と技術的世界における死」[2]を書き上げました。ファウスト第二部は今なお予言が一杯詰まっています。私たちの時代になって初めて、おそらくは未来にもそれを解く鍵が見つかるような予言です。

　この便りがお元気なあなたのお手元に届くことを望んでいます。ベルリンでグロース氏[3]に会いました、あなたのところをときどき訪ねているとか。孫娘のイリーナは元気に育っています。

敬具

あなたのエルンスト・ユンガー
七九四一　リートリンゲン近郊ヴィルフリンゲン
一九七二年四月二十九日

1　ポーピッツについては四四ページの注参照。問題の書はルツ＝A・ベンティーン（一九四一―一九八六）、経済学者、政治学者の『ヨハネス・ポーピッツとカール・シュミット。ドイツにおける全体国家の経済理論について』（ミュンヘン、C・H・ベック社、一九七二年春刊行）。ベンティーンは一九六八年以来、シュミットと文通があり、この書は献辞を添えた一冊がシュミットに送られている。

2　このエッセーは一九七二年に「エルンスト・ユンガーの友人たちのための私家版」として「ルネ・マルツィク、フランカ・マルツィクを追想して」と前置きして印刷されている。

3　三六五―六六ページの注参照。

エルンスト・ユンガー様

拝復　四月二十九日付けのお手紙、まことにありがとうございました。お返事が遅れましたし、それも手短なものなのは、肺炎にかかっていてまだ全快していないからです。ペニシリンで熱は抑えて、危機状態は脱しましたが、いろいろと不快な「副作用」に悩まされています。マルツィク夫妻の追悼論集へのあなたの寄稿文を大きな期待を抱いて待ち望んでいます。

小さなイリーナについての一言にはことのほか嬉しく存じました。

匆々

あなたのカール・シュミット
五九七　プレッテンベルク＝パーゼル
一九七二年五月十五日

カール・シュミット様

拝啓　ときどき来訪するレーオンハルト・フィッシャー[1]が手紙に関してのあなたの心配ごとについて伝えて来ました。私もときどき同じようにいろいろ考えさせられます。何千もの手紙、中には猛烈な内容のものもありますが、それが私の書庫に溜まっています。家の中の管理は[2]妻を信頼してすべて任せています。妻は文書管理を仕事にしていて、長年コッタ社の原稿の整理をしていて、さまざまな障害にも、とくに連合軍が進駐してきたときにも巧みに事を運んでいました。

私はこうした溜まっている手紙を眠らせておいていきます。Quieta non movere〔静かなるものを動かすなかれ[3]〕。

この手紙に好奇心をもっている者もいなくはありません。しかし生存中に往復書簡を刊行するのは賢明なことではありません。死後に信頼できる世話役をもつべきなのでしょう。それが可能ならばですが。クビーンと私の往復書簡[4]は特別な理由で例外ということにしたものです。

あなたは受け取られた書簡を保管なさっているとのこと、喜んでいます。これもドゥシュカ夫人のおかげなのだろうと推測しています。私は一九三三年にミューザム[5]の、一九四三年にはニーキッシュ[6]の多くの手紙を燃やしてしまって、悔やんでいます。燃やした中には「占領下フランスの支配を巡る軍と党の戦い[7]」もありました。シュテュルプナーゲルの依頼で公文書から編纂したドキュメントです。これも取り返しのつかない損失です。

あなたからのお手紙は、私宛のものも、グレータ宛のものも、完全にこちらに保存されていると思います。

この件はこれまでにします。

このところの不条理な選挙戦を見ていますと、諸政党は互いの特徴を明確に際立たせるのをますます難しくするようなやり方をしていて、互いに似たようなものになっているのに奇異な感じを抱いています。どの政党も「民主主義、安定、進歩」（これらは両立しないのではないでしょうか）を唱え、ほとんどニュアンスの違いなく「左翼」たらんとしています。この均等化は、東と西のそれに対応しています。ロシアとアメリカがだんだん似たものになっています。みなが口を合わせて同じ罵言、とりわけ好んで「ファシスト」との罵言を合唱しています。脱穀場が同じ箒で掃除されているのです。やがてそこは空になるのでしょう。

今月末、シュパイデル[8]が七十五歳の誕生日を迎えます。私たちは彼とバート・ホネフで誕生祝いをすることになっています。その後、バーデン＝バーデンへ行って、プール・レ・メリット受賞者の集会[9]に参加します。多分、これが最後の集会になるでしょう。生存者は一ダースほどしかいないからです。

この便りがお元気なあなたのお手元に届くことを望んでいます。今日はカール・アレクサンダーが妻を連れて訪ねて来ることになっています。

敬具

あなたのエルンスト・ユンガー

七九四一　リートリンゲン近郊ヴィルフリンゲン

一九七二年十月二十日

1　三七八ページの注参照。

2　リゼロッテ・ローラー（一九一七―）、ユンガーの最初の妻の死の二年後にユンガーと結婚。文学史で学位を取り、マールバッハのシラー国立博物館内のコッタ資料館の主任調査官をしていて、一九五三年以来、ユンガーの文献整理に当たっていた。

3　ギリシャの古い処世訓のラテン語訳。ドイツではビスマルクの演説（一八九一年四月十四日）によって一般的になった。

4　一九七一年に十八通の書簡がタイプ印刷で五十部が配られているが、七一年十一月二十七日の『ヴェルト』紙に掲載された。一九七五年、増補されて『エルンスト・ユンガー――アルフレート・クビーン。一つの出会い』のタイトルでプロピレーエン社から刊行されている。

5　エーリヒ・ミューザム（一八七八―一九三四）、無政府主義の作家。一九一九年、バイエルンのレーテ革命に参加して十五年の要塞監禁の判決を受けたが、一九二四年に釈放される。早くからナチズムを風刺する詩を書いていて、国会議事堂炎上事件後、逮捕され、一九三四年七月にオラーニエンブルクの強制収容所で殺害された。ユンガーとミューザムは二〇年代の終わりに知り合っていた。

6　一七ページの注参照。

7　二一〇―二一一ページの注参照。

8　一一六ページの注参照。

9　四三ページの注参照。

カール・シュミット様

拝啓　J・M・パルミエ[1]があなたのところをお訪ねしたと思いますが、彼からジャン＝ピエール・ファイユ[2]の『物語の理論。全体主義的な言語の理論』[3]の書評（『ル・モンド』一九七二年十月十三日）が送られて来ました。その中に著者とのインターヴューもあります。とりわけ「核心は、信じられているようなナチ党ではなく、法学者カール・シュミットとエルンスト・ユンガー――一種の右翼のマルロー――によって作られたイデオロギー的グループである」という文章もあります。

　こうした見方には、とくにプレ・ナチズムについては、多くの聞くべきものがえられるというあなたのお考えは正しいと思います。ポーピッツについての書[4]はベック社に注文しましたが、まだそれに取り組むことはできていません。歴史はまだ完全に不安定で、それが固まるのは発生期の状態に劣らず冒険であることが見て取れます。これが今後どこへ導かれて行くのか、誰が知っているのでしょう。

　カール・アレクサンダーが妻君と一緒にこちらに来ていて、楽しい二日間を過ごしたことでした。　敬具

あなたのエルンスト・ユンガー

七九四一　リートリンゲン近郊ヴィルフリンゲン

一九七二年十月二十二日

1　ジャン＝ミシェル・パルミエ（一九四四―一九九八）、フランスの評論家。ユンガー論やハイデガー論がある。
2　ジャン＝ピエール・ファイユ（一九二五―）、フランスの作家、エッセイスト。
3　シュミットはこの二巻本の著作をモーラーから送ってもらっているが、その後、送り返している。ドイツ語版は一九七七年にズーアカンプ社とウルシュタイン社よりそれぞれ二巻本として出ている。これに対するシュミットの批評とシュミットが一九六〇年にファイユに送った書簡が、モーラーの『カール・シュミット――彼の弟子の一人との往復書簡』四一五―四一九ページに掲載されている。七七年七月二十八日の手紙も参照。
4　三八二ページの注参照。

エルンスト・ユンガー様

拝復　十月二十日と二十二日のお手紙、まことにありがとうございます。ハンス・シュパイデルの誕生日にはお祝いの手紙を出しました。誕生日の日付を教えていただいたこと、感謝します。手紙も含めて、文書の遺稿の問題は、私には次第に難しいものになっています。なにさま私は多くのブラックリストに載っているのですから。ベンティーンの書（ポーピッツと犯罪的な小生についてのもの）では、ドキュメントがいかにいい加減にごまかして用いられているか、これはあなたもご覧になったでしょう。それを見るにつけ、静かに死んで行くこともできないとの思いも一入です。私の判断では本物と思われるこの絵葉書のゲーテ[1]、デュッセルドルフのゲーテ記念館からのもの、を、あなたとあなたの奥様に表敬訪問をしてもらうことにします。このゲーテは私の友人ポーピッツが慰めを見いだしたゲーテ像よりも私には実際の姿に近いように思えます（これは一九四三／四四年の防空壕の中での多くの会話のテーマでした）。　敬具

つねにあなたのカール・シュミット

［発信地、日付なし。一九七二年十月末あるいは十一月初め］［絵葉書］

1　絵葉書はダニエル・メクリースの石版画（一八三二）で、その年にワイマールを訪れたウィリアム・メイクピース・サッカレーの素描をもとにしたもの。サッカレーの素描では頭の部分がうまく描けていなかったので、メクリースは、シュティーラーのゲーテの肖像画からその部分を補ったとされている。絵葉書の隅に手書きで「ダリの作かも」と記されている。

カール・シュミット様

拝復　石版画はもちろん驚くべきものです。私の妻さえサッカレーの原画しか知りませんでした。この原画は失われていますが、俗物的な捉え方を示すコピーが幾つか残っているようです。サッカレーはプロフィールを描いたのですが、メクリースは頭部を回して、第二の典型を作り上げています。シュティーラーの絵が彫り込まれたものと思います。彼は少し前屈みの姿勢で描いています。サッカレーの素描にはシルクハットもかぶっていません。こうしてこの奇妙な珍品が出来上がっています。サーカスの監督、しかし演技場を見てなくて、どこか遠くを見ているようです。

　ゲーテは自分の言ったこと以上に知っていました。これはロマン派の連中とは逆で、彼らは自分の知っていること以上のことをしばしば言っています。何よりも彼らの専門領域であるイロニーにおいてです。その重点は抑止されたものの中にあるというのにです。

「この上なく屈辱的に奪われることを避けたいならば、
汝の金と、汝が立ち去ることと、汝の信仰を秘すべし。[1]」

こうした叙述におけるように、何よりも意図されていないものは、占い術的です。このことは『ファウスト』の多くの詩句、とくに第二部の詩句に当てはまります。「フィレーモンとバウツィス」にもです。ルネ・マルツィク夫妻のための「追悼文」に取り組んでいたとき、このことに再び気がついたのでした。

　占い術的なものは、火薬のようにいたるところにばら撒かれていて、時が来れば爆発します。それは次の風刺詩のように、ありふれたものからも突然起こることもあります。

「ファイテル〔安物のナイフ〕とイッツィヒ〔ユダヤ人〕が自由について激しく言い合っている。
これにさらにモーセが加わると、王侯たちは王座から転がり落ちる。[2]」

これはイロニーの転倒として、違ったふうに読めます。

「立ち去る」ということについてですが、フリードリヒ・ジーブルク[3]があるとき、ここヴィルフリンゲンで私にこんなことを言っていました。自分の墓のことを考えると心が締めつけられる、と——彼はおそらくその後にやって来る無意味さのすべてを考えていたのでしょう。私はシュトゥットガルトの森の墓地での彼の埋葬に立ち会いました。そこには友人たちが集まっているだけでした——ここシュヴァーベンで言われているように、それは「大きな」亡骸ではないけれども「美しい」亡骸でした。

いつもこんなふうとはかぎりません——思い出すのは、私の戦友のコルト・フォン・ブランディス[4]の埋葬のときのことです。彼の名前はドゥヴォモン要塞と言えばお分かりと思います。彼は先頃ニーダーザクセンで葬られましたが、フランス人たちがドゥヴォモンの山から土を運んで来ました。軍服姿を見て、司祭は神経をいらだたせたのか、柩の前で不適切な言葉を吐いたものです。ドゥヴォモンが本来「山の意味」にほぼ等しいことは、司祭にも分かるべきでしたが、もちろんそれで事態が変わったわけではありませんでした。

こうしたことはニーチェに言わせると「無であり、とんでもない」ドイツ人の間だけで可能なことで——つねに新たな思いがけない驚きが体験されます。一九四五年にはドイツ人は無でした。彼らはこの状態の異常な可能性を単なる安全と交換したのでした。今も選挙戦では安全が第一のテーマ、ほとんど唯一のテーマです。ルイ・フィリップ[5]でさえもこれを安売りしています。これに対して忘恩とも言うべきでしょうか——アメリカの、あるいはイギリスの教授が彼らから「単独責任」を取り去ろうとしたことがありましたが、殴られないよう用心しなければなりませんでした。

私たちは二週間前に、バート・ホネフに行っていました。ハンス・シュパイデルの七十五歳の誕生日のお祝いにです。シュパイデルの元気な姿を見て喜んだことです。すべてが、障害も含めてですが、星占いではこの経歴にはいい傾向が示されていました。祝賀宴には二百人以上が出席して、ほとんど全員が彼から一人一人名指しの挨拶を受けていました。

一晩、カルロ・シュミート[6]と過ごしました。彼にはガスコーニュ人風の大法螺を吹く傾向があるのですが、それでも洗練された会話ができる数少ない一人です。彼は体力はまだいい状態のようで、私の横で平らげる牡蠣や蝸牛の量からそう思いました。

カール・アレクサンダーとは電話でよく話しますが、健康で、職業にも家族にも満足しているという印象を受けています。

この十一月はとくに曇った陰鬱な日が続きますが、お元気なあなたのお手元にこの手紙が届くことを望みながら。

敬具

あなたのエルンスト・ユンガー

七九四一　リートリンゲン近郊ヴィルフリンゲン

一九七二年十一月十一日

1　ゲーテの『西東詩集』の箴言の書の中の詩句。

2　出典不祥。

3　三七三—七四ページの注参照。

4　一九七二年に亡くなった第一次大戦のときの戦友。ユンガーと同様にプール・レ・メリット賞を受けていて、ヴェルダンのそばのドゥヴォモン要塞での激戦の思い出を記す書物を二冊出している。『漂白の七十年　Ⅱ』、七二年七月二十二日の項参照。

5　ルイ・フィリップ・フォン・オルレアン（一七七三—一八五〇）、一八三〇年から四八年までフランス王。「市民王」と言われ、とくにリベラルな市民階級を支援し、しばしば非難される立憲民主制の「中道政治」を行った。

6　一四一ページ、五七年一月二十六日の手紙参照。

エルンスト・ユンガー様

拝復　メクリースのゲーテの肖像画についてその成立史をお教えいただき、事情がよく分かりました。大概のゲーテの注釈書よりもこの数行の説明の方がはるかによく分かります。この十一月十一日付けのお手紙、まことにありがとうございます。カール・アレクサンダーがまだサン・カシアーノに来てくれていないのを非常に残念に思っておりました。もっとも今は季節もあまり良くなく、私にもひどくこたえる毎日です。ルネ・マルツィクのためのフィレーモン＝バウツィスの寄稿論文、近く読ませていただくのを楽しみにしています。一つ質問があります。次の詩句をご存じでしょうか。

かつて影に実体を与えたわれわれが
今、実体が影としてわれわれから引き出されるのを
見ている。[1]

これは六十年前から私に付きまとっているものです（影絵[2]は一九一二年に出来ました）。

敬具

あなたのカール・シュミット

Pl〔プレッテンベルク〕パーゼル

1　次の手紙と『カール・シュミット――彼の弟子の一人との往復書簡』四〇二ページ参照。
2　二六三ページの注参照。

一九七二年十二月四日［絵葉書］

カール・シュミット様

拝復　引用なさっている詩句はシェークスピアのものではないでしょうか。もっとも確かではないので、調べてみます。

　影絵は今も私の蔵書の中にあります。それに反して、クラーゲスの序文のついたシューラーについての小論[1]は紛失してしまいました。これは昔、西部要塞へ向かう汽車の中であなたから贈られたものです。あなたは一人の愛読者をえたのでした。

　あなたのお手紙は十一月の響きをもっています。もっとも筆跡はそれと矛盾していて、そこにはまだ少しの乱れもありません。あなたの運筆はマルティーン・ハイデガーのそれよりはるかにしっかりしています。

　機会を逸したことが誰にもたくさんあります。私はエズラ・パウンド[2]と会いたいとかねがね願っていましたが、果たせないまま彼は他界しました。アムリスヴィルで彼の詩を朗読したのは別人でした。エズラ・パウンドには海から頭をのぞかせたばかりの海神ネプチューンのような詩がありました――そうした海神の頭が死に絶えたのです。

　ご健勝をお祈りしつつ。　　敬具

あなたのエルンスト・ユンガー

七九四一　リートリンゲン近郊ヴィルフリンゲン

一九七二年十二月五日

1　一三四ページの注参照。
2　エズラ・パウンド（一八八五―一九七二）、アメリカの詩人。文明批判、反資本主義、反帝国主義を掲げ、文明史的、神話的な広範な視野からのカレイドスコープ様の世界規模の詩集『キャントーズ』で有名。イタリアのファシズムに共鳴し、ラジオ・ローマから反アメリカのプロパガンダを放送したため、アメリカの司直に逮捕されたが、精神病院に入れられて、反逆罪は免れている。一九五八年、退院してメラーノに住んでいたが、一九七二年十一月一日、ヴェネツィアで死去。

エルンスト・ユンガー様

拝復　「神話的世界と技術的世界における死」へのあなたの四十九の注釈[1]は汲めども尽きぬものです。オウィディウスからゲーテへの転回点、そのちょうど中間点は、驚くほど明確です。私個人にとって、「ゲーテ」というテーマは、ヨハネス・ポーピッツとの対決の一部にもなっている無数の対話と結びついています。ところで、一つお尋ねしたいのですが、いわゆる交通事故死、つまり技術的な「事故」[2]は、「暴力的な」死なのでしょうか。しかしこんな質問をしてあなたのお邪魔をしようというつもりはまったくなく、ただ十二月五日付けのお手紙とフィレーモンとバウツィスについての論文をお送りいただいたことのお礼を言いたいだけなのです。この前の手紙で私が書きました影の詩句は、シャミッソーのものでした（ペーター・シュレーミールの第二版の序文、ベルリン、一八三四年）。影は生きています（ミーゼス博士の匿名でフェヒナー[3]が言っているところ）。この冬とこれからの長い夜をお元気でお過ごしになられますよう。

敬具

あなたの旧友、カール・シュミット

［発信地なし］一九七二年十二月十六日［絵葉書[4]］

1　「フィレーモンとバウツィス」論は四十九の章ないしアフォリズムに分かれていた。

2　「フィレーモンとバウツィス」、第三七章以下および『漂白の七十年　II』、七三年二月二十七日の項参照。

3　グスタフ・テーオドーア・フェヒナー（一八〇一―一八八七）、精神物理学者、哲学者。一八四六年にミーゼス博士の匿名で『四つのパラドックス』と題する風刺的な著作を刊行。シュミットが引用している「影は生きている」という文章はその第一章の表題。シュミットは彼の著書『影絵』（一九一三年）のモットーにそれを用いている（二六三ページの注参照）。

4　ゲーアハルト・キューゲルゲンの描いたゲーテのパステル画（一八一〇）の絵葉書で、表にシュミットの字で次のように書かれている。「Gemüte-wüte の押韻（Ｐｈ（フィレーモン）Ｂ（バウツィス）論の二三ページの二六番）は鐘の音を破壊し、終わらせる、このキューゲルゲンの肖像画とサッカレーの素描。」

カール・シュミット様

拝復　「暴力的な死」とおっしゃいますが、これは、区別することがあなたにとって一番問題であることから来る質問の一つのようです。このことは誰や彼やが私たちの乗り物の一つに乗るときの前提条件を知ることに繋がるのかもしれません。十字を切るのは、私の思いますのに、水の中に入って行くときの流行の習慣です。

冗談ではなく、あなたもそれに取り組んでいただきたいものです。二〇ページもあればできるのではないでしょうか。

対話をする価値がある同時代の人の数は、とくにドイツでは、急速に減っています。哲学の古典的な国ですのに。少なくとも鳥占い師たち〔消息通〕の集会を精算書の山の内部の手をつけない貯えとして期待されていたのでしょうが。近いうちにアンリ・モンテルランの「最期の手紙」[1]をお送りします。彼はその中で私の箴言「自殺の可能性はわれわれの資本の一部である」を引用しています。もっとも残念ながら不正確にですが。それはそうと、ローゼンベルク[2]はそれを読んだ後で、こんなことを言っています、「著者が自分の資本を使うのが望ましいのではなかろうか」と。

フーゴー・フィッシャー[3]から手紙が来て、哲学部が自分の七十五歳の誕生日に何の配慮もしなかったことにひどく腹を立てていました。しかしこれにはむしろありがたいと思うべきではないでしょうか。いずれにせよこの点では彼はニーチェと一緒なのですから。

私たちの歳ともなれば、望むことと言えば、長い耐用年数ではなく、次の年をうまく切り抜けることです。この意味でご健勝をお祈りしつつ。

敬具

あなたのエルンスト・ユンガー

七九四一　リートリンゲン近郊ヴィルフリンゲン

一九七二年十二月二十一日

追伸　カール・アレクサンダーは大晦日に帰って来ます。みんなであなたのご健康を祈って杯を上げます。

1　アンリ・ミヨン・ド・モンテルラン（一八九六―一九七二）、フランスの作家。ユンガーは第二次大戦中にパリで知り合いになっている（『パリ日記第一部』四二年七月八日、四三年三月四日の項および一五〇ページの注参照）。モンテルランは七二年九月二十一日に自殺。『漂白の七十年 II』の七二年十一月五日の項にヨーゼフ・ブライトバッハ宛の手紙から次の文章を引用している。「モンテルランの自殺の知らせに喫驚しました。もっとも、そのプロセスを見てみますと、彼の気持ちには共感を覚えます。マルセル・ジュアンド（三六八ページの注参照）がこれについて短い手紙をくれて、それがモンテルランの路線であったと言っていました。」――モンテルランの死については、次の手紙参照。ユンガーの最期の言葉の収集については四八年五月五日の手紙参照。

2　アルフレート・ローゼンベルク（一八九三―一九四六）、政治家。その著書『二十世紀の神話』（一九三〇）によってナチズムのイデオローグの首領とされていた。一九三四年以降、「ナチ党の精神的、世界観的訓練と教育全般を監督する総統の全権委任者」。ニュルンベルクで死刑の判決を受け、処刑された。

3　フィッシャーについては三ページの注参照。フィッシャー宛の同じような慰めの手紙が『漂白の七十年　Ⅱ』の七三年一月二十三日の項に記されている。

モンテルランの最期の手紙の一通、引用は不正確です。そこには「自殺の可能性はわれわれの資本の一部である」（『木の葉と石』[1]）とあります。

帝国監督ローゼンベルクはこれについて「著者が自分の資本を使うのが望ましいのではなかろうか」と書いていました。

EJ

［この文章の下に葉書大で、左半分におそらくモンテルラン自身のものと思われる次の手書きの文章のコピー］

“Le suicide fait partie du capital de l'humanité.〔自殺は人間の財産の一部〕”

［署名］モンテルラン

エルンスト・ユンガー

一九七二年六月八日

［右半分にはパスポート大のモンテルランの肖像写真と、その下に次の文章のコピー］

“Le suicide fait partie du capital de l'humanité.”

Citation de Jünger〔ユンガーの引用〕

Message à Gabriel Matzneff〔ガブリエル・マツネフへのメッセージ〕。

一九七二年六月八日

［端にシュミットの手書きの文章］

カール・マルクスによれば、「資本は増えて行く価値の余剰価値である」

一九七四年七月十一日

C・S

「絞首刑吏の手による自殺も私はこの目で見てきた」[2]

(Ex cap s)

絞首刑吏の手による自殺に先手を打った者

(1) アールマン[3]　一九四四年十二月　キール

(2) ヘルマン・ゲーリング[4]　一九四六年　ニュルンベルク

［ユンガーよりシュミット宛］

［発信地、日付なし］
［一九七二年末／一九七三年初頭］

1　引用されているのは、一九三四年に出たエッセー集の補遺のアフォリズム第九二番。

2　“Ex captivitate salus”〔救いは囚われの身から来る〕，二四七ページの注参照。引用された個所は「六十歳の男の歌」（二二八—二二九ページの注参照）の終わり近くの九三ページより。

3　ヴィルヘルム・アールマン（一八九五—一九四四）、キールの銀行家の一族。第一次大戦に将校として参戦、失明する。一九三三年、一時期プロイセン文部省に勤務。国家哲学に興味をもち、シュミットと交友。ヒトラーに対する抵抗運動に関わり、一九四四年七月二十日のヒトラー暗殺未遂事件との関わりも追及され、十二月七日、逮捕を逃れて自殺。シュミットの『救いは囚われの身から来る』（二四七ページの注参照）は、アールマンに捧げられている。一九五一年に出された『ヴィルヘルム・アールマン追想論集』にもシュミットは論文「法と領域」を寄稿している。

4　ヘルマン・ゲーリング（一八九三—一九四六）、帝国元帥としてヒトラーに次ぐナチ最高指導者。ニュルンベルクの国際軍事法廷で死刑判決を受けた後の四六年十月十五日、毒を仰いで自殺。ゲーリングは一九三三年、シュミットをプロイセン枢密顧問官に任命、一九三六年にナチ親衛隊からのシュミット攻撃があったとき、シュミットを守っている。

エルンスト・ユンガー様

拝復　あなたの新しいご本[1]、お送りいただき、まことにありがとうございます。とくに友情のこもった献辞の言葉にも厚くお礼申し上げます。

私は今、物語の溢れるばかりの形姿を整理しようと試みています。そのためには新しい種類の類型学が必要です。神話は避けねばならない障害です（一六八ページ）[2]。私はドイプラー[3]を手助けにしてやってみようと思っています。夢の小梟、暗黒の両生類、雪の謎動物など。

モンテルランの最期の筆跡の写真コピーも本当にありがとうございます。この復活祭にはフランスの甥がパリから訪ねて来ました。彼からローマでの葬式の模様を聞きました。灰をテヴェレ川に投げ込むのだそうです。

灰は流れて行こうとせず、
すべての国々に埃となって飛び散る。

敬具

あなたのカール・シュミット

プレッテンベルク＝パーゼル、一一c

一九七三年四月二十七日

1　一九七三年に出された小説『木の枝で作ったパチンコ』。シュミットの遺品の中には含まれていない。

2　言及されている個所は『木の枝で作ったパチンコ』の「問題」という章の終わりにあるもので、再三に歴史上、神話上の重要人物やモデルに視線を向ける一連の章句の締めくくりになっているもの。一六八ページには次のように述べられている。「サーディ（ペルシャの詩人（一二一五—一二九二））には多くの学びうるところがあった。しかし彼は原型ではなかった。むしろ古代人の落伍者であって、その姿は古代人の戯画である。まさに神話こそ、避けねばならない障害であった。新しい神々が生きていたが、濃縮した現在の中で焼け死んでしまった。歴史は、そして神話そのものは、ここでは、磁石の山が船の釘を吸い上げるかのように、何一つ束ねはしなかった。」

3　ドイプラーについては一一四—一一五ページの注参照。

カール・シュミット様

拝啓　私たちの偉大なドラマの共演者たちは一人二人と去って行きました。その印として、アンナ・ニーキッシュ[1]が亡くなったときのお悔やみの手紙を同封します。

この前、テレビで「ベニト・セレノ」[2]の映画を見まして、私たちがそれについていろいろお話し合いをしたことを思い出しました。

チェスの一勝負が終わると、白と黒の駒は箱にしまわれます。駒はお役ご免になるのですが、そこにはまだ意味があります。しかし価値ある役割は果たせなくなって、つまりはそれぞれの区別がなくなります。思い出も、たとえば歴史家の思い出ですが、こうした価値ある役割を再び取り戻さねばなりませんが、このことは最上の歴史家たちにも完全には成功しません。しかし要求されねばならないのは、彼歴史家が形状を支配していることです。たとえば、法哲学者と法制史家と国家法学者の区別です。ローマとかカルタゴといった党派は、形姿を獲得するうちに情熱を失います。彼らの本質は意味を獲得することで価値ある役割を見失うのです。

私はパリから帰って来ました。あちらでは多くの昔の知人や、新しい知人に会いました。ガブリエル・マルセル[3]やモーズリ卿[4]に始まり、驚くほど開放的な若い学生たちにいたるまでです。「世代」は今は五年ごとに更新されています。このことも加速の印です。

アレクサンダーが妻と娘を連れて数日ヴィルフリンゲンに来ていました。孫のイリーナは本当に可愛いいい子供です。

ご健勝をお祈りしつつ。　敬具

あなたのエルンスト・ユンガー

七九四一　リートリンゲン近郊ヴィルフリンゲン

一九七三年六月二十六日

1　エルンスト・ニーキッシュ（一七ページの注参照）の妻。エルンスト・A・ニーキッシュ宛のこの悔やみ状は『漂白の七十年　II』に同じ日付で再録されている。

2　一〇八ページの注参照。

3　ガブリエル・マルセル（一八八九―一九七三）、フランスの哲学者、戯曲家、批評家。

4　オズワルド・アーナルド・モーズリ（一八九六―一九八〇）、イギリスの政治家。一九三二年に「ファシスト同盟」を結成、一九四〇年、同盟は禁止され、三年間、拘留される。一九四八年に「行動同盟」を結成するが、ほとんど意味のある活動はできなかった。

カール・シュミット様

冠省　上に挙げたもの[1]は私の蔵書の中からの Trouvaille〔掘り出し物〕です。

匆々

エルンスト・ユンガー

〔日付なし。シュミットが受け取りの日を一九七三年七月四日と記している〕

1　アルフレート・シューラー（一三四ページの注参照）の『断章と講演』に寄せたシュミットの序文。

カール・シュミット様

拝啓　あなたのお誕生日に、一九三四年にゴスラルであなたからいただいたセンペルヴィヴム〔ベンケイソウ〕[1]がこちらでまた花を咲かせています。

お誕生日を心からお祝いしつつ。

敬具

あなたのエルンスト・ユンガー

W〔ヴィルフリンゲン〕

一九七三年七月十一日〔絵葉書〕

1　Sempervivum はラテン語で「永遠に生きる」意。葉の厚い草。八〇年十一月十二日の手紙も参照。

エルンスト・ユンガー様

拝復　六月二十六日付けのお便り（アンナ・ニーキッシュ夫人へのお手紙のコピー）、七月初めのお手紙（一九四一年のクラーゲス＝シューラーの書への私のコメントを思い出させていただいたもの）をまとめて、それにお礼を言い、そして何よりも北西スペインのポンテヴェルダから私の四人の孫たちともどもご挨拶をお送りしたいと思います。四人の孫たちはその母親と一緒に、小さなイリーナの写真に見入っていました。センペルヴィヴムの紫色の丸い花とあなたのお写真は、私の八十五歳（おそらくは最終的な最後の七年の始まりで、八十五歳のフリードリヒ大王も一七九七年には、ブラウンシュヴァイク公[1]のように、革命軍の若い将軍たちに打ち負かされただろうことを憂鬱な気持ちで考えていますが）を飾るものになっています。

ご健勝をお祈りしています。

敬具

あなたのカール・シュミット

［発信地なし］一九七三年七月二十日

1　カール・ヴィルヘルム・フェルディナント、ブラウンシュヴァイク公（一七三五―一八〇六）、プロイセンのフリードリヒ二世の甥。一七七三年以来、プロイセンの将軍。一七九二―九四年と一八〇六年、革命フランスに対する連合軍の総司令官。一七九二年、ヴァルミー（四五〇ページの注参照）でフランス軍を敗走させたが、一八〇六年のイエナとアウエルシュテットの戦いでは彼の優柔不断の態度のためにナポレオン軍に敗北を喫する。シュミットが一七九七年という年で言っているのは、あの時代の戦いのことではなく、フリードリヒ大王（一七一二―一七八六）の年齢がそのとき自分の年の八十五歳と同じということ。

カール・シュミット様

拝啓　カール・アレクサンダーから聞いたのですが、カール夫妻がちょうどプレッテンベルクにいらっしゃるあなたを訪ねたそうで、二人にいつまでも続くいい思い出が出来たことを喜んでいます。あなたの名づけ子が立派に成人していることをあなたもお喜びのことと思います。

あなたは八十五歳のおめでたいお誕生日をお迎えになられて、この機会にと訪れる客も多いことと存じます。遠く離れておりますが、私もあなたの後を追って、そんな資格はないかもしれませんが、一年半後には八十歳になります。私はしばらく前から誕生日には旅に出ています。今年の誕生日には何人かの友人とセイロン〔スリランカ〕で過ごしました。私たちはみんなでインド洋の珊瑚礁の上の鏡のような海にボートを漕ぎ出し、岸辺に戻ると伊勢海老を食べました。満月ではなかったので、ワインも出されました。なかなかのものでした。

十二年ほど前から私たちは再び新しいゲームを始めています。ルールはずっと簡単になって、顔は隠して、イメージだけがあるようにするのですが、ゴムのマスクのようなものを顔に吹き付けておくのです。それがうまく行かなくても、少なくとも見栄えをよくするよりも、はるかにましなのです。友人たちや来訪者にとって思いがけない喜びを用意するからです。

ところで、移行期というものはみな、古代からキリスト教の時代への、あるいはゴシックからルネサンスへの移行期もそうですが、同じような現象を伴っているようです。自動機構の計算機は、今日、昔の印刷所とよく似た水準化を引き起こしています。両者とも、並はずれた技術的な発展を伴っているからです。かつては西インドまでも行ったように、今は月へも飛んで行きます。多彩さは再洗礼派から教養のある人文主義者にまで広がっていて、彼らは対話を求めてヨーロッパ中を歩き回っています。

ところで、ドイツ語の標準語が堕落衰退していますが、このことはそれと関わっていない方言にとってはありがたいことで、この衰退は止まるどころか、サブカルチュアの広がって行く砂漠の内部のエリートたちによって結晶化されて行きます。彼らは遍歴を、亡命をも甘受しなければなりません。ニーチェにはこうした生き方の典型が暗示されています。

先頃、私はある愛好家にあなたの『影絵』[1]を貸してやりました。コピーをしたいというのです。今、この稀覯本が私の手元にはないのです。私は私の時間の一部を割いて、七か所に積んである本を探すのにかかっています。あなたからいただいたシューラーの著書も何年もの後に探し出したのでしたが、これには元気づけられています。この『影絵』は有名人が奇妙なまでに早く表に出て来たものですが、今日の有名人では時間をかけてもその甲斐はなさそうです。

今月末、私は数日の予定でベルリンへ出向きます。アレクサンダーのところに泊まって、そこであなたとも共通の知人、たとえば、あなたをときどき訪ねているヨハネス・グロース[2]と会うことにしています。彼は驚くような仕方でヴィルヘルム・シュターペル[3]、例の『ドイツの民族性』の編集者のことを思い出させてくれます。あなたが彼をご存じかどうかは知りませんが。

ザウアーラントの十一月があなたをメランコリックにしないことを願いながら。シュランツ博士の娘の女医さん[4]が立派な洗練された家族とともに訪ねてくれ、また手紙もくれて、ザウアーラントのことがいろいろと思い出されます。

敬具

あなたのエルンスト・ユンガー

七九四一　リートリンゲン近郊ヴィルフリンゲン

一九七三年十一月十七日

1　二六三ページの注、五七年一月二十九日、七二年十二月四日の手紙参照。
2　三六五―六六ページの注参照。
3　二五ページの注参照。
4　三七八ページの注参照。

エルンスト・ユンガー様

拝啓　満七十九歳になられたこと、心からお祝い申し上げます。それでも十二回目の七年〔日本の十二支のように七年の周期を考える〕の大部分はまだ残っています。その時間を十分に利用なさいますよう。私の経験からしますれば、七年が十二回周期的に回って来たときが最後です。八十四歳以後になおやって来るものは、見くびるべきではないにしても、伝えるものはもう何もないからです。そんなのは子供にも物笑いの種、老いた要介護者のたわごとです。

ハンス・シュパイデル[1]と再会したときに、「私たちは、それぞれが私たちについて予感しているよりはるかに多くお互いを知っている」というあなたの文章がまったく明瞭かつ当然のようにその場を駆け抜けたものでした。

そのとおりなのです。こうした認識についてあなたに感謝の言葉をお伝えできたことは、私にとってはこの春の日の美しい瞬間にふさわしいものと思っています。

敬具

あなたの旧友、カール・シュミット

パーゼル、一九七四年三月二十七日

1　一一六ページの注参照。

カール・シュミット様

冠省　シュパイデルから聞きましたが、一家でプレッテンベルクのお宅を訪問し、お変わりなくお元気なあなたにお会いしたとか、お元気な様子で喜んでいます。これを聞いて私にも勇気のようなものが湧いてきて、まだまだ遠出もできると思っています。

匆々

あなたのエルンスト・ユンガー

アガディール[1]、一九七四年四月二日［絵葉書］

1　ユンガーはこの年に何度かアガディール〔モロッコ〕への旅をしている。小説『オイメスヴィル』（一九七七）のための示唆をうるために（『漂白の七十年　Ⅱ』の関連の記述参照）。

カール・シュミット様

拝復　これからの七年に向けてのご指示、アガディールで拝受しました。まことにありがとうございます。

レオン・ブロイの「途方もない好奇心」[1]こそないものの、遅まきの成長、若い頃には中年になってからも期待していなかったような遅まきの成長への期待を抱いて、これからの七年を待ち受けています。

化石から示準化石への移行には、友と敵が働いています。友と敵がそれを作り出すのです。一方は好意的な打診によって、他方が辛辣な批評によって。

あなたのお手紙を読んだ後、カスバからアガディールの港を眺めながらそんなことを考えていました。港は皇帝の砲艦[2]が停泊していたところです。その後その場所は地震で破壊されました。その後、私はラオン[3]に行っていました。ラオンの町と学識の深い司書のマルティネ夫人に招かれてです。彼女はローラントの資料を調べています。このカール大帝の側近の騎士はラオンの市域に領地をもっていたそうです。

敬具

あなたのエルンスト・ユンガー

追伸　昨日、カール・アレクサンダーがベルリンから電話で、二人目の子供が生まれたと知らせて来ました。男の子で名前はマルティーンです。星座は双子座で、これは占星術師もまだ完全には解釈していないものと私は思っています。大喜びの父親があなたにもしかるべくご報告することでしょう。多分、七月末に、私は洗礼式のためパダボーンへ行くことになります。

七九四一　リートリンゲン近郊ヴィルフリンゲン

一九七四年五月二十八日

1　ブロイについては四一ページ、二〇九ページの注参照。『パリ日記第一部』の四二年七月二十五日の項に「レオン・ブロイは臨終の床で、死を前にして何を感じるかと問われ、"Une immense curiosité〔途方もない好奇心〕"と答えた」とある。

2　一九一一年七月一日にドイツの海外営業所を必要な場合

に保護するためにアガディールに派遣されたドイツの砲艦「パンター（豹）」号。このいわゆる「豹の跳躍」が第二のモロッコ危機を引き起こし、誤ったドイツの大国主義の徴候とみなされただけでなく、第一次大戦前の政治的な緊張の激化の徴候ともみなされる。『漂白の七十年　Ⅱ』、七四年四月二日の項も参照。

3　ユンガーが招待されたのは、一九四〇年六月にこの町が爆撃されたとき、貴重な図書館の蔵書を守るためにユンガーが尽力したことから（『庭と街路』、四〇年六月十一、十二日の項参照）。ラオン訪問については、『漂白の七十年Ⅱ』、七四年五月二十日の項参照。

［電報］

カール・シュミットキョウジュドノ
プレッテンベルク゠パーゼル、一一c
ホンジツ、七ガツ二九ヒ、オタズネシタシ。オリカエシヘンコウ。デンワ：〇五二五一／三三二四六　ベノ・クルーゼ、パダボーン

エルンスト・ユンガー

パダボーン、一九七四年七月二十九日

エルンスト・ユンガー様

拝啓　あなたがサン・カシアーノ[1]をお訪ねくださったこと、いつまでも私の中に余韻を残しています。あなたと奥様に心からお礼を申し上げます。これが私たちの対話をさらに継続させる契機になれば、どんなに嬉しいことでしょう。手紙を書くのが私にはひどく億劫になって、なかなかペンを取る気にならないのです。聖カシアン（イモラの）についての幾つかのメモを記したカードを同封します。一九六三年に書いた『パルティザンの理論』を出版社から直接にお送りします。献辞は後から別にお届けします。

あなたと奥様のご健勝をお祈りしています。アニ・シュタント夫人からもよろしくとのことです。　敬具

あなたの旧友、カール・シュミット

同封二点

（一、短い前置きのある絵葉書［サン・カシアーノの住居の写真］、七四年七月二十九日のエルンスト・ユンガーの来訪を思い出して。彼への第一報との記載あり。

二、プルデンティウスの頌歌の翻訳を書き移したもので始まるメモ用紙

A　一般向きに

(1)　サン・カシアーノからニコロ・マキャヴェリが友人ヴェットリ[2]に宛てた一五一三年十二月十日の手紙（「私が誠実に働いて来たこと、私の貧困はその最上の証明です。」

"Post res perditas〔失われたものの後で〕"（一五一二）

(2)　アルフレド・ド・ミュッセ[3]「虚しい願望」（一八二一）「おお、マキャヴェリ、汝の足音は／サン・カシアーノの〔荒涼とした〕小道に今も余韻を残している。」

(3)　S・カシアーノ・ディ・ペサ（フィ〔レンツェ〕）の家の銘文

マキャヴェリのために
サン・カシアーノの人々は自分たちの名誉を誇りにし、
マキャヴェリ〔への思い出〕をしっかと保持している。

B　専門家向きに

(1)　S・カシアニの殉死（紀元三〇〇年頃、キリスト教徒迫害のとき）に捧げる頌歌、スペインの詩人プルデンティウス作[4]（四〇〇年頃）。無礼な弟子たちが鉄筆で師をなぶり殺しにする様が詳細に描写される。

(2)　このカシアンについてはさらにトゥールのグレゴリウス[5]に、その後も、イエズス会士（いわゆるボランディスト）[6]の聖人伝にある。

(3)　ブリクセン司教区（サビオナ）[7]の歴史。同封のもの参照。

(4)　ローマのミサ　八月十三日

（ある頌歌のコピー）

プルデンティウスのラテン語の頌歌（四〇〇年の後）の翻訳の写しの冒頭部分（勝利を収めたキリスト教徒が彼らの殉教者の苦しみを歌っているような、つまり勝者が歴史を書いているような貴重なドキュメント！）

残念ながら、私には筆記を助けてくれる者がなく、あまりにも早く疲れてしまいます。）

C・S

サン・カシアーノの同封の絵葉書に添えたB3の用紙についての。

以下はドイツ語訳から（レッシュ、ロシュマン訳。ボランディストによる注釈つき）サビオナとブリクセンの教会についての書（フランツ・アントン・ジーマヒャーの『教区司祭』第一巻、一八二一、九二ページ以下）に印刷されているもの。

「その男は何者だ、と偶像を崇拝する拷問者（つまり裁判官）は尋ねる。彼は皇帝の命令にも逆らう誇り高き大胆さの持ち主である。若者たちに象形文字を教える厳格な教師だとの答えがえられると、その偶像崇拝者は言う、よろしい、その男を即座に縛り上げ、彼の若い徒弟たちに引き渡せ。徒弟たちは思いのまま教師に辱めを加えてよい。ずたずたに引き裂いても処罰はされない。彼らの手をその教師の血で染めよ、と。カシアンのもとに統制されていた若者たちは、その厳格な教師が思うがままになぶりものになるのを楽しむ。彼らは筆記用具の鉄筆で武装し、群れをなしてカシアンの周りに集い寄って来る。彼の体からはすでに衣服は剥ぎ取られて、両手は後ろ手に縛られていた。無礼な若者たちは、今は何のためらいもなく、抱いていた恨みを師に対して思うがままにぶちまける。石を投げつける者もおれば、筆記用の石板を師の顔に粉々になるまでぶつける者もおり、蠟に文字を彫り込むように先の尖っている鉄筆を突き刺す者もいる（などなど数ページにわたる）。

プレッテンベルク＝パーゼル、一一c

一九七四年八月四日

1　二九七―九八ページの注参照。

2　フランチェスコ・ヴェットリ（一四七四―一五三九）、外交官。長年にわたるマキャヴェリの伴侶。マキャヴェリが追放された後の一五一三年以来、サン・カシアーノから出した三十九通の「友情をこめた手紙」の受け取り手。

3　アルフレド・ド・ミュッセ（一八一〇―一八五七）、フランスのロマン派の詩人。詩「虚しい願望」は一八三〇年十月二十一日に『パリ評論』に発表されたもの。この時期は民主主義者たちには期待はずれの経過を取った七月革命のすぐ後であって、この詩は文学の政治的関係に対する拒否であり、「哀れな」政治的な詩人がその魂を汚したと非難するもの。

4　アウレリウス・プルデンティウス・クレメンス（三四八―四〇五）、ローマの弁護士でスペイン総督。古代の偉大な抒情詩人、叙事詩人。とくに重要なのは、アレゴリーを用いた「プシコマキア〔魂の戦い〕」で、これは中世に大きな影響を与えた。

5　トゥールのグレゴリウス（五三八―五九四）、フランクの歴史家。平俗なラテン語で聖人の歴史を書いている。

6　ベルギーのイエズス会士ジャン・ボランド（一五九六―一六六五）にちなんで命名されたイエズス会の学者グループ。一六四三年にボランドが始めた聖人の生涯の百科全書『聖人伝』がこのグループに受け継がれ、一九四〇年までに六十七巻が出されている。

7　南チロルのクラウゼン近郊の村。九九〇年まで司教座の所在地。その後、十六世紀までブリクセンの司教の夏の館があった。

カール・シュミット様

拝復　あなたのトゥスクルム[1]のパトロンであるイモラのサン・カシアーノについての資料をお送りいただき、まことにありがとうございます。私はこれまでヨハネス・カシアヌスしか知りませんでした。四十年も前にベルリンで僧院の施設についてのカシアヌスの書を読んだことがあるからですが、うるところがなくもなかったものです。私の相棒の一人、エルンスト・フォン・ザーロモン[2]が私の代子にこの名前をつけさせたことがありますが、その理由は私には分かりません。

サン・カシアーノの殉死で奇異な感じを受けたのは、

弟子たちが自発的に危険を及ぼすようになったのではなく、当時のお上が彼らにそう仕向けて、犠牲者の方に駆り立てて初めてそうなったことです。上から言われてそれが彼らに任されたのです。

『パルティザンの理論』をお送りいただいたことにもお礼を申し上げねばなりません。これであなたはお仕事を徹底的に続けられたことになります。あなたは森の中の国法と国際法の空き地をくまなく踏破されています。

パルティザンにとっては場所よりも時間の働きの方が大きいのではないでしょうか。森はパルティザンにとっては大都市でもありえます。ビスマルクが恐れたのはコミューンではなく、逆です。ガンベッタとガリバルディの方が彼にはもっと危険でした。[3]そして屋内で平和条約を結べたときは喜んだものです。小規模に時間を作る者は、広域気象状況の好都合な変化を待つことができます――このことは今再びキプロスで見てきた通りです。こうしたもめごとには周辺部の方が好都合で、ドイツ人にとっては中央にいることがこの観点からして不幸なことです。これは地理的な意味だけのことではありません。それゆえ人狼部隊[4]も破局を先に延ばすことはできなかったのです。私はこのことについて何年か前に、あなたもしばしば引用なさっているショーメルス[5]と話し合ったことがあります。

サン・カシアーノをお訪ねして、とくにあなたが居合わせたのは、私たちには嬉しいことでした。近くまたこうしたことがあればと願っています。妻もカール・アレクサンダーも貴重な思い出をそちらから持ち帰っています。

私たちはフリードリヒ・ゲオルクの誕生日の祝いにユーバーリンゲンに出かけるところです。あちらではハンス・シュパイデルにも会うつもりです。九月六日には空路トルコへ行きます。地中海のそばに数週間滞在するのが、ここ久しく私の毎年の慣わしになっています。

パルティザン[6]へのお礼に記念論集に寄稿した小論Travaux pour le Roi de Prusse〔プロイセン王のために働く〕[7]を二篇、同封します

敬具

あなたのエルンスト・ユンガー

追伸　そちらへお伺いしたすぐ後に、カーバーマン博士[8]から電話がありまして、どうやら私たちの文通を出版すれば成功すると期待しているようです。私にはそううまく行くかどうか判断できませんし、考えたこともありませんでした。“Quieta non movere〔静かなるものを動かすなかれ〕”[9]はここでも望ましいのではないでしょうか。むしろ友人たちに贈る私家版を一度考えてはと思っています——たとえばあなたの九十歳のお誕生祝いということでも。

EJ

シュタントさん[10]にもお世話になりました。よろしくおっしゃってください。

七九四一　リートリンゲン近郊ヴィルフリンゲン

一九七四年八月三十一日

1　トゥスクルムは今日のフラスカティ地方の村。ローマ時代に多くの貴族の別荘があって、キケロもそこに別荘をもっていて、そこに引きこもって文筆活動に携わった。それ以来、「トゥスクルム」は学問的仕事や作家活動のために引きこもる場所の代名詞ともされる。

2　エルンスト・フォン・ザーロモン（一九〇二—一九七二）、保守的な、二〇年代三〇年代には国粋的な作家、しかしナチとは一線を画していた。一九二二年、外相ラーテナウ暗殺に関わったかどで懲役五年、さらにその後、四年間の公民権停止の判決を受ける。第二次大戦後、自伝的小説『アンケート』（一九五一）で、非ナチ化政策に異議を出していた。

3　ビスマルク……ガンベッタ、シュミットの「プロイセンのパルティザンとの不均衡」の章との関係で言われたもの。
4　第二次大戦末期に連合軍のドイツ帝国内への侵攻を阻止するために結成されたドイツのパルティザン部隊。
5　ハンス・ショーメルス（一九〇二―一九六九）、プロテスタントの神学者。「パルティザンの問題にとって非常に重要な」論文を幾つも書いていると、シュミットの『パルティザンの理論』の注一九に指摘されている。
6　「プロイセン王のために働く」とは、無駄働きを意味する。この言い回しの由来ははっきりしていないが、アーヘンの平和条約（一七四八）、あるいはロスバッハの戦い（一七五七）に関係しているらしい。この二つがフランス人の間に無駄な努力をして、結局はプロイセン王のために働いたとの感情を呼び起こしたという。
7　ゲーアハルト・ローゼの記念論集『パリの夜景画から』（一九七四）とアルフレート・テプファーの記念論集『ブリュマーホーフから出て』（一九七四）。
8　フリードリヒ・カーバーマン（一九四〇―）、『ドイツの革命家の抵抗と決断。エルンスト・ニーキッシュの生涯と思想』（一九七三）の著者。
9　三八四ページの注参照。
10　シュミットの家政婦。三七七ページの注参照。

エルンスト・ユンガー様

拝啓　いろいろのお知らせ、とりわけてこの夏にわが家をお訪ねいただいたこと、老齢の薄闇がますます深まって行く中での明るい光の一条でした。一九七四年の八月末に素晴らしい時間を与えていただいたことに、あなたと奥様に心からお礼を申し上げます。あなたの刊行物――ゲーアハルト・ローゼの記念論集のもの、テプファーの記念論集のもの、それにあなたの新しいご著書『数と神々』に私は多くの時間を割いています。当地には残念ながらそれらについて話し合う相手がいません。それに私のメモは日に日に読みにくいものになっています。

R・マルツィク夫妻の二人揃っての死についてのあなたのお考えは私から離れません。交通事故で一緒に死ぬことがフィレーモンとバウツィスの一緒の死のテーマと重ね合わせることができるのでしょうか。私の思い違いでないなら、これも私たちの会話の最後の問題でした。

私たちの長年の往復書簡を私家版で救い出すというお考えはまことに魅力的なものです。いろいろ考えねばならないことがあるでしょうが、私としても極力協力いたします。

『亡命雑誌』[1]の寄稿者の中にあなたのお名前を見つけました。第三号（一九七四年夏）に私が一九二九年十月にバルセロナで行った講演が掲載されています。今、同じようにこの雑誌の寄稿者リストに載っているフランソワ・ペロー[2]を賛美する号の論文にさんざ手こずっています。その中でも目下とくにアンドレ・コイネ[3]にひどく興味を覚えます。この人物について何かご存じでしょうか。

あなたのパリの夜景画は一九四四年のチェコの夜景画「エリコ」[4]と対になるものです。これは最近、（ＦＡＺ〔フランクフルター・アルゲマイネ紙〕、十二月四日で）「大言壮語」だと不当にも酷評されたフリードリヒ＝ヴィルヘルム・コルフの二十四の「説話」の一つです。このコルフは『新ドイツ評論』誌で馬鹿げて厚かましい冗談で私を揶揄していました。にもかかわらず、私は不当なことが起こっていることに耐えられません。何とも度しがたいドン・キホーテ的世間知らずなのでしょうか。

新しい一九七五年もご健勝にとお祈りしております。そして来る六月に行われるのでしょう、トーマス・マン・セロリ[5]をうまく切り抜けられますよう。そのあぶくはもうすでに私たちの岸辺に打ち上げられています。

あなたの『数と神々』の五二ページのゲーテの引用[6]には大いに元気づけられました。特別にお礼を申し上げます。その五四ページ（Triskaidekatos〔十三番目の者〕[7]）については私の『政治神学　II』の五二ページもご覧になってください。

敬具

あなたの旧友、カール・シュミット

〔欄外に〕アニ・シュタント夫人があなたご夫妻に良きクリスマスと良き一九七五年をお迎えになられますようとの言づけです。

〔発信地なし〕一九七四年のクリスマス

1　フランス語の国際的な雑誌“la revue exil〔亡命雑誌〕”。“H exil”とも言う。一九七四／七五年にユンガーの「偶然のゲームについての注釈」と「犬と猫」の二篇の小論が掲載された。七五年一月二十八日と七月一日の手紙から、これらがユンガーの知らないままに掲載されたものであることが分かる。シュミットの手紙には“H exil”の三篇の表題を二ページに印刷された宣伝文が同封されている。その一つがユンガーの「注釈」。

2　フランソワ・ペロー（一九〇三―一九八七）、フランスの著名な国民経済学者。シュミットはペローの著作を幾つももっていて、一九四三年から一九七八年までの間に折に触れて文通していた（トミッセン『シュミティアーナV』、一〇八―一一〇ページ参照）。シュミットのペローを称賛する号への寄稿はドイツ語で「合法的な世界革命。法学的な合法性と超合法性への報奨金としての政治的付加価値」というタイトルで一九七八年に出ている。

3　「私には確信はない」というタイトルのコイネの文章が“H exil”の上述の宣伝文に載っている。

4　フリードリヒ・ヴィルヘルム・コルフ（一九三九―）、

文学史家、哲学者、作家。一九七四年に『サン・ミゲルの急流』のタイトルで出された「二十四の説話」の作者。これはコルフの数通の手紙とともにシュミットの遺品に含まれている。「エリコ」は次の手紙に触れられている「葬儀の後の会食」の話。

5　トーマス・マンの生誕百周年の祝いを指す。シュミットはトーマス・マンが嫌いで、『影絵』（一九一三）（二六三ページの注参照）でもマンを戯画化していた。

6　「弟子がすぐに師にならないときには、師の重荷を進んでさらに荷なって行け」。一八一四年にゲーテは詩「不随」でこう述べているが、ユンガーの注釈によると、これはショーペンハウアーがその色彩論でゲーテの色彩論を範にとりながら、そこから逸脱していることを指すと言う。

7　ユンガーはここに言及されている個所でとくに「十二」という数に取り組んでいて、この数は「活動的で瞑想的な委員会を作るのに好適である——瞑想的なサークルのためにも、闘争グループのためにも」とし、しかし「指導者、師、精神的な中心人物［……］はその数に含まれない」と言う。シュミットの方は『政治神学 II』の当該個所（第二章二）で使徒パウロを「カリスマ的正統」と名づけ（四二二ページの注参照）、パウロについて「使徒パウロは、トリスカイデカトス、つまり十二人に対して十三番目の者（ガラテア人への手紙第二章、使徒行伝第一五章）であって、彼らの具体的に作り上げられた秩序の前でカリスマ的以外には正統化されえなかった」と記している。

カール・シュミット様

拝啓　お元気で良き新年をお迎えになったことと存じます。私たちにとっては今年の正月は四人兄弟の一番末のヴォルフガング[1]の死で始まりました。一月の十日にベルリンの森の墓地に彼を埋葬したことでした。

あなたは『H－亡命』誌のことに触れていらっしゃいますが、私がその寄稿者の栄誉をどうしてえることになったのか、私にはとんと合点が行かず、その雑誌はまだ一冊も見ておりません。察するところ、私の昔の知人のドミニク・ド・ルー[2]が何か画策したのでしょう。似たようなことが『ラ・デストラ』誌でもありました。いわば強要されるわけで、昔の帆船の船員のように、良かれ悪しかれ、それに満足すれば万事うまく行くのでしょうか。ド・ルーはそのときリスボンから手紙で、「この問題は陰謀の問題にすぎず、船長たちが天使を発見するのです。船員は決して魚商人にはならないのです」と書いてきました。

アンドレ・コイネについてはまだ何も聞いていません。その代わりに、あなたが同じように引用なさっているコルフの気紛れな書は私の机の上に乗っています。彼が贈ってくれたのです。「エリコ」と夜景画の類似性は私の注意を引きませんでしたが、それでも、彼の「葬儀の後の会食」[3]と『冒険心』での私の夢の中の像の一つでもある「紫色のオランダチシャ」との類似性は目立つものでした。

　私たちのような老人がどうしていまだに文学の厄介なことやいざこざに関わり合わねばならないのでしょう。私たちが二つの歴史的時代の裂け目だけでなく、もっと多くの時代の裂け目を縫い合わす縫い目の上に立っているからではないでしょうか。私は今年はこれまでより長く外国に、おそらくトルコに滞在しようと考えています。そこでは腐食がほかのところよりもそれほど進んでいないように思われるからです。親類の方々がお集まりのときにでもあなたとまたプレッテンベルクでお会いできれば素晴らしいと思いながら。

敬具

あなたのエルンスト・ユンガー

七九四一　リートリンゲン近郊ヴィルフリンゲン

一九七五年一月二十八日

1　ヴォルフガング・ヴィルヘルム・ユンガー（一九〇八—一九七五）、地理学者。

2　ドミニク・フィリップ、コント・ド・ルー（一九三五—一九七七）、作家、セリーヌ、ボルゲス、パウンドなどについての論文の編者。六〇年代に黙示録的なドイツについての小説『ハーモニカを吹く』を出版し、一九六三年にエルヌ出版社（パリ）を設立。

3　次の「紫色のオランダチシャ」とともに公に認められた人肉喰いの話。

カール・シュミット様

拝啓　こちらで誕生日後の休養を少し取りまして、ヨーロッパへ帰ることにしています。ご存じのように、八十歳になって新しい道の一歩が始まります。まずはこの八十歳ということに馴れねばなりません。あなたがドン・C[1]として世の成り行きをこれからも心静かに観察なさいますことをお祈りしながら。

敬具

あなたのエルンスト・ユンガー

アガディール、一九七五年六月七日［絵葉書］

1　ドン・カピスコ。シュミットのニックネーム（二四六ページの注参照）。

カール・シュミット様

拝啓　昔からのペンフレンドで以前から私の『労働者』に取り組んでいるトイニッセン教授[1]が、あなたももちろんご存じの方ですが、この前の手紙に、私が一九三三年にベルリン放送でアーダムス[2]と行った対談のことを書いて来ました。私はそのことをよく覚えてなくて、そのときのテーマも多分少し前に出されたこの『労働者』に関するものだったのでしょうが、忘れてしまっていました。私がこんなことをあなたにお伝えするのは、あなたがこの対談をとくにいいものだったと述べていたとのトイニッセン氏の言葉から、あの対談のテクストがもしあったとしたら、あなたがひょっと保管なさってはいないかと思ったからです。

このところ私はしばしばあなたのことを思っていました――そのきっかけになったのは、「ウォーターゲイト・スキャンダル[3]」とインディラ・ガンジー[4]が克服しようとしている難局です。この二つの場合、立法府は世論の賛成を背景にして、民主制の中に保たれていた権威の残滓に抗して権力の行使を試みています。こうして変革が始まります。あなたは一九三三年以前に帝国最高裁判所で行われた訴訟を契機にこの問題を取り上げておられました[5]。当時、私の父がこう言っていました。「訴えを起こされる政府などとはもう関わりたくない」と。

私たちの目下の不安は、暴動の際に射殺された学生オーネゾルク[6]の死で始まりました。この事件は大きな広がりをもつことになるかもしれません。国家が法を破ったものたちに執行権を越えた大きな援助を与えたのですから。こうした種類の怯懦はローレンツ[7]の誘拐の際に頂点に達しました。

ところで、ポルトガル[8]についてあなたはどうお考えですか。どうやら革命は将校たちによってしか行われえないようなのですが、出来事の方がやがて彼らから逃げて行きます。リヴァロール[9]は一七八九年の革命の後にこう言っています、「将校たちは貴族であるにもかかわらず変化を求めていた。部下の兵士たちはかつては自動機械にすぎなかったが、彼らが民主主義者になると、将校たちは貴族主義者に変わって行った。あたかも彼らは革命によって根絶されるためだけに、革命を援助していたかのようである」と。

イエレミーアス・ゴットヘルフ[10]の『借金農夫』の中で、「法治国家という理念は利己主義の合法的な是認であり、人間の社会を腐敗させ、破壊する要素である」と言っています。

さらに「民衆は要領よく簡潔に支配する強力な政府を求めていて、そうした政府のもとでは、民衆は自宅にいるように快適で優れた腕前を見せることができる。しかし強力な政府ではなく、弱体な政府あるいは意図的に弱体化されている政府のもとでは、民衆は自分の弱い父親を嘲り、母親に卑劣な仕打ちをする粗暴で行儀の悪い子供である。

政府のあらゆる裁判権を奪い取るだけでなく、政府を法廷に引き出すような法律家たちの専横を知っている者はほとんどいない」と書いています。

おそらくあなたも今なおリスボンから出ている風変わりな雑誌『亡命』の新しい号[11]を手に入れていらっしゃると思います。あなたも私もその雑誌から助力を要請されています。エルンスト・フォン・ザーロモン、[12]エズラ・パウンド、[13]マルセル・ジュアンド、[14]ルイーズ・ド・ヴィルモラン、[15]カール・クラウス、[16]ヴァイニンガー[17]その他と並んで。その仕掛人はどうやらドミニク・ド・ルーのようです。

何とも悲惨な夏です。少なくともこれまではそうです。庭は雹の被害に遭って台無しです。太陽が見えたのはアガディールにいたときだけでした。しかしあそこでもホテルの増え具合は不安になるほどのものでした。

ご健勝をお祈りしつつ。　敬具

あなたのエルンスト・ユンガー

七九四一　リートリンゲン近郊ヴィルフリンゲン

一九七五年七月一日

1　トミッセンの間違い。七五年七月五日の手紙、二五八ページの注参照。

2　パウル・アーダムスとの対談を指す。二三二ページの注参照。

3　一九七二年のアメリカの大統領選挙の際、共和党の大統領ニクソンの「再選委員会」が民主党大統領候補者の事務所へ侵入した事件。ニクソンの隠蔽工作が暴露されて辞任に追い込まれる。

4　当時のインドの首相。公務員を違法に選挙戦に駆り出したかどで有罪判決を受ける。反対派から辞任を要求されたが、ガンジーは例外状態を宣言して職に留まった。

5　一九三二年のいわゆる「プロイセン・プッチュ」との関連で言われていること。一九三二年七月二十日、内乱状態の中でプロイセンのブラウン内閣（SPD）は議会の多数派の支持がえられず、大統領の緊急命令と軍事的例外状態の宣言とによって退陣させられ、帝国宰相フランツ・フォン・パーペンがプロイセンの臨時総監になる。シュミットは帝国政府のこの措置を弁護して、一九三二年七月二十九日に「臨時総監は合憲か」という論文を『ドイツ一般新聞』に、八月一日には「プロイセンの臨時総監任命の合憲性」を『ドイツ法学者新聞』に発表している。これに続くライプツィヒの帝国最高裁判所での「プロイセン対帝国」の訴訟ではシュミットはビルフィンガーやヤコービとともに帝国側を支持していた。

6　ベノ・オーネゾルクは、一九六七年六月二日、ベルリンで行われたペルシャ国王来訪反対デモの際に警官に正当防衛を理由に射殺された。

7　ベルリンの市長候補ペーター・ローレンツは、一九七五年二月二十七日、赤軍派テロリストに誘拐されたが、拘束されていた赤軍派の幹部数人のイエメンへの移送と引き替えに、五月四日の夜、釈放された。

8　一九三三年から続いていたポルトガルの権威主義的なサラザール／カエタノ政権は、アフリカの植民地での泥沼化した戦争の出費に喘いでいたが、一九七四年四月二十五日、アントニオ・デ・スピノーラに率いられた軍事評議会に倒され、スピノーラが大統領になるが、社会主義的路線を取るようになった勢力に追われて、一九七四年九月スピノーラも辞任し、外国に亡命する。一九七五年の夏、ポルトガルの植民地はすべて独立する。

9　七〇ページの注参照。ここに引用された個所は、ユンガーの翻訳した『政治』の第一章に出て来るもの。

10　五五ページの注参照。

11　四〇六ページの注参照。

12　四〇四ページの注参照。

13　三八九ページの注参照。

14　三六八ページ、三九一ページの注参照。

15　ルイーズ・レヴェク・ド・ヴィルモラン（一九〇二―一九六九）、フランスの作家。

16　カール・クラウス（一八七四―一九三六）、オーストリアのユダヤ系の作家、評論家。時代批判、言語批判の雑誌『ファッケル〔松明〕』（一八九九―一九三六）の刊行者として有名。

17　三五ページの注参照。

カール・シュミット様

冠省　教授に関してですが、私はつい他のペンフレンドと取り違えていました。

アーダムスとの対談について知らせてくれた方はP・トミッセン教授、ベルギー、グリンベルゲンでした。

もちろんあなたもご存じの方です。彼の手紙によりますと、「C・S伝記をちょうど終える」ところに来ているそうです。Qu. D. B. V (quod Deus bene vertat〔神よ、その事を善く成さしめたまえ〕)。

匆々

あなたのエルンスト・ユンガー

七九四一　リートリンゲン近郊ヴィルフリンゲン

一九七五年七月五日

カール・シュミット様

拝啓　また一年が過ぎ去りました。時間が矢のように速く飛び去るようです。私は今、八十歳に足を踏み入れ、それを快く思っていますが、あなたの予測を肝に銘じています。

　手紙をもらっても返事をしないとき、それはまた重要な日付であるようにも見えます。ゲーテによりますと、人は「現象から段階的に退いて行く」[1]のです。

　ドイツ人には友と敵の区別が失われてしまっていて、そうした状態の中で敵だけをもち続け、友はもうもたなくなっています。

　ヴェルナー・ヘルヴィヒ[2]がテーオドーア・ドイプラー[3]の手書きの原稿を贈ってくれました。そこであなたの素晴らしいドイプラー論を思い起こしたのでしたが、残念ながらそれを紛失してしまっています。

　カシアーノ[4]のお宅で静かに新しい年をお過ごしになられますよう、そしてあなたのお家の守り神[5]によろしくお伝えください。私の妻の名前でも。

敬具

あなたのエルンスト・ユンガー

七九四一　リートリンゲン近郊ヴィルフリンゲン

一九七六年一月八日

1　ゲーテの『格率と省察』の第一三四八番から。

2　ヴェルナー・ヘルヴィヒ（一九〇五—一九八五）、作家。シュミットの遺品にはヘルヴィヒのドイプラー論「ドイプラーの最後の信仰告白」（『アクツェンテ』、一九六四）と「友情。テーオドーア・ドイプラーとエルンスト・バールラハについての対話」（『ヤーレスリング』、七三—七四）が含まれていて、後者にはシュミットの論文「イリーリエン。ダルマティアの旅のメモ」（『ホーホラント』、一九二五）からの剽窃があるとの指摘がある。

3　一一四—一一五ページの注参照。ユンガーがドイプラーの「未発表の手書き原稿」を手に入れたことは、四六年二月二十一日、四七年一月三十日の日記からも分かるが、そのときは贈り主はヘルヴィヒではなくコーエンとなっている。

4　三七七ページの注参照。

5　家政婦のアニ・シュタントのこと（三七七ページの注参照）。

エルンスト・ユンガー様

拝復　あなたと奥様からの新年のご挨拶、まことにありがとうございます。私もシュタント夫人の名前と一緒にご挨拶をお返しします。私の方は段階的に「現象から外れて行く」という点では先頭を切っている感じです。「コペルニクス的に」頸椎を脱臼するようなひどいこともうありませんし、「反対する連中」の攻撃の矢も的外れで頭上を越えて虚空に落ちています。しかしこうした連中のことよりも私の心にかかるのは、プレ・アダム派[1]のことです。ザウアーラントの友人（五十歳くらいで、クルップ社の技師）[2]の詩を二篇同封します。この点であなたにも興味があるのではと思うからです。

ヴェルナー・ヘルヴィヒは彼のカプリ島の書でドイプラーの小説の問題を逸話集にしてしまっています。今年一九七六年に当たるドイプラーの生誕百周年にとっては凶兆ですし、役割を画一化した拍手喝采機械をそれにふさわしく始動させるものです。インプットとアウトプットを操作するのです。Obmutesco et obsurudesco（口をつぐんで、聾になる）[3]。

敬具

あなたの旧友、カール・シュミット

［同封］

E・ヒュスメルトの詩、二篇[4]。

プレッテンベルク＝パーゼル、一一c

一九七六年一月十三日

1 アダム派とはアダムとイヴに倣って裸の生活を実践し、楽園における最初の無垢なる人間への復帰を目指した人たち。プレ・アダム派はその先駆。

2 エルンスト・ヒュスメルト（一九二八―）、工学士。シュミットの娘のアーニマの学校友達で、家庭ぐるみで親しくしていた。

3 シュミットが日頃好んで用いていた言い回しのヴァリエーション。五〇年二月五日、六〇年十一月三十日の手紙参照。

4 ヒュスメルトの「アダムへ」と「プレ・アダム派へ」という題の自由韻律の詩。

カール・シュミット様

拝啓 最近、あなたの足跡に出会いました。それもコンスタンツの「湖畔書店」のカタログでです。その中からルンプフ[1]の書を注文しました。何かうるところがあるかどうかは分からないままでしたが。このところホッブズに取り組んでいるのですが、とくに彼の箴言に人間の平等は「誰もが誰もを殺すことができる」[2]ことに基づいているというのがあるためです。このことはいろいろな側面から考えさせられ、本来デカルトの基本命題よりもっと重要なものに思われます。

プレ・アダム派についてのヒュスメルトの詩はなかなか優れたものと思います。「進化か創造か」という古来の問いに迫っているものです。時間は進化の中で主役を果たしていますが、アダムはその時間の外にいます。神話によれば、人間の前に神々がいたことになっていて、半人半馬のケンタウロスが神々に教えを垂れたと多くの者は思っています。このことは「ピラミッドの前」、つまりアブラハムの前、牡牛座の前ならそうだったかもしれません。数年前、パリで「ピラミッド以前のエジプト」展がありましたが、私は残念ながら見逃しました。牡牛座の前には双子座があったのですが、このことを占星術師から聞くことはほとんどありません。ケンタウロスがこれに関わっていると思われます。現代人はアダムよりもプロメテウス[3]の創造物に近いのです。

私に創造的な仕事ができるのはあと五年だとあなたがおっしゃっていましたが、その五年の最初の一年がまもなく過ぎ去ります。これからもさらに刺激を受けることができればいいのにと思っています。私の書庫にはあなたに昔ゴスラルに持って来ていただいたセンペルビブム〔ベンケイソウ〕の花が今咲いています。これまでに過ぎ去った四十年の間にしばしば株分けされたものです。

ご健勝をお祈りしつつ。　　　　　　　　　　　敬具

あなたのエルンスト・ユンガー

追伸　聞くところによりますと、歴史家たちが労働組合を作ろうとしているそうです。私は彼らがゴミを運ぶ清掃人も加入させるよう提案しています。

七九四一　リートリンゲン近郊ヴィルフリンゲン

一九七六年二月一日

1　ヘルムート・ルンプフ（一九一五―一九八六）、法学者、外交官。ベルリンでシュミットのもとで学位を取る。シュミットの遺品の中には一九七二年に出されたルンプフの著書『カール・シュミットとトマス・ホッブズ』ほか何冊かの著書と多数の論文が含まれている。

2　シュミットは『リヴァイアサン』（一九三八）の第三章と『権力についての対話』（一九五四）の第三部にこの言葉を引いている。この「箴言」はホッブズ（二四―二五ページの注参照）の『市民について』第一章、第三節、『リヴァイアサン』第一部、第一三章に出て来るものだが、ここに挙げられた言い回しはシュミット流に先鋭化されている。

3　一四三ページの注参照。

エルンスト・ユンガー様

拝復　あなたの引用なさったゲーテの言葉は真に豊かにしてくれるものです。それも引用文の事柄の内容を越え

てです。昔、友人のヨハネス・ポーピッツのゲーテ崇拝をあまりに「独善的」と思ったことがありますが、これは私が間違っていたことになります。

ホッブズの箴言にあなたが興味を抱いていることは、私の好奇心をそそります。公使館参事官のH・ルンプフの書をどう思っていらっしゃるかにも興味を覚えます。ルンプフはかなり長い間、ミラノのドイツ総領事を務めていました。

一つ質問があります。現代の病院での死[1]は「自然死」なのでしょうか。人間の手による死ではないのでしょうか——集中治療室、外科病棟などなどその部署別に区別しなければならないのでは。カトリックの道徳神学者たちは積極的な自殺と消極的な自殺を区別します。私はこれまでこうした問題からはうまく逃げていましたが、見通しがだんだん暗くなっています。

あなたの弟さんの雑誌[2]の寄稿者たちの中にはドイプラーについて書くことができる人は誰もいないのでしょうか。そこに何か出ているとは聞いたことがありません。素晴らしい希代の詩句や韻はないものでしょうか。

二月一日付けのお便りのお礼を申し上げねばなりませんでした。ご健勝をお祈りしつつ。　敬具

あなたのカール・シュミット

追伸　ついでながら歴史家について。ドイプラーの「エチオピアの死の舞踏」から一行、「歴史の記録者たちの同業組合の強制」。

五九七　プレッテンベルク＝パーゼル、一一c

一九七六年二月十日

1　シュミットの問いは「フィレーモンとバウツィス」についての議論と関係したもの。七二年十二月十六日、二十一日、七四年のクリスマスの手紙参照。

2　フリードリヒ・ゲオルク・ユンガーとマックス・ヒンメルヘーバー（一九〇五—）の編集する雑誌『岐路。懐疑的思考のための季刊誌』。

カール・シュミット様

拝復　その後、古書籍店よりヘルムート・ルンプフの書が送られて来ました。それをざっと斜めに読んだのでしたが、著者があなたの心酔者の一人ではないにもかかわらず、あなたおよびホッブズに対して批判的ながら敬意をもって対しているかぎりで、嬉しい誤算でした。意外

だったのは著者があなたとホッブズの間に平行線を引いていることです。たとえばこんな具合です、「二人には、権力理論家という多くの知識人やジャーナリストにとっては不気味な噂が先行していて、一方は死後何世紀も経っても無神論者と非難され、他方は大方からあっさり〈ファシスト〉とみなされている」。

あなたの『リヴァイアサン』についてはこんな具合です、「それにもかかわらず、彼の論文は時代精神の影響から免れてはおらず、内的な抵抗のドキュメントの資格を与えることはどうしてもできない。カール・シュミットは、自分の『リヴァイアサン』をエルンスト・ユンガーの『大理石の断崖の上で』と並べて述べるとき（『救いは囚われの身から来る』二一ページ）[1]、どうやらそのように理解してほしいと思っていた」。

こうしたことをあなたが述べているとは、私は忘れていました、いや、まったく知らなかったのかもしれません。ところで、私は大学の憲法の教師と枢密顧問官との区別はつけることができます。後者の使命は抵抗することではありえず、枢密顧問官ともなれば、良かれ悪しかれ、具体的な状況に取り組まねばならないのです。

ルネ・カピタン[2]の次の簡明な文章はあなたのホッブズ評価をよりよく知るのに好適なものと思います。「ホッブズの思考はきわめて個人主義的なものであり、それゆえ全体主義的なドイツ国家の形而上学的な有機体論とは完全に矛盾する。」

あなたのお尋ねについてはこれだけにして、ご健勝をお祈りしつつ。

敬具

あなたのエルンスト・ユンガー

七九四五　リートリンゲン近郊ヴィルフリンゲン

一九七六年二月二十四日

1　二一ページは誤りで、七七ページ（二四七ページの注参照）。一九四七年の官憲の尋問にじっと我慢を続けていたときの文章で、「こうしたことは一部に私がよく知っている昔のリヴァイアサンの領域に属することであり、一部はエルンスト・ユンガーを通して知っている営林監督官の狩猟区なのである。一人の人間が狩り立てられる野獣の状況でどのような行動をすべきかは、それ自体悲しい問題である」とある。

2　ルネ・カピタン（一九〇一—一九七〇）、フランスの法学者、政治学者。シュミットは一九三三年から一九三八年まで彼と折に触れて文通していた。シュミットの遺品にはカピタンの論文「ホッブズと全体主義国家」（一九三六）やドイツの一九三三／三四年の政治的な動向についての論文が含まれている。後者ではシュミットのナチ的な文章との対決がなされている。

エルンスト・ユンガー様

拝啓　頑固な気管支炎に悩まされてなかなかペンを取ることができませんでしたが、あなたのお誕生日の日付に促されて、やっとペンを取り、あなたの八十一歳のお誕生日への私の心からのお祝いをここに述べさせていただきます。私の方は今、ゲヴュルツトラミナー種から作ったエルザスの白ワインを飲んでいます。シュレットシュタット近郊のヴォゲーゼン産（ダームバハー）ですが、これが今のところ私には最上です。あなたにお尋ねしたいのですが、夭逝したサディ・カルノ[1]と彼の省察『火の力について』（一八二四）に関して何かお書きになる気はありませんでしょうか。このことを私はすでに一九四二年に（『陸と海』を書いていたときですが）あなたにお尋ねしようとしばしば思っていました。素晴らしいご本『失われた影　アガディール　Ⅲ[2]』をお送りいただいたこと、とくにお礼を申し上げねばなりません。どうぞお元気で。奥様にもアニ・シュタント夫人と私からくれぐれもよろしくお伝えください。そしてプレッテンベルクへもまたお越しください。あなたの郵便番号が少し変わっていますが、お住まいが変わったわけではないのでしょうね。ついでながら、ヴァルター・フランク[3]ですが、ミュンヘンの時代史研究所から出た彼についてのモノグラフ[4]はご存じですか。ヘルムート・ハイバー教授の著書で一二七四ページもの大著です。

敬具

あなたの旧友、カール・シュミット

サン・カシアーノ

一九七六年三月二十八日［絵葉書］

1　ニコラウス・レオナール・サディ・カルノ（一七九六―一八三二）、フランスの物理学者。蒸気機関の効率を初めて研究し、機械的熱当量を計算した。シュミットは『陸と海』の最後のページで、「内燃機関」の「火」を「人間の活動性の文字通り新しい要素」として高く評価していた。

2　雑誌『岐路』に掲載された一九七五年五月二十五日から六月二十日までのアガディール滞在中のユンガーの日記で、この表題で出版された。のち、『漂白の七十年　Ⅱ』に再録されている。

3　三一二ページの注参照。

4　ハイバーの『ヴァルター・フランクと彼の新しいドイツの歴史のための帝国研究所』は一九六六年に出版されたもので、シュミットの手元にあるものには多くの注釈がつけられ、挟みものがある。

カール・シュミット様

拝復　誕生祝いのお言葉ありがとうございました。それはとくに嬉しいものでしたので、何はともあれ早速にとお返事を書いています。お言葉は満々たる水のようなものでした。私たちのように高齢になると、流行を追うのは歓迎すべきことではなく、むしろ恐れるべきものなのでしょう。

私の住所はただ郵便番号が変わっただけです。数が増えたのです。神々が引っ込んで行ったのでしょう。

先程掘り出し物を見つけました。ヴィルヘルム・シェーファー[1]編集の雑誌『ディ・ラインランデ』の一九一一年の第七号です。そこにはカール・シュミット「三つの食卓での談話」が載っています。あなたはおそらくもうお忘れでしょうが、まことに魅力的な小三部作です。私の思い出したところでは、シェーファーはあなたの『影絵』とほぼ同じ時期にはあまりうまく行っていなかっただけに、私には不思議な気がしたものです。ついでに申しますと、『影絵』は否定的に光を当てるという意味で素晴らしいタイトルです。

サディ・カルノが省察録を書いたとは、私は知りませんでした。昔、外人部隊にいたとき[2]、アフリカのシディ・ベル・アベスで「サディ・カルノ営舎」に宿営していて、その名前を知っていただけです。大カルノ[3]はナポレオンの国防大臣でした。このサディの方は一八七一年、ドイツに抗してノルマンディーを守っています。このことは、最近、垣根戦争と言われているもの、とくにヴァンデ党員の蜂起を調べていて、知ったことです。これはゴシック時代を思い出させるもので、戦争は騎士と農民と僧侶という三つの原初の階級によって戦われていました。

四月五日に数日の予定でパリへ行きます。今月末から五月中頃まではカール・アレクサンダーと三週間ばかりコルフー〔ケルキラ〕で過ごそうと考えています。

ヴァルター・フランクについてのモノグラフのことは知りませんでした。私は彼を政治家としてではなく、優れた素質の歴史家として高く評価していましたし、今もそれは変わりません。ともかく彼は最後まで信従を貫き通しました。シュターペル[4]が昔、フランクの自殺の報を持ってきたことがありましたが、シュターペルはキリスト教徒として自殺したことを非難していました。彼の言うことを信じればですが、妻君は毅然としていたそうです。

あなたの気管支炎がもう治っていることを信じながら。

敬具

あなたのエルンスト・ユンガー

追伸　たった今、あなたがカルノの省察の後ろに一八二四年という年号をつけていらっしゃるのを見つけました。ということは、これは物理学者のサディ・カルノ、共和国の大統領の叔父なのですね。そういえば「サディ・Cの未刊のノートの要約」というのがあって、今、それを調べています。あなたがそれに気づいたということは、きっと物理学的なもの以上のものがそこにあるにちがいないと思っています。

EJ

七九四五　リートリンゲン近郊ヴィルフリンゲン
一九七六年三月三十一日

1　ヴィルヘルム・シェーファー（一八六八―一九五二）、作家。保守的な雑誌『ディ・ラインランデ』の編集者。この雑誌にはシュミットも寄稿していて、一九一三年には、戯作的、風刺的な『影絵』でシェーファーに特別に一章を割いている（二六三ページの注参照）。

2　一九一三年十一月八日から十二月二十日までユンガーはフランスの外人部隊に入ってシディ゠ベル゠アベスに駐留していた（『アフリカ遊技』、第一七章以下参照）。

3　ラザール・ニコラス・カルノ（一七五三―一八二三）、技術将校、政治家。一七九三年から軍事を担当し、革命期に「国民総動員」への呼びかけを行い、国民軍を創設。ナポレオンに対しては冷ややかな態度を取っていたが、一八一五年にはナポレオンのもとで内相を務めている。

4　二二五ページの注参照。

カール・シュミット様

拝啓　大分長い間、ご無沙汰しておりました。お元気に九十歳のお年に近づいていらっしゃることと存じます。

私は今再び『リヴァイアサン』を読んでいまして、今になって自分がやっとそれを読むに値するだけ成熟したように思え、今やっている仕事にもそれが役に立っています。

六月にカール・アレクサンダーを訪ねました。彼はシュパンダウに新しい診療所を開いていて、家族ともども元気にやっていました。

敬具

あなたのエルンスト・ユンガー

追伸　『リヴァイアサン』の五三ページであなたはフーゴー・フィッシャーを“machina machinarum〔機械の機械〕”という言葉の発明者と述べていらっしゃいますが、

私はこれはもっとはるかに古い概念だと思いました。カバラの解釈によりますと、[1]リヴァイアサンは鰭でビヒモスの口と鼻を塞いだために、[2]ビヒモスは窒息して死ぬのだとか。海の力を封鎖することで陸を征服するというあなたの比喩には今回もつくづく感服しました。

EJ

七九四五　リートリンゲン近郊ヴィルフリンゲン

一九七六年九月十四日

1　シュミットの『陸と海』第三章参照。

2　シュミットが手書きで「血を流すことなき死」と注をつけているのは、このことを指していると思われる。

エルンスト・ユンガー様

拝復　コルフーからの素晴らしいお葉書[1]のお礼をまだしていませんでした。私には今、すべてがゆっくりと無時間的にあるいは時期の外で過ぎて行きます。私には筆耕を手伝ってくれる人がいません。手伝ってもらわねばならないことがあるたびに、不如意な寄るべなさを実感する毎日です。

九月十四日付けのお便りには、有益な衝撃を受けたことです。まことにありがとうございます。フーゴー・フィッシャーの「機械の機械」という言葉についてのお尋ねがあって、私も彼からの大量の手紙にもう一度目を通すことになったのですが、こうした言葉の「発明者」かどうかという問題からではなく（木をあるテーマに沿って揺さぶるとある瞬間にこうしたものが落ちてくるからですが）、そうではなくて、フィッシャーがそれを私に初めて紹介してくれたからなのです。

一九三八年に出した私のホッブズのリヴァイアサン[2]についての書は、ゲルショム・ショーレムの友人のヴァルター・ベンヤミンのカバラについての、それもとくにスペインのソリアのカバラ派についての多くの刊行物によって新しくゴーサインをえたものでした。この派は一四九二年以前に、この一四九二年という年はアメリカが発見され、スペインからユダヤ人が追放された年ですが、この年をメシアの再臨の年と計算していたのでした。それはそうと、ショーレムの書『ヴァルター・ベンヤミン——ある友情の歴史』（ズーアカンプ社、一九七五）はいろいろな理由からあなたの興味を引くのではないかと思います。とくに一九三〇年の最後の数か月と一九三一年の初めのベルリン時代を思い出させるものですので。

あなたにはもうとっくに注意を引くことはなくなっているかもしれませんが、あなたが収集なさっていた臨終の床での最期の言葉のために一つの（私には貴重なものに思える）挿話をお伝えします。社会学者マックス・ヴェーバー[3]は臨終の床で（彼は一九二〇年六月にミュンヘンの自宅で五十六歳で亡くなったのですが、ベッドのそばには妻のマリアンネと愛人のエルザ・ヤフェー（旧姓リヒトホーフェン）がいたそうです）グラス一杯の牛乳を所望してこう言ったそうです。「弟のアルフレートがそれを飲み干さない前に」と。マックスは弟のアルフレートと生涯にわたってライバルでした。詳しくはマーティン・グリーンの『エルザとフリーダ。リヒトホーフェン家の姉妹』[4]（ドイツ語訳、一九七六、ミュンヘン[5]、キントラー社）にあります。これはTh・ホイスとヤスパース[6]教授が作り出した「ドイツの学者の理想像」と「カリスマ的正当性」の発明者[7]を思いもかけぬ形で清算するものです。

今日のところはこれくらいにします。ご健勝をお祈りしつつ。

敬具

あなたのカール・シュミット

プレッテンベルク＝パーゼル、一一c

一九七六年九月二十二日

1　ユンガーは四月末から五月中頃までギリシャ西部の島コルフー〔ケルキラ〕に滞在していた。この葉書は残されていない。

2　ゲーアハルト・ゲルショム・ショーレム（一八九七―一九八二）、ユダヤの宗教史家。ベルリンの生まれで、一九三三年以来エルサレム大学の教授。シュミットの遺品にはショーレムのユダヤ教やユダヤ神秘主義についての著書、ここで言われているベンヤミンとの友情を記した書も含まれている。

3　マックス・ヴェーバー（一八六四―一九二〇）、法制史家、国民経済学者、宗教学者、社会学者、政治的ジャーナリスト。一八九七年から一九一八年まで主としてハイデルベルクに住み、一九一八年から死の年までミュンヘンに住む。第一次大戦終了時にはドイツの最も傑出した学者の一人とされる。ミュンヘンで行った講演「職業としての学問」、「職業としての政治」は異常なまでに大きな注目を集めた。シュミットは一九一七年から一九二一年まで最初は行政官僚として、ついでミュンヘン商科大学の講師としてミュンヘンに住んでいて、当時少なくともヴェーバーと何らかの繋がりがあって、ヴェーバーの公開講演や大学での講義の幾つかに顔を出していた。シュミットの『政治神学。主権論のための四章』（一九二二）のうちの一部は最初、『マックス・ヴェーバー記念論集』に載せられている。シュミットがヴェーバーのものの見方にどの程度影響を受けていたかは、『救いは囚われの身から来る』（二四七ページの注参照）に仄めかされていて、シュミットは特殊ヨーロッパ的な現象としての「法律学」が西洋合理主義の冒険と深く関わり合っていることを述べている（六九ページ）。その他のシュミットの著作にもヴェーバーとの明確な関連が認められるが、それはただ賛意を示すだけのものではなく、合理主義的で経済に支配されている近代を不可避的な運命と捉えるヴェーバーの宿命論的傾向はシュミットの受け入れようとしなかったものであった。

4　英語版は一九七四年に出ている。シュミットの遺品にも含まれていて、メモや紙片が挟み込まれている。

5　テーオドーア・ホイス（一八八四―一九六三）、政治学者、政治家、評論家。一九四九―五九年、連邦大統領。ヨハネス・ヴィンケルマン編集の『マックス・ヴェーバー政治論集』（一九五八）に詳しい「序文」を書いている。シュミットは大統領ホイスに何度も攻撃され、貶められたと感じていて、一九六〇年にホイスが受権法に賛成したことを暗に指しながら、「全権保持者」ホイスについての詩を書いてあちこちに配布している（『カール・シュミット――彼の弟子の一人との往復書簡』、二九三ページ以下参照）。

6　カール・ヤスパース（一八八三―一九六九）、精神病理学者、哲学者。一九一六―三七年、一九四五―四八年、ハイデルベルク大学教授、のち、バーゼル大学教授。ヴェーバーとは親交があり、一九二〇年のヴェーバーの没後、広く注目された追悼演説を行い（一九二一年に出版）、一九三二年には『マックス・ヴェーバー。政治家―研究者―哲学者』を出し、これは一九五八年以後にも幾度か再版されている。

7　シュミットは『グロサーリウム』の四八年九月十八日の項に、「ゾームがカリスマ的指導者の理論の父である。問題なのはヴェーバーではなく、ルードルフ・ゾーム（一八四一―一九一七）、教会法の専門でフライブルク、シュトラースブルク、ライプツィヒの教授）である」と記している。一九七〇年の『政治神学　Ⅱ』第二章二では、「結局それ［カリスマ的正当性］は世俗化したプロテスタント神学（ルードルフ・ゾームに発するもの）の派生物、神学の現像をデフォルメしたものである……」と書いている。実際、「カリスマ」という概念は、ヴェーバーが『経済と社会』（一九二二）で明言したものだが、これは一八九二年のルードルフ・ゾームの『教会法』に遡る。しかしヴェーバーはこの概念を初めて正当な支配の体系に関連させ、それと結びついた構想を修正し（反伝統主義的な、事情によっては革命的でさえある力としてのカリスマを規定することによって）、また特殊化している（職務上、あるいは相続したカリスマと日常化の理論を区別することによって）。――シュミットにとっては出所の問題が重要であった。彼は中心的な政治的概念を神学から派生したものと見ていたからであり（『政治神学』（一九二二）、第三章参照）、彼自身カリスマ的支配の形式に強い共感を抱いていたからである。

カール・シュミット様

拝復　マックス・ヴェーバーの最期の言葉は「仲の悪い兄弟」というテーマの一つです。――もう何年も前にあなたからスティーヴンソンの『バラントレー家の世継ぎ』[1]への注意を喚起されたことがありました。こうした葛藤を典型的に描写したものでした。

周辺部においてですが、私たちの接触点には再三に驚かされています。このことは中心部での近さを示してもいます。そう、ゲルショム・ショーレムです。たまたま先日は彼とカバラについて文通をしたのですが[2]、カバラは創造の不完全さに関わっていて[3]、これがそこでは大きな役割を果たしているからです。ショーレムとの文通は、彼の弟のヴェルナーが第一次大戦前にハノーファーの学校で私のクラスメートだったことから実現したのでした。私はゲルショムに記憶に残っている幾つかの逸話を伝えることができました。ヴェルナーは共産党の国会議員になっていて、強制収容所で亡くなりました[4]。

あなたには筆耕を手伝ってくれる人がいないそうですが、これは私も同じで、むしろ利点ではないでしょうか。"Secretarius〔秘書〕"は秘密文書を書く人なのです。しかしあなたの筆跡は今なおしっかりした立派なものです。昔と少しも変わりません。ご健勝をお祈りします。

敬具

あなたのCompère〔相棒〕

エルンスト・ユンガー

1　一〇ページの注参照。

2　『漂白の七十年　II』の七七年六月一日の項にこれについての補遺がある。

3　ちょうどこの時期に執筆していたユンガーの小説『オイメスヴィル』の重要なモティーフの一つ（とくに第一章、第三章、第八章、第二八章、第四〇章参照）。

4　ヴェルナー・ショーレム（一八九五―一九四〇）、一九一一年以来、さまざまな社会主義グループに加わり、一九一七年には独立社会民主党、一九二〇年にはドイツ共産党、一九二六年にはレーニン同盟の党員、一九二四年から二八年まで帝国議会議員。一九三三年、国家反逆罪で起訴され、ブーヘンヴァルトの強制収容所に送られ、そこで射殺された。ユンガーのヴェルナー・ショーレムの思い出が『漂白の七十年　II』の七七年六月一日、『漂白の七十年　V』の九五年七月四日の項に記されている。

七九四五　リートリンゲン近郊ヴィルフリンゲン

一九七六年十月四日

エルンスト・ユンガー様

拝復　あなたのこの前のお手紙（一九七六年十月四日付け）で、筆耕の手伝いがないのは「むしろ利点だ」とおっしゃっていましたが、これはたしかに正しいと思います。いずれにしましても、私のような高齢者にあってはです。もし私に筆耕の手伝いがいたなら、今年のあなたのお誕生日のお祝いの手紙を自分で何とか書くことにはならなかったでしょう。今は、自分で文字を綴って行くのが何とも嬉しいのです。タイプライターで文字を打つのにどのようにすればよいか、私には判断できなくなっています。ピアノでは私は今もときに音楽史上の啓発的な例の正しさを好んで検証しているのですが、このピアノも同じ鍵盤を叩くものなのに。あなたは大きなオーケストラのために書かれた現代音楽の複雑な楽譜をご覧になったことがおありですか。たとえばリヒアルト・シュトラウス、あるいはリヒアルト・ヴァーグナーの総譜を一度是非ご覧になってください。創造的な思いつきが自然にあなたの手元に転がり込んで来ます。

今日のところはこれまでにして、どうかご無事に(Glück auf!)[1]！

この言葉を私は自分にも言っています。グリルパルツァーの言葉に感銘を受けてのことです。数か月前からグリルパルツァーを読んでいて、絶えず新たな驚きを体験しています。グリルパルツァーはクライストと並んでドイツの比類なき劇作家だと思います。「国家」というものがあったかぎりで、これまでの現代戯曲は立派な首都の感を呈していました。こんなことを書くのは、最近、シラーがラシーヌの『パイドラ』をドイツ語に訳したものを読んだからです。天才的な悲劇作家ラシーヌをどう扱ったらいいか分からないすべてのドイツ人にこれを読むことを薦めたいものです。グリルパルツァーはウィーンに生きて、悩み、死にました、クライストはベルリンで、ラシーヌはパリで。

これからもいつまでもお元気でお過ごしになられるようお祈りしています。私の方は今は静かに死ぬことを望んでいます。グリルパルツァーの中に例の言葉（これはついでのように語られたものですが）見つけてからは、死ぬことも幸せなのだと思いながら。

敬具

いつも変わらぬあなたの旧友

カール・シュミット

プレッテンベルク＝パーゼル、一一c

一九七七年三月二十八日

1　Glück auf!　鉱山で入坑者を送るときの言葉。

カール・シュミット様

拝復　私の誕生日にはとくに嬉しいことが二つありました。一つは、ハンス・シュパイデル[1]から電話があったことですが、彼はこのために電話を引いたのだそうです。彼は卒中発作で床に就いているそうで、よくなっているならいいのですが。

もう一つはあなたからのお手紙です。あなたの運筆はかつてと少しも変わりません。私にこんなことを言った人がいます、「筆跡が揺れるとその人の全体が揺れる」[2]と。このことを私はしばしば確認しています。私の文通相手の多くは何十年も経つとペンを取らなくなっています。

グリルパルツァーについてのあなたのご判断には私も賛成です。もっともクライストのほかにシラーを、部分的にはヘッベルも、含めたいと思います。神話的よりもより政治的に強調されたあなたの評価ではおそらくヘッベルは除外されるでしょうか。ヘッベルはグリルパルツァーと同時期にウィーンに住んでいました。二人とも日記をつけていて、私は再三にそれを引き出して楽しく読んでいます。二人は互いにはほとんど評価しないのですが、それは多分ブルク劇場でのライバル関係のせいなのでしょう。一八五〇年にグリルパルツァーはヘッベルについてこう書いています。

「すべての詩人の中には思想家と芸術家がいる。ヘッベルは思想的な問題では完全にその任に耐えられるが、芸術の点ではまったくそうではない。あるいは別の言い方をすれば、思考は彼の場合、印象の中にではなく、反省の中に現れる。」

なかなかうまい見方をしています。ウィーン、パリ、ベルリンがあの当時提供することができたものを考えると、私たちの町のみすぼらしさを痛感します。

アーニマはどうなさっているのでしょうか。カール・アレクサンダーの診療所はうまく行っていて、患者さんたちの評判も上々です。この前の十二月に彼と一緒にリベリアに行っていました。海では魚釣り、森では小さな狩りをしたことです。もう一度重ねて、あなたの祝辞にお礼を述べて、ご健勝をお祈りします。

敬具

あなたのエルンスト・ユンガー

［同封、カール・シュミットのために　一九七七年四月一日］

今、この秋に出る予定の小説[3]の校正刷りに目を通しています。ときどきにドン・カピスコ[4]が箴言を与えてくれます。おそらくあなたもそこに共通の「友人」への共感を見いだしているのでしょう。これも一興かとその中の一節を同封します。

「もっとも私たちの腐敗した潟にはとくに辛辣な追跡者タイプの連中が繁茂している。〈生徒はみな獅子身中の虫〉とヴィーゴーはある陰欝な時間にバルバソーロについて私に語った。バルバソーロはもちろん極上鼠のタイプに数えられる者である。

　極上鼠は高い知性をもち、好感がもて、勤勉で柔軟で、繊細な感情移入のできる者ではある。しかし残念ながら――これはそのタイプの特性なのだが――群れの誘惑には勝てない。呼び子を聞いて――自分自身が皆から慕われる親分に名指されていると思うと――集まって来る大勢の仲間の中に入って行く。それがとくに危険になるのは、その知性と自分の周囲から集めて来たその秘密の知識によってである。極上鼠は指導鼠になる。」

EJ

七九四五　リートリンゲン近郊ヴィルフリンゲン[5]

一九七七年四月一日

1　一一六ページの注参照。
2　七一年十月二十二日の手紙参照。
3　『オイメスヴィル』、同封の引用文はその第四節。
4　二四六ページの注参照。
5　この手紙の上段にシュミットの筆跡で七七年四月二十二日の日付が記されて、八十二歳のユンガーが大功労賞を受けた新聞記事の切り抜きが貼ってあり、裏面にもユンガーの著書を出している出版社のクレット社とコッタ社が合併した新聞記事が貼りつけられ、シュミットの筆跡で「一九七七年五月十五日、〈求めよ〉の主日、ハンブルク日曜新聞」と記され、その横に速記文字で「交換せよ、p. l. mérit（プール・レ・メリット勲章）」と書かれている。

カール・シュミット様

拝啓　遅ればせながら、お誕生日のお祝いの言葉をユーバーリンゲンからお送りします。私の弟が大分前から重い病気で伏せっていて、ここにずっと来ています。ハンス・シュパイデルも私を悲しませています。もっとも重い卒中発作からは徐々に快方に向かっているようです。
　よきCompère〔相棒〕であるあなたがこの八十九年目の年をますますお元気にご機嫌よく始められたことと存じます。さらに九十歳のお誕生日に向かって進んで行かれますよう。そのときにはカール・アレクサンダーと一緒にプレッテンベルクへ馳せ参じるつもりです。

敬具

あなたのエルンスト・ユンガー

ユーバーリンゲン、一九七七年七月十八日

エルンスト・ユンガー様

拝復　亡くなられたおなたの弟さんフリードリヒ・ゲオルク[1]とはただ数回お会いしただけで、ゆっくりお話ししたことはないのですが、この四十年間、しばしば彼のことは思って来ました。私たち二人は「法律学」という専門領域をもっていて、この共通性[2]、まさにこれが私たち二人のどちらの周りにも垣根と障壁を作っていて、それを克服するには、私たち二人のどちらにとってもとてつもない努力が要求されただろうことを感じていたようです。

　J・P・ファイユの二巻本の『全体主義的言語』[3]、これを私は——フランスのいい書店を知らないために——ドイツ語で読むのを余儀なくされたのですが、——その中に彼が、目立たない形で、若い兄弟、あるいは弟として出て来ています。このことでついつい私は私の弟のヨーゼフ・フィリップ[4]と比較してしまいます。そこには距離が、そして（彼の側からですが）イロニー化が生じていました。弟は開業医をしていました。

　私の誕生日への祝いのお言葉、まことにありがとうございます。

敬具

つねにあなたのカール・シュミット

［発信地なし］一九七七年七月二十八日

1　フリードリヒ・ゲオルク・ユンガーは七月二十日に死去。
2　フリードリヒ・ゲオルク・ユンガーは法学博士であった。
3　三八五ページの注参照。
4　通常、ヨーゼフ・シュミット（一八九三—一九七〇）。

カール・シュミット様

拝復　あなたの思い出を綴ったお手紙、まことにありがとうございます。あなたは兄弟の関係の尊厳と問題性に触れておられます。あなたとマルティーン・ハイデガーと私はよき兄弟であることの実を示して来たと、私は思っております。——これは『バラントレー家の世継ぎ』[1]の対極にあるもので——多くの他のことと同様にあなたから教えていただいた像の一つです。
　弟の墓石に刻むのに私は弟の多くの詩の中からこの詩[2]〔同封〕を選びました。詩人の独自のものを呼び出してそれを墓石に刻むことができるのは、その詩人の偉大さを証するものでしょう。今日のところはいつもと違って、これで。

敬具

あなたのエルンスト・ユンガー
W［ヴィルフリンゲン］
一九七七年八月二十九日

1　一〇ページの注参照。
2　フリードリヒ・ゲオルク・ユンガーの詩「古い墓」。「骨壺が溢れていて、／壺は年ふりた緑の苔に覆われている。／そこへの道は叢の中に消えている。／薔薇は野生化している……」。この第一行目のところにシュミットは、「骨壺は十字架とは違った言葉をしゃべる」とメモしている。

エルンスト・ユンガー様
拝復　あなたの「謝辞」、まことにありがとうございました。謝辞を受けるに値するほどのものではないように私には思われますが。あなたの弟さんのたくさんの作品に接する機会が私にはあまりなかったのですが、それには多くの理由があり、説明もいろいろとできます。「古い墓」という詩は素晴らしいものです。最後から二番目[1]の連はとくに私には身近に感じられます。ハイデガーの[2]詩にこんなのがあります。

「誰と疎遠になっているか察知せよ、
誰を味方にしているかを感じ取れ」

フリードリヒ・ゲオルクが言っている「癒してくれる沈黙」という言葉はこれからも長く、癒す力、あるいはただ癒すだけの力をうるのに必要なのでしょう。私は今日行われている火葬の意味についてははっきりさせていません。ここに新しい種類の効果が始まります。

灰は増え続けて、
あらゆる国に立ち込める。[3]

重ねてお礼を申し上げます。

敬具

あなたのカール・シュミット
［発信地なし］一九七七年九月三日

1　「砕け落ちる石に／傾いている十字架に／汝は気づく、死者の嘆きが／沈黙によってとっくに癒されていることを。」
2　ハイデガーの詩集は『思索の経験から』と題され、番号つきの私家版で一九四七年に五〇部出され、のち、一九五四年、一九七六年にネスケ社から出版されている（二九七ページの注参照）。
3　ゲーテの詩「国民会議」（一八二〇）からの不正確な引用。

カール・シュミット様

拝復　書斎の机の上には今、九月三日付けのあなたのお手紙と『政治的なものの概念』についてのゼップ・シェルツ[1]のエッセーが並んでいます。シェルツは捕らわれない頭脳の持ち主らしく、興味深く読みました。そこに精神的な大胆さが現れているあなたの肖像画[2]が載っていましたが、何年に描かれたものなのでしょうか。できればコピーをいただきたいものです。

　今朝方、弟の夢を見ました。私たちは古代人がアドニスの川と呼んでいたナール＝エル＝カルプ川の上流の岩に座っていました。春になると水はアドニスの血で赤く染まります。ルキアノスさえもこのことを信じていました。

　地面には球形の柄をして傘の小さな茸が生えていて、フリードリヒ・ゲオルクにその名前を尋ねると、彼はそれを知っていて、貴重な種類だと教えてくれました。こうした会話を私たちはよくしていました。私は弟の髪が変わっているのに気づきました。金髪を束にしてあって、そこに緑青が浮いていました。そのとき弟は死んでいたのに気づきました。

　あなたは火葬のことをおっしゃっていましたが[3]、これは私にも厭わしいものです。もっともこれをあまりに軽々に扱うことは許されません。これは埋葬の太古の形式で、今日なおインドでは儀式なのです。おそらく太陽神ヘリオスが祭りの主体なのでしょう。そしてこれが本能的に感じられて、啓蒙の時代にも、衛生的かつ経済的な理由で行われています。アキレウスとバイロンが炎を好んだことは納得が行きます。今日では自動車や飛行機で多くの火が燃やされています。戦争の武器によってもそうです。このテーマにはあなたは久しく取り組んで来ていらっしゃって、私は思い出すのですが、ベルリンで一度、不死鳥[4]について話し合ったことがありましたし、ついこの前には火で動く機械[5]のことで注意を促してくださいました。
　人が破滅する仕方はアクシデントに数えられるものです。たいていはそれを選ぶことはできません。そこでは巨人たちが神々よりも大きな役割を果たします。オケアノスの場合はどうでしょうか。シュターペル[6]がこんなことを言ったことがありました。北海の底にいるのが一番安全だと感じているのだと。シェール提督[7]は自分の灰をスカゲラークの海に撒き散らさせました。
　ホッブズが人質を取ること[8]についてどう言っているかを、是非知りたいと思っています。公道で任意の誰かを、市参事会員なら一番いいのでしょうが、捕らえて、身代金を要求する、それが支払われないと、その男は「殺害される」ことになります。きわめて好ましくない形での奴隷制の再導入です。古代後期にも奴隷は殺すことは許されなかったのにです。人間は何の価値もなく、売られて行きます。

「署名なし」

ヴィルフリンゲン、一九七七年九月六日

1　ヨーゼフ・シェルツ（一九一七―一九八六）、ジャーナリスト。一九五〇年から八六年までシュミットと文通していた。
2　シュミットの八十歳の誕生日の記念論集のためにフォルストホフの弟子のカール・J・マウホが製作した肖像画（八二年二月十四日の手紙も参照）。
3　シュミットの火葬に対する嫌悪感は『グロサーリウム』の中でも幾度か示されている。四二年十二月十日の手紙も参照。
4　古代の神話では、ときどきに火で焼かれるが、灰の中から新たに甦る鳥。古代キリスト教の芸術では復活と死による新生のシンボル。
5　サディ・カルノについての七六年三月二十八日の手紙との関連で電話で行われたものと思われる。四一七ページの注参照。
6　二五ページの注参照。
7　ラインハルト・シェール（一八六三―一九二八）、一九一六年ドイツ遠洋艦隊司令官、一九一八年、海軍幕僚長。スカゲラークの海戦（一九一六年五月三十一日―六月一日）でイギリス艦隊を破る。一九一八年には彼の出した出動命令が契機で、キールの水兵の反乱が起こり、これがいわゆる十一月革命につながる。
8　この一日前にドイツ経営者同盟およびドイツ工業連盟会長のハンス゠マルティーン・シュライアーが赤軍によって誘拐された。『漂白の七十年　Ⅱ』の九月十五日の項にもこのことに触れた記載がある。

カール・シュミット様

拝啓　すでに始まっている新しい年一九七八年に、妻とカール・アレクサンダーの名前とともに、私の心からお祝いの言葉を申し述べます。ご高齢の重荷があるとは思いますが、これまで同様、その重荷を優雅に荷って行かれますよう。

偶然耳にしたのですが、私たちの友人グレメルスが先[1]程 ad partes〔父たちのところ〕へ行った〔亡くなった〕そうです。彼は西部要塞で私たちの連隊の中隊長で、そこにあなたのお手紙を持って来てくれて、それ以来の付き合いでした。その後、彼はエルム河畔のケーニヒスルターの上級助役になっていました。彼はゲーアハルト・ネーベル[2]とも親しくしていました。ネーベルももう生きていませんが。「私たちの若者たち」もこうして逝ってしまいます。

敬具

あなたのエルンスト・ユンガー

七九四五　リートリンゲン近郊ヴィルフリンゲン

一九七八年一月十二日

1　九九ページの注参照。
2　二〇四ページの注参照。

エルンスト・ユンガー様

拝復　あなたと奥様とカール・アレクサンダーからの新年のご祝辞、本当に嬉しく、私の方からも心からの祝辞をお返しします。昨一九七七年は、あなたがサン・カシアーノをお訪ねくださるとの私の期待が満たされないままに過ぎてしまいました。予定は繰り延べて――必要な留保は付けながらも――新しく始まった一九七八年に期待をかけることにしましょう。“si Dieu me prête vie〔神が私に生を与えてくれるなら〕”[1]。

ハインリヒ・グレメルスの訃報を聞いて、一九七八年に没した道連れの数も十二人を越えました。彼が一九四五年以来、ゲーアハルト・ネーベルと親しくしていたことは、私も知っていました。しかし彼は、ダーレムを訪問し、あなたとコンタクトを取る以外はいつも一人だったように思います。彼の著書『ミルヴィの橋』[2]をもう一度改めて読みたいと思っています。

『詩と真実』のモットー[3]（『政治神学　Ⅱ』一二三ページ参照）に関する私の発見をあなたの奥様に是非お伝えしたいものです。あなたは『影絵』（一九一三）のことをときにまだ思い出していただけますか。

六十五年も経って、突然にそれらが再び浮かび上がってきました。Nos écrits nous suivent〔われわれの著書がわれわれを追いかけて来る〕。

敬具

つねにあなたのカール・シュミット

〔発信地なし〕一九七八年一月十四日

1　フランスの詩人ジャン・ド・ラ・フォンテーヌ（一六二一―一六五九）の言った言葉。
2　「ヨーロッパの志向と政治的形成」の副題をもつ一九五九年に出されたもの。
3　ゲーテの『詩と真実』の第二〇書に出て来る“Nemo contra deum nisi deus ipse〔神自身でなければ、神に反抗する者はいない〕”という「奇妙だが、途方もない箴言」（ゲーテ）を指す。この言葉は一八三三年にエッカーマン、リーマー、宰相フォン・ミュラーによって第四部のモットーに選ばれ、一九六五年まですべての版に載せられているが、再三にその由来と意味について疑問が呈されていた。『政治神学　II』の当該個所でシュミットはこの正式に認可されていないモットーについて検討を試みて、これがキリスト論に由来し、ヤーコプ・ミヒャエル・レンツの『カタリーナ・フォン・シエナ』に由来するとし、これで謎は解けたとしている。

カール・シュミット様

拝復　書物を寄贈されるのはいつも何か要求がましいところがあると思いますが、これはあなたも同様でしょう。それゆえ私は、同封の書ですが、これをお送りするのをためらっていました。あなたのこの前のお手紙、内容も筆致も以前と少しも変わらず生き生きとしていて、いろいろと蒙を啓いてくれました。

『フランクフルト新聞』に載ったヤスパースの遺作[1]の抜粋はあなたもおそらくお見逃しではないでしょう。そこにはハイデガーとの関係の回顧が含まれています。それ自身としては認識哲学、存在哲学の古典的な出会いの一つですが、政治的な味わいも混じっています。ヤスパースはハイデガーのこの政治的なものを非難していますが、彼とてそこから免れることはできていません。さもなくば彼は超人でなければなりますまい。

もっとも私はこの二人の仕事をあまりに知らなすぎます。以前、ある礼儀正しいフランス人から聞いたのですが je ne suis pas encore promu de les connaître〔私はまだそれを知るまでに至っていません〕というわけです。ヤスパースの遺作を読んでいて、数年前にバーゼルでヤスパースと交わした会話を思い出しました。彼はハイデガー、あなた、そしてボイムラー[2]にとくに腹を立てていて、ボイムラーよりもクラーゲス[3]を買いたいようでした。

敬具

あなたのエルンスト・ユンガー

七九四五　リートリンゲン近郊ヴィルフリンゲン

一九七八年一月二十一日

1　一九七七年に出版されたカール・ヤスパースの『哲学的自叙伝』（四二二ページの注参照）。
2　五一—五二ページ、一三七ページの注参照。
3　一三四ページの注参照。

エルンスト・ユンガー様

拝復　昨日、あなたの新しい作品『オイメスヴィル』が届き、今日、早速書面で受け取りの確認をするとともに、こんな貴重な贈り物をいただいたこと、何よりも友情溢れる献辞に心からお礼を申し上げます。「カスバ」と「町」の中およびその間の二重の場所設定は[1]、私の昔からの左右対称を期待するユークリッド的な場所志向には、最初のうちとっつきにくさを感じたのですが、そのうちこれも克服できるでしょう。individuum ineffabile〔捉えにくい個性〕[2]を同定することも“Anarch〔無秩序〕[3]”としても大いに関心を引くものです。まことにありがとうございます。

ますますのご活躍とご健勝をお祈りしつつ。敬具

あなたの旧友、C・S

［プレッテンベルク］

一九七八年一月二十七日［絵葉書］

1　『オイメスヴィル』には「カスバでの一日」と「町での一日」と題する章があって、主人公であり語り手であるヴェナトールは二つの領域に属し、オイメスヴィルの独裁者の「居城」にもなっているカスバの居酒屋で「夜のサービス係」として働いているが、同時に町の研究所の歴史家の助手も務めている。
2　これは中世の哲学に遡る考え方。
3　『オイメスヴィル』の主人公であり語り手であるヴェナトールは自分をAnarch（Anarchist〔無政府主義者〕ではない）と認めている。これは政治的な独裁者の手の届かない者（とくに第六章参照）。

エルンスト・ユンガー様

拝啓　今、突然にさまざまに反対のものが私の身辺に押し寄せて来て、私は失神状態に陥らざるをえなくなっています。しかしお誕生日のお祝いの言葉は怠りたくはありません。あなたの小説『オイメスヴィル』を読み終え

て、セルヴァンテスの『ガラスの学士』を読み始めています。今、あなたはゲーテよりも年長になっています。今、『ファウスト』の言葉の一つ一つが変わって来ます。

敬具

いつまでも変わらぬあなたの
カール・シュミット

サン・カシアーノ
一九七八年の復活祭の月曜日［絵葉書］

カール・シュミット様
冠省　再び大きなお誕生日が近づいています。お祝いの宴が予定されているかどうかお知らせください。

不一

あなたのエルンスト・ユンガー
W［ヴィルフリンゲン］
一九七八年六月二十六日［絵葉書］

エルンスト・ユンガー様
拝復　六月二十六日付けのお葉書拝受いたしました。久しくあなたと再会できる日を楽しみにしておりましたが、上記ご通知の催し[1]で宿願が叶えられますなら、これに過ぎる喜びはありません。

敬具

あなたのカール・シュミット
［プレッテンベルク］
一九七八年六月二十九日［絵葉書］

1　絵葉書はベルクハウス・レストラン（タネンエック／プレッテンベルク）のもので、そこに七月十一日十一時と書かれていて、これがユンガーの問いに答える九十歳の誕生日の祝宴の通知になっていた。

エルンスト・ユンガー様
拝啓　あなたの今年のお誕生日に、この手紙で私の心からのお祝いを申し述べたいと思います。この頃思いますのに、この世界の刹那的な連中は、上流社会の流行の伴奏音楽に——夜の八時を過ぎてからですが——多くの金と労力を注ぎ込んでいるようです。
　あなたからのこの前の贈り物、ポール・レオトの思い出[1]、そのお礼をまだしていませんでした。それは文学的芸術作品の特殊な、新しい種類のものです。徐々に死に向かって行く様の叙述、それもパリの実存の一つの終焉として――これは繰り返し読ませていただいて、そのたびにすっかり感動したことです。

あなたと奥様にわが家の生態学の守り神アニ・シュタント夫人ともども、心からのご挨拶をお送りします。お二人のご健勝をお祈りし、素晴らしいお誕生日祝いをなさいますよう。

敬具

いつも変わらぬあなたの旧友

カール・シュミット

サン・カシアーノ、一九七九年三月二十六日

1 レオトについては二九二―九三ページの注参照。ポール・レオトの『思い出』はユンガーの翻訳で後書きをつけて一九七八年十二月にクリスマスの贈り物用にクレット＝コッタ社から出版された。

エルンスト・ユンガー様

拝啓 あなたが出された『レオトの思い出』、クリスマスの贈り物にいただいて、読んでいます。あなたの文章は『岐路』の最近号[1]で知っていましたが、今になって彼の真の深みを理解できました。一九七九年のあなたのご本はどの観点からしてもタキトゥス的[2]でそこには確固たる立場があります。こう言いますのは、私がタキトゥスの文献、とくにリプシウス[3]以来の驚くべきタキトゥス・ルネサンスをよく知っているからです（私の若気の過ち『独裁』[4]では、第一ページで何も知らない読者にそれを突き付けたものです）。たとえば平等についてのあなたの言葉[5]や「民主主義」という言葉をタブー視している[6]のもこうした確固たる立場です。

しかし私個人はあなたのレオン・ブロイについての記述にもっと感謝しなければなりません。あなたから以前、ブロイの自筆の署名を贈っていただいたことがありましたが、これはいわばその続きだからです。

一九七九年五月二十四日（第二信）

ロシア人はHの文字をあっさり無視して、それを発音しないし、書きもせず、その代わりに別の文字Gで置き換えて、たとえばヘーゲルはゲーゲルになるという、よく知られた言語学上の現実がありますが、これが神託のような、神話的な働きを現し始めています。このため、ドイツのナチズムは百科事典でもコンピュータでもギトラー、ギムラー、ゲーリング、ゲッベルスとGばかりに

なります。これについて以前から罪のない、愉快な冗談が作られていました。しかし今は「ホロコースト」という言葉が「ゴロコースト」[7]に変わって、不快なものになっています。痒い者は掻けというわけで、「ゴロフェルネス」〔フェルネスは「遠くにあるもの」〕というのもありますが、「ゴロ・ファウスティッシュ」〔ファウスティッシュは「ファウスト的」〕ともなれば、もう刺激閾の彼方にあるのでしょう。

人間は考え、人間が使っていると思っている言葉が人間を導くのですが、文字は長い間にわたって決定を下します。

「私は自分のしたいことをし、自分に関係するものを保持する。
私がしたくないことを、文字のような意味が私とともにするようになるまで。[8]」

この詩句は昔一度あなたへの手紙に引用したことがあるものです。

心からのお礼を申し述べ、あなたとリゼロッテ夫人のご健勝をお祈りしております。私たち、アニ夫人とアーニマと私から皆様に心からのご挨拶をお送りして。

敬具

あなたのカール・シュミット

五九七　プレッテンベルク＝パーゼル、一一c

一九七九年五月二十四日

1　雑誌『岐路』の一九七九年の最初の四冊にユンガーの日記が載せられていて、シュミットが言っているのは、七八年八月二十九日から七九年一月四日までが載った第二号と思われる（これはのちに『漂白の七十年　Ⅱ』にも掲載された）。

2　コルネリウス・タキトゥス（五五—一二〇頃）、ローマ文学の最後の古典作家、最大の歴史記述家とされている。初期帝政時代の権力の問題や皇帝の人物描写の生き生きとした含蓄ある言葉で有名。

3　ユストゥス・リプシウス（一五四七—一六〇六）、オランダの文献学者、国家理論家。一五七二—七六年、イエナ大学の教授、のち、レーヴェン、ライデン大学教授。一五七四年にタキトゥスの著作集を出し、近代君主国家の諸問題についての論文がある。

4　ここでシュミットはリプシウスのタキトゥス主義について詳細に指示していて、彼自身もこの伝統を受け継いでいるが、十七世紀のスペインの「タキティスタス」と言われた連中からも着想をえていた。

5　シュミットが言っているのは、七八年十月二日のユンガーのメモ、「私たちはみな平等の権利をもっている——しかしまた平等の義務も負っていて、それぞれにとってこの義務は特別のものである。……」という個所らしい。

6 シュミットが言っているのは、七八年十月五日のユンガーのメモ、「暴力への門としての民主主義。まず最初に、富める者も貧しき者も、弱者も強者も、その他すべてが平等であり、次に、番号がつけられ、それが採決される。黒人が圧倒的に大多数を占める。すると黒人はこれまでよりさらに黒くなり、白人はさらに白くなる。白人は自分の理念の奴隷であって、自分の首に輪をかけている。より知的な種類の自殺が行われる」という個所らしい。しかしユンガーはまたある意味では民主主義を評価もしている。たとえば七八年九月十七日のメモ。

7 ハイネの詩「良き忠告」からのものと思われる。

8 コンラート・ヴァイス（二六―二七ページの注参照）の一九六一年に出版された遺稿の中の詩「ラギリス」（一）から。強調と句読点はシュミットによって変えられている。

カール・シュミット様

拝啓　このところしきりとあなたのことを考えています。あなたがいつだったたか、アメリカ人についてこうおっしゃったことがありました。「これがわれわれの勝者だ」と。これを思い出したのは、あのアヤトラ・ホメイニ[1]がアメリカの大統領を窮地に陥れた仕方の報道に接したときでした。

タレーラン[2]は、ナポレオンの死を知ったとき、こう言いました。「これは事件ではない。これはニュースだ」と。しかし支配者の同意のもとに大使館を占拠するのは事件であって、こんなことはスターリンもヒトラーもしなかったことです。昔から軍使の緑の枝あるいは白旗は尊重されてきました。これは演習のときに伍長から私たちはきちんと教え込まれたことです。

今日では、政治は道徳的な観点から営まれていますが、ロシア人だけは例外です。彼らは今もあなたの友と敵の区別を理解しています――道徳の口実はつけていますが。マルクスの肖像を掲げて進むか、ホメイニの肖像を掲げるかが違っているところです。

例の「事件」[3]以来それほど重要なものは何一つないように私には思われます。その細部も刺激的で、アラファトの提案を調停すべきなのに、これがどうやら大した出費もせずに、自分だけいい子になるために改竄されているのでしょうか。

人質を取るのは、そのための徴候であって、ヒューマニティーの点では幾らか変わってはいても、銀行強盗、幼児誘拐者、ハイジャック犯から大きな政治にいたるまでこれが現実的なものになっています。これは新しいもので、まだ規制されていません。

アヤトラ〔ホメイニ〕はおそらくミュンスターの再洗礼派[4]、あるいはフィレンツェのサヴァノローラ[5]のように終わるのでしょう。彼もラジオや航空機なしではやって行けないわけで、西欧の技術に、労働者[6]の作業服に、頼らざるをえないのです。しかし十九世紀の諸価値[7]の、そして画一化された世界潮流の無効宣言という点に関しては、重要な幕間劇です。

これからもいつまでもお元気に私の前を進んでお年を重ねられるよう願っています。あなたが私の八十五歳の誕生日の祝いにご参列くださるなら、どんなに嬉しいことでしょう。Quod Deus bene vertat〔神よ、そのことをよく成さしめたまえ〕。今もよく思い出しますが、あなたの九十歳の誕生日のお祝いに参じたときのように。

敬具

あなたのエルンスト・ユンガー

D－七九四五　ランゲネンスリンゲン　一

ヴィルフリンゲン

一九七九年十一月十四日

1　ルホラ・ムサヴィ・ヘンディ・ホメイニ（一九〇〇―一九八九）、イランのシーア派の指導者（アヤトラ）。イランの西欧化をイスラム文化の解体と考え、これと戦い、亡命先のパリから反乱運動を指揮、一九七九年初めに国王を失墜させ、四月にコーランの原理主義的解釈に基づく「イスラム共和国イラン」の建国を宣言、自ら国の指導者「ファキ」の役割を引き受け、死ぬまでその地位に留まった。七九年十一月四日のアメリカ大使館の占拠、この人質作戦は八一年一月まで続いたが、ホメイニはこれを帝国主義的で瀆神的なアメリカという不具戴天の敵との戦いにおける宗教的動機に基づく革命的行為としていた。

2　シャルル・モーリス・ド・タレーラン（一七五四―一八三八）、フランスの司教、機知に富んだ警句によって大きな影響力をもった政治家、外交官。

3　ユンガーの場合、「事件」と言うと「ドレフュス事件」を指し、しばしばこれに言及されているが（二一六ページの注参照）、ここでは人質誘拐事件と考えられる。

4　誤って考えられた聖書の原則に則って生きようとした宗教改革的運動。一五三四年四月、ヨーハン・ボッケルゾンを指導者としてミュンスターの町を支配したが、一五三六年一月二十二日、司教の軍隊に制圧され、ボッケルゾンは処刑された。彼の死体は籠に入れられて、ランベルティ教会の塔に吊るされた。

5　ジローラモ・サヴォナローラ（一四五二―一四九八）（サヴァノローラはユンガーの誤記）、フィレンツェのドミニコ会修道士。風紀の乱れ、とくに法王庁内部の風紀の乱れを弾劾し、フィレンツェで禁欲的な原則に従った生き方を提唱、教皇から破門され、のち、異端者として絞首刑になり、遺体はそのまま焼かれた。

6　ユンガーの『労働者』（一九三二）で展開された理論、

現代の技術による世界の画一化を暗に指してのもの。

7 「諸価値」のところにシュミットによって下線が引かれ、その横に「Verwertung（活用）つまりはVerwandlung（変化）」の書き込みがある。

エルンスト・ユンガー様

拝復　あなたの今月十四日付けのお手紙と同時に、ロートリンゲンにいる従弟[1]からの知らせを受け取りました。ギムナージウムのとき、そして大学時代には非常に近くにいたのに、一九二〇年以来まったく音信の絶えていた従弟（確か一九〇〇年の生まれ）です。一九二〇年と言いましたが、この年はあなたがフランスの植民地に象徴的な滞在をした年で、そのことを思い出させるのですが、そのときに二人の側面の違いが一層はっきりしたものになっています――あるいはそれが問題としてかなり明確化されています。彼の父ジャック・ソワソンはロートリンゲンの出で、私の叔母、私の母の妹（旧姓シュタインライン）が嫁いで行ったのでした。彼の経歴はと言いますと、ザールブルク（ロートリンゲン）の生まれ、一九二〇年頃フランスの占領軍兵士として上部シュレージエンに駐留、一九二八年には初めてインドネシアに行き、一九三〇年に結婚、子供は四人（男二人、女二人）、孫が十一人、一九四五年には日本軍の捕虜になり、五か月間、捕虜収容所に入れられ、そこから野戦病院に移り（そのとき身長一八三センチ、体重四一キロ）、その後、本国に送還され、保険会社に就職、一九六五年、定年退職、ドイツ語の教師になってラ・ロシェルの外国語学校に勤める。それ以上は私も知りません。こうした経歴を見てどうすればいいのでしょう。私たちにあっては、すべてが「アイデンティティ」を求めて叫んでいます。彼が自分のアイデンティティに一度も気を配っていなかったのは、確かなことと私には思われます。

近いうちにまた近況をお知らせします。お手紙のお礼を兼ねて。

敬具

あなたのカール・シュミット

五九七　プレッテンベルク＝パーゼル

一九七九年十一月二十二日

1　五六ページの注も参照。

カール・シュミット様

拝復　あなたのお従弟さんの再発見、こうしたことは航海者シンドバッドの旅、あるいはオデュセイアを思い出させます。しかし残念ながら、ユーモアが欠けています。どうしてかと申しますと、あなたが書いていらっしゃるように、「すべてがアイデンティティを求めて叫んでいる」というまさにこの理由からです。人は一度はペーター・シュレミール[1]のように自分の影を失います。つまりこれは他方でドリアン・グレイ[2]のように自分の姿に慄然とするお話です。経験の途方もない洪水に遭って、読むことのできる伝記がほとんど成立しなくなっているとは、まことに奇妙です。人間はもはや事実を形作るのではなく、事実によってデフォルメされるのです。　敬具

あなたのエルンスト・ユンガー

D－七九四五　ランゲネンスリンゲン　一
ヴィルフリンゲン

一九七九年十一月二十五日

1　アーデルベルト・フォン・シャミッソー（一七八一―一八三八）の小説『ペーター・シュレミールの不思議な話』（一八一四）の主人公（七二年十二月四日および十六日の手紙参照）。

2　アイルランドの詩人オスカー・ワイルド（一八五四―一九〇〇）の小説『ドリアン・グレイの肖像』（一八九〇）の主人公。ユンガーはその唯美主義とダンディズムを高く買っていた。

エルンスト・ユンガー様

拝啓　あなたの博愛精神が収集家でもある一人の立派な人物をすっかり喜ばせています。私は最近になって彼の活動とその成果について耳にしました。私たちの往復書簡の数十年来未解決の問題は書面ではうまく究明されえず、解決もおぼつかないままです。あなたに何か決まった計画がおありになれば、私としましては何の異存もなく、喜んで協力するにやぶさかでないことを申し上げておきたいと思います。話し合いが必要とあれば、その用意もあります。もっともその気は日毎に萎えて行きますが。バルザックの『あら皮』[1]におけるようにです。昼がだんだん短くなって行く季節になって、以前にはそれほどはっきりとは記録しなかった付随的な要素が働くようになっています。

お元気で。奥様にもくれぐれもよろしくお伝えください。アニ夫人からもよろしくとのことです。私はアイデ

ンティティを保っています。

敬具

あなたの旧友、カール・シュミット

［発信地なし］一九八〇年十月二十日

1　オノレ・ド・バルザック（一七九九―一八五〇）の一八三一年に出された小説。ある貴族は零落して憂鬱の中で過ごしているが、相続した遺産に奇跡を起こすお守りがあった。望みを何でも叶えてくれるロバの皮である。ところがこのお守りは望みが一つ叶えられるごとに小さくなって行き、それが完全に無くなったときが死を意味していた。

カール・シュミット様

拝復　十月二十日付けのお手紙、少しも変わらない筆跡を見て、何よりも嬉しく思いました。

　あなたが[1]一九三四年にゴスラルに持って来てくださった多肉植物がまた花を付けています。その後に何度も株分けしたのですが、家にあるのは今も元の同じ株のものです。

　こんなことを申しますのは、戦争や内戦で多くの死者が出た中で生き延びて来た不変性の印としてです。――激しい爆撃や家宅捜査にもかかわらず生き延びた私たちの往復書簡とも似ています。

　ところで、あの件で私に何か計画があるかどうかとのお尋ねでしたが、私はまだ具体的には考えておりません。私たちがこの数十年、時代について、人間について扱って来たことが、私の手から抜け落ちているということもあります。できれば抜け落ちたものがないのがいいのでしょう。あなたからのお手紙はこちらにほとんど完全に残されていると思っています。私からのもあなたのところにあると思っていいのでしょうか。グレータとドゥシュカが寄与したものも重要ではなくはないと思います。グレータの遺品の中に「Ｃ・Ｓ」でまとめたファイルがあります。

　今あるものはコピーを取ってまとめておいた方がいいのではないでしょうか。一週間前、私はマールバッハのシラー博物館に行っていまして、ヴァレリュー・マルク[2]が私にくれた手紙をコピーしてもらいました。この夭逝した詩人の伝記を書く準備をしているあるルーマニア人が私にこの手紙を所望してきたからです。博物館の館長のツェラー教授は同じような用件なら喜んでお役に立ちますと言ってくれました。しかしコピーを取るなら結局はどこででもできることです。

　このことはとくに急ぐこともないように思います。それにあなたもまだかなりお忙しそうだとの印象を私は抱いています。誰か信頼できる人物を見つけて、まず欠落を補って、次にどうすればいいか判断してもらい、助言を求めるようにしてはどうでしょう。フレーリヒ博士[3]ならこの役目を引き受けてくれるのではないでしょうか。博士には私はこれまでもいささか好意をもって接して来ています。

敬具

あなたのエルンスト・ユンガー

リートリンゲン近郊ヴィルフリンゲン

一九八〇年十一月十二日

1　七三年七月一一日の手紙参照。

2　二九三ページの注、五六年三月二十三日の手紙参照。マルクとユンガーの往復書簡は雑誌『標柱』の一九九一年第五号、一一九―一二七ページに掲載された。

3　次の手紙に触れられているC・P・フレーリング博士（一九三四―）のことと思われる。一九九八年に私家版で『カール・シュミットとエルンスト・ユンガー。生涯にわたる友情』を出している。

エルンスト・ユンガー様

拝復　あなたのお手紙の筆致を拝見すると、すっかり元気になります。まことにありがとうございました。お尋ねの件ですが、私たちの一九三〇年から一九七〇年頃までの往復書簡は、デュッセルドルフの州立公文書館の多くの箱に束にしてまとめられています。まだ整理はされてなく、記録もされておらず、こうした「整理」の問題が一つの大きな問題です。今日までのその後の年月、一九七〇年頃から今日までのものは、ほかの書簡と一緒にかなりまとまった束にしてここパーゼルにあります。あなたの奥様とドゥシュカとの、そして私との往復書簡もその大部分がここパーゼルにあります。半ば整理されて。

あなたからのご指摘についてですが、C・P・フレーリング博士*（プレッテンベルク在住）は、場所的、地域的観点から熱心に収集に努めていて、重点がどこにあるのか私には分かりませんが、その熱心さと多様な関心は立派なものと思います。これは私にとっては途方もなく辛い仕事です。

最初のお答えとしてはこれまでにします。私はほとんど盲目に近く、ほとんど聾者に近いのです。

問題は果てしがなく、しばしばその構造を変えます。目下の暴風強度は一〇で、私には、私のためには、もう多くは残されていません。ドイプラー[1]の詩句に「大海は自由、しかしもっと自由なのは泉」というのがあります。どのような砂漠に、あるいは荒野にそれは湧き出しているのでしょうか。

敬具

あなたの旧友、カール・シュミット

＊［欄外に］高等学校上級教諭、年は四十歳台。

新住所

五九七　プレッテンベルク＝イム・シュタイメル

七番地

一九八〇年十一月二十八日

1　一一四―一五ページの注参照。

エルンスト・ユンガー様

拝啓　どうしてだか、感動的な幸福感に捕らわれた瞬間があって、それを利用して取り急ぎあなたのお誕生日のお祝いを申し上げることにしました。いろいろと貴重な思い出に耽りながら、心から申し上げます、おめでとうございます、と。この叫び声は数日早く鳴り響くわけですが、私の年に免じてお許しください。そうでもなければ、叫び声などもうとても出せないという悲しい計算が根底にあったのです。「高齢者は難破船だ」とド・ゴールが言ったとか。ここにはもっと多くのことがあまりに尊大に考えられ、語られ――いやひけらかされています。一九三〇年から一九八〇年までの私たちの往復書簡を出版するという問題については、お役に立つようなことは何一つ言えません。私は今また十字砲火の激しい批判を浴びています。「名づけがたいもの――ここに成し遂げられる」[1]というゲーテの知恵もうまく行かず、ただトーマス・マン流になるだけです。

何一つ成し遂げられず、この最後の言葉も「ただ頭の中で考えられるだけ」です。DDR［東ドイツ］では、ペーター・ハック[2]のエピメテウス[3]についての報告（『新文学』一九八〇）がなされていますが、これについてあなたとお話ししたかったと思っています。いろいろのことを思い出しています。あなたとご家族のご健勝をお祈りしつつ。

敬具

あなたの旧友、カール・シュミット

列を作って、カロン[4]の次の渡し船を待ちながら。

プレッテンベルク＝パーゼル

一九八一年三月二十日

1　ゲーテの『ファウスト』の最後の「神秘の合唱」の中の句。

2　ペーター・ハックス（一九二八―）の書き間違い。東ドイツの劇作家。

3　一九八〇年九月に出された『新文学』の「ゲーテ以後のドラマ」特集にペーター・ハックスの「パンドラ」という作品が載ったが、その前に載せられたエッセー「苦い祭り」に「エピメテウスの目覚め」についての一章があり、ナポレオン時代のゲーテが思慮深いエピメテウスと比較されている。シュミットは一九四五年に、尊敬するコンラート・ヴァイス（二六―二七ページの注参照）の詩を借りて、自分の「事例」を「ドイツのエピメテウスの折紙つきの事例」と見る姿勢を取り始めていた（『救いは囚われの身から来る』、一二、三二、五一ページ以下参照）。

4　ギリシャ神話に出て来る冥府の川アケロンの渡し守。

カール・シュミット様

拝復　誕生祝いのお手紙、あなたからのが真っ先に届きました。まことにありがとうございます。

あなたの筆跡はまだ明晰なのに、何か悲しそうに見えます。どうやらまたまたあなたの迫害者の一人が発言し始めたのでしょうか。それはあなたの「心象」に属するものであって、あなたが『影絵』を描いて、あなたの初期の著作の一つを「反ローマ的激情がある」という文章[1]で始められて以来、あなたに付きまとっていたものです。

私の心象は、第一次大戦後には、在郷軍人会によって作られ、第二次大戦後は、第三帝国時代に口を閉ざしていた高等学校上級教諭や大学教授たちによって作られました。――私が口を閉ざさなかったことが、彼らには癪の種でした。何を言われても、こうしたことには目をつぶらねばならないのです――顔は友人たちのために残しておくものです。

カロンの渡し船に乗り込むのはもう少しお待ちください。まもなく群衆が押し寄せることになるかもしれません。

いろいろ読んでいましたら、クリスティアーン・ガルヴェ[2]（一七四二―一七九八）に出会いました。彼の作品はゲンツ[3]に強い影響を与えているようです。彼の著作の一つに『モラルの政治との結びつきについて』というのがありますが、ここには私たちの時代との並行関係が発見できるのではないかと推測しています。――あなたの蔵書にもこの書があるのではないでしょうか。もしおありなら、お貸しいただけないでしょうか。

ついでながら一言。　Aequam memento rebus in arduis
Servare mentem.
〔難局に当たりて沈着を保つよう
心がけよ〕[4]

どうかエラスムスのことを、高齢の彼がバーゼルでプロテスタントやカトリック教徒に襲われたときの怒りのことを、お考えください。

敬具

あなたのエルンスト・ユンガー

今日、たまたま私たち二人をまとめて引用している詩を見つけました。アルフレート・アンデルシュ[5]の遺稿です（『インク壺』誌、第二号、七五ページ、「E・Jの民主化」）。

ユンガーさん、あなたは実際に
どちらにするか
決めなかった
あなたの友人の
エルンスト・ニーキッシュと
カール・シュミットのどちらか、
パリにするか
ゴスラルにするか、
右にするか
左にするかを。

これをあなたはどうお考えですか。

EJ

D-七九四五　ランゲネンスリンゲン　一
ヴィルフリンゲン
一九八一年四月八日

1　一九二三年に出されたシュミットの『ローマ・カトリシズムと政治的形態』の最初の文章。

2　クリスティアーン・ガルヴェ（一七四二—一七九八）、啓蒙主義の哲学者。一七六八—七二年、ライプツィヒ大学教授、一七九二年からブレスラウ大学教授。ユンガーの言っている書は一七八八年にブレスラウで刊行されている。

3　フリードリヒ・ゲンツ（一七六四—一八三二）、政治的なジャーナリストでメッテルニヒの協力者。ブレスラウ生まれで、晩年はここで活躍した。シュミットの『政治的ロマン主義』にはさまざまにゲンツへの言及がある。

4　ホラティウスの『カルミナ』二、三、一以下。

5　アルフレート・アンデルシュ（一九一四―一九八〇）、作家、ジャーナリスト。「四七年グループ」の創設者の一人。ユンガーと文通があり、再三、ユンガーについて肯定的な発言をしていた。シュミットとも接触があった。

PROCOPIUS OF CAESAREA

ὡς ἐπίτιμός τε παρὰ βασιλεῖ καὶ οὐδενὸς ἐνδεὴς
12 εἴη. οἵπερ ἐπεὶ παρὰ τὸν Φάραν ἀφίκοντο, ἦλθον
ξὺν αὐτῷ ἔς τι χωρίον παρὰ τὸν τοῦ ὄρους πρό-
ποδα, ἔνθα σφίσι Γελίμερ μετάπεμπτος ἦλθε καὶ
τὰ πιστὰ λαβὼν ἧπερ ἐβούλετο ἐς Καρχηδόνα
13 σὺν αὐτοῖς ἧκεν. ἐτύγχανε δὲ Βελισάριος δια-
τριβήν τινα ἐν τῷ τῆς πόλεως προαστείῳ ποιού-
14 μενος, ὅπερ Ἄκλας καλοῦσιν. ἔνθα δὴ ὁ Γελίμερ
παρ' αὐτὸν εἰσῆλθε, γελῶν γέλωτα οὔτε φαῦλον
οὔτε κρύπτεσθαι ἱκανὸν ὄντα, τῶν τε αὐτὸν θεω-
μένων ἔνιοι μὲν τῇ τοῦ πάθους ὑπερβολῇ ἀπάντων
τε αὐτὸν ἐκστῆναι τῶν κατὰ φύσιν ὑπώπτευον
καὶ παραπαίοντα ἤδη λόγῳ οὐδενὶ τὸν γέλωτα
15 ἔχειν. οἱ μέντοι φίλοι ἀγχίνουν τε τὸν ἄνθρωπον
ἐβούλοντο εἶναι καὶ ἅτε οἰκίας μὲν βασιλικῆς
γεγονότα, εἰς βασιλείαν δὲ ἀναβεβηκότα, καὶ δύ-
ναμίν τε ἰσχυρὰν χρήματά τε μεγάλα ἐκ παιδὸς
ἄχρι καὶ ἐς γῆρας περιβαλόμενον, εἶτα εἰς φυγήν
τε καὶ δέος πολὺ ἐμπεσόντα καὶ κακοπάθειαν τὴν
ἐν Παπούᾳ ὑποστάντα, καὶ νῦν ἐν αἰχμαλώτων
λόγῳ ἥκοντα, πάντων τε ταύτῃ τῶν ἀπὸ τῆς
τύχης ἀγαθῶν τε καὶ φλαύρων ἐν πείρᾳ γεγονότα,
ἄλλου οὐδενὸς ἄξια τὰ ἀνθρώπινα ἢ γέλωτος
16 πολλοῦ οἴεσθαι εἶναι. περὶ μὲν οὖν τοῦ γέλωτος
ὃν Γελίμερ ἐγέλα, λεγέτω ὥς πη ἕκαστος γινώ-
17 σκει, καὶ ἐχθρὸς καὶ φίλος. Βελισάριος δὲ ἐς
βασιλέα ὡς Γελίμερ δορυάλωτος εἴη ἐν Καρχη-
δόνι ἀνενεγκὼν ᾔτει ξὺν αὐτῷ ἐς Βυζάντιον ἀφι-
κέσθαι. ἅμα δὲ αὐτόν τε καὶ Βανδίλους ἅπαντας
οὐκ ἐν ἀτιμίᾳ ἐφύλασσε καὶ τὸν στόλον ἐν παρα-
σκευῇ ἐποιεῖτο.

［前面にカエサレアのプロコピウス[1]の『戦争の歴史』の一節（Ⅳ、Ⅶ、一二―一七）のギリシャ語と英語のコピーが貼付されている。］

he would be honoured before the emperor and would lack nothing. And when these men had come to Pharas, they went with him to a certain place by the foot of the mountain, where Gelimer came at their summons, and after receiving the pledges just as he wished he came with them to Carthage. And it happened that Belisarius was staying for a time in the suburb of the city which they call Aclas. Accordingly Gelimer came before him in that place, laughing with such laughter as was neither moderate nor the kind one could conceal, and some of those who were looking at him suspected that by reason of the extremity of his affliction he had changed entirely from his natural state and that, already beside himself, he was laughing for no reason. But his friends would have it that the man was in his sound mind, and that because he had been born in a royal family, and had ascended the throne, and had been clothed with great power and immense wealth from childhood even to old age, and then being driven to flight and plunged into great fear had undergone the sufferings on Papua, and now had come as a captive, having in this way had experience of all the gifts of fortune, both good and evil, for this reason, they believed, he thought that man's lot was worthy of nothing else than much laughter. Now concerning this laughter of Gelimer's, let each one speak according to his judgment, both enemy and friend. But Belisarius, reporting to the emperor that Gelimer was a captive in Carthage, asked permission to bring him to Byzantium with him. At the same time he guarded both him and all the Vandals in no dishonour and proceeded to put the fleet in readiness.

エルンスト・ユンガー様

拝復　四月八日のお手紙、私には大きな喜びをもたらしてくれるものでした。心からお礼を申し上げますとともに、わが家からお宅の皆様に復活祭の祝辞をお送りします。

　次の下手な韻を踏んだ私の詩（一九〇〇年頃のもの）に対して――あなたの弟さんの詩句との結びつきにおいてもですが、どうお考えか是非知りたいものです。

Die Erde die wir plündern ist voll innerer Güte
Und ob der Mensch auch noch so unverständig wüte,
erscheint trotzdem kein Frühling ohne Blüte.
〔われわれが略奪した土地は内的な長所に溢れている／人間がたとえ分別を失って荒れ狂おうとも／花の咲かない春は訪れることはない。〕

アンデルシュの詩についてはもう少し考えさせてください。当時（一九三六年）の私の目指す方向は、一九一九／二〇年のヴェルサイユの途方もない愚劣さ[2]でした（それは今も変わりません）。

〔署名なし〕

〔発信地なし〕一九八一年四月十日

1　カエサレアのプロコピウス（五〇〇頃―五六二）、ビザンティンの歴史家、ベリサリウス将軍の助言者。コピーされた個所は、晩年のシュミットにとって射影像になったゲリマー（三五三ページの注参照）を扱っている。――ユンガーはこれについて『漂白の七十年　Ⅲ』の八一年五月十二日の項にシュミットの手紙を再録した後に、カルタゴで捕らえられたゲリマーとベリサリウスの出会いを描くものとして言及し、ユスティニアヌスとヴァンダル王との講和条約はシュミットにとって模範的な先例なのだろうと言う。

2　一九三九／四〇年以前にシュミットは幾つもの著作でヴェルサイユ条約の諸規定を厳しく批判していた。

カール・シュミット様

拝復　一九〇〇年のあなたの詩ですが、そこではあなたは、その後の『影絵』におけると同様に、何かを先取りなさっています。私はその詩を私のメモ帖に書き込みました。

　ヴェルサイユの講和条約に対するあなたのご判断には、私も賛成です。この条約は、もし私たちの左翼[1]にジャコバン派の一族がいたなら、私たちを新しいヴァルミー[2]に導いていたかもしれません。私たちのところには幸いトロツキーはいませんでした。
手短に言えば、私たちは千年も前からゴシックの何人かの僧侶たちの災いに満ちた夢の後始末をしているのです。

敬具

あなたのエルンスト・ユンガー

D－七九四五　ランゲネンスリンゲン　一

ヴィルフリンゲン

一九八一年五月二日

1　ユンガーはドイツの左翼が再三に挫折し、それがドイツの短所になっていることをさまざまに確認し嘆いている。四五年八月二十二日の日記、六五年四月四日のニーキッシュ宛の手紙、一七ページの注参照。

2　一七九二年、反革命連合軍のプロイセン前衛部隊がフランス軍と戦った場所。砲撃戦になったが、プロイセン・オーストリア連合軍の司令官は攻撃を諦め（三九六ページの注参照）、フランス軍はさしたる損害も受けずに撤退できた。その後、連合軍は補給が断たれ、ドイツに引き返す。革命フランスを打倒する試みは挫折。ゲーテはワイマール公に付き添ってこの砲撃戦を体験し、「一七九二年のフランス出陣」（一八二〇―二二）によると、これを画期的な「出来事」と評価し、「ここから、この日から、世界史の新しい時代が始まる。あなた方はそこに居合わせたと言うことができる」と書いている。

カール・シュミット様

拝啓　あなたの友人の一人、リヒテンシュタイン公国のカール・J・マウホ[1]が、プレッテンベルクであなたを写した美しい写真を三枚、送ってくれたことがありました。私の著書の一冊の中のメモにこの写真について述べていたのを見て、自分の写したものと言うのでした。

このことを思い出して、遅ればせながら、新年のご挨拶がまだだったことに気づき、祝辞をお送りします。ご機嫌麗しく新しい年をお迎えのことと存じます――ますます不穏になっている一般的な状況のもとでと言うのではなく、個人的な期待においてです。私はこれからも五年の間隔を[2]おいてあなたの後を追ってまいります。あなたはマルセル・ジュアンド[3]と同世代で、三帝時代のお生まれです。私の方も今は八十七歳になっていますが、まだ年相応の精神をもつまでにいたっておりません。――もっとも、急速に有為転変するもののもつ不運には遭わずに来ています。

カール・アレクサンダーが最近あなたからいただいたお手紙を見せてくれました。あなたが代子のことを親身になって考えていただいている様は、レオン・ブロイの“filleuls〔代子〕”に対するのと同じようです。

私はフラヴィウス・ヨセフス[4]をもう一度読み直しています。これは私にとってはいつも元気回復の元です。ヨセフスが一世紀のローマ史を書いたように、二十世紀のドイツ史を書くユダヤ人が現れるかもしれません。
　あなたが法律家だということで、是非お薦めしたい本があります。第三帝国時代には刑事弁護人であったディートリヒ・ギュストロの『生命を脅かす日常』[5]です。ギュストロはあたりに危険が一杯の活動領域の中でのごく限られたさまざまな事例をもとにして刑事弁護人の使命の難しさを明らかにしています。Res, non verba〔事実であって、言葉にあらず〕[6]――このことはあらゆるルサンティマンよりも強力な働きをします。

敬具

あなたのエルンスト・ユンガー

D－七九四五　ランゲネンスリンゲン　一

ヴィルフリンゲン

一九八二年二月十四日

1　四三〇ページの注参照。この手紙は『漂白の七十年Ⅱ』に掲載されている。シュミットの肖像を写したというこのマウホの手紙は、ユンガーの遺品に含まれている。

2　ユンガーは一八九五年の生まれ、シュミットは一八八八年の生まれだから、七年間隔とすべきところ。

3　三六八ページの注参照。

4　一八二ページの注参照。

5　この書は一九八一年に出されたもので、シュミットによって多くの書き込みがなされたものが、遺品に含まれている。

6　ユンガーの『リヴァロール。その生と作品』の第九章には「真の保守主義者とは、ロマン主義や感激などといったものにうつつを抜かさず、そんなものは一切必要としない者。Res, non verba〔事実であって、言葉にあらず〕が、彼にとって法則である」とある。

エルンスト・ユンガー様

拝復　一九八二年二月十四日付けのお便り、まことにありがとうございます。今のところ、この一行書くだけでも、私には大変です。それでも『生命を脅かす日常』をその後やっと読み終えました（私は目がどうしようもなく痛くて、非常にゆっくりとしか読めません）。驚くべきことは、あなたにもよくお分かりと思いますが、私にまだ読むものがあるということです。そしてあなたもご存じのように、私が問題にするのは犠牲者の方ではなく、ただ裁く者の方だけなのです。
　私が、一九三〇年でしたか、エルンスト・ニーキッシュに薦めて、ニーキッシュ出版社からドイツ語で出されたフランスの小説[1]がありましたが、あれは何という題のものでしたでしょうか。(いろいろと思い出そうとするのですが、どうしても思い出せないのです。) マウホ氏についても、もう何も覚えていません。
それはそうと、ギュストロの『生命を脅かす日常』を教えていただいたお返しに、最近クレット゠コッタ社からグロプケについてのドキュメントが出たことをお知らせします。
題は『アデナウアーの次官』です。あなたのヨセフスについてのご指摘はまことに有益なものです。敬具
あなたの旧友、カール・シュミット
［発信地なし］一九八二年三月二日

1 ヴェルセルの『コナン大尉』のことと思われる(四三ページの注参照)。また八二年五月六日の手紙も参照。

エルンスト・ユンガー様
拝啓 何もかにもにゲーテの引用が溢れています。それも一言一言、一行一行にこの上なく危険で、際限のない毒を含んでいます。一八三二年のゲーテの命日の記念式典の洪水から何かをえようとするこうした私のうんざりする試みをどうか我慢して見ていてください。このつつましい独房の中にまで濁った大波が押し寄せて来て、そこでは結局は偉大な活用者トーマス・マンを偉大な活用者ゲーテと取り違えています。私は友人のヨハネス・ポーピッツ[1]のことを悲しく思い出しています。彼は絞首台を前にしてゲーテに(そしてフォンターネに)真の慰めを見いだしたそうです。この発見が手元にある詩句への刺激を与えてくれたのですが、これはゲーテの『ファウスト』全体の終わり(終わりから十二行目くらい)に"*um zuarten*"という怪しげな造語が飛び出して来ているという思いがけない事実と関わっています。これはどう考えても無理なものです。しかし今日のところはこれで――お元気で、お誕生日を最高の健康状態でお祝いください。私は今なお一九七八年の私の誕生日にあなたからいただいたお言葉を思い出しては深く感動し感謝しています。
敬具
つねにあなたのカール・シュミット
サン・カシアーノから、一九八二年三月二十九日

1 四四ページの注参照。ポーピッツのゲーテ崇拝について

は七二年十月末あるいは十一月初めの手紙、七二年十二月十六日、七六年二月十日の手紙参照。

カール・シュミット様

拝復　誕生祝いのお手紙、まことにありがとうございます。あなたは私の友人の中では最年長で、これからも私の前をお元気に進んで行かれることをお祈りしています。
　あなたのポーピッツへの思い出には胸に迫るものがありました。私は今も、彼と一緒に過ごした一夜、ハインリヒ・フォン・クライストについて話し合った長い一夜を思い出します。前世紀生まれの者たちは、とくにドイツにおいては、中間の時代の影響を感じています。その時代は薄暗がりのように今なおずっと続いているのかもしれません。ところがその後の世代の者たちにとってはその影もだんだん薄くなっています。彼らには過去はもはや存在しないからです。古い価値がもはや通用せず、新しい価値がいまだ確立していない状況では、すべてが、そして成功さえも、怪しげになります。成功は、時代精神が頂点に達するところでは、それだけによけい怪しげになります。物理学の場合がそうです。

あなたのゲーテの引用文――私はそれを “Bildung, um zu arten〔作るための人間形成〕” と読みましたが、いろいろ調べてもよく分かりません。私の妻は最近のコッタ版のゲーテ全集の編集者でしたので、聞いてみましたが、よく分かりませんでした。
　あなたがサン・カシアーノで素晴らしい春を満喫されますようお祈りしています。何といっても、あなたの独房には、カルトゥジオ修道会士のところのように、前庭があるのですから。
敬具

あなたのエルンスト・ユンガー

D－七九四五　ランゲネンスリンゲン　ヴィルフリンゲン
一九八二年四月十二日、復活祭の月曜日

リゼロッテ・ユンガー様

拝啓　ご主人から一九八二年四月十二日のお手紙で復活祭のご挨拶をお伝えいただきました。まことにありがとうございます。私にはとくに嬉しいものでした。ご挨拶をお返しし、私にとってはこの上なく貴重なこの機会を利用して、あなたに是非一つご教示いただきたいと存じます。

お尋ねしたいのは、『ファウスト』の第二部の終わりにある一行で、マリアを敬う学士が平伏してこう言うところです、

Blicket auf dem Retterblick
Alle reuig Zarten
Euch zu seligem Geschick
Dankend *umzuarten*.[1]

〔救い主の御目を仰ぎ見よ、
すべての悔い改めているやさしき者たち、
おんみらを幸せに満ちた運命へと
感謝しつつ変えようとするその御目を。〕

問題は、この“umzuarten”という単語（造語）で——この単語がこの個所で［欄外に『ファウスト』第二部のこの個所との書き込みあり］——ヒトラーの時代以来、私について回っています。

*Art-gl*eich〔種族の同質〕、Art-*ung*leich〔種族の異質〕、などなど、Rasse〔人種〕

今、ご主人を通じて（一九八二年四月十二日のお手紙）、この引用文を調べたのに分からず、あなたにも尋ねたのに分からなかったことを知りました。

無駄なお手間を取らせたくはないのですが、あえて、この件をあなたにお伝えすることにしました。私にとってはこれが重要なのです。

ご健勝をお祈りしております。シュタント夫人からもくれぐれもよろしくとのことです。

敬具

あなたのカール・シュミット

サン・カシアーノ、一九八二年四月十六日

1　初めて、そしてこのときだけ、ゲーテの『ファウスト』のこの個所で、真剣かつ懇願する調子で後悔の念が述べられている。“umzuarten”とは、それによれば、存在の最後の変身とともに倫理的にも変化することを意味する。

リゼロッテ・ユンガー様

拝復　“aufarten”という言葉について明快な注釈つきでお教えいただき、まことにありがとうございます。あなたからの懇切なご挨拶にこちらも心からご挨拶をお返しします。アニ・シュタント夫人もあなたからのご挨拶に

ことのほか喜んでいまして、くれぐれもよろしくとのことです。

ドイプラーの詩句（一九〇五年頃の作で、一九一〇年に出版されたもの）を載せた紙片を同封しますが、これは私にとってはすべての新しい緑の希望のシンボルなのです。ドイプラーの生誕百年（一九七六年八月十四日）のとき、ドイツの新聞で彼の名前を載せたところはありませんでした。完全に黙殺されています。それでいいのです。あなたのご主人に以前、フランスの小説の著者（第一次大戦の帰還兵）についてお尋ねしたことがあります。その小説は当時ニーキッシュがやっていた出版社から一九三〇年頃でしたか出版されました。私はその後、その名前を知りましたが、私の望みはそれだけで終わりました。

ご健勝をお祈りします。そして昔からの、大昔からの友人、そして今も変わらぬ友人をお忘れなく。敬具

あなたの昔からの、大昔からの友人

カール・シュミット

［欄外に］

* ラジオやテレビでも。

** 数か月前。

［同封の紙片］

テーオドーア・ドイプラーの「北極光」（一九一〇年十月刊）から

人間はしなびた牛蒡。

コーカサス人は赤い寄生動物で、喘ぎながら

せっせと黄色と紫色の都市を作り上げている。

カール・シュミットがエルンスト・ユンガーのために一九八二年五月一日に簡素かつ慎重に書き記す

イギリスは

ハムレット（シュランツの怒りの発作）

［発信地なし］一九八二年五月六日

エルンスト・ユンガー様

拝啓　あなたの一九八三年のお誕生日への祝辞として同

封しましたものには、政治神学への貴重な鍵が含まれています。あなたと奥様のご多幸とご健勝をお祈りしつつ。

懐かしい思い出に浸りながら。

敬具

あなたの大昔からの友人

カール・シュミット

［同封］

「世界に新たな衝撃を与えるその民族が、結局はすべての他の民族よりも先に滅びるのは、より高い法則である。」[1] しかし民族そのものは滅びても、その原則は存続してほしい。

一八〇二年のこの予言について詳しくは、論文集『立場と概念』[2]（一九五五）一一三ページの注。

一九八三年三月二十九日、

エルンスト・ユンガーのために

注意深く書き記す

カール・シュミットから

サン・カシアーノ、一九八三年五月[3]二十九日

1　ヘーゲルの『政治論集』、ラッソン版、九六ページより。

2　ここにはヘーゲルのこの言葉を挙げて、「ドイツ人としては、ドイツ民族に若きヘーゲルが暗示したこれから先の運命が残されていることを望むことができるだけである……」との前置きがある。前後関係は、エルヴィーン・フォン・ベッケラートの『ファシズム国家の本質と生成』（一九二七）についてのシュミットの論文（一九二九）。五六年三月六日の手紙も参照。

3　三月の書き誤り。

カール・シュミット様

拝復　誕生日祝いの手紙はあちこちからいただきましたが、あなたの誕生日祝いのお手紙がとくに嬉しいものでした。

それに政治神学への貴重な鍵もありがとうございました。ということは、私たちは世界の腐植土ということでしょうか。

私も今や高齢に近づいていますので、あなたのご忠告とご指導が貴重なものに思われ、これからも私の行く手の道を照らしてくださいますよう。誰かが七十歳になったと聞くと、彼も年を取ったなと考えますが、私はまもなくそれより二十歳も年寄りになると思うと、慄然とします。

私は今またパリで骨休めをしています。シャンパンをいつもボトル半分、ビスマルクによりますと、[1]ドイツ人にはこんなことはないのだそうです。

あなたの代子カール・アレクサンダーとその家族は元気にやっています。

どうかときどきに、短いものでもいいですから、お便りをください。砂漠が広がっていますので。[2]　敬具

あなたのエルンスト・ユンガー

パリ、一九八三年四月二十五日

1　一八九〇年十二月二十一日にビスマルクはフリードリヒスルーを訪れたとき、「ドイツ人は誰もがワインボトル半分では少なすぎ、刺激と興奮が必要だが、フランス人はボトル半分で十分で、少しだけ注いでも、すぐ多すぎることになる」と言ったとされる。

2　ニーチェの『ツァラトゥストラはこう語った』第四部、「砂漠の娘たちのもとで」に出て来る言葉で、ユンガーは再三に引用している。

カール・シュミット様

拝啓　またまた遅ればせながら祝賀客の群れに仲間入りさせていただきます——このたびは九十五歳のお誕生日、まことにおめでとうございます。私は一か月ばかりカール・アレクサンダーの家族と一緒にポルトガルに行っていまして、フランクフルト新聞にあなたの作品についてのかなり客観的な論文が載っているのを見て、お祝いをうっかりしていたことに気づいたのでした。友人たちより長生きをしますと、追跡者よりも長生きをすることになります。

数日前に、私はシュトゥットガルトでイルゼ・ベンの七十五歳の誕生祝いの会に参列しました。客の一人と話していたときに、[1]アーニマがもう私たちのところにはいないことを知って、動転しました。アーニマのことはよく思い出しますが、子供のときからその利発さには驚かされたことでした。昔、シュテーグリッツではエルンステルとよく一緒に遊んでいました。娘さんになってからもしばらくヴィルフリンゲンに来ていたことがあります。今、お誕生日のお祝いにしみじみとこの思い出を結びつけざるをえません。

どうかお元気にまだまだ私の前を歩み続けてください。

敬具

あなたのエルンスト・ユンガー

D-七九四五　ランゲネンスリンゲン　一

ヴィルフリンゲン
一九八三年七月十七日

1　シュミットの娘のアーニマはこの年の六月十七日、癌で亡くなっていた。

付録

ERNST JÜNGER

GOSLAR
Nonnenweg 4 5. 5. 36.

Lieber Herr Staatsrat,

Für den treuen herzlichen Brief. Ich freue mich sehr, Sie und auch Herrn Roussel hier zu sehen. Bitte teilen Sie mir möglichst gleich die Stunde Ihrer Ankunft mit, damit ich mich einrichten kann.

Ich lege noch einige Ansichten der Frankenberger Kirche, in der wir tauften, bei. Ich habe sie neulich bei Licht besehen und finde sie sehr schön, von den elektrischen Beleuchtungskörpern abgesehen.

Auch meine Frau läßt herzlich grüßen.

Ihr

Ernst Jünger

ユンガーよりシュミット宛
1936年５月５日

PREUSSISCHER STAATSRAT
PROFESSOR CARL SCHMITT

BERLIN-STEGLITZ,
SCHILLERSTR. 2

7/7 34.

Lieber Herr Jünger!
Vielen Dank für das Buch von Linkel, das zahlreiche gute Bemerkungen und Zitate enthält, für den Durchschlag Ihres Briefes über Kaffee und Briefmoral, und vor allem für Ihren letzten Brief aus Sylt, der uns die Hoffnung gibt, dass wir Sie auf Ihrer Rückreise bei uns in Berlin sehen, wo Sie, wie Sie wissen, ein für allemal herzlich eingeladen sind.
Zur Ergänzung Ihrer Lektüre schicke ich Ihnen die kürzlich erschienene kleine Schrift von Bernanos über die Jeanne d'Arc. Leider spricht B. doch im „Barock" d. i. der modernen Neigungen zu Flucht, i. Repräsentation, Rhetorik und Psychologie. Vielleicht ist das seine Hauptfrage an das Schicksal der französischen Nation.
Den ganz erstaunlichen Vico schicke ich nicht, weil er Ihr Gepäck belasten würde; im übrigen wäre er eine schöne ~~Badestrand~~ Nordsee-Lektüre, weil er ganz tellurisch-unmaritim ist und die Piraten nicht für Heroen halten würde.
Gute Erholung und auf Wiedersehen! Herzliche Grüße Ihres
Carl Schmitt.

シュミットよりユンガー宛
1934年７月７日

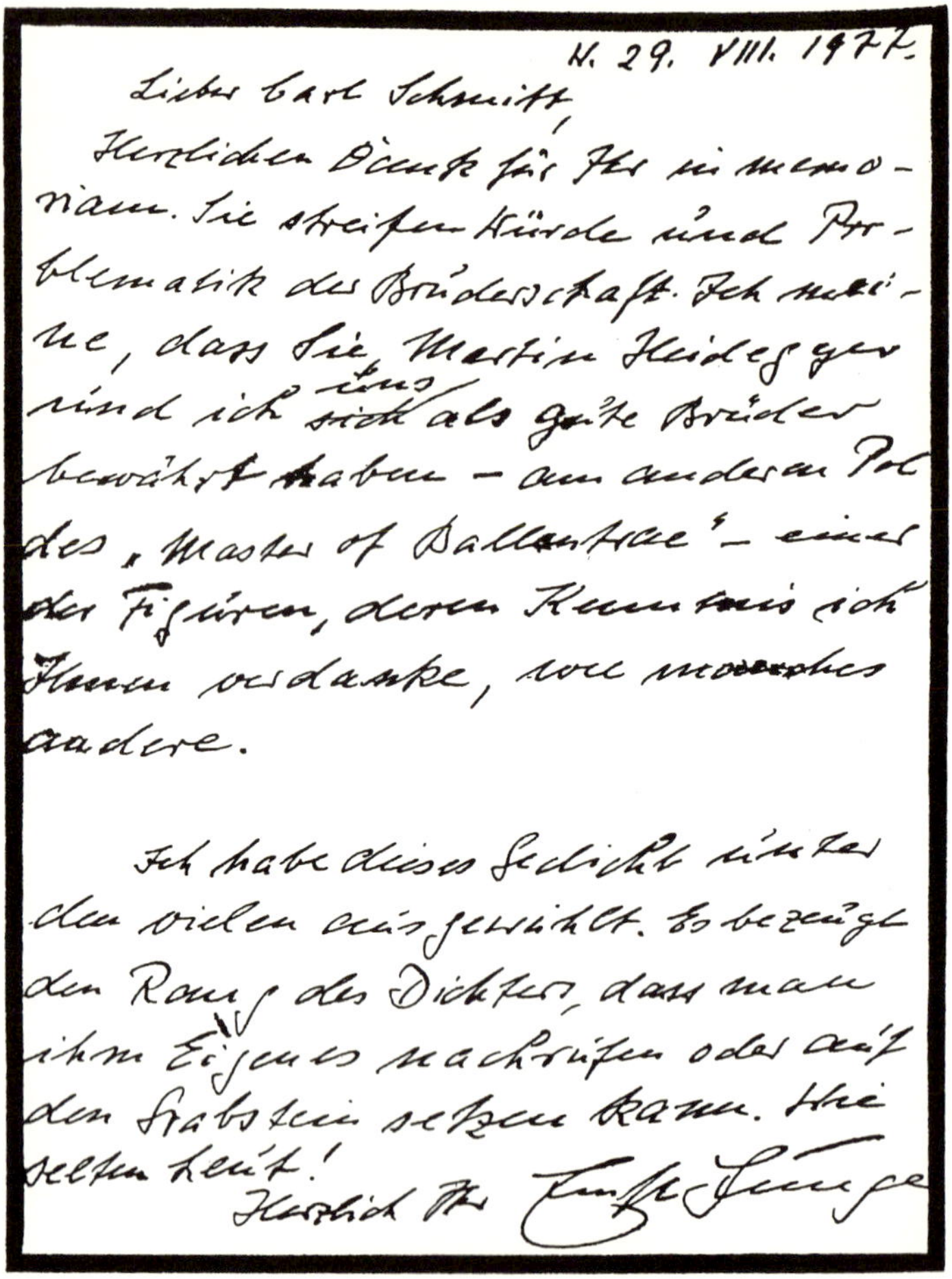

W. 29. VIII. 1977.

Lieber Carl Schmitt,

Herzlichen Dank für Ihr in memoriam. Sie streifen Würde und Problematik der Brüderschaft. Ich meine, dass Sie, Martin Heidegger und ich ~~sich~~ uns als gute Brüder bewährt haben – am anderen Pol des „Master of Ballantrae" – einer der Figuren, deren Kenntnis ich Ihnen verdanke, wie manches andere.

Ich habe dieses Gedicht unter den vielen ausgewählt. Es bezeugt den Rang des Dichters, dass man ihm Eigenes nachrufen oder auf den Grabstein setzen kann. Wie selten heut!

Herzlich Ihr Ernst Jünger

ユンガーよりシュミット宛
1977年８月29日

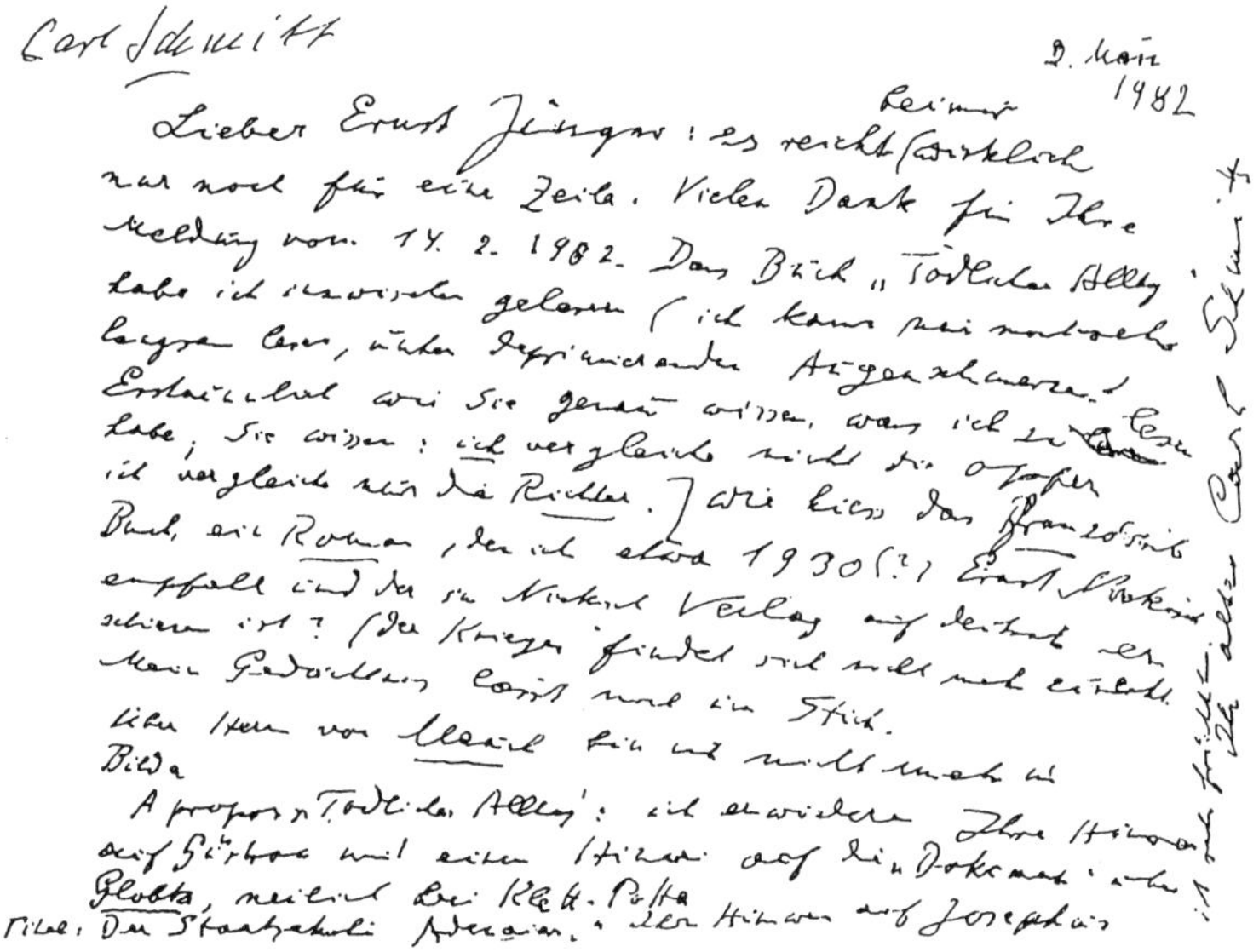

Carl Schmitt

2. März 1982

Lieber Ernst Jünger: es reicht [leider] wirklich nur noch für eine Zeile. Vielen Dank für Ihre Meldung vom 14. 2. 1982. Das Buch „Tödliche Allegorie" habe ich inzwischen gelesen (ich kann nur noch langsam lesen, unter deprimierenden Augenschmerzen.) Entscheidend: wie Sie genau wissen, was ich zu lesen habe; Sie wissen: ich vergleiche nicht die Opfer, ich vergleiche nur die Richter.] Wie hiess das französische Buch, ein Roman, den ich etwa 1930 (?) Ernst [illegible] empfahl und der im Niekisch Verlag auf deutsch erschienen ist? (Der Krieger findet sich nicht mehr [illegible]. Mein Gedächtnis [illegible] noch ein Stück.

[illegible] Herr von [illegible] [illegible] Bild [illegible]

A propos „Tödliche Allegorie": ich erwidere Ihre Hinweis auf [illegible] mit einem Hinweis auf die Dokumente [illegible] Globke, neulich bei Klett-Cotta Titel: Der Staatskatholik Adenauer; [illegible] Hinweis auf Josephus

[illegible] Carl Schmitt

シュミットよりユンガー宛
1982年 3 月 2 日

編者あとがき

エルンスト・ユンガーはカール・シュミットとの往復書簡の刊行に同意することを、長い間ためらっていた。刊行を勧める話は再三にあって[1]、とくにシュミットの日記風の『グロサーリウム』が一九九一年に刊行された後は[2]、そこにユンガーを誹謗する記述があったために、ユンガーの著書を出している出版社のエルンスト・クレットは注釈なしに放っておくわけには行かないと思っていた[3]。しかしユンガーはその死の直前まで、七〇年代初めから取っていた態度、ときにラテン語の“Quieta non movere〔静かなるものを動かすなかれ〕”[4]を借りて表現していた態度に固執していた。こうした控え目な態度の理由はどこにあるのだろうか。七〇年代、八〇年代の幾つかの手紙から推測されるのは[5]、さまざまに攻撃されていたシュミットが自分の手紙の文面から余計な粗探しをされて、新たな攻撃にさらされるのを恐れ、自分の手紙の文章にある種の不快感を抱いていたことである。ユンガーはシュミットの心配が分かるだけに、一九七二年十月二十日の手紙に「生存中に往復書簡を刊行するのは賢明なことではありません」との結論に達し、「死後に信頼できる世話役をもつべきなのでしょう」とつけ加えている。

これは確かにもっともな願いではあるが、ユンガーはまたすぐ一人の作家が後に残された文書の「世話役」ないしは編者に何が期待できるかとの問いも出している。これに対する答えは簡単で、テクストの再現における慎重さと注釈の客観性である。

本書は、エルンスト・ユンガーとカール・シュミットの往復書簡の、遺稿管理者、正規の文書保管者および編者の知るかぎりのものを、一文字一文字正確に写し取り、制限を一切つけない完璧性を期して、提示したものである。

エルンスト・ユンガーからカール・シュミット宛の書簡はシュミットの遺品に含まれていて、これは一九七五年以来、デュッセルドルフのノルトライン＝ヴェストファーレン州立中央公文書館に保管されている[6]。カール・シュミットからエルンスト・ユンガー宛の書簡は、一九九八年までヴィルフリンゲンにあって、一九九八年以後はネッカー河畔マールバッハのドイツ文学資料館に保管されているものである。往復書簡は全体で四二六通の封書あるいは葉書で、うち二四九通がユンガーからのもの、一七七通がシュミットからのものである。一九八〇年十一月十二日および二十八日の書簡で、二人は往復書簡がほとんど完全に残されていると考えているが、ときに不釣り合いがあって、ユンガーの一九五六年二月二十九日の葉書や一九五八年十二月二十二日の手紙の返事がなく、幾つかが失われていると考えられ、完全に無くなっているのか、そのうち見つかることがあるのか分からないが、何らかの情報の寄せられることを期待している。

グレータ・ユンガーとドゥシュカ・シュミットの手紙、シュミットからの代子カール・アレクサンダー・ユンガー宛の手紙も部分的に注に再現されているが、ユンガー家、シュミット家の人々の間相互の手紙は本書の枠を越えるものとして割愛された。

シュミットの手紙はほとんど例外なく手書きだが、ユンガーのものは手書きのもののほか、タイプで打たれたものもある。転写の基礎はコピーであって、これはノルトライン゠ヴェストファーレン州立中央公文書館とクレット゠コッタ社によって作成された。疑わしい場合にはオリジナルと照合されたが、コピーは少なくとも大部分はオリジナルと同様に読み取ることができた。転写は、すでに述べたように、一文字一文字正確に写し取られた。この原則から逸脱したのは、たとえば“daß”と書くべきなのにうっかりして“das”となっているところや、タイプの打ち間違え（たとえば“nein”が“nien”になっているところ）などわずかな場合だけである。

注には二つの目的がある。一つは、さまざまな種類の解説を通じて個々の手紙の理解を助け、内容を正確に示すこと、もう一つは、時代史、作品史との前後の脈絡に適切な橋渡しをすることである。以下の説明も、この関連で行われたものである。

＊

エルンスト・ユンガー（一八九五―一九九八）とカール・シュミット（一八八八―一九八五）は、一九二九年末か一九三〇年初めに知り合った。シュミットがユンガーに来訪を願っている初めての手紙の日付は一九三〇年七月十四日である。しかしその前に話し合いがあったと思われる。というのも、ユンガーとシュミットの仲を取り持ったと言われるユンガーの哲学の助言者フーゴー・フィッシャーが、一九二九年の終わり頃と推測されるが、こう書いているからである。「カール・シュミットがあなたのことを話していました。あなたは個人的に大変なものを獲得なさったのです！　ここだけの話ですが、彼はあなたにゲーテ賞かそれに類したもの、教授職などなどに推したいと思っているようです。おめでとう！」[7]しかしこの話し合いがいつ行われたにせよ、それは、ユンガーが一九九四年になって感じていたように、[8]きわめて刺激的な形でなされたにちがいない。そしてそのときアンチ・リベラルな思想の代表者、あるいはいわゆる保守革命の代表者になろうとしていた二人の知識人を緊密に結びつける基盤が作り出されたのであった。ユンガーはプロイセンの最高の勲功章「プール・レ・メリット」の受賞者、有名な戦争文学の作者であり、無数の鋭い論旨の論文で若手の近代化志向のナショナリストたちの代弁者になっていた。同時にユンガーは一九二九年、秘教的な働きをもつ感銘深い詩的な小説『冒険心』を書き、さらに時代分析的エッセー『総動員』（一九三〇）を出し、未来予測的な大エッセー『労働者』（一九三二）に取りかかっていた。シュミットの方も一九二八年にボン大学教授からベルリン商科大学に移っていて、すでに一連のセンセーショナルな著作を出していて、多くの論文と並んで一九二八年には一九二一年に出された『独裁』の第二版を出し、さらに『憲法理論』で国法学者としての名声を一段と高め、論文「政治的なものの概念」は一九三三年までに二度も出版され、シュミットの名前は法学界を越えて有名になっていた。ユンガーとシュミット、この二人は、さまざまな領域の同時代人を魅惑していて、ベルリンの知識人層には見過ごせないものになっていた。これについて特徴的なのは、ヴァルター・ベンヤミンがその同じ一九三〇年にこの二人に対して、違った形ではあったが、強く反応していたことである。

　ベンヤミンのユンガーとの対決の契機になったのは、一九三〇年にユンガーが編集した論集『戦争と戦士』であった。ベンヤミンは雑誌『社会』に「ドイツのファシズム」の題でこれを論評した[9]。この題は、ベンヤミンがユンガーの編集した論集の中で展開されている「戦士」の類型の中に「確かなファシズムの階級戦士」を見ていることから説明される。その他、ベンヤミンはほとんど否定的なものしか見ず、戦争以外の何ものも知らない「ユンガーの周りの連中」の戦争礼賛の背後には「自堕落な狂信」と「男の子のような群れをなしての暴走」があると言う。もっともユンガー自身が論集に載せたエッセー「総動員」は高く評価して、「この論集の中で正確な表現、真の強調、確固たる理由づけに出会うところがあるとすれば、それはここに捉えられている現実、エルンスト・ユンガーによって総動員されるものとして呼びかけられている現実、エルンスト・フォン・ザーロモンによって前線の風景として描かれている現実である」とも言う。ベンヤミンはシュミットにはもっと早くから取り組んでいた。[10] シュミットの『政治神学』(一九二二)は、ベンヤミンが一九二五年に書いた教授資格請求論文「ドイツ悲劇の根源」の基礎の一つになっていた。これはベンヤミン自身が一九二八年に言っていることである。この論文が一九三〇年にやっと出版されたとき、ベンヤミンはシュミットへの手紙にこう書いている。「シュミット教授様/謹啓　近日中に私の著書『ドイツ悲劇の根源』がお手元に届くと思います。この手紙で私はそのことをお伝えするだけでなく、アルベルト・ザーロモン氏の指示でこの書をあなたにお送りすることができる喜びをも表明したいと存じます。この書の十七世紀の主権論の叙述がどれだけあなたのおかげをこうむっているかは、あなたもすぐお気づきになることと思います。それだけでなくおそらくは、あなたのその後のご著書、とくに『独裁』のあなたの国家哲学的研究方法から私の芸術哲学的研究方法を確認したと申し添えることができます。私の書をお読みになって、この感情を理解していただければ、この書をお送りした私の意図は満たされることになります。/心からの敬意をこめて。/敬白。ヴァルター・ベンヤミン」[11]

＊

ユンガーとシュミットが受けた公の高い評価は、往復書簡の初めの頃にはそこにある程度まで反映している。手紙を書く二人のどちらもが、地位も名声もある相手と手紙をやりとりしていることを自覚している。当初はきわめて形式張って、“sehr geehrter” とか “sehr verehrter” という決まり文句で書き出している。ユンガーはまたシュミットの肩書（「教授」、のちには「枢密顧問官」）を用いていて、一九三四年になってやっと“Lieber Herr”を使うようになるが、それも初めは散発的にいわば試験的にであった。ユンガーの方が文通の相手の出版物や活動を考えて、文章を練っている向きがあるのに対して、シュミットの方はもっと早く親しみ深い調子に移りたいと思っていたらしく、初めからユンガーより幾らか砕けた書き方をしていた。このことは二人が思想的にぶつかり合うところにも示されていて、ヨーロッパの民主主義に特徴的なものと二人が思う「空疎なおしゃべり」を拒否するところ（三〇年十月十四日）、「新しいドイツの政治」が根本的な方式の「決断」を要求しているという信念においても（三〇年八月二日）、鋭く表現された対極的な発言の価値評価においても見られる。そしてシュミット宛の二通目の手紙で、ユンガーは早速にも、シュミットが自分にとってどのような意味をこれから先ももつことになるかを漏らして、「あなたのおかげで多くの事柄に対する私の視線が鋭くなったからです」と述べている（三〇年八月二日）。ユンガーは手紙や日記に同じようなことをその後も再三に記している。ところで、この視線を鋭くしてもらったり、視線を誘導してもらうのは、お互いのことであって、ほとんどの書簡で、自分が今取り組んでいて、相手に薦めたい書物が挙げられている。シュミットは三〇年十月二十五日にはフランツ・ブライの自伝、三〇年十一月二十七日にはフーゴー・フィッシャーのニーチェ論、三一年三月二十四日には未開民族における戦争についての書、三一年八月十日にはオルテガ・イ・ガセットの『大衆の反乱』とブルクハルトの『世界史的考察』、三一年八月二十三日にはスティーヴンソンの『バラントレー家の世継ぎ』とポーの『アモンティラドの樽』その他、三二年八月三十一日にはシュミットの『合法性と正統性』と思われるもの、三二年九月十一日にはヴィリエ・ド・リラダン、三三年八月十七日にはシュミットのプロイセン枢密顧問官への思い出を契機にフェーンの『ナポレオンの秘書として』、三三年九月十八日にはユンガーのアルフレート・クビーン論、三三年十二月十三日にはヒエロニムス・ボッシュ論、三三年十二月二十三日にはシュミットの『政治神学』とマルローの『人間の条件』、三四年一月二日にはセリーヌの『夜の終わりへの旅』、三四年一月十三日にはハーマンの文献と「トンダールスの幻想」、三四年四月二十日にはバンジャマン・コスタンの『赤いノート』など、三四年六月二十六日にはハンス・キュンケルの『君の人生の法則』、三四年七月七日にはベルナノスのジャンヌ・ダルク論、三四年八月十三日にはヴィーコの『新しい科学の原理』を挙げ、これに対してユンガーはとくに深く感謝している。リストをこれ以上続ける必要はなかろう。しかしこれだけでも、この往復書簡の中で書物が大きな役割を果たしていること、そして二人の手紙の書き手にとっては、興味深い新刊（オルテガ、マルロー、セリーヌ）や根本的に重要な作品（ヴィーコ）を互いに教え合うことが非常に重要であることがはっきりする。そこには博識を自慢しているふしもあって、自分の才能を隠す謙譲さはない。しかし最後に挙げた作品とあれこれの場合に文書で伝え合う反応からは、博識をひけらかす以上のものがあることが分かる。ここには二人の知識人が、根本的な仕方で指針を互いに与え合い、時代の高みへ、精神的動きの先頭に立とうと試みている姿を見ることができよう。

＊

一九三三年にユンガーとシュミットの間は断絶したわけではなかったが、二人の道は分かれる。ユンガーはヒトラーをすぐに「ドイツの命取り」[12]と喝破したわけではなかったが、きわめて早期にそれも露骨にナチ国家からは距離を取り、ヒトラーの「権力掌握」後まもなく、エルンスト・ユンガー夫妻は帝国の首都を離れる決心をしていた。その雰囲気が不愉快なものになったからである。[13]それはいわば田舎への亡命であって、一九三三年十二月にはハルツのゴスラルに、三六年十二月にはボーデン湖畔のユーバーリンゲンに、三九年四月にはハノーファー近郊のキルヒホルストに移住する。一九三三年十一月に、ユンガーはナチズムの理念に従って改組された詩人アカデミーへの招聘を断っていた。[14]一九三四年六月にはナチ党の機関誌『民族的観察者』への自分の著作の再録を禁じている。[15]同じように一九三四年六月には、それ以前には近い関係にあった[16]ナチの種族理論に鑑定書をつけて反対の立場を表明し、[17]この年にはエッセー集『木の葉と石』の終わりに載せた次のアフォリズムでこのことを公にもはっきりさせている。「劣った種族だと分かるのは、他種族と比較して自らの威勢を誇示しようとし、他民族を自らと比較して貶むことからである。[18]」これに対して、シュミットはナチ国家の中枢に近づき、ナチに同調していた。一九三三年四月にシュミットはベルリンからケルンに移って、新しい名誉ある教授職に就いているが、秋にはベルリン大学の教授に戻り、ライプツイヒ、ハイデルベルク、ミュンヘンからの招聘を断っている。首都での地位が彼には重要だったのである。一九三三年五月一日、彼はケルンでナチ党に入党して、同年七月十二日、ゲーリングからプロイセン枢密顧問官に任命される。[19]彼はさまざまな法律関係の委員会で委員長の役割を引き受け、ドイツの法律がユダヤ人に歪められていることを攻撃し、[20]一九三四年夏のナチ突撃隊長レーム他の虐殺を「国家正当防衛」、総統の正当な行為として擁護する。要するに、シュミットはナチ国家に明確に加担していたわけで、シュミットと親しかったが亡命した政治学者、評論家のヴァルデマール・グーリアンも一九三四年にシュミットを「第三帝国の桂冠法学者」と呼ぶのは当然だと感じていた。[21]

＊

ユンガーとシュミットとの往復書簡には、こうした歩んだ道が分かれて行ったことにはほとんど触れられていないが、ユンガーが『民族的観察者』への自分の著作の再録を禁じたこと、そしてナチズムの種族イデオロギーに距離を取る立場にあることをシュミットに知らせたのは、これみよがしの性格のもので、文通の相手に自分の異なる態度を明確にする試みと理解される。ユンガーは対談したときには、一九三四年十一月十一日の手紙や一九五〇年一月十六日の手紙からも推測されるように、もっと突っ込んでいたと思われる。しかし手紙ではナチ支配についての論争にはいたっていない。それも当然であって、ユンガーのように、一九三二年に出版した『労働者』で「頭部に一発ぶち込まれる領域」[22]に近づいていたことを『民族的観察者』から証明されていた者、それに加えてさらに家宅捜査をじっと我慢しなければならなかった者は、警告を受けているわけで、自分の批判的意見を文書に残すことは何としても避けねばならないからである。

＊

ナチズムと第三帝国に対するユンガーの関係について書かれたものは多いが、シュミットについてのそれはもっと多い。これを研究報告の形でここに提示するのは、ただ略述するだけでも、「あとがき」の枠を越えるものであろう。

最も重要な、最も納得の行く研究結果をここに素描するだけにとどめたい。

ユンガーはしばしば「プレ・ファシスト」、「ファシスト」あるいは「ナチズムの先駆者」と呼ばれていて、彼自身、四三年四月十六日の日記で、「虐待者や殺害者」を生み出した「隠されたもの」の解放に一役買ったことを認めていた。しかしユンガーはナチ運動と第三帝国を嫌悪感をもって、また歴史哲学的な根拠をもつ宿命論でもって、見ていた。[23] そこで起こったこと、とくに戦争中に起こったことは、彼には――多くの他の同時代人にとってと同様に、黙示録的行為として必然のものと思われていた。そこではニーチェの確認したニヒリズムが完成し、同時に新しい意味の創設と新しい価値の付与が可能になるはずであった。こうした考え方は今日では理解できない、腹立たしいものであろう。しかしよく考えてみなければならないのは、ヘルマン・ブロッホのような人さえ、一九四三年四月十日になってなお、ヒトラーは「新しい時代の道具」つまり、近代の価値崩壊の最終点、転換点を作り出す「偉大な大掃除の道具」だと書くことができると思っていたこと、[24] またベルトルト・ブレヒトでさえ、一九四四年七月二十日以後にも当たっては念じていた」こと、[25] トーマス・マンも一九四七年には「人類」が今や過ぎ去った十年の破局によって、「結局は［……］かなり前方へ突き動かされた」と書くことができると思っていたことである。[26] ユンガーの場合、こうした微妙な歴史哲学的、黙示録的な、同時に機能主義的な思考は歴史的出来事に対するある種の運命論に――『大理石の断崖の上で』（一九三九）や日記の個々のメモでは――絶滅の過程の美学的な婉曲化に、向かっていた。つまりは期待された治療を先取りしようとしていた。[27]

シュミットのナチ国家への加担は強制によるものではなかったが、また理屈に合わないものでもなかった。[28] それは彼の反ユダヤ主義ないし反セム主義から来ていると言うよりも、まず何より彼の反リベラリズムと反議会主義から来ていた。[29] シュミットは生き生きとして自信のあるカトリックの環境で育ち、歴史を通じて強力なローマ教会の厳格な階級組織に心服していて、神学から着想をえた考えを抱き、その他にも国家を社会から原則的に切り離された権力、完全な主権に基づいて法と秩序を作ることのできる絶対的な権力とするヘーゲル流の考えを抱いていた。近代のリベラルなあるいは複数主義的な国家は、さまざまな、部分的には対立する原則（たとえば資本主義と社会主義、宗教性と世俗性）の妥協の上に成り立っていて、シュミットにとってはこのような国家はこの強調された意味での国家ではなく、その都度の最も強い利益社会に制圧され操られている目的連合であり、調停委員会であって、まったく評価できるものではなかった[30]。シュミットによれば現代の議会主義はこうした国家の堕落の表現であって、そこで問題なのは、最終的には同質であるべき民族意思の特徴づけや統合をもたらす明確な区切りではなく、さまざまな利益連合間の妥協にすぎない。そのかぎりで、——シュミットによれば——高度な独裁が議会主義的システムより民主主義的でもありうる。「独裁」はシュミットにとっては「民主主義」の対立概念ではなく、利益を追いながら、同時に利益をカムフラージュする「議論」の対立概念なのである。

それなのに、シュミットが一九二八年以来、ワイマール憲法の擁護を支持し、一九三二年にはナチ党を憲法に敵対する政党として禁止することに賛成しているのは、どうしてなのか、困惑させられる[31]。これはシュミットのこれまでの議会主義批判と矛盾するだけでなく、彼ののちのナチ国家への肩入れとも矛盾するように見える。しかし、この（見かけだけの）矛盾は、次のように考えれば解ける。シュミットはワイマール憲法を全体としては否定的に判断していて、それを擁護したのは、ただ——フォン・パーペンやフォン・シュライヒャーといった政治的な将軍のグループと一緒に——独裁条項第四十八条による大統領政府の最終的には反議会主義的な手段を反革命的な憲法改正と「強力で」かつ「権威的な」国家の回復のために利用しうると考えていたからであった。シュミットが二人の将軍が挫折した後に、そしてヒトラーが帝国宰相に任命された後に、ワイマールの大統領システムの正当性の証明から全体主義的に形成されて行くナチ国家の正当性の証明に移行したのは、すでに述べたように、強制によるものではなかったが、また筋の通らないものでもなく、あるいは日和見主義的でもなかった。シュミットは明らかに、あのとき、強力な国家を作る可能性があったと考えていて、自分が新しい国家の創建に協力できるとの自負があったのだが、その考えはあまりにも素朴であった。

シュミットの反ユダヤ主義はキリスト教に育まれたもので、ナチ国家を支持するもう一つの動機であったが、この反ユダヤ主義はシュミットがナチ路線に方向転換して、ナチズムの「法改正」へ向けて努力する中で、人種的な、排除を目指す反セム主義に激化されて行った。[32] 実際面ではこのことが意味したのは、シュミットが自分のユダヤ人の友人や支援者をほとんど忘れてしまい、ユダヤ人の同僚が職を追われて行ったとき、何一つ援助することなく、ドイツの法制度の中のユダヤ的「要素」の痛ましいまでの探り出しや指摘に手を貸したことであった。このことを暗示しているのは、一九三五年五月二十四日にシュミットがヴォルフェンビュッテルからユンガーに宛てた手紙であって、その注には具体的な事情が示されている。

*

ユンガーとシュミットは第三帝国を違った仕方で体験した。ユンガーは一九三三年に家宅捜査を受け、さまざまな敵視をじっと我慢しなければならず、[33] ——まったく理由なしではなく——粛清されるかもしれないという不安を抱いていた。[34] おそらく亡命も考えていたと思われるが、このことは家族を人質として後に残すことを意味していた。[35] その後の何年かユンガーは何とか無事に過ごしたが、ナチ国家に対する反感を細心の注意で隠していた。一九三九年秋に出した『大理石の断崖の上で』は、多くの読者から内的な抵抗、批判、悲嘆のドキュメントと理解された。[36] 実際、この書の出版はこの上なく大胆な行為であって、著者の命をも奪いかねないものであった。ユンガーは一九三九年の春に国防軍に現役復帰して以来、国防軍指導部に保護者がいて、その保護下にあったとはいえ、このことは完全に安全であることを意味してはいなかった。一九四〇年夏には拘束されていたヒトラー批判者ニーキッシュの友人だということで二度目の家宅捜査を受けていて、[37] その後の数年、再三に帝国宣伝相ゲッベルスの側からの敵対行為を受けていた。ゲッベルスは三〇年代の初めに何度かユンガーと会っていたが、ユンガーを好ましく思ってはいなかった。[38] ユンガーは抵抗思考に関与してはいたが、軍の一部の抵抗グループには属さず、一九四四年七月二十日事件後もこの事件との関わりで煩わされることはなかった。それでも一九四四年十月に見え透いた理由で国防軍から罷免された（よく言われているように「不名誉に」ではなかったが）。その後も第三帝国が終焉するまで、さまざまな圧力をかけられたと思われる。

シュミットの方は、ナチ支配が始まって以来、多くの名誉ある地位に就き、影響力ある機能を果たした。[39] その幾つかだけを挙げても、プロイセン枢密顧問官、ドイツ法アカデミー会員、大学の法学教授の帝国専門家グループ指導者、法学教授任用に権限をもつ総統代理の主催する大学委員会委員など、そして『ドイツ法学者新聞』と『現代のドイツ国家』シリーズの編集者も務めて、さまざまなナチ体制を強化する法律の制定に協力し、一九三四年六月三十日のいわゆるレーム・プッチュでの殺害の少なくともその一部を「国家の正当防衛」として正当化していた。これを見ると、シュミットはナチズムに注釈を加え、ナチ国家の建設に本質的に関わることを使命と思っていたかのようであった。しかし、一九三六年にそれが終わりを告げる。[40] ナチ親衛隊の機関紙『黒色軍団』から、シュミットが信念をもったナチストではなく、出世を追い求める日和見主義者だと非難されることになる。シュミットの反セム主義は、これまでのユダヤ人との繋がりを覆い隠す試みにすぎず、[41] 今なおシュミットは政治的カトリシズムの道具であって、そこから距離を取ったのは単に出世のためだけであり、またシュミットは国家主義的、ないしは「国家絶対主義的」立場の代表者であるが、この立場は、国家を貫通ないしは解体してナチズムに吸収しようとするナチ運動を批判するもの、これに敵対するものでさえあるとされた。シュミットはその後、その職の一部を失い、一種の旅行禁止処分を受ける。この処分が緩められたのは一九四一年になってからであった。先述のヴァルデマール・グーリアンは、シュミットには強制収容所か亡命かの二者択一しか残っていないように思っていた。[42] シュミットがそのどちらをも免れ、それどころか教授職にさえ留まることができたのは、おそらくゲーリングの庇護のおかげだったと思われる。ゲーリングは自分の「枢密院」のメンバーを親衛隊の干渉から守ろうとしたのであった。[43]

親衛隊の攻撃はシュミットのナチ国家での出世を終わらせるものであった。これでもってシュミットのナチ思考との親和性も破られたかどうかは、さまざまに議論されているところである。シュミット自身はその後に書いた大部の書『リヴァイアサン』（一九三八）を内的抵抗のドキュメントと称して、ユンガーの『大理石の断崖の上で』に比すべきものとしている。[44] この自己解釈はありうることで、否定し去ることはできない。ナチの法学者でシュミットの宿敵オットー・ケルロイターでさえ、シュミットの『リヴァイアサン』の書評で、その国家主義のゆえだけでもナチ・イデオロギーへの攻撃と理解できるとしているからである。[45] しかし同時に、『リヴァイアサン』には少なからず反セム主義的要素が含まれていて、ナチ・イデオロギーを容認するものと見ることもできる。一九三九年に行われたシュミットの講演「国際法上の広域秩序」――これは同年に小冊子として出版され、一九四一年まで相応の理由があって何度か再版されている――も同じようにアンビヴァレントなものであった。シュミットはナチの領土拡張政策に対して列強が口を挟まないことを要求しているように見えるからである。ナチの法学者たちは、その後に別の所見をもつようになっていた。彼らはシュミットが単に「民族的な」広域政策を擁護しているだけでなく、「国際法」を守ろうとしていると断言する。[46] しかしシュミットの意図が何であったにせよ、「広域」論文のおかげで、シュミットは「ドイツ精神科学の戦争出動」を標榜する「リッターブッシュ行動隊[47]」から興味をもたれ、一九四一年からは再び国外への旅行も許されることになったようである。国外への旅行の最初の目的地はパリで、そこでエルンスト・ユンガーと再会し、ポール・ロワイアルへ向かう予定であった(一九四一年八月と九月の手紙参照)。

第三帝国の最後の数年には、シュミットの名前が秘密情報機関の報告に一度載っていたことはあったが、[48] もはやとくに危険視されてはいなかったようである。彼の友人のポーピッツやアールマンの抵抗計画は彼には知らされていなかったらしい。シュミットが軽はずみで、「大胆な」発言をする傾向があることは知られていて、それを恐れてのことだと思われる。一九四三年八月の二十三日から翌二十四日にかけての夜、シュミットの自宅が空爆を受け、その日のうちにシュミット夫妻は、一九三八年にプレッテンベルクに建ててあった家に向かい、ベルリンに新しい住まいが見つかるまでそこに住み、一九四四年一月十日にベルリンに帰っている。終戦をシュミットは――ユンガーと同様に――国民突撃隊員として迎えている(一九四五年二月二十五日の手紙参照)。

*

往復書簡では、この「十二年間」の経験はきわめて限られた形でしか触れられておらず、それも直接のものはほとんどない。二人の間には当然違いがあったであろうが、一九三四年十一月十一日のユンガーの手紙にもあるように、この違いはまともに取り上げられることはなく、当然、尖鋭化することもなかった。具体的な生活状況やそのときどきの精神状態が散発的に告げられ、この点では一九四五年三月十四日の手紙でシュミットが掲げたモットー“De nobis ipsis silemus〔私たち自身については黙っていましょう〕”が当初から守られている。劇的な誇張は避けられ、あからさまな嘆きもそこにはない。一九三六年の失脚にも触れられていない。空爆を受けたことも一九四三年八月二十七日と九月七日の手紙では超然としてブロイとヘルダーリーンの文章で応えられている。もちろん直接の話し合いの機会が再三に求められ、パリやキルヒホルストやベルリンで会う約束もしている。往復書簡はしたがって意見の交換のほんの一部にすぎず、濃密な経験や鋭い分析の交換の最も大きな部分は会話の中で行われたものと思われる。ユンガーがシュミットとの出会いについて記している一九四一年十月十八日と一九四四年二月二十九日の日記から、この会話がどのようなものであったかが分かる。

歴史的出来事とその中での自らの役割への反省の主たるメディアになるのは文学と神話である。神話の中の人物が呼び出され（三七年十一月十四日、四〇年六月二十四日、四〇年十一月三日）、政治的、社会的状況の混乱とそこから生じる危機がうまく映し出されている書物をお互いに教え合う。ロジェ・ヴェルセルの小説『コナン大尉』（三四年十二月二十六日）、中世の地獄の幻想（三五年四月二十三日）、アルフレート・クビーンの小説『裏面』（三五年六月四日）、ジュリアン・グリーンの小説『真夜中』（三六年五月三日）、ジョルジュ・ベルナノスの『月の下の大きな墓場』（三八年六月八日）、スタンダールの小説『パルムの僧院』（四〇年四月六日）、リヴァロールの箴言（四一年九月二十五日、四五年二月二十五日）、『千一夜物語』中の幾つか（四二年四月二日）、難破船の記述（四五年二月十日）、フラヴィウス・ヨセフスの『ユダヤ戦争』（四五年二月十日）、中でもエドガー・アラン・ポーの『大渦巻き』（四一年八月二十八日）とハーマン・メルヴィルの短編『ベニト・セレノ』（四一年二月二十五日）などである。ポーが空想する大渦巻きは、近寄って来る船のすべてを底なしの深みへ引き込み、そこから逃れるチャンスは誰にも与えられないもので、これがユンガーにとって血腥い時代の典型になっている（四五年二月十日）。ベニト・セレノ船長は奴隷を自分の船「サン・ドミニク号」で運んでいて、奴隷たちの屈辱的な捕虜になるのだが、これがシュミットにとっては「状況の象徴」なのである（四一年九月十七日）。シュミットはこの「〈サン・ドミニク号〉が大渦巻きに巻き込まれる」夢を見る（四三年三月十一／十二日）。シュミットは自分がこの「サン・ドミニク号」に乗っているベニト・セレノになっているのを感じる。シュミットがナチ支配が終わった後の一九四五年六月にユンガー宛に出した手紙は、自分の書『リヴァイアサン』の「秘密」への思い出で、一九三八年七月十一日の日付があり、「ベニト・セレノ」の署名がある。[49]

*

第三帝国終焉のすぐ後、ユンガーとシュミットは似たような厄介で差し当たっては解決できない状況にあった。二人は占領軍から不信の目で見られていて、作家の存在、教授の存在の継続は保証されておらず、それがうまく行ったのは一人の方だけであった。

シュミットは一九四五年四月三十日にソ連の将校から尋問を受けたが、その後は何事もなく、学術的な仕事に取りかかっていた。しかしアメリカ軍が連合国の協定に応じてベルリン゠シュラハテンゼーを占領したときに、状況は変わった。一九四五年九月、シュミットは「政治的に危険」として逮捕され、数回の尋問の後、ニュルンベルクへ送られた（正確な日付は四七年二月十六日の手紙の注参照）。しかしそこでの尋問の結果、釈放されることになって、一九四七年五月二十一日にプレッテンベルクへ帰ることができた。[50]ベルリンへ帰ることは意味がなくなっていた。一九四五年十二月二十九日にシュミットは公務員の職を解雇されていたし、教授職に復帰することはもはや考えられなかったからである。一九五二年まで年金はもらえず、友人たちの援助に頼っていた。[51]著書を出版することはできたし、散発的に論文も書くこともでき、ときに鑑定書の依頼を受けることもあったが、彼の出版物や出版希望は原則として拒否され、「贖罪の山羊」として扱われ、悪魔のように見られ、除け者にされるのを甘受しなければならなかった。彼がロマンス語の国々、とくにスペインとポルトガルで、その後も注目され、尊敬されていたこと、またアレクサンダー・コジェーヴのような著名な学者が訪問してくれ、才能のある活動的な弟子たちが周りに集まってくれたことは、一抹の慰めであった。[52] にもかかわらず、彼は周辺部に追いやられていることに悩み、憤懣の苦い思いにいつまでも苦しめられていた。一九四七年から五一年までに書かれた『グロサーリウム〔注釈集〕』は、新しい状況に対するルサンティマンに満ちた攻撃、ユンガーに対しても嫉妬心に満ちた非難さえ含んでいるもので、こうした苦い思いを初めて生々しく綴ったものである。

ユンガーの方は一九四五年、イギリスの占領軍から出版禁止処分を受けたが、文筆上の仕事は続けることができ、フランスの占領地域に移住した後は（一九四八年十二月半ばにラーフェンスブルクへ、一九五〇年七月半ばにはヴィルフリンゲンのシュタウフェンベルク城に、翌年春にはオーバーフェルステライへ）はとくに順調に仕事ができるようになっていた。一九四九年、まず第二次大戦中の大部の日記が『放射』の題で出版され、その後まもなく、国家と戦争を主題とした小説『ヘリオポリス』が出版された。その後も続々と著書が出され、必ずしも高い評価を受けたわけではなかったにしても、広く大きな注目を集めた。一九五五年十月一日、シュミットを公に批判していた連邦大統領テーオドーア・ホイスがヴィルフリンゲンのユンガーを訪問し、一九五六年一月二十六日にはユンガーはブレーメン市のルードルフ゠アレクサンダー゠シュレーダー賞を受けた。これは戦後初めての文学賞の受賞であった。一九五九年一月三十一日にはドイツ連邦共和国功労十字賞を受ける。五〇年代にはシュミットの排除が最終的になったとされるのだが、このときはユンガーにとっては文筆活動で実り多く、公的に上首尾の十年であった。もっともこの五〇年代は文学界にあって大物作家を迎えて新しい展開を始める時期で、一九五九年にはハインリヒ・ベルの『九時半の玉突き』、ギュンター・グラスの『ブリキの太鼓』が出て、内容的にも（最近の過去と現代との直接的テーマ化によって）形式的にも（言葉と物語技法の自由な可変性によって）新しい方向を示し、いわば戦後文学の歴史における折り返し点になっていることは見逃しえない。

＊

戦後の往復書簡では、まず何より先に昔からの結びつきが強調され、思い遣りが前面に出されていて、お互いに認め合ってもいる。しかし同時に往復書簡は、ユンガーとシュミットの間の関係がいかに複雑なものであったかも示していて、一九四八年八月二十日には、シュミットは一九四八年五月にユンガーを訪ねた際に、ある種のテーマについてきちんと話すことができなかったことを嘆いている。その後、一九四九年五月には突然に「感情の縺れ」が話題になり、一九五〇年一月には往復書簡は意外な厳しさをもつようになる。その理由は定かではないが、『放射』で一般に知られるようになったパリでの女性たちとの交遊に対するグレータ・ユンガーの嘆きが一役買っていたのかもしれない（一九五〇年一月十六日の手紙の結び部分参照）。シュミットはグレータを尊敬していて、ユンガーの振舞いを認めていなかったからである。しかし、連帯していたという意識が、一方ではシュミットのナチへの有罪とされる協力によって、他方ではユンガーの新しい成功によって、疑問視されるようになったことを考えた方がはっきりする。ユンガーは話し合いのときに二人の状況を二隻の「花で飾られた装甲艦」に喩えたらしく、これをシュミットは一九五〇年一月十日の手紙でたしなめているが、この喩えは何か見事なものではあるにしても、ここには潜在的な攻撃性をもった状況が示されている。シュミットが認めようとしたものよりもおそらくははるかにそうした状況をうまく捉えているとも言えよう。

その後の往復書簡はまずは緊張を解くこと、あるいは和解に向けられたものと言え、ユンガーが一九五〇年秋のドゥシュカ・シュミットの病気、そしてその死への同情によってこの方向に進んで行く。その後、思想の交換が強められて行くのが認められ、これは一九五五／五六年、ユンガーのリヴァロールの翻訳とシュミットの『ハムレット論』への言及で最高潮に達する。しかし、一九六〇年十一月二十日のグレータ・ユンガーの死の後、その理由ははっきりしないが、文通は唐突に途絶える。シュミットとユンガーのかつての秘書アルミーン・モーラーとの往復書簡から推測すると、この頃ユンガーが広く一般に認められるようになったことがシュミットには気に入らず、ユンガーとの文通を続けることができなくなっていたらしい。シュミットは第三帝国との関係でも連邦共和国への関係でもユンガーを自分と同じだと考えていたのに、ユンガーの方は「全権を握るホイス」[53]から連邦功労賞を「授与された」のに対して、自分は「ボイコットされて」プレッテンベルク／ザウアーラントに蟄居していることを考えれば無理もないかもしれない。一九六一年十二月、シュミットはユンガーが体制に組み入れられる用意のあることへの失望を詩に仮託しているが、これはすらすらと書けたもので、「ベルト・イプセンシュタイン」という匿名であちこちに回覧させている（一九五一年十二月三日の手紙の注参照[54]）。

森の散策[55]

少年たちの先生の少年たち[56]が塹壕の中を
走り回ったのは、はるか昔のこと。
彼らの戦場は今は森。
そこに純粋に精神化された姿をして。

けだしこれらの勇敢な少年たちは
抜群の精神力に恵まれている。
彼らが森の中を散歩しているときに、
このことを最もよく見ることができる。

それは直接的には散歩ではなく、
ピンと張り詰めた逍遥なのだが、
高い位の勲章を着けるのが、
すでに鷹揚なもの[57]になっている。

彼らの森の散策は甲虫を求める
小さな狩り、[58] そしてそれと類似の問い。
彼らはそこで何がなされたかを書き留め、
彼らの日記はいつでも使えるようにそこにある。

そこで大きな世界も、小さな世界も
彼らの日記の中に配置されているのを知る。
勲章はこの上なく控え目にチャラチャラと
そこに書かれているものに向けて音を立てる。

森はそんなにも多くの高貴さと規律と価値から
自身が非常に尊敬されているのを感じ、
忠実な動物として森の木を提供する、
日記の紙に使うようにと。

しかし少年たちの先生の少年たちは
木から作られた紙を超越していて、
彼らの森の散策は、木の葉の一枚一枚、
森の木と関係のない手透き紙の上でなされる。

お前たち、勇敢な天才少年たちよ、先へ進んで行け！

私たちにこれからも多くのお前たちの才能を授けよ！
どんな障害にもくじけるな。
ノーベル賞は確実にお前たちのもの！

イーザーローン、[59] 一九六一年十二月十六日

一九六八年、ユンガーはシュミットの八十歳の誕生日を機に極度に簡潔な祝いの言葉と、同様に簡潔な「過ぎ去った時代の思い出」を綴る文章を送っていて、その後に、新しい、最後の一連の往復書簡が取り交わされることになる。これはそれほど密度の濃いものではないが、シュミットが――娘のアーニマの死後――まったく閉じこもってしまうまで続いている。語調はやがて再び友好的なものになり、しばしば心のこもったものになっている。過去の年月の疎遠をユンガーはおおらかに一時的なものだったとし、第三者のせいにしてもいる（一九七〇年八月二十三日の手紙参照）。そして批判的な注釈や忠告の試みは断念されて、今や二人は互いを理解し合い、互いに慰め合い、互いに高齢の身を励まし合っている。ときに往復書簡は、書かねばならないテーマがなくて、何か面倒くさそうに仕方なしといったところもあり、季節のことや誕生日の周りを堂々巡りする。しかし再三に昔の知性の火花も散っていて、たとえば、シュミットが自分の住まいをサン・カシアーノと名づけたことの意味についてカードにぎっしり書いて送りつけているところがそうである（一九七四年八月四日の手紙参照）。

*

サン・カシアーノについての講釈は、第三帝国における自分の役割と第三帝国崩壊後の自分の運命を類型学的に捉えることで、実存的、歴史的な基本モデルを自分の身に当てはめようとするシュミットの試みの最終段階を示している。この試みは、すでに述べた「ベニト・セレノ」を持ち出している一九四五年六月の手紙で始まっているが、「サン・ドミニク号」の悲運な船長のシュミットの自己理解と自己演出にとってもつ意味を知るにつけ、メルヴィルの小

説をもう一度より精密に見ようとしたもののようである。輸送していた奴隷たちに船を乗っ取られ、ベニト・セレノはひどい屈辱的な演技をやってみせねばならない。つまり迷走する「サン・ドミニク号」を助けにやって来たアメリカの船長に対して、反乱を起こした奴隷たちによって乗組員が殺害されるのをできるだけ先延ばしにするために、船長の役割を演じなければならない。行為能力を剥奪されていた船長も最後には自由の身になることに成功して、生き延びるが、身に覚えのない決定と彼に向けられた無理解に苦しみ、この事件を審理する裁判が終わると、死ぬ。シュミットはこの「サン・ドミニク号」に方向を見失って破滅に向かっているヨーロッパを見、その船長に大衆に押し潰されるヨーロッパのエリートの姿を見て、自分の身をこれに重ね合わせている。[60] 同時にシュミットはベニト・セレノに聖書に導入されている「カテコーン（引き止める者）」の姿の一例をも見ていたらしい。これはその後の年月における彼の歴史理解と自己理解にとって次第に大きな意味をもつことになるものである。[61]

ユンガーとの往復書簡には、その後、シュミットが自分の運命を予示していると思う別の形姿も次々と現れて来る。ビザンティンの将帥ベリサリウスに敗れて、自分の支配権が失われ、追放されたことにただ苦笑いによってしか反応できなかったヴァンダル王ゲリマー（一九五八年八月二十六日、一九八一年四月十日の手紙参照）、フィレンツェの国家理論家マキャヴェリ、シュミットはマキャヴェリの追放された場所サン・カシアーノにちなんで一九五六年以降、プレッテンベルクの自分の住まいにその名をつけている（一九五六年四月十一日、十八日、六月八日の手紙参照）、のちには三〇四年のディオクレティアヌスのキリスト教徒迫害のときに弟子たちから鉄筆でさんざんに突き刺されたという聖者カシアン（一九七四年八月四日の手紙参照）、最後には——これはたまたま出会ったというだけのものだが（一九八一年三月二十日の手紙参照）——神話上の人物エピメテウス「後から考える者」などである。一九四五年以来、シュミットは——尊敬するコンラート・ヴァイスの一九三三年に出された詩を借りながら——自分の「場合」を「出来が悪く」、「ふさわしくない」が、それでも「本物のキリスト教的エピメテウスの場合」[62]、つまり自分がしなければならないと感じていたことが問題的あるいはまったく悪いことであるのを知るのがあまりに遅すぎる歴史上の人物と見ていた。

＊

神話的な、ないし神話に近い人物像の中で考え、そうした神話的ないし歴史的伝説上の人物像の助けを借りて、現在の歴史的発展と自分の状況を把握し解釈するのは、シュミットとユンガーに共通したものであって、非道な時代に巻き込まれていることを熟考し、そこで何とか生き抜いて行くための、それは二人の方法の一つであった。そこから生じたのがよりよき歴史理解だったのか、それともより悪しき歴史理解であったのか、そこで優位にあったのが自己認識であったのか、それとも自己欺瞞であったのか、これは研究者の間でも激しく議論されているところであるが、このあとがきの枠内では十分に言及することはできない。弁明をしたいという気持ちが――シュミットの場合、ユンガーよりはるかに強いが――この思考を推し進め、模範像を選択したのは当然でもある。シュミットが被害者と加害者の双方の過失を認める用意がユンガーよりも少なかったことはこれまでも指摘されてきている。一般大衆に自分の良心を見させるなどというのは、二人にとっては問題ではなかった。往復書簡の中でさまざまに持ち出される神話的な、ないし神話に近い人物像への関連づけは、二人に話題を提供することができた。もっともこの話題を巡っての語り合いは、とくにその秘教的でない形式が秘教的な「秘密」の斡旋に役立っていたので、しばしば多義的で矛盾を含むものであった。それは説明と隠蔽、告白と正当化が一体となったもの、ときに過ちとして認め、退けたものさえ、必然だったと主張していた。

ユンガーは好んで古代の神話やホメロスからポーやメルヴィルにいたる昔の文学に頼っていた。シュミットからはリヴァイアサンやビヒモスの姿を引き継いでいた。最近の過去を熟考しつつ未来を予測する国家小説『ヘリオポリス』（一九四九）では、平和主義的な猟師集団の秘密を保存してある部屋の入り口には「ビヒモスとリヴァイアサン在室」との碑文[63]が掲げられている。その他、ユンガーは再三にシュミットが状況を概念にもたらす非凡な才能をもっていることを称賛していて[64]、一九七七年に出された世界の終末ないしはポスト・イストワールの小説『オイメスヴィル』では、シュミットのあだ名「ドン・カピスコ」に似せた人物を登場させ、シュミットを思わせる国際法に関する箴言を語らせ、ささやかながらシュミットに文学的な記念碑を捧げている。[65]
シュミットは該博な古典的教養の持ち主で、並はずれた博識家であって、同時代の文学にも通暁していて、表現主義の十年の革命的な文学のシュミットの受容の中に彼の思考全体を解く鍵を探る試みをしてみたいほどである。[66]テーオドーア・ドイプラー、フランツ・ブライ、エルンスト・シュタードラー、フーゴー・バル、ゴットフリート・ベン、コンラート・ヴァイスなど一連の著名な作家たちとシュミットは個人的にも接触があった。テーオドーア・ドイプラーの三巻本の叙事詩『北極光』（一九一〇）をシュミットは、ヨーロッパ近代の合理主義的、機械論的、経済主義的な過ちについての詩的な告白として読んでいた。コンラート・ヴァイスの作品の中に、晩年には、すでに仄めかせておいたように、歴史を苦難の歴史、救済の歴史とするシュミットにとって納得の行く解釈を見いだしていて、そこでは同時にまた自分の行為を歴史的挑発に対する不可避の応答として正当化しようとしていた（四七年二月十六日の手紙の注の最後にあるヴァイスの引用参照）。シュミットは再三にこうした作家や別の作家について言及していて、そこから見て取れるのは、シュミットにとって詩が何を意味していたかである。詩という名に値する詩の中で、カオスのように解釈しがたい世界が、認識できる顔をえて、同時に神に荷なわれたその意味と関連づけられるのである。詩は——絶えず書き続けられる神話のように——認識と批判と意味創設の独自の媒体なのである。こうした確信からシュミットの文学への異常なまでの関心が生じていて、この意味でシュミットは一九四七年には『ベニト・セレノ』の続きをカフカの文体で書こうとさえ思っていた。[67]
シュミットにとってユンガーは、第二次大戦の終わりまではこうした認識と意味を作り出す仕方で語っていて、まじめに考えるべき作家であった。[68]一九三八年の『リヴァイアサン』では、シュミットはユンガーの著書の中に見られる現代の戦艦の記述が、技術的に完璧で、厳密に組織化された現代世界の認識と特徴の描出のためには、ホッブズが作り出したリヴァイアサン神話以上に優れていると考えていた。[69]ユンガーの『大理石の断崖の上で』（一九三九）には、シュミットは「ニヒリズムの秩序のマスクの背後に隠れている深淵」[70]の大胆な描写を見ていて、幾度も往復書簡でも話題になった営林監督官の形姿をベニト・セレノと並ぶ現代が生み出した数少ない「神話的形姿」に数えていた。[71]

*

一九三四年一月二日、ユンガーはシュミット宛に、マルローを送ってもらったことを感謝しながら、「あなたのお気に入りのことをお伝えいただきました」と書いた。ユンガーはシュミットからの手紙でさまざまな利益を得ていて、一九七一年十月二十二日のユンガーの手紙にあるように、シュミットの手紙の多くが「ちょうどよいときに」届き、ユンガーの仕事に直接に役立っていた。このことは、たとえば一九三九年七月中旬のシュミットの手紙にも言えることで、『大理石の断崖の上で』の蛇のモティーフへの重要な寄与となっているし、またリヴァロールの翻訳の問題を巡る一九五五年の年末の手紙、あるいはユンガーがちょうど締切り期限が来ていた記念論集の原稿のキーワードを見つけた一九七一年十月十九日の手紙もそうである。ときにユンガーの返信の中にシュミットから受けた刺激を発展させ、そのときに書いている著書へ取り入れたと思えるものもあり、たとえば、一九五八年十二月二十二日の手紙は評論集『時間の壁際で』の第一〇章、第一一章の準備とも読めるものである。またユンガーは再三にシュミットの手紙のとくに啓発的と思える文章を自分の日記に取り上げていて、それゆえシュミットの論述を自分の思考と状況判断の構成要素にもしていた。

当然、シュミットの方も文通相手のユンガーから多くの刺激を受けていた。幾つかの例だけ挙げるが、ユンガーはシュミットにクビーンの小説『裏面』やベルナノスの『月の下の大きな墓地』を教えて、一九四八年三月には、シュミットのトインビーとの対決に刺激を与えているし、一九四八年十月にはヘンリー・ミラーの『北回帰線』の受容にも刺激を与えている。しかし、シュミットがユンガーと同じ程度にこの往復書簡から利益を受けているようには思われない。とりわけ、個々の手紙をユンガーのように思想的に、ないしは引用の形でその後に出された作品に取り入れることはシュミットの場合には見られない。このことについてシュミットはあるとき、知人への手紙にきわめて批判的に「あらゆる着想を文学的、ジャーナリズム的に活用する今日の方法、自分の往復書簡の利用、書き下ろしているときにすでに印刷することを決めている日記、こうしたことは往復書簡のすべての良き可能性を壊す。そんなのは、文書での話し合いというのではなく、偶然に、一方的に、輪転機を横目で見ながらの覚書にすぎないものになる」と書いている（これは一九四九年三月十日の日付で『グロサーリウム』に載せられている）。こうした嘆きはユンガーの『放射』が出版された後のことと思われる。これがユンガーとの往復書簡を正当に評価したものでないことは、とにかくはっきりしている。これは個々の点では適切ではあるが、それだけでなく、ユンガーに対する嫉みでもあって、これがシュミットにあってはユンガーの文筆家としての成功とカムバックを目の当たりにしたとき、頭をもたげてきたのであった。

＊

一九四七年八月から一九五一年八月までに書かれた『グロサーリウム』は、こうした嫉みのどぎつい表明である。[72]一九九一年にこれが出版されて、ユンガーはこの中で自分について書かれたことを読んで、仰天し、大きなショックを受けたと思われる。しかし彼の日記にはこれに対する直接の反応は見いだされない。一九九二年一月三日、ユンガーはさりげなくこう記している、「カール・シュミットの『グロサーリウム』の編集者であるカイザー教授がリゼロッテ「ユンガー」のもとにまた私たちの往復書簡の刊行を打診して来ている」と。おそらくこの『グロサーリウム』を相対化しようとしてであろう。しかしユンガーは今も往復書簡の刊行に同意しようとせず、「それには瓶に仕込んだワインのようにもう少し時間を与えねばなるまい」と考えていた。その後もユンガーはシュミットについてはときに言及するものの、『グロサーリウム』については、一九九四年の秋に彼の著作を出している出版社の社主エルンスト・クレットからこの件で手紙をもらうまで一切語っていない。一九九四年九月十三日付けのクレットからの手紙と九月二十日付けのユンガーの手紙が『漂白の七十年　V』に載せられているので、そこからその一部を抜粋して以下に挙げておく。

「エルンスト・ユンガー様、最近私はカール・シュミットの『グロサーリウム』をもう一度読み直しました。読んでいて非常に不愉快です。非常に才能のあるカトリックの田舎者は自分が過ちを犯したという事実に決着をつけていないのです。私たち読者はこのことに悩まされざるをえません。その際、もちろん私はこれが素晴らしい頭脳であるのを見誤ることはできません。［……］しかしこのシュミットの卑劣さは、彼がこの言葉では言い表されないこと（それは無数にあります）を遺言で死後に出版するよう指定していることです。あなた方は三十年もの長きにわたって友好的に、かつ互いに尊敬し合いながら文通をなさっていたというのにです。」「エルンスト・クレット様、カール・シュミットの『グロサーリウム』の中で私に関しての個所は実際腹立たしいものです。――彼にとっては私にとって以上に腹立たしいのでしょう。／手紙をもらうと、ほとんどがその日のうちに返事を書いたあの友好的な文通を考えると、これはまことに奇妙なことです。――このことは奥深いアンビヴァレンツを示しています。［……］『放射』についての彼の手紙に引き寄せられているゴットフリート・ベンの場合も同じようなものです。／C・Sには一九四五年以後、異常なまでに強い憎しみが集中し、私が彼の同居人たちから聞いたところでは、彼はこれにひどく苦しみ、被害妄想にまで高じていたようです。それでも臨終の床において、彼はこう言ったそうです。〈E・Jは信頼できる友人だ〉と。」

1 七四年八月三十一日の手紙の追伸部分参照。
2 『漂白の七十年 V』、九二年一月三日の項参照。
3 同右、九四年九月十五日の項参照。
4 七二年十月二十日および七四年八月三十一日の手紙参照。
5 七二年十月二十日、七二年十一月初めおよび八一年三月二十日の手紙参照。
6 八〇年十一月二十八日の手紙および遺品目録参照。
7 Gajek, Magister-Nigromontan-Schwarzenberg, S. 8より引用。
8 『漂白の七十年 V』、九四年九月二十日の項参照。
9 In: Die Gesellschaft 7（1930）, Bd. 2, S. 32–41; Gesammelte Schriften, Bd. III, S. 238–250.
10 Vgl. Bredekamp, Von Walter Benjamin zu Carl Schmitt.

11　この手紙はベンヤミンの書簡集の初版には取り上げられてなく、一九七五年になって別のところで出版された。『全書簡集』の新しい版には収録されている（Bd. 3, 1997, S. 558）——アルベルト・ザーロモン（一八九一—一九六六）は一九二八年以来、雑誌『社会』の編集長であって、ナチの「権力掌握」後、まずスイスへ、ついで合衆国へ亡命した。トクヴィルに詳しく、一九三五年チューリヒの出版社からトクヴィルのドイツ語訳作品集を出版している。一九五七年、著書『運命と宿命としての進歩』を出版し、シュミットから高く評価された。

12　一九三二年にユンガーの友人ナショナル・ボルシェヴィストのニーキッシュの出版した反ヒトラーの闘争文書の副題。第三帝国に対するユンガーの関係については Kiesel, Zwischen Kritik und Affirmation 参照。

13　Vgl. Gretha von Jeinsen（Gretha Jünger）, Silhouetten. Eigenwillige Betrachtungen, Pfullingen, Neske, 1955, S. 176 ff.; Ernst Jünger, Die Hütte im Weinberg, 24. August 1945（=Sämtliche Werke 3, S. 515 ff.）.

14　三四年六月十四日の手紙の注参照。

15　三四年六月十四日の手紙参照。

16　Vgl. Ernst Jünger, Über Nationalismus und Judenfrage. In: Süddeutsche Monatshefte 27（1930）, S. 843-845.

17　三四年六月二十七日の手紙参照。

18　一九四一年の第二版ではこのアフォリズムは削除しなければならなかった。これについては『漂白の七十年　III』、八三年三月三十一日の項参照。

19　三三年九月十八日および五〇年一月十六日の手紙の注参照。

20　三五年五月二十四日の手紙の注参照。

21　Vgl. Waldemar Gurian: Carl Schmitt, der Kronjurist des III. Reiches. In: W. G.: Deutsche Briefe 1934-1938. Ein Blatt der katholischen Emigration. Hrsg. von Heinz Hürten. Mainz: Brünewald, 1969, Bd. 1, S. 52-54.——桂冠法学者テーゼは研究文献において賛否の議論があることを言っておきたい。Vgl. bes. Koenen, Der Fall Carl Schmitt, S. 353 ff.; Maschke, Im Irrgarten Carl Schmitts, S. 210; Quaritsch, Positionen und Begriffe Carl Schmitts, S. 118 f.; Rüthers, Carl Schmitt im Dritten Reich, S. 95.

22　Vgl. Sämtliche Werke 3, S. 615; 8, S. 389.

23　Vgl. Kiesel, Wissenschaftliche Diagnose und dichterische Vision der Moderne, S.110 ff.; ders.: Zwischen Kritik und Affirmation.

24　ヘルマン・ブロッホのフリードリヒ・トールベルク宛の手紙。Vgl. Friedrich Torberg: In diesem Sinne. Briefe an Freunde und

Zeitgenossen. München: Langen Müller, 1981, S. 18. ブロッホの四三年四月十日の手紙は注釈つき作品集（フランクフルト・アム・マイン、ズーアカンプ、一九八一、一三巻二、三一八ページ以下）には収録されているが、そこでは最後に引用した表現は削除されている。

25 Vgl. Bertolt Brecht: Arbeitsjournal. Hrsg. von Werner Hecht. Zweiter Band: 1942 bis 1955. Frankfurt am Main: Suhrkamp, 1974, S. 426（21. 7. 44）.

26 Vgl. Thomas Mann–Karl Kerényi: Gespräch in Briefen. Zürich: Rhein-Verlag, 1960, S. 146（1. 1. 47）.

27 Vgl. Kiesel, Ernst Jüngers >Marmor-Klippen<.

28 Vgl. bes. Maschke, Im Irrgarten Carl Schmitts, bes. S. 227 f.; Mehring, Carl Schmitt, S. 99 ff.; Quaritsch, Positionen und Begriffe Carl Schmitts, bes. S. 52 ff., S. 83 ff.; Rüthers, Carl Schmitt im Dritten Reich, S. 57 ff.

29 Vgl. bes. Brumlik, Carl Schmitts theologisch-politischer Antijudaismus; Gross, Jesus oder Christus; Meuter, Blut oder Boden; Quaritsch, Positionen und Begriffe Carl Schmitts, S.83 ff.; Taubes, Ad Carl Schmitt, S. 60 ff.

30 Vgl. Mehring, Pathetisches Denken, S. 122 ff.; Vesting, Die permanente Revolution.

31 Vgl. Schmitt, Legalität und Legitimität, in der Ausgabe von 1932, S. 37, 61（ここにはもちろんナチ党の名は挙げられていない）。しかし一九三二年七月十九日にフォン・シュライヒャー将軍の機関紙『日刊ルントシャウ』に掲載されたシュミットの論文「合法性の誤用」には次のような文章がある。「ナチ党員ではないけれども、この政党に小さな悪しか見ず、七月三十一日にこれに票を入れて、多数派に押し上げる者は愚かな行為をしている。この世界観的にも政治的にも未熟な運動に、憲法を変え、国教会を導入し、労働組合を解体するなどなどに可能性を与えるからである。彼はドイツをこのグループに完全に引き渡すことになる。」Zit. nach Maschke, Zum >Leviathan< von Carl Schmitt, S. 183.

32 Vgl. Mehring, Pathetisches Denken, S. 162 ff.; Rüthers, Carl Schmitt im Dritten Reich, S. 96 ff.; ders., Entartetes Recht, S. 125 ff.

33 右の注13参照。

34 Vgl. Noack, Ernst Jünger, S. 124.

35 Vgl. ebd.

36 Vgl. Dolf Sternberger, Eine Muse konnte nicht schweigen. In: D. St.: Gang zwischen Meistern. Frankfurt am Main: Insel, 1987, S. 306–323; Kiesel, Ernst Jüngers >Marmor-Klippen<.

37 Vgl. Sämtliche Werke 3, S. 524 ff.
38 Vgl. Sämtliche Werke 3, S. 436 ff.
39 第三帝国におけるシュミットの立場と機能については、Lauermann, Versuch über Carl Schmitt im Nationalsozialismus, S. 37 f.
40 Vgl. bes. Rüthers, Carl Schmitt im Dritten Reich, S. 82 ff.; Maschke, Zum >Leviathan< von Carl Schmitt, S. 184 ff.
41 Vgl. bes. Quaritsch, Positionen und Begriffe Carl Schmitts, S. 85 f. Anm. 175.
42 Vgl. Waldemar Gurian: Auf dem Wege in die Emigration oder ins Konzentrationslager? In: W. G.: Deutsche Briefe 1934–1938. Ein Blatt der katholischen Emigration. Hrsg. von Heinz Hütten, Mainz, Grünewald, 1969, Bd. 2, S. 510.
43 Vgl. Koenen, Der Fall Carl Schmitt. S. 753 f.
44 Vgl. Schmitt, Ex Captivitate Salus, S. 14 ff.
45 Vgl. Maschke, Zum >Leviathan< von Carl Schmitt, S. 196; Meuter, Die zwei Gesichter des Leviathan.
46 Vgl. Maschke, Im Irrgarten Carl Schmitts, S. 231.
47 Vgl. Hausmann, >Deutsche Geisteswissenschaft< im Zweiten Weltkrieg; Tilitzki, Die Vortragsreisen Carl Schmitts.
48 Vgl. Noack, Carl Schmitt, S. 233.
49 一九四五年六月の手紙の注参照。
50 Vgl. Wieland, Carl Schmitt in Nürnberg（1947）.
51 三三年八月十七日の手紙のオーバーハイトについての注参照。
52 Vgl. van Laak, Gespräche in der Sicherheit des Schweigens; Carl Schmitt–Briefwechsel mit einem seiner Schüler.
53 Vgl. ebd., S. 314; 七六年九月二十二日の手紙の注。
54 この詩はコピーされてシュミットの親しい友人知人の間で回覧されたが、ユンガーの手元には届かなかったらしい。
55 一九五一年に出版されたユンガーの歴史的、政治的な現在の立場を述べた書の題名。
56 ユンガーの祖父フリッツ（フリードリヒ）・ユンガー（一八四〇―一九〇四）がハノーファーでギムナージウムの教師をしていて、一九〇三年、エルンスト・ユンガーが高校生のときそこに寄宿していたことを揶揄したもの。
57 ユンガーが幾度も強調して書いている自分の態度。たとえば、『冒険心』の第二版には、これを章の題にしているし、『庭と街路』の一九四〇年二月二日の項にも出て来る。

58 甲虫収集のエッセー（一九六七）の題が『小さな狩り』。

59 シュミットはこの頃イーザーローンの病院に入院して手術を受けていた。

60 シュミットのベニト・セレノに対する関係はさまざまに議論されている。重要なものを挙げると、Groh, Arbeit an der Heillosigkeit der Welt, S. 133 ff.; Koenen, Der Fall Carl Schmitt, S. 820 ff.: Kickovic, Ein moderner Mythos; Kesting, Benito Cereno; Tierno Calvan, Benito Cereno oder der Mythos Europas.

61 シュミットが「カテコーン」（引き延ばすもの）という考えを持ち出すにいたったことについてもさまざまに議論されている。重要なものだけ挙げると、Groh, Arbeit an der Heillosigkeit der Welt, S. 128, 291 f.; Koenen, Der Fall Carl Schmitt, S. 585 ff.; Leutzsch, Der Bezug auf die Bibel, S. 187 ff.; Meuter, Der Katechon; Nichtweiß, Apokalyptische Verfassungslehren, S. 60 ff.; Schuller, Dennoch die Schwerter halten.

62 Vgl. Ex Captivitate Salus, S. 12（Zitat）, 31, 51 ff.——エピメテウスとの類比については、vgl. bes. Groh, Arbeit an der Heillosigkeit der Welt, S. 115 ff.; Kühlmann, Im Schatten des Leviathan; Meier, Die Lehre Carl Schmitts, S. 187 ff.; Nyssen, Carl Schmitt.

63 Sämtliche Werke 16, S. 37.

64 Vgl. bes. >Strahlungen< unter dem Datum 17. 7. 39, 11. 9. 43, 29. 1. 44.

65 Sämtliche Werke 17, S. 183（Kap. 26）.

66 Vgl. Kennedy, Politischer Expressionismus; Mehring, Pathetisches Denken, S. 34 f.

67 Vgl. Glossarium, S. 54.

68 たとえば、『労働者』の第五九章には「今日、国家ということで作り出されるイメージは、客船や遊覧船ではなく、戦艦に似ている。そこでは最高の簡素さと経済性が支配していて、すべての動きが本能的な的確さで行われる」とある（Sämtliche Werke 8, S. 213）; vgl. auch Sämtliche Werke 7, S. 176 f.（>Über den Schmerz<, Kap. 12）.

69 Vgl. Der Leviathan, S. 77 f., 124.

70 Vgl. Ex Captivitate Salus, S. 22.

71 Vgl. Glossarium, S. 92（5. 2. 48）.

72 Vgl. Mohler, Carl Schmitt und Ernst Jünger; Meier, Der Philosoph als Feind.

編者謝辞

編者に親切な助言をしていただいたシュミットの専門家ゲルト・ギーゼラー氏（ベルリン）、ギュンター・マシュケ氏（フランクフルト・アム・マイン）、とくに豊富な知識を披瀝して、注を批判的に通読し、有益な資料とイデオロギー史との関連の重要な指摘でそれを補っていただいたマンフレート・ラウエルマン氏（ギュータースロー）と注をきわめて精密に読んで、自身の膨大な資料から伝記上および書誌学上の多くの情報を提供していただいたピエート・トミッセン氏（グリムベルゲン）に、

注を通読してくれて、多くの有益な細部を補ってくれたユンガーをよく知っている人たち、リゼロッテ・ユンガー女史（ヴィルフリンゲン）、ヘーデ・シルマー女史（シュトゥットガルト）、ウルリヒ・フレシュレ氏（ドレスデン）に、また個々の点で助言してくれたホルスト・ミュールアイゼン氏（トゥリーア）、ベルンハルト・ガーエク氏（レーゲンスブルク）に、

該博な知識をもとに助言してくれて、往復書簡の多くの文学的関連を確認してくれた同僚たち、フランク＝ルトガー・ハウスマン氏（フライブルク）、ディーター・シュルツ氏（ハイデルベルク）、シュテファン・ブロイアー氏（ハンブルク）、とくに古典文学現代文学に精通しているヴィルヘルム・キュールマン氏（ハイデルベルク）に、

深い思慮に加えて大変な粘り強さを必要とする多くの調査探索に協力してくれたハイデルベルク「ドイツ近代文学史／二十世紀」講座の研究者たち、ザンドラ・クルーヴェ女史、ローマン・ルックシャイター氏、ビルギット・パーペ女史、ヤン・ヴィーレ氏に、

編者は心から感謝の言葉を送りたい。

訳者あとがき

エルンスト・ユンガーとカール・シュミットが半世紀以上にもわたって書簡を交わしていたことは、以前から知られていて、その刊行が待たれていた。第一級の知性にしてナチズムに対してさまざまな形で関わりがあったとして、詩人ゴットフリート・ベン、哲学者マルティーン・ハイデガー、小説家で批評家エルンスト・ユンガー、法学者カール・シュミットの四人はとくに今なお議論されているのだが、そのうちの二人の往復書簡ともなれば、当然の期待でもあった。ユンガーはこの往復書簡を生前に刊行することを拒んでいて、「死後に信頼できる世話役をもつべき」としていたが、その世話役をハイデルベルクのゲルマニスト、ヘルムート・キーゼル教授が引き受けて、ユンガーが一〇三歳で他界した一年後の一九九九年にやっと"Ernst Jünger–Carl Schmitt, Briefe 1930–1983"がほぼ完全な形でKlett-Cotta社から日の目を見ることになった。本書は、本文の書簡部分がユンガーからのもの二四九通、シュミットからのもの一七七通、合計四二六通で、四五八ページだが、巻末に注が何と三八八ページも付けられている。編者キーゼル教授によると、ユンガーとシュミットの事情に詳しい人のためには、あれやこれやの事実を思い起こしてもらえるように、ユンガーやシュミットにあまり親しんでいない人のためには、書簡の背景や関連を示すように、そしてすべての読者のために、人名や日付や事件について事典や専門書を繙く手間が省けるように、そして時代史、作品史との前後の脈絡に適切な橋渡しをしようとしたことから、大部の注になったようである。本訳書では本文の書簡部分はもちろんすべて訳出したが、巻末の注は日本の読者に必要と思われるものにとどめ、それをそれぞれの書簡の後に回すことにした。その際、若干の訳者による注も付加した。

ユンガーとシュミットの経歴や書簡の成立事情、その背景については、キーゼル教授の「編者あとがき」に詳しいので、繰り返すことはしないが、この往復書簡の中で集中的な知的な思想の交換やこの世紀の危機と戦争について、あるいはナチズムの時代の前後の興味深い、あるいは思いがけないコメントを期待すると、大きく期待は裏切られることになる。ナチの政権掌握、その蛮行の数々、レーム・プッチュの際のシュミットの悪評高き言明、ユダヤ人の迫害、そして第二次大戦、戦後の非ナチ化政策などについて読者の期待するものに直接にはほとんど触れられていないからである。シュミットが一九三六年にナチの要職から失脚したこと、ユンガーが二度も家宅捜査を受けた事情、戦後のニュルンベルク裁判などについても、往復書簡には一言も出てこない。一度だけ一九五〇年一月にユンガーがシュミットの三三年の政治的決定について言及したときも、シュミットは狼狽してなのか、頑なだったのか、"Capisco et obmutesco（よく分かります。そして私は黙っています）"と一言で片付けている。ナチ時代の自己の行動、自己責任との対決については黙っていましょう）"がこの往復書簡のモットーであったらしい。"De nobis ipsis silemus（私たち自身にが、とくにシュミットの場合、神話的なものの領域に押しやられ、リンチとも言える周囲からの批判に対する免疫をえることに終始していることから、この往復書簡をアンチ・リベラル、アンチ・デモクラシーの二人の巨頭の「奇妙にぎこちない孔雀のダンス」として、この「いかがわしさの二乗」の中にドイツの悲惨さが反映していると厳しく批判する者もいる（たとえばヤン・ロス）。しかしその一方で、たとえばノルベルト・ボルツは、「形式は神である」とのゴットフリート・ベンの言葉がこの二人に当てはまるとし、「二人にとっては見事な表現、攻撃的な概念、含蓄ある形姿以上に重要なものはなく」、自己様式化の巨匠の生き残りのための技術がこの往復書簡に印象深く提示されていて、これほど興味深い読み物はないと言う。世界の年齢の図式、数字の魔力、母音の考察、占星術、アニミズム、オカルト的、マニ教的概念、そしてたわいない夢の奇妙な夢判断などを語り合うところには、どうにもついて行けない感は強いものの、そこには何か奥深い意味が推測され、キーゼル教授の「編者あとがき」や詳細な注を参照することで、保守革命の思想の内側を覗き込むことができるのではなかろうか。「サディスティックに人の心を誘い、メドゥーサのように接するものを金縛りにする」（エルンスト・ブロッホ）と言われるシュミットの文章の極度の挑発力、一方、すべての観察をメモにとり、そのメモを様式化していつでも印刷に付すことができるように書いたユンガーの特徴は、この往復書簡からも窺うことができる。それにしても驚嘆に値するのは、二人の飽くことなき知的な好奇心で、八十歳、九十歳の高齢になってまで、時代の高みへ、精神的な動きの先頭に立とうとしてか、神話から古代ギリシャ、ローマ、そして独、仏、英、スペインなどの現代小説まで古今の知識を貪欲に追い求め、それを互いに教え合っていることである。ベンヤミンはあるとき、一個人の個々の手紙はともすると無意味で生気を失うのに対し、手紙のやり取りを続けて読むことのできる一連の往復書簡の「証言」の数々は、手紙の書き手の生き続けて来た歴史から出て来ているだけに、お互いの独自の歴史をもって生き続けて行くことがそれぞれの生活の中にどのように食い込んでいるかを生き生きと現前させるものであって、その意味で往復書簡はその独特に凝縮されたやり取りの中で、書き手が生きていたときとはまた違った別のリズムをもって、独自の生命を帯びて読者に迫って来ると言ったが、このことはこの往復書簡にも当てはまるのではなかろうか。

しかしこの往復書簡は友情のドキュメントとして読むことはできない。二人の資質、考え方、目標はあまりに違っていて、これほど長い付き合いなのに、ついにDuzenする（君、僕と呼び合う）仲にはならなかった。シュミットは友と敵を区別し、決断を政治的に思考し、すべての状況を概念化しようとするのに対し、ユンガーは決して決断することなく、概念を作ることよりも観察することを重視して、対立するものをじっと見つめながらその中に第三の可能性を求め、ニヒリズムの背後に意味を作り出す形姿を探る魔的リアリズムの文学者なのであった。ユンガーの秘書をしていたアルミーン・モーラーは二人の関係を“Männerfreundschaft（男の友情）”と呼び、それぞれに独自の世界に独自の足で立っていて、半ば理性的に、半ば同情から、第三者に対する目的同盟を結んでいたのであって、互いに不必要な争いは避けようとしたのだと言う。この往復書簡の背後には二人の複雑な関係が渦巻いていて、シュミットの死後に刊行された日記風のメモ『グロサーリウム』やユンガーの日記を見ればそれが分かるのだが、それだけにこの往復書簡のさりげない筆致がかえって不気味に思え、背景に思いを馳せながら読むと、また別種の興味も尽きない。その意味では、書簡の背景の事情を要領よく述べている「編者あとがき」を先に読むか、後で読むかで、この往復書簡の印象は大きく違って来るかもしれない。

自己様式化の巨匠であった二人の書き手が一語一語推敲したでもあろうこの往復書簡、それがうまく日本語に移せたかどうか、大部の書を訳し終えて、今はそれだけを危惧している。

本書の初校ゲラを訳者は病院のベッドの上で受け取った。その十日前に脳梗塞で倒れ、右半身麻痺でいろいろな合併症に悩まされながらもリハビリに努めているところであった。リハビリの合間に病室で左手だけの校正は難渋をきわめた。妻登志子の献身的な介護と助力があったおかげで何とか完成に漕ぎ着けることができた。法政大学出版局の平川俊彦氏、藤田信行氏にはお世話になった。ここに感謝の意を表する。

二〇〇四年 春

山本 尤

参考文献

Assheuer, Thomas: Paläontologie der Gegenwart. Ernst Jüngers Tagebücher ›Siebzig verweht I-III‹ (1980/1981/1993). In: Ernst Jünger im 20. Jahrhundert (s.u.), S. 269-281.

Bluhm, Lothar: Ernst Jünger als Tagebuchautor und die »Innere Emigration«: ›Gärten und Straßen‹ (1942) und ›Strahlungen‹ (1949). In: Ernst Jünger im 20. Jahrhundert (s. u.), S. 125-153.

Bredekamp, Horst: Von Walter Benjamin zu Carl Schmitt, via Thomas Hobbes. In: Deutsche Zeitschrift für Philosophie 46 (1998), S. 901-916.

Breuer, Stefan: Anatomie der Konservativen Revolution. Darmstadt: Wissenschaftliche Buchgesellschaft, 1993.

Brumlik, Micha: Carl Schmitts theologisch-politischer Antijudaismus. In: Die eigentlich katholische Verschärfung (s.u.), S. 247-256.

Carl Schmitt und die Liberalismuskritik. Hrsg. von Klaus Hansen und Hans Lietzmann. Opladen: Leske + Budrich, 1988.

Complexio Oppositorum: über Carl Schmitt. Hrsg. von Helmut Quaritsch. Berlin: Duncker & Humblot, 1988.

Die eigentlich katholische Verschärfung ...: Konfession, Theologie und Politik im Werk Carl Schmitts. Hrsg. von Bernd Wacker. München: Fink, 1994.

Ernst Jünger im 20. Jahrhundert. Hrsg. von Hans-Harald Müller und Harro Segeberg. München: Fink, 1995.

Figal, Günter: Der metaphysische Charakter der Moderne: Ernst Jüngers Schrift ›Über die Linie‹ (1950) und Martin Heideggers Kritik ›Über ›Die Linie‹‹ (1955). In: Ernst Jünger im 20. Jahrhundert (s. o.), S. 181-197.

Gajek, Bernhard: Magister-Nigromontan-Schwarzenberg:

Ernst Jünger und Hugo Fischer. In: Revue de littérature comparée 71 (1997), S. 475-500.

Groh, Ruth: Arbeit an der Heillosigkeit der Welt: zur politisch-theologischen Mythologie und Anthropologie Carl Schmitts. Frankfurt am Main: Suhrkamp, 1998.

Gross, Raphael: Jesus oder Christus? Überlegungen zur »Judenfrage« in der politischen Theologie Carl Schmitts. In: Metamorphosen des Politischen (s.u.), S. 75-94.

Hausmann, Frank-Rutger: »Deutsche Geisteswissenschaft« im Zweiten Weltkrieg: die »Aktion Ritterbusch« (1940-1945). Dresden und München: Dresden University Press, 1998.

Kennedy, Ellen: Politischer Expressionismus: die kulturkritischen und metaphysischen Ursprünge des Begriffs des Politischen von Carl Schmitt. In: Complexio Oppositorum (s. o.), S. 233-251.

Kesting, Marianne: Melville, Benito Cereno: mit einer Dokumentation. Frankfurt am Main: Insel, 1983.

Kiesel, Helmuth: Ernst Jüngers ›Marmor-Klippen‹: »Renommier«- und Problem»buch der 12 Jahre«. In: Internationales Archiv für Sozialgeschichte der deutschen Literatur 14 (1989), S. 126-164.

- Wissenschaftliche Diagnose und dichterische Vision der Moderne: Max Weber und Ernst Jünger. Heidelberg: Manutius, 1994.

- Zwischen Kritik und Affirmation: Ernst Jüngers Auseinandersetzung mit dem Nationalsozialismus. In: Literatur in der Diktatur: Schreiben im Nationalsozialismus und DDR-Sozialismus. Hrsg. von Günther Rüther. Paderborn usw.: Schöningh, 1997, S. 163-172.

Klickovic, Sava: Benito Cereno: ein moderner Mythos. In: Epirrhosis: Festgabe für Carl Schmitt. Hrsg. von Hans

Barion u. a. Berlin: Duncker & Humblot, 1968; Bd. 1, S. 265-273.

Koenen, Andreas: Der Fall Carl Schmitt: sein Aufstieg zum »Kronjuristen des Dritten Reiches«. Darmstadt: Wissenschaftliche Buchgesellschaft, 1995.

Koslowski, Peter: Der Mythos der Moderne: die dichterische Philosophie Ernst Jüngers. München: Fink, 1991.
- Die Rückkehr des Titanen Mensch zur Erde und das Ende der »Geschichte«: Jüngers Essay ›An der Zeitmauer‹ (1959). In: Ernst Jünger im 20. Jahrhundert (s. o.), S. 217-247.

Kühlmann, Wilhelm: Im Schatten des Leviathan - Carl Schmitt und Konrad Weiß. In: Die eigentlich katholische Verschärfung (s. o.), S. 89-114.

Lauermann, Manfred: Carl Schmitt - jenseits biographischer Mode: ein Forschungsbericht 1993. In: Die eigentlich katholische Verschärfung (s. o.), S. 295-319.
- Versuch über Carl Schmitt im Nationalsozialismus. In: Carl Schmitt und die Liberalismuskritik (s. o.), S. 37-51.

Lethen, Helmut: Verhaltenslehren der Kälte: Lebensversuche zwischen den Kriegen. Frankfurt am Main: Suhrkamp, 1994.

Maschke, Günter: Der Tod des Carl Schmitt: Apologie und Polemik. Wien: Karolinger, 1987.
- Drei Motive des Anti-Liberalismus Carl Schmitts. In: Carl Schmitt und die Liberalismuskritik (s. o.), S. 55-79.
- Die Zweideutigkeit der »Entscheidung« - Thomas Hobbes und Juan Donoso Cortés im Werk Carl Schmitts. In: Complexio Oppositorum (s. o.), S. 193-221.
- Im Irrgarten Carl Schmitts. In: Intellektuelle im Bann des Nationalsozialismus. Hrsg. von Karl Corino. Hamburg: Hoffmann und Campe, 1980, S. 204-241.

- Zum ›Leviathan‹ von Carl Schmitt. In: Carl Schmitt: Der Leviathan in der Staatslehre des Thomas Hobbes: Sinn und Fehlschlag eines politischen Symbols. Stuttgart: Klett-Cotta, 1982, S. 179-244.

Mehring, Reinhard: Carl Schmitt zur Einführung. Hamburg: Junius, 1992.

- Pathetisches Denken: Carl Schmitts Denkweg am Leitfaden Hegels: katholische Grundstellung und antimarxistische Hegelstrategie. Berlin: Duncker & Humblot, 1989.

Meier, Heinrich: Der Philosoph als Feind: zu Carl Schmitts ›Glossarium‹. In: H. M.: Carl Schmitt, Leo Strauss und »Der Begriff des Politischen«: zu einem Dialog unter Abwesenden. Erweiterte Neuausgabe. Stuttgart und Weimar: Metzler, 1998, S. 143-152 (Originalfassung des zuvor im SPIEGEL 31/1991 (S. 168-172) erschienenen Artikels ›Freund Jünger als Feind‹).

- Die Lehre Carl Schmitts: vier Kapitel zur Unterscheidung Politischer Theologie und Politischer Philosophie. Stuttgart und Weimar: Metzler, 1994.

Metamorphosen des Politischen: Grundfragen politischer Einheitsbildung seit den 20er Jahren. Hrsg. von Andreas Göbel, Dirk van Laak und Ingeborg Villinger. Berlin: Akademie Verlag, 1995.

Meuter, Günter: Blut oder Boden? Anmerkungen zu Carl Schmitts Antisemitismus. In: Deutsche Vierteljahrsschrift für Literaturwissenschaft und Geistesgeschichte 70 (1996), S. 227-255.

- Der Katechon: zu Carl Schmitts fundamentalistischer Kritik der Zeit. Berlin: Duncker & Humblot, 1994.

- Die zwei Gesichter des Leviathan: zu Carl Schmitts abgründiger Wissenschaft vom »Leviathan«. In: Metamorphosen des Politischen (s. o.), S. 95-116.

Meyer, Martin: Ernst Jünger. München und Wien: Hanser, 1990.
Mohler, Armin: Begegnungen bei Ernst Jünger: Fragmente einer Ortung. In: Freundschaftliche Begegnungen: Festschrift für Ernst Jünger zum 60. Geburtstag. Frankfurt am Main: Klostermann, 1955.
- Carl Schmitt und Ernst Jünger: anläßlich von Carl Schmitts Nachlaß-Werk ›Glossarium‹. In: Criticón 21 (1991), S. 294-298.
- Die Konservative Revolution in Deutschland 1918-1932: ein Handbuch. Darmstadt: Wissenschaftliche Buchgesellschaft, (4) 1994.
Mühleisen, Horst: Bibliographie der Werke Ernst Jüngers. Stuttgart: Cotta, 1996.
- Die Beziehungen zwischen Carl Schmitt und Ernst Jünger (zugleich ein Dokument ihrer Freundschaft). - Ein Versuch. In: Schmittiana I (1988), S. 109-115.
Nachlaß Carl Schmitt: Verzeichnis des Bestandes im Nordrhein-Westfälischen Hauptstaatsarchiv. Bearbeitet von Dirk van Laak und Ingeborg Villinger. Siegburg: Respublica, 1993.
Nichtweiß, Barbara: Apokalyptische Verfassungslehren: Carl Schmitt im Horizont der Theologie Erik Petersons. In: Die eigentlich katholische Verschärfung (s. o.), S. 37-64.
Noack, Paul: Carl Schmitt: eine Biographie. Frankfurt am Main und Berlin: Ullstein, 1996.
- Ernst Jünger: eine Biographie. Berlin: Fest, 1998.
Nyssen, Wilhelm: Carl Schmitt, »der schlechte, unwürdige und doch authentische Fall eines christlichen Epimetheus«. In: Complexio Oppositorum (s. o.), S. 181-192.
Quaritsch, Helmut: Positionen und Begriffe Carl Schmitts.

Dritte, überarbeitete und ergänzte Auflage. Berlin: Duncker & Humblot, 1995.

Rüthers, Bernd: Carl Schmitt im Dritten Reich: Wissenschaft als Zeitgeist-Verstärkung? München: Beck, 1990.

- Entartetes Recht: Rechtslehren und Kronjuristen im Dritten Reich. München: Beck, 1988.

Schmittiana I-VI: Beiträge zu Leben und Werk Carl Schmitts. Hrsg. von Piet Tommissen. I-III: Brussel: Eclectica 17 (1988), 19 (1990), 20 (1991); IV-VI: Berlin: Duncker & Humblot, 1994/1996/1998.

Schuller, Wolfgang: Dennoch die Schwerter halten: der κατέχων Carl Schmitts. In. Geschichte - Tradition - Reflexion: Festschrift für Martin Hengel zum 70. Geburtstag. Hrsg. von Hubert Cancik u. a. Tübingen: Mohr, 1996, Bd. II, S. 389-408.

Schwilk, Heimo (Hrsg.): Ernst Jünger: Leben und Werk in Bildern und Texten. Stuttgart: Klett-Cotta, 1988.

Sombart, Nicolaus: Die deutschen Männer und ihre Feinde: Carl Schmitt - ein deutsches Schicksal zwischen Männerbund und Matriarchatsmythos. München und Wien: Hanser, 1991.

Stolleis, Michael: Carl Schmitt. In: Staat und Recht: die deutsche Staatslehre im 19. und 20. Jahrhundert. Hrsg. von Martin J. Sattler. München: List, 1972, S. 123-146.

Taubes, Jacob: Ad Carl Schmitt: gegenstrebige Fügung. Berlin: Merve, 1987.

Tierno Galvan, Enrique: Benito Cereno oder der Mythos Europas. In: Epirrhosis. Festgabe für Carl Schmitt. Hrsg. von Hans Barion u. a. Berlin: Duncker & Humblot, 1968, Bd. 1, S. 345-356.

Tilitzki, Christian: Die Vortragsreisen Carl Schmitts während des Zweiten Weltkrieges. In: Schmittiana VI (1998), S. 191-270.

Tommissen, Piet: Ernst Jünger et Carl Schmitt: un bilan provisoire. In: Les Carnets Ernst Jünger 3 (1998), S. 167-186.

- Ernst Jünger und Carl Schmitt: Zwischenbilanz. In: Etappe 10 (1994), S. 16-28.

van Laak, Dirk: Gespräche in der Sicherheit des Schweigens: Carl Schmitt in der politischen Geistesgeschichte der frühen Bundesrepublik. Berlin: Akademie Verlag, 1993.

Vesting, Thomas: Die permanente Revolution: Carl Schmitt und das Ende der Epoche der Staatlichkeit. In: Metamorphosen des Politischen (s. o.), S. 191-202.

Villinger, Ingeborg: Carl Schmitts Kulturkritik der Moderne: Text, Kommentar und Analyse der ›Schattenrisse‹ des Johannes Negelinus. Berlin: Akademie Verlag, 1995.

- Politische Fiktionen: Carl Schmitts literarische Experimente. In. Technopathologien. Hrsg. von Berhard J. Dotzler. München: Fink, 1992, S. 191-222.

Wieland, Claus-Dietrich: Carl Schmitt in Nürnberg (1947). In: 1999: Zeitschrift für Sozialgeschichte des 20. und 21. Jahrhunderts 2 (1987), S. 96-122.

編者

ヘルムート・キーゼル
(Helmuth Kiesel)
1947年ドイツ生まれ．ハイデルベルク大学ゲルマニスティッシェス・ゼミナールの近代ドイツ文学史の正教授．哲学博士．キーゼルはゴットホルト・エフライム・レッシングの書簡集の編集者・注釈者であり，マルティン・ヴァルザー作品集の編集も手がけている．エルンスト・ユンガー論をはじめ，20世紀のドイツ文学史に関する多くの論文がある．

訳者

山本　尤（やまもと ゆう）
1930年生まれ．京都府立医科大学名誉教授．専攻：ドイツ現代文学，思想史．著書：『ナチズムと大学——国家権力と学問の自由』(中公新書)，『近代とドイツ精神』(未知谷)．訳書：ユンガー『小さな狩』(人文書院)，プラール『大学制度の社会史』，『ベンヤミン－ショーレム往復書簡』，アルトハウス『ヘーゲル伝』，ザフランスキー『ショーペンハウアー』『ハイデガー』『ニーチェ』，ベルク他『ドイツ文学の社会史』，シャルガフ『過去からの警告』『自然・人間・科学』，アリー『最終解決』，ボルツ『批判理論の系譜学』，グロス『カール・シュミットとユダヤ人』(以上法政大学出版局)，ファリアス『ハイデガーとナチズム』(名古屋大学出版会)，シュネーベルガー『ハイデガー拾遺』(未知谷)，ほか．

ユンガー＝シュミット往復書簡
1930–1983

2005年3月10日　　初版第1刷発行

ヘルムート・キーゼル 編
山本　尤 訳
発行所　財団法人　法政大学出版局
〒102-0073　東京都千代田区九段北3-2-7
電話03(5214)5540/振替00160-6-95814
製版，印刷　三和印刷／鈴木製本所

Printed in Japan

ISBN4-588-15039-1

ベンヤミン＝ショーレム往復書簡　ショーレム編／山本尤訳　三八〇〇円

アーレント＝マッカーシー往復書簡　ブライトマン編／佐藤佐智子訳　六六〇〇円

カール・シュミットとユダヤ人　グロス／山本尤訳　五〇〇〇円

ヘルマン・ブロッホの生涯　リュツェラー／入野田真右訳　六三〇〇円

ハイデガー　ドイツの生んだ巨匠とその時代　ザフランスキー／山本尤訳　六八〇〇円

ニーチェ　その思考の伝記　ザフランスキー／山本尤訳　四五〇〇円

言葉の秘密　E・ユンガー／菅谷規矩雄訳　一九〇〇円

第三帝国の言語〈LTI〉　クレムペラー／羽田、中村、他訳　四〇〇〇円

ドイツ文学の社会史　ベルク、他／山本、三島、他訳　上・六五〇〇円　下・五八〇〇円

ヨーロッパの日記　G・R・ホッケ／石丸、柴田、信岡訳　九七〇〇円

批判理論の系譜学　ボルツ／山本尤、大貫敦子訳　三六〇〇円

（表示価は税別です）